Cartas Lacradas

DORA OPENHEIM

1850-1917

CARTAS LACRADAS

1ª edição

EDITORA RECORD
RIO DE JANEIRO • SÃO PAULO
2013

CIP-BRASIL. CATALOGAÇÃO NA FONTE
SINDICATO NACIONAL DOS EDITORES DE LIVROS, RJ

Openheim, Dora
O68c Cartas lacradas / Dora Openheim. – Rio de Janeiro: Record, 2013.

ISBN 978-85-01-09471-1

1. Varsano, Anna – Correspondência. 2. Judeus – Tessalônica (Grécia) – História. 3. Tessalônica (Grécia) – Antiguidades. 4. Tessalônica (Grécia) – História. I. Título.

CDD: 949.565
13-0140 CDU: 94(495.622)

Capa: Diana Cordeiro

Texto revisado segundo o novo Acordo Ortográfico da Língua Portuguesa.

EDITORA RECORD LTDA.
Rua Argentina, 171 – 20921-380 – Rio de Janeiro, RJ – Tel.: 2585-2000

Impresso no Brasil

ISBN 978-85-01-09471-1

Eu para que vos conto isto?

Porque é absurdo estar-vos a contá-lo, visto que é das minhas viagens que disse que falaria.

Visitei Novas Europas e Constantinoplas, outras acolheram a minha vinda veleira em Bósforos falsos.

Vinda veleira espantais? É como vos digo, assim mesmo. O vapor em que parti chegou barco de vela ao porto [...].

Que isto é impossível dizeis. Por isso me aconteceu.

"Viagem nunca feita",
Fernando Pessoa

Para Stefanos,
Patrícia, Eudoxios e Felipe,
por todos os bons motivos...

Sumário

Introdução
1970-2005

Há muitos anos eu desejava escrever sobre Anna Varsano — sobre Michaela e Alberto —, sobre suas cartas, memórias, suas vidas entrelaçadas com outras vidas, com a história dos judeus desde a Diáspora, os quais por séculos carregaram em seus baús o peso de sobreviver.

Numa tarde de agosto de 1970, encontrei um desses baús. Como o destino nos prega peças eu me envolvi com Anna Varsano, sua vida, pensamentos, memórias e segredos.

Nunca convivi com ela. Sequer escutei sua voz, mas ela impregnou meus ouvidos e alma de maneira forte e delicada. Aguçou minha imaginação com descrições detalhadas em cada página de seu diário, álbum de cartões-postais, fotos de sua família, desenhos e pedacinhos de panos colados em cadernos amarelados.

Foi durante a minha viagem de lua de mel. Nosso destino era a Europa. O ponto alto da viagem seria a Grécia, mais precisamente a cidade de Salonica, ou Thessaloniki, como é chamada a cidade natal de meu marido. Lá se daria o encontro com sua família, avó materna, tias e primos, e eu seria apresentada a eles. Minha única preocupação quando entramos na cidade era agradar e ser aceita, uma estrangeira, sem falar o idioma, professando religião quase banida daquelas paragens. E assim foi o meu primeiro contato com Salonica e sua história.

A casa de Katina Mavrofridis, avó materna de meu marido, era um casarão magnífico, do início de 1900, vendido havia pouco para uma das construtoras sedentas por "modernizar" a cidade. Localizava-se entre memórias milenares, na praça da Igreja de São Demétrio. Senti uma pontada no coração ao vê-la, sabendo que ela viraria pó, levando parte da história da cidade. O casarão de dois pavimentos em estilo neoclássico abrigava a família Mavrofridis desde 1923, quando como cidadãos gregos desde Bizâncio foram expulsos de Istambul. E lá naquela casa eles casaram suas cinco filhas e receberam seus netos.

O avô, Anthony Mavrofridis, falecido em 1965, capitão da marinha mercante, era tido como homem íntegro e muito calado. Conhecendo posteriormente a família e as cinco filhas, compreendi: elas falavam por todos, mulheres de personalidade forte.

Mery, a mãe de meu marido, filha mais velha, imigrara para "um país selvagem" como o Brasil em 1954, depois da maxidesvalorização do dracma ante a libra esterlina. Seguiu o marido, deixando casa confortável, a fábrica de meias e trazendo consigo apenas seu diploma da escola normal, três filhos pequenos e uma força de vontade enorme de refazer a vida. Embrenharam-se no interior mineiro, à sombra de jequitibás, arrastando idioma e malas de camisas, aprendendo com fregueses da praça da matriz e vizinhas, pedalando máquina de costura até altas horas... Assim formou três filhos e criou uma caçula brasileira...

Voltou a Salonica uma única vez, depois da morte do pai, e uniu-se às irmãs num porta-retratos.

Ao conhecer as outras quatro irmãs, naquela tarde de verão em Salonica, observei serem mulheres lindas de tipos físicos diversos, uma delas loura, de nariz arrebitado. Helena, a americana, morava em Boston, lembrava Esther Williams. Zoi viera da Inglaterra, morena de olhos verdes, absorvera o refinamento das inglesas. Thekla, alta e elegante, era casada com um almirante aposentado muito mais velho. Angelica, mais nova, quase da idade de meu marido, morena, sobrancelhas fartas e olhos azuis, esposara um piloto de Aristóteles Onassis.

Katina, mãe das beldades, 67 anos, vitalidade incrível, em segundos se comunicou comigo com gestos e mímica enquanto se movimentava entre os netos e genros que embrulhavam pertences, e ainda preparava um jantar dos deuses. Tudo sem perder uma palavra sequer do diálogo entre as filhas refesteladas nos sofás do salão, abanando-se com leques e revistas, rostos afogueados pelo calor inclemente de agosto.

Pensei que passaria por uma lupa e me examinariam da cabeça aos pés. Mas, se o fizeram, eu realmente nem percebi, pois havia tanto para conversar, e eram tantas as perguntas, que dei graças ao curso de inglês imposto por meus pais.

Mas não deixei de prometer um dia falar o grego...

O verão reinava absoluto, cigarras zuniam no jardim, e as horas escorriam devagar; foram dias inesquecíveis. Os abraços... Meu marido, primeiro neto e sobrinho, vivia marcado de batom, e eu, por tabela, também... Foram dias de festas, jantares, passeios na praia e, é claro, a despedida... Em alguns dias a casa não existiria mais. Só a memória.

A avó, de excelente humor, leiloava tudo. Atravessava o salão batendo colheres e pedindo atenção:

— Quem fica com este samovar? — E ninguém respondia. — E esta cômoda... Ei, meninos, onde vou colocar isso tudo naquele *kotetsi*? O apartamento é uma caixa de fósforos!

O único interesse de meu marido era o binóculo do avô. Ele o trazia na lembrança, sonhava com eles desde a despedida do velho, chamado por ele de "*capitán* Pantellis". Este lhe prometera o binóculo, quando crescesse. E era apenas isso. Mas nenhum dos primos o havia visto, e nem tinha memória do avô com o binóculo. Não acompanharam o "*capitán* Pantellis" em ação em seus caíques, dando ordens, atracando e arrastando a perna esfacelada durante a Segunda Guerra.

Meu marido, ao contrário, tinha vivas as cenas em sua memória e podia descrever o que existia em cada uma das gavetas antes de abri-las. Até o cheiro da cera no assoalho de madeira lhe trazia lembranças da infância.

Não posso dizer, com sinceridade, que aqueles dias passados na casa foram os melhores da viagem de núpcias, mas hoje, mais de trinta anos depois, voltando no tempo, eu teria aproveitado cada um daqueles minutos alegres, despreocupados e preguiçosos.

Todos dormiam após o almoço, era lei. Somente meu marido e eu, acostumados ao Brasil, não conseguíamos. E foi numa dessas tardes que ele resolveu se embrenhar no sótão. Segundo a avó, não havia nada lá, além de poeira e caixas velhas. Mas a curiosidade era maior. Quando morara na casa, era-lhe proibido conhecer o sótão... Lugar perigoso, habitado por morcegos e fantasmas... Não era lugar para criança.

Ele subiu e lá ficou. Horas... O pessoal acordando, a chaleira do café apitava, e as tias, uma a uma, perguntavam pelo sobrinho, eu apontava o teto e continuava a ler minha revista.

A avó, ao pé da escada, gritava qualquer coisa em grego, para que ele se afastasse da poeira...

Perdendo meu bom humor, subi, ao menos para seduzi-lo com o café.

O sótão, muito quente, só recebia luz de poucas telhas rompidas. Os jornais velhos, livros e caixas formavam pilhas. Pensei em pulgas na minha roupa e teias de aranha grudadas em meus cabelos... Mas não dei meia-volta e, feito criança amedrontada, corri para encontrá-lo.

Ele, diante de um painel com colagens de ícones, espiava por uma pequenina rachadura iluminada por fraca réstia de luz. Tentava retirar uma das tábuas do painel. Enfiou uma forquilha na rachadura e rasgou a colagem, penetrando a madeira carunchada.

E eu também vi. Um quarto do outro lado... Cama arrumada, um baú, mesa e cadeira... Umas roupas penduradas numa espécie de varal... A avó gritou do pé da escada.

— Não mexam aí, desçam. Não quebrem a parede. Não toquem nos ícones... Isso não nos pertence... — esbravejava. — É deles... é da família Varsano... Dos nossos vizinhos do lado... e todos eles se foram... Nunca voltaram para buscar...

As tias e os primos subiram. A parede foi aberta... Ninguém ali sabia exatamente do que se tratava.

Lembro-me como se fosse agora, minhas pernas tremiam — eu, que lera o diário de Anne Frank na adolescência e crescera ouvindo relatos de minha avó judia polonesa sobre os guetos, a estrela amarela no braço, campos de extermínio, chacinas. Naquele cenário, não consegui me conter.

Fui tomada por emoção forte, lágrimas de dor e perda; era como se ali tivesse vivido parte de minha família, da memória de meus avós. De um povo escondido feito ratos, pela sobrevivência. Ficou clara, naquele momento e lugar, a veracidade do que eu ouvira no Brasil, país abençoado pela distância de guerras e perseguições.

Tudo era idêntico aos relatos. As pessoas emparedadas, sem poder tossir no ambiente irrespirável. A compaixão de algum vizinho, correndo o risco de ser levado nos comboios de inimigos do Reich, a fuga protegida da inveja e da calúnia, as armadilhas de outros, fome, doença e miséria humana.

Aos poucos, consegui tocar as coisas, como seres queridos e inanimados dizendo para o meu interior que, um dia, eu os descreveria, assim como a história da família que ali havia vivido antes de desaparecer.

O baú, vazio, assim como os bolsos das roupas penduradas.

Sob a cama, uma caixa, forrada de tecido azul muito desbotado, guardava papéis, cadernos e um pequeno castiçal com a estrela de davi.

Descemos do sótão com a caixa.

Dona Katina, em lágrimas, contou que ela e o marido os esconderam lá... Tentaram salvá-los... Contou a história até tarde... Eu, sem entender grego, perdi boa parte da narrativa. E só fui recuperá-la alguns dias depois, traduzida por primos e ouvindo meu marido discutir passagens do que a avó dissera.

Ao partir, pedi que me mostrassem a caixa novamente. Katina Mavrofridis aquiesceu.

— Ela é sua, se quiser ficar com ela, não serve para nenhum de nós, é do seu povo, é parte de sua história...

E assim cheguei a São Paulo, no dia 7 de setembro de 1970, para minha nova casa, minha nova vida, carregando comigo uma caixa plena de memórias, com a história de Anna Varsano e de seus descendentes.

A caixa de veludo azul, guardada num armário durante alguns meses, parecia me chamar. No início, ordenei a correspondência por datas e folheava os álbuns de retratos e os grossos cadernos sem entender muita coisa. Os desenhos e as fotos me fascinavam. Iniciei a leitura do diário de Anna Varsano. Quatro volumes grossos encadernados e manuscritos a pena com tinta sépia num idioma que parecia ser italiano. Entre as páginas, uma *memorabilia* de imagens, flores secas, papéis, desenhos recortados, pedacinhos de panos, alguns costurados, outros colados ou ainda presos por grossos alfinetes enferrujados.

O que eu poderia entender de tudo aquilo aos 22 anos?

Como descendente de judeus *asquenazes*, oriundos do norte da Europa, eu nada sabia sobre Salonica e sua história, nem que ali existiram centenas de milhares de judeus, e nem sobre a importância da cidade desde os tempos de Alexandre, o Grande. Também pouco entendia da vida e suas sutilezas, pois a minha própria mal começava. Mas a caixa me atraía, eu queria saber quem foram as pessoas que viviam comigo naquele armário.

Busquei livros sobre Salonica e, em outras viagens para lá, contatei a família Molho, os livreiros mais antigos da cidade, que me forneceu verdadeiras joias da história, apostilas mimeografadas, relatos de historiadores e viajantes sobre os costumes e o cotidiano da cidade.

Comecei a ler o conteúdo da caixa com a ajuda de amigos para as traduções. Organizei as cartas num fichário por datas e montei com elas uma história. Passei noites e fins de semana lendo e relendo o diário de Anna Varsano e reconhecendo os personagens por descrições e fotos, os lugares em que viveram, através dos cartões-postais, enfim, me apaixonei por eles. Durante os últimos anos, fui aos lugares descritos e vividos, atrás dos perfumes, dos costumes, dos idiomas, das receitas da época, aprofundando-me na vida que viveram... desde 1850, em Taormina, na Sicília, até as vésperas do grande incêndio de Salonica, em agosto de 1917.

No ano de 1973, quando a cidade revivia os trinta anos da ocupação alemã na Segunda Guerra, eu estava na Europa, entre Londres e Paris, e resolvi visitar Salonica novamente.

Lembro-me de que era frio ainda, fins de abril, início de maio, e chovia. Eu estava sentada com as tias de meu marido, tomando chá, televisão ligada, e, num instante, elas fizeram um sinal grave de silêncio.

A reportagem entrevistava, em Salonica, os poucos e últimos sobreviventes judeus que depois da guerra voltaram a viver naquela cidade, ouvindo seus relatos... Entre eles, a câmera focou uma senhora muito idosa, vivendo num hospital para doentes mentais desde o término da guerra. O curioso era ela não ser doente, nunca ter sido, mas ter pavor de ficar livre e não encontrar mais ninguém da família. Ela trabalhava e morava lá dentro, sem contato com a vida exterior. Mencionaram seu nome e o hospital.

Eu peguei um táxi e fui até lá.

Ansiosa e emocionada, tentava expor minha dúvida. O médico-chefe que me atendeu mostrou-me um antigo documento...

Na ficha, com data de entrada no sanatório em 20 de setembro de 1945, havia uma foto; para mim, idêntica às do álbum da caixa azul.

Era ela quem eu procurava! Seu nome: Adele Varsano Allatini, filha de Michaela Varsano Montefiore e neta de Anna Varsano.

Eu não podia perder o último fio de vida que vinha daquela caixa... E consegui abraçá-la... Passei as mãos pelos seus cabelos muito ralos e brancos, e ela me olhou nos olhos, murmurou qualquer coisa numa mistura que parecia ser espanhol e grego... E beijou-me a mão.

Voltei a São Paulo, angustiada para retornar um dia e trazer de volta a caixa dos Varsano... E para espanto de todos, inclusive do meu marido, que não entendia o motivo da minha ansiedade e envolvimento com uma história que não me pertencia, voei novamente para Salonica naquele fim de ano.

Adele abriu a caixa com suas mãozinhas trêmulas...

Num recorte de jornal muito amarelado, a manchete dizia:

> *"UM GRANDE INCÊNDIO DESTRÓI A CIDADE DE SALONICA!*
>
> *No dia 5 de agosto de 1917, às 3h30 da tarde, irrompeu um grande incêndio, com imensas labaredas, destruindo quase todo o centro da cidade; mais de 3.000 acres viraram cinzas.*
>
> *O vento Vardar, que vem do norte e sopra forte nesta época do ano, espalhou o fogo, que durante três dias e noites reduziu a escombros toda a área da praça Vardaris ao Hippodrome, e da Promenade até a rua Kassandrou. Mais de 2.000 casas pertencentes aos moradores da comunidade judaica na cidade foram consumidas pelo fogo. Casas comerciais, fábricas, hotéis e clubes desapareceram, assim como 34 das 62 sinagogas do centro, mais de cinquenta instituições judaicas, como as escolas infantis e creches, bibliotecas e sociedades culturais, desapareceram nos escombros. A nova loja Stern, considerada a joia da arquitetura da Turquia Europeia, desmoronou... assim como a escola modelo da Alliance Israélite Universelle."*

Adele entendeu imediatamente do que se tratava.

Trêmula, segurou minhas mãos naquela tarde, e nas outras a seguir. A fala compassada, para ser entendida, misturava memórias e idiomas.

Ela usava os olhinhos ainda espertos para se fazer entender. Eu gravava o que conseguia, confundindo-me com os botões do "moderno" gravador Grundig, emocionada com sua memória brilhante, sua maneira franca e carinhosa de falar, momentos de medo, olhares furtivos procurando o inimigo, pausas para respirar, músicas... e lágrimas.

Ela nunca havia lido todas as cartas de sua avó, nem nunca havia aberto o seu diário, nunca realmente havia tido a coragem, talvez por medo ou respeito, contou. Tinha ainda nitidamente a lembrança de sua avó Anna Varsano escrevendo à luz de velas, em seu quarto, e ela, ainda menina, deitada na grande cama de ferro, fingia dormir, esperando que a avó retornasse à sua cama para abraçá-la...

E agora, com a vista embaçada, disse-me que não conseguiria mais ler tudo aquilo. Mal enxergava as grandes letras do jornal!

Na nossa despedida eu mencionei tirá-la do hospício, mas ela queria morrer ali, sem deixar seu esconderijo.

Adele acariciou a caixa, beijou as fotos e ofereceu-me, em troca da promessa de eu um dia escrever este livro, contando que ali, na cidade que ela havia amado, existira uma família chamada Varsano. E contasse a todos a história de sua avó. Que eu escrevesse sobre sua cidade, a sua amada Thessaloniki, a sua Salonica. Uma cidade divina, abençoada, pois nela morava o Deus de três religiões... Uma cidade livre de preconceitos e perseguições, onde seus moradores misturavam seus idiomas, seus costumes, seus aromas por todos os bairros e quarteirões...

— Agora tudo acabou... — murmurou, olhando para os lados, com olhar amedrontado. — Eles entraram aqui... — Continuou falando quase no meu ouvido, segurando minhas mãos. — Entraram na cidade, com carros e tanques, desfiles monumentais, dominaram a todos, queriam conhecer todos os judeus da cidade. Eles nos enganaram, falaram que a estrela amarela seria para que nós prestássemos serviços, iríamos trabalhar para eles, em troca de nossa liberdade, em troca de alimentos... No início acreditamos, depois fomos proibidos de tudo, e aqueles animais vestidos de uniforme cinza, com a cruz suástica, batendo suas botas, vasculhavam casa por casa e assim foram buscando um a um todos os judeus da cidade. Tinham todos os nossos nomes, foi o Rabino Korech quem deu a lista, cerca de cinquenta mil dos nossos. Tiraram-nos de casa, deixaram-nos sem nada e nos prenderam em guetos. Fecharam nossa fábrica de massas, enviaram meu marido para abrir estradas, e ele nunca mais voltou.

"Eu e Daniel, meu filho, ficamos no gueto Hirsch, e um dia Katina Mavrofridis, minha vizinha, conseguiu entrar lá e nos encontrar. Deu-me roupas pretas, um crucifixo, pão, azeite e um pouco de cereais, e me deu também seus próprios documentos. Ela me disse que tinha outra identidade, tirada em Constantinopla, quando teve que partir de lá.

E não teria problemas em provar quem era ela se a pegassem.

"Perguntou-me também se eu sabia rezar em grego. Lembrei-me depressa das rezas na Igreja de São Demétrio, do lado de nossa casa. E, em minutos, ensinou-me como passar por cristã.

"'Faça o sinal da cruz como nós, Adele... Assim: Hagios o Theos...', E, eu fiz uma, duas, três vezes, até que ela falou que estava certo. 'E se lhe pedirem documentos' aconselhou: 'Olhe para a pessoa nos olhos, finja não entender nada, ponha o crucifixo à mostra e faça o sinal da cruz. Assim, com os três dedos. Não se esqueça.' Adele fez o sinal da cruz três vezes para me mostrar enquanto contava, e seus olhos se encheram de lágrimas, continuando baixinho com a voz muito rouca.

"Depois do medo, o pior era a fome. Eu saía de dentro do gueto, passando pela barreira do Reich como Katina Mavrofridis, em busca de comida. A cidade toda procurava por comida. Eu sabia que meu filho Daniel jamais poderia sair de lá; seria pego na hora. Eles mandavam abaixar as calças dos homens. Meu filho era circuncidado...

Adele suspirou profundamente e fechou os olhos tentando se lembrar da cena.

— Depois eles o levaram, primeiro para a Praça da Liberdade, com milhares de jovens e velhos judeus, sem água, sem nada. Ficaram lá por dias inteiros. Ninguém poderia chegar perto deles. Eu queria entrar naquele cercado e pegá-lo, mas sabia que Daniel iria de alguma maneira fugir de lá. Ele sempre foi ágil, um macabeu esportista corredor pelo seu clube, trabalhador, carregava peso na fábrica, sacos inteiros de farinha!

"E conseguiu! Meu filho conseguiu, numa chuva forte, ele beirando a praça, correu, voou dali como Pégaso e foi se esconder na casa dos Mavrofridis. O *capitán* Pantellis, logo depois, emparedou com tábuas o fundo do sótão, colando ícones nas madeiras. Deixou uma fresta para lhe passar os pratos, a água e a vasilha das fezes e urina, e ali colocou um armário com falso fundo cheio de livros. Katina entrou na minha casa pelo quintal, a porta da frente estava lacrada com tábuas de madeira. E dentro dela procurou por minhas coisas. Já haviam levado tudo de valor, deixaram apenas coisas reviradas, encontrou esta caixa, um casaco de meu marido com a estrela amarela e encheu uma mala com as poucas roupas que encontrou jogadas por todos os lados. Levou tudo para o sótão.

"Contou-me dias depois, quando eu voltava das montanhas à procura de qualquer alimento. Tinha de procurar o que comer, alguma fruta para fortalecer meu Daniel. Lá nas montanhas, andei até depois das antigas muralhas, no frio e chuva, sem alimento, fiquei sem forças para andar todo o caminho, e demorei uns três dias cambaleando e sentando... Um pastor numa pequena caverna me alimentou com sopa quente de favas e desculpou-se por não ter nem milho para o pão. Mas quando cheguei, com alguns marmelos, figos-da-índia e verduras selvagens dentro de minha sacola, minhas pernas tremeram.

"Katina estava chorando, os candeeiros de todos seus santos acesos. Explicou-me que havia implorado para Daniel não sair dali. Mas na terceira noite, sem notícias de meu paradeiro ele, não suportou mais e pediu aos Mavrofridis para sair do esconderijo. O *capitán* pediu calma, falou, sussurrou colado à parede dos ícones e, já nervoso, implorou a ele. Pediu-lhe que ficasse quieto, pois todos naquela casa corriam perigo. Não houve maneira de convencê-lo. Amedrontado, e evitando que o rapaz fizesse barulho empurrando o armário, e assim chamando a atenção da patrulha alemã que fazia ponto logo do outro lado da praça, esperou tudo ficar escuro e tirou Daniel de lá. Ele saiu pelos fundos, pulou o muro e desapareceu como um raio.

— Saiu para me procurar nas montanhas e nunca mais voltou — Adele suspirou profundamente, e sua expressão era de dor. Lágrimas corriam de seus olhos, embaçando mais sua visão.

— Soube que o pegaram e o levaram nos comboios. Para onde levaram meu filho? Só Deus sabe!

Eu queria saber como ela havia se salvado, e por que estava ali, naquele sanatório havia quase trinta nos, depois do fim da guerra.

— Os Mavrofridis ainda queriam me esconder — explicou. — Mas eles também corriam perigo de serem fuzilados. Eu me escondi no porão do Hospital Hirsch. Nem percebi de início o perigo que corria. Eles, os assassinos de botas pretas, ocupavam o hospital. Fiquei lá, embaixo de todos eles, escondida entre camas de ferro velhas e colchões ensebados. Fiquei por meses escutando suas botas andarem de um lado para o outro, e como rato, colhendo cascas de batatas do lixo deles, escondida nas madrugadas, eu me alimentei. Não esqueci o sinal da cruz e também o crucifixo de Katina. Está comigo como um talismã até agora.

“Numa tarde de outubro de 1944, tudo lá em cima ficou em silêncio. Não havia mais ninguém andando de um lado para o outro, apenas gritos de alegria e músicas ao redor; ouvia turbas que subiam da cidade gritando: ‘Salonica está livre!?’

“Sem entender o que acontecia, e pensando que isto seria sinal de minha completa demência, olhei pelas frestas e vi o povo ao redor nas ruas. Saí do meu esconderijo, tapando os meus ouvidos e pronta para ser fuzilada.

“As pessoas me rodearam; estava pele e osso. Os gregos me abraçaram, ajudaram-me com alimentos, roupas, dando remédios para que me fortalecesse. Os médicos vieram e me internaram aqui, no sanatório. Eu fui cuidada e, mais tarde, trabalhei para ajudar na cozinha, na limpeza, na enfermaria, e daqui nunca mais quis sair.

“‘Adele, a louca’, como me apelidaram ‘Adele, a *Trellí*’, vai morrer aqui! Não tenho mais ninguém e, aqui, tenho todos eles. Salonica não deve ser mais a mesma cidade que vivi, nem meus amigos moram mais aqui; foram para o céu... Vai ficar tudo na minha memória... É melhor assim... Posso sonhar com tudo, como era antes...

Emudecida, senti meu coração palpitar forte. Não sabia mais o que dizer. Ela enxugava as lágrimas e soluçava.

Beijei sua testa, afaguei seus cabelos brancos e abracei Adele, que tremia.

Peguei a caixa e me despedi.

— Me promete o livro? — Perguntou-me pela última vez, limpando seu nariz num lenço e esboçando um sorriso maroto de dúvida.

Respondi que sim, apenas com a cabeça, sem conseguir falar.

E, emocionada, prometi...

Lutei anos para livrar-me da promessa, encargo quase impossível, e relutei durante muito tempo, desculpando-me sempre. Mas aquilo não me deixava em paz, e finalmente o subconsciente venceu.

A realidade histórica e a ficção eram as bases sobre as quais eu deveria trabalhar. Mais de cem anos haviam se passado, e muitos rastros foram apagados. As cartas que vinham e iam, os mapas que tracei no imaginário e aos poucos viraram o chão que pisei. A época em que não vivi, mas que tinha de descrever.

O álbum de fotos, os postais e o diário de Anna Varsano, que sempre me acompanhou durante todos estes anos, me levaram para terras distantes. Para Salonica, a Thessaloniki, como é chamada carinhosamente pelos gregos. Depois, para Istambul, a imortal Constantinopla, a *polis* fundada por Constantino, que eu havia estudado na escola, até a época do declínio do Império Otomano.

Anos mais tarde, conheci Taormina, na Sicília, e fui procurar Mongibello, a primeira casa dos Varsano, depois fui a Nápoles, a Munique e Planegg, sempre acompanhando o trajeto das cartas e cartões-postais da família.

Procurei detalhes da biografia de cada uma das pessoas citadas no diário e nas cartas, e tentei durante todos estes anos aprender melhor os idiomas e entender o significado das palavras escritas por elas. Procurei por pessoas e visitei lugares de onde tinham escrito, com o sonho de encontrar resquícios de memórias e documentos.

Encontrei alguns em Istambul, muita ajuda em Salonica, nos Arquivos de Paris, de Londres, de Munique, nos Inventários dos Arquivos Gerais do Reino da Bélgica, nos liceus e escolas, como o Lycée Condorcet de Paris, no Eton College, em Londres, e nas escolas de Esneux e Bruxelas.

Somente tempos depois do meu último encontro no sanatório, consegui voltar a Salonica, e Adele Varsano já não vivia mais.

O hospital também havia sido demolido, e ninguém soube me informar onde ela fora enterrada. Procurei em vão uma lápide em todos os cemitérios. Em nada constava seu nome.

Voltei para casa com a lista de perguntas que faria a Adele, contando com suas respostas. Na minha solidão, porém, tive de responder a todas à minha maneira, e levei muitos anos para entender o significado de cada palavra ali escrita.

Aos poucos, ano após ano, penetrei em suas vidas. Quando conseguia tempo, depois de um dia de trabalho numa fábrica de roupas e de rever as lições das crianças, abria a caixa azul e pegava meus velhos cadernos, anotando e escrevendo, e, como Penélope na mitologia grega, durante muitas madrugadas passei respondendo às perguntas página por página.

Um mundo de emoções aflorou em minha mente, e gente totalmente estranha virou parte do meu cotidiano. Eu os amava, ouvia e falava com eles em pensamento. Muitos acontecimentos e coincidências misteriosas me levaram a seguir adiante quando eu já desistia da ideia de cumprir minha promessa.

Saímos do tempo do mimeógrafo, das cópias de carbono na Livraria Molho de Salonica, e entrei nas cópias xerox; deixei de lado há alguns anos os meus cadernos, minhas fichas, e entrei na era do computador e da internet.

Procurei ajuda para esclarecer os mistérios e dúvidas, ouvindo histórias de gente que viveu parte dessa época ou que carrega em sua mente a memória de seus antepassados.

E a todas essas pessoas que me ajudaram com suas memórias, e às coincidências da vida, eu agradeço.

Especialmente ao jovem historiador belga Thijs Lambrecht, com o seu Inventário de número 305, trabalho feito em 2001, nos Arquivos Gerais do Reino da Bélgica.

Sem a sua ajuda para abrir todos os arquivos constantes daquele inventário, caixas e caixas de documentos, cartas e *memorabilia* empoeiradas e sequestradas desde 1914, eu não conseguiria ter a resposta que procurei por boa parte de minha vida.

Neste fim de ano de 2005, alinhavando todos os dados e acontecimentos, foi que pude ter certeza de que realmente tinha uma história dentro da História para contar.

E hoje, finalmente, depois de 35 anos, de minha casa em São Paulo, de um lugar tão distante de onde tudo aconteceu, posso terminar de escrever este livro, *Cartas lacradas*, como prometi a Adele Varsano.

Salonica, setembro de 1970
São Paulo, dezembro de 2005

"O vento Vardaris veio com o fogo. Veio assobiando alto. Veio com a fúria de um assassino. As labaredas gigantes lambiam todas as casas e pessoas por onde passavam... E foi acabando com tudo que encontrava, foi matando, foi destruindo, rua por rua...

Foi no sábado, 5 de agosto de 1917, veio na véspera do meu casamento...

Tudo virou cinzas!

Naquela noite, sem dar trégua, o vento, direcionando as labaredas como tentáculos, já descia em direção à Torre Branca. Os minaretes das mesquitas iam caindo um a um, nossa sinagoga ruiu, como também a imensa Igreja de São Demétrio. Em algumas horas, tudo ao redor era uma montanha em brasas.

Na manhã seguinte, meu noivo foi encontrado morto nos escombros do orfanato de Vardar.

Estava salvando as crianças...

Quando o fogo chegou na Promenade, Daud me levou para o mar.

Fiquei noite e dia no caíque do Nico sem nada poder fazer para amenizar aquela desgraça.

E por mais de três noites quase sem dormir eu via de longe a cidade em chamas refletida nas águas do mar.

Vi de longe a Promenade e o casarão de minha avó desabar, e depois os lumes acesos voarem como gaivotas, em direção ao Monte Olimpo.

O vento Vardar e seu aliado, o fogo, finalmente se despendiam e riam alto. Naquele momento Salonica já estava morta.

De minha casa, da minha família... de tudo que eu havia vivido... Tudo que sobrou... foi esta caixa de memórias, o nosso abençoado jardineiro Daud e eu..."

Europa e Império Otomano: o caminho das cartas

1865-1899

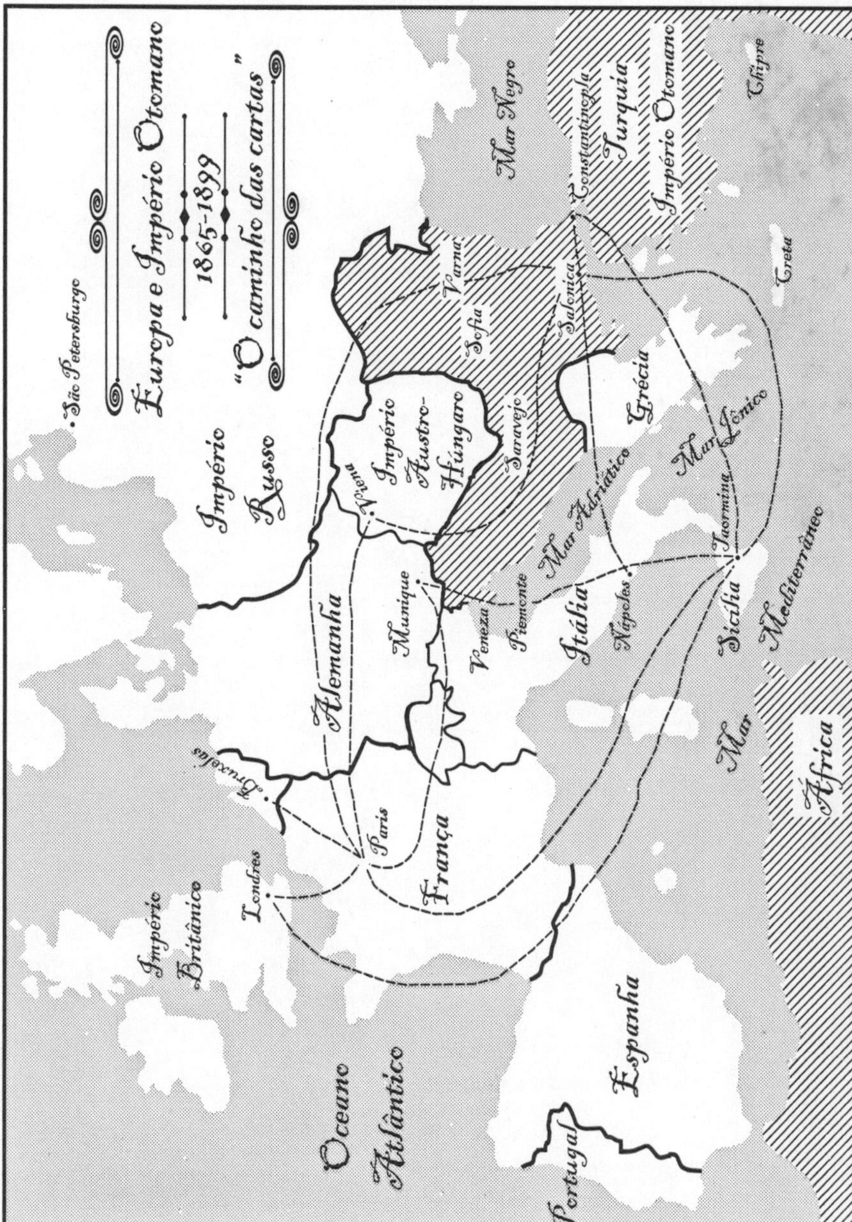

Parte I

I

LEMBRANÇAS DE ADELE

Salonica, 3 de agosto de 1917.

Adele recolheu as roupas do varal.

Um vento estranho para a época soprava quente, balançando as ponteiras dos ciprestes ao redor. A forte maresia da Promenade misturava-se ao perfume das roseiras e dos vasos de manjericão.

— Afinal — murmurou a moça —, isto é Salonica no verão!

Logo seria noite e, como todas as quintas-feiras no bairro de Vardar, as mulheres da vizinhança alimentavam os fogões com lenha e carvão. O perfume do jardim de Adele se mesclaria aos dos assados dos fornos das casas ao redor.

As mulheres cozinhavam juntas todas as quintas-feiras em Vardar, abrindo massas de tortas, as *fillas*, finas como papel de seda girando bastões de lenha, esticando e puxando as folhas de um lado para o outro, num ritmo rápido e constante, e o ecoar do trabalho assemelhava-se à cadência de um tear.

Nas cozinhas, filhas, mães e avós, reunidas, riam-se umas, outras reclamavam, misturando receitas de família aos costumes milenares, aos temperos, às especiarias, cada qual ao seu gosto.

Umas adicionavam uma pitada de fé, outras de inveja, outras de esperança, e muitas de superstições e segredos, preparando as refeições para a noite de sexta-feira no Shabat.

As tortas da mesma massa, ali naquele bairro, são chamadas de muitos nomes: *pastelas, rondachas, mordopites* ou *köl böregui*. Não importava o nome adotado em cada casa, ou mesmo de onde essas pessoas vinham. Eram tantas as diferentes raças e idiomas naquela cidade quanto diferentes eram os recheios e temperos. Mas tudo feito ali, na quinta-feira à noite, impregnaria a atmosfera quente e abafada da Promenade até o Portal de Vardaris. As mulheres de Salonica, ao norte de Egnatia, acordariam na sexta-feira antes do amanhecer e vestiriam aventais e turbantes, cantarolando canções em judeo-espanhol. Reacenderiam o fogo, trançariam novos pães e preparariam doces com açúcar e canela.

— Esta é a melhor hora do dia! — A voz rouca de Daud cortou os devaneios de Adele. Absorta em pensamentos, lençóis embolados contra o peito, a moça assustou-se ao deparar com o vulto do velho atrás do jasmineiro.

Andava distraída, sonhadora e triste. Tudo nos últimos anos acontecia muito rápido e de forma dolorida em sua vida. Primeiro, a morte de seu querido avô, o *dottore* Varsano. Fechada a fábrica de perfumes, definhara, triste e doente. Depois, o desaparecimento de seu irmão Victor. Brigado com a avó Anna, saíra de casa, pegara o trem e desaparecera... sem ao menos enviar notícias para Adele. A casa ficou grande e vazia. Victor não voltou no verão. Nem naquele, nem nunca mais.

A procura de marido para a única neta iniciou a fase de segredos de sua avó, Anna Varsano. Mulheres entravam e saíam falando baixo, bebericando intermináveis chás de menta ou comendo doces de colher. Finalmente o pretendente apareceu, coroando os esforços de sua avó em fazê-los noivos.

Mas quando Adele começava a se sentir feliz, no mês de maio, inesperadamente, entre telas, tules e rendas, justamente no dia da tão esperada prova do vestido de noiva, Anna Varsano, sua adorada avó, último esteio de sua vida, mulher que tudo sabia, lume de alegria e vida na casa... Em tarde de risos de satisfação, ao ver sua neta Adele no espelho, usando a prova do vestido de casamento, de emoção talvez... caiu desfalecida, fulminada, como se por um raio.

A cena não sairia da cabeça de Adele, impossível esquecer sua aflição. Ela e Daud carregando o corpo inerte, descendo os degraus do alto do ateliê até o jardim. Esperava conseguir ajuda, salvá-la, levá-la até o Hospital Hirsch. Mas Anna Varsano não respirava mais.

E lá, sob as tendas brancas, no jardim da Promenade, lugar tão adorado por ela, a avó jazia inerte e serena. No recanto de tantas memórias e risos, dias ensolarados e quentes, tardes longas e perfumadas.

Dali foi levada para sempre.

— Este vento tão quente... não é estranho para esta época do ano, Daud? Parece até que teremos chuva cedo... — comentou Adele olhando o horizonte.

— Que Alá te escute, minha menina! — respondeu o velho jardineiro se afastando. Carregava para a casa o cesto cheio de rosas.

E isso era a vida para ele. Aos quase setenta anos, encurvado e tristonho ultimamente, o marroquino, vestindo o mesmo *entari* comprido, o *tarbouch* gasto e desbotado na cabeça, após a morte de Anna tornara-se um velho acabado.

Vivia com os Varsano desde que o avô de Adele, o *dottore* Alberto Varsano, imigrara da Sicília para Salonica, em 1883. Vieram juntos no mesmo navio. Viveram os encontros e desencontros, a miséria e a riqueza, aventuras e viagens.

A cidade que os acolheu e a milhares de judeus era a Terra Prometida, a Mãe de Israel. Salonica, parte do Império Otomano, acolhia havia muitos séculos os perseguidos da Inquisição. Ali eles construíram suas vidas. O jardineiro Daud, além de melhor amigo, era fiel conselheiro, servo e protetor. Juntos, mais do que o fariam dois irmãos, construíram tudo ao seu redor. A casa da avó Anna, o ateliê, as terras imprestáveis transformadas num belo jardim, tudo tinha as mãos dele, com seu jeito simples de passar despercebido, suas atitudes, sensibilidade e falta de ambição para com a própria vida.

Tudo havia começado no jardim. Os tempos em que, ainda pequena, Adele escutava à mesa discussões acaloradas versando sobre espécies de rosas, perfumes e essências: o *attar* de rosas, a essência do perfume. Mas esses tempos se foram... O *dottore* Alberto, a sua avó Anna não existiam mais!

A casa era silenciosa, grande e triste para Adele e o jardineiro marroquino.

Enquanto Daud se afastava a passo lento, desaparecendo entre os arbustos e as sombras longas do pôr do sol, Adele o acompanhou com o olhar, figura tão querida.

Ela considerava Daud um dos dois homens mais importantes de sua vida. O primeiro fora sem dúvida o avô, *dottore* Varsano. Homem de lições e histórias, que a abraçava e a mantinha sentada em seus joelhos, ensinando-lhe as primeiras letras, as poesias e as fábulas de La Fontaine decoradas em francês e depois declamadas ao fim do semestre no Lycée.

Fábulas com lições de moral que a faziam pensar, fábulas partilhadas e discutidas entre "eles", os dois grandes homens da casa: o letrado, farmacêutico formado em Veneza, e o homem simples, mestiço berbere, nascido no Atlas, nas montanhas altas, num casebre tosco, e que conhecera apenas a mãe, plantadora de rosas.

Eles não se importavam se os acentos das lições estavam corretos. O marroquino não lia idioma algum, mas, para todos ao seu redor, isso não fazia a mínima diferença; só de ouvir apenas uma vez as leituras do *dottore* Alberto Varsano, Daud apreendia e sabia de memória o que ela e o irmão estudavam na escola.

— *Voilà... pedakia mou...* Bem, minhas crianças... — falava com a voz rouca, chamando a atenção para os ensaios feitos no jardim. Misturando sotaques e idiomas, fazendo soar um velho sino, Daud dava início ao espetáculo: — *Attention. Attention.* Victor e Adele! Os dois comecem juntos numa mesma voz:

Nuit et jour à tout venant
Je chantais, ne vous déplaise
Vous chantiez, j'en suis fort aise
Eh bien! Dansez maintenant...

Só agora Adele se dava conta de que Daud estudara com ela sem saber ler e sabia tudo e muito mais, havia lhe ensinado muitas coisas da vida. Se fora o mentor da ideia das rosas, também ensinara o avô a cultivá-las, conhecê-las, tratar delas.

O primeiro barracão para o *dottore* fora ele quem montara, o forno e a caldeira onde destilavam o óleo das pétalas para as essências e, mais tarde, era feita a mistura dos perfumes. Até a inesquecível Rose du Soir, fragrância mais conhecida que seu avô fabricava, guardadas com carinho apenas suas últimas gotas, tinha as mãos abençoadas do jardineiro.

Victor, irmão mais velho, ria dela. Falava ao avô que ela não pensava, ele sim, sabia tudo, era o mais inteligente, porque "homens deveriam ser mais inteligentes do que as mulheres"!

Vivia proclamando em grego — *Ime o Megas* Victor — e saía pela casa agitando um livro e correndo atrás dela: "Sou o Grande Victor... sou o Grande... o *mégas*..."

E quando os *billets* do *Lycée* chegavam à casa dos Varsano, anunciando numa caderneta o aproveitamento dos dois netos, o *dottore* agradecia ao portador e, como num ritual, chamava Anna e Daud. A mesa era colocada, com refresco de cerejas-azedas, e Anna trazia da cozinha rabanadas quentinhas. Adele sentava-se no colo de sua avó, para livrar-se dos beliscões de Victor. E ali aconchegava-se, sentindo o calor de seios, o farfalhar dos vestidos de seda e o perfume de sua pele úmida. Ali, Adele não sentia mais medo nem saudades de sua mãe.

— Vovó Anna... que mulher maravilhosa! Que saudade... — gemeu numa lamúria.

Adele adorava entrar no ateliê, a sala de sonhos, como Anna Varsano chamava o espaço. Lembrava-se da avó movimentando-se entre brocados e sedas, enrolando fitas nos manequins de ferro, alfinetando e montando um modelo e outro, sorrindo para as clientes, dentes alvos contrastando com a pele azeitonada. Anna vivia a maior parte do dia dentro daquela sala.

Tudo ali tinha aura. Branca de cal, iluminada por claraboia no teto, seguindo sua imaginação, como havia visto nos banhos públicos, os *ham-*

mans da cidade. Anna mandara construir tudo à sua maneira, e pedia ao arquiteto: "Quero meu ateliê com um teto redondo como o céu, onde o sol seja filtrado por pequenos pratos de vidro embutidos na abóbada!" Ela passava a maior parte do seu tempo ali, suspirando, cantarolando e balançando a cabeça, com seus cabelos presos em desalinho, pentes e grampos na nuca, cabelos invejados por suas clientes, fartos e brilhantes, num tom quase negro, onde refletiam raras mechas prateadas.

Ali era seu mundo, reinado onde o avô raramente subia. Anna Varsano descia apenas para o almoço, no verão, sempre servido no terraço do jardim da Promenade. Raramente sós, havia convidados do *dottore*. Almoços lentos, de muita conversa, política, recordações, e quando o visitante era muito formal, "como sempre, amigo do *dottore*", tudo ficava interminável para sua avó. Uma tortura para Anna, que ansiava voltar para sua sala, seu trabalho, e terminar o que havia inventado pela manhã.

Ela gostava de receber visitas, sim, mas nunca às três da tarde — como dizia: "Com o sol a pino e o rosto úmido" —, vestindo roupas de linho muito transparentes e simples. Anna detestava o sol. O terraço fora forrado com gaze, mantendo longe os raios quentes da tarde. Quando o convidado ficava mais do que era previsto, após o delicioso almoço, olhar embevecido com a aura e o perfume do jardim, a fresca brisa do terraço ou a conversa inteligente da anfitriã, Anna emitia um sinal; Daud atravessava o jardim, ar preocupado, passos quase imperceptíveis arrastando suas chinelas, e, após uma reverência, pedia perdão a ela por perturbar a conversa, mas havia sempre uma senhora muito importante à espera no ateliê. O *dottore*, a essa altura da tarde cochilando a sesta, recostado nas almofadas do *divan,* levava um susto ao perceber alguém junto dele com menção de se despedir. Nem sabendo o porquê, Adele lembrou-se da cena e riu.

Veio-lhe à mente também a construção da nova casa, que Anna havia idealizado durante anos. Foram muitos os almoços no Hotel Kavala, ou no Splendid Palace, com um famoso arquiteto de Livorno. Como era mesmo o nome do senhor elegante que vinha visitá-los? Havia esquecido.

À noite, subiria ao quarto em busca dos álbuns de sua avó.

Estavam guardados em algum lugar. Também o precioso diário, companheiro de todas as noites de Anna Varsano. Encontraria o livro grosso, encapado em veludo, do qual ela sempre fizera mistério. Era onde escrevia todas as noites, enquanto Adele, deitada na cama alta de ferro, observava a sua figura, horas ali, imóvel, sentada de costas, iluminada pelas velas do castiçal tremulando na parede; às vezes parecia murmurar, outras, chorar baixinho. E quando terminava e olhava Adele ali, em sua cama, a menina fingia dormir.

Queria achá-los, conhecer os segredos da avó antes de sair para sempre da casa. Levaria para sua nova vida a caixa azul que permanecera trancada no armário.

Como não pensara nisso antes? Seria como abraçá-la novamente, senti-la com vida, escutar conselhos que pediria à sua mãe.

Agora, leria as cartas, seus pensamentos e memórias. Acariciaria os pedacinhos de pano, desenhos de roupas, rabiscos de casas, todo o guardado durante uma vida, pequenos suvenires misturados aos recortes de jornais, colados um a um. As coleções de cartões-postais e fotos, alguns com a marca de seu perfumado batom, outros desbotados de lágrimas, contariam seu dia a dia, desde que havia ficado órfã de mãe na Sicília. Haveria muito para ler em pouco tempo.

Adele pensou nos conselhos da avó. Numa noite, ainda pequena, soluçava, querendo um caderno igual. Anna carinhosamente explicara que um caderno como aquele não era para ser lido por alguém, servia apenas para trazer para bem perto as pessoas que haviam partido.

Depois, escrito dia após dia, se tornaria um livro. Ela teria um livro igual um dia, e, nas horas de saudade, de aflição, ou mesmo de alegria, ele seria compartilhado, e um dia... talvez relido.

Ela não havia entendido o que sua avó queria dizer... Com certeza, era pequena demais.

— Um diário é um amigo secreto e discreto... minha querida... e será sempre mudo com você. Nele você escreve tudo, sua memória mais íntima, tudo de bom ou mau que você já fez, e ele será então o seu protetor, o mais fiel deles, pois nele existirá apenas o seu lado mais verdadeiro, que é o Ego.

Anna já havia partido, e o ateliê agora estava vazio.

O perfume, a fragrância inesquecível, estava impregnado em tudo quanto ela tocara, como um traço de sua personalidade. Sua alma estava ali, no terraço de onde se avistava o mar, da Torre Branca até o porto, o jardim secreto de Daud, rodeado de treliças de sândalo cobertas de jasmim, ou ainda a grande sala de jantar, os candelabros de prata e as gravuras que pertenceram aos seus ancestrais de Toledo.

Absorta em pensamentos, Adele admirava o pôr do sol dourando o mar. Às suas costas, o topo da montanha Kortiarthis escondia a lua cheia pronta para o seu costumeiro espetáculo de agosto.

Ao longe, das mesquitas, vinha o chamado do *muezzin* para as orações do entardecer. Os primeiros sinais das luzes dos lampiões sendo acesos piscariam como estrelinhas.

Salonica, como mágica, se iluminaria, repetindo o ritual das noites de verão embaladas pelo perfume de manjericão e de rosas.

Amanheceu brilhante a sexta-feira. O vento Vardaris parecia haver retornado ao norte. O quarto de Adele, abafado pela ação do sol direto nas janelas. As cortinas não balançavam mais. Momento mágico. Ao longe, o mar azul, abóbadas douradas das igrejas, minaretes das mesquitas e telhados de sinagogas refletiam uma cidade diferente de todas as outras onde já estivera.

As chaminés das fábricas dos Allatini soltavam nuvens de prosperidade, o eco seco do martelar das construções dos Modiano misturava-se aos gritos alegres das crianças sendo levadas para a escola.

Os ambulantes apregoavam cedo nas ruas: os turcos, os melhores figos e sultanas; os gregos, as fumegantes *bougatsas* de creme e canela; e Haim La Vaca, o conhecido vendedor de melões, fazia seus malabarismos, oferecendo de porta em porta as frutas mais doces da cidade. Os vendedores, com seus pregões, ressoavam alto pelas ruas da cidade. Os *hamalitos* do mercado de Sibi, velhinhos, mas fortes como Sansões, carregavam, qual formiguinhas, encomendas rumo ao porto ou à estação de trens.

Os homens saíam para o trabalho vestidos para o verão. As mulheres acompanhavam com olhar bisbilhoteiro, dos terraços, os passos de seus maridos, até sumirem nas esquinas. Outras batiam tapetes e tagarelavam em judeo-espanhol, antigo idioma remanescente da Inquisição. Em

Salonica, era chamado de ladino. A cidade, na quinta-feira, zoava cheia de ruído e movimento.

Era só burburinho, aromas, idiomas, córes, o bairro de Vardar preparando-se para o Shabat. Depois, a calma e o silêncio para o descanso.

O pregão do velho Avramicos, embaixo de sua janela, fez Adele pular da cama. Não perderia tal espetáculo. Era parte de sua rotina desde a infância. Todas as sextas-feiras, cedo, ela descia com a avó, para encontrá-lo. Alto, magro, barbas brancas, vestindo o *agnieri,* casaco com pele ao redor do pescoço, muito gasto, puído: Avramicos, o vendedor ambulante, lá estava. O forro do velho casaco era depósito de grampos, alfinetes, fitas, botões, carretéis, enfim... O que não se encontrava em seu tabuleiro estaria, com certeza, em seu *agnieri.* O velho subia a rua apregoando em grego, voz estridente e longa:

— *Caluraaaakia, siiiriitaaakia... massuraaakia...* grampiiinhos... alfinetiiinhos... carretéis...!

As crianças o acompanhavam, gritando:

— *Skiatro! Skiatro!* Espantalho, Espantalho!

Adele mirou pelas venezianas o ídolo de sua infância. Muitas vezes chorou, pois queria para si todo o tabuleiro do velho *skiatro.*

O sol ardia forte lá fora. Adele, imóvel, olhando pelas frestas, tentava relaxar o corpo dolorido das tarefas do dia anterior. Vestia camisola de algodão branco, rendada até os pés; a testa, úmida. O dia cuspia fogo em agosto. Às oito horas, provaria o vestido de casamento! Era a última prova.

Fora encomendado às pressas, segundo desenhos e tela de prova da melhor modista da cidade, Anna Varsano, sua falecida avó. O grande magazine Stern, de Victor Tiring, havia pouco inaugurado na Rue Sabri Pasha, o melhor e mais completo da cidade, a loja mais completa para *vêtements* da Turquia Europeia, como anunciava o jornal *Nea Alithia*, incumbiu-se de executar o desenho do traje. Uma mulher magra e falante chamada Zita, modista da loja, mui gentilmente encarregou-se de costurar o vestido.

O casamento aconteceria dentro de dois dias.

No próximo domingo, 6 de agosto de 1917, ao cair da tarde, antes de a lua cheia iluminar o céu de Salonica, Adele seria levada ao altar pelo homem a quem ela juraria amor e fidelidade até o fim de seus dias.

O casamento seria na Sinagoga Sicilia Hadash. E ela deveria estar linda e feliz, como a avó havia sonhado.

Anna Varsano havia planejado tudo.

Quando as duas voltaram de uma viagem a Constantinopla, no início do ano, Anna conhecera, através de uma velha amiga, o pretendente para a neta. O rapaz, chamado Michael Dervis, era filho de um fabricante de chapéus de feltro. Adele não poderia recusar. Era, com certeza, o melhor pretendente. Um cavalheiro, bem-educado, feições fortes como um homem deveria ter, bem de vida, cidadão do mundo, proclamava a avó pelos corredores da casa...

— Pense, Adele, você tem 25 anos, e aqui em Salonica isso é inconcebível... Uma mulher na sua idade arrumar um pretendente é muito difícil!

Era a sorte batendo à porta da casa dos Varsano, afastando o tédio que se havia instalado nos últimos verões. Sem Victor ao piano, sem seus amigos falantes e ruidosos, sem passeios na Promenade ou os filmes Lumière vindos de Paris e projetados no cinema Olympia ou no Pallás. Os amigos desapareceram quando Victor voltou a Paris, no início de setembro.

A ociosidade dos longos dias do verão incomodava Anna, dias em que ficava sem subir ao seu esconderijo, sem pesquisar o último almanaque na Livraria Hachette, ou um bom livro recebido da loja dos Molho ou dos Matarassos. Ela se distraía apenas com a música e a algazarra, e idealizava, em pensamento, a vida dos netos. Fora o que lhe restara, desde o acidente na Inglaterra, que havia levado a filha Michaela e o genro, Jacobo Montefiore.

— Pobre filha! Pobre genro, que destino... que desgraça... — murmurava às vezes, com os alfinetes presos no canto da boca.

Mas ali estavam as suas crianças, rindo das lembranças de pequenos, dos tempos do Lycée, dos estudos no jardim, das caretas do *nono*, quando abriam um presente, rindo da preocupação de Anna com as febres de Adele, da arrogância infantil de Victor, dos cuidados de Daud.

Adele sentiu um tremor ao lembrar-se de seu irmão, daquele último dia em que o vira.

Um dia horrível; depois de uma discussão, trancada com o neto, Anna Varsano nunca voltara a ser a mesma. Victor, olhos injetados de ódio, pegara a mala e, sem despedir-se de Adele, rumara para a estação.

Por dias e noites, sua avó Anna ficara acamada, fraca, desgrenhada, sem aceitar uma colher de sopa.

Adele nunca entendeu a reação. Ciúmes de Victor ou superproteção de avó? Talvez, pensou, o gênio forte dos dois. Mas o motivo da briga? Nunca foi esclarecido.

Anna fugia do assunto quando Adele insistia em saber. Vagamente, colocava a culpa na moça mais velha, uma tal Lucienne, por quem Victor se apaixonara. Mas acreditava que o tempo o faria esquecê-la, e então tudo seria como antigamente.

Lembrou-se do verão em que o irmão chegara de viagem e colocara o retrato da moça na cabeceira da cama. Todos vieram admirar a beleza da primeira namorada do *mégas* Victor!

Ele a conhecera num recital de piano em Bruxelas, uma paixão arrebatadora. Era uma órfã, adotada por uma família de banqueiros. Havia, como ele, estudado música, e era linda aos olhos de Adele. Cabelos claros e encaracolados, olhos transparentes, nariz afilado e lábios carnudos. Sorria com os olhos no retrato. Com certeza, pensou ela ao ver pela primeira vez o retrato, deve ser muito rica. O vestido de renda deixava seu colo nu, adornado apenas por um magnífico colar de pedras retangulares na forma de um *cabuchon*.

Victor partiu para sempre, mas o retrato de sua amada ficou na cabeceira. Sua avó, aparentemente, não queria e proibira veementemente o namoro, mas nunca o retirou do quarto de seu irmão.

Adele flagrou a *nona*, tarde da noite, com seu castiçal de velas, sentada na cama vazia do neto e olhando para o retrato da moça. Parecia que conversava com ela, pedia-lhe desculpas e chorava.

Alguns dias após a morte de Anna, chegou carta de uma agência francesa. Trabalhava para encontrar pessoas desaparecidas, fora contratada muito tempo atrás pela senhora Varsano. A carta em resposta lhe daria o paradeiro dos dois desaparecidos. Informava que *mademoiselle* Lucienne de Hirsch, ou ainda baronesa Lucienne de Hirsch, vivia com seus parentes na Bélgica, casada com Edouard Balser, um banqueiro.

Anna Varsano suspiraria aliviada se estivesse viva. Mas de seu neto Victor nem uma palavra, apenas um lacônico: desaparecido...

Sem mais notícias. Ele nunca mais escreveu ou voltou a Salonica, nem respondeu às cartas de Adele, e não convivia com os amigos em Paris. Era como se a terra tivesse tragado Victor Varsano Montefiore! Ele desapareceu para sempre da vida delas. E esta era, para Adele, uma lembrança que a atormentava.

Naquela manhã lenta e abafada, uma das mais importantes em sua vida, isso tudo não lhe saiu da cabeça.

— Victor com seu gênio forte, Victor, o *Mégas*, tudo havia feito para pregar um susto em sua avó — dizia-lhe o velho jardineiro. — Não se preocupe com ele: voltará um dia para nós...

Daud bateu à porta: a água no *kazani* estava morna. Somente ele sabia preparar o seu banho. Desde a infância, era ele quem cuidava disso, e adorava guardar segredo de suas mágicas!

Dividia a água em bacias, e para os cabelos pingava essência de rosas numa caneca, vinagre com folhas de alecrim na outra; na última água, seus cabelos ficariam perfumados e brilhantes. Era quase inacreditável, mas era mesmo uma mágica. Ele havia aprendido esse segredo ainda no Marrocos, com sua mãe, que colhia pétalas de rosas. Ela cuidava de uma plantação junto à planície chamada Dedés.

— Minha mãe sabia lidar com as rosas — contava Daud. — Ela tinha o segredo para manter sempre o seu perfume. Contava que se devia colhê-las muito cedo, antes de o sol encontrá-las, ainda quando as flores estivessem apenas meio desabrochadas.

Era somente ele quem preparava o banho para sua avó Anna e para sua mãe Michaela, e agora para ela. A pequena Adele cresceu ouvindo-o falar sobre rosas... Quantas vezes ouvira o jardineiro discorrer sobre o assunto enquanto cuidava do jardim secreto de sua avó.

— As melhores são as *damaskinas*... As do *kazanlik,* senhora Anna — dizia ele, revolvendo a terra. — Aquelas, das mudas de nossos roseirais que vieram de Göksu, e não as que vieram do jardim dos Modiano, da casa da *signora* Fakima — insistia com Anna. — Estas novas, que a senhora teima em querer que eu plante em seu jardim, são grandes e bonitas, mas têm um perfume fraco, só servem para enfeitar!

No banho, uma sensação de conforto tomou conta dela. Era como antigamente, quando todos estavam juntos. A fragrância das rosas, tão familiar a suas narinas, dava a sensação de amor e segurança. Sentia que todos estavam lá embaixo à sua espera, para tomarem o café da manhã! Que todos eles estavam ali, rindo. Sua mãe, seu irmão, seu pai, *nonna* Anna sempre apressada para voltar ao ateliê, e seu *nonno*, o *dottore* Alberto, discutindo com Daud.

Escutava ainda quando eles lhe contavam sua história predileta: a do vidrinho de perfume. Escutava Daud dizer, com a sua voz rouca:

— Um dia vou conseguir uma muda, e então, efêndi Varsano, o senhor terá a melhor fragrância do Império Otomano! Poderá engarrafá-la num frasco de cristal, igual aos da Farmácia Francesa, e ficar muito, muito rico!

E assim foi feito...

— *Mabrouk, mille mabrouks, effendi*! Sorte, meu senhor, muitas felicidades...

II

TAORMINA

"Você conhece esta terra
onde os limoeiros florescem?"
Goethe

Taormina, primavera de 1865.

Em setembro de 1865, Anna Cohen casou-se com Alberto Varsano.

O verão em Taormina surpreendia os estrangeiros. Alberto era de Veneza, família de farmacêuticos, com seu baú de madeira repleto de potes, essências, poções e livros.

Queria se estabelecer. O porte elegante e as maneiras educadas chamavam a atenção de diversos negociantes quando ele entrava nas lojas da parte alta da cidade, pedindo informações. Sua fala era impecável, e ninguém desconfiaria que o estrangeiro, além de veneziano com sotaque austro-húngaro, fosse também um judeu. Trajava sobretudo cor de oliva, refletindo ainda mais seus olhos de um verde profundo. Vagando pela cidade, seria talvez mais um dos nobres do norte à procura de novas emoções ou um belo cenário para contemplar.

Ele podia ser considerado, como muitos outros que apareciam em busca de oportunidades, um burguês insurgente contra a nova ordem que unificava a Itália emanuelista.

As mãos finas, longas e bem-tratadas, os gestos de cavalheiro contrastavam com a rudeza dos rapazes da cidade.

Anna cuidava da joalheria do pai, Rafaele Cohen, um artista no trabalho de ouro, ofício aprendido com o avô, que por sua vez dominara o segredo das correntes, das cadenas, com ancestrais. Habilidade guardada, com certeza, havia mais de quinze ou vinte gerações. Eles eram os Oropes, joalheiros de Toledo, na Espanha, fugidos da Inquisição. A loja de Rafaele era uma porta estreita na viela que levava à Piazza di Santo Agostino no centro alto de Taormina.

A praça era a atração da cidade, e de sua loja em diagonal e quase escondida pela torre do relógio via-se parte do movimento e, bem ao fundo, o mar se encontrando com o céu.

Diante da loja de Rafaele Cohen, uma escadaria dava acesso ao Palazzo Sgroi. Naquela manhã, as *escalinatas*, becos em degraus ligando um patamar a outro da cidade, estavam concorridas. Mulheres, quase todas de preto, subiam e desciam as escadas, carregando cestos de primaveras em flor, amarrados com tiras de panos coloridos, para enfeitar a cidade.

Era festa, e logo os negócios cerrariam suas portas. Hora do grande almoço na cidade, as casas exalando aroma de pães frescos, alecrim e orégano. Era o dia de San Giorgio!

Rafaele, o joalheiro, saíra cedo, entregando encomenda junto ao Palazzo de Corvaia. Depois seguiria para casa, aos pés do teatro greco-romano. Moravam com ele sua velha mãe e sua única filha, numa pequena casa branca.

Anna, filha única, órfã de mãe desde muito pequena, apelidou a casa de Mongibello, a última casinha da rua que levava ao alto da montanha.

O caminho íngreme tornava-se apenas uma trilha, e surgia Mongibello, entre ciprestes, o abismo e o mar, o teatro greco-romano, relíquias de civilizações da antiguidade.

Anna brincava lá, no imenso anfiteatro, quando pequena. Destrancava a portinhola da parte baixa da casa e, descalça, escalava o morro, subindo e descendo os degraus em ruínas, sentindo-se infinitamente pequena diante dos arcos monumentais. Ela adorava o contato de seus pés com as pedras enceradas pelo tempo e mornas pelo sol.

Abraçava as colunas, seus ouvidos nos buracos do tempo, ouvindo ecos que ora lhe pareciam música, ora vozes profundas contando histórias. Ao entardecer, as ruínas monumentais pareciam sentinelas observando a menina rodopiar no centro do teatro. Seus vestidos engomados lhe permitiam escorregar pelas laterais do anfiteatro, num corrimão largo, e ela era levada em velocidade para um colchão de areia. E ali Anna ficava, deitada, imóvel, observando as nuvens do céu, que corriam formando círculos dourados e azuis.

Era seu mundo, um teatro vazio somente dela.

Anna mal conhecera sua mãe. Rachelle, avó paterna, sempre cuidara da casa e da menina Anna. Era mulher diferente, quase não conversava, não tagarelava com as vizinhas quando, nos fins de tarde, colocavam as cadeiras nas calçadas para bordar, costurar e falar da vida alheia. Ela não. Rachelle Cohen nunca saía de casa, nem para festa ou enterro. Não tinha vaidades, usava um avental desbotado sobre o longo vestido pardo e um lenço em triângulo lhe cobria a cabeça. Sua neta nunca vira a cor de seus cabelos.

Sua fala era diferente, um sotaque carregado, sempre em tom muito baixo. Não era a linguagem usada na vizinhança ou a que sua neta aprendia na escola. E, quando não era entendida por Anna, apertava os olhinhos embaçados e sorria, dizendo: "Um dia, minha querida, me entenderás..."

Ela mais se expressava com as mãos.

Nunca deixava Anna brincar com outras crianças de casas vizinhas; amedrontada, olhava pelas venezianas eternamente fechadas o movimento da rua.

Raras eram as visitas na casa desde que a grande amiga Esther e sua família partiram de Taormina. Foram-se também os Recanati, os Hazan, os Levy; enfim, ela nunca mais ouviu a avó cantando em ladino, idioma dos antepassados desde a época da Inquisição.

Ela adorava escutar a avó cantando "*morenica a mi me llaman*" enquanto trançava os longos cabelos, ou "*el sueño de la hija del Rey*" durante o preparo da receita predileta do Shabat, os grãos-de-bico refogados com alho, as berinjelas no braseiro, perfumadas com azeite, e as batatas assadas com limão-siciliano e orégano.

A pequena Anna cantava com a avó o que aprendera! A menina cantava e dançava enquanto a velha Rachelle cozinhava ou costurava, sempre ocupada com alguma tarefa. Reformava vestidos da finada nora para a neta, aproveitando pedacinhos de renda ou fita. Às sextas-feiras, fim de tarde, véspera do Shabat, banhava-se demoradamente e trocava suas vestes por um vestido pardo, colocava duas cadenas de ouro ao redor do pescoço e trocava o lenço pela mantilha de renda negra e contas douradas.

No canto da mesa de jantar ficavam os castiçais com velas novas, e de um velho baú ela retirava um livro grosso, de capa negra e folhas amareladas e puídas. E assim ficava ela, no canto da sala, murmurando cantigas incompreensíveis, balançando o corpo para a frente e para trás. A neta pequena, dando voltas ao seu redor, atraída pela luz das velas, queria participar do ritual. Mas sua avó, com o olhar grave e o dedo indicador nos lábios sinalizava que a menina deveria respeitar aquele momento.

Anna acabou entendendo a atitude com o tempo. Aquele não era um momento para festejar, não ali, quase às escuras, ao cair do sol, em silêncio profundo. Com o tempo, entendeu o motivo do medo, do segredo, das lembranças amargas, do abraço afetuoso quando sua avó fechava o livro. Era um momento para relembrar, agradecer, pedir...

Era o início do Shabat em Taormina.

Ao fim, limpava os castiçais e os embrulhava em pano bordado com fios de ouro e franjas peroladas, e Anna aproveitava esse momento para espiar o fundo do baú. Havia nele dois saquinhos de veludo cor de vinho com bordados em azul e outro livro, cujas páginas eram amarradas com tiras de pano. Era para ela um tesouro tocar as coisas sempre escondidas num buraco no chão de um falso armário.

A pequena sempre acreditou que aquele era o livro de onde sua avó tirava as histórias fantásticas:

— *Kuando en 1492 los reyes católicos Fernando e Isabel desterraron de España, de Sefarad..., a los hebreos...* — contava ela com a voz embargada.

Assim cresceu Anna, misteriosa nas relações. Nunca foi vista conversando com as colegas de colégio, e pelo gosto de sua avó ela nunca teria saído de casa para estudar.

— Em tantas gerações, nunca houve uma mulher que tivesse feito isso! E justamente onde? Naquele templo de conversão? — dizia ela, aflita. — Elas — referindo-se às freiras da escola — te tornarão uma convertida, e mesmo assim nunca acharás teu lugar... Nenhum deles... encontrou o seu lugar quando se tornou um dos Novos...

Anna nunca mencionou a vergonha em ser diferente na escola. Nem questionou o porquê de mais tarefas aos domingos que suas colegas de classe. Elas nem tarefa tinham, além de ir à missa com ares de casadoiras. Anna foi até proibida de assistir às aulas de teologia. Mas lutou contra isso e convenceu as freiras, chorando na sala da madre superiora. Queria ser considerada uma igual. Pensou que, com a permissão, também aprenderia um pouco sobre a própria religião e de onde vinham todo o ódio, as perseguições, e por que eles, falando em casa a língua estranha, parecida com espanhol, moravam havia séculos na Sicília e não em Toledo? Que crimes haviam cometido? O que havia feito o seu povo, os avós de sua avó, para viver dessa forma, sempre escondido e amedrontado durante séculos?

Anna custou a entender que as histórias contadas nunca seriam as mesmas. As ouvidas na escola nunca coincidiriam com as de sua avó. E, como ela não aceitava as novas versões, desconfiava delas, nunca iria receber uma nota alta e também não iria para o céu!

Anna Cohen vivia entre o céu e o inferno em Taormina, foi assim que cresceu. O porte altivo, sua figura longilínea e a pele morena destacavam sua beleza selvagem e delicada. Seu andar era sensual, um sutil requebrado de quadris e o balanço da farta cabeleira negra. Sabia que às suas costas chamavam-na de Anna *spagnola* e que, da mesma forma como era desprezada, era a mais invejada da classe. Percebeu, com o tempo, que *spagnola* combinava com ela. Não que ser siciliana lhe desagradasse, ao contrário! Ali era seu lugar e sentia orgulho de sua terra!

Rafaele e a velha mãe Rachelle não demonstraram em momento algum tal sentimento. Não pensavam que ali seria a sua terra. Estavam sempre prontos para partir...

Como aves de passagem.

E essa indiferença fazia com que Anna se sentisse insegura. Nada ali lhe pertencia. Ela não fazia parte daquele lugar. Era estrangeira.

As aulas terminaram, e suas colegas de classe foram se casando, tendo filhos, e a rotina de Anna continuava igual. Sentia o vazio, o desejo de revê-las, mesmo que fosse por alguns segundos e de longe. Descia de Mongibello aos domingos trajando seu melhor vestido e ficava observando, quase escondida, a saída da missa de San Agostino. Pensava sempre como seria mais simples se tivesse nascido numa daquelas famílias. A família de Francesca Galladoro, ou de Maria Cavallaro, ou mesmo da pobre Giuseppa Arrigò, que era a criatura mais feia da classe. As famílias lhes arrumaram pretendentes antes de elas completarem 14 anos!

E na minha casa, pensava, nem se fala no assunto. Era como se ela tivesse ainda a eternidade para viver e a sorte viria bater à sua porta.

— A qualquer momento, e isso pode esperar — dizia o pai.

Nada era mais importante para Rafaele Cohen do que viver honestamente de seu trabalho e não enriquecer... Pois isso também chamaria a atenção de todos e se tornaria perigoso.

Quando os soldados, na última campanha de Garibaldi, montaram regimentos perto de Mongibello, sua avó, pela primeira vez, abriu as janelas e pendurou suas famosas *alheiras*, as falsas linguiças recheadas com alho e pão amanhecido.

— O velho truque da época da Inquisição — dizia ela. — Para que não restem dúvidas de que aqui mora uma família igual às outras da vizinhança.

E também, pela primeira vez, Anna viu cerceada sua liberdade de sair de casa. E, quando perguntou à sua avó o motivo, ouviu esses versos em ladino:

Hija mia, mi querida
No te eches a la perdición
Más vale un mal marido
que mancevo de amor

A vida de Anna agora se resumia em ir de casa para a joalheria e voltar para ajudar a avó na cozinha.

Certa manhã, percebeu que a velhinha não mais conseguia acender o fogo e, assim, foi assumindo o trabalho de casa. Rachelle sempre fora a única pessoa que cozinhava, sempre de maneira maravilhosa, e nos últimos meses, sentada a um canto da cozinha, tentava passar para a neta seus segredos e receitas, ditando e explicando pacientemente os detalhes aprendidos com sua mãe. Se esquecia algo, ia buscar o livro negro na arca, remexendo folhas ilegíveis, voltando a explicar.

Ela, que sempre falara tão pouco durante toda a sua vida, nunca foi tão requisitada e conversadeira.

Os costumes de Rachelle foram ensinados à neta: não misturar alimentos e observar os preceitos de nunca usar *pancetta*, as carnes impuras do porco, como nas casas vizinhas; respeitar os domínios da cozinha, do leite e da carne, e conhecer os alimentos que as leis judaicas proibiam. Isso sempre foi coisa invisível para Anna. Ela escreveu com atenção as receitas aprendidas: Arroz com *garbanzos,* com *safronn*, ou ainda — ditava ela — com *piniones*... Arroz com *spinaka* tem sempre um aroma diferente.

E assim, dia a dia, Anna aprendeu os segredos dos pães que cresciam, dos pimentões e berinjelas que ficavam mais doces. Dos tomates, do peixe fresco, do azeite e do limão. E a casa de Mongibello tinha todos os dias um novo aroma.

Rachelle parecia ter pressa em ensinar, passar às mãos de sua única neta seus livros, seus castiçais, a mantilha com bolinhas douradas. Anna já não saía mais de sua cabeceira. Ficava ali, dia e noite, junto da avó, segurando suas mãos, tentando alimentá-la com colheradas de sopa, aquecendo seus pés muito frios com mais mantas, alisando com carinho seus ralos cabelos muito brancos.

Numa tarde fria de dezembro, um vento forte assoviava e balançava as janelas de Mongibello. Era o último dia de *Chanukah* quando todas as luzes das lamparinas se apagaram. Rachelle em seu leito estava pronta... muito pálida e ofegante, com as mãos trêmulas, encostou a mantilha bordada em seus lábios e, com muito esforço, ofereceu-o à neta.

— É para você, minha querida Anna — sussurrou. — Esta é sua herança... Tudo que lhe posso deixar... É nossa história, de minha mãe... De minha avó...

E, mal terminando estas palavras, Rachelle Cohen fechou seus olhos para sempre.

Anna apaixonou-se por Alberto antes mesmo de ouvir a sua voz. Ela notou o forasteiro na manhã da festa de San Giorgio.

Sentado à sombra dos oleandros da Piazza di Santo Agostino, o moço ficou horas imóvel, observando o horizonte à sua frente. A praça estava vazia àquela hora do dia, e nada obstruía a visão que ela tinha de dentro da joalheria. Sabia que do banco da praça a paisagem era magnífica e que todos os forasteiros ali ficavam extasiados.

A praça abria-se diretamente para o mar, protegida apenas por um gradil de ferro que se intercalava com grandes ânforas, de onde, naquela época de primavera, pendiam anêmonas, íris azuis e narcisos brancos.

O contraste das flores com o azul profundo do mar emoldurava, ao sul, uma imagem muito clara do Etna à luz do sol. Abaixo, diretamente aos seus pés, o forasteiro enxergaria parte da planície de Giardini entre as paredes forradas de flores cor de solferino circulando a estrada que leva ao mar.

Mais abaixo, entre as curvas que levam ao cabo Schiso, avistaria uma faixa de azul mais claro, as águas de Naxos.

À esquerda o forasteiro veria o Teatro Grego, suas colunas e arcos majestosos e, ao fundo, o abismo de ciprestes que se encontrava com o mar.

Anna não conseguia desviar seu olhar daquele homem desconhecido, e assim ficou, até que sua visão foi sendo lentamente obstruída.

O movimento incomum para aquela hora do dia encheu a praça, impedindo a sua visão. A praça se tornaria o palco da Opra di Pupi. Sim, a ópera de marionetes seria montada ali, bem junto ao banco onde estava o forasteiro. O povo de Taormina, desde os cidadãos abastados até os miseráveis esmoleiros das igrejas da cidade, vibrava, torcia, ria e chorava junto, revivendo parte da história da Sicília.

À noite, na praça, as velas e os lampiões se apagariam quando as cortinas do pequeno palco abrissem. Arlequins e colombinas de madeira e rostos de porcelana, cavaleiros e heroínas, contavam a história das épicas batalhas entre o cristianismo e os vilões sarracenos, otomanos e outros infiéis. *Orlando Furioso*, de Ariosto, ou *Jerusalém Liberata*, de Tasso, seriam representadas. E Anna adorava Orlando, Rinaldo e Bradamante, os heróis, e torcia sempre no trecho do *Feroce Incontro* entre Orlando e don Chiaro.

Em casa, Anna serviu o almoço antes da Opra. Rafaele não tinha interesse na ópera em si, mas era uma oportunidade de ver as joias que as mulheres aristocráticas taorminesas usariam e, assim, buscar ideias para oferecer aos seus fregueses.

Anna e Rafaele chegaram cedo à praça, buscando um bom lugar; não queriam perder nada. Rafaele olhava os colares de ouro com corais ou âmbar e perguntava-se: "Desde quando isto é considerado uma joia?"

O trabalho de ouro, no peito arfante da senhora Paternó, ao lado de Anna, não tinha metade da arte de uma simples cadena; a diferença eram gotas de âmbar que, à luz das velas, realçavam o trabalho do metal. Anna estava irrequieta. Rafaele trocou de lugar com a filha, e, ao levantar-se, ela notou o olhar do estrangeiro. Sentiu seu rosto afoguear. Ele, ali ao seu lado. Ela ainda não escutara sua voz, mas podia sentir seu hálito, sua respiração.

Na manhã seguinte, a vida da cidade retomou seu cotidiano. O *teatrino* desmontado na praça vazia foi o que restou do espetáculo.

A cidade ainda dormia, e a sineta da porta soou. O forasteiro ali estava. As sobrancelhas grossas emolduravam um olhar profundo, instigante, que fez o coração de Anna disparar!

Ele embaraçou-se diante da mulher de nariz afilado, lábios rosados e pele dourada sob a mesa da joalheria, entre ferramentas e balanças. Perguntou por Levy, o sapateiro. Yacov de Messina o recomendara. Anna, trêmula, não percebia qual a informação desejada. A loja era de Rafaele Cohen, o joalheiro, e não de Levy, o sapateiro!

Aliás, este se fora, depois do achaque de homens de Garibaldi. Em nome dos camisas-vermelhas, eles carregaram o estoque de botas. Levy e família tomaram o navio com destino a Salonica. Mas ao forasteiro ela informou que seu pai explicaria melhor a história.

Se conto tudo, ele vira as costas, agradece e não volta mais, pensou. Seu pai estaria em casa, pelo tempo gasto entre o Palazzo de Corvaia e Mongibello.

Anna levantou-se e, apoiando as mãos sobre o balcão, fingiu procurar o endereço de Levy.

— Sinto muito, senhor — disse, sorrindo —, mas não consigo encontrar o papel que deveria estar aqui! Talvez meu pai... Com certeza ele poderá lhe dar todas as informações... Se o senhor quiser, poderá encontrá-lo em Mongibello...

Alberto não desviava o olhar da moça, que lhe pareceu ainda mais linda do que na noite anterior. O colo bronzeado, displicentemente à mostra nos primeiros botões da blusa entreaberta, e os seios fartos contrastavam com a cintura fina. Sem chapéu, seus cabelos soltos e desalinhados a faziam selvagem e sensual.

Anna, corando, começou a trançar os cabelos.

— E qual o endereço do senhor Rafaele? — O moço desviou o olhar. — É longe daqui?

— Bem, se contornar, seguindo o fim do corso, à esquerda, encontrará um caminho para a montanha do Teatro Greco... Mas, se me aguardar por alguns minutos, poderei mostrar-lhe o caminho — disse ela de maneira displicente, recolhendo seus pertences. — Eu planejava mesmo ir para casa, já estava fechando a loja!

Alberto ajudou a colocar as pesadas trancas na porta da joalheria e ofereceu-se para carregar o cesto de legumes comprado logo cedo.

Apesar da primavera quente em Taormina, Anna usava sobre a fina blusa de seda um xale de lã muito delicado, que ela mesma havia tecido na época da escola. No caminho, em silêncio, sentiu um calafrio ao pensar em sua atitude irresponsável. O que pensaria seu pai ao vê-la chegar a casa acompanhada de um homem desconhecido?

Forasteiros eram comuns em Taormina. Mas raros nessa época do ano. Aristocratas alemães passaram a comprar propriedades na cidade, que estava se tornando um lugar para fugir do frio. A temporada deles era entre janeiro e abril, quando era comum encontrar uma grã-duquesa ou príncipes e barões subindo com carroças enfeitadas as íngremes estradas na direção do Castelmolla.

Durante o Carnaval, disputavam os hotéis e pensões, e o pequeno Teatro Regina Margherita abria as portas para famosos bailes.

Anna respirou fundo ao avistar a fumaça da chaminé. Seu pai assava as *melanzane ripiene*, recheadas com anchovas e alcaparras preparadas na noite anterior. Giovanni Bagaglio, o pescador, havia deixado uma bela posta de *spadone*, aquele enorme peixe-espada, e assim haveria como, se seu pai concordasse, convidar o forasteiro para sentar-se à mesa com eles.

Alberto encostou o cesto de vime na porta da frente da casinha branca e, apreensivo, esperou sinceramente não ser o pivô de algum mal-entendido entre pai e filha.

O velho espiou pela fresta da janela da cozinha, enxugando as mãos no pano que enrolava na cintura:

— Por que você o trouxe para cá, Anna? O que ele quer? — perguntou em voz baixa.

— Não entendi muito bem, papai — respondeu, com medo da reação do velho. — Entendi que o *signor* Varsano veio de Veneza e está à procura de Levy, o sapateiro.

— Como você disse? Ele é amigo do Levy? Qual o nome dele, Anna? — perguntou o joalheiro, como se estivesse testando a filha.

— Varsano, ele é o *signor* Alberto Varsano de Veneza — respondeu a moça, frisando bem o nome do estrangeiro.

Rafaele Cohen olhou novamente pela fresta, como se estivesse duvidando que bem ali, em sua porta, estivesse um Varsano de Veneza!

— Mas claro, Anna, faça o *signor* Varsano entrar! — disse o velho, tirando o avental e impostando a voz para que fosse ouvido lá fora.

A moça rapidamente destrancou a porta da frente. Ao vê-la sorrindo, Alberto respirou aliviado.

Não esperaram muito para tomar a decisão. Ao fim do verão de 1865 Anna Cohen tornava-se a senhora Varsano.

O pai sorria, satisfeito, por baixo dos largos bigodes. Afinal, Anna, uma mulher feita aos 18 anos, não poderia ter tido sorte maior. Alberto Varsano caíra do céu; em toda a Taormina, nunca encontraria um pretendente judeu, e muito menos um farmacêutico de Veneza, um *vero dottore*...

Anna, no dia de seu casamento, escreveu em seu diário:

"E eu, Dio Santo, que sempre achei minha vida sem destino, que iria ficar para sempre uma velha solteirona como a Nedda... Sem querer, num belo dia, encontrei o meu príncipe de Veneza. Encontrei Alberto Varsano e hoje vamos nos casar!

Nonna querida, eu tenho certeza de que aí do céu você vai aprovar a metade do meu bom limão, que o destino mandou para mim."

III

LIMÕES E FIGOS-DA-ÍNDIA

Taormina, verão de 1882.

A joalheria de Rafaele Cohen quase não recebia mais encomendas. O desenvolvimento da cidade trouxe turismo e riqueza, mas também a concorrência e a moda.

O Hotel Timeo, inaugurado por um músico chamado Wagner, mudou a cidade, principalmente por causa de um dado que ficou famoso: um barão prussiano, pintor, encantado pela paisagem, retratara Taormina e expusera suas telas em Paris.

Otto Geleng não convenceu os críticos de arte da veracidade do que havia pintado. Achavam que tal paraíso era devaneio de artista. O barão Geleng, homem bem-humorado e displicente com seus bens materiais, apostou com os críticos que estes iriam conhecer realmente aquelas paisagens e, em troca, seu prêmio seria que, ao voltarem, eles colocassem em todos os maiores jornais a descrição da estupenda visita que fizeram àquele éden.

Taormina ficou conhecida em toda a Europa como a melhor *villa saisonnière*, atraindo tanto no inverno quanto no verão uma elite de nomes famosos, como Goethe, Krupps, Nietzsche e Von Glöeden, que Rafaele nem imaginava quem fossem.

Ele só se incomodava quando uma de suas galinhas escapava da cerca para o lado do anfiteatro, e ele tinha que caçá-la diante de grupos de estrangeiros que contemplavam extasiados aquelas colunas.

Alguns passavam o dia pintando aquarelas, outros usavam botas altas de caçadores, subiam em grupo, protegidos com guarda-sóis, rindo e falando em idiomas diversos. O ruído, muitas vezes, acordava sua neta Michaela da letargia de verão, quando ela ficava mais tempo a rolar na cama.

Somente as damas estrangeiras, *très chic*, tão diferentes das mulheres de Taormina, faziam com que a curiosidade vencesse a preguiça! E Michaela era uma jovem curiosa. Espreitava através das frestas da veneziana, quase sem respirar, o movimento de estrangeiros junto à janela. Tentava entender a conversa, admirava os gestos, as roupas das desconhecidas, que muitas vezes ficavam ali, bem à sua frente, se recompondo da íngreme escalada até Mongibello. Ela não perdia um gesto sequer, como na plateia de um teatro, e absorvia tudo; depois, enrolada em lençóis, repetia a cena junto ao espelho.

As estrangeiras, sempre bem-vestidas, passavam pó de arroz, levavam toalhinhas e lenços umedecidos e se refrescavam do calor, tirando e recolocando chapéus ou ajeitando o penteado, cochichavam, esticavam olhares maliciosos para os homens que as aguardavam pacientemente do outro lado da rua e riam muito. Como seria bom viver como elas, pensava a moça!

Um dia aqui, outro ali, viajando, sendo admirada, bem-tratada, coberta de joias e roupas caras!

Mas, pensando bem e olhando-as de perto, não eram tão lindas assim, não mais que sua mãe Anna, Michaela tinha absoluta certeza.

Anna Varsano sempre fora para sua única filha Michaela a mulher mais perfeita, a melhor e a mais bonita que já havia visto. E isso desde pequena. Sempre o proclamara aos quatro ventos! E mesmo agora, perto de completar os 18 anos, não mudara de opinião.

O velho joalheiro, quando via filha e neta andando lado a lado, percebia claramente que Michaela era moça feita e na idade de casar. Mas eram novos tempos: 1882! As mulheres queriam estudar, trabalhar fora, e só de ouvir essas conversas na cozinha ele tinha arrepios! Mãe e filha se pareciam muito. A menina tinha corpo e traços da mãe, e os olhos verdes do pai.

A conversa à mesa de jantar estava bem animada. Rafaele e Anna escutavam Michaela, entusiasmada com a sua experiência de mais um novo dia de trabalho.

Alberto relutara, mas ela foi trabalhar numa cerâmica. Achava que a filha de um *dottore* deveria ser professora. Não havia sacrificado tanto dinheiro e horas de sono acompanhando seus estudos, declinando com ela todas as flexões de latim, decorando as Catilinárias, os versos em francês de Baudelaire, os trechos de Dante no seu Inferno e Goethe, para ela acabar numa cerâmica. Mas ela ultrapassou os obstáculos dignamente, aprendeu francês e alemão com as freiras e foi excelente aluna em álgebra, química, botânica e história geral.

O que mais lhe dava prazer eram as esporádicas aulas de pintura e desenho que a irmã Antonina di Luca, uma jovem e bela freira carmelita, ministrava nas tardes livres em substituição à velha e ranzinza madre Jolanda, a mestra da classe de latim.

As más línguas comentavam que a bela Antonina, neta do poderoso Sebastiano Curcuruto, dono de terras ao redor de Castelmolla, fora responsável pela morte do jovem Francesco di Stefano, um tocador de bandolim que fazia serestas por encomenda para os apaixonados da alta aristocracia da cidade. Francesca Arrigò havia delatado o romance proibido dos jovens, e, ao serem encontrados conversando no Giardino da Fontana Vecchia, empregados de Curcuruto arrastaram o moço até a ponta da Misericórdia, atirando-o no abismo.

Antonina foi enclausurada no convento.

Anos depois, recebeu a permissão de conviver com o mundo exterior, dando essas aulas em substituição à madre da classe.

A pobre irmã Antonina, se tivesse que esclarecer alguma dúvida, deveria fazê-lo apenas com gestos e com a cabeça. Com sua voz, poderia apenas declinar as palavras em latim: *rosa, rosae, rosae, rosam, rosa... rosa...*

As meninas da classe, com receio de prejudicar a linda e doce irmã Antonina, repetiam em coro... *rosa, rosae, rosae, rosam, rosa... rosa*! E com o rabo do olho se entreolhavam, apontando a direção da árvore onde a irmã superiora se escondia, espionando o comportamento da classe.

Michaela sabia de antemão que nunca seria professora. Não aceitariam uma moça judia nos quadros de nenhuma escola da região. Só se tornando cristã e não fingindo, como fazia por vezes. Como sua mãe havia feito também na escola. Tudo para não ser olhada como uma inimiga, proibida de participar das aulas de religião ou usar o crucifixo na escola. Seu pai, o *dottore* Alberto, não encarava isso como fingimento, apenas um meio de sobrevivência.

A menina queria ser artista, e para tal não precisaria esconder as origens religiosas. Naqueles tempos não havia mais Inquisição, nem perseguição, apenas valia o que cada pessoa conseguia ser na vida, argumentava a moça com convicção.

— Está querendo dizer, Michaela, que cada um hoje é considerado apenas por sua posição social, pelo que alcança e, mesmo sendo judeu, ele é bem recebido? — perguntou o velho, piscando um olho para Anna.

— Mais ou menos isso, vovô! — respondeu rindo, com ares de sabedoria. — Veja bem o que aconteceu hoje na cerâmica — continuou Michaela, exultante por modelar e pintar no estúdio de cerâmica, uma oficina nos mesmos moldes da famosa cerâmica de Caltagirone, e, ainda mais, discípula dos próprios Bongiovanni!

Ela queria provar para o avô todos os dias que o mundo havia mudado e que nada mais era tão inseguro como nos tempos em que ele e seus antepassados haviam vivido.

— Imagine que, com tantas moças de famílias tão conhecidas aqui, eles foram proteger justamente uma Varsano, e passar a ela os segredos de Caltagirone! — continuou, contando-lhe o que havia ocorrido naquela tarde. — Ontem, o *signor* Bongiovanni havia ordenado que deixássemos o ateliê muito bem arrumado e limpo, pois receberíamos uma visita importante. E hoje recebemos uma comitiva de hóspedes do Hotel Timeo, e com ela uma baronesa da Baviera. Ela ficou muito impressionada com meu trabalho! Andou de mesa em mesa e parou justamente ao olhar o meu prato, aquele que eu estava terminando de pintar, e depois comentou com outra senhora, em alemão: — "Lindo. Gostei muito desse trabalho!"

"Eu continuei com a cabeça baixa, fingindo que não havia entendido, mas por dentro, vovô... eu estava explodindo! Meu coração disparou e senti meu rosto pegar fogo! A baronesa então pediu ajuda a alguém para traduzir-me o que ela havia dito. Então, levantei a cabeça e, encarando-a, respondi: 'Não há necessidade, senhora baronesa, eu fico grata e feliz por seu elogio!' A senhora e sua comitiva, e até o próprio *signor* Bongiovanni, ficaram surpresos ao ver que num fim de mundo como aquele uma artesã de um ateliê de cerâmica entendia e falava um pouco outro idioma! E sabem do melhor? Ela, que tem sangue azul, ficou minha amiga!

Rafaele, achando tudo um exagero, fez-lhe uma careta.

— Posso saber por que está fazendo todo esse carnaval, Micha? Para que tanto alarde, o que existe de tão especial em ser "amiga" de uma baronesa? E você fica aí se vangloriando de um simples elogio de amizade!

— Deixe-me contar-lhe o resto, vovô! — respondeu a menina, já impaciente.

Alberto saiu do seu laboratório ao lado da cozinha e veio juntar-se a eles, agora curioso para ouvir o resto da história.

— Conte logo, Michaela — disse Anna, balançando o dedo furado pelo espinho de um figo-da-índia que descascava para a sobremesa.

— Bem — continuou, já fechando os olhos, como se recordasse detalhes. — Essa tal senhora... adivinhem... Encomendou um jogo inteiro dos meus pratos de limões! Vocês acreditam? Com uma ressalva apenas: que na lateral eu pintasse o brasão de sua família, com azul-ultramar sobre o amarelo da borda. Vovô, era tudo que eu queria, são minhas cores prediletas! Depois — continuou ela —, ainda entregou-me seu cartão pessoal e uma folha de papel de carta para que eu copiasse o desenho do brasão — completou, apalpando o bolso de seu avental.

Rafaele, curioso, queria saber logo do fim.

— Depois, na saída, ela se voltou novamente e perguntou-me qual era o meu nome. Quando respondi Michaela Varsano, ela ficou pensativa e respondeu: "Hum, Vaaarsaanoo, Varsano, Varsano! Tudo bem, *Fraülein* Varsano, continue seu *trrabalho* e, *porr favorr*, assine o seu nome nos *prratos* com a mesma tinta do brasão." — Michaela ria ao imitar a baronesa num italiano enrolado com sotaque de alemão. — Depois, ela se despediu de todos, passando a mão na minha cabeça!

Todos gritaram "Bravo!" e aplaudiram a nova artista Michaela Varsano!

Alberto, orgulhoso, piscou para sua mulher e voltou ao laboratório ao lado da cozinha, continuando a trabalhar. E era isso que fazia quando chegava da farmácia, e aos sábados à noite e aos domingos à tarde.

Depois de anos em Taormina, esperando uma oportunidade para comprar um ponto de farmácia, ele viu que seu dinheiro seria sempre insuficiente. Qualquer loja no centro da cidade havia se valorizado, tornando-se um ponto de comércio, tudo para atender à nova fonte de sobrevivência: o turismo.

Desde o casamento com Anna ele mantinha o mesmo emprego: trabalhava durante o dia na Farmácia de Santa Maria, do senhor Galliani. O proprietário não tinha diploma de farmacêutico, mas gozava de muito poder e prestígio na cidade.

Vivia com as gordas faces coradas dos tragos de *grappa* enquanto seus dois filhos brigavam pelo caixa. Segundo os comerciantes que frequentavam o Café Scala, nenhum deles tinha bom caráter, e não entendiam nada do negócio do pai.

Todas as noites, após o jantar, Alberto fazia pesquisas, um creme para um caso, um unguento para outro, e assim lutava havia anos para amenizar os problemas da maior parte dos doentes que recorriam à farmácia, obtendo sucesso com uma pomada por ele criada e que, efetivamente, curara a maioria de um estranho eczema que assolava a região.

As pesquisas, assim como grande parte dos remédios que saíam de seu pequeno laboratório ao lado da cozinha, eram mantidas por ele mesmo, e tudo que lá se fazia era distribuído aos pobres, que não podiam pagar preços de farmácia.

Mas o problema maior eram os materiais, caros e raros na região. Ele dependia do "bom" Altanario, com o seu barco vindo de Messina, levando ou trazendo encomendas. Nem sempre a lista de material vinha completa. Naquela semana faltava até tintura de iodo. Aliás, fazia dez anos que a Sicília vivia dificuldades para conseguir produtos de farmácia. Em Veneza, lembrava-se da farmácia de sua família, ervas e raízes exóticas do Oriente eram entregues diretamente por mercadores ao seu pai. Bálsamos e folhas dos quais se extraíam remédios de reconhecida qualidade. Mas, lá na Sicília, para o senhor Galliani o material nunca chegava! Sempre existia uma desculpa para o proprietário da farmácia se eximir de despesas extras para as pesquisas do *dottore*.

— Para que você quer isso? Tem certeza de que vai usar? — Ou ainda: — Isso nem existe... — repetia o gordo patrão, afogueado de *grappa*.

Alberto gastava suas próprias liras e, no fim, beneficiava com suas fórmulas o nome da farmácia. Aos sábados, Altanario Managó atracava no Castro, sempre mandando alguma coisa da lista através de Giovanni, o pescador. E este era um dos que faziam fé nas receitas do *dottore*! Assim Alberto era chamado entre as pessoas mais simples da cidade. Subia até Mongibello, balançando a cabeleira cor de fogo, com seu cesto cheio de peixes, e no meio, com cuidado, colocava os frascos de encomenda.

— *Dottore?* — gritava ele desde lá de baixo da rua. — *Chegooouu!*

Mesmo exausto, no calor do fim da tarde da segunda-feira, o farmacêutico chegava em casa animado para continuar seu trabalho no laboratório.

Rafaele havia construído uma nova cozinha, que as mulheres da família estavam acostumadas a usar. Era onde antes havia uma velha figueira, plantada pela avó Rachelle.

— Pobre figueira — lamentava —, morreu, e com ela também nossa árvore da vida.

Mas em seu lugar, aos poucos, construiu-se um espaço para as mulheres da família. Assim, a casa ficou com a frente mais ampla, e cada qual tinha seu próprio canto favorito. Elas cozinhavam e riam de um lado. O velho na sala da frente tinha sempre alguma coisa para consertar, e no espaço da velha cozinha, que era da avó Rachelle, o genro cuidava das poções que destinava aos pobres da vizinhança.

Nada era cobrado ali, uma lira sequer; nem mesmo uma aristocrata alemã pagou: ela havia desmaiado sob as arcadas do Teatro Grego. Com o calor e o sol a pino, a senhora perdera os sentidos e ficara muito pálida.

Alberto foi chamado às pressas e conseguiu reanimá-la. Depois, voltando ao seu laboratório, preparou uma poção e enviou o frasco, receitando-lhe uma medida do remédio duas vezes ao dia até o fim do verão.

Na manhã seguinte, o farmacêutico recebeu um elegante envelope, com o timbre e os brasões dos Hirsch, e uma carta da baronesa, agradecendo ao *dottore* e perguntando quanto lhe devia por seus serviços. Alberto planejou responder ao bilhete e rascunhou muito, usando até a penúltima folha de um receituário timbrado, recebido de seu pai quando se formara...

No topo de cada folha havia o brasão de Veneza e abaixo a inscrição: Alberto Varsano Farmacêutico.

Quando terminou de endereçar o nome da baronesa no envelope, parou: baronesa Clara Bischoffsheim de Hirsch Auf Gereut.

— Meu Deus, de onde eu conheço esse nome?

Conhecia aquele nome, possivelmente o mesmo dos pratos de Michaela, mas não tinha certeza absoluta. Mas seu rosto, mesmo pálido, lhe era familiar.

De onde? Das ruas de Taormina? Não cogitaria olhar assim, face a face, dentro de seus olhos, como acontecera no momento em que fora atendê-la, quase desmaiada, perdendo os sentidos, com a face branca e os lábios arroxeados. Mas conhecia aquele rosto.

Os olhos muito claros, o nariz afilado, a boca pequena e delicada, aquela expressão não lhe escapava da mente. E foi como uma luz interior que se acendeu; de repente, exclamou:

— Eis de onde a conheço, da caixa de correspondência! Está lá! — E correu para seu armário, de lá voltando com sua caixa de cartas.

Desde que seus irmãos, Victor e David Varsano, partiram de Veneza, ele vinha guardando todas as cartas, os cartões-postais, recortes e páginas de jornais que eles lhe enviavam, contando-lhe a respeito da nova vida em Salonica. Esta era a primeira vez que Alberto espalhava todo o conteúdo da caixa, começando a reler carta por carta, página por página.

Um dos envelopes continha um recorte de jornal de setembro de 1874, enviado por seu irmão Victor, que descrevia:

"Hoje, a cidade de Salonica e a comunidade judaica tiveram a honra de receber a visita de Sua Excelência, o barão Maurice de Hirsch, e sua digníssima esposa, a baronesa Clara de Hirsch. O ilustre visitante é o representante do Porte: A Sublime Porta do Império Otomano, na inauguração dos projetos para a construção, implantação e engenharia das futuras estradas de ferro, que farão de nossa cidade, Salonica, o entroncamento de comércio unindo o Ocidente ao Oriente."

Num outro recorte, reportagem da Alliance Israélite Universelle e ainda um retrato oval da grande filantropa baronesa Clara de Hirsch, num postal comemorativo de sua visita à cidade.

— Encontrei — gritou o farmacêutico, diante de olhares curiosos e duvidosos de Anna e Michaela, que não entendiam a razão da manifestação. — Olhe aqui, filha... Neste cartão-postal, a baronesa que eu atendi desmaiada nas ruínas do teatro! Que mundo pequeno... Nós já a conhecíamos antes mesmo de imaginarmos que um dia ela iria bater aqui em nossa porta!

— Papai — disse Michaela, ainda sem compreender. — Essa senhora da foto é a mesma que encomendou os pratos de nosso ateliê! Era dela que eu estava falando naquele dia... Agora entendo por que, depois que eu disse meu nome, ela se voltou e falou, bem baixinho: "Diga-me, senhorita Varsano, quantos da sua comunidade vivem hoje em Taormina?"

— E o que você respondeu, Michaela? — perguntou Rafaele, entrando na conversa.

— Eu até fiquei assustada, vovô. De início não entendi o que queria dizer comunidade e não soube o que responder muito bem; disse a ela que éramos poucos... "Talvez hoje", respondi, "somente duas famílias: a de vovô e a nossa!"

Alberto e Anna riram da inocência da jovem. A mulher da foto trouxera movimento para os Varsano naquela noite.

Michaela pediu ao pai que relesse, em voz alta, as velhas cartas dos tios de Salonica, e, assim como num livro de histórias, ela foi entendendo, juntando trecho por trecho, como páginas soltas. E, pela primeira vez em sua vida, ouviu o pai falar de Victor e David Varsano com tanta intimidade.

Victor contava sobre seu trabalho com uma família chamada Modiano. Ele era homem de confiança de Levy Modiano, muito respeitado na cidade de Salonica. Os Modiano construiriam uma *villa* projetada pelo famoso arquiteto italiano Vitaliano Poselli. Victor seria o fiscal de obras. A casa teria três andares, muitas salas e quartos e um jardim junto ao mar...

— Bem. — Michaela interrompeu a leitura de Alberto. — Lembro-me da carta do tio David, quando ele queria que nós fôssemos para lá. Havia encontrado um ponto para você abrir sua farmácia. Por que você não quis, papai?

Alberto emudeceu e, com os olhos semicerrados, sentiu o suspiro reprovador de Anna. Foi ela quem, pausadamente, leu a outra carta.

Salonica, dezembro de 1880.

Caríssimo irmão Alberto Varsano.

Aqui em Salonica as oportunidades são muitas. Não falta trabalho, não sentimos preconceito; ao contrário, nossa comunidade é muito respeitada, tanto pelos turcos quanto pelos gregos. Somos muito unidos, e muitos dos nossos que vieram da Itália enriquecem da noite para o dia! Outros aumentam suas riquezas, como é o caso da família Allatini de Livorno. Neste ano, compraram o moinho a vapor do francês Darblay de Corblay e já possuem áreas imensas de terras ao redor da cidade, construindo escolas e casas para os necessitados.

Os Modiano e outras famílias que vieram também de nossa terra constroem, compram e vendem! Aqui, hoje, todos esperam prosperar com as novas linhas férreas que o barão Hirsch está construindo.

Imagine que todos os produtos da Anatólia virão para cá e serão revendidos para toda a Europa! O fumo, os tapetes, o algodão, a seda, madeira, figos e passas secas terão aqui em Salonica um mercado, e serão muitos os da nossa comunidade que irão revender os produtos... Venham para cá, aqui não temos o que esconder, aqui somos livres...

— Agora posso ligar os fatos — comentou Alberto de maneira pensativa, ao reler trechos da carta.

David Varsano, irmão mais novo de Alberto, vivia em sua lembrança, abraçando-o em sua despedida em Veneza, última vez que o tinha visto.

Lembrava do sorriso largo do rapaz, acenando-lhe na amurada do cais do Canal Grande. Contra o sol, seu irmão, ainda jovem, lembrava Adônis, tão descrito em seus livros. Alto, ombros largos, cabeleira encaracolada, aos 16 anos era um homem de personalidade formada. Teimava em não seguir a carreira do pai, trabalhando na sua velha farmácia no *gheto*.

Aspirava à advocacia. Mas o velho Varsano não poderia custear os estudos do filho caçula. Doente e cansado, havia perdido o ponto da farmácia, e todo o material que conseguira salvar estava encaixotado e guardado. Tudo destinado ao primogênito Alberto. Após a formatura, teria um meio de vida.

Todo trabalho de quarenta anos do velho Varsano desapareceu na noite em que as águas do canal invadiram a sua casa, a farmácia, a vida.

Para ajudar a família e custear a escola de Alberto, David passou a trabalhar em Murano, numa *cristalleria*. Soprava vidros durante horas, e no descanso, com os restos da pasta de vidro, tinha liberdade de criar e produzir pequenos objetos, que eram vendidos aos domingos.

Então o rapaz vestia a melhor roupa e ia à Piazza di San Marco oferecer suas peças. O que conseguia arrecadar ajudava na compra de livros para estudo. Devorava-os durante as madrugadas úmidas de Murano, iluminado pelos restos de vela recolhidos no altar da capela de Santa Filomena.

Sabia as Catilinárias em latim e decorava os versos de Homero em grego, e, para não esquecê-los, na ida ao trabalho ele dançava e declamava sobre as muretas das pontes.

Isto o fazia sentir-se menos só e menos infeliz, menos pobre no seu desterro em Murano. Sabia e discutia consigo mesmo as leis de Justiniano, e, quando andava por Veneza e via um grupo de homens togados, aproximava-se para escutar o que diziam. Depois, andava pelos canais, pulando muretas, impostando a voz, discursando:

— *Lex est commune praeceptum... virorum prudentium conjuntum... delictorum... ectecetera...*

É nessa carta que David Varsano conta, vinte anos depois, haver se tornado, em Salonica, o escriturário da maior banca de advocacia do Império Otomano.

Tinha 36 anos agora e, com sua experiência, logo poderia abrir sua própria banca. Conhecera pessoalmente o barão Hirsch, o homem responsável pela abertura da estrada de ferro que iria ser conhecida por Oriental Express. Trabalhou junto aos engenheiros e agrimensores em Constantinopla, quando visitaram, juntos, centenas de quilômetros para estudar a topografia dos locais por onde passariam os trilhos da ferrovia que, futuramente, ligaria Paris a Constantinopla, Veneza a Salonica.

E isso, escrevia David, era uma das maiores obras de engenharia do século!

Como braço direito do advogado Grassi, David Varsano participava de diversas arbitragens em processos de direito internacional. Escrevia, lia e entendia perfeitamente os idiomas turco, grego, francês e alemão. Com todo o esforço que fazia para aprender, e toda a bagagem de conhecimento que adquirira, estudando arduamente dia e noite, conseguiu a confiança do seu mestre e do representante do Porte para administrar a maioria dos contratos de concessão.

No escritório de Salonica, contava ele ainda, entre seus ajudantes sobressaía um rapaz chamado Emmanuel Raphael Salem. Um moço sonhador e muito esforçado. David Varsano contava que Salem era sua alma gêmea. Este, tal como outrora ele próprio o fizera, declamava as Catilinárias e os versos de Homero, não nas muretas dos canais de Veneza, mas à beira-mar, na Promenade de Salonica.

Os sinos da capelinha de San Nicolò haviam tocado as doze badaladas, mas Rafaele não conseguia pegar no sono. Em sua cabeça passavam cenas que iam do passado para o futuro, da mágoa ao arrependimento, da incerteza aos sonhos de felicidade e prosperidade.

Aqueles postais que seu genro o *Dottore* Alberto recebera durante esses vinte anos, e que ele havia visto apenas naquela noite, não lhe saíam da cabeça.

Então, aquelas notícias... eram verdadeiras? Ele não podia acreditar.

Silenciosamente, pé ante pé, o velho Rafaele saiu de sua cama e voltou para a sala de jantar com a finalidade de reler todas as cartas a sós. Ele também tinha sua própria caixa de lembranças. Ultimamente, somente Levy, o sapateiro, mandava-lhe notícias. Uma ou duas vezes por ano, recebia um postal ou uma carta, mas, depois de 1881, mais nada.

Numa das cartas, Levy contava para Rafaele como era bom viver em Salonica, descrevia a casa onde morava, a escola de seus filhos, e dizia: "Na nossa Mãe de Israel nós não temos que esconder a nossa raça ou a nossa religião. Os turcos não se importam com o idioma que falamos e para quem oramos, desde que nossos impostos sejam pagos em dia, vivamos em paz e não nos misturemos com eles.

"Imagine, aqui falamos ladino, como nossos pais e avós! Cantamos alto as canções que aí cantávamos baixinho, lembra? Eu sou apenas um pobre sapateiro, não tive a sorte de aprender uma profissão tão artística como a sua. Se você vier para cá, vai ter tantas encomendas de cadenas de ouro que nunca irá parar de trabalhar! As mulheres aqui usam muitas joias, sejam elas judias, gregas ou turcas!"

Rafaele sempre lera as cartas de Levy com desconfiança.

"Como alguém sob o jugo dos bárbaros turcos poderia ser livre e feliz?" Certamente Levy era um idealista, ou talvez um cego, pensava, para se convencer. Ou seria um mentiroso, que por orgulho jamais contaria toda a verdade, tentando me convencer de que, naquele fim de mundo, iríamos viver melhor!

Certa vez, o sapateiro havia descrito suas dificuldades para se estabelecer numa banca do mercado Aun Kapani. Dizia ainda que morava num quartinho com a mulher e os dois filhos, num tal bairro de Sibi e que, graças aos beneméritos da Sinagoga Sicilia Hadash, seus dois filhos, Nathan e Jacob, estudavam na Escola Alliance Israélite Universelle. Tinham aulas de hebraico, grego, francês e turco, e iniciações em Halakhah e nas Leis Talmúdicas. Aprendiam as melodias do Tamin, a liturgia de todas as festas, a história dos profetas, os provérbios e muitas outras coisas. Numa das últimas cartas, Nathan, o filho mais velho de Levy, também escreveu a Rafaele, contando-lhe sobre o seu desenvolvimento na escola e seus preparativos para o *bar mitzvah*, a sua maioridade e seus votos ao completar 13 anos. Como a maioria dos estudantes da Alliance, Nathan não pagava a escola. Esta era mantida por uma organização internacional, que arrecadava fundos de instituições mantidas por famílias judias muito ricas da Europa e América.

E essa escola de Salonica em especial era um exemplo de boa organização e desenvolvimento graças ao seu diretor, que, além de médico e benemérito, era de família rica e de visão liberal.

O doutor Moises Allatini transformara a Alliance numa escola aberta, que, além de alunos judeus, recebia alunos gregos e turcos de famílias abastadas, que pagavam uma anuidade alta para a escola. E essas famílias enviavam seus filhos somente para formar suas crianças no melhor liceu francês da cidade.

Rafaele pegou o recorte de jornal que Alberto havia mostrado, com o retrato dos alunos na escola, e procurava nele reconhecer algum rostinho dos Levy. Com certeza estariam lá, pensou, posicionando melhor os óculos. Hoje devem ser homens feitos, pensou, guardando o recorte no envelope.

Tantos anos haviam se passado, e ele nunca comentara com Alberto as cartas de Levy. Muito menos comentara o que os seus irmãos lhe escreviam. Rafaele às vezes queria acreditar, mas achava impossível viver sob o domínio dos sultões, terríveis dominadores que ceifavam cabeças e eram mais perseguidores que a própria Inquisição. Por que acreditar?

Não... Nunca! Por que deveria novamente fugir? Se já foi tão difícil chegar até aqui, pensava. Aprendeu, com gerações, que para sobreviver numa terra que não era a sua deveria não ostentar, ser humilde e, principalmente, guardar seus princípios religiosos. Sobreviveria melhor se parecesse com o povo do local.

Aceitar as regras do lugar era seu lema, dizia seu avô materno Baruch Abravanel.

Rafaele morava em Taormina, e isso lhe bastava. Não iria mudar, nem fugir, nem aprender a se esconder ou falar outro idioma.

Sempre, naquele lugar, tentara ser um bom siciliano, pois era assim que se considerava. Morava na Sicília, não lhe importando qual era o rei que enviava ordens ou coletava os impostos. Se eram os Bourbon ou os Savoia, nada disso tinha importância! Se os impostos iam para um novo rei chamado Vittorio Emanuele, isso para ele não representava mudança alguma. Andava repetindo sempre o que havia escutado um dia, que todas aquelas batalhas nas vizinhanças, as campanhas de nacionalistas, dos camisas-vermelhas de Garibaldi, das insurreições patrióticas, os bailes feitos em homenagem aos franceses, aos ingleses, aos piemonteses, e todos mais que vinham salvar a Sicília, uns de um lado, outros de outro, e muitos de lado algum, que as visitas de unificadores, os discursos no teatro, nas discussões dos Ballarò, dos Caruso, dos Sturzo, enfim, tudo que acontecia lá na Sicília, e lá na Piazza di Santo Agostino nestes últimos anos, seria para mudar alguma coisa.

E Rafaele olhava para o teto e dizia...

— Sim... As coisas precisam mudar para continuarem as mesmas...

E nada havia mudado para Rafaele. Também ele nunca havia ultrapassado uma barreira, nunca havia discutido política ou religião, tentara sempre ser invisível, como sua mãe e seus avós haviam sido toda a sua vida.

— Pobre mamãe! — gemeu o velho, fechando os olhos e tentando adormecer...

Alberto, em seu quarto, também buscava o sono. Admirava Anna, dormindo ao seu lado, iluminada por uma réstia da lua cheia. Apesar dos anos, ela continuava uma bela mulher. A pele ainda viçosa e os cabelos soltos brilhavam, naquela posição em que estava; com os olhos fechados, Alberto mirava seus longos cílios negros e as sobrancelhas grossas emoldurando a face.

A expressão de Anna era serena, ela parecia feliz e conformada com a vida que levava, mas, no fundo, ele sentia que ela merecia uma outra vida. Ele, que aos olhos dela seria um príncipe chegado de Veneza para resgatá-la da pobreza e da monotonia, não conseguira mudar em vinte anos... Nada! E talvez jamais conseguisse afastar a rotina da vida de Anna.

Mas Anna também não dormia. Ela pensava, intrigada, que motivos levariam seu marido a nunca comentar as cartas de seus cunhados? Sobretudo os convites cheios de promessas! Alberto nunca havia falado sobre eles, pois bem sabia que ela nunca sairia de Taormina! Nunca sem seu pai. E Rafaele falava aos quatro ventos que não queria mais fugir.

Era siciliano, e isso lhe bastava!

Alberto algumas vezes sonhou em voltar para Veneza. Atravessar a Piazza di San Marco com a luz do luar iluminando o pórtico azul aveludado da igreja, como um céu particular de estrelas douradas. Sentia a brisa morna e a maresia dos canais, revia a cidade nas quatro estações, escutava o lamento dos bandolins, e até a cadência dos remos dos gondoleiros não lhe saía dos ouvidos.

Levaria sua Anna para conhecer seus lugares secretos, suas memórias.

Acariciariam juntos os portões de bronze, reluzentes ao sol. Atravessariam pontes, visitariam palácios...

E, à tarde, iriam ao Lido... Ao Lido! Seu coração disparou ao lembrar-se de seus pais. Havia esquecido Veneza, havia esquecido suas tardes no velho cemitério judeu, das suas lembranças no Lido, naquele lugar silencioso, distante e abandonado com suas lápides centenárias quase intactas. As tardes que passava saudoso, perambulando à sombra dos imensos ciprestes. Um dia levaria Anna para lá, para sua Veneza. E depois, juntos, um dia atravessariam para o outro lado, até o velho cemitério, o Campo dei Fiori. E iria apresentá-la aos seus pais, que naquele campo-santo repousavam para sempre.

IV

MONGIBELLO

Taormina, outono de 1882.

A baronesa Hirsch voltou para a Baviera no fim do verão sem o seu aspecto doentio e pálido. Taormina a transformara para sempre. O clima e o sol da Sicília, as longas caminhadas ao amanhecer, o azeite, o limão, as frutas, os peixes e legumes fresquinhos à mesa ajudaram muito. Mas ela teimava em agradecer ao farmacêutico Alberto Varsano pelas poções aviadas. Levara a sério o tratamento prescrito, embora em seu íntimo duvidasse dos resultados.

Experimentara receitas dos melhores professores de diversas escolas de medicina do Império Austro-Húngaro e mesmo da França e Inglaterra.

Sua saúde era frágil desde menina. Quando seu pai se tornara senador na Bélgica, não faltou à pequena Clara Bischoffsheim tratamento nos melhores centros de medicina da Europa. Mas nada fora tão eficaz quanto o remédio de Taormina.

Ela se sentia bem, feliz, mais feminina, forte. Sua postura mudou. A pele, antes pálida e macilenta, tornou-se rósea e brilhante.

Assim ela chegou a Munique.

Ao descer do trem, na gare, muitos não reconheceram a mulher que se aproximava sorrindo. E, entre esses, seu marido Maurice.

— Minha querida — disse ele em seu ouvido. — Você está linda, quase não a reconheci!

Clara abriu um sorriso e timidamente acariciou as mãos de Maurice. Entreolharam-se com cumplicidade e emoção, como muito tempo atrás.

A carruagem estava quase lotada. Helga, a dama de companhia, sentou-se ao lado do senhor Gustav Held, o fiel secretário do barão, que olhava Clara sob a aba de seu chapéu com expressão incrédula.

E havia uma criatura, estranha aos dois homens, sentada no pequeno banco junto à porta, outrora o lugar predileto de Lucien, o filho único dos Hirsch.

A jovem sorriu timidamente para o barão e abaixou o olhar.

— Ah, Maurice, esta é a senhorita Varsano, filha do farmacêutico de Taormina, de quem tanto lhe falei nas cartas!

— Tenho um imenso prazer em conhecê-la, senhorita Varsano — disse o barão, numa reverência com o chapéu e beijando-lhe a mão. — Tinha muita curiosidade, depois das suas virtudes descritas por Clara. Espero que possamos retribuir à sua família a confiança que ela em nós depositou, de cuidarmos de seus estudos...

Michaela sorriu e olhou para Clara, levantando as sobrancelhas, numa expressão de interrogação, pedindo-lhe ajuda. Não sabia o que responder naquele momento! Ou melhor, não havia entendido metade das palavras empoladas do barão.

Como ele falava difícil!

Clara interveio prontamente, para que ela não se sentisse mais envergonhada diante dos dois homens estranhos.

— Querido — disse ela baixinho. — Para falar com Michaela em alemão, pronuncie as palavras claramente e bem devagar, pois de outra forma ela não consegue compreender! Ela ainda precisa estudar para manter uma boa conversação... Mas logo mais, se me acompanhar por todos os lugares, estará conversando com todos como uma autêntica bávara!

O barão Hirsch sorriu para a siciliana. Faria tudo naquele momento para que Clara continuasse para sempre saudável e feliz como estava. Se a moça era uma das causas dessa alegria, então ela era uma bênção, e seria naquela casa muito bem-vinda. Ele sorriu para Michaela e, num italiano com sotaque muito carregado, tentou se comunicar:

— *Esperrro* que você seja muito feliz aqui em nossa casa, como nós, Clara e eu, estamos agora em receber uma nova filha!

Uma nova filha? Ou a filha que eles tiveram um dia e que haviam perdido tão prematuramente antes de Lucien nascer?

Nada poderia ser mais completo se Clara tivesse tido uma filha que lhe fizesse companhia, que dividisse com ela incertezas e opiniões, momentos de solidão e alegrias! Afinal, pensava o barão, nem eu nem Lucien, meu único filho, podemos preencher esse vazio, e além de tudo é coisa de mulheres...!

Michaela, ali sentada, olhava atentamente a paisagem ao seu redor. Ela sabia que teria que aprender muito mais do que apenas falar corretamente o alemão para viver num lugar como aquele!

E esse era também o pensamento do barão ao observá-la mais atentamente. Sem dúvida alguma, a siciliana era uma bela mulher, de traços fortes e bem delineados, nariz afilado, cabelos negros presos em tranças e cílios enormes que emolduravam seus olhos verdes muito expressivos. Mas era uma pobre menina, que vinha do outro lado do mundo. Pobre em tudo! Ela vestia um traje tão simples que, aos olhos de Maurice, acostumado com o brilho e a elegância das mulheres que o rodeavam, aparentava a rusticidade de uma aldeã.

E pensar que Anna, sua mãe, havia se esmerado ao costurá-lo, aproveitando a melhor roupa de alpaca que tivera! Os sapatos de amarrar, quase escondidos pela longa saia, levemente puídos, nada do que a moça usava fazia jus à sua beleza. As mãos longas bronzeadas, quase sem trato, mostravam claramente que ela vinha de uma casa modesta. Comentou com Clara que agora essas coisas seriam de menor importância... Deveria ser encaminhada a uma boa escola e virar gente.

A viagem com a moça siciliana foi uma experiência de paciência para Clara de Hirsch, sempre acostumada a tratar as pessoas que a rodeavam como simples empregados, dando-lhes ordens, pedindo relatórios ou cobrando-lhes alguma coisa. A siciliana não era uma amiga do mesmo nível social, muito menos conhecimento, educação. Nem era sua filha!

Flagrou-se algumas vezes, depois de alguns dias, preocupada com o que seria dela e como cuidar de alguém que não havia sequer visto um mundo diferente de Taormina. Mas aos poucos sua preocupação foi diminuindo, e ela respirou aliviada. Juntas, dia e noite durante os últimos dezoito dias, foram se conhecendo, e formou-se um laço de amor, amizade e admiração entre elas. Atravessaram toda a Itália, da Sicília aos Alpes, em navios, trens, abrindo e fechando malas. Foram a Nápoles e visitaram o Vesúvio e Pompeia, onde Michaela, com orgulho, demonstrou seus conhecimentos, ao contar o que sabia da história e lendas do lugar.

Em Roma, foram ao Coliseu, às Termas de Caracala, conheceram igrejas e catedrais. Hospedaram-se no luxuoso Albergo Plaza, onde mulheres belíssimas desfilavam no grande salão cor de âmbar com seus vestidos em tafetá e seda farfalhante, chapéus floridos e adereços estranhos.

Michaela nunca vira tanta elegância! Não conseguia desviar o olhar ao cruzar com as damas, e, quando virava a cabeça, lá estava Helga, repreendendo-a: não era educado uma moça virar-se daquela maneira para observar os outros.

Em Veneza, Michaela sentiu-se em casa. Tantas foram as noites em que ouvira seu pai, o *dottore* Alberto, descrever-lhe os encantos da cidade que andava pelas praças, pontes e canais, e tudo lhe era familiar, como se vivesse ali. Sentiu o que o pai havia perdido ao sair de uma cidade tão mágica como aquela, fascinante e cheia de história.

Começou a entender melhor Alberto Varsano, de Veneza.

A baronesa divertia-se ao ver a pequena, quase selvagem, misturando-se com as castas nobres da aristocracia italiana. Ela imitava os gestos de sua mestra no restaurante do Grande Hotel do Lido ou nos cafés da *Piazza* de San Marco, e, empertigada nas cadeiras, aos poucos se transformava numa dama. Ao voltar para o quarto de hotel, ficava na frente do espelho, arrumando suas roupas. Tirava uma anágua de uma saia, tentando colocar em outra para armar mais as ancas, amarrava os espartilhos e, com os cintos e faixas dos vestidos, montava laços para enfeitar golas de blusas.

Pobre Michaela. Seu baú era pequeno!

Anna, depois de concordar com o insistente convite da senhora Hirsch em tutelar os estudos de sua filha, tivera poucos dias para costurar algumas roupas e reformar outras. Ela sabia que nada do que sua filha levasse seria próprio para uma viagem tão luxuosa, e menos ainda para se apresentar num castelo da Baviera!

Sabia que, se Alberto fosse um pai rico e comprasse os melhores tecidos da loja do *signor* Rinaldi, ainda seria pouco. Mas, mesmo assim, preparou da melhor forma o enxoval de sua filha. Com muita criatividade, cortou e recortou, drapejou e alinhavou sobre o corpo de Michaela.

Foram dias maravilhosos...

As duas riam muito ao final de cada fase, com um almanaque de moda às mãos, tentando absorver e copiar cada detalhe.

A semana havia passado como um vento. No dia seguinte, a casa seria virada de ponta-cabeça. Os Varsano teriam uma convidada especial. A baronesa viria para o jantar de Shabat, e tudo deveria estar em ordem.

As toalhas de renda haviam sido lavadas, alvejadas e engomadas durante a semana. Todas as louças da casa estavam limpas e reluzentes.

Michaela cuidou da limpeza dos pisos, lavando-os com água de pinho e vinagre. Trouxe do campo ao lado das ruínas tudo que encontrara. Montou buquês de delicadas anêmonas, cortou galhos de limoeiros e colheu um cesto inteiro de figos-da-índia, que infestavam as encostas do Teatro Grego.

Os panos de crochê, que no verão eram guardados, foram pendurados na janela. Rafaele cuidou das compras naquela manhã: foi à feira da porta de Catânia e trouxe tomates maduros, um novo cântaro de azeite e uma réstia de alho. Escolheu as mais tenras berinjelas, as mais perfeitas flores de abobrinha, ovos muito frescos e arroz descascado.

Alberto saiu da farmácia para ajudar o sogro com a cesta de compras, e os dois subiram juntos a ladeira até Mongibello.

Anna havia temperado uma perna de cordeiro com uma vinha-d'alhos que os sicilianos chamavam de *salmoriglio*, mas onde ela adicionava mais um segredo que a avó lhe ensinara: temperos de seus antepassados na Espanha; uma pasta picante feita de pimentão ardido, alcaravia moída, cominho e alguns grãos de coentro.

E o sabor se tornara inesquecível!

Quando Clara de Hirsch chegou à casinha branca de Mongibello, podia sentir o aroma das especiarias no forno. Dispensou Helga, que voltou na mesma carruagem para o Hotel Timeo com o trato de retornar depois das nove horas para buscá-la. E respirou aliviada!

Finalmente poderia ficar livre, sem cerimônias, no meio de gente que gostava dela de verdade, que a admirava como um ser humano e não como uma fortuna depositada num cofre-forte! Que diferença ser recebida com amor...

Clara saboreou cada detalhe com todos os sentidos. Michaela havia preparado uma decoração singela e original, com flores e galhos de limoeiro para a mesa de jantar e, ao centro, um ninho com ovos quase dourados. Rafaele era o especialista ao preparar esta receita, os ovos *haminados*, que também era de seus antepassados. Havia um tacho especial de cobre, que cozinhava os ovos durante toda a noite, na lenha, em fogo lento, coberto com cascas de cebola. Era sempre o atrativo nos jantares do Shabat.

Na cabeceira da mesa, reluziam as velas acesas no castiçal de prata que um dia pertencera à avó Rachelle, assim como a mantilha de renda e o livro de capa de couro negro. Ao lado, os cálices de vinho e um pratinho com cravo, canela e cardamomo. Sobre um aparador de nogueira havia uma bandeja com melões, figos-da-índia e anéis de laranja açucarados com massa de amêndoas.

Quando os Varsano e Rafaele Cohen brindaram com Clara, ela sentiu não ter convivido mais com essa família maravilhosa durante os quatro meses que havia passado em Taormina! Como despedida, Michaela mostrou-lhe o recorte de jornal de Salonica e o retrato com moldura oval, desenhado havia muitos anos.

— Meu Deus! Onde acharam isto? Eu me lembro desse momento, mas nunca cheguei a ver este retrato — exclamou a baronesa.

Foi Alberto quem respondeu, contando-lhe o que se passara na sua cabeça na tarde que foi socorrê-la no anfiteatro.

— Fiquei dias intrigado, pois tinha certeza de que a conhecia. Desculpe-me tal expressão de intimidade, senhora baronesa, mas a senhora vivia aqui conosco antes mesmo de a conhecermos!

Rafaele tirou do armário seu velho bandolim e, acompanhado de Anna, cantaram em ladino "El Sueño de la Hija del Rey".

A baronesa nunca mais esqueceria este Shabat de Mongibello.

Michaela escrevia regularmente para Anna Varsano.

As cartas chegavam a Taormina e vinham com Antonio, o carteiro, que subia a ladeira até Mongibello abanando um envelope com estardalhaço:

— *Signora* Varsano, é de Michaela!

Os três se reuniam à mesa de jantar para ler e reler as novidades da moça. Ela fazia muita falta na casa, era como o sol escondido entre nuvens. Nada de risos, histórias contadas na cozinha, o calor de seus abraços, seu perfume... Anna relembrava cada momento de sua partida. Michaela em seu quarto, com o baú pronto, seu sorriso alegre e ao mesmo tempo amedrontado. A carroça chegando para buscá-la, o olhar enciumado da governanta Helga, carregando seus pertences. O aceno de Clara. O chapéu novo, e ela, virando a cabeça para tentar enxergar mais uma vez os três, que lá ficaram.

Os três... Como guardiões de Mongibello até um dia, talvez, até sua volta...

Rafaele guardava outras lembranças da partida da neta. Dera à baronesa, na noite do Shabat, um saquinho de sementes de limão da Sicília. Era um estranho presente, mas ela teimara em querer plantá-las em suas terras. O velho joalheiro nem tinha ideia de onde ela as plantaria, até porque naquelas terras onde ela vivia não havia limões... Era um mistério para ele. E para sua neta, no momento da despedida, ele escorregou uma caixinha de veludo no bolso de seu casaco e pediu que abrisse o presente apenas no seu destino.

Anna acompanhou com olhar discreto o malabarismo do velho pai, que lhe escondia alguma coisa. Quando a carroça sumiu no fim da ladeira, curiosa, ela insistiu em saber qual era o segredo entre avô e neta!

Rafaele, misterioso, ria da curiosidade da filha.

— Anna, você até parece uma menina enciumada! Deixe Michaela lhe contar. Um dia ela vai lhe contar...

Os envelopes com o monograma de Clara chegavam, contando que Michaela estava se adaptando bem na escola, mas sentia muito o frio do inverno da Baviera.

A baronesa providenciou um novo enxoval, com roupas pesadas e casaco de pele de marta, uma capa de veludo cor de cereja, para uso nos saraus elegantes. Michaela contava ainda estar aprendendo a dançar valsa e que deveria estar bem treinada para quando, um dia Lucien, o filho da baronesa, viesse de Paris tivesse uma dama para a temporada dos bailes de primavera.

Poderiam ir aos bailes de Viena ou aos promovidos pelo rei da Baviera, Ludwig II. E eles, os Hirsch, recebiam convites para todos eles.

"Quem sabe", escreveu a baronesa numa carta, "meu filho desvie a atenção das artes e coleções de moedas e manuscritos, e um dia possa vir a se interessar por seres humanos. Ele é muito introvertido. Quando conhecer Micha, tenho certeza de que serão bons amigos. Sua filha é simples e transparente. Gosto dela como a filha que não tive, e peço a Deus que, quando Lucien se interessar por uma mulher, que ela tenha também um pouco dos predicados e da dignidade da nossa Micha. Infelizmente, as mulheres que se aproximam dele se interessam apenas por dinheiro e posição social..."

Os dias custavam a passar para Anna em Taormina, e, por mais que se empenhasse nas tarefas de casa, sobrava muito tempo para pensar na filha e imaginar seu dia a dia em uma terra nova, tão distante para ela. Abria e fechava gavetas, acariciava as roupas de Michaela penduradas no pequeno armário, e nos fins de tarde, à hora em que ela normalmente retornava da cerâmica, ficava aflita, entreolhando pelas frestas das janelas os passantes na rua.

Não, pensava Anna em sua solidão, ela não vai voltar hoje.

Amanhã, sim! E imaginava que no outro dia iria ter a filha em seus braços, abraçá-la, ter o seu carinho... Que falta ela lhe fazia agora!

Houve noites em que Anna chegou a maldizer a hora em que cedera sua filha ao pedido de Clara de Hirsch. E culpava Alberto, por ter se entusiasmado em dar à filha uma oportunidade melhor, um futuro, uma vida mais confortável. Na melhor parte da vida dela, quando, pela primeira vez, realmente havia conseguido ter uma amiga verdadeira, aquela que entendia seus pensamentos, que olhava dentro de seus olhos com amor e admiração, que era parte dela, isso lhe fora roubado. Alberto nem podia imaginar o que se passava na cabeça de sua mulher, apenas sentia Anna cada dia mais triste, distante. Com uma melancolia profunda. Não tinha mais interesse em sair de casa, nem quando a ópera de marionetes veio à cidade no fim de ano. E, depois desse grave sinal, foi Rafaele quem tentou mudar sua vida.

Numa bela manhã, o joalheiro pediu ajuda à filha. Não conseguia mais criar novos desenhos, argumentou, e ela, com tanto bom gosto e imaginação, poderia ajudá-lo! Não demorou para que ela se envolvesse com o trabalho do pai. As pessoas que por ali passavam não reconheciam o lugar como a ourivesaria do senhor Cohen! Tudo tinha agora uma aura diversa, brilhava e atraía os forasteiros que vinham conhecer a Torre do Relógio.

Anna imaginava e fazia desenhos, buscava pedras e contas diferentes, e acompanhava o pai montando e polindo peça por peça!

Era a temporada alta para o turismo em Taormina. O movimento nas ruas e lojas se intensificara. A nova ourives da joalheria de Rafaele Cohen faria qualquer coisa para chamar a atenção dos transeuntes para a sua pequena porta, então montou uma vitrine.

Uma tormenta de ideias a fez buscar materiais. Um dorso de ferro, coberto com retalho de veludo cor de mel, costurado e pregado, cortado, polido, emendado, tornou-se um magnífico colar de três voltas de ouro, com acabamento fosco. Cada elo do colar formava tranças intercaladas com ouro polido e enormes pingentes de cristal em forma de lágrimas.

— Que loucura — resmungava o velho —, quem vai querer comprar ouro com pedras que não valem nada?

— Isso é a moda, papai — respondeu, vestindo as peças e admirando-se no espelho. — Hoje as mulheres usam decotes profundos, e as joias são grandes, exageradas — explicava ela, rindo muito. — É para cobrir melhor as rugas no pescoço! Suas simples cadenas e os berloques hoje não fazem mais mágicas — disse ela, abaixando mais o decote da blusa diante do espanto do pai.

— Besteira — resmungou. — Moda, quem foi que inventou isso? Quem vai entender a cabeça dessas mulheres! — disse, sorrindo debaixo dos bigodes.

Estava muito claro que ele não só confiava na capacidade de Anna, como também precisava muito dos seus conselhos e de sua presença na joalheria. Anna era tudo em sua vida, e agora estava ligada a ele mais do que nunca! Ela, em minutos apenas, conseguia transformar à sua maneira tudo que seu pai tinha intenção de fazer.

Com Michaela morando num lugar tão cosmopolita, Anna certamente teria acesso ao mundo daquelas mulheres que no verão vinham a Taormina desfilar todas as extravagâncias à sua porta.

Deveria estar preparada, saber com muita antecedência o que iriam desejar... Com o que elas iriam gastar...

Anna Varsano pediu à filha, numa das cartas, que lhe enviasse os almanaques que a baronesa não usasse mais e, se possível, a descrição com mais detalhes de tudo a respeito da corte. As roupas que ela via, as casas em que moravam, as flores, as joias e até as atitudes e costumes das pessoas de lá!

Clara Hirsch, lendo as cartas, levou a sério o pedido de Anna e começou a colecionar tudo que pudesse interessá-la.

A primavera de 1884 começava em Taormina quando Anna recebeu na joalheria a visita de um estrangeiro que lhe trazia notícias e uma encomenda da Baviera.

O homem chegou, acompanhado de Anjú, recepcionista do Hotel Timeo. Era o tradutor.

O alemão explicou que a caixa era um presente da baronesa Hirsch; pesada, devia conter muita coisa, comentou o tradutor entre dentes, com olhar bisbilhoteiro.

Ah, sim! Também havia um pedido da baronesa ao *dottore* Varsano para que ele aviasse um remédio. O recepcionista estufou o peito como um peru e explicou o que o tal conde queria. Depois, colocando o monóculo, limpou a garganta para ler o destinatário do outro envelope.

— Este é para entregar para o *signor* Rafaele Cohen, por favor.

Anna ficou surpresa e não sabia como agradecer. Olhou para Anjú, que segurava o riso e se escondia atrás do forasteiro. Anna perguntou-lhe para quando necessitava do remédio pronto.

— O conde ficará aqui mais três semanas, *signora*, e depois voltará para a Baviera. Nesse ínterim, estará hospedado no Hotel Timeo. — O estrangeiro, ainda mudo, despediu-se, entregando-lhe um cartão.

Suspirando, Anjú deixou a pesada caixa sobre o balcão e, com uma educada reverência, despediu-se.

O nome do forasteiro estava impresso no cartão: conde Frederick von Bucovictz. Era uma figura muito diferente dos outros nobres que haviam visitado a joalheria. Um homem alto e muito magro, com braços longos como um polvo. Seus olhos, azuis e tristes, e a barba ruiva bem aparada contrastavam com o jaquetão azul-escuro, pleno de tarjas e medalhas.

Ela não saberia dizer o que significava tudo aquilo pendurado na roupa daquele homem, mas ele parecia ser um general ou qualquer coisa assim. Olhou para a caixa ali amarrada e imaginou Michaela atando todos aqueles barbantes e fitas.

Seu perfume, com certeza, e um pouco dela estariam ali dentro. Anna respirou fundo e acariciou a caixa. Não via a hora de conhecer seu conteúdo. Mas ela era muito pesada para carregá-la até Mongibello, e Anna precisou de auxílio.

Fechou a loja mais cedo que de costume e, naquela tarde, levando consigo apenas os envelopes na sacola, saiu andando pela esquina da Torre do Relógio. Passaria primeiro pela Farmácia Santa Maria para pedir ajuda a Alberto que, como de costume, subia até Mongibello carregando todos os dias alguma coisa.

— Pobre Alberto — suspirou. — Já anda com dor nas costas de tanto para carregar! E também se mata de trabalhar...

Além da farmácia e do pequeno laboratório em casa, o farmacêutico se dedicava, nos últimos anos, a pesquisar um novo ramo que aflorava: perfumaria e cosmética. Havia preparado uma essência de flor de limoeiro, que era muito procurada pelas turistas no verão. Depois veio o sucesso com o bálsamo de amêndoas, que aliviava as dores nos seios das mulheres em período de aleitamento.

Mas, desde que sua pomada para eczema surtira efeito e curara muita gente na cidade, a farmácia do *signor* Galliani ficou famosa na região! Havia encomendas que vinham de Messina e de Palermo, e até os estrangeiros que chegavam à cidade acabavam conhecendo a farmácia e seus produtos.

Em vão, Alberto procurava receber a comissão correspondente às suas receitas e fórmulas. O *signor* Galliani ria e desconversava, e todo ano prometia um grande acerto para compensar o farmacêutico.

Mas esse dia nunca chegou!

V

O EDITAL

Taormina, junho de 1883.

Alberto não esperou por Anna na porta da farmácia, como de costume. Encontraram-se na *escalinata*. Ele estava ofegante e muito pálido! Ela sorria e, ao vê-lo, acenou-lhe com dois envelopes, mas ele estava sério e cabisbaixo.

— Adivinhe de quem são estas cartas? — disse ela agarrando sua mão.

Alberto, trêmulo, soltou o braço de Anna e adiantou o passo.

As pessoas cruzavam o olhar com o casal e o cumprimentavam, mas não recebiam resposta do farmacêutico, nem um leve aceno de cabeça.

Ao chegarem ao topo do jardim da Porta de Catânia, ela tentou alcançá-lo, segurando-o pelo casaco:

— Pelo amor de Deus, Alberto, o que deu em você, o que está acontecendo?

Sem responder, ele continuou andando em direção à balaustrada da Bella Vista, como se quisesse chegar logo a um fim de mundo. O sol muito vermelho, que já se escondia no horizonte, batia-lhe de frente, formando uma aura estranha, e a silhueta do homem sempre ereto e forte, visto de costas, era a de um ancião. Um velho encarquilhado que procurava, com as pernas trêmulas, sentar-se num dos bancos do jardim. Sua figura era tensa. A cabeça permaneceu entre as mãos por infindáveis minutos, até o corpo começar a tremer, e, como numa explosão, ele soltou um lamento doído e chorou. Assim, imóvel, ficou um tempo infindável que Anna não soube precisar.

Quando o sol finalmente se escondeu e a cidade ficou iluminada ao longe, ela se aproximou de Alberto e, com carinho, alisou suas costas, sentando-se ao seu lado.

— Perdoe-me, Anna, por ter sido grosseiro... Você seria a última pessoa no mundo que eu feriria, mas... Entenda, estou passando por um momento difícil... Eu... — continuou ele, segurando-lhe as mãos. — Eu não queria preocupá-la, mas hoje... Preciso lhe contar, Anna... Hoje... A partir desta tarde, não sou mais o farmacêutico da Santa Maria.

Ela arregalou os olhos, com desconfiança, como se achasse tudo uma brincadeira de mau gosto.

— Como não é mais o farmacêutico de lá?

— Não sou... Nem serei mais!

— Como não vai, nem será, e quem vai... Quem será então, Alberto? Que besteira é essa que você está me dizendo?

Ele não respondeu, sua boca estava tão seca que ele não conseguia argumentar.

Ela continuou falando quase sem parar, rindo nervosamente.

— Alberto, só existe você no laboratório daquela farmácia! Só você para desenvolver as fórmulas e as receitas! Quem irá fazer isso então?

— Já lhe disse, Anna! — respondeu alterando a voz. — Não serei mais farmacêutico lá ou em qualquer outra farmácia de toda a Itália!

— Não entendo, Alberto. Como não é mais farmacêutico? Você é Alberto Varsano, formado em Veneza, conhecido em toda Taormina por suas fórmulas para eczema, para aleitamento... o xarope... que estuda todos os...

— Não, Anna — respondeu Alberto, colocando o dedo indicador para selar os lábios dela. — Não sou nem serei mais... Hoje, ou melhor, esta tarde — continuou ele, acomodando-se melhor no banco — entrou na farmácia um grupo de homens estranhos. Vinham de Messina. Passaram pela porta do laboratório e entraram no escritório do *signor* Galliani...

Mal fecharam a porta, escutei uma conversa em tom mais alto e muitos risos, e, depois de algum tempo — continuou ele agora em tom mais calmo —, o *signor* Galliani abriu a porta, entreolhou o laboratório, gritou para sua mulher que trouxesse uma garrafa de *grappa* e alguns copos... Eu achei que era um encontro de velhos amigos e continuei tranquilamente a cuidar do meu trabalho...

— E depois? O que aconteceu depois? — perguntou ela, já impaciente.

— Ficaram lá por algumas horas, rindo alto, conversando, brindavam por algum acontecimento...

— Sim, e depois, Alberto?

— Depois entrou o Cesare Tiopanni, o tabelião, aquele senhor mais velho do cartório, com um livro grosso debaixo do braço. Olhou para dentro do laboratório onde eu estava, fingiu não me ver e não respondeu ao meu cumprimento...

— Mas ele nunca teve nada contra você! Não foi o neto dele que você cuidou da asma neste inverno?

— Sim, e foi nesse instante que comecei a achar que algo muito estranho estava acontecendo — disse Alberto, abaixando o tom de voz. — O *signor* Tiopanni entrou e fechou a porta. Depois de algum tempo, o *signor* Galliani me chamou de uma maneira rude: "Venha cá, Alberto! Temos visitas que querem falar com você! Venha logo, que estão com pressa!" Como estava com o avental sujo de iodo e as mãos besuntadas de lanolina, troquei de roupa, lavei as mãos e fui bater à porta do escritório. Nesse momento, escutei o tabelião terminando uma frase: "Se é assim, bem, nesse caso... ele não tem direito a nada... é só assinar os documentos..." Quando entrei na sala... — continuou Alberto, fechando os olhos para recordar melhor a cena —, havia um livro sobre a mesa e uma página escrita com diversas assinaturas e timbres. O *signor* Galliani aproximou-se e disse: "Este é o *signor* Francesco Anetto, este é Giovanni Pavoni, e seu sócio, *signor* Rubino Brandolini. O *signor* Cesare Tiopanni você conhece bem." E piscou o olho para o tabelião. "Estes senhores...", discursou o velho Galliani, limpando a garganta, "são os proprietários das maiores farmácias da Sicília e estão hoje fechando um grande negócio com a minha farmácia!"

— E eu, Anna, achei que... pensei... que se tratava de um negócio de fornecimento de matérias-primas para aviar as receitas no laboratório. E que eles iriam nos fornecer aquilo que sempre fora tão difícil de adquirir. Por isso fiquei idiotamente surpreso e feliz!

— E daí, Alberto? — perguntou Anna. — Do que se tratava?

— "Bem", disse a eles, "excelente!" Virei para o *signor* Galliani e disse: "Isso veio mesmo em boa hora! Vai facilitar todo o meu problema no laboratório, fico muito feliz..." Nesse momento, o *signor* Galliani virou-se para mim com os olhos injetados, sua voz tornou-se rouca de raiva, e ele começou a gritar: "Seu problema, Varsano... que problema? Qual é o seu problema?" Ele continuou berrando como um desatinado, vermelho de raiva, e colocando o dedo indicador no meu nariz. "O problema é o que você anda dizendo para a cidade toda... que a fórmula da pomada de eczema é sua, a de aleitamento também... e até a água de limão", sorriu, com cinismo. "Aquela receita perfumada e maravilhosa que minha filha inventou...!" E, berrando e batendo as mãos sobre a mesa histericamente, continuou a falar: "Não! Não... senhores! Não fiquem sensibilizados com esse rosto de ar nobre e honesto! Esse homem é um impostor... e além de tudo um judeu! Fui eu que o acolhi!", gritava, batendo no peito, as faces pegando fogo. "Eu... Eu mesmo ensinei a ele as nossas fórmulas, que ele sempre quis roubar...!"

Ao contar isso para Anna, Alberto sentiu novamente a náusea que sentira na sala da farmácia. Saíra de lá sem emitir um som...

Seu coração estava acelerado, e ele não conseguia se mover. Seu corpo estava pesado, e pela primeira vez em sua vida sentia ódio, raiva... E não havia conseguido controlar sua emoção! Saíra da farmácia tremendo e, como um desatinado, sem ao menos pegar seu sobretudo, fora para a rua andar. O escrivão Tiopanni saíra correndo ao seu encalço, com o livro.

— *Dottore* Varsano, desculpe-me, mas é minha função de tabelião — falou ofegante, abrindo a página do livro. — Por favor, leia, enquanto peço a alguém a pena e o tinteiro. O senhor deve assinar aqui...! — disse ele, apontando para a linha abaixo do timbre.

— Mas, senhor Tiopanni, pelo amor de Deus... O que está acontecendo? Qual foi o problema? Por que tanto ódio do *signor* Galliani, o que foi que eu fiz?

— Não é ódio, *dottore* Varsano! Não leve a sério tudo que ouviu. Taormina toda sabe do seu valor como farmacêutico, todo mundo sabe o que o senhor fazia naquela farmácia, mas este é um teatro de negócios. E, num negócio, as coisas devem sempre ser escritas e assinadas...

— Mas, *signor* Tiopanni... — disse Alberto ainda sem entender. — O que vou fazer agora?

— Escute aqui, meu rapaz — disse o tabelião, passando-lhe o livro. — Assine logo, pois não tem direito a nada. O *signor* Galliani está vendendo a farmácia para aqueles senhores de Palermo e quer assegurar que, com o sucesso das fórmulas que tem, irá conseguir na venda um preço maior!

— Que ele tem? Que fórmulas que tem? Por Deus, o senhor sabe muito bem quem foi que as desenvolveu! Todos sabem que fui eu... quem trabalhou naquele laboratório por vinte anos, e em todos estes anos ele nunca pisou naquele lugar, nunca abriu um armário de remédios, nem aviou uma fórmula sequer!

— Sim, meu amigo, todos nós sabemos, inclusive eu mesmo, mas ele foi mais esperto. Registrou as fórmulas em nome dele, e você, infelizmente, não tem direito a nada — falou o tabelião, entregando-lhe os livros. — Assine aqui... Este é um edital, um aviso onde o senhor deverá tomar conhecimento dos termos que lhe serão impostos...

— O que acontecerá comigo, senhor Tiopanni? — perguntou Alberto, com a voz trêmula. — O que vai acontecer, que termos são esses?

O tabelião estufou o peito como um soldado que mostra suas armas diante do rei.

— Meu filho — começou o tabelião, limpando a garganta. — Primeiro, o termo, para fazermos o seu desligamento completo das responsabilidades de trabalho na farmácia Santa Maria; segundo, não poderá, até 1895, exercer sua profissão em nenhuma outra farmácia concorrente, isto é, nenhuma farmácia dentro de todo o território unificado do Reino da Itália. *Dottore* Varsano — continuou o tabelião —, não existe saída para este caso, eu sinto muito. Pela lei, deve firmar este documento e dar ciência do fato... E tentar uma nova vida até lá! E eu só posso lhe desejar boa sorte...

Começou a chover cada vez mais forte, e o casal apressou o passo, subindo a ladeira de mãos dadas.

Ele segurava firmemente a mão de Anna, para que ela não escorregasse na lama fina que estava se formando sobre as pedras do caminho.

Havia nele uma sensação de alívio e até de liberdade naquele momento. Seus ombros estavam mais soltos, seu olhar para sua mulher era uma mistura de cumplicidade, amizade e amor.

Quando Anna tentou pular uma vala cheia de água, ele, sorrindo, agarrou-a pela cintura e, com seus braços fortes, levantou-a, embalando seu corpo como se ela fosse uma garotinha. Ela abraçou Alberto e encostou o seu rosto no pescoço quente e úmido do marido. Beijou-lhe os cabelos molhados, sua nuca, sua orelha e finalmente seus lábios de uma maneira apaixonada, como nunca havia feito...

Choveu muito durante a noite. Na manhã seguinte, ele não deixou Anna levantar-se da cama. Era dia de trabalho, mas, em vinte anos, essa era a primeira vez que ele não saía para trabalhar. E era também a primeira vez que Rafaele amanhecia preocupado. Nenhum dos dois haviam tocado na sopa que ele deixara sobre o fogão na noite anterior. E nem ao menos ele havia escutado qualquer barulho!

Mas havia um envelope azul endereçado ao *signor* Rafaele Cohen sobre o aparador da sala de jantar.

— Bom dia, Rafaele! — disse Alberto, sorrindo, para o velho, que já preparava a primeira refeição.

— Posso saber o que aconteceu com vocês ontem? Fiquei esperando até tarde e adormeci, mas pelo que vejo... Hoje não é feriado, ou... estou enganado? — falou o velho, com ares de dúvida.

— É quase isso, meu sogro; nós resolvemos fazer um feriado especial, e hoje ninguém vai trabalhar...! Hoje é um dia especial, *signor* Cohen... — disse Alberto, entoando uma melodia, fazendo uma rima: — Vamos festejar!

Anna, lá no seu quarto, não sabia como Alberto iria contar o ocorrido ao seu pai. Ela, sinceramente, não queria estar presente durante a conversa, e, além de tudo, seu marido saberia lidar com o assunto à sua maneira, com muita diplomacia, sem preocupar demais o velho. Quando saiu do quarto, os dois já estavam sentados à mesa. Rafaele tinha uma expressão grave e balançava nervosamente um envelope em suas mãos. Alberto levantou-se e foi buscar sua caixa de correspondência.

Ao voltar para a sala, chamou Anna para sentar-se à mesa com eles.

— Venha, minha querida, pois hoje teremos que resolver nosso futuro.

Abriu a caixa, tirou primeiro um pacote de cartas e depois um saquinho de couro com dinheiro.

— Bem — disse ele —, aqui estão as oportunidades, os convites, os incentivos de meus irmãos, e, deste lado, a nossa realidade, as economias que consegui fazer. Sei que são poucas, mas creio que dariam para nossa viagem e para alugarmos um lugar para morar por uns meses, talvez até um ano...

— Viagem? Para onde vamos? Que viagem é essa? — Anna quis saber.

— Deixe seu marido explicar — intercedeu Rafaele.

— Anna... — Alberto soltou um profundo suspiro —, você sabe de tudo, e eu expliquei ao seu pai a proibição que recebi! Não posso mais trabalhar... não posso mais aviar nem preparar qualquer remédio, mesmo aqui dentro de casa ou em qualquer outro lugar da Itália! Pense, Anna, pense, o que vou fazer? O que sei realmente fazer? Só isso... Formular, aviar, pesquisar... Onde vou fazer isso? É contra a lei! Perdi minha licença por dez anos e não vou continuar de mãos atadas!

— Mas, Alberto — disse Anna, franzindo a testa. — É claro que você poderá fazer outras coisas, temos a joalheria, você poderá ajudar papai, eu sei costurar, posso pegar encomendas... Sabemos fazer tantas coisas... Posso cozinhar — continuou ela —, posso arrumar um emprego num albergue que estão inaugurando na cidade, ou na cozinha do Hotel Timeo! Na noite do jantar, a baronesa disse...

— Chega, Anna! — gritou Alberto de uma maneira desesperada. — Pelo amor de Deus... não me faça perder a cabeça! Escute um pouco...

Eu preciso sair daqui, você não está entendendo? Você não entende que sou eu que não posso trabalhar aqui? E eu preciso trabalhar... tenho tantas coisas para realizar, tantas coisas em mente que queria fazer ainda...

Alberto suspirou e calou-se por alguns momentos, depois acariciou suavemente as mãos de sua mulher.

— Anna, querida, entenda! Jura que vai entender? Nestes vinte anos, não consegui nada... Só isto aqui... — disse, balançando o saquinho de couro.

— Mas você vai sozinho? E nós? E eu, Alberto?

— Deixe seu marido falar, Anna — gritou o velho, já nervoso.

— Rafaele — interveio Alberto, assustado com a reação do velho. — Preciso lhe falar... Não fique nervoso, por favor. Eu, somente eu, tenho culpa em tudo isso. O senhor é o melhor amigo e pai que encontrei em toda a minha vida... Nunca tivemos mágoas; ao contrário, sempre tive sua ajuda, seu afeto... O senhor trabalhou este tempo todo ajudando com satisfação no sustento desta casa, que também não é minha, mas que nos acolhe até hoje. Criou Michaela com dedicação. Deu-lhe os parâmetros de moral e honestidade, ensinou-lhe todas as coisas boas que são hoje tão difíceis de encontrar! — continuou ele, emocionado, olhando para o sogro.

Rafaele continuava imóvel, com a cabeça baixa, e não respondia.

— O senhor sabe que é parte importante em nossas vidas! Eu não posso deixá-lo aqui, sem filha, sem neta, sem família, sem ninguém...! Nós não poderemos ir e deixá-lo aqui — continuou Alberto, com olhar de súplica. — E, se não vier conosco, eu nunca poderei ser o provedor desta família, nunca poderei provar que sou capaz!

Rafaele respirou fundo, tinha os olhos marejados, o olhar concentrado no envelope ainda fechado em suas mãos. Buscava uma solução, mas não pronunciou uma palavra sequer.

— Anna — falou Alberto com a voz mais tranquila. — Pensei em ir para Salonica. Eu iria na frente, encontraria trabalho, arrumaria uma casa e mandaria dinheiro para buscá-los. Será por apenas alguns meses, tenho certeza; logo estaremos reunidos novamente... e Michaela, quando completar seus estudos... irá nos encontrar lá. Como disse meu irmão David, em Salonica, na Mãe de Israel... nós teremos oportunidades que não encontramos aqui!

Rafaele suspirou fundo e finalmente concordou com um aceno de cabeça.

Na semana seguinte, o farmacêutico, com seus velhos baús de Veneza, tomaria um vapor chamado *Victoria* com destino a uma nova vida.

VI

PASSAGEM PARA SALONICA

De Taormina para Salonica, verão de 1883

Após semanas entre o mar Jônico e o Egeu, balançando com o vento do Meltemi no fim de verão, o navio atracou no porto de Salonica.

Vista do porto, Salonica parecia um presépio dourado. Era bem maior do que Alberto havia sonhado. O movimento a fazia parecer com Veneza, no Canal Grande. Barcos de pesca, navios, trabalhadores portuários, apelidados de *hamalis*, descarregando enormes caixas das costas, mercadores, vendedores, gente subindo e descendo das embarcações...

Alberto, do convés, esperava a vez... Tentava, nesse momento, conhecer um pouco da geografia da cidade que o acolheria. Talvez para sempre... Quem sabe? pensava... De onde estava, podia observar as construções ao longo do cais, que subiam suavemente até o centro do patamar de uma montanha muito alta. Beirando o mar lá longe à direita havia uma torre circular e uma fortaleza. E, mais adiante, outro agrupamento de barcos. Impressionou-o a quantidade de minaretes, caiados de branco. Nesse momento, ele percebeu sua realidade.

Estava no Império Otomano!

Ao desembarcar, misturou-se à multidão ao redor. Ouvia grego, turco, um pouco de francês, ladino, sinetas, o ruído do quebra-mar e cheiros... De maresia, peixe e suor dos carregadores, além do perfume das frutas frescas.

Os homens vestiam cafetãs listrados e esquisitos chapéus como barretes vermelhos. Alberto saiu em direção à rua. Junto ao portão, um prédio, de enorme chaminé, anunciava na placa vermelha: "Fiação Irmãos Saias."

Alberto sentiu-se perdido por uns instantes, com seus pesados baús ao lado, mas não saía do lugar. Suas pernas balançavam como havia pouco, no mar. Os vendedores em torno ofereciam tabuleiros com figos, tabaco e sementes salgadas, apregoavam *pepitas de calabaça*... Outros, *pepitas de melón*...

Um deles aproximou-se de Alberto, que arrastava os pesados baús contendo seus potes de farmácia.

— *Señor... Signore....* — chamou o vendedor de sementes, puxando-o pelo casaco. — *Los hamalitos... los hamalitos...* — apontava para a direita. — *Señor... los ratones... portefaix... portefaix* — tentando se fazer entender em todos os idiomas, e novamente fazendo sinal para um grupo de homens sentados sobre caixotes que enrolavam cordas. Ei, *hamalitos*, carregadores! Não querem trabalhar? — gritou o vendedor de sementes.

Os três homens pularam dos caixotes e vieram na direção de Alberto. Eram muito magros e, vistos de perto, velhos e encarquilhados. Tinham a pele escura e enrugada, longas barbas brancas e turbantes de trapos enrolados na cabeça. Vestiam calças largas, presas com tiras abaixo dos joelhos, e dois deles tinham os pés descalços.

Pareciam duendes do presépio de Taormina!

— Não, senhor — respondeu, fazendo sinal com as mãos. — Não preciso deles. São muito velhos para carregar este peso!

O vendedor começou a rir.

— O senhor não os conhece, logo se vê que não é daqui. Nesta cidade, os velhos trabalham, são fortes! Todos os nossos *hamalitos* carregam muito peso... Quer um conselho, *senõr?* — continuou o vendedor, piscando-lhe um olho de maneira maliciosa. — Fique logo com eles, pois, daqui a alguns minutos, o porto ficará vazio, e todos os *hamals* estarão pegando a carga da fiação aí de frente, levando para o mercado de Sibi... — terminou a frase estendendo a mão para Alberto, pedindo-lhe uma moeda.

Ao colocar a mão no bolso, Alberto sentiu um calafrio. Estava no Império Otomano, pisando solo da antiga Grécia de Felipe, de Alexandre, na histórica cidade de Salonica, na Mãe de Israel... como a chamavam os judeus e não tinha uma piastra turca! Não tinha nem noção de quanto valia ali o seu dinheiro!

Os *hamalitos* queriam de Alberto a direção. Gesticulavam, falando ladino. Ele pediu um momento para pensar. Tirou do bolso o envelope com a última carta de David. Havia um timbre comercial e o endereço do advogado Grassi...

A essa hora David não estaria mais trabalhando, pensou. Estaria em casa? Revirou os bolsos procurando a última carta de Victor, mas desistiu. Deveria estar enfiada num dos baús. Não sabia para onde ir.

Os carregadores haviam assumido a carga. Um dobrava o corpo com a cabeça entre os joelhos, e o outro escorregava a carga em suas costas, protegida com almofadas de trapos. A nuca e o topo da cabeça serviam de âncora. O velho era amarrado junto à carga e, como um camelo, subia cuidadosamente, flexionando os joelhos e a cabeça. E assim, quase dobrados, os coitados giravam em torno do forasteiro esperando uma decisão.

Alberto viu que não tinha outra opção. Perguntou a um deles:

— *Albergo*... Hotel...?

Os três se entreolharam, e um deles estalou os dedos, perguntando:

— Piastras? *Lire... Dracme...*?

— Ah, sim. Não muitas. — E fez um sinal de poucas com o indicador e o polegar.

E lá se foi Alberto Varsano, farmacêutico de Veneza, seguindo dois velhos carregadores. O terceiro, que corria na frente, segurava apenas um rolo de corda e assobiava uma canção.

Quando estavam se aproximando da fábrica dos Irmãos Saias, a grande chaminé da fiação soou um apito surdo e amedrontador! Os *hamalitos* giraram para trás, para ver a expressão assustada do estrangeiro que andava cambaleando, não sentindo os pés sobre a terra.

Os três duendes apontaram para a chaminé e gritaram:

— *Barou... Barou... Barou...*

O dia clareou, e a luz do sol invadiu o quarto de Alberto. Ele acordou sobressaltado. Perdera a conta das horas passadas desde que assinara o registro de hóspedes do Grand Hotel d'Angleterre.

O porteiro grego, fantasiado com a engraçada farda verde, parecia-se com atendentes dos hotéis venezianos. A diferença era que todos ali usavam o fez na cabeça. Alberto tinha uma lembrança não muito clara de como havia chegado lá, atravessando o caminho à beira-mar até a movimentada praça que os turcos chamavam de Mezazeri. Lembrou-se apenas do mal-estar, das pernas trêmulas, cambaleantes, cabeça girando e uma sensação terrível de enjoo.

Foram os pequenos velhinhos, miniaturas de Sansão, saídos de alguma fábula, que o guiaram. Quanto dinheiro havia dado a eles...?

Pulou da cama e correu para procurar o saquinho no bolso do sobretudo. Conferiu sua fortuna. Estava tudo ali! Quem lhes pagara, então?

Seus documentos não estavam junto às moedas. Revirou nervosamente os bolsos do sobretudo, internos e externos. Sua cabeça doía, como se houvesse tomado uma garrafa inteira de vinho na noite anterior. O chão aos seus pés ainda balançava, como no navio.

Jamais poderei ser marinheiro, pensou enquanto lavava o rosto na pequena bacia ao lado da janela.

No espelho do armário, viu sua figura depois dos dias de viagem. Envelhecera, parecia um fantasma. Mais magro, cabelos desalinhados e barba por fazer, sentiu-se até agradecido por não ter ido ao encontro de seus irmãos daquela maneira!

Parecia, mil vezes mais, um derrotado...

O bilhete era de segunda classe, e o navio, com muito mais passageiros do que comportava, não tinha espaço para tantas crianças e suas mães, que iam rumo ao Oriente à procura de seus maridos. No navio, além da tripulação, havia poucos homens; em sua maioria, velhos e doentes. O restante dos passageiros eram mulheres vestidas de negro, que tratavam de suas crianças. Pareciam mais viúvas do que casadas. Muitas não eram mais velhas que sua filha Michaela. Alberto ouvira no convés que os maridos haviam partido para trabalhar nas obras da nova ferrovia, outros se aventurando em contrabando de fumo, tapetes e especiarias.

Se não fosse Daud, o marroquino, ele não teria encontrado nem uma cadeira onde se sentar durante toda a viagem.

Que pessoa interessante esse Daud. Nem agradeci a ele, pensou. Que horas seriam agora?

O navio zarparia para Constantinopla pela manhã... Se corresse até o porto, poderia, ou tentaria, encontrá-lo, despedir-se, agradecer-lhe, talvez até deixar o endereço de seu irmão, uma referência. Talvez um dia o marroquino voltasse para Salonica, e então ele retribuiria com algum favor...

Apressado, esquecido de seus documentos, passou pelo balcão da portaria, quando foi interpelado:

— Senhor Varsano — acenou-lhe o jovem grego. — O senhor pretende... sair? Teve uma boa noite?... Olhe só — continuou o rapaz, com ar alegre. — O senhor está com um excelente aspecto, nem parece a mesma pessoa... Ontem o senhor chegou aqui... Não deve sair à rua sem os seus documentos... É perigoso, vou devolvê-los ao senhor — disse enquanto corria para o balcão.

Ao voltar com os papéis na mão, mudou o tom de voz e tentou falar ao ouvido do estrangeiro. Olhou ao redor, falando baixo, como em segredo.

— Esteja onde estiver, não fique sem estes documentos e mantenha-se longe dos homens do sultão... Do sultão, entendeu? Dos homens fardados e de lugares fora dos portões da cidade, é perigoso!

O farmacêutico sentiu o hálito do jovem em seu rosto, uma mistura de hortelã e canela. Seu sorriso era franco, e seus olhos brilhavam quando ele falava um italiano carregado com palavras francesas.

Quando Alberto finalmente pisou na calçada diante do hotel, ele ainda veio correndo.

— Desculpe-me mais uma vez, senhor Varsano, o senhor deve duas piastras turcas ao caixa do hotel. Eu paguei os carregadores com o meu próprio dinheiro. Não, nem se preocupe em pagar agora; quando o senhor as tiver, é só me avisar — e, fazendo uma reverência, deixou o caminho livre para o hóspede passar...

Alberto desceu a rua Sabri Pacha, respirando a fresca da manhã, com passos largos, em direção ao mar. Tentou se situar. Pensou um pouco na encruzilhada. À direita, entrando na Promenade, estaria a caminho do porto e, se virasse à esquerda, iria à Torre Branca. Olhou para o sol que já brilhava e apressou ainda mais o passo.

O porto estava repleto àquela hora da manhã, e Daud deveria estar terminando de limpar o convés do navio. Fazia isso todas as manhãs, em todos os portos em que atracavam, e a rotina aqui não seria diferente.

Alberto tentou aproximar-se das escadas, mas uma multidão fazia fila para subir, e assim ele foi sendo empurrado para trás e, de longe, tentou reconhecer, entre outras cabeças, a do marroquino.

Lá estava ele, pendurado nas cordas externas do vapor. Mais parecia um gato, pulando de um lado para outro.

— Daauudd! — gritou Alberto, fazendo uma concha das mãos. — Daud! — gritou mais forte ainda.

E, assim, passou bom tempo acompanhando com o olhar os movimentos incríveis do seu companheiro de viagem. O seu mais novo amigo. O homem-gato, um negro de nariz quebrado, com sorriso de marfim da cor do seu turbante...

VII

MEMÓRIAS DE DAUD

Salonica, 1883.

Daud conversara todas as noites com Alberto no convés do navio. Trazia sobras de comida da cozinha às escondidas e, depois que todos os passageiros espalhados pelos cantos adormeciam, ficava de cócoras ao lado do farmacêutico, contando trechos de histórias de sua vida e aventuras. O marroquino deveria ter uns dez anos a menos que ele, mas, fisicamente, parecia ainda mais jovem.

Ele gostava de falar. Tinha facilidade para assimilar idiomas e conversava com Alberto em italiano, numa mistura de sons e sotaques, do francês ao árabe, do turco ao espanhol, com sua voz grossa e rouca, e às gargalhadas... O mais impressionante era o brilho de seus olhos negros durante a noite. Um marroquino que tinha cor de ébano, com um gestual de nobre, era a pessoa mais diferente que Alberto havia conhecido. Contou-lhe o que sabia sobre seu pai, um negro muito alto e esguio, que saiu de sua tribo, de muito longe, e que havia se perdido junto da planície de Dédes, aos pés de uma enorme cordilheira chamada Atlas. Apaixonou-se por sua mãe, uma menina berbere de pele azeitonada, olhos verdes e cabelos negros lisos e brilhantes. E, mesmo sem trocar uma só palavra no mesmo idioma, fugiram juntos. Parte da tribo de sua mãe foi à caça dos dois. Quando foram encontrados, meses depois, seu pai foi morto apedrejado, e sua mãe voltou amarrada, lanhada, desprezada e grávida, para depois, sem uma manta sequer, ser exilada de lá.

O marinheiro havia aprendido muito durante suas andanças pelo mundo. Desde que saíra do pequeno vilarejo encravado nas montanhas do Atlas, havia feito de tudo um pouco. Fora mais jardineiro que marinheiro. Crescera dentro de uma plantação de rosas-damascenas. Desde pequeno ele tratava da plantação, colhia flores, separava as pétalas e cuidadosamente as ensacava. Toda época de colheita, contava ele, havia um grande movimento de franceses que vinham buscar aquela preciosidade. Para onde iam, só agora, depois de rodar o mundo, é que descobrira.

— Vão para pequenos frascos de cristal em forma de perfumes inebriantes!

Quando menino, Daud levava para sua mãe os restos de pétalas descartadas dos sacos dos colhedores, e ela, cuidadosamente, preparava uma água que ficava destilando em uma tina de cobre durante dias e noites junto às brasas encravadas nos buracos de sua choupana. Era uma água de rosas, e o que sobrava sobre um fino retalho de algodão era sua joia. Era o *attar* de rosas.

Ela o guardava como fortuna e todos os anos, depois da colheita, enchia mais alguns centímetros de seu cântaro de barro com aquele óleo dourado e perfumado.

Quando saíra de sua terra para seguir uma expedição de estrangeiros e conhecera o explorador francês Pierre Savorgnan de Brazza, sua vida mudara totalmente! Daud era analfabeto, um berbere que servia apenas para limpar as botas de seu amo.

O conde De Brazza, um nobre nascido na Itália, era um homem especial. Francófilo, ele acreditava que o território africano era o lugar ideal para promover a cultura francesa. Quando sua primeira expedição, em 1871, passou pelo vilarejo de Daud, já estava quase falida! De Brazza rumava para Fez, depois a Tânger e finalmente voltaria a Paris, onde levantaria fundos para uma nova expedição: dessa vez, através dos vastos territórios do rio Congo.

O conde sonhava alto! Iria encontrar ouro, criar missões e escolas, e, finalmente, seu sonho era fundar uma cidade com o nome de Brazzaville!

Durante a expedição até Tânger, Daud começou a entender e conhecer seu amo. O conde De Brazza vestia-se como seu empregado marroquino durante a viagem, parecendo mais um beduíno esfarrapado do que um nobre explorador. Mas, ao se aproximarem de vilas e cidades, voltava a ser um cavalheiro. Vestia suas melhores roupas, tomava intermináveis banhos em sua tina de cobre e aparava sua barba com uma tesoura de prata.

Daud aprendeu a cuidar dos detalhes com perfeição e já sabia como transformar um espantalho em príncipe. Sabia cozinhar, montava e desmontava a tenda como num passe de mágica.

De Brazza começou a se importar com seu servo marroquino, ria muito de suas frases erradas e, como um bom professor, cobrava eficiência no aprendizado.

Passaram mais tempo juntos que o previsto.

Quando chegaram a Tânger, o conde, que deveria apenas atravessar Gibraltar e terminar sua missão, mudou seus planos e de lá rumou à direita, pegando o longo caminho para Túnis. Tinha fome de conhecer e fome ainda maior de ensinar. Era quase um idealista megalomaníaco, atormentado com a ideia de um dia vir a ser um grande explorador e levar de volta à França os louros de seu trabalho.

Daud aprendeu nesses cinco anos juntos quase tudo que um cavalheiro europeu de verdade deveria saber. Imitava o amo no gestual educado, fazia reverências, era asseado, comia com talheres e até falava com desenvoltura!

Também sabia o seu lugar. Sempre. Quando finalmente a situação financeira do explorador ficou séria, e ele não conseguia mais, mesmo com seu magnetismo, convencer os compatriotas enriquecidos com o comércio a financiar seus planos, De Brazza sentiu-se desesperado.

— Ignorantes — gritava ele, nervoso, ao entrar no quarto de um hotel.

Em Tânger, gastara suas últimas moedas pagando jantares. Convidara comerciantes espanhóis para se associarem em sua nova exploração. Na Argélia, reunira em cafés grupos de franceses, e em seu discurso citava o exemplo dos exploradores concorrentes:

— Os ingleses, senhores — dizia ele com voz inflamada —, patrocinaram as viagens de Livingstone, de Stanley e de todos os outros grandes exploradores... E por que não nós franceses? — proclamava, batendo as mãos no peito. — *Vive la France!*

Havia uma mágica para Pierre Savorgnan de Brazza conseguir uma doação, um empréstimo, uma sociedade, entre uma baforada e outra de charuto ou narguilé.

— Nós franceses... — discursava a um grupo de compatriotas. — Nós italianos... — falava a outro grupo, em outra noitada — não temos nada de significativo para a nossa pátria...

E Daud, impassível como uma estátua, ficava de braços cruzados, sempre postado às costas do amo.

Em Túnis, uma comissão de banqueiros franceses, italianos e ingleses havia açambarcado a responsabilidade pela administração das finanças do país.

O Império Otomano assumira tantos compromissos com os bancos europeus que perdia gradativamente a força para cobrar os impostos dos comerciantes estrangeiros lá estabelecidos e que, dia a dia, enriqueciam mais.

De Brazza pensou seriamente em levar Daud a Paris, mas, pensando bem, isso lhe pareceu finalmente uma utopia!

Seria inexplicável um liberal, antiescravagista, um homem culto, humanista ilustre, chegar à Cidade-Luz com um berbere de tez escura, analfabeto e de mãos calejadas!

E, então, Daud seguiu o seu destino...

VIII

NOTÍCIAS DE ALBERTO VARSANO

Salonica, 20 de outubro de 1883.

Os plátanos do jardim público estavam dourados quando a primeira carta de Alberto chegou a Taormina. Anna estava saindo de casa, em direção à joalheria, e Antonio, o carteiro, subia a Mongibello, como sempre, com o rosto afogueado e a respiração ofegante.

— É do *dottore* Varsano! — gritou, balançando o envelope. — E deve ter alguma coisa mais aí dentro.

Ela foi ao encontro do carteiro, descendo a ladeira correndo. Quando se sentou no banco do jardim, seu coração disparado quase a impediu de prestar atenção às frases de Alberto. No envelope havia uma carta e um cartão-postal. Ela leu e releu a carta inúmeras vezes, até seu coração voltar a bater normalmente e suas mãos deixarem de tremer. Sentia muita falta dela, escrevia Alberto... Contava um pouco de sua viagem, sobre um tal de Daud, sua tentativa de encontrar Victor e David. Não esperava que Salonica fosse tão grande e tão próspera! Era uma cidade diferente do que imaginara.

Quando na tarde seguinte à sua chegada fora ao escritório do advogado Grassi, à procura de David, não o encontrara. No seu lugar havia um jovem, que o atendeu e o recebeu como se o conhecesse de muitos anos. Era Emmanuel Raphael Salem. O pobre rapaz, alma gêmea de David, tão descrito nas cartas enviadas a Taormina. Salem parecia conhecer tudo sobre Alberto. Sabia o nome de Anna, de Michaela, que ele, Alberto, era farmacêutico, sabia de sua vida em Veneza e também em Taormina. Só não sabia que ele viria, e nem o motivo. Nem David, que sempre contara tudo sobre sua família, imaginaria que um dia fosse Salem a receber a visita de seu irmão.

Salem considerava David Varsano o irmão mais velho e mestre. Estavam trabalhando juntos fazia mais de doze anos e não havia mais segredo entre eles. O jovem advogado foi uma das primeiras pessoas que Alberto encontrou na cidade que usava roupas europeias. Um casaco bem-talhado, e na camisa muito branca e engomada, de punhos largos, um par de abotoaduras de ouro com o desenho da meia-lua, símbolo do Império Otomano. Ao sentir os olhos cravados em seu pulso, Salem dobrou o braço, para que ficasse claro que o adorno deveria ser visto, e, com um sorriso malicioso, observou:

— Não pense outra coisa, nós ainda não nos tornamos *dolmás*, ou seja, um convertido. Isto é apenas para adoçar ainda mais os homens do sultão!

Alberto ficou sabendo que seu irmão David estava trabalhando em Constantinopla, e de lá iria para a Baviera com o advogado Grassi, de onde só voltariam no início de dezembro. E também que ele ainda não havia se casado.

Seu tempo era integralmente dedicado ao trabalho. Quando havia alguma festa ou acontecimento social, ele comparecia por obrigação. Vivia só, num grande quarto alugado no alto de um sobrado sobre a Promenade, a rua que beirava o mar, desembocando junto ao quarteirão consular. Era a área mais nobre da cidade e a mais cosmopolita.

Era o bairro dos consulados de diversos países. Os turcos mais ricos, explicou, moravam no alto da cidade, em um lugar limpo e ajardinado chamado Baïri. Os judeus abastados, industriais ou banqueiros construíram um novo bairro nos últimos anos, Hamidie. E os gregos viviam nos bairros cristãos, entre a Igreja de São Demétrio, convertida em mesquita e chamada de Kasimiye Camiï, ou ao redor da Igreja de São Nicolau, chamada em turco de Fakir Aÿ Nicola.

David não havia escolhido a moradia em função de comunidade, raça ou religião, ou ainda por preço ou situação financeira, mas, sem pensar muito, apaixonara-se pelo espaço e, mais ainda, pela simpatia da proprietária do sobrado. Tudo ali lembrava a sua terra, a sua Veneza!

Salem continuou descrevendo a cidade e a moradia de David. Seu quarto era iluminado por grandes janelas que se abriam para o mar.

E ele tinha uma senhoria especial, que cuidava dele com dedicação e amizade. Quando Alberto concordou em recolher seus pertences do hotel e esperar pela volta de David já hospedado em seu quarto, Salem finalmente parou de argumentar.

— Agora — disse ele, inflando o peito — o *dottore* está agindo como um verdadeiro Varsano —, e continuou rindo. — Com inteligência e economia! Para que gastar suas economias num quarto de hotel se seu irmão faria o mesmo?

Salem, o jovem advogado, tinha a chave do quarto. Era o amigo de confiança do irmão. Até de olhos fechados.

Salem descreveu seus últimos encontros com Victor Varsano, irmão do meio de Alberto.

— Tomamos café juntos muitas vezes. Ele adorava ficar horas entretido com um narguilé, fumando, jogando gamão; era um sonhador... E sonhava muito alto!

Victor tinha grandes ambições, partira da cidade depois de ter tentado se estabelecer com suas próprias pernas. Estava ganhando muito bem, trabalhando com Levy Modiano, um italiano de Livorno, membro de uma abastada família que era muito considerada na cidade por seus feitos de empreendimentos e benemerência. Victor era chefe de construção da *Villa* Ida. Mas ficou insatisfeito com a morosidade do projeto. Seriam, no mínimo, mais quatro anos para o término, tudo importado da Itália, desde os mínimos detalhes, como as trancas das janelas. Tudo desenhado por Posselli, o grande arquiteto.

Quando chegava um lote de material, as carroças vinham do porto até a construção, em Hamidie. O arquiteto se reunia com Victor e com os proprietários, para discutirem e verificarem cada detalhe.

O jardim, com roseiras e jasmins, acomodava uma armação de ferro com vitrais de Lalique, vindos da França, montada no canto direito do terreno. Havia plátanos centenários e ciprestes preservados, dando a impressão de que faltava pouco para a família lá se estabelecer.

A senhora Ida Modiano participava regularmente das reuniões. A *villa* levaria seu nome e deveria ser tão bela quanto ela — segundo diziam, a mulher mais bonita da cidade, opinião corroborada por Victor.

Apaixonou-se por Ida como um escolar e fazia de tudo para que nada fugisse de seu agrado. Gravava suas observações e, mesmo contra a opinião do arquiteto, lutava para que fossem realizadas.

Uma tarde, junto à armação de ferro, Victor riscou no chão um caminho e uma pequena lagoa, quase em forma de coração. Colocou alguns de seus homens cavando, trouxe pedriscos brancos do leito seco do rio junto da antiga fortaleza e forrou a vala, formando um tapete claro. Preparou o seu fundo e foi, aos poucos, entornando água de uma bica, balde por balde. A lagoa ficou transparente e límpida como um espelho. Victor pediu ao jardineiro que plantasse tufos de santolina ao seu redor. Imaginava Ida sentada sob os vitrais de Lalique espelhados pela água. Essa imagem e os reflexos lhe traziam Veneza de volta.

— Na próxima carga, quando ela vier — dizia ele a David —, tenho certeza de que vai notar a minha presença!

Que ilusão! Quando o surpreso arquiteto viu a obra do rapaz veneziano, sorriu e logo deixou claro ao casal que Victor Varsano realizara, com muita precisão, uma surpresa que ele, Vitaliano Posselli, havia idealizado no projeto original.

Daquele dia em diante, Victor não mais voltou a Hamidie. Envergonhado de sua pretensão, não pisou mais na obra. Como ele sonhara alto! Ida Modiano era uma mulher casada. Amava seu marido e, além de ser a mais linda, era também a mais rica mulher de Salonica!

Ele vivera alguns meses sem procurar emprego, suas economias bastavam para meio ano ou mais. Morava em um cômodo em Vardar, na casa de Elia Covo, homem religioso, chefe de uma família com quatro filhas mulheres e dois homens. O quarto dos fundos, junto da cozinha, tinha uma entrada separada, e ele só entrava na casa principal quando era convidado, nas festas. Eram pessoas bondosas, e todos na casa trabalhavam no mercado de Sibi.

As mulheres cuidavam da cozinha e das roupas, e a filha mais velha estava prometida para o filho de um comerciante vizinho. Sabia que Elia Covo, com o tempo, lhe ofereceria uma das filhas, e ele, sendo trabalhador, seria um bom genro. Mas, ao desistir do trabalho com os Modiano, ele sentira o olhar de recriminação do velho Covo, sugerindo que arrumasse o que fazer.

Victor parecia não ter muita pressa. Mas não ficou muito tempo procurando trabalho. Um sobrinho de Covo chegou de Astracan, carregado de lã e peles, e depois de alguns dias vendeu tudo, lucrando vinte vezes mais. Victor perguntou a Covo de quanto necessitaria para fazer um empreendimento como aquele.

— Ah... — calculou o velho —, para lucrar muito, você precisa de no mínimo umas trezentas liras turcas!

Era uma fortuna para ele... Não deveria ter mais que cem liras e alguns florins em ouro. Conseguiria mais umas cinquenta emprestadas com David, venderia seu relógio, e isso bastaria para começar.

Informou-se dos preços no mercado de Sibi, por quanto eram vendidos os artigos vindos de Astracan. Escrevia e descrevia tudo numa caderneta.

A aventura exigiria roupas e botas pesadas que o agasalhassem do frio. No mercado de Laladika, que abastecia a cidade, procurou por mantimentos que os viajantes chamavam de "artigos colonialistas" na loja de Joseh Bechara, comprou açúcar e café e alguns suprimentos para a longa jornada.

Dias depois, Victor foi à Livraria Hachette, a nova filial francesa em Salonica, representada pelo livreiro Molho, junto ao Hotel Kavalla.

Desde a saída de Veneza, Victor nunca mais havia tocado num livro. Nunca mais havia acariciado uma lombada de couro ou sentido o cheiro da tinta sobre o papel e o ar empoeirado das bibliotecas. Seus dedos grossos e calejados de trabalhador braçal mal conseguiam manejar as folhas de seda dos mapas que procurava. Ao seu redor, observava os intelectuais e letrados que se regalavam com poesias e histórias, fumavam seus charutos e vestiam-se de maneira elegante.

Sentiu vergonha de si mesmo ao ser flagrado pelo livreiro, que veio oferecer-lhe ajuda, tirando de suas mãos um precioso volume encadernado com ouro e pele de cabra. Com aquela aparência, de cabelos engordurados e roupas surradas, era difícil alguém acreditar que ele estivesse realmente interessado por algo tão específico e raro!

Mas, aos poucos, o vendedor conseguiu encontrar para Victor um livro de segunda mão que descrevia a região que ele iria visitar. Com essas referências, iniciou seu plano de viagem, mas necessitava de mais detalhes...

Postou-se no cais durante dias. Conheceu pescadores, escutou marujos, aventureiros, contrabandistas e ambulantes. Cada um contou uma aventura diferente que havia escutado ou vivido.

E, finalmente, procurou o sobrinho de Covo.

O gordo Moise Covo foi extremamente simpático ao recebê-lo. Bonachão e tranquilo, explicou a Victor que procurava um sócio. Não queria mais voltar para lá!

Foi um golpe de sorte para ambos, e bastou dar ao veneziano todas as diretrizes do que deveria ou não fazer, metade do dinheiro necessário para o investimento e embarcá-lo rumo a Astracan.

E assim foi feito. David nunca mais havia recebido notícias de seu irmão.

Depois de muitos meses, um grupo de homens do bairro de Vardar, que também haviam tentado contrabandear peles, voltou de Sebastopol contando que não continuaram a viagem pois foram alertados por um marujo de que um grave surto de malária e febre tifoide assolava aquele lado do mar Cáspio.

Junto da carta em que Alberto contava suas primeiras impressões de Salonica, vinha um cartão-postal.

Anna passou horas pensando nele. Ficou em dúvida se era uma brincadeira ou uma provocação de seu marido. A foto era de uma mulher horrivelmente feia, gorda e malvestida, e dizia “Souvenir de Salonique”.

No verso, Alberto havia escrito uma dedicatória:

Minha amada Anna,

Quando você vier a Salonica, deverá vestir-se assim, como a maioria das mulheres.

Anna observou, inúmeras vezes, a foto da mulher com peitos fartos. Mais parecia uma vilã sarracena da Opra di Pupi. Logo agora que ela praticava assiduamente seus conhecimentos de costura e tinha páginas e páginas dos melhores croquis de moda para realizar! Justamente agora, que não tinha mais hora para dormir e ficava até tarde da noite olhando os livros de moda que a baronesa e Michaela haviam enviado na caixa!

E iria para Salonica ficar assim?

Só poderia ser uma brincadeira de Alberto...

— *Costume de femme juive*... — falou alto. — Que coisa de mau gosto!

Aquela brincadeira de seu marido ao enviar o postal levou-a a pensar sobre o futuro. Quando iria encontrá-lo em Salonica?

E o retrato da gorda *femme juive* preso no espelho fazia com que ela se dedicasse cada dia mais ao seu trabalho para nunca ficar como aquela mulher.

Alberto Varsano, do outro lado do mundo, não tinha ideia dos esforços que Anna fazia para se tornar uma modista famosa. Ela imaginava modelos com pedacinhos de pano enrolados em seus dedos, abria e fechava a "Grande Bíblia", como apelidara o grosso e pesado volume que Clara e sua filha Michaela haviam preparado para ela.

As duas andaram visitando as melhores casas de moda na Baviera, colecionando amostras de tecidos. A baronesa, pacientemente, selecionou-as por qualidade: colou retalhos, mostrando rendas do norte da França, sedas e brocados. Na página seguinte: tafetás, cetins, organzas e musselinas.

Com o material em suas mãos, Anna imaginou o que as turistas elegantes vestiriam quando chegassem a Taormina na próxima temporada.

Via nitidamente que a silhueta era nova, nada mais de crinolinas, os seios estariam recolhidos e mais achatados, as ancas, secas e apenas uma *basque* formaria uma elevação no traseiro, ao que os franceses denominavam *portelon*.

E, nas últimas páginas do grosso caderno, "o último grito", apelidado por Michaela. O maior sucesso entre as mulheres era uma tendência inglesa. Uma silhueta onde o topo do vestido imitava os ombros e as mangas de uma casaca masculina.

Havia croquis de famosos casacos de pele da casa Revillon e propaganda de roupas de banho e corseletes, páginas ilustradas de sapatos e chapéus, e um capítulo à parte para joias e bordados... Tudo aquilo representava um tesouro para Anna. Era sua ligação com o mundo.

— *Sayo-bustikó* e *entari*. Essas roupas das mulheres de Salonica! Que fantasia é essa que ele pensa que eu um dia iria usar? — continuou resmungando alto, com o olhar fixo na foto do espelho. — Pobre Alberto, além de farmácia, ele não presta atenção a outras coisas — disse ela, apontando a foto para seu pai.

Rafaele colocou os óculos e aproximou-se do espelho.

— Coitado do meu genro. Será que ele imaginou que a estaria agradando mandando-lhe tais ideias? Olhe só essas cadenas de ouro que essa mulher usa! Mas nem em Toledo, nos tempos dos meus antepassados, isso era bonito! — comentou o velho Rafaele, desatando a rir.

Anna enrolava-se em morim de algodão e aos poucos ia alfinetando as formas. Olhava-se no espelho, de frente, de lado, de costas, com o canto dos olhos, fazendo pose de imperatriz. E levantando as sobrancelhas.

Descia o tecido no decote, fazia pences no busto.

— *Et voilà!* Um autêntico modelo francês!

E pai e filha choravam de tanto rir!

Desde que o *dottore* partira, ela usava sua cama apenas para deitar os moldes de algodão que eram alinhavados durante o dia. Com o tempo, aquele leito nupcial, testemunha de seu amor, havia se tornado uma montanha de formas brancas, esqueletos alegres a flutuar uns sobre os outros, esperando apenas o momento certo para se tornarem, como mágica, peças coloridas, reais... E finalmente vestir um personagem. Exausta, todas as madrugadas, Anna deitava-se na cama de Michaela. Abraçava seu travesseiro e adormecia, com os olhos encharcados de lágrimas.

IX

OS ASSADORES DE CASTANHAS

"Kaïnar... kaïnar..., kaïnamus, — kestane... pis-mis kestane"
"Chauds, chauds les marrons... buillis et rotis les marrons."

... Castanhas... quentinhas...

Salonica, outono de 1883.

Alberto esperava, impacientemente, pela volta de David. A cidade havia se transformado. Os plátanos tornaram-se vermelhos, depois as folhas secaram e caíram. A brisa fresca tornou-se úmida e fria, e o cheiro da cidade, das flores, dos pinheiros-do-mediterrâneo, das frutas maduras e doces agora dava lugar ao aroma das castanhas assadas no carvão, apregoadas pelos turcos em todas as esquinas.

Um pregão melancólico, numa cadência que ecoava por toda a cidade, gritava: "Quentes, muito quentes... Castanhas assadas, torradinhas... Castanhas... castanhas assadas... *"Kaïnar, kaïnar, kaïnamus... Chauds, chauds les marrons..."*

E, pouco a pouco, pingos gelados de chuva transformavam as tardes douradas e barulhentas em longas noites silenciosas.

O quarto de David espelhava sua alma. Alberto tentava conhecer o irmão através dele. Seus quadros, objetos, roupas, livros meticulosamente arrumados numa estante improvisada, tudo contava um pouco da personalidade do irmão que ele pouco conhecia. Tudo ali o fazia recordar a biblioteca do pai na velha casa em Veneza, nos fundos da farmácia. Um móvel alto, fechado, com portas de vidro, sempre trancado a chave.

E, para que um dos filhos tivesse acesso àqueles grossos volumes, havia sempre uma preleção. Os cuidados, a atenção, o respeito, pois muitos deles continham e expressavam o pensamento divino, o conhecimento, a sabedoria. E, procurando entre os livros do irmão, grossas lombadas de couro, entre tratados de direito, história e filosofia, encontrou alguns que lhe eram particularmente íntimos. Sim, ali mesmo, bem à sua frente, estavam livros lidos em sua juventude... Os clássicos gregos, tudo que havia aprendido com Platão e sua República, com Aristóteles, com Sócrates e seu enigma, com Píndaro e sua poesia...

Com Platão e Píndaro, começou a entender a máxima das virtudes.

Onde estariam?, falou para si mesmo. Onde estão?

Começou a procurar nos volumes grifos e anotações feitos mais de trinta anos atrás. Lá estavam elas, com a sua letra, página após página... "Conhece-te a ti mesmo... Conhece-te a ti mesmo!"

De Rerum Natura, livro de Lucretius, seu companheiro, que lhe ensinara em latim a natureza das coisas, explicara em versos que o Universo é infinito, demonstrara a diferença entre *anima et animus*, e que a alma nasce, cresce e morre com o corpo. Que, na morte, ela escapa como fumaça e se desintegra mais depressa que o corpo.

— É isso! — murmurou, incrédulo. — Titus Lucretius Carus escreveu alguns anos antes de Cristo, e ainda fico pensando se acredito nele ou nos que pregam o céu, o inferno, o temor pavoroso, o medo, e que nos impõem todos os tratados em nome de Deus.

Passou os dedos sobre a lombada de couro negro e quebradiço. Não havia título gravado, mas ele o conhecia bem intimamente.

Então esse livro viera de Veneza com David! O livro proibido para Alberto. Seu pai o proibira de lê-lo, e ele o escondera num velho baú.

— É uma heresia... Spinoza é uma heresia! — gritava, olhando enfurecido e amedrontado dentro dos olhos de Alberto. — Você quer atrair outra Inquisição?... Quer trazer para esta casa o herege, o excomungado, com ideias contra a nossa própria crença? Um ser que não acredita nas palavras mais sagradas, na alma imortal, em nosso Deus, como nós o sentimos, que rejeita nossos princípios de tementes e humildes...?

As palavras do pai ainda ecoavam em sua cabeça.

— Dúvidas?... Dúvidas... Um judeu não tem dúvidas! A dúvida é o maior dos pecados, é a lâmina da espada que gira! A dúvida vem do mal, do nosso inimigo mortal! Você não se lembra do que aprendeu quando estudou para o seu *bar mitzvah*, quando fez seus votos? *Es lehav ha cherev ha mis hapeches* — dizia em hebraico. — É a arma mortal da dúvida, para quem duvida de Deus e seus ensinamentos... O caminho será árduo. O caminho pode parecer de uma maneira de dia, mas à noite será diferente. Um homem com dúvidas não pode encontrar o seu caminho!

Seu pai martelara essas palavras em sua memória. Ele sentia a presença do velho ao lado, seu cheiro de éter, seu olhar profundo e triste.

Alberto lera parte da *Ética*, de Benedictus Spinoza, em sua juventude... Não terminara de ler. E agora estava livre e só, sem medo de cometer pecado. Sentou-se no divã de David com o livro nas mãos, e até a sua sombra tremulando nas paredes o amedrontava. Via o pai, têmporas calvas, o velho solidéu, as longas barbas brancas, pouco antes de sua alma deixar o corpo. Seria ela imortal?

Estaria ele ainda lhe cobrando as lições e ensinamentos dos códigos hebraicos da Torah, do Talmude, os Salmos, os Provérbios... Os trabalhos tão difíceis de compreender, os infindáveis de Maimônides?

E até onde havia lido e entendido Spinoza?

Procurou marcas ou anotações de pé de página e descobriu sua letra escrita, quase indelével, a grafite no A Natureza dos Afetos, quando o filósofo definia a humildade. Ali estavam: no livro Éthica III. Sua marca naquelas páginas. Havia grifado e escrito referências e diferenças entre a "humildade virtuosa e a humildade viciosa", mas trechos estavam ilegíveis.

Procurou por seus escritos, e um trecho grifado lhe chamou a atenção. Agora entendia melhor, quase trinta anos depois. Agora sentia maturidade para entender aquilo que seu pai jamais havia lido.

"A humildade é uma tristeza", definiu Spinoza, "nascida do fato de o homem considerar sua impotência ou sua fraqueza".

A humildade então seria um estado de alma, pensou. Seu pai, seu pobre pai, pregara, a vida toda, a humildade como virtude. Mas se essa virtude é uma tristeza, então não pode ser considerada uma virtude.

"Virtude é uma força da alma, e então deve ser sempre um motivo de alegria."

"E quando é que a humildade seria considerada uma virtude?", escrevera Alberto no rodapé da página. E a resposta estava na página seguinte:

"Quando a humildade é apenas um escudo.

Quando deparamos com algo mais forte e concebemos essa impotência e delimitamos nossa própria potência."

Alberto aumentou a chama da lamparina para poder ler seus escritos.

No outro canto da página seguinte, ele havia escrito:

"Essa maneira de conhecer sua própria potência, seus limites, é uma virtude, é uma força maior para a alma. É o conhecer-se adequadamente..."

Sentiu seu rosto afogueado e seu coração disparar...

— É isso! — exclamou. — É a máxima de Delfos!

Estava fechando um círculo:

Conhece-te a ti mesmo, de Platão. Depois, Píndaro: Sê tal como aprendeste a conhecer-te. Depois, *Werde der du bist* ou Torna-te o que és, daquele livro de Goethe que lera em Taormina e seus ensinamentos sutis, ainda vivos em sua memória.

Alberto apertou o livro de Spinoza contra o peito. Benedictus de Spinoza havia lhe dado uma lição, uma oportunidade de entender tudo aquilo e poder se orgulhar do que era e melhorar, tornando-se aquilo que sempre havia sido, mas conhecendo-se.

Para o farmacêutico, essa seria agora a única chance para repensar os seus princípios, de ser ele mesmo, um humilde, não um covarde e pessimista, tornar-se um Alberto Varsano de verdade...

Não se deu conta do tempo, entretido desde o anoitecer. Ouviu alguém batendo delicadamente na porta. Levantou-se e abriu-a. Havia um cesto, um caldeirão fumegante e uma trança de pão.

Talvez um presente da senhoria Marika Karakassos, confundindo sua presença com a volta de David.

Alberto tomou a sopa, engrossando-a com pedaços do pão. Sentiu o corpo esquentar e riu de si mesmo.

Sentia frio, mas, com tanto para pensar, esqueceu-se de acender o *sobah* de carvão. O quarto estava úmido e gelado.

O inverno seria severo em Salonica... Mas não mais que na sua Veneza. Lembrou-se do seu quarto, eternamente mofado, com a maresia dos canais, dos tijolos quentes que sua mãe colocava sob as mantas de lã para aquecer os pés dos filhos, da sopa no jantar servida com grossos pedaços de pão, respirou profundamente...

— Veneza! — exclamou. Poderia reconhecer agora tudo que seus pais haviam feito por ele naquela casa, naquele lugar escuro e triste, durante todos os meses de inverno, durante anos e anos. Sua pobre mãe, que assava os pães, engomava as camisas e limpava a farmácia. Querida mãe, sempre simples, vestida com avental, a cabeça coberta com lenço, agasalhada com xales tricotados, sem vaidade, desprendida de tudo. A velha casa, de escadas de pedra, assoalho exalando a cera, janelas cerradas e emperradas. Sentia saudades da mãe.

Olhou a aquarela do inglês pendurada na parede. Deitou-se no divã, apagou a lamparina e, fechando os olhos, viu imagens, andou por praças e canais, atravessou pontes e finalmente adormeceu.

X

BANDOLINS, SONHOS... E PESADELOS

Taormina, dezembro de 1883.

A loja de Rafaele Cohen oferecia muitos trabalhos novos em novembro daquele ano. Nunca o joalheiro expusera tantos colares, correntes e anéis. Era a pior época para o comércio, melancólica e triste, na cidade em Taormina.

A cidade vazia. A colheita das azeitonas levava os mais jovens para o campo, e tudo que se ouvia era a Torre do Relógio, na Piazza di Santo Agostino e nas *escalinatas* da cidade, o vento e o lamento dos bandolins.

A pequena porta da joalheria permanecia fechada, mas, no seu interior, pai e filha trabalhavam até tarde, todos os dias, num frenesi, e saíam para dormir em Mongibello, trancando com os pesados ferrolhos os sonhos que haviam realizado durante todo o dia. Ninguém poderia imaginar que, de um momento para o outro, eles encerrariam as atividades e, atendendo a um aviso vindo do outro lado do mundo, de um lugar distante e desconhecido chamado Salonica, arrumariam seus baús e zarpariam no primeiro navio.

Mas, enquanto isso não acontecia, Rafaele e Anna eram cúmplices numa sociedade maravilhosa! Não tinham nada a perder.

— Doa em quem doer, vou dar um voto de confiança à minha filha — dizia o velho.

Ela parecia levada por um vento forte. Transformara-se no que sempre deveria ter sido! Uma verdadeira *mater familiae*, uma provedora de benefícios, uma insaciável criadora, uma faminta de justiça; na cabeça de Rafaele, sua filha parecia também uma mulher diferente, uma mulher só, sem marido, a quem as vizinhas e o povo poderiam chamar de mulher fácil.

Numa tarde, criticada por seu pai, amedrontado com esse "vento" que a levava, ela respondeu-lhe de uma maneira diferente, um tanto irada, irônica e revoltada...

— E o senhor queria que eu fizesse diferente? Ninguém moveu uma palha sequer para defender Alberto. Não houve um sinal ou um gesto de solidariedade quando aqueles corvos tiraram sua licença! Ao contrário — continuou ela, com as sobrancelhas erguidas —, apenas ouvi perguntas hipócritas: "E agora, senhora Varsano? O que fará o pobre do seu marido?" "Ah... senhora Varsano, se necessitar de alguma ajuda, conte conosco." Hipócritas! — gritava Anna. — Não precisamos de ninguém... Mas seremos mais hipócritas do que eles... Quero fingir que sobrevivemos da falsa generosidade deles, como eles se beneficiaram da verdadeira generosidade de meu marido! Noites e noites naquele laboratório, tentando curar os doentes desta cidade, tanta generosidade... *Povero* Alberto!

Generosidade ou ingenuidade?, pensou Rafaele, mas nada disse, para não atiçar ainda mais a ira da filha.

— O povo da cidade não tem culpa de nada, Anna — continuou ele, tentando acalmá-la. — Todos são medrosos e covardes também, e hoje quem manda mais é quem tem o dinheiro... Esses sim são admirados, respeitados, bajulados, ficam até mais bonitos.

— E é por isso mesmo, papai, que vamos ficar ricos! Eu quero ganhar todo o dinheiro que puder para, quando nos juntarmos a Alberto, poder devolver a ele parte da dignidade que lhe foi roubada!

O velho virou-se, assustado com a ideia da filha, e com um sorriso sarcástico lhe perguntou:

— E por acaso você encontrou algum amante rico? Talvez algum príncipe russo ou algum nobre alemão, como aqueles que te comem com os olhos quando entram na loja?

— *Acqua in bocca,* papai... Nunca mais fale assim... O senhor sabe melhor do que ninguém que, mesmo com fome, eu não iria virar minha cabeça, não me presto para ser uma... *una... putana*, como essas mulheres que viajam... Que acompanham esses homens em troca de joias e roupas caras... Eu nunca me tornaria uma dessas!

Rafaele não respondeu, abaixando a cabeça. Anna aproximou-se do pai, ajoelhando-se junto à cadeira onde ele estava.

— Olhe bem dentro dos meus olhos, papá. Acha mesmo que eu sou uma dessas? — continuou ela, agora com um olhar ameaçador, falando quase aos seus ouvidos. — Por favor, papai... Nunca mais quero que o senhor mencione o que faço para atrair esses ricos idiotas. O senhor bem sabe... É uma maneira de me introduzir nesse círculo, ser aceita no meio deles como uma modista famosa e ser a mais respeitada em Taormina.

— Você está sonhando, Anna?

Rafaele estava nervoso com o discurso da filha.

— Você, filha? Já pensou que, com esse nome, Anna Cohen Varsano, aqui nesta cidade não vai a lugar algum? — continuou ele, coçando a barba. — Que há por aqui outras modistas competentes, com nomes de famílias abastadas, que não vão deixá-la ser recomendada para esses turistas? Quem é você, Anna?

— Eu, papai? Você ainda não sabe quem eu sou e o que farei? Eu, senhor Cohen... — disse ela, levantando-se com as faces coradas de raiva. — Sabe o que realmente quero? Quero vestir todas aquelas mulheres ricas que vêm a Taormina para o carnaval no Teatro Regina Margherita... Vou cobri-las de seda e veludo, de joias falsas ou verdadeiras, vou ser tão famosa que até vou costurar os vestidos de noiva das netas do Galliani...

Rafaele queria tirar a ideia que lhe parecia absurda da cabeça de sua filha e, quanto mais tentava dissuadi-la, mais a irava:

— Eu, eu mesma, Anna a *spagnola,* do Sagrado Coração de Maria... Chegou a hora da *spagnola*, de vingar as humilhações que passei diante das minhas colegas de turma, que eram a própria Inquisição... Que eram de sangue azul! Que falavam às minhas costas, que me acusavam de judia, que nós judeus havíamos crucificado Jesus Cristo. As que se vestiam de anjo, que rodeavam as irmãs tão piedosas, que me castigavam... Eu não podia aprender teologia, não podia pisar na capela do colégio...

— E isso algum dia... — Rafaele tentou acalmar a filha. — Você algum dia sentiu falta... de aprender a religião deles... de ir à missa?

Anna nem escutou o pai e continuou a falar como se estivesse fora de si... Depois, bem junto ao ouvido do velho, ela sussurrou:

— Nós dois, papai, você e eu, iremos sumir daqui... E, quando voltarmos, elas irão brigar por um vestido do ateliê de *signor Rossetti el madame Lambert!* — As melhores roupas... *Fabrication française!*

— Mas quem são eles? — perguntou o velho, já não entendendo mais nada.

— Nós dois, papai... você e eu seremos os gerentes da casa de modas que virá de Paris. Rossetti et Lambert abrirão suas portas em Taormina, na antiga loja do joalheiro R. Cohen... Será manchete de jornal — falou, enrolando uma velha manta no corpo e saindo do aposento tão empertigada como se estivesse trajando o mais rico e lindo vestido de baile.

Anna sumiu da sala, vasculhou o antigo laboratório de Alberto e achou amônia, misturando-a com água oxigenada. Preparou um chá com cascas de cebolas vermelhas. Diante do espelho, cortou os cabelos pouco abaixo da altura do queixo. Costurou as longas madeixas numa fita de veludo negro.

Em seguida, passou o líquido que havia preparado nos cabelos recém-cortados. Sentiu náusea ao aspirar o cheiro forte da mistura. Seu couro cabeludo ardia como se estivesse em chamas, mas, mesmo assim, usou o restante para clarear as sobrancelhas.

Preparou outra poção para seu pai. Uma pasta marrom, feita com tintura de ameixas e corante de roupas.

Com cuidado, passou mecha por mecha nos ralos cabelos brancos de Rafaele, que estava sentado, impassível, como uma estátua. Com a navalha, aparou seu bigode e raspou sua barba, deixando apenas um estranho cavanhaque. Amarrou as mechas de seus cabelos já costurados na fita, prendendo-os na nuca do velho, como nos penteados da corte de Luís XV, e finalmente cobriu sua cabeça com um boné de veludo negro.

Os falsos cabelos, agora presos na cabeça de Rafaele, foram um truque fantástico, e agora ele estava igual aos intelectuais estrangeiros que se reuniam no café da Zamara nos fins da tarde para discutir música ou literatura.

Rafaele não acreditou no que estava vendo no espelho. Empinou os ombros, arrumou seu colete, inclinou a boina, fazendo uma reverência para Anna.

Seus cabelos e cavanhaque pintados tiravam no mínimo trinta anos de suas costas! Depois, olhou para sua filha, ali ao seu lado, com os cabelos curtos, desgrenhados, cor de fogo. Olhou-a como se a tivesse visto enlouquecer.

Abraçou-a fortemente e desatou a rir de uma maneira como nunca havia feito.

Riu até chorar, seu corpo tremia e soluçava, e entre o riso e o choro perguntava:

— *Poverina mia*... ainda não entendi... Quem mandou crucificar esse Nazareno?

— Nem eu, papai — respondeu Anna baixinho, acariciando as mãos trêmulas do velho —, mas lhe confesso que o Nazareno... aquele que chamam de Jesus, para mim não é Deus nem o filho de nosso Deus. Ele é para mim... sim, um grande cabalista, um mestre espiritual, talvez seja um messias ou o maior judeu que já surgiu... e eu gosto dele, papai... Muito...!

Ela acordou tarde na manhã seguinte. O corpo doía, ela estava febril, e seus olhos rejeitavam a luz.

Lembrou-se do que havia ocorrido na noite anterior...

Sentiu um tremor percorrer-lhe o corpo.

Cambaleando, foi até o espelho. Seus cabelos continuavam longos e negros, só o seu rosto estava lívido e abatido.

— Graças a Deus — exclamou. — Foi apenas um pesadelo.

XI

RONDÓ *À LA TURK*

Planegg, dezembro de 1883.

Nevava.

A baronesa Clara de Hirsch releu a carta de Anna Varsano inúmeras vezes. Causou-lhe uma sensação de melancolia que durou o resto da tarde. Ela ficou imóvel, sentada em seu elegante salão, com o olhar perdido, até que a noite chegou.

Incrível que uma mulher como ela, nascida em uma das famílias mais ricas de Bruxelas, e casada com um dos homens mais influentes da Europa, estivesse naquela tarde, ali, imóvel, com o pensamento transportado para um lugar tão insignificante como aquela casinha branca no alto de Mongibello.

Clara Bischoffsheim recordava um de seus melhores momentos e o carinho da família Varsano no Shabat, em Taormina.

Havia muito tempo não sentia o calor de uma família. Aliás, pensando bem, ela nunca sentira nada parecido. Lembrou-se da infância, em Antuérpia, de sua mãe e da maneira como fora educada por ela. Havia muito respeito, mas nunca o que ela reconhecia agora, lendo essa carta de Taormina, cumplicidade entre mãe e filhos, afeto ou o que os italianos chamavam de amor. E na relação de mãe e filha, entre Anna Varsano e Michaela, existia aquela cumplicidade de olhar, de acariciar, de dizer coisas que ela nunca vivenciara. Uma mulher simples que tudo fazia para sua filha.

Ria com ela, abraçando-a, beijava-lhe as faces, trançava seus cabelos, elogiava seu trabalho e sua beleza.

Clara nunca havia assistido a uma cena assim. Amor, carinho, atenção...

Na casa dos Bischoffsheim, tudo era conversado e discutido, existia em tudo um código de nobreza, uma gélida redoma que circundava seus pais e seus irmãos, e uma infindável competição para ser o melhor, para chamar a atenção, para um elogio ou um sorriso de recompensa. Mas o peso de merecê-la era muito grande.

Lembrou-se de sua mãe. Para ela, nada poderia chamar a atenção. Desde um vestido novo até um arranjo de flores na mesa de jantar, tudo seria chamado de ostentação. Muitas vezes, o belo era compreendido como uma forma de humilhar outros menos favorecidos. Olhava ao redor quando algo bonito ou surpreendente aparecia e, com aquele suspiro profundo, balançava a cabeça negativamente. Para ela, aquilo era uma afronta aos que nada tinham.

Aquela situação privilegiada em que viviam na Bélgica, donos de bancos, com o pai político, tudo isso era um peso para sua mãe, uma mulher sempre muito simples, piedosa, nascida e criada no velho gueto de Frankfurt.

Para ela, a maneira de demonstrar amor era ajudar o próximo.

Havia pequenas coisas na casa de Mongibello que a baronesa Hirsch gostaria de ter tido em sua própria casa, mas não poderiam ser bens materiais, pois disso Clara nunca sentira falta. Talvez mais amor e menos peso de responsabilidades, mais cumplicidade entre mãe e filhos, liberdade de correr, brincar, vestir um vestido e ouvir a mãe elogiar sua formosura, como vira acontecer com Anna Varsano, costurando um vestido para sua filha com os olhos brilhando de alegria. Em sua família, nunca havia visto coisa assim. Nunca ouvira um elogio. O pai a tratava como se ela fosse um dos homens da família, e para ser destacada entre eles, todos aplicados e bons alunos, o mérito era a capacidade. Era assim que era vista por todos.

Até que aparecera Maurice em seu caminho. Ela não era considerada uma mulher bonita. Tinha 19 anos, era apenas uma moça inteligente e equilibrada. Quando Maurice a escolheu, no lugar de Regine ou de Hortense, sua irmã mais nova e considerada a mais bonita, Clara se surpreendeu.

Nunca havia contado a ninguém, mas tinha certeza agora de que ele havia escolhido a noiva por intuição. Dote por dote, seria o mesmo escolhendo qualquer uma das filhas do senador.

Mas ela era considerada, para o seu tempo, uma mulher diferente. Não era uma jovem que se preocupava com bordados e enxovais. Não lia romances ou se preocupava com futilidades, como a maioria delas. Era a secretária particular de seu pai, o senador Bischoffsheim, muitas vezes sua conselheira, e a mais competente entre todos os seus irmãos. No que dizia respeito aos negócios, sabia tudo sobre os temas discutidos, de legislação até filantropia. Tinha assunto, vivência de um homem e era feminina e delicada.

Fora assim que Clara crescera. Lembrou-se dos momentos mágicos de sua vida, que foram poucos na sua juventude, das valsas, dos vestidos de baile, e sorriu. Maurice viera resgatá-la, pensou; seus dias estavam contados para que ela se casasse com um outro tipo de pretendente, poderia ter se tornado apenas uma mulher pequena e comum, vivendo uma vida monótona em qualquer casarão, cuidando de filhos e netos.

Ela olhou ao redor do salão de Planegg. Aquela não era a sua casa, era dos Hirsch. Apenas um ponto de apoio para as paradas de suas constantes viagens. Maurice nunca ficava mais de quinze ou vinte dias num mesmo lugar. Um tempo ele passava em Viena, perto de Planegg; outro, em Eychorn; na primavera, adorava Beauregard. E Paris, onde tinha uma roda de amigos, o banco, muitas reuniões sociais, trabalhos políticos e sociais. Os tempos da primavera, passava na Riviera ou Grasse, tinha trabalhos em Constantinopla, onde haviam vivido algum tempo, e depois Londres, que era o ponto de encontro do barão com a aristocracia, com as corridas de cavalos e com os amigos. Ele tinha tempo para tudo e era bem-sucedido. E Clara o acompanhava sempre.

Seu pai, o senador, havia dito que Maurice era um investidor temerário.

— Será um milionário ou um mendigo!

Clara sentia-se cansada, às vezes, ou melancólica, de tanto ir e vir, mas, enfim, Maurice nunca seria feliz trancado num só lugar. Era um homem notável, além de inteligente, espirituoso e *charmant*. Tudo que planejara durante todos aqueles anos de casamento ele conseguira, tinha a mestria de tomar conta de vários negócios ao mesmo tempo, todos de grande porte e responsabilidade. Era desprendido com dinheiro, ganhava pelo prazer de ganhar, como um jogador, e, como dizia sua mãe, era *large*, gastava para si, para sua família e para todos os necessitados. Adorava se sentir útil, preocupando-se com tudo, e se intrometia mesmo em detalhes mínimos. Afinal, dizia ele, o coração tem que bater de emoção, senão a vida fica monótona!

Ela era feliz, sim... Tinha um filho bom, sensível e amoroso e, mesmo sem vê-lo por muitos meses, o que seria culpa de sua vida de eterna viajante, os poucos momentos que passavam juntos bastavam para que mãe e filho tivessem momentos maravilhosos.

Lucien era seu único filho, e agora havia Michaela...

A pequena siciliana, alegre, risonha, com seus gestos de camponesa, seu olhar expressivo, falante, de alma e coração puros. A menina de Taormina tornara-se uma senhorita linda, delicada e extremamente educada. Era inteligente e tinha um raciocínio tão rápido que surpreendia Maurice nas contas. Agora ela ensaiava valsas e tocava algumas delas ao piano. Falava bem alemão e francês, e aprendia inglês rápido. Tinha futuro a pequena, e sorte, se encontrasse um bom marido.

A baronesa Hirsch até sentiu o perfume das flores de limoeiro invadindo a sala, e, sorrindo de seus próprios pensamentos e sensações, finalmente voltou ao seu verdadeiro mundo na Baviera. Mongibello estava muito distante dali.

O castelo de Planegg já estava escuro, e não passava das quatro horas da tarde; era folga de Helga. Possivelmente, o resto da criadagem entretinha-se com os preparativos do jantar na cozinha.

Clara dobrou a carta recebida de Taormina e guardou-a entre as rendas de sua blusa. Não queria que Michaela soubesse o que Anna havia escrito. Não agora, mas com o tempo, quando tudo estivesse bem. Por nada neste mundo ela gostaria de que a pequena siciliana sofresse com a notícia.

Para os Hirsch, ela se tornara uma bênção na casa grande e vazia. E até Maurice, depois de relutar por uns meses, tinha afeição especial por

"Micha". Gostava de suas maneiras gentis, de seu riso e de sua sinceridade. E elogiava a maneira inteligente como ela resolvia seus assuntos.

Depois de algum tempo, ela transitava livremente pela casa, ajudava nos pequenos afazeres, entrava às escondidas na cozinha para preparar uma surpresa de sua terra, reclamava da falta de azeite, limão e manjericão... O que fazer?... Aquele era outro mundo, vociferava, saudosa dos tomates.

Nos dias longos de verão, quando o sol se escondia tarde, olhava a imensidão do lago e respirava fundo, querendo inalar a brisa de seu mar da Sicília. Mas em Planegg a brisa era dos grandes pinheiros, e o horizonte tinha picos nevados. Havia uma brisa gelada e sem sal. Era doce e silenciosa. E isso a inquietava e enchia sua alma de melancolia.

Todas as manhãs ela ia até Munique, com a carruagem da casa do barão, e aprendia alemão com outras alunas estrangeiras, filhas de algum embaixador ou representante de mudança para a Baviera. Aprendia também a cavalgar, pintar, tinha lições de música, aulas de literatura e começava a ler os livros da biblioteca. Depois, Clara achou que ela deveria também ter lições de filosofia e grego, e arrumou-lhe um lugar na escola do mestre Kastelli, muito famoso por ter ensinado à imperatriz da Áustria a história e a mitologia gregas, a amar Corfu e todas aquelas maravilhosas visões de um lugar chamado Bonrépos, onde Sissi passava a maior parte do ano.

Todas as quintas-feiras, o professor de valsa e o pianista abriam os salões dos Hirsch em Planegg, preparando-a para os bailes. Clara assistia à transformação de sua protegida dia a dia. Era sem dúvida uma bela moça, inteligente e esforçada, mas a sua melhor qualidade era o bom gosto e a sensibilidade. Isso, não havia escola que ensinasse, era dote, ela era assim, havia nascido dessa forma, mesmo sendo uma aldeã... E, logo que as pessoas descobriam esse seu predicado, pediam-lhe sugestões ou conselhos.

A baronesa percorria com ela os melhores ateliês de moda, e, somente com o olhar, a siciliana palpitava nas compras. Erguia as sobrancelhas quando não aprovava, e assim as duas tinham um código. Quando Michaela lhe sorria ou piscava, quase que maliciosamente, às costas da vendedora, Clara mandava entregar a encomenda. Sentia-se mais segura e livre saindo às compras com ela e nunca mais havia enfrentado os olhares reprovadores de sua dama de companhia.

Helga era uma boa pessoa, fiel, e muito responsável, mas apenas isso. Não havia afetividade em seu relacionamento. "Senhora, seu chá; sua carruagem está pronta; está na hora do seu remédio." Com Michaela, havia alegria de viver. Helga, coitada, perdeu seu posto e, naturalmente, ficou mais carrancuda que o habitual. Perdeu as regalias de acompanhar a baronesa aos chás no palácio de Sofia de Alencon e de se inteirar, na copa dos Habsburgo, dos últimos acontecimentos da família, como os segredos do romance do imperador Francisco José com uma cantora, uma tal Katherine Schtratt.

E foi numa dessas tardes que Michaela conheceu Gizela, a filha de Elizabeth, a imperatriz.

Sissi, como era chamada carinhosamente a imperatriz da Áustria, mãe de Gizela, sofria de depressão nos últimos tempos, ficava sempre fora de Viena, cuidando de sua saúde, numa ilha grega chamada Corfu. Raramente ficava junto de sua família na Áustria ou de suas irmãs e primos na Baviera. E a princesa Gizela então, casada e infeliz como comentavam na cozinha, fora praticamente criada por tia Sofia Helena, que para os íntimos tinha o apelido de Nenê.

Michaela, naquele meio tão diferente de Taormina, vivia um sonho, mas sabia exatamente qual era sua realidade e seu lugar. E muitas vezes, arguida por curiosidade, fazia questão de contar com muita simplicidade a sua vida, de onde vinha e o que fazia ali, vivendo com Clara de Hirsch. A baronesa muitas vezes havia aconselhado Micha a que falasse sempre a verdade, mas que, diante de certos fatos, omitisse detalhes:

— Você não precisa proclamar aos quatro ventos quem é. Mantenha sempre uma aura misteriosa... Basta apenas dizer que nasceu e foi criada na Sicília! Ah... eles vão adorar você, vão achar ótimo ter uma amiga tão exótica! E não fale mais nada... Nem de origem, nem de religião... Nunca vão entender o que você faz aqui! — Assim aconselhava carinhosamente a baronesa enquanto ajudava Michaela a desmanchar suas tranças.

Houve até quem empinasse o nariz ao saber da realidade de Micha, mas não Gizela; ao contrário, ela a procurava cada dia mais. O engraçado era a dependência da princesa do gosto da plebeia. Tudo que a siciliana usava ou fazia era por ela imitado. Micha, como quase nada tinha, pois nada aceitava, o pouco que tinha dava à sua amiga.

No inverno anterior ela havia tricotado uma malha de fio de lã cor de cereja. Ainda não contente, decorara a gola com pequenos laços de fita cor de vinho e colocara nos punhos uma renda de um velho vestido da senhora Hirsch. Numa das visitas, vestiu a malha com a sua saia cinza de alpaca e voltou para casa com outra roupa.

— Até a fita dos seus cabelos é diferente para uma princesa — comentou Clara, com um sorriso de cumplicidade. — Adeus à blusa cor de cereja. Qual vai ser a próxima, Micha?

— Uma aposta? Amanhã vou vestir a verde, com o colar de citrinos do vovô!

— Você não é louca... Nem pensar em dar a ela o seu colar! Seu avô morrerá de desgosto.

— Claro que não! Nem vou trocar por alguma coisa que ela me ofereça. Mas... se ela gostar muito, quando for nesta primavera a Taormina, o conde poderá encomendar um desses ao meu avô! Imagine o vovô receber encomendas da filha de uma imperatriz, *Dio mio!*

Sissi nem imaginava o quanto sua Gizela era carente de uma mãe, dos seus conselhos e da sua companhia. A imperatriz, ao visitá-la, ficava retirada no castelo, fazendo companhia ao seu primo, o rei Ludwig II, da Baviera. Eles pareciam almas gêmeas. Ele era homem extremamente atraente, alegre e muito falante. Mas também excêntrico e egoísta. Aliás, segundo Gizela, "os dois eram como irmãos, e, junto dele, sua mãe se tornava outra pessoa." Ficava mais alegre, sorria, esquecia dos seus problemas de beleza, de seus cabelos que ultrapassavam sua cintura e que deviam ser escovados cinco vezes ao dia. E de suas crises de depressão, quando passava dias sem falar ou responder qualquer coisa. Com Ludwig, ela melhorava muito. Juntos, os primos ficavam tardes inteiras andando nos jardins do palácio, ou detalhando a decoração de mais um salão, ou ainda programando algum baile.

Michaela precisava fugir dos problemas de Gizela. E cada dia mais ela via que se aprofundar nos estudos, ler, seria seu caminho para se tornar uma mulher culta, educada e admirada. Afinal, não era princesa e nunca gostaria de ser. Já havia escutado o bastante da infelicidade daquela família.

Tornou-se então uma aluna exemplar. Era a mais atenta nas aulas de grego, de filosofia e história. Naqueles dias, trancava a porta de seu quarto e estudava com afinco, pois sabia que, para ela, no futuro, tudo que pudesse aprender seria útil e iria ajudar seus pais. Sabia também que não era uma delas, uma moça rica, uma nobre, nunca seria e não sonhava com isso. Vivia apenas um sonho que iria acabar um dia, quando voltasse para sua casinha em Mongibello. E, enquanto esse dia não chegasse, havia muito para desfrutar e aprender com Clara e Maurice...

O castelo dos Hirsch em Planegg, na Baviera, era um mundo à parte. Fora construído e projetado pelo próprio pai do barão Hirsch, e depois reformado na época em que Maurice trabalhou como assistente econômico junto ao primo de Sissi, o rei Ludwig II.

Mas a fortuna de sua família, os Hirsch, como ele contava, vinha de duas gerações. Maurice de Hirsch era conhecido em diversas partes do mundo como um banqueiro extremamente hábil nos negócios, que não tinha medo de arriscar e correr atrás de novas ideias, e, ao mesmo tempo, um grande benemérito, sempre preocupado em aliviar seus correligionários da pobreza, das perseguições raciais e religiosas. Mas tudo que tinha ele havia conseguido por seus próprios méritos.

Assim, com tal pensamento e interesse, uma parte de seus lucros era diretamente investida em instituições pelo mundo afora, sempre ajudando o próximo, pois esse era o ponto de partida. Ajudar a quem precisa, sempre.

Michaela, com o tempo e a convivência, aprendeu a conhecer esse homem sempre tão ocupado e requisitado, ora duro e ríspido, ora terno, amoroso e brincalhão.

Aos poucos, começou a participar do mundo do barão, era chamada a opinar nos assuntos diversos da família como se fizesse parte dela. Ele contava um caso, uma situação, e pedia a Micha que o ajudasse em sua análise, com vistas a uma solução. Sempre usava uma parábola ou um provérbio para lhe mostrar um caminho. E assim fazia Micha pensar e crescer.

Numa tarde, no mês de junho, voltando de uma reunião, Maurice entrou em casa lívido. Michaela estava no topo da escada da biblioteca, quando o barão a chamou.

Ficou por alguns minutos tentando entender o que ele dizia:

— Pobre Ludwig! Pobre Elizabeth! — exclamava, assustado, com as mãos segurando a boca. — Micha, por favor, chame Clara e peça-lhe que venha até a biblioteca. Tenho um assunto de máxima urgência para tratar com ela.

O barão parecia muito nervoso e preocupado. Sentou-se em sua escrivaninha com a cabeça baixa e as feições retesadas. Falava sozinho quando ela entrou.

— Eu bem que avisei, não uma, inúmeras vezes! Ludwig está correndo perigo... Fazendo gastos estrondosos — repetia Maurice de Hirsch. — Gastando... emprestando... Pensando apenas em festas, competindo com sua prima, que pensa apenas nela... E Ludwig está fazendo de tudo para perder o seu lugar, está ficando megalomaníaco... Levando a economia da Baviera à bancarrota! Eu mesmo emprestei a ele milhares de libras esterlinas, pela nossa velha amizade, por seu pai, Maximilliam, por meu pai...

Maurice de Hirsch respirava profundamente, tentando se acalmar. Clara não entendia o que o barão queria dizer.

— Nosso banco, Clara, financiou um centro industrial aqui na Baviera. Um projeto para desenvolver indústrias, no molde dos ingleses — disse o barão, trêmulo. — E o que foi que o maluco fez? Gastou... Gastou em castelos, lagos e parques, veludos e espelhos! Fausto e extravagância para impressionar a prima e aqueles falsos colaboradores. Aquelas sanguessugas...!

A baronesa olhava assustada para Maurice de Hirsch. Ele estava transtornado. Ela nunca o vira assim. Com o rosto suado e pálido e as mãos trêmulas. Ele não parava de falar e gesticular...

— Creio que vão matá-lo, Clara. Existe uma conspiração, e o pior, não tenho lá dentro do palácio, hoje, ninguém em quem me apoiar para salvá-lo. Eu fiquei sabendo hoje, o que o conde Von Holnstein pretende fazer...

— Mas o que aconteceu, Maurice? — perguntou Clara, sem entender.

— Fui pressionado. Tenho que me calar... E não consigo mais chegar até Ludwig para avisá-lo. Eles o cercaram, nenhuma correspondência chega até seus aposentos. Primeiro, estão demonstrando que ele é insano... Pobre coitado, e depois vão fazer alguma coisa ruim para ele sair do caminho. Creio que seus dias estão contados. No desespero, eu tentei uma saída para protegê-lo. Mas... Não sei...! — falou, suspirando, apoiando a cabeça entre as mãos. — Mas o pior eu já fiz! Hoje cedo, mandei uma carta aos maiores jornais da Europa, delatando o complô. Assim, creio que Ludwig ganhará tempo, e certa segurança também, pois "eles", creio, não teriam coragem de matá-lo assim, com os jornais escrevendo sobre o caso...

— E agora, Maurice? O que você pensa em fazer... Está com medo?

— Eu? — respondeu pausadamente, ganhando tempo para pensar. — Eu, graças a Deus... Não! Nós não temos o nosso nome ligado a qualquer coisa que ele tenha feito; ao contrário, sempre fomos fiadores...

— Mesmo assim, o que pode acontecer, Maurice? Você acha que Bismark vai se vingar agora de você?

Maurice de Hirsch suspirou e dedilhou nervosamente seus dedos sobre a escrivaninha

— Não serão tempos agradáveis se isso vier a acontecer... Não gostaria de estar aqui quando mudar o governo. Se ao menos Shrenk estivesse vivo, isso não teria acontecido! Não simpatizo com as ideias deles, esses homens não são liberais... E, não sei, não tenho certeza de quem vão chamar. Se ele for interditado, ou morto... Não acredito que chamem Otto da Grécia... Talvez Leopold, não sei... E, além do mais... — continuou falando e olhando para toda a sala, avaliando tudo —... não temos mais razão para continuarmos aqui... Nosso centro de negócios é Londres... Paris... E você, Clara querida... Não se preocupe, lá você estará mais perto do nosso filho. Do nosso Lucien. Portanto, está na hora de pensarmos em fechar definitivamente Planegg e levar tudo para as outras casas.

Clara concordou com um gesto de cabeça e imediatamente seus pensamentos foram para os que ali trabalhavam, para sua cozinha especial, para os visitantes, os pedintes, para o trabalho de fazer listas infindáveis para a mudança, e deixar também o que pertencia à casa dos Hirsch no lugar. Afinal, a casa também tinha outros herdeiros... Pensou em Mirla, a cozinheira, em Yosef, o sapateiro, em Helga, sua governanta, que tinha toda a sua família no povoado ali perto, os quais com certeza não iriam com ela. Lembrou-se de Michaela! Sim, a siciliana agora fazia parte de sua família! Ela era de sua responsabilidade, e, logicamente, iria com eles para qualquer lugar aonde fossem. E sairia dali... Daquele lugar tão pacato, onde todos os olhos tomavam conta de sua vida... Seria muito melhor para ela.

Ficaria longe de Gizela, que não a deixava respirar ultimamente, e de seus problemas. Seria melhor para a pequena siciliana poder viver num centro mais cosmopolita e ser mais independente. Talvez Londres, e não Paris... Em Londres ela não sentiria qualquer diferença social, seria recebida em qualquer lugar e talvez arrumasse um bom casamento...

Depois de algumas semanas, o castelo do barão Moritz von Hirsch auf Gereuth estava com ares de mudança. Definitivamente, iriam fechar Planegg.

Clara escolheu as peças que seriam despachadas. Sua papeleira, que a acompanhava desde a sua infância em Bruxelas, os quadros que ela e o barão haviam comprado durante todos aqueles anos juntos, dois grandes tapetes, que foram enviados de Istambul, presente do grão-vizir. Peças do seu enxoval, as suas porcelanas, cristais e pratarias da casa.

Havia tantas casas para mobiliar, poderiam enviar para a Rue de l'Élysée, ou parte para Beauregard. Ou ainda para Saint Johann, onde ficava a casa de caça, ou Eychorn, que estaria mais perto de Planegg, na fronteira austro-húngara.

Alguma coisa para a casa de Berkeley Square, que era de sua herança, ou a nova mansão do barão, em Piccadilly... Mas era pelas peças de Planegg, de sua primeira casa, as que vieram de dote do seu casamento, que Clara sentia mais carinho.

O barão escolheu a sua mesa, uma grande peça feita de nogueira e *ormolu*, entalhada em 1850 por Jacob Desmalter, suas cadeiras com o brasão de família e o relógio de ébano e cristal com esculturas de ninfas, que ele havia adquirido em Paris diretamente da *maison* de Balthazar Lieutaud.

Maurice tinha verdadeira paixão por esse relógio. Era seu ponto focal nas conversas, sempre sobre a lareira. Quando, em alguma conversa, precisava refletir ou tomar fôlego, saía de sua mesa e, como um ímã, andava até as ninfas dançantes, acariciava-as e depois, com o indicador, adiantava em alguns minutos os ponteiros de ouro.

Pediram a Michaela que escolhesse o que gostaria de levar.

— Mas levar para onde? — perguntou ela, confusa, a Helga.

— Não sabemos. O barão está listando o que será embalado — respondeu a governanta, fazendo segredo. — Certamente — continuou ela — eles vão se estabelecer em Londres, na casa da baronesa em Berkeley Square, perto de uma de suas casas bancárias. Ah, você sabe, Micha, os negócios da família dela. Bischoffsheim & Goldschmidt Bank, falou com voz impostada. Mas com certeza a baronesa não ficará lá o tempo todo, certamente vai procurar um lugar de clima mais ameno durante o inverno! Londres é horrível, menina! — continuou resmungando enquanto separava os talheres para a mesa de jantar. — Horrível... úmido... nebuloso... Você vai ver... Vai detestar os ingleses!

Michaela não perguntou mais nada a Helga. Terminou de fazer o arranjo de flores e saiu da copa, abraçada com uma floreira de cristal. Não queria de forma alguma que a governanta pensasse que até aquele dia não lhe haviam dito o que aconteceria com ela naquela mudança toda.

E, além do mais, o ambiente andava muito estranho.

O barão havia passado os últimos dias trancado na biblioteca, trabalhando até muito tarde da noite. Clara ajudava-o, separando documentos, papéis e pastas que formavam pilhas enormes. E, durante o dia, havia uma agenda enorme para organizar e atender.

Pessoas que entravam e saíam da casa. Algumas com ares de nobres, homens de negócios, mas também muita gente humilde. Famílias inteiras pobremente vestidas, camponeses, pequenos comerciantes, refugiados de *pogroms* russos que falavam um dialeto estranho, muitas vezes confundido com o alemão. Entravam na casa do barão falando baixinho, barbas longas e chapéus negros, sobretudo escuro e puído, empurrando baús empoeirados.

Entravam no saguão olhando as altas abóbadas de vitral, tropeçando nos tapetes. E de lá desciam sem emitir um som sequer para o pavilhão de caça. Na biblioteca o representante do grupo apresentava a lista dos nomes. Os outros iam para a cozinha especial, como era chamada a parte da casa, no subsolo, onde havia uma cozinha funcionando diuturnamente. A baronesa providenciava banho quente, roupas limpas e refeições especiais para todos.

A zeladora da cozinha era uma dessas senhoras fugidas dos *pogroms* do czar, e que, por não mais ter família ou com quem morar, ficara com os Hirsch. Era ela quem cozinhava e alegrava as crianças cantando em iídiche velhas canções de sua infância. Preparava um *borsch,* sopa com beterrabas e natas azedas, que fervia constantemente nos caldeirões, *simis*, que era um cozido de cenouras doce, e *latkes*, bolinhos de batatas raladas, que faziam a alegria de todos. No samovar havia sempre água para o chá, e biscoitos de mel numa grande cesta.

No outono e inverno, por causa do frio e da neve, os sapatos e botas dos pobres andarilhos eram limpos e pendurados sobre lareiras. Yosef, um velho sapateiro, pobre homem, depois de ter visto toda a sua família ser queimada viva pela guarda do czar, era agora um dos protegidos da família Hirsch. Vivia no pavilhão e era chamado para remendar solas e buracos dos sapatos daqueles estranhos visitantes. Com preguinhos nos lábios, o velho sapateiro cantarolava sua música predileta em iídiche sempre que os hóspedes o aguardavam, logo cedo, ali ao seu lado, com os sapatos ou botinas nas mãos. Ele batia os pregos, passava uma graxa, e no ritmo da música balançava a cabeça, fazendo tudo brilhar de novo.

— Use com saúde... Boa viagem — dizia ele ao entregar um sapato quase novo. — Seja feliz na América! Ah! América... América, a terra prometida...!

Michaela já estava se acostumando a ver esses grupos de refugiados dormindo nas noites de nevasca nas camas improvisadas do pavilhão de caça. Todos estavam de passagem, assustados e amedrontados. E com um sonho para ser realizado, o de imigrar para a América.

O barão providenciava documentos, passagens, dinheiro e encaminhava cada um dos grupos para uma cidade, um lugar, fazenda, e todos iam para a América. Para bem longe dos massacres, das opressões, para um local seguro, distante de perseguições e abusos. Ele lotava navios, comprando a liberdade de cada um deles, aprisionados e perseguidos pelo czar, e pagando pela travessia, segurança e instalação dos grupos em terras longínquas e estranhas. E, quanto mais ele despendia parte de sua fortuna nessas obras de um lado, de outro lado mais ele ganhava em seus negócios.

Parte do que ele recebia nos lucros dos bancos, de suas ações, de suas linhas férreas se destinava aos judeus pobres e perseguidos.

Michaela havia aprendido com ele: dinheiro na vida serve para isso, ajudar os necessitados. E com Clara sentira o carinho que significava amar o próximo. Muitas noites ela vira a baronesa atravessar o parque com a nevasca, acompanhara-a até o pavilhão de caça para ver se seus hóspedes estavam bem instalados, se havia lenha suficiente nas lareiras, cobrindo com mantas os velhos e as crianças! Carinho para com aquela gente totalmente desconhecida, que depois de dias iriam desaparecer daquele lugar para nunca mais voltar ou sequer ter a oportunidade de agradecer.

Clara não queria agradecimentos nem despedidas. Aquele era o outro lado dos Hirsch, que poucos na Baviera sabiam, e que nem mesmo Helga ou Frederick sabiam em detalhes. Não tinham acesso à cozinha especial.

Era um outro mundo, que Mirla, a zeladora do pavilhão, abençoava com seus olhinhos alegres e suas mãos calejadas, acendendo o fogo e cozinhando todas as refeições segundo o preceito judaico.

Michaela transitava, confortavelmente, de um grupo de visitantes a outro, sabia separar as coisas. Um era dos necessitados: os judeus ortodoxos, que viviam por sua religião, o judaísmo talmúdico, e por isso nas terras do czar eles eram apedrejados, sem direitos, aterrorizados, roubados e espoliados por seus próprios vizinhos; esses deveriam ser ajudados e retirados daquele pesadelo sem fim. Outro era dos que batiam à porta de Planegg. Buscavam fundos para suas reformas, eram os novos filósofos e intelectuais, que Mirla chamava de *schnorrer*, um mendigo judeu profissional que vivia à custa dos judeus mais ricos. Tinham muita conversa, eram intelectuais, sempre prometendo a devolução daquele "empréstimo" assim que seus livros, artigos ou ideias fossem publicados.

Um dia escutou que muitos desses intelectuais, quando ganharam projeção ou posição, sentiam vergonha de sua origem. Como Heine se tornara o gênio da literatura alemã, mas com ambição desmedida e como progressista literário, havia formado com um filósofo chamado Marx e outros mais uma corrente de pensadores judeus e ao mesmo tempo antissemitas.

— Nunca se pode confiar nesses jovens bem-nascidos, insatisfeitos, de fala erudita e merda na cabeça — dizia o barão à mesa, comentando uma ou outra entrevista de algum *schnorrer*. — Pensam que vou sustentar esses falsos intelectuais seculares, que passam o tempo nessa ambiguidade de sou... mas não sou! Se tivessem aprendido a fazer qualquer coisa, seriam mais úteis e nos poupariam tantos problemas. Sempre foram carreiristas em direção ao batismo! — exclamava o barão. — Saem daqui com os bolsos cheios de dinheiro e vão filosofar e escrever poemas, dogmas, editorando artigos em jornais cheios de ódio e de ataques venenosos não só contra inimigos, mas até contra os próprios amigos que os ajudaram a galgar uma posição! E sabem para quê? — perguntava, com ar de incredulidade. — Tudo para agradar os intelectuais franceses, dizendo o que eles gostam de ouvir. Aquelas frases feitas... A religião é o ópio do espírito... Não! Como é? Ah... É o ópio do povo...! — corrigiu-se o barão, com os olhos injetados de raiva. — E escrevem, esses animais... não sabem o perigo que tais pensamentos nos causam! Falam sobre o trabalho sem nunca terem colocado os pés numa fábrica.

Entre os grupos que visitavam Maurice de Hirsch, havia os recebidos com cerimônia para negócios. E o barão alertava: "Hoje temos autoridades, recebam com diplomacia e certa pompa." Havia também homens que falavam idiomas diferentes, que usavam estranhos chapéus vermelhos e entravam em grupos, passando muitas horas abrindo grandes planilhas e projetos sobre a enorme mesa do salão de espelhos.

Numa dessas visitas, Michaela foi quem serviu o chá.

Este deveria ser especial! Bandeja redonda de prata, bule e copos de cristal, e o ritual ao servir: levantar o bico do bule acima da altura do peito e deixar o líquido quente espumar no copo.

— Assim, o chá de hortelã mantém o seu perfume e fica leve... — explicou Helga, com o sobretudo nos braços, pronta para a sua tarde de folga. — Ah — continuou, ao sair da copa —, senhorita. Não se esqueça dos bolinhos de amêndoas. Eles apreciam muito!

São visitas muito importantes, advertira Clara na noite anterior.

Um grupo de advogados, engenheiros e banqueiros que vinham renovar com o barão Hirsch os contratos da concessão das novas ferrovias. Nesse grupo, que vinha de Constantinopla, estava o conselheiro e representante do grão-vizir, Mehmed Said Pascha.

Michaela ficou encarregada de servir o chá para todos aqueles senhores, dando tempo ao barão, que estava trancado na biblioteca com um grupo de banqueiros de Viena, enviados pelo próprio imperador Francisco José.

A siciliana havia aprendido como agradar os otomanos, servindo o chá à maneira turca. Preparava cada copo espumando a menta com o bico do bule muito quente e, delicadamente, servia de mão em mão.

Mas, ao servir o penúltimo visitante, levou um susto. As mãos que receberam aquele copo eram idênticas às de seu pai. Ao levantar os olhos, suas mãos tremeram à frente do homem, que também tinha as mesmas feições, os mesmos olhos, o corte do rosto, a mesma figura... O copo foi ao chão.

Em pânico, ajoelhou-se, procurando juntar os cacos e enxugar o líquido muito quente sobre o tapete. O homem, abaixando-se ao mesmo tempo, segurou suas mãos e, delicadamente, pediu-lhe que não se preocupasse com o incidente.

Nesse momento, as portas do salão se abriram e todos se levantaram para cumprimentar o barão.

Michaela, ainda ajoelhada, ficou imóvel, sentindo-se flagrada, esperando por um olhar reprovador. Ela ouviu as apresentações do conde Frederick:

— Senhor, apresento-lhe o grande advogado mestre Grassi e seu assistente David Varsano, que vieram imediatamente de Constantinopla assim que tomaram conhecimento de seu chamado.

Michaela, ali atrás das cadeiras, sentiu o coração disparar... David Varsano, David Varsano! Será que ouvira corretamente?

David Varsano é o nome dele, pensou; então aquele homem que se parecia com seu pai, que tinha olhos e mãos iguais, era o seu tio David!

O barão continuou escutando as apresentações da comitiva até que, de repente, notou algo diferente no salão. Aproximou-se de Michaela, que segurava os cacos nas mãos.

— Micha — era assim que ele a chamava carinhosamente —, deixe isso, por favor! Onde está Helga, para cuidar do chá? Isso não é seu trabalho — advertiu, falando baixinho. — Desculpem-me, senhores — disse ele, esqueci-me de apresentar-lhes: esta é a senhorita Varsano, nossa hóspede e amiga... — E, terminando esta última frase, caiu em si e, virando-se para David, perguntou-lhe: — O senhor disse o seu nome, perdoe-me, não escutei muito bem!

— Varsano — respondeu o advogado, sorrindo. — Meu nome é David Varsano.

— David Varsano de Veneza? — perguntou Michaela, com a voz embargada.

— Sim, senhorita — respondeu ele, virando-se, quase incrédulo. — A senhorita já ouviu falar a meu respeito?

— Sim, senhor, o seu nome, David Varsano, eu... eu já ouvi, eu o conheço há muito tempo... meu pai é Alberto Varsano de Veneza!

O barão ficou confuso com aquela conversa, não entendendo bem a reação da moça, que falava quase com intimidade com um desconhecido.

Maurice estendeu o braço para ajudar Michaela a levantar-se e perguntou-lhe entre dentes:

— Então vocês já se conheciam?

Micha sorriu para David.

— Ele é o meu tio David, de quem meu pai sempre falou! Tem que ser ele, eu o reconheci assim que o vi... Ele é igual ao meu pai!

David Varsano havia conhecido sua sobrinha antes mesmo de sonhar em reencontrar seu irmão. Naquela noite, todos os visitantes da comitiva de Constantinopla voltaram para o hotel, menos David. Clara Hirsch fez questão de que ele ficasse hospedado ali mesmo, na ala da família, mais precisamente no quarto que pertencia ao seu filho Lucien.

Após o jantar, Clara discretamente contou a David o que havia acontecido com Alberto em Taormina. Contou-lhe também que Anna lhe pedira segredo sobre certos detalhes. Queria poupar a filha de preocupações. Ela sabia apenas que os negócios lá não iam bem, e que ele iria tentar a vida em Salonica.

— Meu Deus — exclamou David, após escutar a baronesa. — Pobre irmão... E eu não estava lá para recebê-lo... Salem deve estar desesperado, tentando me avisar...

Na manhã seguinte, pediria ao secretário do barão que enviasse o telegrama que havia escrito ao seu companheiro de escritório.

Salem cuide bem Alberto — nós estamos Baviera.
Reunião Hirsch — voltamos dia 28
Assinado, D. Varsano.

Nevou muito naquela noite, e o coração de David palpitava forte, dada a emoção do encontro. Deitado na grande cama de baldaquim, ele não conseguia adormecer.

Olhava o quarto de paredes forradas de seda, cor de damasco, e decorado com móveis delicadamente pintados de azul. Era sem dúvida o lugar mais lindo para dormir, mas ele não conseguia fechar os olhos. Ficou olhando fixamente para uma tela defronte de sua cama, mas não conseguia distingui-la muito bem. Aumentou a luz da lamparina e, num salto, levantou-se assustado. Era uma visão de Veneza.

Foi até ela, com a lamparina nas mãos, para ver melhor, como se duvidasse do que estava bem ali à sua frente. Leu a assinatura do lado direito: "W. Turner."

Que incrível coincidência, pensou. É o mesmo inglês que conheci em Veneza. Turner... Foi ele mesmo, aquele homem que ficou durante semanas sentado na mureta *nera* no Canal Grande, aquele que trocou uma de suas aquarelas por uma pena e um tinteiro de Murano do meu tabuleiro!... E isso acontecera havia muitos e muitos anos...

David adormeceu, relembrando o movimento das mãos hábeis do inglês, que usara o tinteiro para misturar uma pastilha branca de aquarela com um pouquinho de água salgada e, plim-plim, como num passe de mágica, detalhara com aquela mistura o céu e as sombras cor de lápis-lazúli, as transparências, os gradis, as janelas e as nuvens espelhadas no Canal.

Como num passe de mágica, sob o olhar curioso do jovem vendedor, aquele senhor inglês chamado Turner dera vida àquela paisagem de sonho.

XII

VIA EGNATIA

Salonica, dezembro de 1883.

A aquarela pintada pelo inglês William Turner estava pendurada no quarto de David em Salonica. Quando os primeiros raios de sol penetravam pelas frestas das janelas, iluminavam diretamente a paisagem de Veneza.

Alberto olhava para a parede todas as manhãs. Os tons do quadro pareciam mudar conforme a intensidade da luz: do cinza ao azul, do róseo ao dourado, e a bruma que pairava ia se dissipando até revelar detalhes de sua cidade que lhe eram tão familiares... A sua amada Veneza... E a Veneza de David!

Era impossível esquecê-la...

Salonica não era bem o que um veneziano chamaria de "bela cidade". Mas, aos olhos de um forasteiro como ele, tinha um magnetismo especial, mistura de dignidade e força, com a miséria e a sensibilidade humanas. As raças e os idiomas, credos e costumes, a história com tantas cicatrizes e marcas do tempo, tudo estava nos rostos de seus habitantes.

Salonica era como um livro escrito e reescrito todos os dias.

Fora um palimpsesto dos gregos, depois dos romanos, dos bizantinos, cruzados, venezianos, otomanos, enfim, todos que marcharam em séculos diferentes sobre as mesmas pedras da Via Egnatia e deixaram lá um pouco de sua alma, riqueza, princípios, crenças, de seu sangue.

Essa mesma Via Egnatia, que os turcos chamavam de Zadé Yol, vira passar Filipe da Macedônia e seu filho, Alexandre, o Grande, além de tempestades, terremotos, incêndios, bravura e fausto, massacres e festas.

E era sobre essas mesmas pedras que Alberto pisava, naquela tarde de dezembro de 1883, o sol brilhando em Salonica, apesar do vento frio de inverno. Naquele dia, os mercados fecharam mais cedo... Havia uma trégua tácita entre as três religiões, e a cidade parecia uma grande cozinha. Em cada bairro, um aroma diferente.

Alberto Varsano saiu à procura da casa de Levy, o sapateiro de Taormina, melhor amigo de seu sogro. Rafaele insistiu por notícias, e eram três já as cartas cobrando-lhe.

"Você conseguiu encontrar o meu amigo Levy?" Com os mercados fechados, esta era a oportunidade perfeita para encontrá-lo. A direção descrita era a Grande Sinagoga Talmude Torah, doze casas acima, do lado direito da porta principal. Não seria muito difícil, afinal... Quem tem boca vai a Roma...!, pensou, tomando coragem.

Saiu do Quartier Consulaire como um explorador sem mapa e sem rumo, aventurando-se por bairros e ruas desconhecidos. Percorreu toda a Syndrivani, beirando o mar, onde gregos, vestidos em suas melhores roupas, voltavam de comemorações familiares. Cruzou a rua Sabri Pacha, repleta de vendedores de frutas e pepitas, tabuleiros de doces fumegantes e crianças virando piões de madeira de Chanuká.

Evitou os quarteirões dos turcos. No pouco tempo na cidade, aprendera que as áreas eram divididas. Salem mostrara-as num mapa da cidade. Havia residências turcas em várias partes da cidade, e sempre em bairros mais distantes do centro, em Kuçük Selianik ou a pequena Salonica, também chamada de Yedi Kulê, nos portões de Cassandra, na extensa área de Kalamaria, perto de Vardar, na parte leste de Kule Café e acima da região das *tanneries*, onde ficavam os curtidores e tingidores de couro.

As casas dos otomanos eram de dois pavimentos e balcão, chamado de *sahnissim*, projetado para fora da construção e resguardado com treliça, assim como as grandes janelas. As mulheres muçulmanas, resguardadas de olhares estranhos, espiavam pelas treliças. As casas eram facilmente identificadas como dos otomanos por motivos religiosos, pintadas de vermelho, com a parte baixa em preto, para exorcizar os maus espíritos. Em cada quina, sob a projeção do telhado, o Corão estava inscrito em letras douradas.

E as propriedades dos senhores *beys*, os ricos, eram chamadas de *bëhcimar*, com farto pomar e animais domésticos. Os turcos valorizam jardins de flores, os *gülbahceler*, cultivados com orgulho e visitados pelos vizinhos nos feriados.

Havia ciprestes... Os turcos apreciam a dignidade e o porte dos ciprestes, assim como os sicilianos... E isso não passara despercebido aos olhos de Alberto ao descrever a cidade para Anna.

Anoitecia quando ele encontrou a casa de Levy. Quase duvidou que fosse ali. Da porta, parecia um café de Hanza Bey, pleno de gente, todos sentados em banquetas, conversando, fumando narguilé, outros jogando gamão, as mulheres separadas do outro lado da calçada, e no centro, perto de um plátano, um grupo musical. Um violinista e três mulheres que tocavam pandeiros cantavam e dançavam *tchalghidjis*: as músicas das festividades judaicas. Alberto viu uma noiva, com mantilha de renda, numa roda de mulheres, dançando com um lenço torcido em suas mãos.

E todos cantavam em coro a canção:

"*Buona la Tagnedera...*"

Outras mulheres serviam tabuleiros de *pittes* e as tortas fumegantes. Dois meninos, vestidos com batas cinza e carregando bandejas redondas de cobre, ofereciam *bricks* de café aos convivas.

Alberto procurou por Saul Yaakov Levy, o sapateiro. Levy era tal e qual Rafaele descrevera: rosto magro e comprido, olhos azuis, nariz adunco e uma pequena corcunda. Uma rala barba branca finalizava em ponta.

O farmacêutico identificou-se, e o sapateiro chorou, emocionado.

— Deus o mandou — disse o velho, a voz rouca. — Ontem, na Sinagoga Sicilia Hadash, pedi por Rafaele e toda a sua família, que tenham tantas alegrias como eu estou tendo com o casamento do meu Nathan!

E veja quem Deus nos manda! Entre, senhor Varsano, vamos brindar ao meu velho amigo Rafaele e à minha pequena Anna!

Levy apresentou Alberto aos convidados.

— Este é Saul Moise Molhou, este é Yehuda Matarasso, aqui, David Abravanel e seu genro Yakov Avram Botton, nossos amigos de Vardar, e este é o *dottore* Alberto Varsano, farmacêutico de Veneza, genro do meu melhor amigo, Rafaele Cohen. Eu sei muito sobre você — dizia Levy, sorrindo com olhar de cumplicidade para Alberto, que se tornou a atração da festa. — Senhores, um brinde aos noivos! E um brinde ao nosso novo amigo em Salonica, o *dottore* Alberto Varsano, o homem mais famoso das farmácias italianas!

E, assim, Alberto foi sendo apresentado aos comerciantes do mercado Aum Kapan que estavam ali presentes.

— Este é o senhor Nissim Abravanel, das frutas secas, Yeshua Carasso e David Salomon, das peles, Mordochai Benveniste, que trabalha com tabaco, Judah Rousso, que vende as melhores essências e óleos, e aqui está o famoso Rafael Bendavid, dos cereais... E este senhor é o genro do meu melhor amigo da Sicília — repetia o anfitrião: — O *dottore* é farmacêutico famoso de Veneza e logo estará abrindo sua farmácia aqui, na nossa Salonica... Na nossa linda e próspera cidade...

Alberto sentiu todos olhando para ele ao brindarem, e repentinamente seu rosto parecia estar pegando fogo. Num segundo de tempo, veio-lhe à mente o que lhe havia acontecido em Taormina e sua real situação. E tudo o que ele escutara ali a seu respeito parecia tão estranho, havia uma sensação de que ele havia contado a todos uma grande mentira. Ele suava, apesar do frio. Constrangera-se, envergonhado, e agora não sabia o que responder a tantas perguntas curiosas a respeito de seu trabalho.

O conjunto musical tocava ainda quando a lua cheia apareceu iluminando o centro da roda onde dançavam os noivos. Mas a atração da festa parecia ser ele, no meio daqueles comerciantes. Muitos se aproximaram de Alberto, para conversar e oferecer conselhos, de como e onde deveria se estabelecer.

O tal Bendavid dos cereais discutia com Rousso sobre o assunto:

— Creio que o melhor seria ele conhecer a farmácia do Angel...

— O senhor já esteve lá? — perguntou Rousso a Alberto Varsano, que respondeu com uma negativa de cabeça. — Seria de muita valia o senhor visitá-la. É a melhor farmácia da cidade, e o proprietário, Maïr Angel, trouxe da Itália há uns dois anos uma fórmula fantástica de uma pomada para eczemas, e enriqueceu com ela! Ela é, podemos assim dizer, milagrosa, e a melhor e mais vendida em todo o Império Otomano. É famosa por ter curado as escaras da pele do sultão. Eu forneço óleo de amêndoa para ele.

Alberto sentiu o coração acelerar e a boca ficar totalmente seca.

— Amanhã, logo cedo, vou conhecer o famoso Angel — disse para si mesmo.

A Droguerie de Maïr Angel, a mais movimentada de Salonica, ressaltava em um cartaz as propriedades da tal Pommade de Milan, excelente produto contra os males de eczema crônico.

Alberto pretendia gastar até dez liras turcas para analisar a sua fórmula, mas não foi necessário tanto... O toque, a cor, o cheiro de alcatrão e verbena identificavam a sua fórmula, a que testara durante quase quinze anos de sua vida, aprimorando-a, acompanhando seu uso em cada doente, e ela fora vendida, talvez copiada, roubada! Não havia nada que a *Pharmacopaedia Internacionalis*, desde 1865, divulgasse em seus compêndios e traduções que ele não conhecesse. Aquela era a sua fórmula, nas mesmas proporções e conteúdo.

— *Ladri*... — disse baixinho para si mesmo, deixando de lado o pote sobre o balcão.

— *Monsieur* — perguntou-lhe o balconista, com uma expressão preocupada —, não é essa a Pommade de Milan que o senhor pediu?

— Não... Obrigado... Eu... Na realidade, procurava uma pomada siciliana...

Quase à porta, pensou melhor e voltou ao balcão.

— Vocês aviam receitas?

— Sim, senhor, nós as aprontamos em três dias.

Alberto pegou papel sobre o balcão e uma pena já meio aberta e, floreando a letra, receitou a pomada para si mesmo:

Sig. Alberto Varsano
Rue Longeant le Quai, 23 — Thessaloniki,
Império Otomano

Tintura di iodo-grammi 10 Verbena-grammi 8
Acido Salicilico-kgr18 Ossido di Zinco-grammi 6
Fiori di golfo-grammi 1 Vasellina-20 grammi

Alcatrão-grammi5
S.W.E.

Ass. Alberto Varsano
Farmacêutico

Alberto abanou a folha com a tinta úmida e entregou a receita ao rapaz, atônito ao ver pela primeira vez um cliente escrever uma receita.

— O senhor é médico? — perguntou ele com curiosidade.

— *Si* — respondeu sorrindo para o rapaz. Ou fui um dia, pensou em responder.

Saiu da farmácia com a promessa de vir buscar o seu remédio na quarta-feira seguinte.

Passou aquela tarde vagando pelas ruas. Tinha ainda algumas moedas contadas para gastar, e as restantes estavam bem escondidas no saquinho de couro no quarto de David. Sentou-se num café, pleno de homens, que conversavam, discutiam, jogavam gamão, fumavam narguilé, os turcos de um lado, os gregos de outro, os judeus conversando em ladino, italiano e uma mistura de francês. Os gregos eram maioria. Discutiam negócios, bebiam chá de hortelã, outros, café, compravam sementes de girassol ou grão-de-bico salgado, e assim passavam horas. Todos se respeitavam e havia uma regra de cordialidade e boas maneiras entre eles.

Salem havia lhe contado um pouco da história e dos costumes locais.

Com tanta mistura de raças e credos, era melhor explicar a um forasteiro o que era bom e ruim em cada experiência que ele viesse a vivenciar. Aquilo era um mundo à parte, com costumes vindos dos bizantinos, dos gregos, que temiam os otomanos, os dominadores desde 1453. Todos sentiam ainda o terror de um dia, novamente, passarem por todos os horrores e brutalidades cometidos em nome do Império Otomano, como havia acontecido em 1821, na última revolta, em que os gregos lutaram pela independência; milhares deles, entre mulheres e crianças, foram castigados de uma maneira tão cruel e desumana, a mando do então governador Yusuf Bey, que muitos dos próprios turcos, enojados com aquelas chacinas, questionaram se realmente aquelas ordens vinham do sultão. Se matar inocentes, arrancar seus olhos, cortar mãos, pés e orelhas, cortar os genitais dos meninos eram atos aprovados por Alá.

Desde então, o império resolvera ser mais cuidadoso e evitar novas questões políticas, para não atrair a censura dos países credores do sultanato. Era preciso acabar com as carnificinas, amainando, assim, a desconfiança dos governos europeus, que mantinham estreitos laços para financiar as obras magníficas de Abdüul Aziz.

O sultanato e o Império Otomano não tinham mais de onde tomar empréstimo, os papéis estavam vencendo, e eles já deviam aos cofres de bancos ingleses e franceses a "módica" quantia de duzentos milhões de libras esterlinas.

Quase toda a Grécia havia se tornado independente desde 1821, menos Salonica e a Macedônia. Era um capricho do sultão. Todos sabiam que era questão de tempo. Os gregos não desistiriam nunca. Se durante todos esses séculos não esqueceram a sua própria língua, preservando o mesmo modo de vida da época bizantina, as mesmas canções, a mesma fé, apesar das proibições e perseguições, para eles tudo seria mesmo uma questão de tempo.

As famílias gregas usavam suas casas como um refúgio e abriam suas portas apenas nas datas festivas, no Natal, na Páscoa, e no dia do nome do santo de batismo. Havia na cidade grega intelectuais, músicos, médicos, professores, juízes, advogados, mercadores e industriais, mas a grande maioria era formada por grupos de artesãos, sempre supervisionados por um mestre naquela arte, e assim, em grupo, sempre unidos, conseguiam crescer em sociedade e desenvolver novos artesãos.

As mulheres cuidavam de suas casas, saíam para as igrejas aos domingos, e também, como as turcas, as moças mais atraentes cobriam o rosto com um *yashmak*, um véu branco como uma gaze, que velava uma parte da face, escondendo-o por temerem também serem raptadas ou estupradas.

Também não se vestiam de verde ou vermelho, para não atrair a atenção dos muçulmanos, pois tais cores eram sagradas para os turcos.

Alberto sentia muita simpatia pelos gregos. Eles faziam questão de se fazer entender. Falavam qualquer idioma. Eram brincalhões e bem-humorados. Assobiavam, imitavam a entonação interrogativa do sotaque dos judeus e formavam frases jocosas com a mistura de idiomas falados por eles. No fundo, pareciam até irmãos dos sicilianos, pensava ele, escutando as brincadeiras de seus vizinhos de mesa.

Os rapazes sentados ao seu lado contavam uma passagem na qual um judeu encontrava um amigo grego, e este último o cumprimentava de longe. Eles imitavam e brincavam, misturando na mesma frase todas as línguas faladas à maneira dos judeus de Salonica... Um pedacinho em ladino, outro em italiano, e o restante em grego.

Yako... donde vas a ir?... Ciao, Ade Yassu!

Alberto riu ao ouvir aquela frase. Olhou para os rapazes falantes, que, sorrindo com a brincadeira, fizeram-lhe uma reverência e uma observação.

Disse um deles:

— Isto é Salonica! Uma mistura, uma babilônia, mas amamos nossa cidade! E o senhor?

Alberto, levantando-se, pagou com uma moeda seu café, colocou seu chapéu otomano na cabeça e sorriu para os rapazes.

— Um dia vou entender tudo o que estão falando, e aí então começarei a gostar desta cidade!

David Varsano, o grande advogado do escritório Grassi, chegaria da Baviera, com atraso, na quarta-feira.

Fora esse o recado que Salem havia deixado com a senhoria, Marika Karakassos. Tudo indicava que o atraso era por conta de uma tempestade de neve, que abarrotava os trilhos ao norte de Graz. Muitas avalanches e acidentes aconteciam nessa época do ano, explicara ele à senhora Marika. Mas ele não tardaria mais que um dia; Salem viria buscar Alberto, e juntos iriam para a estação no dia seguinte.

— Um bom homem esse Salem — comentou a viúva, um perfeito cavalheiro, inteligente e dedicado.

Alberto concordou. Durante todos esses meses ele fizera o melhor possível para que Alberto não se sentisse só naquela cidade.

Passava pela casa da senhora Karakassos, logo pela manhã, trazia notícias frescas dos jornais gregos, tomava um café ou convidava o farmacêutico para um café no Quartier Consulaire; depois, pagava a conta e, apressado, saía correndo, com suas passadas largas, para voltar ao trabalho no escritório do advogado, mestre Grassi.

Alberto acompanhava com o olhar o rapaz sumir na esquina.

Admirava Salem, ele parecia íntegro, tinha elegância e educação como poucos rapazes de sua idade, pensou. Se pudesse escolher um marido para sua filha Michaela, ele seria um dos eleitos. Mas os tempos mudaram, são outros, infelizmente, pensava ele.

Naquela manhã, Alberto acordou sobressaltado. O quarto de David, que ele vinha ocupando durante todo esse tempo, estava numa desordem completa.

O chão de madeira tinha poeira pelas frestas e, sobre ele, um tapete de fundo preto com rosas vermelhas e franjas carcomidas fazia muito não via uma vassoura. A cama de ferro encostada na parede estava desfeita, e os lençóis, muito gastos. Sobre a mesa, restos de frutas e comida que a senhoria vinha lhe oferecendo.

Da veneziana da janela da frente pendia uma corda, com as camisas de Alberto, e os baús de farmácia atravancavam todo o outro canto do quarto. Os livros que Alberto havia tirado do armário de seu irmão ainda estavam sobre o divã, e no chão, dobrados, alguns acolchoados serviam de apoio para o resto de suas roupas.

Não sabia por onde começar, e o que arrumar primeiro.

A senhoria, a viúva Marika Karakassos, certamente iria ajudá-lo.

Ela era uma pessoa especial. Marika era grega, viúva de um certo *capitán* Pantellis. Deveria ter sido em sua juventude uma mulher bonita, tinha feições fortes, grossas sobrancelhas ainda negras e um olhar expressivo.

Vivia naquela casa, um sobrado grande à beira-mar, sempre vestida de preto, com um véu sobre os cabelos e um crucifixo bizantino no pescoço que ela teimava em esconder sob seu xale. Deveria ter seus 60 anos, corpo arredondado e ancas muito grandes. Movia-se com certa dificuldade para subir e descer as escadas. Vivia só naquele casarão, passando o dia com os afazeres no térreo, discutindo e dando ordens para Cassandra, preparando as refeições, e só subia ao anoitecer para a grande sala de visitas, com móveis recobertos de panos, e de onde exalava um forte cheiro de incenso.

Um dia, Alberto esteve em seu salão. A viúva estranhou quando ouviu um barulho no quarto de David, e, sabendo que ele havia viajado, veio imediatamente saber quem era o hóspede que usava seus aposentos.

Foi dessa forma que ele a conheceu. Ela o convidou para o salão após reconhecer nele o irmão do advogado David Varsano, seu hóspede.

Alberto entendeu que ela era a senhoria, que o quarto estava pago até o fim de dezembro e que, quando seu irmão estava na cidade, ela lhe fornecia a refeição da noite e cuidava de sua roupa.

A limpeza ficava por conta de Cassandra, uma velha de mãos carcomidas e pele tão enrugada que parecia um pergaminho. A velha morava nos fundos da parte térrea da casa e cuidava de todos os moradores do número 23 da *Rue* Longeant le Quai.

Marika lhe dava ordens, e, se a senhoria se ausentasse, ela ficava em seu quartinho, sem trabalhar, sem comer, coçando sua cabeça plena de piolhos, cantando com sua voz esganiçada cânticos bizantinos.

Naqueles dias úmidos e frios, a senhora Karakassos avisara a seus hóspedes que Cassandra não viria para a limpeza. Tinha muita febre e tosse. Alberto ia até a janela dos fundos ver se a velha estava melhor e perambulando pelo quintal, mas ela havia desaparecido de lá.

Numa noite, ele não aguentou mais escutar a tosse incessante da pobre coitada. Bateu à porta da senhora Marika e pediu-lhe as chaves dos fundos. A senhoria agasalhou-se com um longo xale negro e o acompanhou.

Cassandra ardia de febre e abraçava um ícone. Havia lamparinas acesas num canto do quartinho que refletiam muitas Cassandras, azuis, vermelhas, amarelas... Pequenas, grandes, deformadas, e que refletiam os olhos do ícone, suaves, claros, que se multiplicavam com o tremular das chamas.

— É de *Hagios Nikolaos*, São Nicolau, o santo de sua devoção — explicou Marika ao *dottore.* — Ela é uma grande devota. Ele — referindo-se ao santo do ícone — a salvou dos turcos, de ao menos três massacres do Maldito, e vai salvá-la novamente... tenho certeza.

Alberto subiu as escadas correndo, abriu seu baú de farmácia. Pincelou iodo nas costas dela, aplicou-lhe ventosas e fez compressas com álcool. A senhoria trocava toalhas, enrolando o corpo da velha, que tremia de frio. Aquilo levou horas, madrugada adentro, no escuro, com as lamparinas tremulando, enquanto a febre não cedia. A senhoria, sentada num canto, observava o estrangeiro, quase um desconhecido, que cuidava com carinho de uma pobre coitada, quase à beira do fim, entregando sua alma a Deus, e rezava...

Cassandra passou a noite segurando as mãos do farmacêutico, com os olhos semicerrados, muito abatida, as faces encovadas e a fronte úmida. Ao amanhecer, uma réstia de luz bateu diretamente em seu rosto. Ela apertou a mão de Alberto e disse-lhe, baixinho:

— O senhor se parece com Ele! Obrigado, senhor — e continuou, em grego: — *Efharistó Kiriê mou.* Obrigado, meu Senhor — repetia ela.

Alberto abaixou o rosto e cruzou o olhar com os olhos claros do São Nicolau, no ícone sobre o peito da velha.

Os olhos do ícone olhavam fixamente para o farmacêutico e, nesse momento, sorriram para ele.

A estação de trens, a gare, como era chamada na cidade, ficava na parte oeste, junto à porta de Vardar. Alberto acompanhava as largas passadas de Salem, caminhando ao seu lado e ouvindo seus comentários e histórias sobre os edifícios e as praças por onde passavam.

Ao chegarem à altura da Praça Syndrivani, ele diminuiu o passo e tirou seu relógio do colete. Calculou o tempo. Seria melhor usar o novo *tram à cheval* para chegarem a tempo na estação de trens de Vardar, disse Salem.

— Vai ser uma experiência e tanto para nós!

Uma das situações mais cômicas foi a espera dos dois homens, apressados com o horário, no ponto de chegada e partida do novo meio de locomoção da cidade. Uma multidão esperava junto à porta do Café Menelaos a chegada do tal de *tram à cheval*, uma carruagem puxada por cavalos, que se aproximava, fazendo um grande estardalhaço.

Um grupo de turcos nômades se postava à frente dos transeuntes, gritando:

— *Dür burda seytan araba geliyor!* Saiam da frente, a viatura do diabo está chegando!

E lá da avenida beira-mar vinha o som do condutor tocando sua corneta para avisar que o *tram* estava passando. Os passageiros do ponto do café subiram na grande carroça, e, com eles, Salem e Alberto.

E assim foi todo o trajeto, da Praça Syndrivani, percorrendo a Egnatia, até a Porta de Vardar.

O carroceiro tocava sua corneta, e todos saíam de casa ou abriam suas janelas e acenavam aos passageiros da grande carroça. Em cada parada, Salem, para se divertir, também gritava em turco junto com os nômades. Eles, os turcos que gritavam, estavam ali colocados pela própria companhia que explorava aquela linha. Quando escutavam a corneta do condutor na esquina de baixo, começavam a gesticular, gritando com todos na rua, no intuito de advertir o povo e assim evitar um atropelamento.

Alberto não tinha ideia de quanto tempo fazia que não sorria ou gargalhava tanto. Salem fizera com que ele se sentisse moço novamente. Repetia para si o estribilho dos turcos na rua: "*Dur burda geliyor... Dur burda geliyor!*"

— Que coisa mais estranha e engraçada é esta cidade — comentou com Salem. Até turco ele já estava falando!

O trem que trazia David da Baviera ligava Salonica a Mitrovitch. Considerada uma grande obra de engenharia, aberta no vale, seguindo o curso do rio Axios e adentrando acima nas montanhas da Bósnia, num percurso de mais de 360 quilômetros, a linha férrea era um prêmio para a cidade de Salonica. Obra do próprio barão Hirsch, que possibilitava aos mercadores da cidade alcançarem Veneza em três dias, ou ainda Paris em quatro dias.

De Salonica, as obras do barão Hirsch se estenderam num emaranhado de linhas, passando por Alexandrópolis, que os turcos chamavam de Dédé Agaç, até Constantinopla, o que fazia uma imensa diferença para o comércio e para as relações políticas e financeiras entre o Império Otomano e a Europa. E era por esse motivo que a cidade ficava em festa com a chegada de um trem que vinha de outro lado do mundo, trazendo novidades, pessoas importantes, vestidas de outra maneira e com costumes diferentes. Com eles vinham jornais, livros, caixas contendo as mais variadas riquezas, tecidos, alimentos e tantas coisas mais destinadas aos novos consumidores, que compravam como se estivessem em Paris, fazendo encomendas postais por via dos almanaques.

Mas tudo isso era destinado apenas a um pequeno grupo da população, em sua maioria judeus banqueiros, construtores, industriais e comerciantes, e muitos deles faziam fila, ao lado da plataforma, acompanhados de seus servos e de alguns *hamalitos*, esperando receber suas encomendas.

Alberto esticava o pescoço para enxergar sobre as pessoas e tentar ver seu irmão descer do trem, mas havia centenas de pessoas ao seu redor tentando fazer o mesmo. Homens fardados de marrom que vinham dos Bálcãs, a milícia turca com o fez vermelho na cabeça, conferindo documentos, crianças chorando, pessoas que se abraçavam, outras que pediam informações.

E Salem, impassível, com um olhar superior e um sorriso quase zombeteiro, tocou o ombro de Alberto para que ele ficasse tranquilo, descesse da ponta dos pés. David, que acompanhava a comitiva do conselheiro Said Salim Pasha e do advogado, mestre Grassi, só sairia do vagão da classe especial quando a estação estivesse quase deserta.

Foi David quem reconheceu Alberto e o chamou. Ele sabia que o irmão estaria lá ao lado de Salem e, nesse momento, descobriu por que

Michaela havia se assustado daquela maneira ao vê-lo na casa do barão. Eram uma só figura. David era Alberto com alguns anos a menos. Mas, juntos, tornaram-se idênticos. O mesmo físico, a mesma altura, os mesmos olhos, a mesma expressão; a única diferença eram os cabelos grisalhos do farmacêutico.

O quarto de David já estava iluminado quando os dois subiram carregando a bagagem. Como num passe de mágica, tudo estava em ordem. As duas camas estavam forradas com lençóis muito brancos cobertos com mantas de pele de carneiro. A mesa, que sempre estivera junto à parede, estava no centro da sala, posta com pratos e talheres, e o pequeno *sobah*, o aquecedor a carvão, aquecia o recinto e também um pequeno caldeirão contendo uma perfumada sopa de feijão-branco.

Os irmãos se abraçaram fortemente, dividiram um pedaço de pão e brindaram com um resto de vinho da última barrica da viúva Karakassos.

E havia muito para contar naquela noite!

XIII

MORETAS E *BAÚTAS*

Taormina, inverno de 1883.

Depois que escrevera a Clara Hirsch, Anna sentiu-se aliviada. Contou a ela a decepção de seu marido, sua partida de Taormina e até algumas passagens de seu sonho. Ou seria pesadelo?

Queria fazer algo para vingar a decepção de Alberto, e para tanto lutaria e trabalharia noite e dia antes de partir ao seu encontro. A temporada de turismo ia começar, e ela se preparava para aproveitar a oportunidade. De início, precisaria de material.

Foi a Messina e comprou os melhores tecidos de veludo, seda e cetim, agulhas e linhas, procurou também por um sapateiro que fazia sapatos de veludo.

Depois bateu numa casa procurando por um tal de Munaó, artista de flores de seda e brocado, um homem diferente. Tinha um ar delicado, com uma voz muito fina, e, na conversa com Anna, demonstrou muita sensibilidade e bom humor. Deu-lhe ideias, falou de cores, de bordados, e mostrou-lhe como engomar e tingir as rendas. Ficaram amigos.

Munaó não tinha pressa; enquanto conversava e ensinava a Anna os segredos e a delicadeza dos enfeites, preparou um prato de sopa de favas frescas e serviu a nova freguesa. Anna, constrangida com tanta atenção, sentada na mesa da cozinha, observava Munaó, que cozinhava numa panela e tingia em outra. Mesmo perto do fogão, com toda aquela lenha queimando, ela tiritava de frio vestida num velho capote de homem. Daqueles que absolutamente não lhe faziam justiça, como ele comentou mais tarde, e que, naquela cidade, eram usados apenas pelos pobres colhedores de azeitona.

— Compre uma alpaca e forre com pele de carneiro — aconselhou o artista na saída. — Você é *una bella donna*, tem que aproveitar seus dotes e sua fama em Taormina, e andar como uma condessa!

Acompanhou Anna Varsano até a Piazzetta, carregando um cesto de flores de pano e retalhos de rendas, e chamou o carroceiro para levá-la até o barco.

Já era noite quando Anna subiu até Mongibello, numa *carrozza* carregada de rolos de tecido e até manequins de ferro cobertos com estopa e algodão, iguais aos que tinha visto no almanaque da baronesa... E caixas, muitas contendo cinturitas e espartilhos, boás e plumas. Enfim, ela trazia de tudo e estava feliz. Calmamente, pensava nas tantas coisas que poderia realizar com tudo aquilo. Era um começo, seria sua nova vida, sua catarse, sua vingança. E flagrou-se ali, ao lado do carroceiro, sorrindo.

Cantarolava a canção que havia escutado na cozinha de Munaó.

Gastara em Messina uma fortuna, ou "meia", da soma que a baronesa havia enviado a Rafaele naquele envelope. Mas não sentia culpa, apenas confiança em si e uma força enorme. Sua cabeça agora estava plena de ideias. E devia a seu pai essa sensação maravilhosa!

Quando, numa noite em fins de novembro, Anna contou ao velho Rafaele aquele sonho estranho, ele viu que ela estava pronta. Nada iria detê-la. Ele sabia que Anna iria realizar seu sonho, e que lhe faltava apenas o dinheiro para começar o trabalho. Nesse dia, Rafaele entregou a ela um envelope com um brasão.

— Anna, você se lembra do dia em que aquele conde alemão apareceu na loja trazendo uma caixa da baronesa?

— Sim. Claro — disse ela. Foi exatamente no dia em que aconteceu tudo aquilo na farmácia com Alberto.

— E você se lembra do envelope que ele lhe entregou, endereçado ao senhor Cohen? — perguntou o velho com um sorriso malicioso.

— Se eu me lembro? Lógico! O senhor nunca me deixou ler aquela carta, fez tanto segredo que, nem sei, me pareceu até um caso de um apaixonado... — disse ela, gargalhando.

— Pare com isso, Anna! Você acha estranho que uma baronesa escreva também para seu pai? Eu entendi a carta perfeitamente, pois ela escreve no nosso idioma, até melhor que você...! Como você é egoísta! Para você, ninguém poderia ter um minuto de consideração especial por um velho joalheiro?

— Não foi bem isso que eu disse, papai — respondeu ela, acariciando a cabeça do velho. — Eu apenas não entendi que motivos teria a baronesa para lhe enviar uma carta, só para o senhor... assim em particular... Por acaso, é algum segredo?

— Era... foi... Bem... Você se lembra da caixinha de veludo que eu dei a Michaela antes da sua partida para a Baviera? E de como você ficou com olhinhos curiosos para saber o que havia dentro... Lembra?

Anna fez uma careta de desdém que Rafaele conhecia bem. Desde pequena, quando morria de curiosidade para saber algo que era considerado um segredo, quando se sentia excluída, ela respirava fundo e empinava o nariz, virando os olhos para o teto.

Mas isso já havia acontecido tanto tempo atrás que apenas o insinuar daquele gesto, naquele momento, depois de tantos anos, trouxera ao velho pai as memórias de sua vida, de sua pequena e indomável Anna perambulando nas ruínas do Teatro Grego, das pernas lanhadas pelos espinhos dos figos-da-índia, dos boletins da escola escondidos, dos romances lidos e proibidos... Do dia em que sua roupa ficara suja de sangue, e ela fora proibida de brincar nos arredores do *giardino*, e depois... Ela se tornara mulher, adulta, não havia mais discordância, não havia mais segredos para guardar; ao contrário, era ela quem lhe ensinava, quem lhe contava tudo... O que lhe acontecia... O que pensava...

— Está bem, filha, eu queria mesmo lhe contar desde muito tempo... Naquele dia em que você começou a medir o tecido de tafetá verde... para costurar um vestido de festa para Michaela, foi que me dei conta. Minha neta já era uma moça, e eu nunca havia feito uma joia para ela! Eu continuava vendo a menina, e não uma moça, uma pequena que nunca pedira nada, sempre calma e obediente, que saíra de Mongibello para a escola, depois fora trabalhar no ateliê dos Bongiovanni e... *finito*... Pensando bem... Nunca dera nada a ela... Nem avó ela tivera... Para lhe dar um pouco de mimo... Não demos nada a ela, Anna... — continuou ele com os olhos marejados... — Pense, minha filha... O que foi que essa menina sonhou? Nunca nos disse... Vivia sorrindo, ao lavar todas aquelas tinas de roupa, cantarolava... quando estava na cozinha. E vivia feliz! Tão diferente das moças que acompanham suas mães à joalheria, sempre exigentes, enciumadas, de nada gostam ou querem tudo! Saem com expressão de desprezo, depois de terem tirado um pedaço do fígado de suas genitoras e um bom punhado de liras em troca de um simples balançar de cabeça... E retribuem com um sorriso fingido... me dá ganas de... Bem, não sou o pai delas!

— E... daí, *papà*... o senhor estava falando do tecido verde... — insistiu, interrompendo os devaneios do velho. — Continue!

— Bem... Naquele dia do vestido, fui à loja e comecei a montar um colar. Fiquei imaginando como poderia combinar o vestido com o colar... daquela maneira que você vivia me explicando. Lembra-se? Se o decote é baixo... as pedras são maiores, colocando o colo à vista, se o decote é alto...

— E depois, o que aconteceu? — perguntou-lhe, já impaciente.

— Eu procurei no nosso cofre as pedras que poderia usar... Não havia quase nada que servisse... Algumas fileiras de âmbar... muito escuras para o vestido verde... Pérolas... não combinariam... algumas gotas de cristal... ainda a sobra do colar da senhora Paternó... Muito peso para um colo tão delicado... E o brilhante do anel de sua avó... Mas nada combinava bem... Na noite seguinte, quando você já estava dormindo, roubei um pedacinho do tecido verde que estava sobre a mesa, e no dia seguinte fui procurar o Pistelli, aquele que é caolho, que fornecia pedras para o Caruso, lembra-se dele?

— Sim, e depois?

— Dei a ele o pedacinho do tecido e pedi-lhe que procurasse citrinos, quatro fileiras lapidadas em retângulos, todos iguais, naquele tom..

— E aí... ele achou?

— Eu tinha quase certeza de que o Caruso tinha em seu cofre qualquer coisa parecida. E tudo veio quase como eu havia desejado. Cada fileira tinha um tamanho da maior para a menor. Montei as quatro fileiras trocando a posição das pedras e, no centro, formei um *cabuchon* em flor com as pedras grandes, colocando no meio o diamante do anel de sua avó.

— Mas, papai... deve... e você não me mostrou? Deve ter ficado lindo!

— Posso lhe dizer que ficou um *capolavoro*, se não o melhor que já fiz, digno de uma princesa!

— Agora me explique, qual era a ligação da carta da baronesa com toda a história do vestido e do colar! Não consigo entender a ligação! — disse ela, querendo brincar com seu pai, que vivia romanceando todos os fatos ultimamente.

— Para lhe dizer a verdade, minha filha, eu não entendi direito a carta. Não entendi também este monte de dinheiro que o conde, aquele homem alto, entregou-me dias depois na joalheria — respondeu o velho, tirando do bolso de seu colete um envelope já bem amarrotado, cujo brasão lhe era muito familiar. E colocou sobre suas pernas uma caixa de madeira, contendo centenas de moedas reluzentes como ouro!!! — Leia você mesma, filha... — e abriu a carta com as mãos trêmulas. — Leia alto para que eu possa entender...

Anna limpou a garganta, impostando a voz para ler a carta da baronesa.

Ao senhor Rafaele Cohen:

Quando vi sua neta Michaela usando este magnífico colar, e quando soube que esta era uma criação de seu avô, não poderia deixar de dizer ao senhor que suas mãos são abençoadas.

Pois somente artistas como o senhor têm o poder de criar coisas belas e tornar as pessoas mais felizes. E este presente que estou lhe enviando através das mãos do portador é apenas um incentivo para que o senhor trabalhe sempre com inspiração. São 365 libras esterlinas, uma para cada dia do ano-novo.

Shaná Tová.

Assinado... baronesa Clara de Hirsch.

Anna Varsano trabalhou dia e noite durante todo o mês de dezembro de 1884 com aquela montanha de materiais e de libras de ouro...!

Empregou Giovanna Catanzaro, sua vizinha, que havia trabalhado durante anos com a modista Maria di Pietro, e com ela vieram Francesca e sua irmã Cristina, e mais três senhoras bordadeiras. A mesa da sala de jantar havia se tornado bancada para cortar tecido, a prancha do laboratório de Alberto era o apoio para os tecidos, e o aparador de nogueira havia sido forrado com velhos cobertores e servia para os moldes serem alfinetados.

As quatro mulheres passavam o dia vestindo aqueles manequins inanimados, de ferro e estopa. Vestidos magníficos de veludo e seda eram alinhavados, rebordados e montados, e rapidamente iam para um cabide, e de lá para um varal que atravessava o quarto de Anna de uma ponta a outra. Antes do Natal, havia mais de dez vestidos prontos, e muitos mais sendo acabados em costura ou em bordado.

— Estes são os vestidos para o baile do Teatro Regina Margherita! Na abertura do Carnaval — dizia Anna para Giovanna. — Nós vamos vestir as mulheres mais elegantes da festa!

Giovanna não podia entender como Anna criava um modelo sem ao menos saber quem iria vesti-lo... Não havia uma encomenda certa, como faziam as freguesas da modista Di Pietro, e nem mesmo, pensava ela, nem mesmo alguém que conhecesse Anna como sendo uma modista na cidade!

Mas isso ainda não havia passado pela cabeça da *spagnola*. Ela ainda não havia pensado em como iria vendê-los, nem como e onde apresentá-los.

No momento, pensava apenas no que fazer, e ficava a imaginar um tipo de mulher para cada modelo.

Imaginou algumas clientes altas e esguias, possivelmente aquelas aristocratas inglesas e austríacas que passavam sempre pela porta da casa de Mongibello para visitar o Teatro Grego. Colocou também o menor manequim sobre a banqueta, e para ele idealizou modelos no estilo das gravuras da escola catalã. Mulheres pequenas, com decotes de espartilho embutido deixando parte dos seios à mostra, com arremates de pérolas combinando com casquetes medievais.

Para as silhuetas mais robustas, usou Francesca como manequim. Copiou uma imagem de Parmigianino da Igreja de San Giovanni e vestiu a modelo com saias de zibelina armadas com costuras horizontais e verticais. Também havia modelos para aquelas mulheres bem gordas, como a senhora Paternó, de pele clara e peitos fartos, que tinham muito dinheiro e poder.

Para elas, usou damasco listrado, armado com espartilho, decotes mais altos e mangas em panos de musselina, combinando com os turbantes, no melhor estilo das sultanas retratadas nas óperas de marionetes, as maravilhosas Opra di Pupi!

E para as freguesas mais idosas, como a senhora Carmela, a elegante mulher do prefeito *don* Domenico Ballarò, pensou em golas altas, com rendas engomadas e camafeus de pedras coloridas, inspiradas nas gravuras da infanta Isabel da Espanha, como aquelas do livro de Sefarad que encontrara no baú de sua avó.

Montava as peças com os colares, os apliques e também as famosas capas Tabarino, muito procuradas no carnaval.

— Isto está se tornando um ateliê de Paris — brincava ela, piscando para Rafaele.

Com um velho livro de Alberto em mãos, que descrevia o famoso Carnaval de Veneza, Anna tinha inspiração para mais fantasias. Modelou com veludo pequenas máscaras negras: as chamadas *moretas*. E também as brancas, chamadas *baútas*. Os chapéus, comprados na loja de Pasquale Polizzi, o melhor chapeleiro de Messina, foram transformados pelas mãos habilidosas das bordadeiras em peças idênticas às "perfumeiras" das telas de Longui, as belas ninfas douradas da escola do *settecento* que Alberto tanto gostava de admirar na sala de *don* Luigi Sturzo.

Ela explicava para seu pai todos os dias onde havia encontrado inspiração para esse ou aquele modelo. E sua única resposta era um gestual de cabeça, olhando para cima, quase se dirigindo aos céus:

— *Dio Santo*, agora minha Anna enlouqueceu de vez!

Havia tantas coisas preparadas que serviriam para no mínimo mais de cinquenta clientes... Mas onde encontrá-los? Era o que perguntava Anna a seu pai.

— Com certeza, não aqui, no alto de Mongibello, Anna! Você deve ir para o centro e montar uma vitrine, como aquelas dos almanaques da baronesa — aconselhou o velho, com ares de experiência.

E foi o que ela decidiu fazer.

Alguns dias após o ano-novo, com a cidade já se preparando para a invasão dos *forastieri*, das grã-duquesas, condessas e baronesas, e toda a alta aristocracia europeia que fugia do frio, e que vinham a Taormina, Anna fez uma experiência.

Fechou a joalheria por alguns dias e tirou de lá a mesa e os instrumentos de trabalho de seu pai. Visto assim, vazio, o salão parecia grande e claro. Apenas estava com as paredes muito sujas e manchadas, e com o piso esburacado demais.

Anna pediu ao marido de Giovanna, pintor oficial das igrejas da cidade, uma ajuda para melhorar o local. Depois de alguns dias, ele lhe entregou a chave. Era impossível acreditar. Parecia um cenário de teatro. As paredes, cor de corda, tão aveludadas que pareciam de tecido. O teto alto fora pintado de maneira *faux*, idêntico às abóbadas das igrejas: com um céu claro, dando a impressão de que o telhado da casa era transparente. Na parede de fundo fora colocado o espelho veneziano de Alberto, que refletia o movimento da rua. O piso havia sido lavado e encerado, e as rachaduras e buracos foram preenchidos com uma argamassa de escultor.

Era sem dúvida a réplica de um salão digno de qualquer *palazzo* das redondezas.

Anna trouxe de sua casa as lamparinas, duas cadeiras e o aparador, que foi coberto com uma toalha de veludo azul-escuro. Por fim, montou um enorme varal com correntes de ferro iguais àquelas usadas para sustentar sinos, pacientemente afixadas no teto pelo senhor Angelo Catanzaro. O varal vinha da lateral esquerda da porta da rua e ia até os fundos; e, do lado direito, em paralelo, Anna colocou seus manequins de ferro cobertos com alguns modelos. E os vestidos restantes foram pendurados naquele varal. As roupas flutuavam em *dégradé* de tons como um arco-íris, do granada vermelho até os tons mais claros do rosa, dos amarelos aos verdes mais escuros, e lá no fundo os azuis e os pratas que refletiam junto ao espelho. Era uma combinação tão maravilhosa que deixou Francesca e Giovanna sem fala por alguns segundos.

— *Ma che belo; ma che splendida* — diziam uma para a outra entre sorrisos e lágrimas de emoção... Afinal, eram parte nisso!

Rafaele, quando chegou à porta, parou e ficou alguns minutos observando, levantou a cabeça, como se quisesse falar com alguém lá nas nuvens, e murmurou alguma coisa. Certamente estava agradecendo a Deus, pois tudo ali era para se agradecer, e não pedir. Pois era tão lindo que com certeza o sucesso já estava escrito...

E foi o que aconteceu. Quando Anna montou o manequim junto à porta, coberto com um costume de caça, com aquele estranho chapéu amarelo, onde, no lugar do óbvio plumante, havia um pássaro empalhado de plumagem exuberante, foi como se ela mesma estivesse ali, nua, postada à frente da loja... O efeito era o mesmo.

O primeiro transeunte parou, chamou o segundo, que chamou o terceiro, e assim foi até que a porta ficou plena de curiosos e de pessoas que batiam no vidro, pedindo permissão para entrar.

Anna e Rafaele escreveriam dias depois, numa carta endereçada a Alberto, sobre aquela tarde de domingo em Taormina. Ela foi tão mágica e especial, escreveu Rafaele, que todo o movimento da Piazza di Santo Agostino se deslocou para o corso, diante do novo Ateliê de Moda Cohen & Varsano. Até os garçons do Café Zamara vieram, querendo ver o que estava acontecendo. A cidade inteira comentou, nunca fora visto nada parecido!

Na abertura do Baile de Máscaras no Teatro Regina Margherita, Anna podia contar, com o coração acelerado, quantas damas usavam suas fantasias e quantos cavalheiros portavam seus ricos tabarinos. Para Rafaele, certamente os trajes mais exóticos e ricos, aqueles feitos por Anna, eram a maioria na festa.

Na manhã seguinte ela escreveu uma longa carta a Michaela, que reportou a Clara todo o sucesso. Depois de alguns dias do fim do Carnaval, Anna começou a contabilizar seus lucros.

— Considerando isso de novembro a março e abril... é um belo lucro! — exclamava enquanto examinava seu livro-caixa. E, recontando uma montanha de dinheiro, comentou com seu pai: — E ainda temos alguns metros de tecido. Agora, papai, tenho apenas quarenta dias para estar pronta para a Páscoa! Com a agenda cheia de noivados e casamentos para preparar em maio e junho, vou costurar muito... e depois... vem o verão! Enxovais para as turistas! As hóspedes de Anjú, do Hotel Timeo... Teremos muito trabalho.

Rafaele levantou as grossas sobrancelhas e sorriu apenas com o canto da boca. Anna já conhecia essa expressão de seu pai, um misto de preocupação e decepção. Ele nunca conseguia dissimular seus sentimentos.

— E você se comprometeu com novas encomendas, filha? — perguntou o velho, fechando o livro. — Será que já não chega, filha? Não vê que está ficando envenenada com essa história de sucesso? O que será de você quando a próxima carta de Alberto chegar pedindo que vá encontrá-lo em Salonica?

Anna virou-se para o pai, o dedo indicador sobre os lábios:

— *Acqua santa in bocca, papà!* Nem fale... Nem posso agora pensar numa coisa dessas... Espero que não aconteça tão cedo!

E, dizendo isso, saiu da sala como o Etna em erupção.

Parte II

XIV

AVE SICILIA

Salonica, fevereiro de 1884.

Anna de Taormina tornou-se uma mulher diferente.

Quando sua carta chegou a Salonica, logo depois das festividades de Purim, o carnaval dos hebreus, e todas as famílias festejavam em suas casas, Alberto, pela primeira vez, sentiu medo de sua realidade. Leu a carta de sua mulher e percebeu que nunca conhecera sua Anna de verdade. Ela havia se tornado uma outra Anna, uma mulher livre, independente e dona de suas vontades.

A Anna que vivia dentro dele era aquela com quem ele sempre havia convivido. Aquela, tal como Perséfone, condenada a viver na escuridão.

Mas agora pensava na sua Anna de longos cabelos negros, pele suave dourada de sol, que transpirava mornamente ao seu lado e que talvez não voltasse mais...

Anna, a siciliana, e a Sicília eram uma só alma. De um lado, era forte como a fusão de amálgamas do Etna. Tinha um fogo sagrado, uma luz própria, convivia, mas não tinha medo da escuridão. Do outro, era frágil e delicada. Sabia que toda a sua força poderia ser efêmera, tal como as suaves flores róseas das amendoeiras que cobriam todos os vales da Sicília apenas por alguns dias.

Tal como Perséfone, que saíra do seu silêncio, do seu isolamento nas profundezas da terra, abrindo o seu caminho, Anna sentia pela primeira vez o gosto pela liberdade. E tal como ela, quando, fugindo de Hades e de sua prisão, a natureza lhe prestara uma homenagem, cobrindo de flores efêmeras todas as montanhas, todos os vales até os mais profundos desfiladeiros, Anna sentia o perfume de primavera pela primeira vez...

A primavera havia chegado na Sicília, como também em Salonica. Para Alberto, eram duas primaveras diferentes. Ele se lembrava de Anna e da Sicília e sentia-se como cego. A visão da Sicília nessa época do ano era de tirar o fôlego. Um espetáculo descrito por Theocritus, por Homero, por grandes poetas, e Alberto nunca havia prestado atenção a ela.

A beleza e a prodigalidade desse espetáculo nunca o haviam tocado antes.

Ele tampouco havia observado e admirado sua mulher de outra maneira...

— Somente quando sentimos o perigo de perda iminente é que valorizamos o que estamos perdendo — resmungou para si mesmo.

— O que você está pensando em voz alta, tão preocupado? Alguma má notícia de Anna? — perguntou-lhe David, que preparava a valise de viagem.

— Só um idiota não teria enxergado antes — continuou Alberto para si mesmo, absorto. — Nunca imaginei Anna dessa maneira, nunca valorizei sua força e nunca sequer imaginei suas aspirações... Tudo sempre foi tão natural! Ela tinha uma vida tranquila, cuidando da casa, do pai, de nós, sempre cheia de amor, sempre cuidando de tudo, sorrindo. Só agora percebo... Nunca lhe perguntei se ela teria um sonho a realizar, se era feliz daquela maneira, se eu a fazia realmente feliz... e agora que ela está só... em tão pouco tempo se tornou a modista Varsano! A mulher de sucesso em Taormina! Conseguiu montar um negócio próprio, coisa que eu, nestes vinte anos passados, nunca consegui!

David fitou Alberto sem acreditar no que estava ouvindo.

— E você está com ciúmes? Tem inveja do sucesso de sua mulher? Eu não entendo!

— Não... inveja não... Eu apenas não consigo entender o que está acontecendo! Sinto que estou perdendo Anna, como perdi para sempre a mais bela visão do mundo, a visão do Jardim de Hespérides. O jardim que esteve sempre ali, à frente do meu nariz, e que eu nunca enxerguei...

David fechou a mala, pensativo, escutando e tentando entender o desabafo do *dottore*. Pouco o conhecia após tanto tempo de separação, e nunca havia conhecido Anna. Mas, pelo que ouvira durante esse tempo, já a admirava!

— Sabe o que eu penso disso tudo? — disse David após alguns minutos de silêncio. — Que você deve se orgulhar de sua mulher... Você não a está perdendo... Está apenas ganhando! Ganhando uma nova Anna, que você não conhecia... E sabe o que mais eu penso? — falou, já inflamado com a expressão de drama e sofrimento de seu irmão. — Que você, Alberto, fica aí sentado na cama a noite toda, remoendo coisas que não existem, sentindo pena de si mesmo, enquanto sua mulher saiu de casa para o ajudar. Ela não está trabalhando e lucrando para humilhá-lo... Ou ainda para mostrar que tem capacidade e inteligência... ela está fazendo isto apenas por si mesma. O que ela está fazendo, o que está realizando deve estar saindo de dentro de sua alma, pois realizar e criar, ter inspiração são um dom divino, uma bênção que poucas pessoas conseguem ter! — David gesticulava, andando de um lado para outro.

Alberto não respondeu; levantou-se da cama, dobrando a carta, e, amuado, começou a arrumar sua mala.

— Detesto ver você, meu irmão mais velho, com esse ar derrotado! Tendo uma mulher assim, e que o ama, você é um vencedor... — continuou ele. — Pense... Quantas mulheres assim eu poderia encontrar em Salonica? Talvez duas... três possivelmente. E todas estariam casadas, e bem-casadas!

Alberto parou para pensar. Nunca alguém lhe havia dito isso. Queria entender melhor as palavras de David. Ele tinha razão. Se continuasse pensando daquela maneira, acabaria se tornando apenas um egoísta enciumado com o sucesso de Anna, desejando apenas que ela ficasse condenada a guardar toda a sua energia e vontade de realizar dentro de uma caixinha de sonhos.

David abaixou a chama da lamparina, arrumou as almofadas do divã e deitou-se.

— Boa noite, meu irmão — disse ele baixinho. — Amanhã teremos um dia cheio, e tenho certeza de que seu futuro aqui em Salonica começará assim que você pisar naquele escritório. Trabalho não faltará! E, por favor — continuou —, quando escrever a Anna, diga-lhe que estou honrado de ser seu cunhado! Ser parente de uma mulher tão corajosa e digna! Escreva isso, por favor...

O dia seguinte amanheceu nublado, e uma bruma escura encobria o mar e a Torre Branca.

Alberto entreolhou a rua deserta através das frestas da veneziana. O carroceiro já estava à porta, esperando a hora marcada para levá-los ao porto.

David fazia as últimas arrumações no quarto, separando as camisas e as roupas de cama para Cassandra lavá-las enquanto estivessem fora. Nem sabiam ao certo quanto tempo passariam viajando, mas isso agora não importava mais.

Depois desceu apressado, carregando duas valises. Alberto fechou o quarto e desceu com uma sacola de lona cheia de rolos de projetos.

Bateu à porta da senhora Karakassos.

— Estamos indo, senhora Marika, aqui estão as suas chaves — falou, ao ver a senhoria colocando seu rosto entre as portas. Ela abriu um largo sorriso para dizer seu habitual *kalimera*, um bom-dia carinhoso.

— Vocês ao menos tomaram um café? Vocês homens não comem se não tiverem uma mulher para cuidar de tudo!

— Agradeço muito, *Kyria*, mas já estamos atrasados. Meu irmão está colocando a bagagem na carroça, e o navio vai zarpar às sete horas... Bem, então, até a volta — disse e, num gesto carinhoso, tocou com sua mão os dedos da senhora que seguravam a porta.

— Adeus, senhor Varsano. Façam boa viagem, aproveitem bastante, apreciem a minha Constantinopla por mim! Ah... minha Santa Sofia, que saudades tenho de lá! — concluiu num murmúrio.

Alberto desceu correndo as escadas, e a senhoria lembrou-se de mais alguma recomendação:

— Senhor Varsano, diga a David que não se esqueça do que ele me prometeu: vocês visitarem meu irmão Alexandros...

Ele fez um sinal para ela do vão da escada.

— Será um prazer... — respondeu e quase tropeçou em Cassandra, que esperava por ele nos últimos degraus com uma pequena sacola de pano.

— *Kiriê.* — Isto é para o senhor e para o senhor David... É para... É para a viagem... Para que tenham boa sorte!

— Obrigado, Cassandra — falou Alberto apressado, recusando-se a pegar o saco de pano. — Não posso aceitar!

— Mas eu fiz para o senhor, *dottore*! — gritava com a voz esganiçada: — *Parta... Parta pedi mou!* Leve... leve isto com você, meu filho — repetia em grego.

Alberto pegou a sacola e acariciou suavemente as mãos calejadas de Cassandra, sorrindo.

— Cuide de tudo! — E apontou o andar de cima. — Logo vamos voltar...

Nesses meses passados na casa da senhora Karakassos, e depois do incidente daquela noite com a febre de Cassandra, Alberto passara a fazer parte da família.

Ela sovava o pão com força enquanto Alberto escutava suas histórias. Marika falava um italiano de Kerkira.

Contou que havia sido criada naquela ilha. Seu pai era um rico comerciante de tecidos e armarinhos que se envolveu com política. Depois de anos estabelecido e bem de vida, seu mundo mudou e caiu por terra. Saíram de lá fugidos e perseguidos, e foram parar em Constantinopla. Lá, seu pai ficou doente e já cuspia sangue. O pobre homem não tinha mais forças para trabalhar. A mãe era quem provia a casa. Ela era faxineira, zeladora e cozinheira das casas da vizinhança.

— Alguns dos vizinhos — contava ela, emocionada — eram pessoas de bom coração e mandavam mantimentos, trigo para o pão, sal ou açúcar; outros faziam minha mãe de escrava. Ela lavava até as escadas dos atracadouros das casas, de escova na mão, ajoelhada horas naquele tempo chuvoso e frio. Chegava à nossa casinha à noite congelada, com as costas doloridas e os joelhos sangrando. Às vezes, nem lenha nós tínhamos...

Aquilo foi apenas o começo de seu martírio, contava, balançando a cabeça.

Seu pai morreu, e ela ficou cuidando de Alexandros, seu irmão mais novo. Ele também vivia adoentado, e tudo que tinham era para ele se alimentar.

Ela foi trabalhar num verão no Yali dos Karakassos, no Bósforo. Eles sentiram pena dela. Ela era trabalhadeira, muito educada e sabia cozinhar muito bem. Emprestaram a casa dos fundos do Yali, que antes servia para guardar barcos e animais. E eles moraram nela de favor, e cuidavam da propriedade dos patrões, que durante todo o ano vivia vazia.

O Yali dos Karakassos era o lugar de encontro da família onde todos eles vinham passar as férias de verão. Quando chegavam, a casa ficava plena de visitas. A cozinha, então, trabalhava dia e noite. Era uma casa rica e farta. Durante o dia, todos se sentavam no deque, e as crianças pulavam do atracadouro para nadar. Os pescadores ofereciam, do barco, peixes frescos, ostras e mexilhões, que iam do cesto do mar direto para a cozinha.

— Minha mãe sabia o que fazia e cozinhava como ninguém! Os almoços e jantares no longo verão nunca tinham fim! E eu era sua pequena ajudante, até altas horas da noite. Eles jogavam gamão, tomavam muito café e chá de menta, comiam bolinhos de amêndoas com geleia de rosas. Logo cedo eu colocava um lenço na cabeça, um avental enorme até os pés e ia enrolar as folhas de uva. Tínhamos também dois ajudantes homens quando a casa ficava lotada. Mas nós éramos as responsáveis por tudo nas mesas. Dos aperitivos, da carne-seca com páprica que exalava cominho e pimenta de muito longe. — O senhor já provou *basturmá*? — perguntou ao *dottore*, que nem fazia ideia do que era aquilo. — Sabe de uma coisa, *dottore*? Sempre achei que Pantellis se casou comigo porque não poderia se casar com a minha mãe ou com sua cozinha! Os Karakassos recebiam tantos elogios das cozinheiras que temiam perdê-las! — comentou, rindo de si mesma. — Os Karakassos eram pessoas muito respeitadas em Constantinopla. Tinham posição, dinheiro e um bom trabalho em Büyükdere. Faziam vinhos de suas próprias uvas e os vendiam nos portos com seus próprios barcos.

Marika tinha 13 anos quando conheceu Pantellis, o filho mais velho de Andrea Karakassos. Foi numa tarde em que ele caiu de uma árvore e torceu o pé.

— Ele já tinha 18 anos, era um moço bonito, de cabelos encaracolados e dourados do sol, e era muito forte, de tanto rolar tonéis! — suspirou ela ao lembrar-se.

E foi lá, no velho Yali dos Karakassos, na casa em que toda a família passava o verão, que se casou com Pantellis, ainda muito menina. Mas foi feliz toda a sua vida. O *capitán*, como ela se referia ao seu finado marido, era um homem de bem, honesto e trabalhador. Tinha uma *ambélia*, um vinhedo, e fazia um vinho de sultanas bem adocicado, muito usado para as festas cristãs. Tinham também um *caíque*, que era um barco de três mastros.

Marika nunca teve filhos.

— Deus não quis! — dizia, levantando o queixo para o teto. — Deus tinha lá suas razões para não nos enviar um filho.

Mas ela tentara de tudo. Contou ao *dottore* suas promessas, seus regimes de sal e açúcar, e tudo o mais que lhe ensinaram. Sentia que era vazia por dentro e por fora. Sofrera muito, chorara muito de vergonha, mas o *capitán* nunca reclamara. Ele vivia nos barcos com Nico, seu primo. A vida dos dois se resumia no mar e nos tonéis. Rumavam para os portos do mar Negro duas vezes ao ano, rolando tonéis, vendendo a carga de porto em porto.

Quando Marika perdeu também sua mãe, o *capitán* pegou Alexandros para criá-lo como filho. Batizou o menino já grande e registrou seu nome: Alexandros Karakassos. Alexandros seria seu filho e herdeiro. O menino teve escola, aprendeu tudo com o *capitán*, e eram mais ligados que pai e filho. Depois de alguns anos, vender vinho ficou mais difícil, por causa de uma proibição, e então o *capitán* Pantellis, sentindo-se chantageado por outros mercadores que queriam denunciá-lo, deixou de lado a venda do vinho, usando as plantações de sultanas apenas para consumo próprio. Queria também sair do mar Negro e fazer outras rotas, talvez levando outras cargas e passageiros. E assim vieram para Salonica, um porto de grande movimento, onde viveram muitos anos. Marika tinha saudades de Büyükdere. E foi nessa propriedade que seu irmão Alexandros se estabeleceu depois da morte do *capitán*, para ajudá-la a cuidar dos negócios da família.

Alberto adorava as conversas de Marika Karakassos. Às vezes ele ficava horas sentado em sua cozinha enorme e cheirosa, acompanhando seu trabalho, enquanto ela contava suas histórias e preparava as refeições. Aprendia com ela palavras em grego e em turco, e anotava em um diário tudo que ela lhe recomendava, como palavras e atitudes importantes. Ela conhecia tudo... os costumes... a história, os locais, e falava com vivacidade, sem parar de trabalhar. Do fogão para a bancada das *fillas*, abrindo as massas folhadas, ia e voltava com a manteiga para que esta não derretesse muito. Vivia enxugando as mãos num pano bordado com duas rosas vermelhas. A cozinha da senhora Marika era um lugar especial.

Ficava na parte térrea, logo à entrada da recepção, do lado direito da escadaria, separada por uma porta de duas folhas com um trabalho treliçado. Era um salão com teto muito alto forrado de madeira escurecida pelo fumeiro da lenha. Ao centro, o grande fogão sempre aceso. Tinha uma grande chaminé rodeada de prateleiras, sempre enfeitadas de rendas muito brancas, e de onde pendiam suas panelas e tachos de cobre.

Ela apontava uma panela e dizia para o *dottore*:

— *Tentzere...* — e apontava todas juntas, dizendo: — *Ten-tze-re-des.* — E colocava uma panela sobre o fogão.

Cuidava dos pães no forno ao mesmo tempo que usava a lenha para um assado... O cheiro era inebriante... As ervas que colhia ali mesmo em seu quintal, as folhas da parreira que enrolava com rapidez e experiência, a sopa no caldeirão, ou as *pittas* que saíam fumegantes, tudo ela oferecia para o *dottore* provar e anotar... Tudo tinha um nome, uma história, que ela fazia questão que ele entendesse e guardasse na memória.

Cassandra usava as cinzas do fogão para lavar a roupa. E esse era outro ritual... Peneirava as cinzas e as colocava dentro de uma sacola.

Alberto acompanhou os passos de Cassandra por diversas tardes, fazendo a coleta das cinzas, mas não entendia por que peneirá-las.

E achava que isso era uma das amostras da demência da velha.

Um dia ele olhou para a senhora Marika e balançou a cabeça, rindo, ao ver a velha empregada vindo com o avental todo molhado pela porta do quintal, para recolher e peneirar novamente as cinzas.

— Mas aonde ela vai com tanta pressa, com a sacola de cinzas peneiradas, as cascas de limão e folhas de louro? O que ela faz com isso todos os dias? — perguntou com olhar incrédulo à senhoria.

Ela riu... pegou Alberto pelas mãos, e desceram até o quintal.

— Venha, *dottore*! Venha ver por que nestas paragens lavar a roupa é tão trabalhoso... Não deve ser como na sua terra, onde a água é cristalina e mole. Aqui a água é dura! — disse ela, referindo-se ao calcário. — A gordura não sai... E a roupa só fica limpa depois de muito trabalho. Cassandra usa a *allissiva*, o saquinho de cinzas, para desengordurar a roupa.

Lá fora, junto da vinha e dos temperos plantados pela senhoria, havia uma tina enorme de cobre sobre um braseiro e, ao lado, um tanque que era chamado de *skaffi*, contendo água fria que abastecia as necessidades da casa. Cassandra logo cedinho preparava a *bougada* com toda a pompa, medindo as canecas de água, dividindo as roupas e as tinas, e olhando tudo.

E começava o dia. Com a voz esganiçada, cantava seus cânticos no ritmo e no tom que acompanhava seu esforço. Usava as barras verdes de sabão de oliva e esfregava, esfregava, sem parar, e, com o esforço, sua melodia era trêmula e ecoava como se viesse das profundezas de uma caverna. Depois ela forrava um cesto com um lençol e lá deitava as roupas previamente lavadas, cobrindo-as com o saco de *allissiva* que havia peneirado, juntando as cascas de limão e o louro para perfumar. E terminava o dia jogando água quente, que tirava do *kazani*, a tina de cobre que era constantemente aquecida.

No dia seguinte, tudo seria lavado novamente. Os cânticos recomeçavam mais cedo. Pela manhã, tinham um tom mais ameno. Ela enxaguava tudo, jogando baldes de água fria e colocando algumas pedras azuis, que ela chamava de *lulaki*. E, cantando sem parar, misturando as rimas bizantinas com palavras que descreviam o que ela estava fazendo, lá ia a velha Cassandra fazer seu trabalho.

Tirando a roupa do *paneri* e estendendo-a ao sol... Assoprando as brasas do ferro de passar e engomando os colarinhos e as camisolas da casa e de seus hóspedes.

A velha Cassandra, de mãos calejadas e sorriso quase desdentado, vivia feliz com seu trabalho! Vivia com a senhora Marika, com seus ícones e com seu amor devotado a Santo Nicolau, e agora, como ela dizia, com o *dottore*, o abençoado *dottore*, que viera para alegrar sua velhice... Para ela e para aquela casa.

XV

O JARDIM DE ALÁ

Constantinopla, maio de 1885.

Depois de algumas semanas, sempre trancados em reuniões no *sarays* dos conselheiros da Sublime Porta em Constantinopla, e discutindo todos os projetos da nova linha férrea, os dois irmãos Varsano finalmente conseguiram visitar a família Karakassos, levando a carta da senhora Marika.

A propriedade ficava longe. Se, por acaso, se aventurassem sem ajuda, nunca encontrariam o local, mas tudo foi arranjado. O jovem apareceu no salão do hotel e perguntou pelos irmãos Varsano. Era enviado de uma família de Büyükdere e viera a mando dos Karakassos. Convidou-os para as semanas de festividades da Páscoa. Combinaram a data da viagem para lá.

Tudo foi agendado por Constantin Kargopoulo, o novo retratista da corte do sultão. O moço que viera buscá-los era filho de um famoso fotógrafo chamado Basile Kargopoulo, artista dos retratos de todo o sultanato. "Efêndi Vassili", como era apelidado em todo o império e também na casa dos Karakassos, fora um grego excêntrico, com estúdio no bairro de Beyöglu, junto da embaixada russa, respeitado em todo o Império Otomano por sua arte, personalidade e discrição.

— Meu pai foi um homem incomum — contou o jovem, falando da fama e do trabalho de seu pai. — Tinha uma certa idade, mas nem aparentava. Era a pessoa mais ágil que já vi, atrás de sua máquina de retratos. Lembro-me dele sempre com a cabeça coberta por um pano escuro, os joelhos flexionados, os movimentos de seu corpo parecendo rodopiar, como nas danças dos dervixes, equilibrando-se, para a frente e para trás, rodando com o tripé para um lado e outro a fim de visualizar melhor uma sombra ou um feixe de luz.

Fora ele que ensinara tudo ao jovem Constantin. O enquadramento, a luz, a sensibilidade para captar a alma de uma pessoa ou a aura de um lugar.

Ele havia sido o único retratista a receber o maior título de reconhecimento por seu trabalho. Fora apontado como "Photographe de Sá Majesté Impériale le Sultan", com direito de usar a *tugra imperial*, o monograma do sultão, nos seus trabalhos e na porta de seu estúdio. E, a partir daí, não havia mais segredos nos corredores do palácio de Yildiz que ele não soubesse. Agora, depois de sua morte, por um ataque do coração, logo no início do ano, o jovem fotógrafo fora chamado ao palácio do sultão como o próximo retratista imperial, para substituí-lo.

Naquela manhã ensolarada, "Kosti", como ele queria ser chamado, seguia no banco da frente da carruagem que os levaria a Büyükdere. O vilarejo onde morava Alexandros Karakassos ficava na parte mais ao norte do Bósforo, e a viagem levaria algumas horas. Ele explicou que em certo ponto do caminho eles tomariam um barco, e esperava que os *misafirides*, os convidados, não se cansassem ou se aborrecessem muito. Eles tinham tanto que conversar e aprender com o rapaz que tudo passou muito rápido. Constantinopla era realmente linda, e, vista e apontada pelos olhos de um profundo conhecedor, tornou-se uma aula de história, geografia, política e até peculiaridades e segredos.

Ele contou mais a respeito de seu pai, da importância de seu vasto trabalho como fotógrafo e da visão das dinastias islâmicas de serem incluídas no Ocidente como monarcas mais dignos e atualizados. Contou da importância da fotografia, que ainda era algo pouco explorado naquelas paragens. Os monarcas, ao serem fotografados, a exemplo das dinastias europeias, que tinham seus retratos de família espalhados em salões e locais públicos, mostravam agora no Império Otomano também, aos seus próprios súditos, o melhor de sua face. Falou do trabalho de seu pai e agora de seu próprio, ao substituí-lo, nos misteriosos corredores do palácio de Yildiz.

Falou ainda da dinastia do sultão Abdül Meçid I, do Palácio de Çiragan, que o sultão havia mandado construir à semelhança do Alhambra de Granada. Do seu sucessor Abdül Aziz, que terminou a construção do palácio em 1874, de sua glutonaria e extravagâncias e de sua morte misteriosa em 1876 nesse mesmo lugar.

— Falaram à época em suicídio, mas meu pai, que tinha livre acesso ao palácio, assegurava que ele havia sido assassinado — comentou, olhando para os lados, para que ninguém o escutasse.

Depois viera Murad V. Kosti, que falou das bebedeiras do infeliz sultão, das lutas internas no harém do palácio. Finalmente, após três meses no poder, seu irmão, Abdül Hamid II, tornara-se o seu sucessor, aprisionando seu irmão no Pavilhão Malta. Fazia dez anos, contava ele, que todos dentro dos jardins de Yildiz escutavam seus lamentos durante a noite.

— É insuportável... — comentou Kosti. — O que esse sultão é capaz de fazer com um ser humano... E o que continua fazendo com seu próprio irmão, em nome do califa!

E era para esse sultão paranoico e sua amedrontada família, que vivia sempre aprisionada, que o jovem fotógrafo agora trabalhava!

— Sorriam os pequenos príncipes — ordenava o sultão, para mostrar a todo o império que eram poderosos e felizes.

Kosti descreveu também a propriedade fortificada de Yildiz, o lugar mais seguro para manter o sultão a salvo de suas paranoias e superstições. Desde que voltara de uma visita ao Kedive do Egito, quando consultara um vidente da confiança do vice-rei, o sultão todo-poderoso Abdül Hamid II ficara alucinado e inseguro. Saíra do Palácio de Dolmanbäçe, pois temia uma invasão de inimigos e traidores vindos diretamente do mar. Fortificara Yildiz e encaixotara seu trono de maneira que jamais alguém tentaria assassiná-lo pelas costas.

Sua Majestade Imperial, o sultão Abdül Hamid II, intitulava-se: a "Coroa de Todas as Épocas, o Orgulho de Todos os Países, o Conquistador Vitorioso, a Sombra de Deus na Terra", além de outros vinte títulos... Mas era, além de medroso, covarde e paranoico, um homem perverso; para os gregos anatolianos, ele era "O Maldito".

Sobre a profissão de fotógrafo, Kosti contou-lhes que tudo havia começado com seu pai, em Alexandria, em 1839. Alguns meses depois que a nova arte havia sido exposta no Salão de Paris, seu pai e outros fotógrafos haviam se estabelecido no Cairo e Constantinopla, e a alta aristocracia contratara esses artistas para trabalharem em suas cortes, da mesma forma que seus concorrentes de profissão eram contratados nas cortes europeias. E toda a aristocracia e os homens de bem copiavam o Ocidente, e assim demonstravam poder aos seus súditos do império.

Foi arguido por David sobre o problema racial e religioso, e por ser grego e ortodoxo: como era possível ter um cargo de confiança e tão íntimo dentro dos aposentos reais?

— Meu pai — respondeu ele — não foi o único, houve e havia muitos outros gregos trabalhando na corte do império, a exemplo do próprio médico do sultão, um grego chamado Spiridion Mavroyeannis, ou o próprio ministro que ocupava a pasta de Relações Exteriores, Alexander Karatheodoris. Como havia muitos judeus trabalhando como conselheiros econômicos, que sempre foram a maioria, desde Suleimam, o Magnífico — ressaltou. — E todos esses homens, professando outra fé, eram considerados iguais no Bósforo, usando o fez ou o *tarbouch*, o barrete vermelho dos otomanos na cabeça e vestindo os jaquetões até os joelhos chamados de *stambuline*.

Ele contou ainda que Vassili, seu pai, o antigo fotógrafo da corte do sultão, havia morrido dois meses depois de ter recebido o prêmio máximo por sua arte: uma medalha de ouro. Havia fotografado toda a cidade, a arquitetura, os vendedores, o cotidiano, os *beÿs*, os príncipes e as princesas menores, mas nunca o próprio sultão Abdül Hamid II.

— Ele nunca foi retratado. Para ele, em sua posição de "Senhor e Mestre, Sucessor de Todos os Apóstolos no Universo", ser fotografado seria inapropriado para o maior de todos os califas! Por sorte eu consegui... Já fotografei o Maldito.

Kosti contou também sobre a família Karakassos, o irmão da senhora Marika. Alexandros Karakassos era hoje o chefe da família. Tinha uma pequena adega no grande mercado Vizir Hane, mas, como todo comerciante lá estabelecido, aquilo era apenas um negócio de fachada, e sempre na medida certa para não atrair a ira e a inveja de outros comerciantes e dos homens do sultão...

— Afinal, um dos lemas no monograma do sultão Abdül Hamid II afixado em todas as portas do grande mercado é: "Alá ama os comerciantes." Mas, mesmo com todo esse amor, os comerciantes viviam à mercê dos achaques diários. Uma propina aqui, outra ali, um *bakchiche*... Uma *mordidita* lá, e todos os dias fechamos os olhos deles... — brincou Kosti, piscando para os dois irmãos...

O grosso das centenas de liras que a família Karakassos havia economizado vinha dos seus vinhedos e uma pequena vinícola. Da venda de seus produtos nos portos do mar Negro, que saíam em seus próprios barcos, os caíques, com os porões atolados de tonéis. Para chegarem à casa de Alexandros Karakassos em Büyükdere, depois de duas horas na carruagem, tomaram um barco e seguiram até a ponta norte do Bósforo.

O barco que os esperava em Yeniköy deveria pertencer à própria *ambélia*, a vinícola da família, pois atracou diretamente na porta da casa de seus anfitriões.

Alberto e David se entreolharam... Era uma pequena Veneza!

O cais do atracadouro, a fachada da casa, com as paredes ocre, lavadas pela água. O cheiro da maresia e o barulho das ondulações batendo nas pedras do atracadouro, a luminosidade do dia, tudo, enfim, os levou em pensamento aos canais venezianos... A propriedade dos Karakassos parecia uma extensão de terras de tamanho razoável. Vista do mar, parecia apenas uma só casa, com o atracadouro e o primeiro plano em pedras cinzeladas, e sobre elas uma alta construção de madeira, plena de janelas e treliçados. Tudo era rodeado de plátanos e álamos, muito verdes, que fechavam qualquer visão para o interior da propriedade.

David e Alberto não esperavam uma recepção tão calorosa. Na verdade, parecia que os "*beylezmisafir*", senhores convidados de honra, eram esperados havia tempos.

A senhora Marika devia ter escrito muito sobre eles, pois foram festejados e abraçados como parte da família! E, junto ao atracadouro, ali estava ele, puxando as cordas do barco.

Ali estava o anfitrião: Alexandros Karakassos. Parecia mesmo uma pessoa especial. Veio sorrindo ao encontro dos convidados, gesticulando, até abraçá-los. E não demorou mais do que alguns minutos para os irmãos Varsano admirarem o irmão de Marika Karakassos. Ele tinha uma alegria contagiante, feições fortes, vastos bigodes brancos que contrastavam com sua pele morena queimada do sol. Seu sorriso era largo, mostrando os dentes muito alvos. Usava seus cabelos longos amarrados na nuca, à moda dos pastores, e isso lhe dava um aspecto selvagem e valente. Naquela manhã ele vestia uma roupa muito comum aos homens do campo, uma calça larga presa por polainas de couro e uma bata muito clara sob o colete de pele de carneiro. Seria difícil adivinhar sua verdadeira idade, teria uns cinquenta anos ou mais... mas era um homem de aparência jovial e viril.

De perfil, o senhor Alexandros Karakassos lembrava muito sua irmã mais velha, a senhora Marika: o mesmo nariz, contorno de rosto largo, sobrancelhas muito grossas e negras. Então, toda aquela moldura de cabelos grisalhos apenas realçava os traços de família.

Kosti, o jovem fotógrafo, havia dito durante a viagem que o nome da família da senhora Marika era a descrição de seus traços, e isso eles tinham: em turco, Karakassos queria dizer sobrancelhas negras, o que em grego seria Mavrofridis.

— E um dia, quando o domínio turco cair — brincou com a tradução —, poderão ser chamados "os Mavrofridis".

— Mavrosegno — explicou David em italiano —, entendeu, Alberto? Igual ao nome do grande general veneziano, aquele que acabou com muitos turc... — E tampou a boca quando se lembrou que pisava solo otomano.

Helena, a mulher de Alexandros, esperava pelos visitantes na grande sala de visitas da casa. Era uma mulher bonita, de traços suaves, pele muito alva. Como de costume local, ela se vestia como uma otomana, cabelos presos com um lenço de seda colorido. Algumas pontas rebeldes contornavam o seu rosto e deixavam entrever as mexas cor de ouro. Seus olhos eram amendoados, o que David comentaria com Alberto posteriormente, parecendo mais uma asiática que europeia.

Tudo ali era muito novo para os dois irmãos. Um lugar tão remoto, com gente desconhecida. Mas em questão de minutos eles sentiram que haviam, sem saber como, conquistado e ganhado uma nova família.

A emoção do anfitrião ao abraçá-los. A casa dos Karakassos, que para eles parecia uma volta aos tempos de Veneza. Uma casa com uma família, festejando, as lembranças dos pequenos correndo entre os mais velhos, o sol entrando através das cortinas, e o reflexo do piso de carvalho, muito limpo e encerado. Parecia um momento mágico na vida dos dois.

Num terraço na parte mais alta da casa a mesa estava posta, esperando os convidados, jarros de água fresca, taças de vinho, cestos de frutas, tudo protegido por toldos que balançavam com a brisa suave da primavera que chegava.

— O carneiro está maravilhoso, Helena — exultou Alexandros, saindo da cozinha com um tabuleiro imenso.

— Espero que goste de carneiro, senhor David. Alexandros é o especialista da casa, e não podia deixar de mostrar seus dotes de bom cozinheiro. Ele cria os animais, para depois prepará-los na Páscoa e na entrada da primavera — disse ela, rindo. — E ai de quem tocar neles!

Outra mesa estava arrumada no jardim à sombra dos plátanos. No fim da tarde, a anfitriã convidou os hóspedes para conhecerem o resto da propriedade. Um passeio nas plantações, na vinícola. Ela mostrou a biblioteca que pertencera ao seu pai, a coleção de cartas geográficas que recobriam as paredes, lombadas de pergaminho, um piano francês que ela tocava quando mais jovem e que hoje pertencia à sua filha Katherina.

Katherina Karakassos era sua única filha, e estava ausente.

— Esta é a minha filha, senhor Varsano — disse Helena a Alberto, mostrando o seu retrato. — Foi Kosti quem a retratou. Creio que deve ter a mesma idade de sua filha.

Alberto olhou o retrato e passou-o às mãos de David.

— Linda moça — comentou o *dottore*.

— Esta é a pianista — disse Alexandros, orgulhoso, ao ver David segurando o porta-retratos, e está em Paris terminando seus estudos em música; é uma virtuose a minha pequena!

Ao saírem da biblioteca, Helena abriu um pequeno portão lateral. Alexandros adiantou-se:

— Esta parte da casa pertence à minha filha, quando está entre nós. Ela quase não sai daqui — disse ele. — É o que ela chama de seu pequeno paraíso, e, agora que está ausente, nós lhe preparamos uma surpresa.

O paraíso de Katherina era uma passagem entre dois muros, que os venezianos chamariam de *loggia*, de onde recendia um perfume inebriante...

— Senhora — exclamou Alberto, emocionado —, é lindo! É mesmo um pequeno paraíso... E essa mistura de perfumes, perdoe-me minha curiosidade, senhora, de onde vem?

Helena sorriu, apertando ainda mais seus olhos amendoados, como se estivesse exatamente esperando essa pergunta, e respondeu ao hóspede:

— Espere um pouco mais, senhor Varsano, e entenderá — disse ela, mostrando o caminho. Andaram até o fim do pergolado, e Helena abriu as portas de um jardim.

Um mar de rosas, do carmim aos tons mais pálidos, contrastava com as lavandas e as treliças de sândalo recobertas de jasmim.

— Esta é a surpresa que preparamos para nossa filha, senhor Varsano, no seu pequeno paraíso. Como se aqui ela vivesse dentro de um frasco do melhor perfume.

Alberto prendeu a respiração, como se não pudesse perder o mínimo que fosse daquele ar. Não poderia imaginar que alguém mais pudesse idealizar um perfume assim; aquilo parecia apenas um sonho dele.

Seu pensamento foi interrompido. Alexandros ofereceu-lhe um copo de refresco e brindou com os novos amigos ao jardim de sua filha.

— Eu notei, senhor Varsano, que o senhor deve gostar muito de flores — disse-lhe Helena. — E este é realmente um jardim muito especial para nós. Primeiro, porque o jardineiro que o idealizou é um pobre homem que meu sobrinho, Nico, encontrou doente num dos portos do mar Negro. Deu-lhe um emprego, cuidou de sua saúde e o trouxe até nós. E, como recompensa, esse homem, que era um marujo, nos ofereceu este jardim.

Alberto estremeceu. Não pode ser!, pensou. Seria bom demais estarem falando da mesma pessoa.

— Por acaso, senhora, esse homem que plantou este jardim é um marroquino chamado Daud?

Helena arregalou os olhos, assustada com a pergunta.

— Sim... como o senhor sabe? Ah, sim, logicamente Marika deve ter lhe contado essa história...!

— Não, senhora! — disse Alberto, ainda mais confuso.

Helena não terminou de ouvir e saiu como uma ventania, passando entre seu marido e David, que conversavam.

— O que será que houve com ela? — perguntou Alexandros Karakassos a Alberto. — Desculpem-nos, mas às vezes as mulheres têm umas reações tão estranhas... acho que é a idade. Sentem-se mal. Ficam afoitas. Afogueadas. E saem assim correndo para tomar suas poções. É, deve ser da idade. Estava tão preocupada em receber os senhores...

Alberto nem teve tempo de colocar seus pensamentos em ordem. O jardim! Sim, a ideia que nascera no convés naquela noite em que o mar parecia de óleo e o céu de cetim. A conversa com o negro sentado ao seu lado no convés, as rosas... *o attar*... o perfume que ele descrevia... e um jardim dentro de um frasco... essa ideia fora sua... apenas havia sonhado em dar a Anna um frasco desse perfume... Rosas e jasmim, e um pequeno toque de sândalo. Havia apenas sonhado naquela noite. Disso agora ele tinha certeza!

Numa fração de momento, achou que estava vendo uma miragem! Seu coração disparou quando ele viu a senhora Karakassos surgir da *loggia*, acompanhada de um negro alto, com a cabeça enrolada num turbante branco.

— Mas esse é o senhor Varsano! *Salam Aleikum.* Que Alá esteja convosco — disse o homem, com voz rouca e profunda, fazendo-lhe uma reverência. — É o *dottore* Varsano, o farmacêutico... o homem do quinino... como procurei pelo senhor... Que Alá o abençoe!

Aquela tarde de primavera às margens do Bósforo mudou o rumo da vida de Alberto.

Daud passou horas sentado no pequeno paraíso de Katherina, contando ao farmacêutico suas aventuras em Sebastopol, contou sobre o encontro com Victor Varsano, da sua febre incontrolável, dos seus delírios chamando por Ida Modiano.

No início, disse-lhe o marroquino, Victor pareceu-lhe uma figura familiar, os traços, o olhar, e depois, quando descobriu que o moribundo era um Varsano, fez tudo que pôde para salvá-lo. Não havia quinino disponível em Sebastopol, onde dezenas de pessoas morriam naqueles dias de tifo e malária. E salteadores haviam roubado todo o dinheiro e pertences de Victor a caminho de Astracan. O rapaz ficou dias e noites ao relento no frio, sem botas e sem comida, à mercê dos mosquitos durante o dia e escorpiões à noite. Quando Daud o encontrou, seus olhos estavam injetados de sangue, seu corpo ardia em febre alta. Conseguiu levá-lo de Leik até Sebastopol no lombo de um cavalo, fazendo compressas e dando-lhe água a cada intervalo. Tinha esperanças de que Victor sobrevivesse quando chegaram às portas da cidade. Mas esta estava tomada por mortos. A febre tifoide e a malária faziam daquele lugar uma cidade fantasma, onde apenas alguns pobres e esfarrapados tentavam sobreviver nas ruas lamacentas infestadas de mosquitos. Pobres e famintos, aqueles homens ofereciam ajuda em troca de algumas moedas.

Daud conseguiu alimentar Victor penhorando o relógio que o conde De Brazza lhe dera na partida para Paris. Arranjou um quarto junto ao cais e também conseguiu a ajuda de uma velha senhora que lhe aplicava sanguessugas enquanto ele percorria as ruas à procura de um remédio.

Na terceira noite no quarto, a febre começou a ceder. A velha balançava a cabeça e dizia coisas incompreensíveis. Seu neto espiava pelas frestas da porta, e ela gritava e fazia sinais para que ele se afastasse. Daud não conseguiu ajuda havia muitos doentes na cidade, muitos mortos a serem enterrados, não havia quem o ajudasse a salvá-lo. Daud descreveu a última cena.

Um velho judeu enterrava seus mortos. Era pura compaixão. Não aceitou moedas. Chamara seus vizinhos, velhos maltrapilhos e doentes, e juntos louvaram uma prece. Um homem negro, com suas últimas piastras, comprou-lhe um pedaço de pano encardido. Ele viu o velho enrolando o corpo inerte de Victor Varsano no lençol amarelado. O lençol sendo coberto por pás de pedras e lama. O barulho das pás batendo nas pedras, e a última reza do velho encarquilhado, que repetia, monocórdio:

— *Yitgadal Veyitcadash... Shemê Rabá... Amém.*

Daud, o marroquino, havia enterrado seu irmão Victor, como David havia enterrado seu pai e Alberto havia enterrado sua mãe em Veneza.

Lembrou-se do Kaddish rezado em memória da alma de sua mãe. Do semblante de seu pai enlutado, do cortejo fúnebre saindo da Giudecca, da gôndola levando o ataúde de sua mãe por entre os canais, do caminho escolhido pelo *rabbi* para evitar as pontes a fim de não serem apedrejados. O velho cemitério do Lido. O sol se pondo entre os ciprestes, e o reflexo da água da laguna... o suspiro de dor do velho pai... as lágrimas que brotavam de seus olhos... a dor da separação...

Agora era Victor que havia partido e que não voltaria mais...

Taormina, agosto de 1885.

A carta vinda de Büyükdere, escrita em abril na casa dos Karakassos, chegou com muitos meses de atraso a Taormina.

Estava terminando o mês de agosto quando Anna recebeu a notícia da morte de Victor, do reencontro com Daud, dos dias que passaram com a família Karakassos na vinícola, do trabalho de Alexandros, da sensibilidade e amizade de Helena, de sua filha Katherina, uma grande pianista recém-chegada de Paris e que havia feito palpitar o coração de David.

Alberto contou a Anna tudo que fizeram naqueles dias, que a intenção deles era passar apenas o fim de semana na propriedade da família da senhora Marika, mas os anfitriões insistiram muito para que esperassem a chegada da filha, que voltava de Paris para passar a temporada de primavera com eles.

Depois que conheceu a moça, David pediu a Kosti que telegrafasse cancelando os compromissos para aquela semana, e a estada em Constantinopla foi se prolongando.

Na carta, Alberto descreveu o que havia visto e acontecido naqueles dias maravilhosos. Alexandros saíra com seu caíque pleno de tonéis, e foram até a ponta mais norte do Bósforo, quando este se encontra com o mar Negro.

Naquela viagem, os convidados de honra tomaram o café da manhã no barco, sentados com as pernas cruzadas sobre esteiras de palha, à maneira turca, ao nascer do sol, tendo de um lado a Europa e de outro a Ásia.

Foi para os irmãos Varsano a melhor refeição, a mais simples e, segundo Alexandros Karakassos, a mais antiga, o desjejum que desde centenas de anos era igual para todo homem que trabalhava naquelas paragens: tomates vermelhos e suculentos, pepinos bem frescos, uma tina de mel grosso e geleia de pêssego, que em turco é chamada de *seftali reçeli*, ovos cozidos, azeitonas e um pedaço de queijo *fetta*, de leite de ovelhas e preparado pelos pastores da propriedade.

Um velho marinheiro do barco servia um cesto de pães de nata, especialidade de Helena Karakassos, e uma bandeja com copos de *çay*: um chá de menta muito escuro e perfumado.

Aliás, escreveu, os anatolianos tomavam muito chá, como ele reparara, e em todos os lugares que visitara desde a sua chegada isso era um ritual. Copos em *flûte* que recebiam, do alto, um líquido quente e espumante servido com toda a pompa. Copos com monogramas de prata, do conselheiro, ou de ouro, no *sarai* do grão-vizir, com abas de vidros coloridos azuis, vermelhos e verdes na casa dos *beys*... Um cerimonial igual ao de Veneza ao se servir uma taça do melhor vinho, comentara com o anfitrião!

Foi naquela manhã, falando do ritual do chá e do perfume da menta, que veio à cabeça de David a cena de Michaela servindo o chá à moda turca na Baviera. Ele riu ao relembrá-la. A moça, assustada, caminhou limpando o tapete com a ponta de seu vestido enquanto o barão entrava no salão. David balançou a cabeça, rindo.

Contou o caso do encontro de tio e sobrinha a Daud e Alexandros, quando elogiou Michaela. "Uma moça inteligente, educada e muito bonita, assim como sua filha Katherina", comentou *en passant*.

Efêndi Karakassos, como o patrão era chamado por seus empregados, servia o chá de menta em pequenos copos, muito simples. Dizia ele aos estrangeiros:

— Aqui são os mesmos em que todos tomam, eu e meus marinheiros. São copos de estalagem, mas o ritual, este deve ser sempre o mesmo, igual, aqui ou no palácio de Yildiz!

Kosti, o fotógrafo, aproveitou todas as paradas do barco para montar seu tripé e sua máquina para retratar as cenas e os cenários. Almoçaram em Rümeli e voltaram beirando o lado asiático. O rapaz queria aproveitar o passeio e fotografar uma ruína bizantina e um castelo genovês em Anadolu Kavägi. Dormiram no barco, os quatro homens e mais dois marinheiros.

Daud não saiu do convés, e, como nas noites de cetim do Jônico ao Egeu, Alberto e o marroquino tinham muito que conversar. As estrelas pareciam tão baixas naquela noite que Alberto tinha a sensação de que, se levantasse o braço, poderia tocá-las com as mãos.

XVI

TÜRKENHIRSCH
TURCO — HIRSCH

Constantinopla, primavera de 1885.

Nas cartas escritas por Alberto Varsano a Anna, ele contou parte da vida do barão Maurice de Hirsch.

O farmacêutico não entendia por que os jornais falavam tanto de Maurice de Hirsch. Seria ele um personagem tão importante para ser manchete de jornais vindos do Reino Unido, da França, da Áustria, muitas vezes trazendo difamações e em outras, elogios? Ultimamente, quase todos os jornais falavam de uma possível demanda entre a Sublime Porta, o sultão, representado pelo conselho do Império Otomano, e o barão. O sultão não respeitava mais os acordos, mesmo sabendo que seu império estava sob a mira dos grandes bancos europeus. Mesmo ainda sob a condição de um decreto internacional que obrigava o governo otomano a pagar juros sobre a dívida principal. O novo grão-vizir à frente dos negócios tinha sempre um novo coelho para tirar da cartola. E, no caso da construção e exploração das ferrovias da Oriental Railways do barão Hirsch, o representante das finanças do Império Otomano protelava as dívidas, não pagava os atrasados nem os juros, mudava os acordos e projetos e brincava com a paciência do empreendedor. "Isto estava custando ao barão saúde e uma fortuna", explicou-lhe David.

Durante a viagem para Constantinopla, aproveitou para contar-lhe um pouco da personalidade do nobre. Um trecho por noite sobre a vida e os feitos dos Hirsch.

Tanto Maurice quanto Clara haviam nascido entre banqueiros. Ele, na Baviera, filho e neto de um financista que fora conselheiro dos reis Maximilliam e Ludwig I. Desde 1805, colaboraram para conseguir créditos e contratos destinados a suprir com cavalos e armamentos o governo da Baviera.

Quando o pai do barão faleceu, em 1840, houve uma mudança drástica na política e na economia. A Era do Absolutismo deu lugar à Era do Liberalismo, e a Revolução Industrial, iniciada na Inglaterra, começava a se espalhar pelo continente europeu, operando mudanças radicais nas organizações financeiras da família Hirsch. Os negócios do barão não ficaram mais restritos apenas aos bancos e ao dinheiro como produto.

Diziam os amigos da família Hirsch que Maurice havia herdado de seu avô a veia para os negócios e de seu pai o gosto pelas caçadas e o esporte.

Ele era mesmo um homem incomum e admirável. Sua figura era a de um desportista. Alto, magro, porte elegante e saudável, impressionava pelo maneirismo e charme; culto e rápido de raciocínio, quando falava ele tinha o dom de monopolizar a plateia com seus argumentos.

David dizia que ele hipnotizava as mulheres com seu sotaque *charmant* e seu sorriso. Todas, jovens ou velhas, adoravam as histórias do barão, comentou. Inclusive Michaela, que, depois de todos esses anos de convivência, conhecia suas manias e seu caráter.

Muitos falavam mal do barão; difamado pelos jornais, ele era chamado de *nouveau-riche* ou *arrivé* na sociedade europeia.

Isso era motivo de risos em casa.

Ele dizia para Michaela que o importante não era ele pertencer à aristocracia, mas a aristocracia pertencer a ele, referindo-se à invejável posição que alcançara.

Aos poucos, a pequena siciliana foi entendendo o que ele queria dizer com isso, pois era um homem que calculava cada passo que dava, cada posição, como num jogo de xadrez. O jogo com o czar Alexandre III, influenciado por fanáticos religiosos como o chefe do Santo Sínodo e o ministro do Interior da Rússia, Nicolas Ignatieff, levou quatro anos de negociações. Não era de libras ou francos a questão, mas de vidas humanas. O barão negociava a liberdade de dezenas de milhares de judeus russos em troca de uma enorme doação à Igreja Ortodoxa Russa.

Milhões de francos-ouro foi a quantia para que essas almas ficassem livres dos *pogroms*, longe dos massacres, da espoliação, dos estupros, dos apedrejamentos e da morte. Era uma nova Inquisição que se espalhava como fogo, que reunia turbas de camponeses e a própria polícia do czar, com a bandeira da mentira, infâmia e fanatismo religioso nas mãos. E, com crueldade na alma, eles entravam nos vilarejos e propriedades para destruir e roubar tudo que pertencia aos judeus.

E desde então o trabalho da Associação de Colonização Judaica em terras do Novo Mundo era a única saída, o único meio para encaminhar esses refugiados e estabelecê-los dignamente, com segurança e um futuro de trabalho, pregava Maurice de Hirsch. Mesmo seus maiores inimigos, como Bismarck e seus discípulos, ou o maior dos doentes da difamação, Edouard Drumont, do jornal *La Libre Parole*, autor da monstruosidade antissemítica chamada *La France Juive*, conseguiam atacá-lo com profundidade.

— São superficiais — respondia o barão.

Drumont era um jornalista perigoso, também conhecido por suas armadilhas e mentiras. Armou uma campanha ridícula quando Maurice de Hirsch decidiu fechar seus campos particulares de caça em Petit Versailles à visitação pública, até então usados para recreação dos habitantes locais. E, como não tinham mais o que falar dele, outra campanha veiculada nos jornais parisienses era a de que o barão empregava apenas pessoal e equipamentos alemães na construção da ferrovia Orient Express.

— E qual é o problema deles; se não são competentes nem competitivos, só servem para falar asneiras como essas — comentava o barão com Michaela, depois de ler os jornais. — Agora estão me colocando em competição com os Rothschild. Nunca tive essa ideia; eles são eles, e eu sou eu, "o *baron*", enquanto eles são "os *baróns*". Todos eles juntos... — E virava seus bigodes.

Havia muitas faces num mesmo homem: o *bon vivant*, o exímio homem de negócios, disciplinado e transparente, e o filantropo, preocupado com seu povo e com todos que eram perseguidos, espoliados, apedrejados e queimados vivos, como nos últimos *pogroms* na Rússia, os pobres, sem perspectiva de uma vida melhor, sem acesso ao ensino e ao trabalho, por intolerância religiosa.

E tal face poucos aristocratas banqueiros ou políticos tinham.

Ele atuava em todas as áreas — bancos, ferrovias, extração de minérios, açúcar, portos, serviços de manutenção, não perdia uma caçada, adorava seus cavalos de corrida, não descuidava dos jardins de suas propriedades, organizava escolas, doava hospitais, construía vilas, discutia com chanceleres, recebia príncipes e reis, escrevia, organizava e construía um sonho: as colônias agrícolas, que deveriam estar longe de perseguições, em terras férteis na América, onde todo ser humano tinha a mesma chance de vencer e viver em liberdade. Amparava centenas de velhos doentes, comprava terras aqui e ali.

E ainda tinha tempo para viver, para Clara, para Lucien e para Michaela.

E Clara, sua esposa, contavam os que a conheciam, era a metade de sua maçã.

Nascida numa família grande e importante na Bélgica, filha de um senador e sócio dos bancos Bischoffsheim & Goldschmidt, do banco de Paris e dos Países Baixos, ela foi educada dentro dos negócios, mas sempre com o olhar para a benemerência. Diziam ainda que era ela quem influenciava o barão no seu interesse pela filantropia, principalmente nas causas dos judeus perseguidos.

David Varsano contou-lhe ainda uma passagem que o advogado, mestre Grassi, havia presenciado nos anos em que os Hirsch haviam passado juntos em Constantinopla, construindo os primeiros trechos da ferrovia.

Nessa oportunidade ele conhecera melhor o caráter de Clara Hirsch. No início, na abertura das primeiras linhas da estrada de ferro, a baronesa acompanhava o marido e a delegação do engenheiro-chefe, Wilhelm von Premel.

Uma tarde, visitando a abertura dos terrenos perto de Edirne, os camponeses, proprietários de muitas casas derrubadas pela passagem da linha, foram ao encontro da delegação do barão para protestar contra a perda de suas moradias. Clara sabia que o contrato da construção da ferrovia com a Sublime Porta determinava que o governo otomano indenizasse os proprietários das terras e casas que porventura estivessem no caminho e fossem demolidas, mas não se conformou com a pobreza e o sofrimento daquelas pessoas. E argumentou com os advogados e com seu marido:

— Tenho certeza de que vocês, como eu, sabem que "eles" não cumprirão a palavra com esses pobres infelizes. E eu, de minha parte, penso que qualquer negócio que traga infelicidade não pode dar certo... Não é assim, Maurice?

E Maurice Hirsch pagou a cada um dos camponeses o valor correspondente à construção de uma casa nova e foi dormir tranquilo.

Mas isso foi no início, em 1874. O barão havia dedicado seu tempo e uma soma incrível de milhões de libras esterlinas desde 1869, e quase duas décadas, para o projeto e construção da ferrovia.

David contou ainda que ele era movido por grandes desafios. Logo no início do projeto, considerado por banqueiros e estadistas um corajoso e gigantesco empreendimento, uns riam e outros invejavam, outros apoiavam e muitos queriam apenas tirar proveito.

— Pense bem — disse-lhe David —, que dose de loucura e coragem necessária naqueles tempos, vinte anos atrás, para canalizar tanto dinheiro e energia com vistas a realizar um projeto que idealizara chamado Oriental Railways! Numa terra desconhecida... com a parceria de um governo que somente poucos anos antes havia começado a negociar com a órbita ocidental da Terra!

Um dia, conversando num jantar em Paris, e lembrando Constantinopla, o advogado mestre Grassi contara a David Varsano que Maurice de Hirsch, enrolando seus fartos bigodes, dissera que, como se considerava apenas um homem de negócios, e sem ideologia política, nunca pensara que sua aventura nesse negócio com o Império Otomano, a simples realização de um sonho, viesse a se tornar, um dia, uma *cause célèbre*. Uma causa que ficaria famosa em toda a Europa e no Império Otomano, envolvendo seu nome em intrigas diplomáticas. Ele nunca imaginaria que sua persistência, autoconfiança e otimismo nas suas realizações mereceriam agora, vinte anos depois, tantas críticas e difamações, deixando as chancelarias europeias em estado de alerta.

Um dia, David Varsano prometeu que contaria ao seu irmão Alberto todas as intrigas em que o barão Hirsch se envolvera, para que ele entendesse melhor o veneno do termo Türkenhirsch...

Os atos de cancelamento dos sultões que governaram durante o projeto e a realização daquele emaranhado de linhas férreas, as suspensões de pagamentos, os Türkenlose. E também havia aquele homem, o inescrupuloso "pai de todas as mentiras", o embaixador russo em Constantinopla, um homem chamado Ignatieff, que usava de seus conhecimentos de psicologia ocidental e influenciava Mahmoud Nedim, o grão-vizir desde 1875, a não cumprir o contrato com o barão.

Ignatieff na realidade jogava contra a Turquia, pois nem era interessante que aquela estrada de ferro finalmente funcionasse. Todos os pagamentos cancelados por parte do governo otomano também implicavam o perigo de uma declaração de bancarrota por parte dos bancos europeus.

— O que ele ganharia com isso, prejudicando o barão e a Turquia ao mesmo tempo? — perguntou Alberto, ao ouvir esse relato de David.

Alberto não havia entendido muito bem as conversas que versavam sobre aqueles labirintos do mundo de políticos, advogados, banqueiros e engenheiros...

E escrevia para Anna:

Mia caríssima Anna,

Sou apenas um farmacêutico, e agora, tenho certeza, estou mais interessado do que nunca em ser um perfumista... Mesmo depois dos esforços de David para me transformar num homem versado em leis, política e negócios, tenho certeza de que faço a escolha certa.

Meu irmão não se cansou de me dar aulas de contratos, de leis e propriedades, querendo me tornar um erudito, um homem de casaca, e eu, para lhe ser sincero, só pensava nas minhas poções, e, enquanto David falava e explicava tudo aquilo, com aquela ênfase de um magistrado, eu me entretinha com uma flor no vaso de uma mesa, com seu perfume, com a madeira da cadeira... Era como se minha alma não estivesse ali, compreende, Anna?

Tenho até vergonha de lhe escrever isto, mas houve dias em que chegava a contar os minutos para que ele terminasse logo aquelas preleções diárias e voltasse à Terra, para que eu conseguisse conversar com ele sobre algo compreensível.

Ou ainda ficar só, com meus pensamentos, com minhas ideias, escrevê-las no meu diário, para não perder, daquela viagem, nenhum detalhe que me servisse de inspiração no futuro.

Que futuro?, pensava Anna. Será que vai existir um futuro para nós em Salonica, escrevia ela em cartas à sua filha.

Michaela agora fazia parte desse mundo, tão diferente de Mongibello, pensou Anna. E Alberto, pobre Alberto, ainda não encontrou o que fazer ou o que sabe realmente fazer.

Rafaele, sentado na cozinha, lia e relia as cartas de Alberto e tentava entender o genro e todos aqueles escritos em tantos idiomas nos recortes de jornais que falavam dos feitos e defeitos a respeito do marido da baronesa.

As noites em Taormina eram mais longas agora. Anna ficava até altas horas costurando, lendo livros ou almanaques ou jornais que Anjú emprestava, tirados das caixas que os hóspedes deixavam nos quartos do hotel. E era assim que ela conseguia entrar em contato com o outro mundo, o mundo lá fora, como dizia Rafaele.

Muitas vezes por semana Anna saía de casa e ia para o Hotel Timeo, onde tinha um quarto para provar as roupas de suas clientes turistas que chegavam à cidade com um cartão de recomendação de outras turistas ou de seu amigo Anjú, que enviava mensageiros a Mongibello para procurá-la.

Muitas dessas clientes eram mulheres famosas, pelo título, fortuna ou ainda por serem um caso de amor de algum aristocrata ilustre. Mas todas tinham uma coisa em comum: muito dinheiro para gastar em Taormina.

Numa tarde, terminando uma prova, Anna escutou a conversa em francês entre duas senhoras que vinham de Paris. Uma delas comentava com olhar malicioso alguma coisa sobre o barão Hirsch e uma certa madame...

Anna continuou alfinetando a roupa, mas sentiu suas pernas tremerem. Ficou, horas depois, tentando entender a conversa, e, pelo tom e sorrisinhos, quase teve certeza de que algo havia acontecido entre os dois.

— Mulheres falam demais — comentou Rafaele — e sem compromisso. Imagine a pobre Clara ouvir uma maldade dessas, que veneno! Existe, sim, muito falatório, muita inveja, uma mulher como a baronesa, elegante, inteligente... Eu não entendo como vocês mulheres dão ouvidos a tanta maldade!

Anna anotou um nome em seu diário, para não esquecer, e colocou uma interrogação na página. Um dia, deveria aprender melhor o francês, pensou, apenas para entender as conversas entre madames e condessas; isso serviria também para falar com perfeição o nome dos pratos no cardápio dos melhores restaurantes. Será que em Salonica isto existia?

O inverno já estava começando, e Michaela escrevia à mãe regularmente desde que os Hirsch haviam saído definitivamente de Planegg, na Baviera, para se estabelecerem em Londres. A vida da siciliana havia mudado muito.

Mongibello havia ficado em sua memória, e ela sentia mais a falta de Anna, de seu avô, da brisa morna, dos figos-da-índia, dos limões... e do azul do mar...

Londres, outubro de 1885.

O outono estava começando, e Michaela via o tempo escurecer da janela, na nova moradia dos Hirsch em Berkeley Square. Naquela tarde ela havia recebido uma carta de Salonica, de seu tio David, contando-lhe de seu casamento com Katherina Karakassos.

Foi paixão à primeira vista, escrevia ele.

Depois das semanas que passou em Büyükdere, Katherina voltou a Paris para terminar seu último semestre no Conservatório Nacional de Música.

Passado pouco mais de um mês, constatou que estava grávida.

Escreveu uma carta a David, depois de chorar muito. Envergonhada e amedrontada, depois de esperar por mais de dois meses uma resposta, tomou um trem de volta para casa, mas não chegou até Constantinopla. Desceu em Salonica.

Na estação de Vardar, tomou uma charrete para o número 23 da Promenade Longeant le Quai, à procura dos conselhos de sua tia Marika.

Ao adentrar o corredor, seguida de Cassandra, que carregava sua mala, viu a fruteira com a correspondência. Suas cartas estavam lá, sobre a mesa de entrada, com os envelopes fechados.

David havia partido novamente, segundo a velha empregada. Partira logo no início de junho, para trabalhar, e como de costume seu quarto permanecia fechado; apenas ela entrava lá, para limpar a poeira.

Foi no mês de agosto, escreveu David, contando os fatos. Estava extremamente quente, e Katherina chegou pálida, com as mãos frias e trêmulas. Marika Karakassos percebeu logo que havia algo errado. Tia e sobrinha passaram horas conversando. Cassandra trouxe para a moça um refresco de cereja-azeda, lenços molhados e essência de limão, para tentar amenizar a náusea que ela sentia. Finalmente ela adormeceu, soluçando.

Marika ajeitou as almofadas sob o ventre da sobrinha e trouxe da cozinha uma vasilha de água e algumas gotas de azeite. Rezou quase em silêncio e abençoou a moça, respingando a água sobre o seu corpo. Olhou para Cassandra de esguelha e respondeu afirmativamente com a cabeça.

Havia quebranto, mau-olhado e um grande problema.

— Pobre Katherina — disse Marika em sussurro para a velha Cassandra. — Pobre sobrinha... tão linda, tão culta, tão feliz... Ah! — suspirou profundamente. — Pobre irmão, meu Alexandros! Ah! *Panaguia mou*... Ah, minha Nossa Senhora... — gemia Marika —, ensine-me um caminho para meu irmão não morrer de desgosto e vergonha.

As duas fecharam silenciosamente a porta do salão e desceram para a cozinha.

Cassandra saiu de casa levando um bilhete da senhora Karakassos para o escritório do mestre Grassi.

Salem foi quem a recebeu.

— O que houve, Cassandra? Aconteceu alguma coisa com a senhoria?

— *Typota... Ohi...* Nada! Não! — respondeu ela, muito séria, e tirou do bolso de seu avental um envelope: — *I Kirya Karakassos...* — começou a explicar e calou-se.

A senhora Marika lhe havia pedido silêncio. Deveria apenas entregar o envelope pessoalmente a Emmanuel Salem, o moço alto de cabelos lisos.

Salem abriu o envelope e retesou a fronte. Leu e releu, e olhou incrédulo para Cassandra.

— Diga à senhora Karakassos que vou telegrafar agora e volto no fim da tarde para falar com ela.

— Na cozinha — disse a velha —, ela espera o *Kiryos* Salem na cozinha — e saiu resmungando.

Marika sentia-se culpada. A carta de Katherina estava lá em sua velha fruteira fazia mais de dois meses, esperando pela volta de David.

Também, nunca poderia imaginar!, falava para si mesma. Era ela a culpada de tudo, ela, que enviara David e Alberto para Büyükdere, insistira... Havia escrito dezenas de cartas para Alexandros e Helena contando sobre David e depois sobre Alberto, e como era feliz em tê-los por perto.

Agora se arrepiava só de pensar que, um dia, até havia sonhado que David e Katherina estavam se casando, e ela se sentindo feliz, todos se sentindo felizes. Uma pianista e um advogado... Todos diziam, como combinam bem... e depois... Despertou e pensou: "Não... ele não é como nós, é um judeu, e não podem se casar!" E respirou aliviada.. Era apenas um sonho...

Nunca poderia imaginar que aquela carta fosse tão importante para sua sobrinha.

Soube por Helena da amizade dos dois. Ela havia escrito para Marika, contando da visita de David e Alberto, e da insistência de Alexandros em hospedá-los por algumas semanas, para que eles pudessem conhecer melhor a região e desfrutar a companhia de Katherina, que estava chegando para passar as férias de Páscoa com os pais.

Helena disse que via os dois jovens com olhares apaixonados, e ainda escreveu no fim da carta:

Pena ele não ser um dos nossos... Pois seria o marido ideal para Katherina. Um homem feito, educado, culto e sensível. Mas o tempo vai passar, e ela, estudando em Paris, esquecerá essa paixão...!

Até Alexandros, que nunca se preocupou com o futuro da filha e nunca deu liberdade para que alguém ousasse apresentar algum pretendente, pois achava isso coisa de Bizâncio, estava mudando de ideia. E já voltava ao grande mercado Vizir Hane, procurando entre seus compatriotas notícias de algum bom partido para sua filha.

Nos poucos dias em que David e Alberto haviam ficado em Salonica na volta da viagem a Constantinopla, Marika ouvira deles o relato da visita à Büyükdere.

Contaram de Alexandros e Helena, da casa, da vinícola, do reencontro com Daud, da morte de Victor, do jardim de Katherina.

De Katherina, David contara, impressionado:

— Ela é uma excelente moça, senhora Marika, uma pérola rara, que faria qualquer homem feliz.

Mostraram os retratos que Kosti, o fotógrafo do sultão, havia feito de todos eles, e, em especial, o de sua sobrinha, que David guardou separadamente no bolso de seu casaco.

Salem chegou ao anoitecer com um telegrama em mãos. Marika havia ficado a tarde inteira sentada na cozinha, com o coração palpitando de ansiedade, à espera dele, enquanto Cassandra cuidava de sua sobrinha no andar de cima, para que ela não descesse antes que tivessem notícias de David. O advogado abriu o envelope e leu para a senhora Marika: "Obrigado por me avisarem. Estou feliz, mas preocupado. Cuidem dela por mim. Volto no primeiro navio e vamos casar."

David chegou no terceiro dia, e Marika já havia convencido o padre da Igreja de São Nicolau. Eles se casaram numa capelinha fora dos limites da cidade, apenas na presença da tia, da velha empregada, de uma amiga da noiva, uma moça judia chamada Revvéca, e do sempre fiel Salem.

O quarto da frente com a cama de casal foi presente da senhora Karakassos, e Salem enviou um grande *sobah* de carvão e um tapete de carneiro para aquecer o quarto no inverno.

Depois disso, veio a parte mais difícil para Marika, e foi ela quem escreveu ao seu irmão contando sobre o casamento. Katherina nunca mais poderia olhar nos olhos de seu pai, pois sentia que o traíra.

A velha senhora, muito experiente, omitiu alguns fatos, trocou outros. Contou ao irmão uma história diferente, mas faria tudo para que ele não sofresse.

Escreveu uma longa carta para Alexandros Karakassos. Primeiro falou sobre David, elogiou o rapaz, que era uma pessoa muito bem de vida, um advogado muito respeitado tanto em Salonica como em todo o império. Contou que, quando voltara a Salonica, depois dos dias passados com eles em Büyükdere, parecia muito apaixonado e falava muito de Katherina.

Que o advogado, algum tempo depois, recebera da Companhia Orient Express duas passagens nos novos trens e fora a Paris. Como o *dottore* Alberto não se interessara em acompanhá-lo nessa viagem, e tudo seria a expensas do barão Hirsch, ele oferecera a outra passagem à senhora Marika, pois sabia que seu maior sonho era conhecer a Cidade-Luz.

Explicou-lhe que David era como um filho para ela e, se perdesse essa oportunidade única, nunca mais teria condições de ir até lá. Aproveitara então o convite, a companhia e os cuidados do jovem advogado, e juntos foram a Paris nos novos trens do barão. Lá chegando, Marika pedira a David que a levasse ao Conservatório Nacional, para procurar sua sobrinha. Na escola de música, foram informados de que Katherina não comparecia às aulas havia mais de dez dias. Procuraram a casa da família que a hospedava, e lá só havia um empregado para informar o paradeiro da moça. Foram encontrá-la internada num sanatório, longe do centro da cidade, completamente abandonada, magra, febril e com muita tosse.

Marika ficara desesperada com o estado em que encontrara sua sobrinha, consultara outros médicos e, depois de alguns dias, descobrira que a pianista estava com uma anemia muito rara e precisava de um severo tratamento. Segundo um especialista, o melhor seria tratá-la em casa, com alimentos fortes, fígado de carneiro, feijão-branco e sopa de lentilhas, muita fruta e queijo de cabra. Depois de semanas, eles retornaram a Salonica, com Katherina sendo amparada por David, que cuidara dela dia e noite, administrando seus remédios e lhe dando frutas e compotas de hora em hora em todo o trajeto da viagem. David, muito apaixonado e com medo de perdê-la, prometera que se batizaria e casaria com Katherina, para vê-la feliz.

E que tudo acontecera num mesmo dia. O batismo do noivo e o casamento fizeram sua sobrinha reviver. Depois de semanas aos cuidados de David, a anemia fora desaparecendo, e ela agora poderia viver uma vida normal.

Marika pedia perdão ao seu irmão por não o ter avisado sobre o ocorrido, mas não queria assustá-lo, e informava que o casamento acontecera na capela de Hagios Nikolos, e que a noiva estava feliz. Escreveu ainda que eles não se preocupassem com nada, pois o noivo havia deixado bem claro que nunca receberia dote, e que o novo casal deveria morar em seu sobrado até David construir uma casa no terreno que havia comprado no novo e elegante bairro de Hamidie. E que já estavam pensando em ter filhos, pois David estava com 36 anos e não queria mais esperar.

E essa era a versão que deveria correr em família, e, portanto, Michaela deveria manter em segredo.

Apenas Alberto não havia sido avisado. Nem Salem nem David conseguiram saber do paradeiro dele. Nem dele nem de seu amigo Daud.

Michaela, com a carta em mãos, não sabia como contar a história ao barão.

Ele não tinha preconceitos e iria entender e continuar admirando seu tio. Ou, se soubesse da versão da senhoria, iria dizer: "Essa *senhorra* tem muita *imaginaçón,* e esse David Varsano, *afinalll*... é um homem, e homem também tem *frrraquezas*..."

E decidiu ser lacônica:

— Ah... — disse à mesa de jantar. — Recebi notícias de meu tio David ontem. Escreveu na carta que conheceu uma moça maravilhosa e já se casaram!

— Já? E quem é a felizarda? — perguntou Clara, erguendo as sobrancelhas.

— Oh, que cabeça a minha... Não lhe contei, Clara? — falou o barão, interrompendo Michaela. — O nosso advogado David Varsano casou-se com uma moça linda e de boa família da Anatólia, os Karakassos. Fazem vinhos... E a moça é uma *virtuose*...

E calmamente limpou seus bigodes com o guardanapo, observando a reação das duas.

— Ei, meninas — falou, sorrindo —, eu também recebo notícias, vocês sabem. Tenho minhas fontes... — E piscou para Micha, completando a frase: — Espero que Lucien um dia se apaixone por uma moça assim... uma mulher cosmopolita.

Londres havia transformado Michaela numa mulher de responsabilidades, o que os ingleses chamavam de mulher cosmopolita. Uma nova classe de mulheres que não se casavam por contrato ou dinheiro., pois eram atuantes, cultas, educadas e independentes... e ainda honestas.

Depois de Clara, que era o braço direito do barão, ela estava se tornando o seu braço esquerdo, como ele costumava chamá-la. Tomava para si parte das tarefas da administração da casa, deixando a baronesa livre para as obras de benemerência, e o resto do dia, e muitas noites por semana, cuidava de diversos negócios.

Cuidava também do acompanhamento da restauração da nova mansão de Picadilly, das contas que vinham do castelo de Beauregard em Versalhes, de Eychorn na Morávia, das infindáveis contas da Rue de l'Élysée em Paris, onde vivia Lucien, dos convites para as temporadas de caça em St. Johann, e do mais importante: os relatórios da futura Sociedade de Colonização Judaica que ele estava implantando nos Estados Unidos, no Canadá, na Argentina e no Brasil.

Havia centenas de pessoas para cuidar. Mais toda aquela montanha de negócios e de filantropia dos Hirsch. E quando se falava em contas estritamente particulares, de compras e manutenção, de decoração, de jardins, o barão não deixava que saíssem de suas mãos.

— Isso nos pertence, é a nossa vida particular — dizia para Michaela. — E não quero que saiam destas paredes.

Às vezes, Michaela ficava especulando por que Lucien não cuidava mais dos negócios particulares do seu pai e "se mantinha enfurnado na Rue de l'Élysée, dentro daquela biblioteca, sempre com uma desculpa...", como comentava Helga na copa. Até então, mesmo morando com a família do barão, conhecia-o apenas por retrato, e algumas vezes ouvia notícias das cartas que chegavam para a baronesa, ou ela mostrava os cartões-postais de algum lugar exótico que ele visitara. Lucien, segundo a baronesa, estava sempre ocupado, atrás de uma peça importante ou mais uma moeda para sua coleção. Clara é que vivia fazendo planos.

— Bem, neste verão, iremos passar todos juntos uns dias em Beauregard, ou algumas semanas na Riviera, e Lucien com certeza vai encontrar tempo para deixar de lado suas coleções.

Durante todo o tempo que ela esteve em Planegg, Lucien sempre encontrou uma desculpa para recusar delicadamente o convite para qualquer compromisso em visitá-los. O barão e Clara tinham um código todo especial entre os dois e conseguiam não deixar transparecer qualquer desapontamento, mas, com o tempo, Micha começou a perceber como eles sofriam com tais recusas. Clara recebia as cartas de seu filho quase que diariamente, lia-as trancada no escritório, e muitas vezes saía com elas junto ao peito até o salão e, despedindo-se delas, lançava-as ao fogo da lareira. Às vezes, Michaela pensava, na cama, como deveria ser

Lucien. Nem o retrato ajudava, pois não era tão recente. Quando entrava na biblioteca do barão ou na sala de Clara, lá estava ele, e muitas vezes ela parava, pensando. Como seria esse Lucien na realidade?

Tinha o rosto anguloso e o nariz reto e afilado, idêntico ao de sua mãe. No resto, tinha o ar do pai, apenas o olhar escondido atrás dos óculos, que o deixava com uma expressão triste. Não sabia como defini-lo.

Uma vez, pensou ter visto um homem que lembrava muito o retrato de Lucien.

Foi num baile em Viena.

Ficou tão impressionada com a semelhança do retrato que não tirou os olhos dele durante toda a noite. E ele também, assim que a viu, não tirou os olhos dela. Michaela nunca contou isso a Clara e tinha vergonha até de pensar naquele encontro. Nunca mais tornou a rever aquele homem. Mas tentou tirar aos poucos essa dúvida da cabeça. Na realidade, nunca esqueceu aquele baile e aquele homem.

Ela nunca havia sentido atração por homem algum como sentira por aquele desconhecido. Ele chamara a atenção de Michaela, em meio a centenas de rapazes que se aglomeravam nos corredores do palácio, a maioria usando fardas com galões. Eram aspirantes ou pertenciam à elite do Império Austro-Húngaro, explicou-lhe Gizela, ao entrarem no salão.

Entretanto aquele homem lhe parecera diferente, tinha os cabelos encaracolados amarrados na nuca de maneira displicente, como se os penteasse sempre com seus próprios dedos, um porte másculo, ombros largos, casaca de veludo negro, calças e polainas de montaria. Não estava rigorosamente pronto para um baile, como os outros rapazes engalanados, parecia mais estar ali para cumprir uma obrigação. Estava só. Depois outros foram chegando e formaram um pequeno grupo. Mulheres seguravam seu braço e o cumprimentavam, e, mesmo quando conversava, ele sorria um sorriso franco e olhava para Michaela com o canto dos olhos.

Já haviam se passado mais de dois anos, e ela, olhando para o retrato de Lucien de Hirsch sobre a mesa do barão, lembrou-se do desconhecido do baile, que nunca mais vira. Nem ele nem mesmo a figura da fotografia; o próprio Lucien, ela, em todos esses anos, nunca havia visto pessoalmente.

Tudo havia acontecido na primavera, quando Michaela ainda morava e estudava em Planegg.

Gizela, a princesa que havia se tornado sua melhor amiga, iria para Viena, para a semana das valsas e bailes de debutantes, e queria uma dama de companhia. Insistiu para que ela não perdesse esse espetáculo. Michaela nem tinha permissão para viajar, mas Gizela insistiu muito e prometeu que iria telegrafar ao barão. Tudo foi arranjado, e tomaram o trem de Munique para Viena. Gizela estava exultante e sentia-se livre, sem os filhos pequenos e sem o marido, apenas ela, de volta para visitar seu pai, o grande arquiduque Francisco José, e ainda sendo a convidada de honra para abrir o baile da primavera.

Michaela ficou, então, hospedada nos aposentos reais da princesa Gizela, no Castelo de Schönbrunn, um labirinto de quartos maravilhosos e salões indescritíveis.

A anfitriã, sabendo que Michaela não teria o que usar, emprestou-lhe um traje de gala e uma coroa de pérolas e diamantes, que arrematou o penteado de tranças e flores em sua nuca. Foram longos preparativos, e finalmente o dia da festa chegou. Quando a siciliana olhou-se no espelho, nem ela mesma acreditou no que via. Estava parecendo uma princesa. Pensou: Minha mãe deveria me ver assim. Estava tão linda num vestido de rendas cor de bétula, com bordados em pérolas e cristais, que, ainda que conseguisse descrevê-lo em suas cartas, não conseguiria expressar sua felicidade. Sorria para si mesma e se admirava. Nunca se imaginara assim.

O grande momento chegou. Os trompetes e o arauto anunciaram o nome da convidada de honra:

— Princesa imperial, arquiduquesa da Áustria, princesa da Hungria, Boêmia e Baviera: Gizela Luíza Maria, e sua *dame*, *mademoiselle* Varsano.

O coração de Michaela bateu forte quando as portas se abriram e uma fileira de jovens, fardados com galões de ouro e plumas, abriu caminho para as convidadas. A princesa seguiu à frente pelos braços de seu primo Ladislaw, com Michaela logo atrás, acompanhada de um jovem aspirante. O baile teve início, e Gizela dançou a primeira valsa com seu pai. E não voltou mais para sua cadeira.

Michaela, deslocada e só naquele lugar tão visível, um pouco envergonhada, foi ao *boudoir* retocar seu batom.

E ao sair sentiu os olhos dele. Percebeu seu olhar acompanhando-lhe os passos, e, mesmo quando se escondeu atrás de uma coluna, ele continuou procurando por ela. Quando tomou coragem e saiu de trás da coluna, Michaela inflou o peito e, abanando seu leque de plumas, postou-se quase ao lado dele.

Ele, distraído, ainda parecia procurá-la, e estava com o olhar voltado para a cadeira vazia do salão. Muito perto dele, Michaela teve um sobressalto ao ver a semelhança daquele homem com a imagem do retrato de Lucien de Hirsch que sempre adornava a mesa do barão. Pensou naquele momento na coincidência ou no destino, ou nas duas coisas, ou mesmo que podia não ser ele com certeza.

Mas aquele cavalheiro lhe lembrava tanto o perfil de Clara, com os mesmos olhos muito brilhantes e claros... E o porte, pensava. A maneira de segurar os quadris com a casaca aberta e mover a cabeça, exatamente como o barão. Definitivamente, pensou, só poderia ser Lucien.

Suas pernas tremeram quando ele se virou e, sorrindo, veio em sua direção.

Naquele momento, outro aspirante, tomando-a pelo braço com uma reverência, convidou-a para a valsa. Ela entrou na pista para dançar. Sua nuca queimava com o olhar do suposto Lucien. Ele acompanhou todos os passos dela, que dançava a valsa com leveza e graça, como havia ensaiado em Planegg durante tantas vezes. Ele conversava num círculo de amigos, sorria e acompanhava com os olhos todos os movimentos dela.

Depois, ela o perdeu de vista por algum tempo. Quando finalmente se viu livre de seus parceiros de valsa, voltou ao *boudoir*, e lá estava ele, montando guarda na porta. Tão perto dela... Dessa vez ela tinha certeza de que iria conhecê-lo. Seu coração palpitava forte, e suas mãos estavam frias quando ele, olhando diretamente em seus olhos, cumprimentou-a com um gesto de cabeça. Michaela respondeu-lhe com um gesto delicado e abanou seu grande leque, escondendo o sorriso. Ele fez uma reverência, convidando-a para dançar, mas nesse instante apareceu Gizela, acompanhada do pai. Sem saber o que fazer, os dois reverenciaram o imperador, que já estava entre eles. Gizela, pegando em seu braço, cochichou em seu ouvido:

— Venha, Michaela, temos que sair, quero fugir daqui, depois eu lhe explico. — E as duas saíram de perto da comitiva do imperador; após algumas voltas ao redor do salão, com Gizela ao seu lado, subiram para os aposentos da princesa. Michaela ficou sem saber quem era aquele cavalheiro.

Despediu-se da amiga, que havia bebido além da conta, e entrou no seu quarto. Olhou-se no espelho. Ainda estava linda e não queria que aquele sonho terminasse. Não tirou a roupa nem a coroa emprestada. Pensou em retornar ao salão de baile, mas receou que isso fosse incorreto.

Inconformada, não queria ficar trancada naquele quarto. Acendeu as velas de todos os lustres, abriu as portas do quarto e foi diretamente para o terraço, olhando para baixo, avistando todos que saíam do salão.

Queria ainda tentar revê-lo!

O baile já terminava, e ele, pensava ela, teria que sair de lá; com certeza iria aparecer no jardim ou na fila que se formava nas arcadas debaixo da varanda, onde os convidados esperavam as carruagens.

Ele finalmente saiu do salão. Ela o avistou atravessando o jardim logo ali, abaixo de seus pés. Mas não estava mais só; acompanhava-o uma jovem e exuberante loura. Ela sentiu uma pontada no coração.

E ali imóvel, debruçada na balaustrada, observava-o. Ele conversava com a jovem e olhava ao redor enquanto esperavam a carruagem.

De repente, ele se virou de frente e levantou a cabeça, olhando em direção ao palácio. Avistou Michaela, debruçada no terraço dos aposentos reais, a olhá-lo. Deu alguns passos sobre o gramado, fixou os olhos, enrugando a testa. Como se não acreditasse no que havia visto, sorriu e balançou a cabeça, perplexo.

Quando a carruagem se aproximou, a jovem que o acompanhava entrou, e ele, sem pressa, ainda olhou mais uma vez para Michaela. Depois entrou na carruagem e, com um aceno de mão, despediu-se.

Ela nunca mais o viu. Durante toda a semana que passou em Viena, procurou por ele. No teatro, na apresentação dos cavalos imperiais, na grande parada; enfim, nunca mais o viu nem teve certeza de quem seria aquele homem. Se era o próprio Lucien ou não. Mas nunca o esqueceu, e aquela noite não lhe saiu da memória. Ela sonhou com ele muitas noites...

Os meses foram passando, e Michaela nunca contou a Clara sobre o ocorrido em Viena. E foi melhor mesmo que nunca tivesse contado.

Haviam se passado quase dois anos da noite do baile de primavera. Muita coisa ocorrera nesse período, mas durante todo tempo ela nunca chegou a ver pessoalmente o filho da baronesa.

Em fins de fevereiro, Clara retornou a Londres, depois de passar muito tempo no Sul da França, e, como dizia, ficava lá esquentando seus ossos por causa do frio.

A baronesa veio só, sem o barão, e, depois de alguns dias passados em Berkeley Square, encontrando Michaela absorta com tanto trabalho e responsabilidades, e já entediada pelo mau tempo de Londres, e talvez com pena da moça, que só trabalhava, tentou tirá-la da rotina e convidou-a para uma pequena viagem.

Iriam a Paris. Seria uma surpresa, comentou com Michaela. Queria muito descansar na Rue de l'Élysée, sem compromissos sociais, e havia feito uma montanha de planos para passar uns dias com seu filho. Os dois, sem Maurice. "Somente mãe e filho", comentou.

Esperava encontrá-lo na estação de trens, mas, para sua frustração, só o cocheiro e o secretário do barão na França, o fiel Gustav Held, estavam à sua espera.

A baronesa ficou decepcionada. Lucien havia partido para Esneux, na Bélgica, alguns dias antes, para uma visita à tia Hortense Montefiore, e não previra data para sua volta. Isso bastou para deixar Clara de Hirsch com uma forte dor de estômago.

Então, desconsolada e cansada da viagem, ao entrarem na casa da Rue de l'Élysée, rècolheu-se aos seus aposentos sem jantar e deixou a siciliana só naquele palácio enorme, sem que ela conhecesse ao menos o caminho para a cozinha.

Michaela nunca mais esqueceria o que lhe aconteceu naquela noite.

Ela foi levada para seu quarto, desarrumou as malas tomou um banho demorado, numa banheira maravilhosa que a governanta, madame Lory, gentilmente preparara.

Era cedo para dormir, e, pela janela, ela tentou ver o parque lá fora; o céu, escurecido, prenunciava uma grande tempestade. Ela ainda tinha os cabelos úmidos e perfumados pelos sabonetes da casa quando se deitou, mas se arrependeu de rejeitar a bandeja do jantar. Passava das 11 horas da noite, e ela não conseguia dormir no casarão misterioso.

A casa era enorme, um verdadeiro palácio. Vozes pareciam ressoar quando a chuva forte caiu. A água batia nas janelas e no telhado de ardósia, mas seu estômago vazio não a deixava dormir. Ela rolou de um lado para o outro na cama até que resolveu descer. Sobre a camisola fina e transparente, vestiu o robe de lã. Imaginou que ninguém permanecia acordado àquela hora.

Desceu seis lances da escadaria ornada de donzelos de cristal, onde velas de chama baixa ameaçavam apagar-se. Desceu devagar, observando tudo. Sua sombra se projetava escada abaixo, e o barulho da chuva na claraboia era ameaçador.

A casa imensa abrigara muita história. Ali vivera a condessa de Montijo, mãe da imperatriz Eugenie, e aquilo era praticamente um pedaço do palácio de Napoleão III dentro dos jardins dos Champs-Élysées. Michaela procurou uma garrafa de licor na bandeja da biblioteca. Sentia os ossos gelados e tremia. Alimentou o fogo da lareira e acendeu as velas de um dos castiçais. Com ele, procurou um livro ou qualquer coisa que pudesse distraí-la enquanto o sono não chegava.

Mas escutou passos fortes e apressados na galeria, e alguém entrou na biblioteca.

Assustada, esqueceu-se da vela e tentou sair dali.

O vulto aproximou-se. Era um homem alto, cabelos revoltos, vestindo sobretudo escuro e encharcado de chuva. O coração de Michaela disparou, e ele demorou em notá-la. Tentando acostumar a vista, sussurrou:

— Mãe? Você não está dormindo ainda?

Michaela apareceu na penumbra, como uma visão embaçada à sua frente. Ele se desculpou.

— Perdão. Mas eu não a conheço. A senhora, quem é?

Nesse instante, ao vê-lo, seu coração acelerou. Michaela reconheceu a figura do homem do baile de Viena. Era ele, o mesmo perfil, o mesmo porte, era Lucien. Não tinha mais dúvidas.

Ele saiu da penumbra, entrando na biblioteca, e ela, recuando, foi iluminada por um feixe de luz que vinha de suas costas. Sem se mover e tentando fechar o robe, sem o qual estava quase nua, respondeu-lhe com a voz entrecortada:

— Você deve ser... Lucien... Eu sou Michaela Varsano.

— Ah! Então é você a famosa Micha? — respondeu-lhe, virando-se de costas enquanto tirava o casaco molhado e sem prestar muita atenção. — Você, então, deve ser a siciliana de quem meus pais tanto falam! Mas é... Desculpe-me, não esperava encontrá-la aqui... Na minha... Quero dizer, na biblioteca... Achei que seria minha mãe... Só poderia ser ela com suas insônias...

Constrangida, Michaela tentou sair, desculpando-se:

— Estou indo para o meu quarto, é que...

Nesse instante, Lucien estava bem à sua frente, impedindo a sua passagem, e foi nesse momento, cara a cara, que os dois se olharam de perto pela primeira vez. Com o coração aos saltos, ela tentou sair apressada, passando por ele, que, surpreso e sem pensar, girou seu corpo, alcançando-a, segurando-a pelos ombros. Antes que chegasse à porta, pediu-lhe em voz muito baixa:

— Espere, Senhorita Varsano! Por favor, não fuja de mim... Deixe-me vê-la!

Uma lufada de vento, repentinamente, abriu uma das janelas da sala, apagando a última vela do castiçal. A tormenta lá fora explodia em raios e trovões, clareando todo o ambiente e assustando Michaela, que, desorientada pela escuridão e o barulho da tempestade, recuou alguns passos, encostando seu corpo na parede da biblioteca.

E ele, ao vê-la assim por inteiro, à luz dos clarões, ficou petrificado.

— Meu Deus — exclamou, atônito. — Você é ela! A moça do baile...

Ela prendeu a respiração, e suas pernas tremiam. Lucien, quase não acreditando no que via, aproximou-se devagar, tocou-lhe a face e, como um cego tentando reconhecer um perfil, contornou seu rosto com o dedo indicador, como se quisesse fixá-lo, desenhando-o em alguma tela. Acariciou seus cabelos e, olhando dentro de seus olhos, segurou seu rosto com as duas mãos.

— Então você é real? — sussurrou-lhe no ouvido. — Você realmente existe?

Ela queria responder, mas nenhum som lhe saía da garganta. Então, virou seu rosto, olhando-o e lhe sorriu. Primeiro com os olhos rasgados e brilhantes, depois com aquele seu jeito sensual de siciliana, com a boca vermelha e úmida, que ele tanto sonhara em beijar, com a respiração ofegante que arfava e intumescia seus peitos quase nus, com uma sensação estranha e tão prazerosa que amortecia seu corpo e seu ventre, ao sentir o calor daquele homem que lhe acariciava, respirando junto de sua nuca, e que aos poucos se aconchegava mais e mais, segurando-a pela cintura, pressionando seu corpo contra a parede, sussurrando em seu ouvido tudo que ele havia sonhado desde aquele baile. Aos poucos, segredou-lhe com sua voz rouca de emoção... Que ela fora a visão mais perfeita que havia encontrado e que nunca mais saíra de sua cabeça. Lembrou-se dela debruçada no terraço do palácio de Viena, a espreitá-lo e a sorrir. Ela estava lá naquele terraço, ainda com o vestido cor de bétula, com os seios fartos quase à mostra apontados para ele daquela balaustrada, com a cintura fina presa num espartilho, com a nuca longa perfumada sorrindo. Um sorriso de desejo, como jamais vira numa mulher. A mulher mais desejável que ele havia conhecido. Foi assim que sonhou com ela todos aqueles meses e anos. Sonhou em beijá-la, amá-la, penetrá-la... Possuí-la... Sonhou com ela muitas noites, e prometia a si mesmo que, se a encontrasse, nunca mais poderia deixá-la. E jurou-lhe que ela, dessa vez, não lhe escaparia mais.

O temporal calou-se. Os pingos d'água que escorriam do telhado de ardósia teimavam em fazer alarde nas pedras do terraço da Rue de l'Élysée. Apenas a chama vermelha das brasas da lareira douravam suas figuras e os aqueciam naquela imensidão de breu. E, no escuro, ela fechou os olhos, deixando-o mergulhar em sua boca num beijo sem fim.

Finalmente eles se encontraram.

No dia seguinte, a casa amanheceu envolta em nevoeiro, pleno inverno. Michaela acordou sobressaltada, com a cabeça pesada, e tentou lembrar-se do ocorrido na noite anterior. Tentou percorrer seus passos... Quando, a caminho da cozinha, fora parar na biblioteca, acendera um castiçal, e sobre a mesa de trabalho havia uma cesta de prata com pequenos doces coloridos. Seu estômago vazio estava dolorido. Ela provou um deles, que derreteu na boca como amêndoas confeitadas, e não resistiu, pegou mais um e mais um. Nem sabia quantos daqueles bocados preciosos engolira para saciar a fome.

Depois, olhou toda aquela sala magnífica na penumbra, candelabro nas mãos, viu os livros de Lucien, suas pequenas esculturas, os vasos coloridos que deveriam ter vindo de alguma escavação. Havia uma bandeja com garrafas de vinhos e licores, taças e *flûtes* dispostas milimetricamente, e uma caixa de charutos. Michaela estava conhecendo o esconderijo de Lucien de Hirsch e começava agora a adivinhar seus pensamentos.

Encheu um copo de vinho e virou tudo num só gole para matar a sede, estalando a língua de prazer. Riu. Sabia que fazia algo errado, mas não havia ninguém acordado na casa, e repentinamente sentiu-se feliz, livre e em Paris!

Paris pela primeira vez! Brindou diante de uma tela imensa que cobria toda uma parede. Era uma pintura na qual duas mulheres jovens serviam a um velho corpulento. Intrigada, riu do que via, sem saber por quê.

Uma das mulheres estava completamente nua, servia vinho numa jarra de prata ao homem velho, refestelado, com a genitália semicoberta por um pedaço de pano. Ele era acariciado na nuca por outra mulher com os seios à mostra. Sentiu-se atraída e excitada pelas figuras. Nunca tinha visto nada assim, e, mesmo nos livretos de madame Arlette, aqueles semanários com histórias de bordéis e prostitutas, que ultimamente ela descobrira que existiam e que adorava ler às escondidas, nem nessas histórias desenhadas havia visto uma cena tão excitante como aquela.

Ao fundo, panos vermelhos de veludo drapejados pintados na tela deixavam entrever ao longe a luz de um incêndio, que lhe parecia ser de Sodoma. Olhou atentamente a cena e aproximou a luz das velas, curiosa para ler o que estava escrito abaixo da moldura de ouro: "Rubens... Pierre Paul... mil quinhentos e setenta e sete... mil seiscentos e quarenta... *Loth et ses filles... Loth e suas filhas...*"

Michaela lembrou-se ainda do que pensou naquele momento. Viu que tudo aquilo era muito antigo, pintado havia mais de duzentos anos... E como, desde aquela época, existiam artistas com imaginação que faziam excitar uma mulher. E, provavelmente, ali seria o lugar para onde Lucien trazia algumas donzelas, com o fim de impressioná-las com figuras que nada tinham de virgens. Brindou mais uma vez, com a taça cheia:

— *Vive la France... La douce France... Vive...* Esse tal Rubens, que pinta muito bem!

Depois, provou de outra garrafa aberta e de outro licor... Rodopiou no salão e, cansada, colocou o castiçal na mesa próxima. Sentou-se, copo em uma das mãos, e, na outra, um livro qualquer, encontrado na estante. Tentou ler, mas sua vista começou a ficar turva. Sentiu leve tontura, como num camarote de navio embalado pelas ondas. Lembrou-se de ter olhado o retrato de Lucien e de ter beijado o porta-retratos, colocando-o sobre seu peito, e depois, embalada nas suas lembranças do baile de Viena, daquele homem que a perseguia com seu olhar, devia ter cochilado.

Devo ter bebido muito vinho e licores sem sentir, pensou. Mas o sonho foi tão vivo...

— Meu Deus — falou alto, segurando a cabeça dolorida. — Foi tudo tão real, sinto ainda o perfume de vetiver, o gosto de seus beijos.

Seria sonho, pensou. O que havia acontecido realmente, se nem se lembrava mais de como havia subido todos os lances de escada até seu quarto?

Um carrilhão de relógio soou nove badaladas. Ela havia perdido a hora do café da manhã. Clara deveria estar à sua espera.

Lavou-se e arrumou seus cabelos, que amanheceram emaranhados, usou pó de arroz para cobrir olheiras que marcavam a noite maldormida, batom e um pouquinho do milagroso líquido cor de pêssego que lhe trazia o sol às faces.

Pronta, desceu a escadaria majestosamente iluminada pela luz do dia, o coração disparado, pensando em como havia subido tudo aquilo na noite anterior sem se dar conta, sem que se lembrasse agora...

E adivinhou a sala do café, escutando o barulho da colher na casca do ovo cozido. A baronesa quebrava seu ovo assim todas as manhãs, três leves batidinhas, e o entornava quase cru em sua tigela de porcelana.

E lá estava ela! Não sabia como encarar Clara depois do acontecido. E depois... Se Lucien... Meu Deus... Nem queria pensar...

Tudo que Michaela desejava naquela manhã era fugir dali, sair para a rua como havia planejado com a baronesa ainda no trem, queria ficar só, tinha que refrescar sua cabeça pesada.

Tudo que gostaria naquele momento era de poder sair só pela cidade e conhecer Paris, andar pelas ruas e localizar todos aqueles lugares históricos e famosos que havia sonhado em ver, depois de tanta leitura... Morreria de vergonha ao rever Lucien... Se aquilo tudo tivesse acontecido... Tudo poderia ter sido apenas um sonho... Enfim.

Mas Clara a dissuadiu assim que ela chegou para tomar o café.

— Sair só, Michaela, nesse tempo...! Não é seguro sair só com essa neblina, pode se perder nos parques, ou ser roubada... Paris é uma cidade grande, com muitas armadilhas! — comentou. — Becos sem saída, gente desordeira, bêbados, assassinos, enfim...

Lucien entrou no salão, rindo do que escutou.

— Bom dia, senhoras! — cumprimentou, sorrindo e interrompendo a conversa, e beijou a testa de Clara. — Mamãe! Deixe-me vê-la... Mas como a senhora mudou... Está linda! E, afastando-se para vê-la melhor, olhou para Michaela, que sentia o peito estourar.

— Lucien, meu querido, quando você chegou? Eu nem esperava mais vê-lo! — exclamou a baronesa, com a voz abafada pelo abraço carinhoso do filho.

— Eu? — respondeu, sorrindo. — Voltei ontem à noite... Cheguei tarde, com aquele trem miserável que vem de Bruxelas. Tio Ferdinand me avisou que você estaria chegando estes dias, mas não tinha certeza em que data... Eu achei que poderia lhe fazer uma surpresa e antecipei minha vinda... Queria preparar a casa, mas você chegou antes! Apenas consegui encomendar uns doces para sua chegada, aqueles de amêndoas que você adora! Bem — e olhou para Michaela com um sorriso malicioso —, conheci a senhorita Varsano ontem mesmo... Que coincidência, pensei... Ela estava...

Michaela interrompeu Lucien.

— Foi um susto, Clara... — tentou explicar. — Ouvi um barulho de porta batendo e passos na galeria. Achei que era um fantasma da família dos Bonaparte! Ele entrou, e eu estava de roupão, com o nariz enfiado nas prateleiras da biblioteca, procurando um livro para ler. E quase morri de vergonha!

Clara olhou para o seu filho e abriu os braços para abraçá-lo novamente. Ele a enlaçou fortemente e cerrou seus belos olhos azuis, quando a beijou nas faces. E assim, abraçado à mãe, piscou um olho para Michaela...

Nesse momento Michaela começou a conhecer Lucien Hirsch.

O homem do baile de Viena.

Foram dias felizes para Clara, que passou a maior parte do tempo junto ao filho. Tardes inteiras trancada na biblioteca, colocando a conversa em dia ou passeando nos jardins, de braços dados com o rapaz, ou ainda junto à lareira, até tarde. Admirou os novos troféus, moedas e documentos que ele havia conseguido nos últimos anos, aumentando a preciosa coleção. A baronesa junto ao filho era uma pessoa diferente. Ria e conversava, era livre de cerimônias e preocupações. Não se importava com os horários e dormia até mais tarde. Almoço e jantar esperavam, nesses dias não existia horário rígido para nada. O tempo quem fazia era Lucien. E ela dizia:

— A casa aqui é dele, Micha, é ele quem nos dirige aqui em Paris.

Michaela lembrou-se dos tempos de Taormina, de Clara em Mongibello no Shabat e de quanto sua mãe havia se esmerado e se preocupado para receber uma visitante tão ilustre naquela noite. E na essência, convivendo agora, conseguia conhecê-la melhor. Clara era uma mulher simples, de gostos simples e, antes de tudo, uma mãe como todas as mães, preocupada em amar e ser amada pelo seu filho. Ela, com seu filho Lucien, sentia-se feliz, e ele então não encontrou mais tempo para Michaela. Além de acompanhá-la de longe com o olhar, escreveu-lhe algumas linhas, e alguns beijos foram trocados às escondidas; escreveu-lhe bilhetes marcando encontros, mas não tiveram muita chance. Clara o monopolizava todos os segundos.

Depois da chegada do barão, tudo mudou.

Lucien desapareceu dentro da biblioteca, ocupado com seus afazeres, e Clara continuou sendo a baronesa Hirsch.

Lucien e Michaela mal se falaram nos dias em que Maurice dominava as conversas no jantar. Ele não mais tirou os óculos, e sua expressão voltou àquela do antigo retrato. Triste, taciturno, não esperava a sobremesa ou o licor e pedia licença para se retirar. Maurice tentava amenizar, contando anedotas ou convidando o filho para um jantar no Café Anglais, que era o local onde os rapazes da aristocracia e as solteiras europeias se encontravam.

— Vamos lá, Lucien! Está na hora de deixar um pouco de lado essas moedas e livros e olhar outras maravilhas. O mundo não é apenas a biblioteca da Rue de l'Élysée! Se tivesse nos acompanhado ontem, quando jantamos com seu tio Ferdinand, teria gostado. Conheci uma moça fantástica para você! Queria que a visse, filho, é o seu tipo. Inglesa, como só poderia ser... Uma *lady*, *mignonne*, elegante e independente. E, o melhor, tem boas ideias!

Lucien fechou os olhos, irritando o pai, que continuava a contar o encontro.

— Escutei as ideias de Margot Tennant à mesa e disse para mim mesmo: eis a nora que eu adoraria ter! Você não concorda comigo, Clara?

— De que ideias você está falando, sobre o que *lady* Tennant conversava com você? — perguntou Clara, olhando para ver a expressão do filho.

— Ideias sobre casamento! O que mais eu poderia querer saber de uma jovem *lady*? Conversamos muito sobre isso; ela também é solteira e atraente, e não tem pressa em encontrar um marido, não se casaria por dinheiro nem que fosse tentada. E eu... para lhes ser sincero... Eu a tentei com minhas ideias, mas ela foi enérgica, ficou até nervosa comigo quando discutimos a ideia de casamento por dinheiro. Falamos sobre a sociedade londrina. Eu disse que eles eram mais apegados a dinheiro do que a qualquer outra coisa. E que um inglês rico tem facilidade de ter a esposa que quiser, que, diante do dinheiro, não existe mulher difícil.

Lucien balançou a cabeça, perplexo com o que ouvia.

— Ela ficou corada de raiva e me enfrentou, *la mignonne*! — completou o barão.

— E o que ela... *lady* Tennant, respondeu à sua grosseria, Maurice? — perguntou Clara, balançando a cabeça em sinal de desaprovação.

— Ah...! Ela respondeu: "*Sir... I doubt it! English girls do not marry for money.*" Imagine... Garotas inglesas não se casam por dinheiro! — E explodiu num riso sarcástico. — Nisso, eu repliquei — continuou o barão, rindo muito. — Você responde por si, minha querida *lady* Tennant, mas eu penso que nunca ficará desapontada no futuro, pois creio que não é seu sonho se tornar esposa de um homem pobre, não é...? E morar num subúrbio. Pense em como seria sua vida se não pudesse fazer o que lhe dá prazer: ir às caçadas e montar seus cavalos, sempre bem-vestida, ou ter aqueles modelos maravilhosos de Worth, como esse que você veste agora, e que acabou de manchar com o seu champanhe...

— Mas, pai! — exclamou Lucien. — E o senhor ainda quer que eu a conheça? Eu morreria de vergonha depois do que disse a *lady* Tennant... Sinceramente, o senhor acreditou mesmo... nas ideias dessa tal *lady*?

Maurice de Hirsch tomou um longo gole de sua taça de vinho e, calmamente, depositou-a sobre a toalha imaculadamente branca da mesa de almoço. Girou os dedos sobre a taça e olhou seriamente para Lucien.

— Para ser muito honesto com você, meu filho, eu acreditei nela, que negou até o fim que se casaria por interesse e não demonstrou a mínima curiosidade em conhecê-lo... Eis por que quero que a conheça.

XVII

BERKELEY SQUARE

Londres, primavera de 1885.

Morar em Berkeley Square implicava conhecer e cumprimentar os vizinhos. Experiência totalmente diferente das amizades de convivência que tivera em Taormina, ou em Planegg. Lá as responsabilidades eram grandes, mas ela não era olhada como a selvagem siciliana, aluna de alemão e grego na escola do mestre Kastelli, ou ainda repreendida como menina de colégio por Helga, a governanta que ficara na Baviera. Ela agora era *miss* Varsano, Michaela Varsano, a assistente da Alliance Israélite Universelle, coordenava fundos para as escolas, participava de reuniões, e, segundo sua vizinha, Hannah Rosebery, conquistara uma legião de pretendentes. Mas a siciliana não tinha olhos para ninguém.

Havia um professor de música em Munique totalmente apaixonado, e trocaram cartas depois da mudança de Planegg. Mas o tempo passou, e ela não teve mais interesse em continuar escrevendo. Clara achava que ela havia encontrado outro ponto de atenção. Talvez um namorado ou uma grande paixão...

Realmente, depois do primeiro encontro com Lucien em março, ela recebeu carta de Paris. Ele escreveu como se a conhecesse havia anos.

Sabia tudo sobre ela, falou dele, de como fora bom tê-la conhecido e dos ciúmes que sentia quando Clara escrevia, falando carinhosamente da siciliana. Pediu desculpas pelos maus momentos criados na presença do barão. “Um dia você entenderá o motivo”, escreveu ele. “Eu admiro meu pai, eu o amo, mas existe um segredo na vida dele que há alguns anos faz minha mãe sofrer. Você, que convive com eles, deve ter percebido. A sua presença e sua ausência, tudo afeta minha vida. Ele quer que eu pense como ele, aja como ele e ame como ele. O barão é ele. Eu escolhi não sê-lo; eu quero ser normal e nunca vou me casar para depois me arrepender.”

Michaela não conseguiu, de início, compreender as palavras duras de Lucien contra seu pai. Um pai que se preocupava com ele, que lhe dava de tudo, um homem admirado, de caráter, que amava Clara, tratando todos da melhor maneira. O que ele queria dizer com se casar e depois se arrepender?

Mas Lucien também parecia arrependido. Nem mais uma palavra sobre aqueles sonhos, sobre aquele encontro em Viena, aquela noite, nem uma palavra. Um dia, ele escreveu-lhe contando que havia um sonho em sua vida. Rever uma moça que avistara num baile. Ele a amava. Ele sonhava com ela todas as noites, mas, ao aproximar-se, ela lhe fugia das mãos. E depois seu pai interrompia o sonho e lhe apresentava uma princesa, uma condessa.

Um dia ele a encontrou, dentro de sua casa, dentro de sua biblioteca. Ela dormia numa poltrona, tremendo de frio, enrolada num robe; segurava sua fotografia no peito, e, como num conto de fadas, ele a acordou com um beijo.

Disse-lhe ao ouvido, com o coração aos saltos, que a havia encontrado, que era ela a mulher de seus sonhos e que um dia... ela seria sua para sempre...

Em Taormina, Anna Varsano lia para Rafaele a carta de Michaela, contando-lhe sobre sua amizade com Lucien e sobre a troca de cartas quase às escondidas. Com receio de que o barão um dia descobrisse os desabafos de seu filho e, porventura, viesse a abrir uma de suas cartas, todos os envelopes vindos de Paris, da Rue de l’Élysée, eram destinados a *miss* Varsano, com o endereço de Berkeley Square, mas para outro número, para a casa de Hannah, aos cuidados dela: *lady* Rosebery.

Ela certamente guardaria esse segredo, era uma mulher madura, e se mostrava muito amiga de Michaela. Hannah Rosebery sabia que os dois jovens estavam enamorados e lamentava que Clara não participasse desse segredo. *Miss* Varsano, somente ao pensar nesta possibilidade, ficava com as maçãs do rosto vermelhas de vergonha.

Rafaele, em Mongibello, relia a carta enviada por Michaela. Para ele, não era simplesmente uma amizade, pois não existe amizade entre homem e mulher. Existe atração, interesse, amor. Para ele, o que Michaela estava sentindo era amor.

— Pobre Michaela... *Poverina mia* — murmurava, pensando nela. Somente ele entendia bem sua neta, e agora, com tanta experiência de vida, já adivinhava os pensamentos dos Hirsch.

Clara Bischoffsheim é uma pessoa simples e maravilhosa, mas com certeza não seria a sua Michaela uma pretendente à altura de seu filho. E ainda havia seu marido, o barão... Que vivia arrumando bons partidos para o rapaz.

— E se descobrissem a respeito dessa amizade e dos desabafos dele? — murmurou Anna já preocupada.

Certamente Micha estaria em maus lençóis... Perderia a credibilidade e o carinho dentro daquela família e ainda poderia ser chamada de aproveitadora ou uma caçadora de um bom partido!

E isso era a última coisa que poderia acontecer à pequena siciliana!

— E, além do mais — comentou o velho com sua filha —, creio que seu francês anda muito bom... Lembra-se do que você me contou daquelas mulheres no Hotel Timeo, provando suas roupas...? Que o barão tem uma amante...

— Coitada! — suspirou Anna. — Será, papai... que então existe outra mulher na vida do barão? Seria esse então o motivo para que seu filho sinta tanta raiva do pai e comente com Michaela sobre arrependimento no casamento? Alguma coisa deve existir!

Rafaele riu da inocência de Anna.

— Qual, entre os homens ricos de Taormina, não tem amantes, duas ou três casas e filhos ilegítimos? E isso não aconteceria em outros lugares, com outros homens de bem, só porque eles têm um título de nobreza? E você, *Signora* Varsano, vive da costura de quem? Não é você quem veste a maioria das amantes desses nobres que vêm para Taormina tomar sol... enquanto suas pobres mulheres ricas, cobertas de joias e morando em castelos e palácios, ficam com a responsabilidade da casa e são apenas as governantas dos filhos deles? Mas que ingênua é esta minha filha!

Anna com certeza pensou em Alberto, se ele um dia teria a coragem de fazer como esses homens, arrumar uma amante e pagar todas as vontades dela, montar outra casa e uma família ou se já teria feito isso! Pensou com raiva. Alberto, desde meses, havia desaparecido com um marroquino, um tal de Daud, e talvez estivessem vivendo num harém com aquelas mulheres, sultanas, odaliscas... Como nos livros das mil e uma noites. Ele pagando aos sultões com seus cremes de farmácia e perfumes, e o tal Daud... marinheiro, jardineiro e colhedor de rosas, no mínimo estaria abrindo-lhe as portas de algum palácio do Império Otomano.

Ninguém tinha notícias de Alberto Varsano.

Nem seu irmão David, nem Michaela, que na última carta, postada em Salonica em junho, contava os acontecimentos da viagem a Constantinopla e Büyükdere. E nada mais.

E desde então ela soube que ele havia deixado o quarto da casa da senhora Marika em Salonica, aproveitando a ausência de David, e ninguém sabia do paradeiro dele.

A última carta escrita por Alberto para Michaela havia sido enviada para Planeg, na Baviera, e Micha não se encontrava mais lá. E fora em Paris, na Rue de l'Élysée, numa tarde de abril, que o barão lhe entregara pessoalmente o envelope amarelado, com os selos do Império Otomano.

— O conde Frederick enviou-me de Planegg — disse-lhe, estendendo-lhe a carta. — Veio hoje no malote do Banco de Paris.... Notícias para você, *signorina*!

E a esperada carta chegou justamente no momento em que era servido o jantar. Michaela deixou o envelope ao lado da taça de cristal, para não parecer indelicada com todos à mesa. Lucien, debaixo dos óculos, sinalizou para que ela não lesse ali na frente de todos. Clara, preocupada com a ansiedade da moça, tocou-lhe a perna, sussurrando entre dentes:

— Deixe a leitura para depois, querida...

Mas sua vontade era de sair correndo para o quarto e ler a carta de seu pai. Havia sonhado com ele tantas vezes naqueles meses... Havia procurado notícias em todos os relatórios da Alliance Israélite Universelle que haviam chegado de Salonica, retratos de grupos de homens que se tornavam notícia, mantendo ou dirigindo as instituições de lá.

Mas seu pai certamente ainda não havia se tornado um homem importante, um comerciante rico, um benemérito, ainda deveria estar vivendo à custa do irmão.

Ou, agora que David e Katherina estavam casados, havia sumido da vida deles, simplesmente desaparecido da cidade com aquele tal Daud. Que coisa estranha a amizade daqueles dois!

— Micha está *distrraída* e nem tocou no *prrrato* — comentou o barão, sorrindo ao ver a moça enrubescer. — Vamos para a biblioteca, tomar um conhaque, filho; assim as mulheres ficarão livres de nós e poderão comentar as novidades — disse, levantando-se e jogando seu guardanapo na mesa.

Os dois se afastaram, e Lucien ainda teve tempo de olhar Michaela, sentada, esperando o momento de abrir o envelope.

— Que tortura! — comentou Clara —, você deve estar agoniada. Abra logo e leia!

A carta, escrita em papel ordinário, tinha no verso um mapa.

Clara terminava, calmamente, de comer suas profiteroles e mantinha os olhos fixos na expressão da siciliana. Os grandes e expressivos olhos verdes, brilhando à luz das velas, acompanhavam atentamente cada linha. Aos poucos, seu cenho franziu, e as sobrancelhas se ergueram.

Clara acompanhou a leitura da moça naquele silêncio, onde os únicos movimentos eram o crepitar do fogo das velas e os suspiros de Michaela. E assim ficou, por um bom tempo, admirando-lhe a serenidade e a beleza, seu perfil aristocrático, seu porte ali na mesa, imóvel.

Ela sabia que as últimas notícias recebidas do *dottore*, ainda em Constantinopla, preocupavam a menina. Contava dos planos de trazer o marroquino Daud para morar com ele em Salonica e tentar um negócio próprio.

Mas agora o *dottore* Varsano estava com a cabeça cheia de planos, e os bolsos vazios. Imaginem que ele havia comprado um terreno num lugar distante da cidade, pagando-o com suas últimas economias, as que guardava num saquinho de couro, o que havia conseguido guardar em seus vinte anos de trabalho na farmácia dos Galliani.

O *dottore* escrevia, esperançoso, dizia que naquele terreno *aos pés* da montanha Kortiarthis, bem acima do bairro de Vardar, e perto do cemitério judaico, havia uma boa faixa de terra para se plantar, junto de uma pequena bica de água e que, segundo seu amigo, o tal Daud, entendido nesse tipo de plantações, eles haviam conseguido trazer muitas mudas de rosas-damascenas, as chamadas *kazanlik*, de um lugar no império chamado Isparta. Mudas que vieram num barco de três mastros de um tal Niko e subiram do porto para aquela montanha em Salonica na carroça do amigo Levy!

Contava, feliz, que as rosas eram de uma espécie tão rara que não havia nada igual em outros lugares, e seriam especiais para fabricar as essências e os perfumes que ele estava idealizando.

E que ele e o marroquino montariam lá mais tarde, depois de o roseiral estar produzindo, uma destilaria de essências. Fariam então um barracão, e depois, quem sabe, com sorte, uma casinha, para receber Anna e Michaela.

Ela leu e releu a carta, movendo suavemente os lábios, e virou o verso para entender o mapa.

Havia rabiscos, setas e desenhos. Descrevia a cidade, o mar com os barcos, o porto, a Promenade, muitas casas, uma torre, e setas, subindo e descendo, indicavam o terreno e o cemitério. Um círculo marcava o local.

Em letras maiores, Alberto escreveu:

> *Aqui, minha filha, será construída a primeira "fábrica" de Água de Rosas do Império Otomano, dizia abaixo da seta do terreno.*
>
> *O perfume que vou dedicar a você, minha querida, será feito com o* attar, *com a essência dessas rosas e com nuances de jasmim e sândalo...*
>
> *O "Rose du Soir" será em sua homenagem.*

— Que Deus o ajude — murmurou Michaela, suspirando, num sotaque siciliano, e dobrando a carta lentamente.

Os olhos estavam marejados, e lágrimas corriam em suas faces. A baronesa acariciou as mãos que nervosamente dobravam a carta e delicadamente perguntou:

— O que a está afligindo, Micha? — perguntou baixinho. — Pode me contar, minha querida?

— Meu Deus! Que ele não erre dessa vez, e que tudo dê certo... — murmurou.

— Mas errar por quê, Micha? O que pode estar acontecendo de tão grave para você ficar com esses olhos encharcados, minha querida?

Michaela estendeu-lhe a carta, e Clara ficou embaraçada, sem saber se deveria lê-la.

— Leia, por favor, Clara, e veja se o que meu pai está sonhando poderá um dia dar certo. Eu não conheço Salonica... nem ninguém que esteve lá. Como posso avaliar o que ele está fazendo e se o pedaço de terra que comprou vale todas as economias de sua vida?

A baronesa puxou para junto de si o candelabro e apertou seus olhinhos azuis. Acompanhava com um gesto de cabeça cada linha. Virou a página, e uma ruga de interrogação apareceu em sua fronte. Depois, deixou a carta sobre a mesa, prendendo lentamente a respiração.

— Não sei o que lhe dizer, minha pequena. Estive em Salonica apenas por um dia. Não me lembro bem... Talvez Maurice possa ajudá-la. Se você quiser, mostraremos o mapa a ele.

Nem precisaram sair da sala de jantar. O barão voltava da biblioteca com seu costumeiro charuto e o cálice de conhaque numa das mãos.

— Meninas — brincou ele —, vocês estão fazendo falta, pois o meu companheiro, que vive cansado, já se retirou. Detesto tomar meu conhaque sem companhia!

— Estávamos justamente falando de você, Maurice, e de nossa ida a Salonica. Talvez possa ajudar Michaela. Mostre-lhe o mapa, querida... Talvez ele saiba onde fica... — pediu Clara.

— O senhor sabe onde fica e como é esse lugar? — perguntou Michaela, mostrando-lhe o mapa. — É um terreno que meu pai comprou em Salonica.

O barão calmamente depositou seu cálice sobre a mesa, tirou o monóculo do bolso e deu uma baforada em seu charuto.

Com seu porte altivo, sentou-se no braço da cadeira de Michaela e puxou o candelabro para mais perto dos olhos.

— Deixe-me ver — disse ele —, perto do cemitério... Hum... entre Vardar e... não consigo entender. Mesmo que eu fosse hoje um especialista em cartografia, não poderia lhe dizer *exactement* como é essa área... Mas você me deixa *currioso, e porr que você querr saberr?*

Michaela deu de ombros.

— Nada importante. Apenas curiosidade... — respondeu ela com um fio de voz, envergonhada.

— Está realmente *curriosa*, minha pequena — falava enquanto estendia o mapa sobre a toalha de linho. — Mas vamos descobrir já.

Apertou um olho e, com o outro no monóculo, observou novamente, virou e desvirou o mapa.

— Huum... o mar, o porto, a Promenade, huum, já sei... Clara! Você não se lembra que visitamos essa região juntos naquelas oito horas que passamos em Salonica?

Clara voltou novamente a olhar o mapa, com a cabeça quase colada à do barão. Fechou os olhos, apertando-os como se fizesse um esforço muito grande para recordar todos os detalhes.

— Maurice — perguntou ela —, por acaso essa não é a área que você comprou junto ao cemitério? — disse-lhe, apontando para uma área bem junto ao terreno do *dottore*.

— Pode ser, minha querida, mas talvez este desenho não seja tão preciso.

— Perto do cemitério? — perguntou Michaela, assustada. — E meu pai pretende morar com minha mãe perto do cemitério?!

Os dois desataram a rir de Michaela.

— Perto é maneira de dizer — explicou Clara. — É apenas uma referência...

— Dê-me isso — pediu o barão, rindo. — Vocês mulheres não entendem de mapa, e nunca, mas nunca mesmo, vão achar um tesouro! — Se você permitir, Micha, vou passar amanhã um serviço para os cartógrafos do Porte, e posso pedir também que façam um levantamento dessa área. Até fotografias os cartógrafos já fazem! E você, em pouco tempo, matará essa sua curiosidade de siciliana, e *voilà*... terá Salonica em suas mãos, minha pequena.

Naquela noite, no quarto do casal Hirsch, uma lamparina ficou acesa por muitas horas durante a madrugada. Clara não conseguia dormir. Levantou-se e pegou o mapa sobre a papeleira do barão.

Leu e releu a carta. Depois, num papel com seu timbre, escreveu a Maurice:

Maurice, leia esta carta com atenção.

Eu não tinha ideia da situação dos Varsano. Agora entendi.

Não vamos deixar o nosso dottore *Varsano sofrer uma nova decepção.*

Ele não pode e nem deve esperar as rosas florescerem com os bolsos vazios, e tenho certeza de que também o seu orgulho veneziano não aceitará uma colaboração de nossa parte.

Por que não comprar também esse terreno e incorporar o roseiral como um jardim no nosso projeto? Lá, poderemos fazer a nova vila Hirsch e um grande hospital! E enviaremos muitas famílias que estamos tirando das mãos do czar.

Pense numa saída urgente.

Tenha um bom-dia, meu querido.

Clara.

XVIII

HANNAH DE ROSEBERY

Londres, verão de 1886.

A mudança dos Hirsch chegou a Londres ainda no verão.

A Town House, número 12 da Berkeley Square, ficou iluminada, as janelas abertas depois de muitos anos, e foi Hannah a primeira vizinha que bateu à porta para as boas-vindas. Michaela lá estava, perdida na casa escura e empoeirada. Aquilo tudo pertencia a Clara, era parte do patrimônio do banco de sua família e não passava de um lugar estranho e malcuidado. Não havia traços de que alguém tivesse vivido ali nos últimos anos. Alguns móveis distribuídos aqui e acolá, uma mesa imensa, com poucas cadeiras, além de algumas bandejas e louças para um chá, nada mais havia nos armários.

Nada havia na cozinha também, além de velhas chaleiras e latas para torradas. Um fogão com muita fuligem indicava que fazia muito tempo não era usado. Visto da rua, o sobrado tinha uma fachada elegante e misturava-se a outros idênticos daquele lado da praça. Mas, pelo que havia escutado de Clara antes de partir, aquele era um lugar para se falar de negócios, onde eram feitas reuniões de acertos de balanços e esporádicos encontros dela com seus irmãos.

O barão não aceitaria viver lá nem um dia. Seu orgulho, sua pose e suas exigências não permitiriam tal aventura. Afinal, ele era o novo senhor de Bath House, em Piccadilly, e, mesmo que se gastassem todos os argumentos para convencê-lo, sua resposta seria:

— Ótimo, mas eu tenho meus princípios... Não vou morar em propriedade dos Bischoffsheim!

E, assim, o destino da mudança gerou mal-estar entre os dois.

Ele relutou muito em enviar seus pertences para aquele endereço, e somente depois que Clara, magoada, recusou-se a dirigir-lhe a palavra durante dias, ele, sem muita ênfase, acenou com a cabeça em direção a ela, como era seu costume, e aceitou que tudo fosse feito como queria.

— Será por pouco tempo — repetia ela. — Apenas o necessário para que as obras de Picadilly fiquem prontas.

O novo endereço dos Hirsch, a Bath House, deveria ser digno de príncipes e reis, nobres convidados, como Edward, o príncipe de Gales. Seria o *pied-à-terre* mais palaciano de Londres.

Ele tinha pressa, mas nada antes de um ano seria prazo razoável. Então, agora, Berkeley serviria. Seria preciso nomear alguém para tomar conta da mudança e da pequena reforma da casa, pregava ele, até que tudo estivesse em ordem e habitável. Clara não aguentaria visitar uma casa empoeirada e escolher tudo, não tinha saúde, e além do mais havia arquitetos e empresas para isso.

Que tal Bronson & Medley ou Robert Irving & Sons para fazer o trabalho?

Certo era que Clara e o barão iriam para Viena em agosto e depois passariam uma temporada em Beauregard; havia ainda a temporada de caça em Eychorn. Novembro era o mês de Londres e os bailes palacianos, e estariam juntos de Lucien na Rue de l'Élysée, em Paris.

Assim ficou resolvido. Depois de telegramas que vinham e iam para o banco, a baronesa decidiu nomear Michaela para colocar tudo em ordem.

O barão, acompanhando tudo de longe, impassível, torceu os bigodes quando Clara anunciou sua decisão.

Impossível, pensou Michaela. Quem sou eu para assumir tudo isso?

Não conhecia o lugar, não tinha experiência, muito menos contatos para ajudá-la, e havia a língua, o seu sotaque italiano sempre atrapalhando e misturando o alemão em todas as frases... Mas não havia como recusar, era um favor e uma ordem: Clara acabou dando a ela todos os poderes e liberdade para que fizesse o melhor, o que bem entendesse, e contratasse o que houvesse de melhor em Londres, em pessoal e material, para deixar a sua casa a mais aconchegante, a mais elegante Town House da cidade.

— Isso agora é uma questão de honra — repetiu a baronesa baixinho para Michaela, quando deixavam a mesa do jantar.

Isso é uma espécie de competição, pensou Michaela. O barão, com a mansão em Piccadilly, com um arsenal de construtores, e Clara, passando-lhe o bastão da confiança. A baronesa tinha sua fortuna e nunca havia colocado isso em jogo.

O caixa do Banco Bischoffsheim estava à sua disposição, além de seu diretor, um belga, e sua esposa inválida, dois criados que mal entendiam suas ordens e um cocheiro contratado por hora, tão empolado que parecia levar às compras um primeiro-ministro. O restante das pessoas que perambulavam pela casa era de trabalhadores contratados, os do telhado, das chaminés, marceneiros e pintores.

Ela não poderia falhar. Nessa tarefa ela estaria representando o amor-próprio de Clara, querendo, ao menos pela primeira vez, demonstrar ao seu marido sua independência e vontade. Havia sentimentos que ela não demonstrara durante toda a vida, mas, depois de certa idade, com certeza as pessoas mudam, ou ficam mais sensíveis, ou começam a enxergar tudo de cima.

É como sair da plateia de um teatro e ir para o camarote ao assistir a uma ópera. Não se deixa de perceber nenhum deslize lá no palco, como se tudo houvesse se tornado mais transparente, comentou um dia.

— Como um vidro bem limpo, onde vemos a nossa própria imagem refletida numa luz, e a dos outros em outra luz, nas mesmas horas do dia. Você me entendeu, Michaela?

Havia muito ela ficara à sombra do barão. Mas agora algo mudara. Michaela conhecia Clara de Hirsch como duas pessoas distintas:

Uma, com sua figura frágil e delicada, seu olhar sempre benevolente, a baronesa das madrugadas geladas em Planegg, atravessando para o pavilhão de caça, das noites cuidando dos velhos religiosos refugiados das perseguições, dos cobertores, da sopa de Mirla e dos sapatos de Yosef, de tudo que ela pessoalmente cuidava. A baronesa com sua xícara de chá, trancada desde cedo em seu gabinete, com o xale nas costas. Suas preocupações beneméritas de todos os dias, calculando as verbas, os milhares de libras destinados para as novas obras dos hospitais e escolas, visitas aos doentes, conforto aos pobres, passando de uma instituição para outra, nunca discriminando se eram judeus ou gentios.

Era outra Clara quando se encontrava a sós com Lucien. A mãe amorosa, os risos, abraços, a mulher iluminada, alegre e falante, com olhos brilhantes e pele rósea de felicidade. Maurice de Hirsch fazia dela a esposa solícita, sua fiel secretária e, provavelmente, a mais sábia conselheira.

Michaela sentia um mal-estar com tais pensamentos, como se o estômago congelasse.

A sensação a fez vaguear pela casa. Sensação de querer tudo e não saber nada. Como precisava de alguém! Imaginou-se ali no salão com Gizela, a princesa de verdade, conversando, com seu jeito de camponesa, enrolando os cabelos da franja com os dedos. O que ela lhe aconselharia?

Com Helga... colocando as coisas nos devidos lugares, com seu sorriso sarcástico ao desejar-lhe boa sorte nas despedidas, para a nova vida, para a cidade onde o sol jamais aparecia...

Imaginou ali sua mãe, escolhendo as cores das paredes, como no último Shabat em Mongibello, quando o marido de Giulianna havia lavado com cal toda a frente da casinha, e escutava a voz de seu avô Rafaele, dando-lhe palpites e fazendo perguntas:

— O que minha *principessa* criou hoje nos Bongiovanni? Conte-me, para que eu possa sonhar com suas belas-artes...

Olhou os porta-retratos, alinhados para serem limpos, as telas recostadas junto às paredes e os espelhos cobertos por grossas camadas de lã, e imaginou tudo colocado, e viu-se dentro da biblioteca, com os cristais reluzentes, e na mesa do barão ela viu Lucien. Ele havia tirado os óculos e a fitava. Viu-o caminhando em sua direção, chegando bem perto, tão perto que sentiu sua respiração e o calor dos seus lábios junto ao seu rosto.

Um tremor percorreu-lhe o corpo, como quando abraçada por ele. Respirou fundo, olhos semicerrados, encostando-se na porta da biblioteca. E ali ficou, sem saber por quanto tempo, até ser surpreendida por uma desconhecida e inesperada visita.

Hannah Rosebery apareceu do nada, adentrando o *hall*, com um prato de *cookies*, na outra mão segurando um menino pequeno, de cabelos muito claros, que a fitava com olhinhos curiosos.

Chovia muito naquela tarde, e ninguém ouvira a vizinha batendo na porta da frente. Ela entrou com os cabelos encharcados da chuva, e o menino, com os sapatos sujos de serragem e terra.

Sentou-se no degrau da escada, pedindo desculpas a Michaela, e tirou os sapatos do menino.

A siciliana, ainda surpresa, e não sabendo o que fazer para ajudar a senhora, depositou o prato no beiral da lareira e correu para as caixas à procura de uma toalha.

A vizinha agradeceu, enxugando seu rosto e a cabeça de seu filho, continuou ali sentada, com sorriso amigável, observando a casa ainda vazia. Olhou ao redor e, de uma maneira muito simples, dirigiu-se a Michaela:

— É igual à minha, mas, vendo-a dessa maneira, ainda vazia, parece muito maior! Ah, perdoe-me, nem me apresentei, sou Hannah de Rosebery, sua vizinha do lado direito.

— Muito prazer, senhora — disse-lhe Michaela, fazendo-lhe uma reverência.

— Eu sou Michaela Varsano, sou... sou... bem... sou amiga dos Hirsch, quero dizer, moro com eles... — E sorriu, sem saber como explicar em poucas palavras o que era, o que não era e o que fazia ali.

Afinal, já era difícil explicar em inglês, ainda mais para uma pessoa desconhecida!

Hannah levantou-se do degrau da escadaria com dificuldade, e Michaela observou que aquela senhora com traços tão bonitos e delicados tinha um corpo desproporcional ao seu rosto.

— Bem, deixo-lhe aqui meus votos de felicidades, senhorita Varsano, nesta casa e nesta cidade, que deve ser nova para você.

O menino, ao ver Michaela olhando sorridente para ele, escondeu-se atrás da mãe.

— Este é meu filho, Harry, que é o mais curioso de todos os quatro e também o mais sociável. Desde que os pedreiros e pintores começaram os trabalhos aqui, Harry e Neil acompanharam cada passo deles, e todas as tardes relatavam o progresso das obras. Quando viram a mudança chegando, não resistiram, querendo saber quantas crianças viriam habitar esta casa. Creio que os trabalhadores, para se verem livres deles, devem ter lhes contado alguma história de fadas. Falaram que no quarto azul moraria um príncipe, e no quarto *rose*, uma linda princesa! Sabe — continuou ela —, Neil não pôde vir conosco hoje trazer os *cookies* para a princesa, pois está com muita febre. Mas espera ansiosamente conhecê-la.

— Quem, a qual princesa a senhora está se referindo? — perguntou Michaela, com expressão curiosa.

— Aquelaaa... princesaa... sabe quem... senhorita — respondeu a vizinha, fazendo-lhe um sinal para que não falasse mais nada na presença do pequeno.

— Ah, sim, senhora Rosebery. Agora entendi sobre a princesa... Ela não chegou ainda, deve chegar um dia desses, e vai conhecer Harry e Neil — disse-lhe, piscando um olho.

— Sabe — voltou a senhora Rosebery, compassadamente —, Neil está muito doente hoje, mas ficará muito feliz em saber que um dia terá uma "princesa" como vizinha e amiga, e mais ainda em saber que a senhorita também conta histórias maravilhosas...

O pequeno Harry subiu dois degraus e puxou o braço da mãe para cochichar qualquer coisa em seu ouvido.

— Mas claro, Harry, assim que a senhorita terminar o seu trabalho hoje poderá vir jantar conosco! Aceita, senhorita Varsano?

E foi assim que nasceu a grande amizade entre Hannah de Rosebery e Michaela Varsano.

A siciliana passou todos os meses de inverno sem a presença de Clara e Maurice, e apenas mandava telegramas e cartas através das malas do correio do banco. Clara respondia às perguntas de Michaela com monossílabos. Devia estar tão bem em Beauregard ou no Sul da França, que não se importava em escolher a cor das cadeiras do salão de jantar! Ou onde seriam colocados esse ou aquele quadro.

Escrevia apenas dizendo: "Micha, faça como quiser, confio no seu bom gosto, e afinal não ficaremos por muito tempo!"

A mudança seria provisória, pois havia a grande "*maison* de Piccadilly", que deveria estar reformada e decorada até o próximo verão.

Mas, com a ajuda de Hannah, que era uma mulher de experiência e requinte, o sobrado em Berkeley Square foi se tornando durante esses meses uma casa excepcional.

Como Michaela não tinha compromissos, ficava horas idealizando o que fazer, e Hannah, no fim da tarde, depois de se livrar dos afazeres sociais e deixar as crianças com as *nanies*, viria com certeza planejar com ela todos os detalhes e onde executar cada passo.

As melhores lojas de tecidos e papéis de decoração mandaram álbuns e amostras, e elas andaram por galerias e pelos melhores moveleiros da cidade, procurando por cadeiras e *chaises,* lamparinas e lustres que vinham de Paris. Cristais e espelhos, enfim, uma imensidão de objetos que substituiriam perfeitamente as peças deixadas em Planegg, mas com um novo ar, menos pesado, mais aconchegante e elegante; afinal, a casa era apenas uma casa, e não um palácio!

O quarto de Lucien continuava como sempre fora na Baviera. Era o único pedido de Clara.

Depois de tê-lo conhecido em Paris, conhecendo então o verdadeiro Lucien, e não o rapaz mimado como Helga o descrevia, Michaela entendeu o pedido de Clara.

Lucien, pensava ela, viria um dia e encontraria em Londres tudo o que havia deixado em Planegg; sua memória e sua infância estariam lá, à sua espera. Seus álbuns de selos guardados nas gavetas da cômoda, seus desenhos infantis pintados sobre cartões amarelados, seus papéis de seda quadriculados com jogos e charadas, e seus carnês de viagem que registravam tudo, em desenhos e descrições.

Michaela entrava naquele quarto todas as tardes, acariciava a manta de pele, arrumava o *voile* do acortinado e suspirava...

Os azuis dos móveis, a cama de baldaquim, a grande aquarela de Turner na parede, tudo era igual.

A casa em Berkeley Square tinha uma aura, e Michaela sentia que era como sua própria casa. Uma casa de seus sonhos, os sonhos que ultimamente ela vivia até acordada. Uma pobre siciliana e um príncipe encantado, que viveriam ali felizes para sempre.

Mas era a casa do barão, ou melhor, de Clara Hirsch, aquela casa que encontrara vazia e havia aos poucos transformado, como uma fada com varinha de condão, num pequeno castelo encantado.

A recepção era naturalmente iluminada com um grande vitral, tinha escadaria em mármore preto, e o *hall* formava uma *rotonda*, com portas duplas para os três salões: da biblioteca, de estar e de música, e de jantar.

A cozinha ficava alguns degraus abaixo do salão de jantar, junto ao muro dos jardins que ao fundo se unia ao da casa de Hannah. Dois fogões haviam sido colocados em cantos opostos e, no centro, uma mesa de pedra para a preparação dos alimentos. Os tanques de louça, muito desgastados, foram refeitos, e a água quente vinha de uma nova caldeira de carvão.

Hannah de Rosebery ajudou Micha a catalogar os livros do barão, como havia feito anteriormente para a biblioteca de seu marido, lorde Rosebery.

Sybil, Margareth e os gêmeos Neil e Harry, os quatro filhos ainda pequenos de Hannah, também queriam ajudar e formaram uma fila, passando de mão em mão os livros das caixas. E Hannah, para entretê-los, designou a cada um deles um monte de livros dos quais deveriam cuidar.

Harry e Neil cuidariam de temas judaicos, políticos, história e geografia.

Sybil cuidaria dos livros de filosofia, matemática, direito e ciências, e Margareth ficou com o monte da literatura. Foi divertido, pois nenhum deles ainda sabia ler.

Foram três dias de trabalho e risos. As crianças sentadas no chão cuidavam de seus montes e folheavam livros em busca de fotos e desenhos.

E, quando o trabalho terminou, lá estavam todos os livros da família do barão. As pastas de heráldica, que eram seu maior orgulho, tudo ali, milimetricamente colocado, metros de lombadas perfumadas do mais fino couro com monogramas dourados, separadas apenas por montantes de roseiras e iluminadas pelos candelabros de Baccarat.

Michaela acariciou os livros, de olhos cerrados.

O perfume do couro trazia-lhe a lembrança de Lucien. Ele no seu esconderijo, na biblioteca da Rue de l'Élysée, com seus estojos preciosos de moedas antigas, o grande cofre pleno de gavetinhas forradas de veludo, que guardavam seus tesouros.

A visão de Lucien sentado em sua mesa de trabalho. Seus ombros, sua nuca perfeita, seu perfil másculo e seus óculos abandonados sobre os selos.

O perfume de vetiver, o calor de sua proximidade. Os beijos roubados às escondidas... A blusa fina de organza rosa, os botões que se perderam, as mãos ágeis e fortes daquele homem que foi o primeiro a abraçá-la, a beijá-la. O fogo crepitando na lareira, os corações batendo, acelerados.

Ela sentia o rosto pegar fogo quando voltou à realidade e escutou Hannah chamando-a.

As meninas haviam colocado os porta-retratos e o relógio das ninfas do barão sobre a lareira.

Todos queriam saber de quem eram os retratos, e Hannah comentou sobre Lucien.

— Eu o conheci há alguns anos. Logo que me casei, eles vinham esporadicamente a Londres, e algumas vezes ele se hospedou nesta casa. Lembro-me dele, um rapaz muito gentil, um cavalheiro. Era falador e alegre. Mas nas últimas visitas, quando nos encontramos por acaso, ele havia mudado. Tornou-se um homem bonito, mas triste. Não sei o que pode faltar para ele. Você o conhece bem, Michaela? — perguntou-lhe Hannah.

Ela deu de ombros e enrubesceu.

— Eu o conheci em Paris. Quando fui com Clara visitá-lo. Ele é um bom filho, carinhoso com a mãe, mas perto do barão se esconde, se transforma, e eu não entendo o porquê... Sabe, Hannah — disse ela, ainda pensativa

—, tenho muita pena de Clara... Ela vive fazendo planos, e na última hora ele desiste, e com uma desculpa. Não sai de Paris, ou, quando ela chega, ele está em outro lugar. Tenho certeza de que mesmo agora, que eles foram para Beauregard, tão perto dele, ele estará em outra parte, fazendo alguma coisa para se desculpar. Não sei por que se comporta assim... e ela só tem esse filho no mundo!

Hannah suspirou e fez menção de começar a contar qualquer coisa, mas desistiu. Mudou de assunto e chamou as crianças:

— Vamos, pequenos, hoje vocês fizeram um trabalho de gente grande. Seu pai vai ficar orgulhoso de saber como vocês já sabem montar uma biblioteca!

Fecharam as portas e saíram todos os quatro abraçados, pulando de alegria. Com Michaela livre agora de todo aquele trabalho, eles poderiam escutar mais histórias da terra dela.

— Onde é mesmo a sua casa... *miss* Varsano? — perguntava Margareth, a mais curiosa. — Mostre-me de novo no globo.

Michaela abriu novamente a porta, e os quatro pequenos seguiram a nova amiga.

Ela apontou a Itália e sua bota, e lá embaixo um local chamado Sicília, e do lado um pontinho chamado Taormina, e dentro desse pontinho um lugar chamado Mongibello.

— O lugar mais lindo do mundo! — exclamou.

— Sabe qual é o meu sonho, Michaela? — disse Hannah. — Um dia, comprar uma casa na baía de Nápoles, com um jardim imenso, e passar com as crianças todas as férias de verão. Mas, você sabe bem, meu marido é um político, e o Parlamento não nos deixa um momento de convívio familiar. Então, eu nem ouso falar com ele sobre esses assuntos; vamos para Dalmeny, e basta. Vamos para casa, crianças, e digam boa noite a *miss* Varsano.

No salão de jantar, as paredes recobertas de seda na cor de limão-siciliano traziam o sol de Taormina para dentro da sala, tornando a casa quase completa. Ainda combinavam com o jogo de pratos e seus limões pintados no ateliê dos Bongiovanni.

Michaela abriu o guarda-louça, acariciou um dos pratos. Sentiu melancolia, tristeza, uma dor profunda no peito. Sentia saudades de sua mãe, de sua casa, dos tempos alegres, somente os quatro, em Mongibello. Atravessou a casa silenciosa e deserta e desceu para o seu quartinho, o menor que havia, nos fundos da casa, escolhido para seu refúgio, jogou-se na cama e, abraçando o travesseiro, chorou até adormecer.

Nos dias que se seguiram, Berkeley Square foi tomada por um frenesi: carruagens, gente nas ruas e as fachadas sendo limpas. As floreiras nas janelas, com os galhos ressecados pelo longo inverno, eram semeadas ou recebiam pequenas mudas verdes.

Pela primeira vez a siciliana viu réstia de sol no jardim. E, quase sem acreditar, viu os pequenos botões de narcisos brancos despontarem da terra.

No início da primavera, a casa dos Hirsch estava pronta e organizada, como os ponteiros do relógio das ninfas, que não perdiam um minuto sequer, e tudo graças à ajuda de Hannah.

Havia um novo cocheiro à disposição da casa, que levava Michaela todas as manhãs às compras: Jeremy, velho marujo, que vinha do norte, casado com uma portuguesa chamada Amélia. Ela cuidava da cozinha e das roupas da casa, e sua filha Manoela era a copeira e cuidava da arrumação, e todos seguiam as ordens do mordomo Sebastian. Este conhecia Hannah Rosebery desde menina. Fora seu instrutor de equitação em Mentmore, nas propriedades do pai dela, em Buckinghamshire. Era ele quem acompanhava o barão Meyer de Rothschild em todos os passeios e nas compras de animais.

Hannah aprendera muito como o pai, banqueiro importante, mas foi com Sebastian Clair que a menina aprendeu a ser valente, destemida, saltar os obstáculos nas competições e na vida real.

Órfã desde cedo, primeiro da mãe e logo depois do pai, era em Sebastian e sua mulher Elizabeth Clair que Hannah confiava. Educada, confortada e amada por duas pessoas simples, ela aprendeu tudo que uma mulher precisava saber como ser humano, esposa e mãe para levar uma vida digna e feliz. Elizabeth dizia que todo o dinheiro do mundo não trazia felicidade nem alegria. Mas um amor sincero e desinteressado era o principal na vida, ter saúde, filhos, uma casa alegre e o fogão sempre aceso. Isso demonstrava mais alegria na vida do que ter uma montanha de libras no banco.

— O pior na vida é ser o guardião de uma fortuna. Você me entende, não é, Hannah? — dizia Elizabeth. — Você tem que viver uma vida normal, e a vida é uma só! Não importa o tamanho da herança, o que importa é que ela não pese na sua vida, que não dirija os seus dias e seu futuro. É você quem escolhe seu futuro e sua felicidade.

Sebastian passou das cocheiras para a administração das terras, e depois de toda Mentmore, até que, em 1878, com 27 anos, Hannah Rothschild casou-se com Archibald Phillip Primrose Rosebery.

Lorde na Câmara, jovem, inteligente e atraente, o quinto conde da dinastia Primrose herdara, em 1868, os títulos de lorde Dalmeny em Eton e as propriedades na Escócia e Epson. Apaixonou-se por Hannah porque, ao contrário de outras herdeiras, ela era simples, humana e diferente. E, ainda mais, mulher meiga e delicada, mesmo sendo uma Rothschild!

O casamento foi comentado nas altas-rodas do Parlamento: a filha órfã do barão Meyer Rothschild, herdeira de uma imensa fortuna, bonita, delicada e excelente amazona, unia sua vida ao jovem político mais promissor da época, excelente orador e frequentador assíduo das corridas de cavalos. Tudo isso com o apadrinhamento de lorde Disraeli, que os apresentara.

Quando Sebastian Clair veio de Mentmore viúvo, sem sua Elizabeth e disposto a ajudar Hannah em Berkeley Square, lord Rosebery colocou uma série de obstáculos. Queria cortar os laços de sua mulher com o passado e comprou para Sebastian um pequeno sobrado, em Reeves Mews, a quase seis quarteirões de sua casa. Ele era um homem forte e queria continuar trabalhando.

Conhecia tudo sobre castelos, era educado e sensível e, com o tempo, havia adquirido refinamento e bom gosto.

Sebastian Clair estava disponível, e Hannah queria empregá-lo com pessoas que reconhecessem seus predicados.

Com Michaela e os Hirsch ele teria mais uma motivação para viver, cuidaria de tudo com atenção e ainda poderia participar mais de perto da vida de Hannah e de seus filhos.

Era o mordomo que Michaela sonhava em encontrar para Clara.

E foi com essa grande ajuda que tudo ficou pronto. Ele organizou o rol de roupa, compras, trabalho do jardineiro, horário de serviço, treinou Manoela como copeira e ensinou os truques de uma cama bem-arrumada. As fronhas e lençóis repassados com o ferro aquecido na brasa na própria cama, borrifados com água de lavanda. As salas de banho com toalhas quentes junto às tinas de água, sobre as quais estaria um ramo de flores secas, guardadas desde a primavera num local chamado de *scullery*, a sala de jardinagem.

Sebastian Clair era tão apaixonado por seu trabalho que treinou os criados em todos os detalhes. Examinava tudo e, antes de Clara e o barão chegarem, tinha uma tabela escrita num grande quadro-negro, com os afazeres diários anotados e um sino de cobre sobre o nome de cada empregado da casa.

Planejou com eles como deveriam servir, comprou talheres especiais para cada tipo de iguaria e demonstrou como se comportar diante dos patrões.

Apenas um senão acontecia na casa. O mordomo implicou com o tempero forte da cozinheira, Amélia. Mas Michaela adorava. A casa com o aroma das comidas feitas pela portuguesa lembrava Mongibello, e com o tempo, pensava ela, Sebastian passaria a gostar. A comida dos ingleses era um horror, e ela escreveu para a mãe em Taormina.

— Mãe, me mande sua receita de cordeiro e das berinjelas, pois aqui em Londres tem um mercado tão grande que até o nosso limão eu encontrei. Tem azeite verde em galões, e às vezes berinjela e tomates. E até pimentões. Tudo trazido da costa da Espanha ou de lugares quentes. Não esqueça, me explique tudo, pois quando Clara chegar eu quero lhe fazer uma surpresa no Shabat e repetir seu jantar. E, é claro, sem nossos figos-da-índia e nossos doces de laranja-siciliana.

Logo cedo, Jeremias, o cocheiro, costumava ir ao mercado de peixes, e lá iam também Amélia e Michaela. O mordomo aconselhava a portuguesa:

— Para uma boa cozinha, Amelie — ensinava Sebastian —, é necessário que sejam feitas boas compras. E, vocês duas, comprem com atenção e amor. Cada peixe tem que ser encarado como uma preciosidade a ser degustada. Então, tem que ser escolhido com atenção. As guelras vermelhas, os olhos brilhantes. O perfume do mar.

E Amélia entrava na carruagem e reclamava com seu marido, naquele sotaque carregado.

— Quem esse "lorde" pensa que é? Algum conde das quintas de *don* Alfonso? Vou já mostrar a ele o que é a nossa comida. Deixe o patrão chegar. Ele vai se regalar. Com nosso tempero, com azeite, alho e cebola... Ai, minha Virgem. Dai-me paciência com todos esses ingleses! — E voltava a resmungar tudo novamente...

O cheiro de maresia das algas que embalavam os peixes no barulhento Fish Market trazia para as duas mulheres memórias distantes, lembrava o mar, o sol, o vento e a brisa perfumada, e ali ficavam horas, procurando, de cesta em cesta, um peixe cá, outro acolá, conversando com vendedores e pescadores, trocando ideias sobre receitas e temperos.

Amélia introduziu na culinária da casa o peixe salgado e ressecado, com um cheiro terrível. Michaela reclamava.

Esse *cod fish*, que os ingleses vendiam por *pennies*, pois era coisa de marinheiro, era uma iguaria ímpar nas mãos da cozinheira. Para esconder o forte odor, ela colocava os pedaços na prateleira mais alta do quarto de jardinagem, em tinas de barro, e trocava de água algumas vezes por dia, durante três dias.

Depois de *demolhado*, o peixe inchava, e a carne, muito branca, era temperada com ervas secas, azeite e alho, e ia ao grande forno de lenha, por muitas horas, num tacho tampado.

Esse prato tornou-se famoso até nos jantares que os Hirsch deram depois de sua volta de Beauregard. As tinas de barro iam diretamente à mesa, numa sala cor de limão, com pratos sicilianos e panelinhas de cobre com arroz ou batatas *aos murros*. Tudo vinha acompanhado de pequenas molheiras, com pimentas do norte da costa africana.

Michaela escreveu para Anna Varsano contando de sua nova casa, porque ela sentia ser parte dela, da reforma, da decoração que havia feito, das receitas de Amélia, de Sebastian, de sua amiga Hannah de Rosebery, *née* Rothschild, e de suas crianças.

Escreveu sobre a chegada de Clara e Maurice, a surpresa e a alegria que tiveram ao ver no que havia se transformado a velha Town House, e o que a baronesa lhe havia dito depois de alguns dias morando na nova casa:

— Micha, estou tão feliz aqui que não penso em ir morar em Piccadilly. Para quê? Mais empregados, mais trabalho e movimento... Para receber reis e príncipes? Só na cabeça de Maurice mesmo... Ele não tem tempo para viver, para uma vida particular, está sempre amarrando uma coisa na outra — continuara ela, olhando o lustre de flores de Murano que Michaela acendia vela por vela. — Esta casa, Micha, tem uma aura diferente de todas em que já vivi. Parece cheia de alegria, tem a luz e as cores que me levam para um lugar ensolarado e quente. Tem muito de você e de Mongibello. Foi você quem a deixou assim... E eu quero lhe dizer que foi o melhor presente que já recebi em toda a minha vida! Que foi a melhor demonstração de afeto que já recebi. Chegar a este lugar, que era tão triste e abandonado, e, como mágica, vê-lo transformado numa casa plena de perfumes, de um fogão que mantém o lume, com lençóis delicados, a mesa posta e todas as coisas no seu devido lugar...

Michaela sorriu e suspirou. Clara lhe deu um abraço, beijou-lhe a fronte.

— Sabe, minha querida — falou a baronesa, rindo —, você pode até se casar agora! E com os melhores partidos! Com essa experiência e refinamento, poderá facilmente comandar uma casa ou palácio com habilidade e gosto. Mas, antes disso, vamos começar a procurar um desses partidos, não é, minha querida?

— Partido de quê? — perguntou, distraída.

— Micha, você acha normal uma mulher feita, jovem e linda, como você, viver trancada nesta casa? Ficar aqui cuidando de tudo, e, ainda mais, das contas e verbas da Alliance, das coisas que Maurice lhe empurra para cuidar, não tendo vida social, sem amigos! Afinal... Hannah

Rosebery é mais velha que você, é uma mulher casada, com filhos, e você sabe como é o marido dela, um pouco ciumento do tempo disponível dela. Vamos encontrar novas amizades para você, festas e reuniões, para que saia desta casa e veja o mundo lá fora também!

Agora Clara falava como Maurice, que costumava falar com Lucien.

Ela não havia percebido, ou fingia não perceber, que tudo para Micha havia mudado desde aquela viagem a Paris. Clara não mais falava de Lucien como antes: "Você adoraria conhecer o meu Lucien."

E nem havia comentado se ele havia aparecido em Beauregard.

Era como se o assunto Lucien Hirsch não mais importasse para ela.

Ou não estivesse mais ao seu alcance.

Mesmo depois de tantos elogios recebidos de todos os visitantes e amigos que haviam visto tudo que Micha fizera para agradar os Hirsch, Clara nunca mais comentou sobre a amizade entre o filho e a siciliana. Isso parecia sem importância ou um caso a ser esquecido.

E Michaela, desde que havia conhecido Lucien, não o tirava da cabeça. Sentia a presença dele em qualquer vulto que passasse na porta de Berkeley Square. Esperava ansiosamente que Hannah lhe entregasse, através do muro do jardim, o envelope pardo que vinha de Paris, recebido semanalmente, desde que ela estivera na Rue de l'Élysée. E, quando subia para o quarto dele, deitava na cama de baldaquim azul e beijava suas cartas, o cachecol com o perfume dele e relembrava cada minuto vivido na Rue l'Élysée.

Ele lhe escrevia constantemente, e, desde que ela confiara a Hannah seu segredo, era para o endereço de sua vizinha que as cartas iam.

As cartas eram promessas de amor, desabafos pessoais, intimidades e pensamentos.

Hannah, mais velha e experiente, aconselhava:

— Conte tudo a Clara; ela irá entender e ajudar vocês dois, minha querida. Ela é mulher e mãe, e gosta de você, Micha. Reconhece seu valor, é uma mulher muito simples; toda mãe quer a felicidade do filho, e você fará Lucien feliz!

Mas a siciliana sabia de antemão que não seria tão simples assim, o barão tinha sonhos altos para o filho. De casá-lo com uma inglesa ou francesa, uma daquelas que frequentavam as altas-rodas e festas, como a tal *lady* Tennant, que caçava e se vestia com Worth, e que era independente.

Como Clara iria convencê-lo a receber em sua família uma nora, uma pobre siciliana, filha de um farmacêutico sem farmácia, sem título, sem casa e sem dote? Ele jamais aceitaria, ela tinha certeza.

Sabia também que Lucien havia tentado conversar com o pai sobre o que sentia por ela.

Durante jantares de pai e filho, em Paris, entre um vinho e um conhaque, Lucien tentara lhe falar sobre Michaela. Mas ele ignorava o assunto, como se ela fosse apenas mais um troféu conseguido pelos Hirsch, ou uma irmãzinha, que Clara havia encontrado para substituir a verdadeira filha morta prematuramente.

— Casar com Micha? Mas de onde surgiu essa ideia em sua cabeça? Você tem outras candidatas à sua altura, meu filho! — Ele piscava, levando como uma brincadeira. — Ela é linda, roliça e desejável, deve ser uma ótima parideira e também quente na cama, como todas as sefarditas italianas. Mas, para casar, tem que ter estirpe, entende? Cama é uma coisa, e casamento é outra! Não se esqueça de quem você é, e tudo que tenho será seu, mas netos têm que ter sangue para continuar nossa linhagem!

E, depois de cada encontro entre pai e filho, vinha outra carta de Lucien, arrasado.

O barão, quando estava em Londres, tratava Michaela da mesma maneira, gentil e interessado. Contava-lhe que havia visto Lucien, e que ele estava feliz, pois se apaixonara por fulana de tal e era correspondido.

Um dia era uma francesa, outro dia era uma austríaca, outro era uma inglesa, uma tal de *lady* Katie Lipton ou de *lady* Mary Archer, que vivia agora em Paris, nas altas-rodas francesas.

Clara ficava curiosa para saber quem era essa paixão de seu filho, e Maurice sorria.

— Querida, isso é entre homens. Ele tem suas aventurazinhas por todos os lugares. Homem é homem... Não se impressione se seu filho é igual aos outros e, afinal, ele frequenta todos os tipos de sociedades e encontra todos os tipos de mulheres! Boas para cama e boas para casamento, e com educação e berço! Temos tempo, ele deve aproveitar, é homem, e mulheres não faltam!

Clara, calada, entendia o veneno lançado por seu marido, e este, ingenuamente, olhava para testar Michaela.

— E a nossa Micha... Clara, já arrumou um bom partido? — perguntava com ar de interesse.

Michaela havia economizado seus últimos salários, e Clara, sempre com sentido de proteger o futuro da siciliana, abriu-lhe uma conta no Banco Bischoffsheim & Goldschmidt, onde tinha suas próprias ações.

Ela ganhava para cuidar da contabilidade mantida pelo barão, relativa a todas as despesas particulares, e diariamente verificava o balanço dessa conta e anotava tudo no livro-caixa. Passava todos os valores para o banco, mas sempre sem revelar qual era o tipo de despesa.

Maurice de Hirsch não levava conversas de homem para serem discutidas com Clara, e nesse ponto o assunto era entre homens.

E não queria mais discuti-lo.

Continuava a tratar Michaela como sempre o fizera e dava a entender a Clara sua preocupação com a moça, que deveria arrumar logo um partido para se casar.

Não entendia que Lucien poderia realmente amar uma mulher; ele era assim, desapegado de tudo, de negócios, de vida social, e casaria apenas quando ele, como pai, aprovasse sua escolha.

E, quando o barão falava, tudo era uma ordem...!

XIX

O TEATRO GREGO

Taormina, 13 de janeiro de 1886.

Meu querido Alberto,

Há três meses, meu pobre pai, Rafaele Cohen, foi enterrado aqui, perto de Mongibello, mas não tenho coragem de visitá-lo.

Nunca imaginei ficar enlouquecida de saudades, como estou hoje, agora, nestes dias e meses.

Olho para sua cama, a cadeira, vejo-o ali, com os olhinhos risonhos, ou balançando a cabeça, como sempre, me censurando...

"Não me engane, Anna", como dizia, rindo das minhas desculpas quando eu me agarrava às costuras, para o tempo passar depressa, ou me esconder das tristezas. "Você não arruma tempo para você... e *per che*? Fica dia e noite pensando nos moldes, nos bordados, com esses trapinhos enrolados nos dedos, e a vida vai passando, passando... Vejo rugas em você, minha filha. Saia daqui... vá para perto de seu marido... O tempo corre, eu não posso mais, minha terra é esta, mas você... Tem que ir, e logo, filha... Vá, arrume logo suas coisas..."

E hoje vejo, meu querido Alberto, que estamos afastados há três anos, e longe de nossa filha... E mais parecemos estranhos. O que vai ser de nós?

Hoje, arrumando tudo, encontrei uma carta que meu pai lhe escreveu e não enviou. Falava do nosso futuro, de você, e de Michaela, como se despedindo de todos nós... com carinho, de Mongibello, do teatro, da visão do mar, da joalheria, dos seus sonhos, de minha mãe, de minha avó. Dizia que sentia saudades delas. Pobre papai...

Não reclamou nunca de dores, queria andar até o teatro, e colocava o seu boné todas as tardes. Fingia que comia tudo o que estava no prato, e a comida desaparecia. Beijava minha testa todas as manhãs, olhava nos meus olhos e me agradecia, depois que eu lhe servia refeições.

"Estava tudo delicioso, filha, obrigado", dizia, fechando os olhos e esperando que o acariciasse.

Fingia que ainda era forte, mas só conseguia andar até o galinheiro... E lá ficava por horas até começar a escurecer, sentado... Pensando, às vezes falando sozinho.

Muitas vezes, até achei que rezava, escutando ao longe um cântico. E, da janela da cozinha nova, tentava entender o que ele falava. Depois ele voltava, refeito, assobiando, de peito estufado, como se tivesse percorrido todas as colunas do teatro e subido todos os degraus do anfiteatro.

"Mas que tarde linda...", vinha ele falando. "Anna, saia dessa sala, saia um pouco para tomar essa brisa do mar. Venha ver quanta gente subindo para o Teatro Grego, venha ver a vida aqui fora!" Era ele me tirando dos maus pensamentos...

À noitinha, sentava-se ao meu lado enquanto eu costurava ou fingia entreter-me com os almanaques. Ficava na penumbra, olhando para o que eu fazia, ensaiando algumas palavras para quebrar o silêncio. Suspirava, ou tossia, ou pedia licença para contar alguma coisa.

"Você pode escutar agora uma história... filha?"

Eu levantava os olhos, às vezes até impaciente, que Deus me perdoe por ter sido impaciente com ele, e mal respondia, assentindo com a cabeça e pensando: ele vai falar outra vez sobre a nossa religião, sobre a família de Baruch Isaak Cohen... Da origem deles em Toledo, pelos idos de 1500, do que sempre escutou de seu avô... Três séculos e meio se passaram... e tenho que escutar novamente a história sobre a Inquisição, sobre a fuga para Portugal, da mudança de nome de família, do batismo forçado, das perseguições e torturas que sofreram, da família dispersa, dos ensinamentos de pais para filhos...

Eu, meu querido Alberto, naqueles dias, tentando entregar minhas encomendas, com tanto trabalho a fazer... Pobre papai, eu não tinha sequer um momento de atenção, de carinho com ele.

Como me arrependo do que fiz...

Mas, nas últimas tardes, pareceu-me que a memória de meu pai havia clareado, apesar do seu cansaço. Ele conseguiu falar horas a fio, sentado junto à mesa, e com as mãos trêmulas foi usando tudo que encontrava sobre ela.

Formou um mapa, usando botões, carretéis e alfinetes, e eu não entendia o que ele queria fazer quando tirou tudo que eu usava para trabalhar do seu devido lugar e suspirou. Pediu minha atenção.

"Olhe aqui, filha, o que eu quero ainda entender deste mundo... Lá estava Sefarad, o reino de Isabel e Fernando", dizia ele. "E à sua esquerda, logo abaixo, estava o reino de Portugal de *don* Manuel. À sua direita, este monte é a Sicília. Subindo, temos Veneza e o Império Austro-Húngaro. Da Sicília para a direita, vem o mar Egeu, e lá embaixo é que está seu marido, em Salonica, no Império Otomano. Por que o mundo tem que ser dividido por impérios e reinos?", perguntou ele enquanto mudava os alfinetes de posição. "Por que os impérios e reinos se julgam tão poderosos e julgam a nós, os homens, como se os reis fossem investidos por Deus? Por que temos que amar nosso Deus, e não 'O Deus', que é único para todos nós? Será que esses homens que se julgam tão importantes, que tomam conta de nossa vida e da nossa morte, não descobriram ainda que tudo é tão simples? Que para amarmos a Deus não precisamos de intermediários, de livros, ou do que eles dizem ser a palavra Dele, os sacerdotes e teólogos, os reis e rainhas, sultões, santos, profetas... Seria tudo mais simples se eles livrassem Deus dessa corrente que prende Seu Nome a igrejas, a reinados, a relatos imaginosos de revelações e milagres... Poderíamos assim viver livres, como pássaros, se nada disso existisse, minha filha", disse ele em lágrimas. "Teria sido tudo tão bom... Sem livros que nos ditassem intolerância, ódio, escritos mentirosos, delações em nome de Deus e todos os escritos... Os que falam de seu Filho e de sua Mãe...

"Não teria havido perseguições, inquisições, autos de fé, carnificinas, tanta brutalidade e sangue derramado, tudo em nome d'Ele, a falácia de que só os que se intitulam seus procuradores são dignos de vê-Lo, de ouvi-Lo, de proclamar com a boca cheia o que Deus lhes falou, e de que só os que obedecem e seguem cegamente a esses arautos merecem o paraíso. Eu tentei por toda a minha vida ser bom, honesto, Anna. E procurei sempre trabalhar, ajudar nossos vizinhos, os esmoleiros, dividindo sempre o que de mais eu recebia com os mais pobres, como Alberto também, que por anos trabalhou naquela velha cozinha, fazendo remédios para tanta gente que não podia pagar por eles na farmácia do Galliani. O que foi que ele ganhou, minha filha? Nem o nosso Deus nem o deles reconheceu, ou ajudou, ninguém veio ao seu auxílio, ninguém fez justiça! Sabe por quê, minha Anna? Porque Deus não está conosco para reconhecer nossos atos ou nos ajudar, somos nós que temos que tê-Lo conosco. Ele não vai aparecer ou falar comigo, como nunca falou com alguém. Somos nós quem falamos com Ele, que O descobrimos em tudo, nos nossos pensamentos, nas nossas atitudes, até nas flores, nas pedras, nas árvores. Em tudo que vemos e sentimos, pois Ele está em tudo que amamos. Ele é o Amor. E para o Amor", falou, desmanchando todo aquele mapa, amontoando tudo no centro da mesa. "Nós não precisamos de intermediários, minha filha... Nós todos precisamos de tolerância e de bondade. E é disso que a Humanidade deveria se alimentar..."

Penso todas as tardes em suas palavras, e as tenho em minha memória como uma oração.

Como as orações do Shabat, que minha avó me ensinou, e agradeço hoje por entender, por poder amar e não esperar mais que os intermediários me digam como devo fazer para ser digno de amá-lo. São muito mais fortes os laços que tenho hoje com meu pai. Tenho orgulho de quem ele foi, admiração por seus pensamentos.

Hoje o sinto aqui ao meu lado em todos os momentos, ajudando-me a aprender, a entender o que realmente fazemos e qual será nosso papel neste teatro que é a nossa vida.

O seu velho cachecol, seu boné e bengala ainda estão na cadeira da frente. É como se ele ainda fosse pegá-los e sair para seu passeio, para respirar o mar que ele tanto amava. Hoje escuto as ondas batendo nas rochas aí fora, e elas são as minhas únicas vozes... Vejo, meu querido Alberto, as colunas do teatro e lembro-me da minha infância, no meio daquelas ruínas, do meu palco, do céu girando, de você tão jovem e cheio de ilusões, vestindo o sobretudo verde, subindo para Mongibello pela primeira vez, com o cesto, e vejo ainda quando você se foi, com as malas amarradas na charrete do velho Giovanni. Vejo quando nos despedimos de Michaela, e ela se foi para a Baviera...

Depois foi ele, meu pai querido. Subiu devagar, com sua bengala, com seu boné e a respiração ofegante. Disfarçando o cansaço, assobiando nas pequenas paradas que fazia, olhando o céu e rabiscando a terra com a ponta da bengala e, finalmente, chegando ao centro do teatro para alisar aquelas pedras, para esquentar os seus ossos com os raios do pôr do sol. E de lá, como numa última cena, no centro do anfiteatro, deitado, com os olhos estatelados para o céu azul, ele se foi.

Foi seu corpo que desceu em direção ao Giardino, dentro de um caixão de pinho, e ele nunca mais vai voltar. Mas sua alma, tenho certeza, ficou lá.

Foi Giovanni quem o levou...

No início, quando ele chegou à nossa porta com a charrete e o caixão vazio, e me encontrou com Giovanna, arrumando e limpando o corpo, não se conformou. Mas depois entendeu que não poderia chamar o padre de San Nicolò. Não houve rezas para ele; as vizinhas não quiseram entrar sem o padre. Não havia flores, nem ninguém para me confortar. Eu estava só, e só continuei.

Meu pai levou com ele apenas seu xale de rezar, mas um pedaço daquele pano com franjas carcomidas eu guardei comigo.

Fiquei do lado esquerdo do seu corpo, como ele havia ensinado quando minha avó estava sendo enterrada. E também cortei a minha blusa e me despedi dele. Ele morreu onde queria, na sua terra, a terra que nem sua era, morreu em Taormina, morreu escondido de todos, sem uma única vela, um lamento, uma oração, uma homenagem, um amigo, um *Kaddish*. Ele se foi, sem o corpo lavado e preparado da maneira como seus ancestrais ensinaram para encontrar o Eterno.

Esse é o preço que pagamos por estarmos aqui, como aves de passagem.

Lembro-me apenas de Giovanni jogando a terra sobre seu corpo, o barulho das pás de terra sobre o caixão de pinho, e eu com a cabeça coberta com o xale de minha avó, lembrando-me apenas de sua expressão inerte no meio do teatro.

Pobre papai... Ele ali de frente para o Etna, com os ciprestes ao seu redor e eu.

Em silêncio, prestamos uma última homenagem ao último homem judeu nesta cidade.

Ao guardião do teatro, das memórias de seu povo, das artes das cadenas de seus avós.

E, como num último ato de teatro, na sua lápide vou escrever:

Aqui descansa em paz
O grande homem
Amado pai, sogro e avô,
O joalheiro
Rafaele Cohen de Taormina
1819-1885
Saudades da sua
Anna

Post-scriptum:

Toda a cidade soube, com certeza, da morte de Rafaele Cohen, mas ninguém veio falar comigo, além de Giovanni e Altanario. Não vejo o dia de estarmos os três novamente juntos. Sinto muito a falta de vocês. Estou arrumando tudo para embarcar no próximo vapor, assim que tiver notícias suas e de Michaela.

Por favor, Alberto, avise David para dar a notícia a Michaela. Eu não poderia enviar um telegrama, pois ela ficaria muito chocada com a notícia. Escreva-me muito em breve, pois estou desesperada sem receber notícias suas há tanto tempo.

Te amo.
Anna

Em Taormina, Anna Varsano vestia luto, como todas as viúvas e órfãs da cidade. Sentada em sua mesa de jantar, coberta com panos e alfinetes, ela remexia os bolsos de seu casaco à procura de um envelope.

Havia recebido no fim de dezembro uma carta de sua filha, postada em Paris. E essa carta era lida e relida todas as noites e dias. Não conseguia entender o que se passava realmente do outro lado do mundo. Como mãe, Anna tentava perceber os sentimentos de sua filha e o mundo em que ela vivia. Michaela estava, no seu íntimo, triste e desamparada, confusa e só.

E ela, em Mongibello, tão longe, com o vento batendo em suas janelas, uivando com a fúria do inverno lá fora, os olhos fixos no fogo crepitando na velha lareira, com o envelope nas mãos.

Anna Varsano sonhava acordada com sua Michaela. Pensava naquela moça alegre de olhos verdes, na sua voz de cotovia, suas mãos delicadas e habilidosas. Ela também havia crescido e já não deveria ser a mesma, a aluna brilhante dos Bongiovanni, que chegava em casa como um raio de sol. Agora, pensava ela, minha pequena é uma mulher, sofrendo por amor.

Nesses três anos, ela havia perdido o seu lugar em Mongibello.

Havia crescido sim, e muito, como nenhuma de suas colegas da escola jamais poderia sequer sonhar. Mas, naquele momento, ela sentia que aquele lugar onde agora vivia, em Paris ou em Londres, não era, não seria seu lugar no futuro. As pessoas ali, com toda a educação, cultura e dinheiro, não eram mais felizes que eles quatro o foram naquela casinha em Taormina.

Ela havia escrito que não sabia explicar, que não tinha como comparar, mas ela era como a nata do leite que não tinha sabor, aquela que ficava atrapalhando na xícara, "entende, mama? Não serve nem para fazer creme, pois é muito pouca e não se integra no leite, pois virou nata".

Pensara muitas vezes em voltar para a Sicília, mas para fazer o quê? Também lá não seria mais seu lugar.

Quem ela havia se tornado?, perguntava-se.

Ir para onde, fazer e viver como?

Sou uma estranha aí e também aqui, escrevia a pequena Micha.

Não era nobre nem rica, mas também não era a pobre siciliana com a saia cinza de alpaca e sapatos remendados que chegara em Planegg, na Baviera, para estudar na escola do mestre Kastelli. Não queria nem podia ter ambições, nada podia planejar. Já estava na hora de decidir, pois sentia ultimamente que, naquela casa, iria se tornar como a nata do leite, explicava ela.

Havia se apaixonado e amava profundamente Lucien Hirsch, e era amada por ele, mas não via perspectivas para planejar seu futuro. Tudo estava se complicando, e ela não sabia mais como explicar esse sentimento.

Hannah de Rosebery, sua amiga conselheira, dizia que tudo era passageiro dentro de sua jovem cabecinha, e, afinal, ela tivera a grande sorte de ter tido Clara Hirsch como tutora em sua vida.

— Imagine, então — dizia a Michaela. — E se você nunca tivesse pintado aqueles pratos com limões? Tire proveito da inteligência de Clara Hirsch, da sua percepção do mundo, do seu caráter íntegro, tudo nela é um exemplo. Ela é especial e será a única entre as nossas mulheres que tem a força interior para clamar contra qualquer tipo de adversidade. Ela é a *barrroonesa* — brincava Lady Rosebery, imitando o barão. — Ela decide o fim das coisas... Você não entendeu ainda, Micha?

Mas, aos olhos e à percepção de Michaela, Clara havia cumprido sua missão e estava desinteressada e triste ultimamente. Além disso, havia tantas obras para cuidar que qualquer coisa relativa à siciliana era algo de menor importância, e seria mesmo, pensou. Discutir assuntos pessoais com ela, naqueles tempos horríveis, quando o mundo estava de ponta-cabeça? Isso seria coisa de *haute bourgeoisie*, como lhe escrevia Lucien.

Tanta gente infeliz no mundo, famílias inteiras na miséria, no frio, sem saúde, sem dinheiro, vagando em busca de um trabalho, de um pedaço de pão, gente perseguida, espoliada de seus bens, judeus assassinados diariamente pelas forças do czar da Rússia, os *pogroms*, os guetos, o cinismo político dos franceses, a paranoia antissemítica dos alemães, o jogo das grandes potências, as caricaturas e acusações antissemitas de Edouard Drumont, no jornal *La Libre Parole*, as edições mentirosas e perigosas da *Bonne Presse* e do *La Croix*, tudo acontecia diariamente, e Clara de Hirsch, de onde estivesse, recebia todas as manhãs pastas de notícias, de pedidos, de documentos que a faziam passar horas, dias, madrugadas, sentada só em sua biblioteca, com as costas encurvadas, analisando, anotando e despachando documentos, verbas, pareceres, para entidades, famílias ou pessoas. Ela não tinha medo de nada, tinha uma percepção aguçada do que estava por acontecer ainda.

O pior está por vir, falava para si, muito cética, quando lia sobre os judeus que lideravam as finanças de toda a Europa. E ela incluída entre eles, que eram o alvo de ataque do jornalismo chamado "investigativo".

Diariamente eram atacados no jornal *La Libre Parole.*

Brotavam naqueles tempos notícias falsas como borbulhas, e os organizadores desses movimentos lotavam trens especiais para reunir multidões e lutar contra um trio satânico — os judeus, os protestantes e os maçons. Panfletos mentirosos eram atirados de portas de igrejas católicas e surgia na França da Liberdade, Igualdade e Fraternidade, quase cem anos depois, um retrato de ódio e inveja, de todos que não eram exatamente iguais, e isso vinha à tona como um vulcão.

"Uma nova Inquisição está para estourar de um dia para o outro", escrevia Clara, da biblioteca de Lucien em Paris, para Maurice, que estava na Morávia.

E, nas semanas seguintes, o *La Croix* novamente culpava o trio de suposta conspiração. O "trio do ódio", como era chamado, deveria ser *recristianizado.*

E assim a história se repetia, escreveu Clara.

"Temos premência em solucionar a causa russa, pois muito mais poderá acontecer. Aqui na França a situação é um barril de pólvora, que poderá explodir de um momento para outro, e em outros lugares também. Temo que tudo fique fora do controle. Nosso filho, Lucien, deixou de lado seus projetos pessoais, suas coleções e moedas, e já está envolvido até as orelhas no seu projeto. Tem passado seu tempo estudando dia e noite as possibilidades de, definitivamente, formarmos nossas colônias na Argentina, com o projeto encomendado ao doutor Wilhelm Löewenthal. A pesquisa das terras, condições e possibilidades que você havia requisitado foi completada esta noite. Nem conseguimos dormir. Lucien escreveu e releu tudo, para poder enviar a você.

"E como você previa, meu querido Maurice, o resultado dessa pesquisa, depois de todos estes anos, diz que os colonos russos para lá imigraram, e estão sob a custódia e explorados pelos senhores das fazendas, tornaram-se excelentes trabalhadores da terra. Apesar de as condições de trabalho serem as piores possíveis, explicou-me o doutor Löewenthal, ele ficou entusiasmado com a tenacidade e a força de vontade desses russos, e acrescentou ainda que, em pouco tempo, depois de negociarmos com o governo da província de Santa Fé, as terras estarão prontas para instalação das colônias.

"Vieram com o doutor Löewenthal o engenheiro britânico C. N. Cullen e o especialista belga coronel Vanvickeroy, que estudaram o solo e a viabilização do projeto.

"Todos eles, meu querido, aprovaram sua velha convicção de que essas centenas, possivelmente milhares, de pessoas que serão assentadas nestas colônias poderão no futuro tornar-se excelentes fazendeiros. Colhendo da terra seu sustento, formarão em pouco tempo um núcleo agrícola e industrial nas terras da Argentina.

"E serão homens livres, donos de seu sustento, de seus costumes, de sua religião, serão integrados na sociedade, educando seus filhos e progredindo numa parte do mundo onde não existe ainda intolerância e perseguições.

"Parabéns, Maurice. Você estava certo, e seu filho Lucien e eu sentimos muito orgulho desse trabalho e de sua luta para amenizar o sofrimento dos pobres e perseguidos."

Michaela vivia esses dias em Paris. Na Rue de l'Élysée, número 2, esquina da Avenue Gabriel. Ela acordava para a realidade e dormia com seus sonhos.

Via o mundo dos Hirsch e suas preocupações, dos Bischoffsheim, dos vizinhos Stern, dos Camondo, dos Pereire, dos Rothschild. Enfim, escrevia, era um mundo à parte. Era Paris, o centro do mundo, da cultura, das finanças, da elegância... Era como se vivesse numa aura dourada, com os olhos sempre velados por um tule, seu verdadeiro olhar se transformando e se escondendo. Via todos eles caminharem elegantemente pelo Faubourg Saint-Honoré durante o dia, encontrando-se nos saraus, nos restaurantes e cafés à noite, e escutava aqui e ali comentários desse ou daquele fato que acontecia na vizinhança.

Uma aura de riqueza e de incerteza circundava os magníficos palácios, construídos por aquelas famílias que não mediam detalhes e exigências.

Naqueles meses, existia uma aura negra circundando os quarteirões do Champs-Élysées. Os cobiçados herdeiros de muitas famílias viviam intensamente, entre a sedução e a tuberculose.

As damas, desfilando pelas redondezas do *faubourg*, muitas vindas da outra margem, em suas carruagens de cavalos emplumados, visitando ou indo às compras, podiam perceber grandes *maisons*, palácios particulares, com suas janelas fechadas. Havia tristeza circundando aqueles portões negros com gradil e meandros em ouro. Lá, encarcerados pelo bacilo de Koch, jovens herdeiros prendiam a tosse usando lenços de cambraia bordados com monogramas e encharcados de sangue. Jovens e donzelas, na flor da idade, respiravam ofegantes na penumbra dos quartos, entre dosséis de renda e ricas obras de arte. Ambientes escuros exalando éter e chás de aromas exóticos.

Naqueles meses, herdeiros viviam entre a sedução mundana e o pavor da morte.

Sarah Bernhardt era aplaudida às lágrimas com a sua *La Dame aux Camélias*.

O nome da doença era proibido. Falava-se de tudo nos jantares e recepções, menos da realidade. As senhoras comentavam aventuras familiares de tio Louis-Raphael Bischoffsheim e suas amantes, da modelo Nana, das Petit Bisch, dos salões e cabarés mantidos por ele, de seus prejuízos de homem rico e desajeitado. Vivia naqueles últimos anos presenteando mulheres com apartamentos na avenida de Friedland. Dizia-se que ele agora protegia Laure Hyman, inspiração de Marcel Proust para a personagem de Odette de Crécy, depois de ter sido... "Coitado do tio Raphael, enganado por Rachelle, a famosa *madame* Tartuffe, que o trocou por um certo amigo..."

Falava-se sobre tudo e todos naqueles dias tumultuados em Paris, desde os artigos infames de Drumont e seu jornal até os bálsamos e métodos curadores de bronquite.

De montanhas e das melhores praias, dos ares de Pau, de Grasse...

Ah, sim!, escreveu ela a Anna Varsano naquela carta: também das dietas de muito leite. Pomadas eram mencionadas como receitas de cremes para manter a pele rejuvenescida. Passeios higiênicos, ao amanhecer, eram receitados pelos médicos, e as cavalariças eram ponto de encontro de jovens herdeiros querendo demonstrar saúde. Cultivavam entre eles, como num clã, a confiança. Deveria persistir a ideia de que todos eram saudáveis, e nada os atingia. Todos rosados e bem nutridos. Havia sorrisos, brincadeiras e charme entre eles, mas tudo superficial.

O pavor do contágio por alguém portador do bacilo fazia com que se declinassem convites. O medo era resumido na ausência. E o mais sentido era a ausência de amor.

Pois foi naqueles meses, passados entre o número 2 da Rue de l'Élysée, o endereço dos Hirsch, e o número 11, da Place des États-Unis, o maravilhoso Palácio Trianon, a famosa residência de Ferdinand de Bischoffsheim, irmão mais querido de Clara, que a siciliana aprendeu a entender o mundo que Lucien tanto desprezava.

Além disso, Lucien de Hirsch, o jovem solteiro de quase trinta anos, era o próximo sucessor de toda a linhagem. Isso era um peso em seus ombros, onde recaía também a expectativa de seu tio Ferdinand e do restante da família. O futuro casamento de seu sobrinho, único varão primogênito, deveria ser o vínculo dos Hirsch-Bischoffsheim com uma família de coalizão importante nos meios nobres, políticos e sociais da França.

Isso calaria a boca de muitos intolerantes e de Drumont também. Cairia por terra uma de suas maldades escritas nos dois volumes de *La France Juive*: "De que o sangue nobre francês nunca se misturaria aos judeus..." Seria sua pequena vingança se Lucien pudesse realizar este seu sonho.

E Ferdinand Bischoffsheim procurava por uma pretendente, uma *demoiselle* de casta nobre, mas, como a maioria, de família falida financeiramente. E, como existiam muitas jovens marquesas, condessas e até princesas procurando loucamente um marido, um *financier* de preferência, isso era uma tarefa fácil.

O grande banqueiro buscava nos salões elegantes de Paris uma *petit comtesse* para Lucien Hirsch como se fosse para seu próprio filho.

Lucien odiava ouvir qualquer referência a esse respeito. Seus olhos azuis ofuscavam como raios, e, impaciente, ele enrolava seus bigodes cor de trigo, tentando manter-se de maneira mais respeitosa possível à mesa naqueles jantares intermináveis. Depois discutia com Clara durante todo o caminho de volta do Trianon, até o portão do jardim da Avenue Gabriel. Muitas vezes eles eram vistos no jardim, no sereno, discutindo em voz muito baixa, por horas a fio, para não serem escutados dentro de casa. Lucien sempre tinha um argumento dentro da família.

Para ele, nenhum homem era um exemplo. O próprio Ferdinand de Bischoffsheim não poderia servir como tal, pois havia se casado por amor com uma nova-iorquina chamada Mary Paine. Havia enviuvado fazia anos, e depois, com a morte de seu primogênito Jonathan, vivia triste e não conseguia superar essas perdas.

Mas naqueles últimos meses, com tantos acontecimentos mais importantes para resolver, o velho banqueiro não tocava mais no assunto, sobre a caçada à *petit comtesse* e a sucessão da família.

E foi o próprio Ferdinand, para sua surpresa, quem encorajou o jovem Lucien. Ao conhecer *mademoiselle* Varsano, logo nas primeiras semanas de sua estada na cidade, no fim do ano de 1886, chamou-o e comentou:

— Essa moça linda, a siciliana?... É dela que seu pai fala tanto? E acha que ela não é para você? Por mim... eu até renunciaria a um trono para não perdê-la — disse-lhe o tio, piscando-lhe um olho.

Lucien corou como um adolescente e sentiu a boca secar.

Naquela mesma noite, escondido no quarto de Michaela, com o coração em disparada, como um menino fazendo uma grande travessura, ele contou a boa impressão que ela havia causado ao tio Ferdinand. Imitava a postura e timbre de voz dele.

Os dois desataram em risos, e Lucien, sentado na cama de Michaela, colocou-a no colo como uma criança. Alisava seus longos cabelos soltos e beijava sua testa, suas faces rosadas de desejo e sua nuca longa e perfumada com jasmim.

Ele estava realmente feliz, e depois dessa aprovação sentia-se livre. Saíra um dos pesos de sua consciência. E agora ele sussurrava ao ouvido de sua amada. Tinha certeza de que não falharia, não decepcionaria seus pais e tios no futuro, e não atrapalharia os planos, o nome e o orgulho da família.

Por que deveria ser o responsável pela felicidade, o progresso e o futuro daquela família?, pensava ele. Uma família cujo nome constava, já em 1880, do *Dictionnaire Universelle des Contemporains* como mecenas das artes, da ciência, como doadores para a França da Biblioteca Científica, de observatórios astronômicos, escolas e equipamentos para descobrir novos astros e calcular sua órbita, estudar suas perturbações e rotas. Doadores de hospitais, estradas, portos. Somas incalculáveis em dinheiro eram enviadas aos quatro cantos do mundo, em nome deles, através de organizações. Enfim, todos os meses, milhares de francos eram doados e brindados nas festas em Paris. E, a cada brinde erguido que levantavam, cada vez mais inflamavam o sentimento de inveja e cinismo daqueles que, com certeza, nada fizeram pela França, mas escreveram, sob a capa do novo nacionalismo, muitas calúnias e infâmias sobre todos eles, os Bischoffsheim-Hirsch.

Lucien Jacques Maurice de Hirsch parecia um menino feliz naquela noite de janeiro de 1887.

Michaela, com seus cabelos soltos à luz do luar que penetrava nas grandes janelas do quarto da Rue de l'Élysée, parecia uma de suas esculturas de bronze da biblioteca.

Ele a acariciou, beijando todas as partes de seu corpo morno e dourado, e se amaram até o amanhecer.

Exaustos, adormeceram, e só acordaram, sobressaltados, ao escutarem a corneta do entregador do leite. Pé ante pé, Lucien vestiu suas roupas e despediu-se em silêncio, com um beijo e uma única promessa em sussurro.

Em abril, estariam juntos para sempre.

Naquela manhã, Lucien partiria para Bruxelas, e Michaela voltaria para a casa de Berkeley Square, em Londres.

E o ano-novo de 1887 era brindado com raios de sol.

Para Michaela e Lucien, aquela não era a hora certa para falar em casamento. Não era o tempo certo para preocupar a baronesa, para discutir com seu marido assuntos tão ínfimos, como a vontade de dois jovens apaixonados. Seria mesmo um absurdo tirar de Clara e Maurice de Hirsch a atenção e energia que dedicavam todas as horas do dia a uma causa maior, nobre e premente, e à qual apenas eles e poucos mais poderiam se dedicar. O tempo era escasso, e para eles o momento era de muita dedicação.

Era hora de salvar vidas, assentar milhares de pessoas perseguidas, ameaçadas, sem alimento, sem teto, sem esperança de sobreviver. Eles não poderiam ser perturbados por dois jovens apaixonados.

Naqueles dias, chegava para os Hirsch muita correspondência, muitas propostas de diversas sociedades judaicas e diversos projetos para a ajuda da imigração dos refugiados dos *pogroms* russos. Documentos que lotavam, naquele início do ano de 1887, a mesa da biblioteca da Rue de l'Élysée, como também a de Berkeley Square.

Michaela, nos tempos passados em Paris, trabalhava todas as manhãs na biblioteca, separava os documentos para a Alliance Israélite Universelle, recortava os jornais, lia toda a correspondência e preparava com cola de farinha e papel de seda as pastas para Clara e para Maurice. Ela lia tudo que chegava.

Eram demasiadas as perguntas que todos faziam ao barão, e todas remetiam a uma mesma resposta.

Para onde enviar os judeus russos? E o que fazer com os perseguidos? Quando teremos uma nação?, perguntavam todos eles...

Clara e Maurice tinham argumentos suficientes para debater as ideias de colonização da Palestina, amplamente discutidas nesses últimos anos nos centros culturais e de benemerência judaica em diversos pontos da Europa. Ambos tinham em mente, primeiramente, os russos: tirá-los de lá era uma emergência. Na sequência, esvaziar os campos de refugiados das fronteiras com a Áustria, e, para livrá-los imediatamente da opressão, a América. Sim, enviá-los para a América seria, no momento, a salvação.

E a cada dia o barão tinha mais certeza do que fazia.

Havia uma década ele devotava todo o seu esforço, seu dinheiro e seu tempo negociando meios para programar a reabilitação dos judeus perseguidos em diversos países, tirando-os de lá e colocando-os a salvo, com a preocupação em dar-lhes condições de vida honrada, estudos, uma educação mais condizente com aqueles tempos e treinamento para a ocupação produtiva das terras doadas às colônias.

Ele já havia gasto, desde 1881, chocado com as notícias dos *pogroms* e, consequentemente, com as leis absurdas impostas por Ignatieff, braço direito do czar, uma fortuna de dezenas de milhões de francos. Tudo para retirar os judeus de algumas partes da Rússia e atravessá-los para a fronteira austríaca.

Desde então, suas ideias de apoio e ajuda começaram a mudar. Não se poderia mantê-los como refugiados, como acontecia anteriormente, pois a emergência agora era de milhares de pessoas concentradas nas fronteiras e, o mais importante, que se dispersassem com a ajuda de entidades por todas as partes do mundo.

Deveriam ir para onde pudessem ter uma vida digna e produtiva.

Havia grupos querendo enviá-los à Palestina, liderados pelo precursor de uma ideia chamada sionismo: *Chovevei Zion*. Estava fora de cogitação na cabeça dos Hirsch.

Palestina não seria o lugar ideal para eles. O barão era um homem prático e de bom senso, e isso era público; nada poderia convencê-lo do contrário. Seria lindo — até Maurice de Hirsch havia um dia sonhado de olhos abertos com essa poderosa lenda chamada Palestina.

Seria louco ou insensível se não ao menos imaginasse uma nação judaica florescendo no berço de suas raízes, junto a Jerusalém, que fora construída por judeus. Construída junto ao templo, com tamareiras e campos verdejantes em pleno deserto, onde o leite e o mel alimentariam aquela infindável fila de milhares e milhares de refugiados. Mas acordava de seu sonho sobressaltado. Não havia terras para arar e produzir, o clima era inclemente, a vizinhança, bárbara.

— Fazer o quê na Palestina? — perguntava Maurice de Hirsch. — Amontoá-los sem estrutura, sem água, sem condições?

Muitos pensavam em caridade simplesmente, e muitos outros em se livrar do "problema judeu". Mas o barão havia passado os últimos anos tentando equacionar o problema.

Essas famílias deveriam ir para um lugar onde não houvesse um histórico de perseguições. Onde vivessem da terra, do trabalho, pudessem educar seus filhos, e que estes tivessem as mesmas chances que todos os outros, de se formar e se integrar na sociedade local. E que, através das gerações, sobressaíssem pelos seus esforços, tornando-se cidadãos. Integrados, eles nunca mais seriam um "problema judeu" — pregava ele nas reuniões da Alliance. — Não sou visionário nem filósofo, como esse moço bem intencionado, esse jovem chamado Theodor Herz. Mas me pergunto, como o fiz por diversas vezes: como enviar judeus da Rússia, judeus romenos e poloneses e toda essa multidão de velhos, crianças, jovens e doentes para se tornarem colonos sem ao menos terem feito uma prospecção nas terras da Palestina?

"Sem um projeto de escolha e compra dessas terras, sem a certeza de que realmente existe uma possibilidade de negociarmos essas terras com o governo local? Com o governo da Turquia Asiática? E, presumindo que possam existir concessões de terras, como está sendo aventado, qual seria essa área e, consequentemente, a importância de seu solo?

"Como enviar milhares de pessoas, sem a mínima infraestrutura, para colonizar um local, sem apoio, e cultivar o solo, semear e esperar pelas primeiras safras? De que viverão até lá? E qual será a garantia deles depois de terem construído, semeado e plantado? Será que colherão os frutos, ou serão enganados pelos vendedores e vizinhos dessas terras? Qual a certeza que terão de que, com tudo pronto, plantado, construído, os vizinhos não reivindicarão, expulsando-os de lá ou exterminando-os? Quem sabe? Ninguém aqui é cego, e qualquer um de nós poderá facilmente verificar que a agricultura não é o forte e não prospera em solo do império. E as razões são bem conhecidas.

"Eu admiro o espírito pioneiro dos 'bilus', dos jovens 'sionistas', admiro também o motivo dos nossos religiosos em sonhar com a volta ao solo da Terra Santa, da nossa Terra Prometida, da terra de nossos antepassados, da terra do Templo de Salomão. E ajudarei sempre que puder, mas não estamos criando esmoleiros, não se trata de ajuda, e sim de estratégia! — retrucava o barão quando tentavam convencê-lo.

"Querem mais um argumento, senhores? Tirando a falta de infraestrutura, solo, água, pensem na política também! Na proximidade física da Palestina com a Rússia, na possibilidade de cair nas mãos dos russos, que não é pequena. A Terra Prometida nas mãos dos arqui-inimigos dos judeus. E essas negociações estão acontecendo diariamente. Está escrito em todos os jornais, nas entrelinhas: se Constantinopla cair nas mãos dos russos... Os ingleses não fazem nada por acaso — falou o barão, inflamado, num dos discursos. — E já estão preparados há tempos. Escolheram o seu território de segurança no Oriente Médio caso isso aconteça. E devemos imaginar o motivo pelo qual as tropas inglesas estão no Egito. Será que eles gostam do clima?

"Na possibilidade de uma bancarrota ou de uma queda do Império Otomano, e mesmo que isso não venha a acontecer nos próximos vinte anos, como poderemos negociar com eles, comprar os direitos da terra, pagar por ela o preço pedido e acertado, e, depois de tudo concretizado, por um ato qualquer, o governo de Abdül Hamid — como lhe é sempre de direito, e muito comum acontecer —, de uma maneira sempre sorrateira, mudar de política, vindo tomar de volta aquilo que pertence ao seu império por direito? Qual de vocês já negociou com a Sublime Porta? Qual de vocês teve um sultão em seus negócios mudando de ideia?

E ninguém melhor do que Maurice de Hirsch, ou o "Türkenhirsch", como era apelidado nos meios financeiros internacionais, para sentir na carne as cicatrizes causadas por contratos e negócios feitos com o Império Otomano. Eles, em 1887, ainda eram os donos do lugar. Eram eles também os senhores das terras da Palestina havia mais de quinhentos anos! E os turcos são, nos dias de hoje, os melhores atores do Teatro Grego!

XX

LUCIEN DE HIRSCH

Fim de janeiro de 1887.

Numa manhã extremamente fria e triste. Em Berkeley Square, número 12, o mundo parecia correr sobre carretéis, o fogo crepitava em todas as lareiras. Pois tudo amanhecia igual com o *fog* londrino, e apenas uma luz fraca iluminava a janela de uma das salas da casa dos Hirsch.

Michaela havia voltado de Paris e se concentrava nas contas àquela hora da manhã, uma pilha de documentos a esperava.

Ela estranhou quando uma carruagem parou à porta da casa. Não havia ninguém para ser recebido, e nunca imaginaria uma visita àquela hora. Talvez fosse uma chamada para a casa de Hannah.

Às vezes, lorde Rosebery viajava cedo, a serviço do Parlamento, ou fazia um passeio com os filhos gêmeos por algumas horas para entretê-los, como uma medida higiênica para que eles respirassem o ar puro da manhã e melhorassem das infecções respiratórias.

Mas, com aquele tempo maldito, pensou, quem se atreveria a pôr os pés fora de casa?

Ela mesma não suportava a umidade e vivia enrolada em seu velho xale rosa, com muita lenha na lareira, e não colocava o nariz para fora da porta.

Naqueles dias mesmo, havia saído, com vento e chuva.

— Até quando? — reclamava ela com Sebastian. — Logo estaremos entrando na primavera, *mister* Clair, e o tempo não melhora nesta sua maldita terra, e vocês ingleses com esse orgulho... De quê?

E ele ria do sofrimento da siciliana, que levantava as sobrancelhas e lhe piscava os imensos olhos verdes, sempre bem-humorada, com gestos e sorriso largo, tão diferente de sua Hannah, pensava ele.

Michaela havia ido, na tarde anterior, até a Oxford Street, à loja dos Neuhman, uma família que visitava nesses últimos tempos periodicamente. Eles estavam no ramo de roupa feita e chapéus na cidade havia tempos, tinham roupas boas e preços acessíveis para todos os bolsos, e muitas vezes reformavam um casaco ou trocavam a peça por uma nova.

Clara nem poderia imaginar que Michaela pudesse comprar num lugar daqueles, uma loja escura, mal-arrumada, onde havia armarinhos, tecidos e roupas de segunda mão misturados em prateleiras e gavetas com objetos de prata e até pequenas joias e enfeites para serem reformados.

Mas ela gostava dos Neuhman. Havia conhecido Esther Neuhman numa reunião da escola da Alliance, e ela lhe parecera amiga e boa pessoa. Uma moça ruiva de cabelos encaracolados, sorridente, com seu rostinho pleno de sardas e olhos muito vivos e brilhantes. Tinha um ar de moça que sabe tudo, sempre pronta a indicar ou ajudar a todos nas reuniões da Alliance. Eram judeus *askenazi*, e seus avós haviam nascido na Polônia, contou-lhe ela uma tarde. Vieram sem um *penny* e trabalharam muito até abrirem a primeira portinha em Rotten Row.

De lá para cá, todos ajudaram. Filhos e netos, e também os que vieram depois. Era a primeira vez que Michaela visitava uma família judia, com pais e avós, crianças, todos com costumes diferentes dos judeus da Sicília.

A casa dos Neuhman era nos fundos da loja. Uma sala escura sem janelas, separada por uma cortina de veludo desbotado, onde havia uma grande mesa para as refeições e um móvel apinhado de livros e objetos diversos. Ao fundo, uma porta separava a sala da cozinha e de um pequeno jardim.

Lá fora havia um banheiro, e uma estreita escada levava ao andar de cima.

A casa dos Neuhman na realidade ficava no primeiro e no segundo andares, segredou-lhe Esther. Meus avós usavam a sala e a cozinha para que a loja nunca ficasse descuidada. Depois foram alugando os quartos dos fundos do primeiro e do segundo andares e formaram assim uma casa completa. O que seria impossível para uma família apenas de comerciantes de coisas usadas: morar na Oxford Street.

— Lógico que moramos nos fundos — ressaltou Esther Neuhman —, pois as salas da frente pertencem aos escritórios de navegação da Companhia Sanderson, mas eu adoro o meu endereço.

Essa família tornara-se para ela o contraponto entre o sonho dos condes e barões e a realidade. Gente humilde, trabalhadora, e de uma alma tão caridosa. A mãe de Esther, uma senhora gorda de pele muito fina e rosada, recebeu-a na primeira visita com desconfiança.

Michaela era um ser tão estranho naquelas paragens que, para eles, era impossível ela ser uma judia, reclamou a senhora Neuhman.

— Tem certeza disso, Esther? Uma moça de pele morena, olhos verdes e cabelos lisos, com sotaque, e que não entende iídiche...! De onde ela veio, da Lua? — perguntou-lhe naquele dialeto que parecia à siciliana um alemão falado ao contrário.

Esther respondeu-lhe, envergonhada:

— E se não for... igual a nós, haveria muita diferença agora?

A senhora Neuhman respondeu negativamente com a cabeça, enxugou as mãos no avental e voltou para sua cozinha. A casa recendia a cebolas e gordura de ganso.

Aos poucos, a desconfiança foi cedendo à simpatia. O pai, Jacob, um senhor de traços finos, muito magro, com têmporas brancas, sempre usava seu solidéu.

Atendia no balcão aos fregueses de linhas e agulhas, dava conselhos nas cores de fios de lã para bordar, e ainda à noite, à luz das lâmpadas a óleo, costurava com a ajuda de sua filha, fazendo consertos de casacas e calças puídas. Ele mesmo usava sempre a mesma casaca cinza com alguns remendos e com a lã já lustrosa e gasta nos cotovelos e no peito. Era uma pessoa cordial, educada, e, quando não trabalhava, estava lendo, sentado num velho banco de madeira junto à porta da cozinha.

Eles paravam de trabalhar apenas no Shabat. E nas sextas-feiras, após as três da tarde, quando a porta da loja ficava semiaberta para uma emergência dos fregueses ou para deixar passar aos fundos da casa os moradores.

Esther apaixonara-se por um gentio. E talvez isso tivesse levado as duas a ficarem amigas.

Michaela se condoía com a situação da moça. Ela nunca teria uma chance de contar a eles essa paixão sem causar um pânico na família.

O moço era um alfaiate que vinha fazer as entregas e marcar os consertos para os bons clientes. E a clientela das casacas variava de intelectuais, escritores e poetas, ou pequenos comerciantes da redondeza, até os pobres e ébrios de Camden Road que pediam remendos e trocas.

Michaela havia dado aos Neuhman e a Esther uma porção de roupas que já não usava, e eles haviam transformado tudo em ouro, como dizia o velho avô.

— Doe todo o seu lixo, e eu o transformarei em ouro...!

E, de antigos enxovais e camisolas, a senhora Neuhman retirava rendas e linhos, e aos pedaços montava lindas e preciosas peças, como babados e *jabots*. E Micha havia comprado mais de uma dezena dessas peças, e também novos corseletes de rendas tingidas no chá e anáguas dignas de uma rainha. Tudo que havia adquirido dos Neuhman ela guardava como peças de seu enxoval.

Sem saber o porquê, pensava em Esther e sua família, os Neuhman, àquela hora da manhã. Via o avô, o velho desdentado, no fundo do quintal, virar o transformista, abrindo sacolas de roupas usadas, separando-as por qualidade e jogando-as em tinas de água fervente.

— Ouro. Esther... aqui tudo vira ouro — falava o velho, tentando alegremente chamar a atenção da neta. A moça ficara corada de vergonha na primeira vez em que Michaela, da janela da cozinha, observava a cena e tentara então desviar sua atenção para outra coisa, trazendo-lhe um pedaço de pão trançado.

— Prove esta especialidade de minha mãe. Creio que na sua terra o pão de Shabat é diferente, não é?

Tudo entre eles era diferente, pensava Michaela, não só a comida, mas os costumes, o relacionamento. Falavam com os olhos, era um silêncio entrecortado por suspiros doloridos e longos. Tudo era pesaroso e triste, pleno de regras e olhares furtivos.

Era como no livro de George Eliot, pensava. Como na história de Daniel Deronda.

Quem sabe se esse moço, o tal alfaiate florentino, não seria um novo Deronda? Um gentio que se apaixona por uma judia, que se interessara pelos judeus desde muito jovem, depois de ter lido Flavius Josefus, e por sua causa, seus costumes e religião.

Quem sabe, pensou, Jacob Neuhman, o velho alfaiate de solidéu, que vivia nos fundos da loja da Oxford Street sempre sentado, lendo seus livros, possa um dia vir a ser um Mordechai, o erudito de Deronda, que o orientou e o designou para este vir a ser o novo restaurador de uma existência política para o povo judeu e dar-lhe uma nação.

Que a família Neuhman, orgulhosa de seu novo genro, venha um dia a aceitá-lo de braços abertos.

Sonnhos rroomânticos..., riu, ao se lembrar do barão Hirsch ao criticar George Eliot com o romance *Daniel Deronda* em mãos.

— Isso foi escrito para sonhadoras como você, Micha... — dizia ele, rindo ao vê-la discutindo com Clara as intenções do herói nos capítulos do folhetim.

Isso havia acontecido num jantar importante na casa dos Rosebery: Michaela estava à mesa, ladeada de personalidades e políticos importantes, e o assunto Deronda foi aventado.

Havia ministros e financistas comentando o fim dos capítulos.

Quando questionado sobre o romance, se havia lido a obra de Eliot, Disraeli, o grande ministro, que era também o padrinho de casamento de Hannah e lorde Rosebery, respondeu, com desprezo:

— Quando quero ler um livro, meus amigos, eu mesmo o escrevo...

George Eliot era um dos assuntos nos meios judaicos, debatido em muitas rodas da aristocracia europeia. Mas com certeza não seria nunca leitura para a pobre família Neuhman. E eles nunca entenderiam como um gentio pudesse vir a ser parte deles, e ainda tornar-se um herói e salvá-los. Por que faria isso?

Esther acreditava nisso e, como num passe de mágica, queria que qualquer coisa acontecesse. Queria se ver livre daqueles suspiros, daquela casa triste, das regras impostas, dos costumes tão antigos, queria abrir uma porta e sair dali, encontrar o sol, dizia ela.

— Ser como você, Micha. Sorrir, gargalhar. Eu nunca consegui isso!

Ela se encontrava às escondidas com o rapaz, o tal de Andrea.

Uma tarde, Michaela foi testemunha de um desses encontros. Ele tinha um sorriso franco, era muito magro e mais alto que Esther.

Não era inglês, era imigrante também, vinha de Florença, filho de alfaiate, mas esforçava-se, contava ela, não tinha sotaque nem maneiras que o denunciavam como um estrangeiro em Londres, mas, ao sorrir, tornava-se diferente.

— Ele é como você, Micha, tem o sol brilhando, como o Mediterrâneo! — dizia Esther.

Lucien também tinha seus momentos de sol interior, pensou Micha, mas somente quando estavam a sós. Ele se tornava um outro Lucien, seus olhos brilhavam de felicidade e de desejo.

E ela não deixava de pensar nele, nem um dia sequer. Sonhava com ele, sentia seu abraço, seu corpo e seus lábios quentes de paixão.

Não se viam desde aquela noite de lua cheia de 9 de janeiro.

Quando a baronesa soube da proximidade da chegada de Maurice a Paris, tratou de dar uma desculpa a Michaela e mandou-a de volta a Londres. Não queria, em hipótese alguma, que qualquer discussão entre pai e filho viesse à tona na presença de Micha, na Rue de l'Élysée.

Queria tempo para poder resolver tudo à sua maneira, como era o costume de Clara Bischoffsheim. Ela aventava ao barão uma ideia, e ele, tomando-a como sua, apoderava-se e saía lutando para realizá-la.

Ferdinand de Bischoffsheim, seu irmão, achava agora tudo aquilo surreal e ria da mediocridade e da mentalidade de seu cunhado, que ainda continuava saindo por Paris em todas as reuniões sociais à procura de um bom partido para seu único filho enquanto naquela família, composta de Hirsch, Bischoffsheim, Goldschmidt, Caen d'Anver e Montefiore e todas mais que a constituíam, os herdeiros daqueles poderosos senhores, moradores nos endereços mais caros e elegantes da cidade, estavam desaparecendo!

Ferdinand perdera seu filho primogênito cinco anos antes e, muito abatido, via em seu sobrinho Lucien uma luz. Agora havia até mudado de opinião e o apoiava em seu romance.

E não só o apoiava, mas até tinha pressa para que o casamento acontecesse. Pois, casando Lucien, logo poderiam fazer renascer uma nova estirpe de jovens herdeiros, que cuidariam mais tarde dos bancos e da fortuna da família. E assim Ferdinand brincava com Clara.

— Com crianças entrando e saindo de nossas casas, nossa vida será outra!

O tio Ferdinand Bischoffsheim ainda não entendia o porquê do jogo de Maurice contra Michaela Varsano.

Como poderia ser tão terrível, para eles, ver seu sobrinho casado com uma moça cheia de vida, uma siciliana bonita e saudável, quando a cidade toda falava dos romances fora de casa dos Bischoffsheim e também do próprio barão.

A estirpe dos Bischoffsheim, dos "Bisch", inaugurada por Louis Raphael, era famosa nos cafés e nas salas de espetáculos.

E foi com tais argumentos que o tio Ferdinand abordou o tema.

O casamento de Lucien.

E foi depois de horas de discussões, entre um conhaque e um charuto, numa das salas de jantar mais cobiçadas de Paris, tendo por testemunha os mármores ao gosto de Versalhes, lambris de rococó e telas de Mantegna, Rubens, Rembrandt e Delacroix, que os Bischoffsheim ganharam a discussão. Clara e seus irmãos Ferdinand e tia Regina convenceram Maurice.

No número 11 da Place des États-Unis foi feita a rendição das vontades do barão Maurice de Hirsch.

Quando Clara saiu convenientemente para o *boudoir*, para se retocar, os dois homens, num *tête-à-tête*, firmaram um acordo de cavalheiros.

Lucien poderia jurar mais tarde, quando informado por sua mãe sobre essa conversa, de que o tio tinha uma carta muito importante no bolso do colete para ganhar de seu pai. Um segredo talvez, aquele de que ele sempre desconfiara, mas não tinha certeza, o de uma tal *madame* Deforest e seus dois filhos.

A carruagem, parada à porta de Berkeley Square, era uma entrega especial para Michaela Varsano.

Dentro de um malote do banco, com os dizeres "importante e confidencial", havia um pacote, uma caixa de uma joalheria da Place Vendôme.

Um belo anel de noivado, um anel de diamantes montado em ouro. Um cartão, com uma promessa de amor de Lucien Hirsch e uma breve despedida.

Michaela abriu a caixa com as mãos trêmulas, e não acreditava no que estava lendo.

Paris, 24 de janeiro de 1887

À minha amada Michaela,

Quero lhe dizer novamente, agora e sempre, que a amo, e sempre a amarei.

Devo partir amanhã para a Sicília, para sua terra, e buscar o coroamento deste nosso sonho.

A moeda que sempre sonhei em encontrar durante todos estes anos, aquela tetradracma da qual lhe falei, finalmente foi encontrada.

Vou buscá-la e voltarei muito em breve.

Serão os dois sonhos mais importantes da minha vida que verei realizados. Depois, certamente virão outros mais, os nossos filhos, e toda a nossa vida.

Na Sicília, vou à sua casa, a Mongibello. Quero muito conhecer o seu lugar, sua família, e tudo mais que você e minha mãe contam daquele paraíso.

Vou pedir à senhora Varsano e ao seu avô, senhor Cohen, permissão para o nosso casamento. Gostaria de trazê-los comigo, pois sei que seria para você o melhor presente.

Amo-a, e muito.

Receba este anel como uma promessa de que, em abril, nós dois ficaremos eternamente juntos.

Seu,

Lucien.

Foi assim que ela começou a planejar seu casamento. Parecia que seu coração ia estourar de tanta alegria.

Hannah de Rosebery, logo que soube, ficou emocionada e colocou-se à disposição para ajudá-la. Era lógico que iriam juntas providenciar a roupa do casamento. Mas Hannah aconselhou severamente Michaela.

As regras eram essas, e ela deveria esperar um primeiro sinal de Clara de Hirsch, sua futura sogra. Como e onde seriam as núpcias, tudo deveria partir dela, que orquestraria tudo à sua maneira, e sutilmente iria conseguindo tudo... Como era seu costume. E Michaela ficou esperando um sinal de Clara Bischoffsheim de Hirsch.

As semanas foram passando muito lentamente, e a primavera deu seu primeiro sinal, floresceram os primeiros narcisos das janelas de Berkeley Square. Todos os dias, ela esperava a caixa de correspondência, e nada vinha da Rue de l'Élysée ou da Sicília. Nem de sua mãe, nem um telegrama ou um postal de Lucien!

Nada também vinha de Salonica. David não mandava notícias desde o nascimento de sua filha, Sofia Karakassos Varsano.

E seu pai... O que estaria acontecendo com ele? Havia desaparecido com um tal de Daud, o jardineiro, e da última vez as notícias vieram numa carta escrita no Rosh Hashaná, o ano-novo judaico.

Ele havia lhe enviado uma carta e um mapa desenhado atrás. Escrevia contando de um terreno que havia adquirido perto de um antigo cemitério. Gastara até sua última moeda naquele pedaço de terra, mas lá, explicara minuciosamente, Daud e ele plantariam as mudas de roseiras, uma rosa chamada *kazanlik*, a fim de extrair a essência para futuramente fazer perfumes.

Pobre papai, pensou, sempre sonhando!

Naquela ocasião, quando recebera a carta, ficara preocupada.

Alberto Varsano não era uma pessoa dada a comprar e vender coisa alguma. Era um homem ligado ao sofrimento das pessoas, às poções que aliviavam dores e doenças, era um estudioso da medicina, da botânica, da farmácia, e até das águas que preparava muitas vezes, como a colônia de limão-siciliano.

Pobre papai, se estivesse aqui, ou em Paris, poderia trabalhar numa grande farmácia. Talvez tivesse a chance de se tornar um grande cientista, ou, quem sabe, salvar os doentes daquele bacilo maldito. Queria tanto que ele tivesse essa chance, que fosse um dia um homem respeitado, e o que fizeram com ele?

O que faz a ganância, a inveja... O que faz o ser humano para destruir uma vida toda de trabalho e dedicação!

Michaela escreveu: "Agora, depois de conviver estes anos com tanta gente de posição social superior, pessoas extremamente ricas, nobres, de cultura, de estudos, tão diferente daquela gente de Taormina, cheguei à conclusão de que inveja e ganância existem em todos os lugares e em todas as classes sociais."

Ela pensou em Mongibello, em sua mãe, em suas costuras, o que realmente ela estaria fazendo lá? Como seria esse seu novo trabalho e de onde vinha toda sua força e criatividade?

Como Lucien iria encontrá-la?

Imaginou Lucien batendo à porta da casinha branca, com aquele seu jeito empoado de cavalheiro, tirando o chapéu e torcendo os bigodes para se recompor da longa caminhada morro acima. Imaginou o velho Rafaele espreitando de curiosidade através das frestas da veneziana para saber antes quem era o forasteiro. E sua mãe vindo da cozinha, tirando o avental e enrolando os cabelos com as mãos. Viu seu olhar surpreso, seu sorriso largo de dentes muito brancos, seus gestos, ajeitando aqui e ali.

A mesa da sala de jantar de carvalho sendo colocada para o almoço, e o *spadone* que Altanario sempre pescava estaria no forno.

Uma jarra de vinho, o pão quentinho e os tomates com folhas de manjericão. Viu seu avô colocando mais azeite no prato do ilustre visitante, servir-lhe o vinho e piscar para Anna.

Depois, viu Lucien tentando se expressar no melhor de seu italiano e contando a eles sua intenção. "Quero me casar com Michaela e peço-lhes seu consentimento."

Anna suspiraria daquela forma que sempre fazia quando era surpreendida, prendendo a respiração. E suas sobrancelhas se ergueriam em circunflexo, deixando à mostra um par de olhos brilhantes e um sorriso maravilhoso.

E naquele instante, com certeza, Lucien veria de perto como elas duas se pareciam. Sempre tiveram as mesmas expressões, o mesmo gestual, o jeito selvagem, a fúria do Etna e a força de Perséfone. Ele conheceria naquele lugar suas raízes, seus perfumes e seus sabores, as cores daquela terra e do mar, o som e a música do vento, tudo que ela com o tempo tentara por cartas ou palavras lhe relatar.

Como gostaria de estar lá naquele momento!

E voltar a ser a Michaela de antes, preocupada apenas com seus pratos de limões.

A notícia da morte de Rafaele Cohen chegou a Londres numa carta escrita por David Varsano e postada pelo escritório Grassi, em Salonica.

Com ela em mãos, Michaela esqueceu seus problemas pessoais, seu futuro casamento e o silêncio de Clara e de Lucien.

Havia passado todas essas últimas semanas chorando às escondidas, mas seus olhos inchados não tinham mais lágrimas para também chorar a morte de seu querido avô. Não podia sequer pensar no que teria levado Clara a calar-se.

Nem a baronesa nem Lucien haviam escrito uma única linha. Nada.

Apenas alguns jornais vindos de Paris, para lorde Rosebery, contavam, em suas colunas sociais, fatos e notícias das últimas aparições dos Hirsch.

Era Hannah quem lia as notícias dos jornais:

— "Clara de Hirsch assistiu ao casamento de Constance Schneider na noite do dia 14 de março, e o *Le Gaulois* do dia 17 descreve a presença do barão e da baronesa Hirsch na noite anterior, nos meios de mil e quinhentas pessoas convidadas para a *soirée* do barão Alphonse de Rothschild."

Desde o início de 1887, e naquelas últimas semanas, os nomes de Clara e de Maurice de Hirsch apareciam constantemente nas colunas do *Le Gaulois*, e essas colunas sociais é que vinham substituir as cartas que Clara não escrevia mais. Ela definitivamente andava muito ocupada no início daquele ano.

Hannah, sua querida amiga, quando chegava da casa vizinha com os jornais de lorde Rosebery dobrados nas mãos, vinha lhe mostrar o quanto Clara realmente estava ocupada com tantos compromissos para cumprir com Maurice, e ainda mais com hóspedes na Rue de l'Élysée. Logicamente, com tudo isso, nem teria tido tempo para pensar em Michaela.

Ela abria a caixinha do anel, ainda sem nunca tê-lo usado, e o brilho refletia, a cada dia mais, sua tristeza. Lá em seu íntimo ela pensava no barão e em Clara. Alguma coisa ainda estava acontecendo... Ele ainda não teria aceitado.

Não era ela a escolhida para seu filho. Disso Michaela tinha certeza. E Lucien havia desistido da causa, ele era fútil e esqueceria esse romance em breve.

Viajar era um santo remédio, diziam os sicilianos...

E Lucien, em sua viagem, sem enviar uma notícia sequer, um telegrama — talvez tivesse mudado de ideia ou, quem sabe, apaixonara-se por uma outra mulher.

E Clara, por que não escrevia? Não mandava nem uma ordem para os empregados, um malote, nada. Ela, que nunca havia deixado de cumprir seus compromissos, nunca ficara tanto tempo sem dar notícias. Agora... no íntimo, quem sabe, pensava angustiada, a baronesa também não aceitasse essa união, e assim quisesse protelar os preparativos... Não sabia mais o que imaginar com aquele silêncio de quase dois meses. Apenas colunas sociais de jornais contavam o que acontecia. Ninguém saberia dar qualquer informação do que realmente acontecia entre as paredes da Rue de l'Élysée.

Sebastian, sem entender o que se passava, via a siciliana emagrecer dia a dia, e nem Amélia conseguia fazê-la comer.

Quando Michaela leu a carta de seu tio David, até sentiu-se mais aliviada. Queria que alguma coisa acontecesse, que a tirasse daquela casa, que lhe desse motivos para chorar abertamente, que a sacudisse para a realidade. Seus pensamentos foram se tornando um redemoinho em sua cabeça. Que infantil ela fora em sonhar tão alto! Que irresponsável tinha sido ao se entregar àquele homem, ao dar-lhe seu coração, sua virgindade, tudo mais que ela tinha de valor.

Seu amor... pobre siciliana, pobre romântica!

Quem se importa com amor?

O envelope com o timbre do escritório do mestre Grassi continha tudo que seria necessário para levar Michaela com segurança até a Sicília, providenciar a mudança de Anna Varsano e levá-las para Salonica.

David havia providenciado para que Michaela tomasse o trem até Nápoles e, de lá, um vapor até Messina.

Era ela a única pessoa que poderia fazer isso, afinal, escreveu o advogado.

— Você é hoje uma senhorita formada e independente, que conhece todos os lugares e fala tantos idiomas que poderá fazer essa travessia com Anna facilmente. Sua mãe, em Taormina, deve estar aguardando uma ajuda, e nessa hora, mais que nunca, vai necessitar de sua companhia e ajuda.

Na carta de David, que viera, como uma pomba branca, para libertá-la daquela angústia e daqueles pensamentos, também havia notícias de seu pai e um bilhete de trem de ida, um mapa com o roteiro e a garantia de que havia dinheiro disponível para que ela retirasse da conta dele e do escritório Grassi no Banco Bischoffsheim & Goldschmidt em Londres.

Michaela suspirou aliviada. Estaria pronta para partir.

Era sua família quem estava tirando Michaela de seu desespero e de sua humilhação. Era sua mãe quem a chamava, eram suas raízes, seria a eles que ela deveria se devotar agora.

— Pobre vovô. Foi ele quem veio me tirar deste lugar...

Tudo havia passado, pensava ela, os Hirsch e tudo o mais foram um sonho, que com o tempo ela esqueceria. Ou um pesadelo terrível que iria acompanhá-la para o resto de seus dias.

Naquela tarde, começou a arrumar suas malas. Tinha vontade de levar tudo que lhe pertencia. E a cada minuto ia à janela olhar para a rua. Sentia a sensação de que alguém bateria à porta a qualquer momento, com um telegrama, com uma carta, mas nada alterava a rotina daquela casa.

Trancou-se no quarto e abriu seu armário.

Viu seu vestido azul, a blusa rosa, o *robe de chambre* daquela primeira noite com Lucien, suas anáguas da loja dos Neuhman, suas blusas tricotadas em Planegg, o colar de citrinos, pobre vovô... pensava ela, com os olhos encharcados de lágrimas.

Não escutou quando Amélia veio bater à porta, uma, duas, três vezes. Ela chamou Sebastian, quando não escutou movimento algum de Michaela.

Sebastian arrombou a fechadura, e logo depois de alguns momentos o quarto cheirava a éter. Ela estava desmaiada à frente do baú de viagem com o colar de citrinos verdes em suas mãos. Lívida, voltou a si e sentiu as mãos de Hannah acariciarem seus cabelos.

— Não tenha medo, minha querida, já irá passar, tudo irá passar — sussurrou.

Sebastian havia chamado um médico, aliás, o médico de Hannah de Rosebery.

O doutor Lang usou o estetoscópio, passou um bálsamo de menta em suas narinas enquanto Amélia trocava sua camisola manchada de vômito. Ele fez uma série de perguntas à paciente, que respondeu num sussurro. Depois, segurando-a pelo braço, afastou-a da cama e despediu-se. Hannah voltou, com ar preocupado, e pediu a Amélia que saísse do quarto. Fechou a porta e sentou-se na cama ao lado da doente.

— Fique bem calma, Michaela, e não se agite muito — disse-lhe enquanto segurava-lhe as mãos. — O doutor me disse que você não tem nada grave. Posso lhe fazer uma pergunta apenas? — falou baixinho em seu ouvido. — Há quanto tempo você não tem suas regras?

Michaela levou um choque e sentiu seu coração disparar. Não havia pensado nisso. Naquela angústia que vivera nesses dois meses, havia até se esquecido de que, a cada 27 dias, estaria sangrando, depois com cólicas e indisposta. Usaria aquela infinidade de panos para estancar todo o sangue e dificilmente tomaria banho na banheira molhando seus cabelos. A última vez, pensou, e sua cabeça girava, a última vez. E lembrou-se:

— Desde a terceira semana de dezembro... Lucien ainda estava em Bruxelas, depois chegou. — Dezoito de dezembro, agora sim tinha certeza. Ela estava na Rue de l'Élysée e ficara trancada no quarto, olhando o jardim, durante três dias, com cólicas terríveis. Depois passara, e sua cor voltara ao normal. E era essa sua preocupação naqueles dias, que Lucien não a visse naquele estado, pálida.

— Querida — disse-lhe Hannah, sorrindo —, agora podemos entender... Você não está doente, o seu mal súbito, seus vômitos, a falta de apetite têm um nome: chama-se gravidez... Micha, você vai ser *maman*!

O dia havia amanhecido, com uma réstia de sol no meio das nuvens escuras. Michaela Varsano olhava seu quarto pela última vez e rabiscava numa folha as últimas palavras dirigidas à baronesa Clara de Hirsch.

Como se nada houvesse acontecido, e apenas a perda de seu avô a estivesse levando dali, deixou, sobre sua mesa, as pastas de correspondência e a contabilidade do barão impecavelmente organizadas.

Deixou também os brincos de pérolas da baronesa, uma pulseira e um anel que ela havia lhe emprestado para ser usado nas recepções em Paris. E, quando chegara a hora de devolvê-los, Clara, com aquele ar de displicência, pedira-lhe que ficasse com eles, pois ainda haveria muitas festas, e aquilo lhe caía tão bem... Mas eram dela, da baronesa, e deveriam ser devolvidos.

E para Lucien... O anel intocado dentro da caixa da Place Vendôme ficou na gaveta da cômoda do quarto azul de Lucien Hirsch. Naquela gaveta, sobre seus álbuns de desenhos infantis, ela depositou a pequena caixinha com seu anel de noivado. Não precisaria dele, pois não houvera nem haveria mais noivado.

Ele com certeza havia sido convencido pelo barão.

E ela seguiria seu caminho. Se ele a amasse de verdade, saberia onde encontrá-la, pensou, fechando a porta do quarto. Com o coração apertado, olhou a biblioteca do barão, e o relógio das ninfas tirou-a do devaneio. Eram sete horas, e ela deveria seguir para a estação de trens. O dia seria longo até atravessar, de barco, para a França.

Hannah de Rosebery já estava ao pé da escada. Acompanhou Michaela até a carruagem, Sebastian colocou as malas e tomou assento junto ao cocheiro, e Amélia esticava a manta sobre as pernas da moça.

— Cuidado com a friagem, minha pequena — disse-lhe a portuguesa. — Deus a acompanhe, e que a Virgem Maria cuide de sua hora.

A carruagem deu a volta por toda a Berkeley Square e seguiu em direção à estação Waterloo. Sebastian Clair, o mordomo, observava a moça através do pequeno vidro e via seus olhos verdes, afundados em olheiras negras, se marejarem em lágrimas. *Miss* Varsano, aquele sol que iluminava a Town House e toda a vizinhança, parecia ter se escondido naquela hora para todo o sempre. Não brilharia mais. Além disso, começou a chover muito naquela manhã do primeiro dia de abril de 1887, em Londres.

Michaela quase que instintivamente segurava seu ventre nos solavancos da carruagem. Olhava a paisagem através dos vidros embaçados e via a redondeza, as ruas, as pessoas andando apressadas nas calçadas da Oxford Street. Despedia-se de Mayfair, dos Neuhman, de Hyde Park, de Piccadilly, e de toda Londres.

Sabia que aquela era uma despedida para sempre, que nunca mais voltaria.

E tudo ficou entre aquelas paredes. Nem Hannah nem Sebastian nem Amélia mencionariam, por nada neste mundo, o que haviam escutado.

Nunca, sem a permissão de Michaela, contariam esse segredo:

Que Michaela iria ser *maman*!

O carteiro chegou à praça e entregou a correspondência do dia e o jornal *Le Gaulois* para a casa de lorde Rosebery.

Hannah, ainda postada no portão da frente, via a carruagem de Michaela desaparecer de Berkeley Square.

Lentamente, abriu o jornal, datado de 28 de março de 1887.

Numa página, no canto das notícias, era anunciado que excepcionalmente naquela data a baronesa Clara Hirsch cancelava o concerto de música que ofereceria na quarta-feira seguinte por causa de uma indisposição de seu filho Lucien.

Hannah fechou o jornal e suspirou.

Olhou para Amélia, que ainda acenava.

— O pai da criança — disse ela. — Alguma coisa estranha está acontecendo em Paris... Pobre Michaela...

Mongibello, no alto do morro, estava mais linda que nunca.

A casa, caiada de branco, brilhava com o sol e fazia o contraste com os ciprestes e os plátanos que sombreavam o caminho.

Michaela desceu da carroça. Suas pernas tremiam de cansaço, e sua cabeça girava. Não havia se alimentado desde Nápoles. Um pedaço de pão e um café fora tudo que ingerira no cais, antes de embarcar no navio.

Desde então havia enjoado, e o vento contribuíra a noite toda para o balanço de seu catre.

Ela não havia cochilado um momento sequer, e seus pensamentos durante toda a noite eram para a criança que tinha em seu ventre.

XXI

TARJAS NEGRAS

Taormina, primavera de 1887.

Os meses foram passando lentamente em Mongibello, e toda a Sicília resplandecia com a primavera em flor. Os turistas vieram para as festividades, lotando o Hotel Timeo, e também a agenda da modista Anna Varsano.

Michaela, desde o dia em que retornara àquela terra, havia sido enclausurada, e sua vida se resumia entre as paredes caiadas da casa de seu finado avô.

Os dias magníficos de céu azul, perfumados com as flores das amendoeiras, que mudavam a rotina de todos os seus vizinhos, eram um convite para passeio, para sentar-se à beira do abismo e respirar a brisa do mar, de colher buquês de camomila, mas esses dias não mais existiam.

Ela se tornara uma prisioneira, e aquela era sua prisão para expiar seus pecados. E pensar que já ouvira histórias iguais, de amor e pecado, de votos, iguais à da pobre freira Antonina, pobre irmã. Agora poderia entendê-la, muda para sempre.

As frestas das venezianas eram agora todo seu mundo, e ela olhava a vida lá fora, esticava seu pescoço para ver as ruínas do Teatro Grego, iluminadas pelo nascer do sol, e tentar ver o mar lá embaixo, dourado com os últimos raios do pôr do sol.

E contava os dias...

Olhava-se no espelho e não conseguia reconhecer a Michaela que via: desgrenhada, malvestida, arrastando-se pela casa, com uma camisola antiga. Não engordava, mas emagrecia. Havia apenas uma grande barriga que crescia, muita tristeza e vergonha. Não teria tido coragem de sair à rua e enfrentar a verdade, expondo-a para a cidade. E vivia ali em Mongibello, escondida.

Apenas Giovanna, a costureira mais antiga e quase uma irmã para Anna, que agora, com seu marido longe e depois da morte do joalheiro, morava na casa, sabia de sua volta a Taormina.

Mesmo Antonio, o carteiro, que era o único que semanalmente passava por lá, ou mesmo Altanario, o peixeiro, e todos os vizinhos que batiam àquela porta, jamais imaginariam que a pequena Michaela estava de volta. Seria a vergonha... "A neta de Rafaele Cohen voltou grávida!" "A filha do *dottore* Varsano vai ser mãe solteira..." E esses pensamentos atormentavam sua cabeça dia e noite.

Houve épocas na escola em que ela mesma havia falado de algumas amigas que caíram em desgraça. Que arrependimento... Havia escutado histórias tristes, com fim tão desventurado, como a do pai de Francesca Cossimo deserdando a própria filha, ou daquela prima de Maria Galadoro, a Nedda, espancada pelos irmãos até abortar e depois jogada numa carroça e encarcerada no Convento das Carmelitas para nunca mais ver a luz do sol.

Tinha arrepios em pensar no que havia feito e como poderia, por seu ato impensado, ter comprometido o nome de seu pai e o esforço de sua mãe, que havia se tornado, em tão pouco tempo, a melhor modista da cidade. Tinha receio de que suas amigas da escola, as vizinhas de baixo, as comadres e os compadres que viviam comentando os infortúnios dos outros soubessem de sua situação. Certamente fariam o sinal da cruz quando a avistassem na cidade, para excomungar o demônio que ela levava em seu ventre.

Sua mãe perderia seu lugar no Hotel Timeo e as bênçãos do padre Battistini, que vinha visitar Mongibello ao menos uma vez em cada estação para buscar a ajuda para seu asilo e sua pequena igreja. Fora ele o único na cidade que dera a mão a Anna, que agradecera ao farmacêutico por sua ajuda com remédios, e por todas as roupas e utensílios doados pela senhora Varsano depois de ela ter sido humilhada diante de toda a cidade, com a farsa do edital do tabelião Tioppani.

No entanto, nada podia se comparar com o sofrimento e a humilhação que Anna Varsano sentia agora.

Nada em toda sua vida havia doído mais em seu coração do que ver sua filha, sua Michaela, naquele estado desesperador, escondida naquele quarto em Mongibello, como um animal preso numa jaula, espiando o sol e a vida lá fora pelas frestas das janelas.

E Anna não conseguia entender como isso podia estar acontecendo com ela.

— Já não bastavam as desgraças como as provocadas pelos Galliani! — repetia ela.

Já não bastava tudo que ela havia feito sozinha, trabalhando dia e noite para manter a casa, a vitrine da loja de Rafaele Cohen no melhor ponto da cidade, o ponto junto à Torre do Relógio como uma referência de gente honesta, trabalhadora e leal que não tinha do que se envergonhar...

E agora vinha ela, a sua Michaela, com uma bagagem de baús de couro, plenos de roupas cheirando a perfumes caros, com casimiras, sedas farfalhantes e anáguas de renda.

— Para quê? — perguntava Anna, com os lábios trêmulos, enquanto olhava Michaela, que desmanchava os baús de viagem. — Para que tudo isso, minha filha, se em seu ventre cresce a vergonha? Um filho sem pai, um filho de uma mulher leviana e irresponsável, que imaginou que um dia poderia se tornar uma baronesa, ou sei lá o que mais! Quem você pensa que é, minha filha? Como pôde ter confiado tanto que o filho de um barão fosse realmente se casar com você? Como pôde ter sido tão mal-agradecida a Clara Hirsch e ter tido esses pensamentos de tanta grandeza. Quem é você, Michaela Varsano? — perguntava com a voz embargada, espetando alfinetes em seus modelos enquanto lágrimas vertiam de seus olhos inchados de tristeza. Como faremos para contar para seu pai, o que direi a ele? Ele nunca vai te perdoar. Nem ele nem seu avô, se estivesse vivo. Confiaram tanto em você, minha filha. Imaginaram tantas coisas boas: um bom casamento, um pequeno negócio. Seu avô até pensou num ateliê de cerâmica, com seus pratos maravilhosos!

"O que você aprendeu lá com eles? Nada de útil em sua vida de verdade, nada que possa nos manter aqui ou em Salonica, nada que venha a acrescentar, mas só atrapalhar. E essa criança, que Deus me perdoe, vem em hora errada para nós. Como chegaremos a Salonica com ela? Você já pensou nisso? Nem você nem eu teremos como escondê-la, e seu nome estará sempre condenado. Pense nisso, minha filha, se valerá a pena você criar um bastardo, cuja existência o próprio pai desconhece, para ser mais um infeliz... Pense, minha filha, o que será de nós quando chegarmos com ele enrolado em seus braços ao porto de Salonica, para ser recebido por seu pai? E eu que sonhei tanto com a alegria desse dia..."

Michaela tentou explicar o que sentia por Lucien, o que havia acontecido entre eles, e, tinha certeza, fora por amor!

Não houvera um segundo sequer, disse ela à mãe, em que tivesse pensado em usar esse amor para tirar algum proveito. Nunca pensara como seria no futuro, seria... seria... Como sempre fora, em Munique, em Londres, em Paris... Como poderia explicar a alguém que nunca havia saído da Sicília o que ela havia vivido lá? Lá ela já vivia de outra maneira, o luxo era uma coisa tão normal, desde o primeiro dia em que havia entrado naquela carruagem na estação de Munique, indo para sua nova casa em Planegg... um castelo. Lá ela aprendera a ser refinada, a não virar para trás para olhar as pessoas passando na rua ou nos restaurantes, a sentar-se à mesa, a ter postura, a não gargalhar como uma siciliana, a arrumar as flores em cristais, dançar valsas, tocar piano...

Lá ela aprendera a tomar as rédeas de uma casa imensa, redigir cartas, a diferença entre o que era benemerência e filantropia, aprendera sobre contas bancárias, política, literatura, a conviver com nobres, com lordes e *ladies*, a receber diplomatas, a se vestir, a se portar, e até a pensar como uma delas. Lá ela se esforçara para ser útil, aprendera a ser da maneira como eles, os Hirsch, a ensinaram, mas nunca pensara em posição social, isso ela poderia jurar. Essa fora a primeira lição de Clara...

Só não conseguia explicar para sua mãe o que acontecera, qual fora o motivo que levara Lucien, depois de pedi-la em casamento, a mudar de ideia e desaparecer como fumaça, sem uma palavra, uma carta, uma desculpa, uma notícia.

Nunca mais, pensava ela, enquanto seus olhos marejavam novamente, nunca mais vou revê-lo...

Ela relia em sua memória as duas cartas, as últimas que havia escrito de Londres.

No dia em que recebera a mala postal do banco, contendo o anel e a promessa de casamento, sentira que não tinham mais nada a esconder.

Daquele dia em diante, não alimentaria mais enigmas, sentia-se livre para abrir o seu coração. Não tinha mais medo de que alguém interceptasse seus segredos, e escreveu tudo que sentia.

Queria que Lucien soubesse tudo que sua alma escondia. Falou de seus planos, de seus desejos e de seus sonhos. O quanto o amava, desejava, o quanto sentia sua falta. E quão feliz estava agora, sabendo que abril estava tão próximo, e depois nada mais os separaria.

E, naquela tarde em que ela soube que tinha um filho em seu ventre, Hannah Rosebery acompanhou o médico até a porta. Voltou para o quarto trazendo-lhe uma bandeja, com gotas de um elixir, um cálice de água, uma folha de papel e o tinteiro de prata.

— Escreva para ele, Michaela — pediu-lhe Hannah, emocionada, enquanto lhe dava o remédio. — Avise a seu Lucien que espera um filho dele. Peça-lhe que, se não saiu ainda para a Sicília, venha para Londres buscá-la, pois os meses passam depressa, e sua barriga vai aparecer em pouco tempo. Não tenha medo nem vergonha, minha querida. Clara entenderá e irá protegê-la, com certeza. Isso dará ao barão algum tempo para que ele a receba como a mãe de seu futuro neto. Para que ele pense e não seja pego de surpresa.

Hannah segurou as mãos de Michaela, olhando-a profundamente em seus olhos com carinho.

— Lembre-se ainda, minha querida, que o barão deverá saber de tudo e tomar parte nas decisões de Clara, para não se sentir traído por um complô. Isso sem dúvida levará algum tempo e propiciará muita discussão entre eles. O barão tirará da cabeça a ideia de competição, a recusa do clube da Rue Royale em aceitá-lo como membro. Procurará esquecer o sonho de casar o seu filho com um sobrenome aristocrático da Europa. E irá gostar de você; aliás, eu tenho certeza de que ele a admira e lhe quer bem, Micha. Mas escute o meu conselho: você deve avisar Lucien agora, a fim de que Clara possa preparar o caminho o mais depressa possível para o casamento de vocês. Você tem que avisá-lo agora, minha querida...

Michaela, naquela tarde em Londres, escreveu algumas linhas sob o olhar de Hannah. Mas as lágrimas embaçaram seus olhos, e ela tremia. Não sabia como escrever tudo aquilo que sentia. Estava assustada, enjoada e com medo. Sentia em sua boca o amargor da vergonha, e seus ouvidos zumbiam. Ela via à sua frente aquele homem empertigado, olhando-a com desprezo e perguntando: Quem é você, senhorita Varsano, para nos trazer a vergonha e a desgraça de um bastardo nos braços para esta casa? Quem é você, siciliana, para nos roubar o futuro de nosso filho? De nosso único filho... de nosso Lucien de Hirsch!

Em sua cabeça, um pensamento não a deixava: fora ele, o barão, que com certeza fizera o filho desistir da ideia de casamento. Ele nunca aceitaria uma pobre siciliana como sua nora.

No Hotel Timeo, fazia tempo que Anna Varsano mantinha o quarto número 8 para as provas de costura de suas clientes. Todas elas eram turistas hospedadas em *villas* ou no próprio hotel. Vinham com baús enormes, plenos de roupas das mais caras e atuais, feitas em ateliês de modistas famosas. Mas nada disso bastava, e sempre queriam mais... Então, por diversas vezes, ela havia sido chamada por Angelo Paternó, o recepcionista, e apresentada a *madame* fulana ou condessa de tal.

Agora, todas as tardes, na hora de se despedir de Anjú, como ele era chamado carinhosamente na recepção, Anna folheava o livro de hóspedes para encontrar algum vestígio de alguém chamado Hirsch.

— Nunca esteve aqui — disse-lhe Anjú. — Apenas uma baronesa com esse nome hospedou-se, anos atrás — lembrou-se ele, com seu trejeito educado.

Anjú Paternó sabia de tudo que se passava no hotel e em toda a cidade, e havia ajudado Anna desde o início de suas costuras. Propagava seus serviços entre as hóspedes que chegavam. Quando falava da beleza da cidade, dos lugares históricos, das cerâmicas, do clima, dos torrones e doces de laranja, também falava de Anna Varsano, uma modista, que fazia as roupas de festas e bailes do Teatro Regina Margherita para os hóspedes ilustres do hotel.

Em troca desse favor, Anna dava-lhe algumas moedas, contabilizadas em comissão. E ele sorria satisfeito com seu negócio e dizia, empoado:

— Sempre estarei ao seu dispor, senhora Varsano.

Ultimamente, a senhora Varsano havia adquirido uma nova mania. Pedia a todos do serviço do hotel os jornais trazidos pelos turistas. A ordem foi dada às camareiras, e os jornais iam para o balcão de Anjú, que os colocava na sacola de Anna na hora de sua saída para casa.

E Anna Varsano vinha com a sacola pesada até Mongibello.

Nos últimos meses, havia comprado muitas meadas de lã, agulhas novas de tricô e, nos intervalos entre uma prova e outra de roupa, tricotara sapatinhos e casaquinhos. As clientes forasteiras, admiradas com aquelas peças tão delicadas, curiosas, queriam saber para quem seria. De quem era o bebê?

Anna, sem expressão, respondia que era para o bebê de uma de suas costureiras. De Giovanna. E o assunto acabava ali.

Uma tarde, uma das camareiras, que era aparentada com Giovanna, escutou essa resposta. E quase toda a cidade soube que a costureira, com mais de trinta anos, havia finalmente engravidado.

Antonio, o carteiro, escutou a conversa na saída da missa, e iria subir até Mongibello para cumprimentar a comadre, que sempre quisera ser mãe, se não tivesse parado para ajudar o padre da igreja a mover o andor do Santo Pancrazio de lugar.

Mas foi o próprio Anjú, na saída do Hotel Timeo, que veio cobrar de Anna as boas-novas de Giovanna.

— A senhora nem me contou que a Giovanna está com um filho na barriga! Finalmente, o nosso compadre Angelo vai ter um herdeiro!

Anna Varsano sentiu a garganta secar, e um calor tomou conta de seu rosto. Não sentia essa sensação de vergonha desde menina, quando mentira ao seu pai uma única vez. Mas respondeu num solavanco e na mesma entonação do recepcionista.

— *Acqua in bocca,* Anjú, falar para quê? Para atrair o azar? Deixem primeiro a criança nascer com saúde, e que ela tenha uma boa hora!

E saiu, subindo a ladeira do hotel apressadamente. Pegou o atalho dos fundos e atravessou o anfiteatro greco-romano, vazio e silencioso àquela hora de fim de tarde, com suas longas sombras negras, sem que uma alma sequer estivesse ali para escutar seu coração aflito e amedrontado.

Como havia chegado a esse ponto?, pensou. Como havia mentido assim, envolvendo sua melhor costureira nessa farsa?

Quando chegou a Mongibello, Giovanna estava à sua espera.

Sua filha estava lá, deitada, com dores, e a costureira, pálida de preocupação, esquentava um caldeirão de água.

— Creio que está chegando a hora — disse-lhe Giovanna, esperando-a na porta da cozinha. — Não deve passar desta noite.

Anna correu para o quarto e encontrou Michaela ofegante.

— Dói muito, *mamma*... — disse-lhe a moça com a voz entrecortada, o suor escorrendo-lhe pelas faces. — Dói demais...

Anna contou o tempo entre uma contração e outra, correu para o velho laboratório de Alberto, procurando por algo cortante, álcool e panos.

Lavou as mãos na bacia do quarto e pediu água quente.

Colocou um pano entre os dentes de sua filha.

A criança veio ao mundo com um forte choro. Primeiro sua cabecinha, com alguns fios dourados, depois seu corpinho, seus braços e pernas perfeitos, e era uma menina! Que chorava a plenos pulmões!

Era a madrugada de 6 de outubro de 1887. Amanhecia em Taormina, e os raios dourados do sol entraram no quarto de Anna Varsano.

Exausta, sentada numa cadeira, admirava sua filha e sua neta, que, juntas, dormiam em sua cama nupcial.

Era uma menina linda. Era sua neta!

Mas a farsa já havia sido montada.

Giovanna era agora mãe de uma linda menina, e Anjú foi o responsável por alardear essa notícia.

— Pobre *compadre* — dizia ele —, tão longe... Lá em Nápoles, na Igreja de Santa Lúcia, trabalhando naquele teto, e sua mulher parindo aqui sozinha!

O padre ficou logo encarregado de enviar o telegrama das boas-novas para a paróquia de Santa Lúcia.

— Os padres vão avisar o novo papai — dizia Giovanna para os visitantes, fingindo-se de cansada.

Michaela amamentava a pequena, que suspirava agarrada aos seios e ao aconchego de sua verdadeira mãe e, ao menor sinal da costureira, escondia-se no quarto, quando vinham as tais visitas.

A pequena tinha dois nomes: intimamente era chamada de Lucienne por Michaela, quando Anna e ela estavam a sós. Mas para Giovanna era Lukia dizia ela. Vou chamá-la de Lukia, como a santa.

Michaela não conseguia desviar o seu olhar da menina. A boca bem torneada, os olhinhos muito azuis, os cabelos dourados, e sobre o olho esquerdo havia uma pequenina mancha escura. Uma mancha que lhe era familiar, e ela poderia de olhos fechados descrever seu contorno.

Quase uma flor. Uma "flor-de-lis", como brincava Lucien quando balançava a cabeça e penteava seus cabelos com os dedos para escondê-la. É uma flor especial e de muita sorte, dizia sempre, fechando os olhos.

Uma mancha idêntica à de Lucien Hirsch. No mesmo lugar, na mesma intensidade, mas muito menor. A pequena era sua cópia fiel, era um retrato do pai, pensava ela.

Já era fim de novembro, e o tempo havia mudado em Taormina. A colheita das azeitonas havia levado para o campo a maioria dos vizinhos, e Mongibello era a única casa que mantinha seu fogão aceso nas redondezas. Um vento forte fazia estremecer as janelas, os dias amanheciam nublados, e a casa se tornava fria ao entardecer.

Anna havia providenciado muita lenha, e isso naqueles dias custava uma fortuna. Os homens estavam no campo das oliveiras, não havia uma mula disponível para levar até Mongibello um cesto de madeira. Parecia que a cidade toda havia enlouquecido para ganhar dinheiro trabalhando debaixo daquelas árvores com vento frio e muita chuva. Quando voltavam, parecia uma epidemia, as farmácias lotavam de doentes, e eles gastavam tudo em remédios e poções para tosse, febre alta e frieiras. E todo esforço ficava como lucro para os Galliani, que já mandavam nas farmácias de toda a redondeza

Giovanna andava muito animada. Enquanto Anna Varsano atendia no hotel, ela, em Mongibello, adiantava as costuras e cuidava do preparo da comida para Michaela. Não queria que qualquer cansaço abatesse a moça em aleitamento, e ela perdesse o leite para dar à "sua" filha.

Michaela, naquela manhã, comia um prato de sopa de favas, agasalhada por um velho roupão, quando escutou o grito de Antonio, o carteiro.

— Gió, Ó Giovanna... carta para a senhora Varsano. — E não deve ser coisa boa... — disse ele, mudando o timbre de voz. — Alguma má notícia vem aí! — disse baixinho junto à porta.

Giovanna olhou para Michaela, que parou de comer e correu para dentro do quarto para se esconder. A costureira abriu a porta e deu de cara com o carteiro, vermelho e ofegante como sempre. Ela olhou para o envelope, com uma tarja negra, e suas pernas tremeram.

Não sabia ler muito bem, mas entendia que uma má notícia viria dentro da carta.

Quando a porta se fechou, e Antonio já descia a ladeira, Michaela voltou devagar, com o olhar fixo nas mãos de Giovanna.

— De que se trata? — perguntou ela, gaguejando. Quando reconheceu a letra de seu tio David de Salonica, seu coração disparou, e ela gritou: — Papai... Aconteceu alguma coisa. Foi meu pai, Giovanna! A carta é do meu tio.

Ela abriu o envelope com as mãos trêmulas e não conseguia entender o que estava escrito.

Cara Anna,

Tenho o dever de comunicar a você e a Michaela o falecimento de Lucien Jacques Maurice de Hirsch, filho único do barão Maurice e da baronesa Clara Bischoffsheim de Hirsch.

O trágico acontecimento deu-se por causa uma estranha e forte influenza adquirida no caminho para a Sicília, em fevereiro último, onde o ilustre colecionador buscaria uma das moedas mais importantes de sua coleção, a tetradracma de Messina. Lucien adoeceu também de pneumonia.

Infelizmente, na sua viagem ao voltar de Agrigento, com muita febre, teve hemorragias pulmonares fortíssimas, sofrendo muito até chegar a sua casa em Paris. Muitos doutores especialistas foram chamados para atender o jovem Hirsch, mas não houve remédio que o salvasse, pois o bacilo maldito já havia se instalado em seus pulmões.

Ele faleceu em Paris, na casa da família, na Rue de l'Élysée, rodeado de seus inconsoláveis pais, tios e primos, na manhã de 6 de abril de 1887.

O enterro foi realizado no dia 7 de abril, no cemitério de Montmartre.

Quero ainda lhe dizer que uma carta da baronesa Clara de Hirsch foi enviada a Michaela, em maio, para o endereço do nosso escritório em Salonica.

Como espero a vinda de vocês muito em breve, fiquei com receio de enviá-la juntamente com esta missiva, embora acredite que ela deva conter um comunicado semelhante ao que lhes envio agora.

O barão e a baronesa se recolheram em luto no castelo da Morávia, cujo endereço desconheço.

Espero vê-las brevemente e ter notícias da data de sua chegada a Salonica.

Atenciosamente,
David Varsano.

Post-scriptum:

Não vejo meu irmão Alberto há tempos. Soube ainda nestes dias que passaram que, nas terras onde ele se fixou para plantar aquele roseiral, justamente nelas e em toda a redondeza, está sendo aventada a possibilidade de se construir um grande hospital e um vilarejo para receber os judeus fugitivos dos pogroms *da Rússia.*

Tudo está sendo negociado por um benemérito europeu. Para tanto, a Alliance Israélite Universelle e seus diretores estão à procura de Alberto. Vieram ao nosso escritório à sua procura, com documentos e um grande depósito num banco inglês.

Espero que, desta vez, a sorte tenha batido à sua porta, e ele deixe de lado seus sonhos impossíveis...

Como estive em Constantinopla durante meses, deixei Salem, meu ajudante, incumbido de seguir os passos de meu irmão e de seu amigo Daud.

Espero ainda nestes dias conseguir localizá-lo, no alto da montanha, onde ele anda escondido do mundo.

As lágrimas corriam pelo rosto de Michaela, e ela fitava sem ver, com a carta em suas mãos apertadas contra o peito e a boca entreaberta, tiritando de frio. E assim ela permaneceu, sentada durante todo o dia e a noite na mesma cadeira, na mesma posição.

Sua cabeça girava, plena de pensamentos embaralhados. Neles, ela tentava entender, retroceder no tempo, imaginar Lucien ainda vivo, Lucien doente e depois morto.

Imaginava o cemitério de Montmartre, um imenso campo, uma enorme fila de homens vestidos de negro. Um cortejo... Os Hirsch, os Bischoffsheim, os Montefiore Levy, os Goldschmidt, os Bamberger, os Camondo, todos fazendo parte daquele momento de dor. Uma lápide, um pedaço de mármore frio, no meio de plátanos e castanheiras.

Seu Lucien agora estaria lá, para sempre.

Quando a luz da manhã iluminou a sala de Mongibello, ela, ainda imóvel, suspirou aliviada. Sentiu um calor, o calor dos raios do sol, aquecendo suas costas, como mãos quentes acariciando sua nuca, beijando seu pescoço.

Ela não estaria mais só, e repentinamente sentiu uma leveza estranha, uma enorme tranquilidade, como se seu corpo tivesse saído e voado daquela sala. E sentiu-se leve como um espírito. Um espírito que havia encontrado outro espírito. Haviam se amado pela última vez, despedindo-se com uma promessa.

— Um dia, meu amor, nos encontraremos novamente — falou para si mesma.

Sorriu, olhando para a luz do sol, e despediu-se de seu amado.

— Todos os dias, quando encontrar o sol olhando nos meus olhos, enxergarei você — falou baixinho. — Quando escutar o canto dos pássaros pela manhã, escutarei você, meu querido Lucien.

E, murmurando como numa oração, repetia:

— Perdoe-me por ter duvidado de seu amor... Perdoe-me por ter duvidado...

Na tarde de 25 de janeiro de 1888, o vento batia nas janelas de Mongibello, cantando e sussurrando canções tristes de despedida. A chaminé dos Varsano nunca mais anunciaria vida e movimento naquela casa. Nem as galinhas fugiriam para o anfiteatro, nem a cabra emprestada por Anjú, para alimentar a pequena Lukia, a "filha do compadre", pastaria mais naquelas paragens.

Os vizinhos não mais bisbilhotariam a vida reservada dos Varsano, nem Antonio, o vermelho e ofegante carteiro, subiria a ladeira gritando novidades para Anna, e nunca mais Altanario passaria por lá oferecendo seus peixes.

A casa ficaria fechada. As trancas foram colocadas nas portas, as venezianas, cerradas, e o mato e a erva daninha cresceriam, tomando conta de tudo. Os Varsano Cohen encerrariam ali o último capítulo de sua história.

Anna Varsano olhou ao redor pela última vez enquanto Michaela e Giovanna subiam na carroça. A pequena, aconchegada no peito de sua verdadeira mãe, dormia tranquila, aquecida e satisfeita.

Anna subiu nos estribos, abraçada com um enrolado de pequenos troncos de plantas. Levava consigo umas mudas de seus limoeiros. Pequeninas, desfolhadas, mas que, com certeza, iriam enraizar na nova terra que as receberia. E que, certamente, um dia dariam sombra e frutos na casa que Anna construiria para receber sua neta, o fruto abençoado do amor de sua Michaela por um homem digno e honrado chamado Lucien Hirsch.

Um dia, Anna, com certeza, esclareceria tudo ao seu marido, o grande *dottore* Varsano, mas não agora. Agora ninguém entenderia. Iriam à frente. Preparando o caminho, e o futuro.

E foi com tais pensamentos que ela trancou o portão e olhou Mongibello pela última vez. Uma nuvem escura e uma cerração encobriam as ruínas do teatro. Nenhuma réstia de sol clareava aquela manhã.

Ela apressou o passo e subiu definitivamente na carroça.

Olhou para Michaela e teve os mesmos pensamentos. Pegou nas mãos de sua filha e beijou a testa da pequena adormecida. E sussurrou em seu ouvido:

— Logo estaremos voltando, e vamos levá-la conosco... Estamos apenas emprestando a nossa pequena Lucienne por alguns meses. Ela estará mais crescida e forte, enfrentará melhor a viagem, e nós duas, com calma, contaremos a história a Alberto...

Giovanna, sentada na frente com o cocheiro, sorria, satisfeita.

E comentava, orgulhosa:

— Elas tomam o vapor em Nápoles e vão para lá, para as terras deles... dos infiéis... E nós duas, *mia bambina* e eu, vamos para Nápoles, para a Igreja de Santa Lúcia... encontrar Angelo Catanzaro. E finalmente meu marido vai conhecer a *figlia* que eu pari!

Michaela e Anna Varsano se despediram de Giovanna e da pequena Lukia no cais de Nápoles. Ela não queria chegar com as duas mulheres à igreja, queria ela mesma explicar ao seu marido a situação e a farsa das mulheres Varsano. Iria dizer que estava apenas encobrindo uma mãe solteira, e a menina era apenas um empréstimo por uns meses.

Foi isso que ficou combinado, e que Michaela fez Giovanna, a costureira, jurar. Esta fazia o sinal da cruz todas as vezes que era arguida por Anna.

— Você não vai se esquecer de contar todos os detalhes a Angelo, não é? — perguntava Anna, olhando firmemente nos olhinhos saltados de Giovanna. — Não vai lhe dar esperanças, não é? Ou deixar que ele pense que você vai criar a menina.

Giovanna ainda ficou com todas as panelas e roupas de cama dos Varsano, e, antes da despedida, Anna colocou-lhe nas mãos um saquinho de moedas, de libras esterlinas, e mais duas cadenas grossas de ouro.

— Este é o nosso pagamento, por enquanto — disse-lhe Anna. — Encontre um bom lugar para morar e não economize em nada para a criança. Dentro do saco está o endereço de meu cunhado em Salonica, ele é o nosso ponto de referência. Não o perca, por favor. Assim que você tiver um endereço aqui em Nápoles, peça ao Ângelo fazer o favor de nos enviar notícias da nossa pequena.

— E obrigada por tudo, Giovanna, logo voltaremos — disse-lhe Michaela com os olhos encharcados ao se separar da criança. — Penso que até agosto ou setembro voltaremos para buscá-la aqui em Nápoles.

Michaela agarrou o bebê novamente e beijou sua testa.

A menina lhe sorriu pela primeira vez.

Com o coração aos saltos, ela viu Giovanna entrar numa carroça, levando sua filha. A carroça contornou o pátio do porto e seguiu seu rumo, desaparecendo na bruma seca da manhã.

Parte III

XXII

ROSA DA NOITE

Salonica, Império Otomano, 1887.

A última carta que Alberto havia recebido de Taormina chegara às vésperas das festas do ano-novo judaico de 5647.

Foi nos fins de setembro de 1886 que ele desceu das montanhas, depois de ter ficado mais de um ano cuidando de sua plantação de rosas e somente tendo referências da vida da cidade quando Daud descia e voltava com os mantimentos e alguns velhos jornais europeus que o marroquino conseguia no famoso Hotel Splendid, em troca de uns serviços de poda e limpeza do jardim interno.

Todos os meses, o jardineiro Daud tinha um serviço secreto para fazer na cidade. Ficava lá mais de quatro dias e sempre voltava com uma desculpa pela demora. Vinha falante e feliz, equilibrando uma caixa pesada de mantimentos, com cereais, açúcar e sal, ovos embrulhados em palha, uns galões de azeite, trigo, semolina e às vezes até frutas secas.

Agora em Salonica era tempo dos figos frescos, dos brancos, pequenos e perfumados, e logo depois viria a temporada dos limões e das laranjas e também dos marmelos. Ele sempre ganhava potes com doces de colher, de cerejas, de maçã, ou qualquer outra fruta da estação, ou ainda pequenas barricas de conservas, os famosos *tourcis*, as conservas com que os comerciantes do mercado de Aun Kapan, os vendedores do mercado, os *bacalikós*, presenteavam o marroquino, chamando-o para dentro de suas lojas

— *Éla kirie Duuud.* Entre, *senhor Daud* — diziam eles alegremente, chamando-o com gestos largos e com sotaque. — *Éla méssa Kiriê.* Entre, entre, senhor.

E de lá, daquele mercado onde era querido e conhecido, vinha ele, atravessando o bairro de Vardar e subindo até o barracão de materiais da oficina da estrada de ferro. Dessa parada em diante, o caminho era íngreme e escorregadio; suado demais, e faminto, ele sentava-se numas pedras e usava uma velha bica para refrescar-se. Abria a sacola que Cassandra lhe dava na saída, com um pedaço de pão. Conhecia o velho guarda que cuidava do portão e um turco nômade que se escondia naquela paragem com seus dois filhos.

Daud desconfiava deles. Deveriam ser ladrões de frutas ou de carneiros. Ficavam dormindo durante o dia à sombra dos arbustos e, quando anoitecia, sumiam de lá e só voltavam ao amanhecer.

Daquele ponto para cima não havia mais trilha, era apenas o caminho que ele e Alberto usavam para chegar ao seu barraco.

Não subiam carroças, e raros eram os pastores que passavam por lá. Não havia mais sinal de vida humana, apenas o vento inclemente que batia nos meses de inverno, o cantar incessante das cigarras no verão e o zumbir das abelhas em busca do néctar das flores selvagens que nasciam entre as pedras.

Montanha acima subia o negro de turbante, carregando um caixote na cabeça. Vinha assobiando as últimas músicas que havia escutado do grupo das moças dos tamborins e que memorizara, como um menino de escola.

E, quando chegava lá no topo, e adentrava o barraco, no *kislã* do *dottore*, não parava de falar. Suspirava para tomar fôlego enquanto descarregava tudo, colocando os "presentes" recebidos em ordem numa prateleira improvisada de caixotes. Contava o que havia visto, quem estava lá e as novidades da cidade e do mercado.

O que deixava Alberto mais impressionado era como o marroquino conhecia tanta gente.

Depois de seus trabalhos secretos, vagava pelos mercados, e à tardinha passava no número 23, Longeant le Quai, na casa da senhora

Marika Karakassos. Sentava-se como uma pessoa da família naquela cozinha mágica e ficava rindo com a pequena Sophie, provando um assado ou uma *pitta*, e dando notícias do *dottore* Alberto. Ficava lá sentado, falando sem parar, com sua voz rouca, com seu sotaque carregado, falando com as mãos enquanto Cassandra e a senhora Karakassos preparavam a refeição da noite do jovem casal David e Katherina Varsano.

Sobre a ausência de David, Daud entendeu que, nesses meses, ele estava trabalhando em Constantinopla, e Katherina estava fora de casa, dando aulas de piano. Ela agora trabalhava para os filhos dos ricos da cidade.

Numa tarde, o advogado Emmanuel Salem soube que Daud estava na cidade e montou guarda na casa da senhora Karakassos até o marroquino voltar para pegar suas coisas.

Entregou-lhe uma carta de Anna Varsano, vinda de Taormina, e também uma notificação do escritório endereçada ao *dottore* Alberto Varsano.

Com toda a elegância que lhe era peculiar, o advogado perguntou do *dottore* e interessou-se em saber da plantação das rosas, mostrou-se satisfeito quando o jardineiro fez um cálculo de quantos quilos de pétalas eles colheriam logo adiante.

A conversa foi formal, diante dos ouvidos curiosos de Cassandra e do barulho das panelas da cozinha da senhora Karakassos.

Com diplomacia, o advogado atraiu o marroquino até o café do Quartier Consulaire, e lá, sentados naquele ambiente pleno de homens de casaca, ele investiu em mais perguntas.

Daud contou-lhe que fazia meses o *dottore* não tinha mais um centavo e não queria que seu irmão David soubesse de seu estado lastimável.

Tinha vergonha de aparecer daquela maneira.

Usava seus velhos trapos do nascer do sol ao entardecer, estava queimado do sol como um mouro, e agora economizava até no azeite da lamparina, deixando de ler seus compêndios de farmácia à noite.

Contou-lhe ainda que sua preocupação maior era a vinda de sua mulher Anna de Taormina. Onde ela iria morar?

Mas o *dottore* não queria ajuda, nem esmolas. De tudo isso, Daud pediu ao advogado que jurasse nunca contar o que havia escutado, pois seu patrão, o *dottore* Varsano, com seu orgulho, nunca iria lhe perdoar.

O advogado balançava a cabeça de um lado para o outro enquanto o jardineiro discorria sobre as penúrias do farmacêutico.

Depois, Salem abriu um sorriso largo, ofereceu mais um chá de menta ao seu convidado e bateu em suas costas.

— Daud, você acredita em milagres?

O negro arregalou um olho e enrugou a testa, não entendendo a pergunta.

— Milagre, Daud... Maomé não falava sobre milagres? — perguntou o advogado, rindo. — Por exemplo: uma pessoa boa recebe um milagre e fica curada, uma pessoa caridosa e pobre recebe um milagre e fica senhora de uma grande herança... Milagre, Daud... entendeu?

— Sim, mas... Que milagre aconteceu?

— Não aconteceu ainda, mas este documento que tenho nas mãos será um milagre para seu amo. Se ele deixar de ser teimoso e sonhador, receberá um milagre. Ele tem apenas que assinar um papel e se tornar um dos homens mais ricos desta cidade... Mas não fale nada sobre isso, pois ele ficará desconfiado. Você deve convencê-lo a vir até a cidade, ao nosso escritório: leve-o primeiro até o grande *hamman*, dê-lhe um banho à moda turca, corte seu cabelo, apare sua barba e vista-o como um cavalheiro. Logo teremos as Grandes Festas, e ele deve vir antes delas, antes que os compradores mudem de ideia — disse Salem, com determinação.

— Compradores de quê? — perguntou o marroquino.

— Ainda não posso lhe adiantar nada, Daud. Eu represento apenas uma companhia. Mas ele deve vir o quanto antes possível. Faça-o descer a montanha, dê a desculpa que lhe convier, que a senhora Karakassos está doente, que Cassandra está morrendo e quer vê-lo, mas não diga nada de David ou do escritório. Não sei o que aconteceu com os dois irmãos depois do casamento de David com Katherina Karakassos.

O advogado olhou as horas no relógio do colete e pagou a conta; despediu-se do jardineiro e seguiu com seus passos largos e seu porte elegante em direção à Rua Sabri Pacha.

A senhora Marika já havia feito o farnel para ser levado para o *dottore*.

Colocou tudo dentro da caixa. Já passava das cinco horas da tarde. A senhora Karakassos destampou uma das panelas, e a cozinha toda ficou inundada com o aroma de suas berinjelas à moda dos turcos.

— *Kiryê Dauudd*... — Ela chamou o jardineiro, mostrando-lhe a comida na panela. — *Imam Bayldí*... berinjelas recheadas... quer provar?

— Hum. — Ele respirou profundamente, como inebriado pelo aroma, e sorriu com seus dentes brancos. — *Parakaló, madam* — disse ele. Por favor, madame, fazendo-lhe uma reverência.

Marika, com seus braços curtos e na ponta dos pés para alcançar o fundo da panela, preparou um prato e ofereceu ao marroquino.

Torrou no carvão uns pedaços de pão amanhecido, colocando sobre eles fios de azeite, e, com suas mãozinhas ágeis, esfregou um pouco de orégano seco, jogando-o sobre o pão quente.

O negro saboreou tudo e, não deixando sequer uma migalha na mesa, olhou para o teto como se estivesse agradecendo a Alá.

Depois veio Cassandra lá de fora com um pote de coalhada que ela guardava debaixo da escada, pois era o lugar mais fresco da casa naquela época do ano. E a senhora, com toda a cerimônia, abriu seus armários, seu *fanari*, forrado de rendas engomadas, e serviu-lhe uma boa colherada de uma compota de pêssegos muito maduros.

Depois, ouviu Katherina chegando das aulas de piano. Naquele dia houvera lições para as crianças dos Modiano. Ela chegou exausta, encalorada, com uma pilha de partituras nos braços; entrou na cozinha com seu chapéu na mão já fazendo um grande estardalhaço desde a entrada da casa:

— Tia Marika, tia... Preciso contar o que ouvi hoje!

Mas levou um susto quando viu à mesa o jardineiro.

— Daud, que surpresa! — disse ela. — Há quanto tempo não nos vemos!

— *Mademoiselle* Katherina... senhora Varsano — disse ele, confuso.

— Como ficou bonita como *maman*! Parece ainda mais... assim mais uma rosa desabrochada — disse ele, olhando-a com orgulho.

Daud adorava Katherina.

Quando ele chegara a Büyükdere, vindo de Astracan, levado por Nicos em seu barco de três mastros para trabalhar na casa de Alexandros Karakassos, ela, Katherina, ainda era uma senhorita que usava tranças! Depois tinha ido estudar música em Paris, e fora nessa temporada que ele preparara para ela o jardim secreto. Ao voltar, naquela Páscoa, ela era uma mulher linda, e, logo que conhecera David, seu coração ficara prisioneiro. Seus olhinhos brilhavam de amor e de preocupação. Agora ela estava bem à sua frente, casada e com Sophie.

— *Mabrucks... mille mabrucks* — disse ele, cumprimentando Katherina. — Felicidades, mil felicidades e sorte para você e sua linda menina Sophie.

— *Merci,* Daud... me conte... Como está o *dottore* Alberto? — perguntou ela. — Ele veio com você?

— Não, senhorita, perdão, digo senhora, ele está lá, com as suas rosas. Virou melhor jardineiro que o mestre. Tão fanático que não deixa sequer uma abelha chegar perto dos botões — disse ele, gargalhando.

Ela ficou séria e respirou fundo.

— Daud, me conte uma coisa, pois você entende bem... Quanto tempo acha que esse trabalho de plantar e colher rosas, e depois fazer perfumes, levará para se realizar? Não sei o que pensar, pois meu marido David acha tudo isso uma loucura, e ele, o *dottore*, como viverá até que consiga concretizar seu sonho?

— Ah, senhora! — disse ele calmamente, tranquilizando-a. — Leva o tempo que a natureza quiser. Antes não acontece, e se acontecer de botões desabrocharem na época certa, todos eles juntos, dizem que foi milagre! Se isso não acontecer, e elas não desabrocharem, Alá ensina que se deve ter paciência e continuar cuidando das roseiras, pois um dia se chega ao seu destino...

E com essas palavras o marroquino foi se despedindo de todos. Já era tarde, e o caminho era longo e íngreme. Chegaria lá ao amanhecer, mas seria uma caminhada tranquila, com sua caixa na cabeça, sem o sol a pino.

Quando Daud falou que possivelmente antes das festas eles deveriam descer juntos a montanha, Katherina disse-lhe que já era tempo de o *dottore* vir conhecer a sobrinha, a pequena Sophie, e que havia um quarto vago no sobrado, e que seu cunhado seria sempre bem-vindo.

Na hora da partida, Cassandra enfiava o que podia, retirando da despensa da senhora Karakassos.

— Tudo é para o *dottore* — dizia ela. — Leve para o *dottore*...

Nada podia convencer Alberto Varsano a sair de seu *kislã* no alto da montanha. Tinha sempre uma desculpa e sabia que Daud faria de tudo para trazer sempre tudo de que eles necessitavam. Com que moedas? Isso era outro mistério.

Não descia de lá, pois suas roupas já estavam puídas, porque suas mãos estavam calejadas e queimadas do sol, porque tinha vergonha de seus bolsos vazios e não queria que ninguém sentisse pena ou quisesse porventura ajudá-lo. Isso o envergonharia.

Depois, andava sujo da terra e encardido da poeira branca das pedras, seus cabelos estavam longos e presos como os dos pastores. Ele guardava apenas uma roupa e suas botinas para o dia em que realmente precisasse. Talvez para quando fosse buscar Anna na estação ou no porto, quem sabe?

Buscar Anna na estação e levá-la para onde? Pagar uma pensão com que dinheiro?

E foi com tais pensamentos, que não saíam de sua cabeça, que comiam a sua alma, que não o deixavam em paz, que ele, absorto, estava ali toda a manhã, no meio da praça do mercado de Sebi, sentado sobre os caixotes, esperando novamente Daud voltar de algum "negócio" que ele tinha de fazer.

No seu bolso, a última carta de Anna levada pelo jardineiro estava enrolada, enrugada, lida e relida.

Já era setembro, e Salonica ainda estava sufocada de calor.

O sol lambia como fogo as tendas dos negociantes de tapetes que se postavam à entrada do mercado Aun Kapan. E ele ali, imóvel, sentado sobre os caixotes arrumados por Daud, esperava, impaciente. Queria subir logo para suas terras e ver como estavam seus botões desabrochando.

Queria abrir logo aqueles caixotes que continham os bens mais preciosos de seu futuro. Garrafas, tachos de cobre e fogareiros, pedaços de canos e pilões de mármore, panos brancos e socadores.

Enfim, sob ele, ali sentado, estaria todo o arsenal de seu futuro, o seu laboratório, tudo com que ele tanto havia sonhado nesses últimos anos. Fazer o *attar*, a essência dourada das rosas Ranzanlick, e fabricar um perfume maravilhoso. E o Rose du Soir estava muito perto de acontecer!

Alberto Varsano não via a hora de subir a montanha para a colheita das flores.

Com a mão direita no bolso, ele apertava a carta de Anna. Ela havia escrito uma longa, e haviam dito que estariam logo mais com ele, mas quando? E ele precisava pensar no que fazer! Ela contava emocionada que Michaela havia retornado a Taormina e que ele levaria um susto ao ver a filha. Ela havia se tornado uma mulher bonita, inteligente e refinada, parece uma dama, escrevera ela. Voltou para casa, pois seu tempo de estudos já havia terminado. Era agora somente uma questão de tempo para Anna terminar seus trabalhos prometidos para o fim de ano e para o Grande Baile do Teatro Regina Margherita. Este ano viriam muitos nobres do Piemonte, da Baviera, e da França, escrevera, e Michaela vai me ajudar. Depois disso, estaremos os três juntos para sempre...

Contava que tanto ela quanto Michaela tinham algumas economias, e com isso poderiam comprar uma casa pequena em Salonica, para todos ficarem juntos. Que, com a ajuda de Michaela, que viera com a cabeça de uma francesa, elas poderiam costurar e bordar lindas roupas para as mulheres mais ricas de lá. Anna, inclusive, perguntava a Alberto quanto custaria uma casa em Salonica.

A carta talvez fosse um amuleto. Ele nunca havia se sentido assim tão tenso, tão ansioso, tão só e desprotegido. E ao mesmo tempo tão confiante e feliz de ver seus sonhos prestes a se realizarem. Primeiro colheria as rosas, destilaria seu *attar*, e depois pensaria na casa.

E assim com seus pensamentos, nem percebeu a multidão que se formava à sua volta, à sombra do plátano.

Ao seu lado, um grupo de músicos de *Tchalhidjis* começava a fazer seu pequeno espetáculo. As três moças, vestidas com *sayo* e *bustikó* em seda multicolorida, tocavam tamborins, acompanhadas de um violinista mais velho.

A melodia cantada em judeo-espanhol e suas estrofes em estribilho contagiavam todos que entravam no mercado. Um a um, os *hamalitos* iam se aproximando e rodeando o grupo. Os vendedores de figos e pistaches deixavam no chão seus tabuleiros e, com as mãos, acompanhavam os tamborins. Alguns assobiavam, acompanhando a música, como o som de uma flauta.

Alberto inconscientemente começou a tamborilar com os dedos no caixote, no compasso da música, mas não podia cantar, não entendia a canção.

Alguém se aproximou dele e, num italiano rudimentar, começou a traduzir o sentido das palavras em ladino.

Alberto virou-se, surpreso.

Era o gordo Moise Covo, que, vendo o *dottore* do outro lado de sua tenda, viera render-lhe homenagem em sua visita ao mercado.

— *Señor* Varsano — disse o gordo com seu sotaque —, fico contente em revê-lo e lhe desejo um ano-novo especial. Que todos os *sus sueños* se realizem nesta nossa Mãe de Israel!

Alberto ficou perplexo com o gesto de Covo; afinal, haviam estado juntos apenas uma vez depois do desaparecimento de Victor! Ele e David haviam procurado o gordo Covo para que lhes desse satisfações, contando sobre a morte de Victor, e pedir uma solução sobre a dívida do morto com ele. Covo ficou chocado com os detalhes do que havia sido relatado, do encontro com o marroquino e de seu enterro.

— Não se preocupem com o dinheiro — disse o gordo depois de escutar tudo atentamente. — Afinal, riscos são riscos, e negócios são negócios! — dizia ele com gestos largos e continuava: — Não temos mais conosco o moço *aventuroso* de volta... Isso *és el peor*... Não temos mais nosso Victor Varsano... Se for à sinagoga de Yashan, a Castelaña, a nossa sinagoga para as festas, *señor*, me procure e iremos à nossa casa para o desjejum do Yom Kippur. Será uma bênção recebê-lo, *señor* Varsano.

Quando Daud retornou à praça do mercado, com os braços carregados de rolos de panos e cordas, e vinha em direção ao plátano, com aquele sorriso branco igual ao seu turbante, os *hamalitos* e vendedores abriram o caminho para que ele passasse. Os músicos debaixo da grande árvore fizeram reverência, batendo os instrumentos, e as moças sorriram.

Covo cumprimentou Daud, e este o saudou como a um velho amigo.

Alberto, ainda sentado sobre os caixotes, estava boquiaberto. Como um pobre negro havia conquistado o respeito e a amizade de tanta gente?

Era verdade que ele era uma figura diferenciada na cidade. Não era comum um africano, filho de pai somali e mãe berbere, com sua cor de ébano, com sua altura e silhueta elegante e flexível como a de um leopardo, e com maneiras de um aristocrata, como as de Daud.

Ele era único. Parecia um daqueles mouros venezianos postados atrás de Alberto.

Alberto olhou para Daud e balançou a cabeça negativamente.

— Terminamos tudo, não é? Poderemos subir, vamos devagar e estaremos lá ao anoitecer.

Daud não acreditou na teimosia do *dottore*:

— Mas, e as festas? Encontrei o senhor Covo, e ele me contou que queria convidá-lo e... Mas Cassandra anda muito mal, *dottore*, ela precisa vê-lo, por favor, antes que morra!

— Daud — disse ele ao pé do seu ouvido. — Veja bem a minha figura, já passei vergonha ao ser reconhecido neste estado pelo velho Covo. Você quer que eu visite a senhora Karakassos e encontre meu irmão e minha nova cunhada desta maneira que estou? Vamos subindo, Daud, vamos andando para casa — disse ele, apressando o passo, enquanto dois *hamalitos* colocavam em suas costas as caixas do material.

— Só tenho mais um pedido, *dottore* — falou Daud com cerimônia, mostrando que estava descontente. — Preciso ainda passar no grande *haman*, antes de pegarmos o caminho para cima de Vardar.

Os banhos turcos chamados de *haman*, ou ainda de *turkika loutrá* pelos gregos, eram comumente encontrados em todos os bairros de Salonica. Mas este *haman* em especial, chamado de Yaudi Haman, situado junto ao Quartier Frank, era o maior deles, e muito luxuoso. Era frequentado por financistas e industriais, advogados, médicos; enfim, a melhor casta aristocrática da cidade. E lá iam todos eles, todas as semanas do ano. Lá, todos se encontravam e cumprimentavam com um aceno de cabeça, e depois entravam naquelas câmaras de mármore e abóbadas gigantescas em silêncio. E em silêncio saíam.

Essa casa de banhos também recebia os paxás que vinham visitar a cidade, como altos governantes do Império Otomano. Era um lugar onde não só a água e o vapor transformavam os visitantes; tudo naquele lugar tinha uma aura de paz. O perfume dos óleos, feitos de jasmim, massageados com firmeza, o eco dos ramos de oliveira, que, batidos em cadência, pareciam com os ponteiros de um grande relógio, e o barulho das canecas de cobre cheias de água morna, sendo despejada nos corpos quentes e relaxados sobre as pranchas do mármore aquecido, era o único ruído que acompanhava o pensamento daqueles banhistas sempre tão ocupados e importantes.

À entrada havia uma recepção plena de tapeçarias raras, onde se deixavam os sapatos. Numa galeria, pequenos cubículos acortinados, onde os homens tiravam suas roupas usadas e davam ao serviçal da casa suas mudas de roupa limpa. Esta era levada para uma lavanderia, onde as *siderostrias*, ou as passadoras, com ferros em brasa, entregavam aos serviçais as mudas ainda quentes penduradas.

O visitante, com um pano branco chamado de *burnuz* enrolado em seu corpo nu, calçando apenas suas pantufas de pano, ia até a primeira câmara.

Lá ele ficava mais de uma hora, deitado sobre pedras aquecidas, no meio de um leve vapor que exalava de bocas douradas entre as cascatas de água corrente. A luz do sol vinha difusa das pequenas aberturas como pratos de vidro das abóbadas, formando no mármore um arco-íris de cores.

Como havia entrado lá?, perguntava Alberto a si mesmo, e com que dinheiro Daud pretendia pagar tudo aquilo? O que aquele jardineiro esperto havia feito para que tivessem entrado naquele lugar tão luxuoso?

Tarde demais, pensava ele, que nem conseguia mais pensar. O calor relaxava o seu corpo e inebriava a sua mente, abria seus poros, e uma sensação de bem-estar tomou conta dele, que se sentia entorpecido por aquilo tudo.

Um serviçal veio despertá-lo de seu torpor.

Alberto parecia estar acordando de um sonho.

— Efêndi — disse-lhe o rapaz bem baixinho, fazendo reverência e entregando-lhe mais dois *burnuzes* secos e limpos. — Efêndi — falou novamente, apontando para outra porta —, o banho, está na sua vez.

Vagarosamente, Alberto levantou-se de sua prancha de mármore e seguiu o homem de toalha enrolada na cabeça.

Alberto era o único que havia permanecido lá. Adormecera, e Daud não estava mais com ele.

A outra sala de banhos era majestosa, plena de cascatas de água que caíam em pias que formavam fontes, grandes mesas de mármores centrais, e dois banhistas sendo massageados por turcos experientes.

Cada um deles tinha um *tapsi*, um tacho de cobre, e muitos panos que pareciam gazes de algodão. Os massagistas colocavam-nos num balde de sabão e, com gestos e malabarismos, como mágica, os panos inflavam, virando uma grande bola branca que ia massageando do topo da nuca até os dedos dos pés.

Depois vinham as tinas de água — dos cabelos, do pescoço e iam descendo. E, por último, na terceira câmara, onde as mesas eram forradas com outros panos, vinham os óleos, aquecidos em pequenos vidros azuis. Lá era servido o chá de menta, nas longas cadeiras para o visitante relaxar.

Depois de todo esse ritual, o serviçal que o havia recebido perguntava se queria aparar a barba e os cabelos.

Daud entrou nesse momento, vindo de uma outra porta com o rosto brilhando de alegria.

— *Merci* — agradeceu o marroquino ao rapaz vestido com fez. — Mas o efêndi Varsano vai fazer a barba e o cabelo na cabine particular. Por favor, leve suas roupas para lá — disse-lhe o jardineiro, impostando sua voz.

Alberto olhou para Daud, incrédulo.

— Você enlouqueceu, Daud? Que mania é essa de querer ser meu servo, de efêndi pra cá e pra lá, de mostrar uma riqueza que não existe. Não temos uma lira sequer para pagar por este lugar! Você me disse que ia apenas podar o jardim do *haman*, como prometera ao tal efêndi Aziz, o proprietário. Era coisa de uma hora apenas. E que ele havia convidado seu amo para esperá-lo aqui dentro. Descansando do calor da rua. Mas não usando os serviços dele! Vocês me colocaram naquela cabine, achei que tirar o sapato era obrigatório, depois a roupa, bem, até que pensei que poderia ser costume deitar no divã deles, mas me mandar para os banhos passou dos limites!

Daud não respondeu e tirou de seu *entari* uma pequena tesoura de prata.

— Fique quieto, *Dottore* — falou o marroquino, segurando a cabeça de Alberto. — Fique calmo... sentado aqui, pois vai sentir como ficará melhor. Penso todos os dias se o senhor, sendo um homem de bem, não se envergonha de andar assim, de se esconder nas montanhas, de não dar notícias a todos que vivem procurando-o. Quer sofrer por quê? O que foi que o senhor fez de tão grave para se esconder assim? Agora que está limpo e banhado, vou cortar seus cabelos e aparar sua barba, e, para não machucá-lo, o senhor *dottore* Varsano, meu efêndi... deverá ter um pouco de paciência! Vamos virar a cadeira... Assim, pronto!

Daud olhou para Alberto, que se olhou no espelho pela primeira vez em muito tempo. O marroquino tinha razão. Ele estava velho, escuro como um mouro e desgrenhado. Sua barba era de um eremita, e sua expressão, triste e cansada. Sentiu vergonha do que viu.

E deixou-se levar pelos cuidados do seu amigo.

O marroquino Daud recordou-se do conde De Brazza.

Pouco a pouco, aquelas mãos hábeis de jardineiro, munidas de uma tesoura, foram fazendo um milagre. Depois, veio a cerimônia de vesti-lo.

Entregou-lhe primeiro as roupas de baixo, depois a camisa branca, o colete, as calças, arrumou seu *plastron*, colocou as abotoaduras de meia-lua e, finalmente, agachou-se e calçou-lhe as polainas.

À saída, vestiu-lhe a casaca, o *stambuline*, e, antes de chegarem à porta de saída, um serviçal veio trazer-lhe um *fez*, o chapéu de veludo cor de vinho.

— Efêndi — ofereceu-lhe o rapaz. — É para o senhor, com os votos de felicidades e paz do efêndi Aziz!

Havia uma charrete na porta do grande *haman*.

Alberto franziu o cenho, perguntando para onde iam, e Daud acomodou seu amo na banqueta e deu ordens ao charreteiro.

— Vamos ao Quartier Consulaire, *Parakaló*. Por favor — falou ao charreteiro, misturando o grego com sotaque francês. O rapazinho que dirigia a charrete deu meia-volta na praça do Konak e entrou na rua Sabri Pacha.

Como a cidade havia mudado! Lojas, vitrines, propagandas e pessoas elegantes andando em ruas calçadas. Alberto nunca havia passado naquele trecho tão elegante da rua. Casas de tecidos, peleterias, vitrines de joias, de lustres e candelabros de prata, uma nova galeria em arcada chamada Passage Lombardo, o Imperial Otoman Bank, a loja de Mallah e Frères, que anunciava novos *montres Omega, or argente et metal*, a livraria Molho, cafés, teatros e hotéis novos, e nada disso tudo que estava vendo agora Alberto sabia existir na cidade.

— Isto é um outro mundo! — exclamou.

O que ele conhecia apenas era uma outra rua Sabri Pacha. O trecho perto de Vardar, junto da Sinagoga Talmud Torah, cheio de religiosos judeus, a região perto do mercado Aun Kapan, pleno de vendedores de limões, pepinos e melões, de barulhos e berros de pastores vendendo suas ovelhas, de agricultores trazendo para o mercado lentilhas e arroz em tonéis, de albaneses que vendiam seus iogurtes e de açougueiros muçulmanos que penduravam na porta de suas tendas cabeças de carneiro, consideradas uma das delícias da cozinha otomana.

Daud adivinhou seu pensamento e mandou o charreteito parar.

— Efêndi, sabe o que pensei? — falou Daud, tirando-o dos devaneios. — Que, para o senhor fazer o seu perfume, temos que ter fregueses primeiro. Onde pensa vendê-lo, e em que frasco? Vamos ver a tal Farmácia Francesa, que é tão famosa aqui, e ver o que eles vendem lá?

O jardineiro desceu primeiro e, com uma reverência, ajudou o farmacêutico a colocar os pés no estribo. Suas polainas reluziam à luz do fim de tarde.

Alberto parecia mais um *financier* visitando a cidade. Sua postura voltara a ser a do *dottore* Alberto Varsano, de Veneza. Quando viu a reverência do marroquino, teve um acesso de riso. Tudo aquilo parecia uma peça de teatro, daquela ópera de marionetes a que assistira em Taormina.

Daud viu Alberto rindo, e, pela primeira vez, os dois tiveram um acesso de riso que os fez engasgar. Ele, fantasiado de lorde, de conde De

Brazza, sabe-se lá do quê? Com aquela casaca de tecido caro — com toda aquela roupa que só Deus poderia responder de onde e de quem Daud havia conseguido. Na cabeça, um fez novo em folha, de veludo reluzente.

— Um *cadeaux* do efêndi Aziz... para o *dottore*! — disse Alberto, imitando o francês do serviçal do *haman*.

E assim os dois seguiram pela Sabri Pacha até o Café Cristal, rindo, conversando e chamando a atenção dos transeuntes, que viravam para vê-los passar.

Nesse lado da rua, Emmanuel Raphael Salem esperava pelos dois. Estranhou apenas a fisionomia alegre de Alberto Varsano. Rindo e gesticulando com Daud, naquela parceria de um falando italiano e o outro respondendo em francês, pareciam dois rapazes alegres, dois estudantes que saíam da escola, falando sem parar.

Pelo pouco que havia convivido com o farmacêutico, esperava encontrá-lo quase amordaçado e mal-humorado, com aquele orgulho que é peculiar aos venezianos que cresceram sob as leis do Império Austro-Húngaro.

E Alberto era um deles. Seu lema era: o que não podia ter não queria para si. Tudo deveria vir do suor do seu rosto, e esse era seu orgulho.

Comprar casa com dinheiro de Michaela e Anna seria sua máxima vergonha, e o fato de estar vestido assim, com roupas emprestadas ou doadas, mesmo que estivesse limpo e recendendo a jasmim e folhas de pinheiros, como agora, não impedia que ele se sentisse humilhado.

Toda cautela seria pouca naquele instante, pensou Salem. Não posso dar um passo em falso. O advogado acertou seus passos e, no momento em que cruzou à frente de Alberto, esbarrou em seu braço. Fingiu não tê-lo reconhecido e pediu perdão antes mesmo de olhar para quem havia atingido.

Foi Alberto, então, quem o reconheceu.

— Salve, Salem. Como vai?

— *Dottore*, que prazer em vê-lo na cidade! Como andam seus negócios? E, virando-se para Daud, surpreso, saudou-o com alegria.

— Salve, Daud, há quanto tempo, hein? Pensei que estivesse com os Karakassos em Constantinopla — comentou seriamente e surpreso, olhando para os dois. — Então estão juntos naquela empreitada?

Os dois balançaram a cabeça ao mesmo tempo, afirmativamente.

— Bem, saí de uma reunião importante agora mesmo e estava indo tomar um café — disse-lhes o advogado, demonstrando cansaço. — Vocês me acompanham?

— Nós estávamos indo à Farmácia Francesa aqui em frente, para ver o que eles têm à venda. E os vidros de perfumes — respondeu Alberto, querendo se desvencilhar do café. — Agora que vamos preparar os perfumes, preciso ver os frascos.

— E os concorrentes também! — falou Daud, piscando-lhe um olho e completando a frase. — Se o senhor quiser nos fazer companhia, junte-se a nós, não vamos demorar, não é, efêndi?

E os três entraram na farmácia.

Alberto queria sentir os aromas e as misturas daqueles perfumes, e analisar frasco por frasco o que eles vendiam naquele local.

A maioria deles vinha de um lugar da França chamada Grasse.

Eram misturas leves de lavanda com leve amadeirado, ou jasmim com especiarias. Nada com rosas, apenas óleo de rosas ou água de rosas para doces e caldas. Ele respirou aliviado.

Na outra prateleira havia as lavandas inglesas em vidros com lindos rótulos e sempre a figura da rainha Vitória num círculo dourado, e um vidrinho de água de limões-sicilianos. Nada mais.

Os perfumeiros, sim, eram lindos. Os cristais lavrados em forma de flores e pequenos vaporizadores recobertos de fios de seda coloridos, os tons de rosa, de ameixa, de verde profundo formavam uma coleção de ideias para o seu Rose du Soir. O ruim será ter um conteúdo maravilhoso e não poder lhe dar a embalagem devida, pensou Alberto com seus botões.

Raphael Salem acompanhava de perto as observações de Alberto.

— Lindos, esses *vaporisateurs*, peças tão delicadas para conservar um aroma raro, como deverá ser aquele que o *dottore* está planejando. Este Lalique, por exemplo, é maravilhoso — comentou, retirando-o da prateleira e olhando-o contra a luz da rua.

Alberto ficou impressionado com a observação de Salem, um homem elegante, inteligente, de bom gosto, e ele falava de cristais e Lalique...

— *Dottore* — disse-lhe Daud —, tenho uma ideia! Por que não colocamos o Rose du Soir dentro de um *vaporisateur* igual a esses, e oferecemos assim?

— Sim, Daud, você sempre vem com suas ótimas ideias, mas esqueceu o principal... As libras turcas, de quantas vamos precisar para comprarmos esses vidros? Fez as contas? Não... pois você é ótimo para algumas coisas, mas não sabe fazer contas. Dinheiro para você nunca existiu — disse o farmacêutico, rindo de Daud.

O negro fez um gesto com as mãos, como que rendido ao argumento, e calou-se.

E então Salem, limpando a garganta, aproveitou e entrou na conversa dos dois.

— *Dottore* Varsano, creio que tenho uma solução para isso — disse-lhe o advogado compassadamente, medindo as palavras.

— Que solução, Salem? Você conhece algum vidreiro ou alguém que nos venda Lalique a preço bom? — perguntou, curioso.

— Nem uma coisa nem outra, mesmo porque seu perfume dentro de um Lalique será um perfume; sem ele, será um perfume normal, tendo a concorrência de todos os outros. E todo Lalique tem seu preço. O preço sugerido pelo seu autor. E seu perfume terá a sua assinatura, também penso eu. Bem, vamos tomar o café, que eu conto o que me ocorreu agora.

Sentaram-se os três no Café Cristal, que, àquela hora do fim de tarde, fervia de gente. Senhoras vestidas com grandes chapéus, *nanies* que cuidavam de crianças e ofereciam-lhes doce de leite com arroz, uma especialidade da casa. Homens de negócios, poetas e intelectuais que fumavam seus charutos ou narguilés, e um piano que tocava melodias que, segundo o advogado Salem, eram de um polonês, um tal de Chopin. Chamando a atenção do farmacêutico, que estava distraído, explicou-lhe:

— Escute, Alberto, algumas músicas são valsas, e essa que o pianista toca agora é um tipo de composição que o autor chama de noturno.

Salem, calmamente, pediu um anis, ou *ouzo*, como os gregos o chamavam. Com o copinho, veio água fresca em uma garrafinha. Daud pediu um chá de menta e um doce de amêndoas, chamado pelos turcos de *kurabié,* e Alberto, um café.

Vieram à mesa também pratinhos com sultanas e figos secos, sementes de girassol e amêndoas torradas que Daud devorou aos poucos; com o olhar de gato, previa o instante em que Salem iria entrar no assunto principal.

Falaram banalidades, Salem contou de David, de Katherina e suas aulas, e da pequena Sophie. Contou-lhe que a senhora Karakassos e Cassandra sentiam a falta dele e sempre perguntavam por notícias.

Mas fez questão de não entrar naquele assunto até Alberto, curioso, perguntar-lhe.

Quando chegou a hora certa, veio a pergunta de Alberto.

— Sobre os vidros, Salem, o que era mesmo que você queria me dizer, lembra-se?

— Ah, sim — respondeu o advogado, fingindo-se de esquecido. — Não era bem sobre vidros, mas sim sobre uma oportunidade que surgiu para o senhor. Uma proposta interessante, para não dizer que, ao meu ver, como advogado, é *muito* interessante. E com a sua afirmativa, isto é, concordando com o interessado, você não só poderá comprar todos os Laliques que escolher, como ainda montar sua fábrica de perfumes, uma farmácia, comprar uma casa, e ainda terá dinheiro para viver como homem rico se não quiser trabalhar...

— O que é isso, Salem, está brincando comigo? É uma herança ou um milagre?

— Nem uma coisa nem outra — falou o advogado calmamente. — É apenas um negócio, e tudo é questão de sorte. E parece que ela resolveu bater à sua porta.

Alberto olhou desconfiado para o advogado e perguntou:

— E eu, o que tenho que fazer para isso acontecer, matar alguém?

Salem riu e ganhou tempo pedindo mais um anis.

— Mais um café, *dottore?*

Esperou o menino servir o *brick* de café e, quando ele se afastou, acendeu seu charuto calmamente e deu uma baforada, como se tivesse uma vida pela frente para contar.

Sentiu Alberto tenso e curioso, mas queria ganhar tempo e aumentar mais o impacto da proposta. Tinha que saber como começar.

— Bem, *dottore* — começou ele, impostando a voz, como fazia um bom advogado. — Quero antes fazer-lhe uma pergunta: estas terras que comprou daquele turco, o tal efêndi Ali, dono delas, o senhor conseguiu dele e do Porte os documentos da propriedade?

Alberto começou a perder a cor e parou para pensar.

— Não... — respondeu, quase gaguejando. — Quando soube da venda do terreno, fui fechar o negócio diretamente com ele. Fui ao seu encontro no Mercado Egípcio e paguei-lhe com minhas economias. E ele escreveu em turco, para o guarda do portão da ferrovia, que eu era o novo proprietário daquelas terras, e que me deixasse passar sempre que eu quisesse.

— E você acreditou nesse documento, e isso é tudo que tem?

— Há algum problema, e foi por isso que você mandou aquela carta para que eu fosse ao seu escritório?

— Mais ou menos, *dottore* — falou Salem, calmo. — Mais ou menos isso. Um cliente de nosso escritório, um grande benemérito desta cidade, está interessado em comprar todas as terras ao seu redor. Ele doará tudo à cidade. Quer construir lá um hospital e uma vila de casas para refugiados dos *pogroms* da Rússia. Nesse ponto, você está no meio de tudo. O efêndi Ali fechou todo o negócio com ele, por nosso intermédio, mas nós temos conosco as autoridades do sultão. Somos um escritório de advocacia especializado em propriedades e concessão, não se esqueça. E você fez um péssimo negócio sozinho.

"Ele simplesmente poderá dizer que nunca lhe deu propriedade alguma, mas apenas a autorização de uso, para plantar na propriedade dele. E essas terras não são e nunca serão suas."

O suor escorria na face de Alberto.

Salem podia sentir sua palpitação ao pedir um copo de água ao atendente. Suspirou fundo e, colocando as mãos nos joelhos, flexionou a cabeça, nervoso.

— Quer dizer que fui enganado... roubado... por aquele... *ladri*... — disse ele, desconcertado e com a voz embargada.

Salem bateu no seu ombro e pediu-lhe calma.

— Escute, *dottore*, só temos uma saída, e essa foi sua sorte: a pessoa interessada não quer prejudicar ninguém; ao contrário, quer colocar uma fortuna nas suas mãos. Vai comprar tudo do turco, com posse e propriedade feitas com o *signete*, com a *turga* do sultão e do paxá. Vai pagar o que vale e o que não vale para ter uma extensão de oito acres e meio. O valor pedido pelo efêndi foi de três mil e setecentas libras turcas. Mas, acreditando no senhor e no seu trabalho de ter lá plantado seu roseiral, e com a perícia do comprador, que entende de valores, ele barganhou com o vendedor e pagará ao efêndi apenas mil e setecentas libras, e ao senhor as duas mil restantes. Vai tudo perfazer o total de dez mil libras, que ele depositou em nome do escritório, para a construção das casas. Ele quer deixar claro que o produto do roseiral é seu, e que, depois da colheita, ele será cercado com ciprestes, formando um *gülbahcer*, digo, um jardim público que fará parte do loteamento.

Alberto, ainda sem entender muito bem, perguntou:

— E se eu não concordar em vender?

— *Dottore* — respondeu o advogado. — Creio que não entendeu. O senhor não está vendendo nada, pois o terreno não é seu. O senhor está ganhando, e isso não dá para explicar se é sorte ou milagre, mas só acontece uma vez na vida! Estou só esperando sua assinatura para o senhor ter seu depósito no banco. Boa sorte com todo esse dinheiro, mas cuidado para não ser logrado outra vez. Dizem que a sorte não bate duas vezes na mesma porta...

Alberto ficou pensativo.

— Posso lhe perguntar uma coisa, Salem? Quem é esse benfeitor?

— Infelizmente, *dottore*, ele é um anônimo, e com o tempo, prontos o hospital e o *quartier*, tudo levará o nome desse grande benemérito. Esperemos que um dia o senhor saiba! Boa sorte.

XXIII

O SARAU DA SENHORA MODIANO

Salonica, 1888.

No início de maio, Michaela Varsano, a filha do *dottore* Alberto, foi apresentada a Jacobo Montefiore.

Salonica estava em festa, era início da primavera, e as cores da cidade haviam mudado desde a chegada das duas mulheres na vida do farmacêutico.

Anna Varsano tinha agora uma grande mecha branca nos cabelos negros, mas seu corpo esguio e flexível não envelhecera. Ao contrário, os anos não haviam passado para a siciliana, pois ela continuava com seu olhar forte, as sobrancelhas espessas e expressivas, seu andar sensual e gestos carinhosos. E foi seu sorriso que encantou a todos, de lábios carnudos e dentes de pérola.

Sua filha tornara-se uma mulher bela e inteligente.

Era fisicamente a cópia da mãe, mas com grandes olhos verdes, um olhar velado, como o de uma gata, e a expressão de uma aristocrata.

Mas desde sua chegada à casa de Marika Karakassos ela ainda não sorrira. Havia chegado cansada da viagem até Salonica, um pouco magra demais com um ar de tristeza.

Disse ao pai que o navio balançara muito, do Jônio ao Egeu, e que quase não conseguira se alimentar. Ninguém entendeu por que as duas vieram de vapor, e não de trem, aproveitando agora todas aquelas linhas novas que, interligadas pela companhia do barão Hirsch, chegavam facilmente a Salonica.

Anna sorriu e convenceu Alberto de que as duas queriam aproveitar juntas uma viagem, e ela particularmente, que nunca havia saído de Taormina, ficara maravilhada ao ver Nápoles, andar pela Via Foria e olhar todas as fachadas daqueles palácios. Vira as torres dos Sanfelice, os muros e os brasões dos Doria, dos Cassamassima, dos Siciliani di Rende; enfim, visitaram todas as igrejas, o jardim botânico, as *ville* à beira-mar e o maravilhoso Belvedere.

Michaela contou ainda que muitos ingleses, no tempo em que ela morava em Londres, falavam muito de Nápoles. Tinham a cidade como uma das mais lindas *riviere* que conheceram em viagens pelos reinos dos Bourbon. Contavam que a cidade e seus arredores tinham tantos palácios que dentro daqueles muros altos deveria estar escondido ao menos um terço das riquezas da Itália Unificada.

Não importava que dinastia havia reinado, e se era aparentada dos Bourbon ou Savoia, nada havia mudado para os nobres e aristocratas.

Tantas revoluções e guerras haviam passado por aquelas ruas, camisas-vermelhas, uniformes azuis, e os ricos continuavam ricos, os menos ricos enriqueceram depois da saída dos reis das duas Sicílias, e os pobres ficaram ainda mais pobres.

Como também em Salonica, os ricos cada dia aumentavam seu patrimônio, apenas com uma diferença: eles haviam chegado lá sem uma lira sequer, apenas com a vontade de trabalhar. Não existiam, com raras exceções, famílias que tivessem herdado alguma coisa. Todos os que dominavam o mercado da cidade, sendo eles judeus ou gregos, nunca haviam recebido uma lira sequer como herança, explicou David.

Em Nápoles isso nunca acontecia. Ver um nobre trabalhando. Tudo era herança de família e títulos ou dotes. O dote e a união das famílias transformavam, cada dia mais, a cidade numa fortaleza.

Falando em dotes, o assunto na sala de jantar da senhora Karakassos empolgou os presentes.

— Na Itália, sem dote ninguém se casa — falou Anna. — Pobres das moças cujo pai não tem um belo dote. Eu, que preparei tantos vestidos para as noivas, escutei histórias incríveis!

E Marika Karakassos riu e, no seu italiano de Corfu, jogou mais lenha no assunto:

— E quem disse que aqui, nestes nossos tempos, existe hoje em dia casamento por amor? São raros. O único que vi acontecer ultimamente foi o de minha sobrinha Katherina e o seu cunhado David. Eles, sim, casaram por amor! Meu irmão Alexandros até hoje quer dar o dote para que ela compre a sua casa, mas David não deixa, não quer um tostão do sogro nem participação dos lucros da *ambelia*.

— *Crissó pedi... Inê o kírios David* -- falou Cassandra, tirando da mesa o restante dos pratos.

— O que foi que ela disse, senhora Marika? — perguntou Michaela.

— Que o senhor David é de ouro... e é mesmo! Só de aturar quatro mulheres nesta casa, e viver alegre e sorrindo! Tem a mim, uma grega fanática cristã, como se fosse uma sogra; Cassandra, que roda o dia todo nesta casa e que não para de falar e cantar alto suas rezas bizantinas; tem a nossa pequena Sophie, que ainda resmunga quando tem fome; e Katherina, que às vezes mostra o seu lado *anatholicó*, o seu lado levantino, o mau humor, e fica amuada até com seu santo protetor. Não é, Katherina?

— *Éla tia mou...* deixe disso, tia, não conte essas coisas, são coisas nossas, não é sempre; às vezes, eu perco a paciência...

— Eu não disse? Ela é igual ao meu irmão Alexandros: num segundo fica nervoso e depois esquece por que estava assim.

E Anna estava interessada em saber mais dos costumes da cidade. De casamentos e dotes, dos costumes de tantas raças e religiões diferentes convivendo juntas. Marika Karakassos explicou, entre um café e outro, que havia um costume diferente para cada raça e religião.

Michaela podia sentir aonde aquela conversa, assim "tão leve", levaria. Seria um pretexto para o assunto de seu pretendente, falariam de Jacobo Montefiore! O tal do Yako...

Desde abril, quando ela estivera pela primeira vez na casa da *siniora* Fakima, uma das mais respeitadas na cidade, e mãe dos conhecidos Modiano, todos os assuntos giravam sobre casamento, logo cedo no café, na hora do jantar e até na hora de dormir.

Sua mãe entrava em seu quarto para lhe falar. E as duas conversavam baixinho, e Anna sussurrava, para que o seu marido, o *dottore* Alberto, não escutasse no quarto ao lado.

Havia dois quartos vagos na casa da senhora Karakassos, e um deles já hospedava Alberto, desde o fim de ano, quando ele recebera aquela quantia enorme no banco. Tinha que vir morar na cidade e abandonar seu barracão no terreno das montanhas. Quando viera, insistira em pagar um aluguel e as refeições no sobrado, mas David, que agora era o provedor da casa, não aceitara e nunca aceitaria. Ele, seu irmão mais velho, seria, no endereço dos Karakassos, um hóspede, como, à maneira dos turcos, um *misafir*, um convidado de honra.

O outro quarto ficaria para Michaela, quando chegasse com a mãe.

O quarto de Alberto era o mesmo que dividia com David quando chegara àquela cidade. Mas havia sido redecorado por Katherina. No lugar do velho divã havia agora um leito matrimonial de ferro, uma mesa com livros, uma cômoda alta, uma lamparina de cobre, e ao lado um lavatório com o espelho veneziano. E, em frente da cama, a aquarela de Veneza do inglês Turner.

O quarto de Michaela era o menor de todos e agora acomodava o divã coberto com um tecido novo, um trabalho de Katherina, e as almofadas bordadas de flores, que Cassandra e a senhora bordaram durante os dois últimos meses de inverno incansavelmente. Havia também uma velha cômoda de carvalho, cheirando a cera, com desenhos de meandros em madrepérola, que pertencera à avó da senhora Marika.

E os baús de viagem das duas hóspedes ficavam num canto escuro.

Os anfitriões, na pressa de receberem as duas mulheres, haviam providenciado um *sobah* novo de carvão, pois o frio em janeiro foi um dos mais violentos na região, com nevasca e ventos gelados. Alberto encomendou um lindo lavatório com espelhos e mármore cor de rosa para a filha e uma pequena poltrona em estilo Luís XV. Queria fazer-lhe uma surpresa, mas tudo fora encomendado em fins de fevereiro e ainda não havia chegado à cidade.

Na noite em que Katherina, a professora de piano, iria apresentar-se na casa dos Modiano e fazer um recital, acompanhando uma cantora lírica que vinha de Paris, todo o sobrado do número 23, Longeant le Quai, ficou revirado para os preparativos. Desde março, todos estavam se preparando para a grande noite. David havia feito uma nova casaca sob medida, e Alberto fora convencido a fazer o mesmo. Um *plastron* branco de seda iria ser adornado com alfinete de pérola em seu pescoço, e a casaca era de um tecido chamado casimira. Era a moda que vinha por meio dos novos trens. A professora de piano, que seria uma das atrações do concerto, gastou seus sapatos procurando um vestido para usar na festa. Subiu e desceu a rua Sabri Pacha dezenas de tardes, à procura de um vestido lilás para usar com seu buquê de violetas de veludo, que guardava com ela desde que estudara em Paris. Mas não havia encontrado nada que chegasse perto do que havia sonhado. Trouxe para casa um corte de tecido, de renda lilás, comprado na loja Ephrain & Frères, importado de uma famosa rendeira de Calais.

E o *dottore* Varsano, a senhora Anna e sua filha Michaela também faziam parte da lista dos convidados. Seria a primeira vez que Michaela iria a algum lugar na cidade, e seria apresentada possivelmente a muitas pessoas.

Anna, mais preocupada que ela, começou a abrir os baús.

— Você poderia ir com seu vestido verde — disse-lhe a mãe — e com seu colar de citrinos. Vai ficar linda, filha, realçando seus olhos e seu colo.

Ela não respondia. Ficava horas olhando para fora, com os olhos fixos no horizonte, sem falar ou escutar qualquer coisa.

— Michaela, estou falando com você! Responda, minha filha. Você vai querer usar o seu vestido verde?

Ela levantou os olhos, sem expressão, e fez um movimento com a cabeça.

— Mãe, você acha que eu devo mesmo ir a essa festa? Vocês vão me obrigar a ir? Eu não quero ir, nem posso ir! Não quero ver gente, nem me arrumar. Para quê? Só você sabe como me sinto! Estou tão louca de saudades dela. Tão preocupada, mãe. Sinto o cheiro da minha *bambina*, o cheiro do meu leite quando vou dormir, sinto-a, quentinha ao meu lado, suspirando de satisfação, sinto suas mãozinhas apertando meus seios, e até agora não recebi nenhuma carta de Nápoles. Por que Giovanna não manda notícias da minha *bambina. Dio Mio*? Ela ainda é minha, *mama*, não é dela — disse Michaela, olhando fixo o mar lá fora, como se estivesse ausente daquele quarto. — Vejo daqui os vapores passando aí fora e quero ir com eles, quero buscar minha pequena. Às vezes, como ontem no jantar, tive vontade de encarar a todos vocês na mesa e contar tudo! Me ajude, *mama*, não quero mais escutar o tio David falando dos Hirsch, da morte de Lucien, da linha férrea, de tudo que venha de lá; tenho medo, tenho um nó aqui na garganta que não passa, que me engasga, que não me deixa respirar direito. Que loucura que eu fiz? — disse ela, com lágrimas nos olhos. — Que foi que eu fiz? Por que a deixamos lá?

Anna Varsano suspirava e tentava mudar de assunto.

Seu coração disparava, ela tinha vontade de chorar, de abraçar sua filha, de pedir-lhe perdão por seu medo, por seus pensamentos egoístas, pela farsa que, por pavor, havia inventado. Agora pensava dia e noite numa solução, mas nada lhe vinha à mente. Imaginava Alberto e sua reação. Isso poderia matá-lo de desgosto e de vergonha. Ele sempre fora tão correto; não merecia receber de volta uma filha perdida, uma mãe solteira com uma criança nos braços, uma criança que não tinha pai.

E quem iria acreditar agora que Lucien de Hirsch era realmente o pai da pequena Lucienne?

O pai já não existia mais. E depois, pensava ela, como enfrentar o barão? Ele nunca acreditaria, nunca aceitaria uma criança nascida após a morte de seu filho e chamá-la de neta.

E a baronesa, pobre Clara, seria envenenada pelos pensamentos dele, de que Michaela tudo fizera para se tornar uma herdeira, que não deixava de ser mais uma daquelas mulheres em busca de riqueza e vida boa, como as que rodeavam Lucien na saída da ópera ou jogavam seu charme sentando-se junto ao barão, para serem apresentadas ao filho. Como aquela mulher, aquela cantora de quem Michaela tanto falara, que havia conhecido em Viena, e que viera atrás dele perseguindo-o dia e noite e comentava em todos os lugares por toda a Paris que era amante do filho do barão.

Esses pensamentos nesses últimos meses atormentavam as noites de Anna Varsano. Ela saía de seu quarto enquanto Alberto dormia profundamente e, pé ante pé, com seu diário escondido sob as roupas, descia com uma lamparina nas mãos para sentar-se à mesa da cozinha de Marika. E ali, no silêncio da noite, ela pensava, escrevia e chorava.

Ela era a culpada do sofrimento de sua filha. E disso tinha certeza.

A família Modiano era uma das mais importantes da cidade de Salonica.

E a *siniora* Fakima era a célula deles. Tudo que ela falava e tudo que fazia era reverenciado, imitado e obedecido. Tratava seus filhos e netos como seus domínios, e nada podia mudar essas regras. Ela mandara construir uma sinagoga em homenagem ao seu amado e finado marido, Saul, gastando uma fortuna em mármores e veludos, mandando buscar uma Torá escrita por célebres rabinos de Jerusalém.

A sinagoga, chamada também de El Kahal de *siniora* Fakima, tornara-se a referência de benemerência da cidade. Tendo ou não dinheiro em caixa, sua ordem para Saul Modiano e seus seis filhos homens era que entregassem a pequena fortuna de cem *sovereigns* todo dia 20 do mês à Alliance e a outras instituições, para pagar os alimentos e os estudos dos meninos pobres.

Na noite de 25 de maio de 1888, ela celebraria mais um aniversário da vinda da família Modiano para o Império Otomano, e, para tanto, sua casa, que era agora uma das mais luxuosas *villas* do bairro elegante de Hamidie, estaria, como em todos os anos, aberta para a nata dos cidadãos.

O jardim enfeitado com tocheiras recepcionaria desde a autoridade suprema representando o sultão e seus assessores até os médicos, os empreendedores e industriais, advogados e banqueiros, professores e artistas, e quase todos os representantes diplomáticos de outros países. Nessa ocasião, os consulados do Quartier Consulaire recebiam o concorrido convite com lacre vermelho, com o nome Modiano. E a festa tornava-se uma mistura de raças, idiomas e religiões diferentes, de *domnes*, os judeus convertidos ao islamismo, de judeus de todos os lugares, e dos gregos e turcos.

Era sempre nessa noite, todos os anos, que a *siniora* Fakima preparava uma equipe de banqueteiros e retirava de seu guarda-louça as pilhas de pratos com o monograma da família para servir iguarias exóticas.

O salão era preparado para o recital, com centenas de pequenas cadeiras dispostas como num teatro. Os grandes lustres de cristal ficavam reluzentes e, por último, descobriam o grande e luxuoso piano para concertos, que era o único na cidade.

Katherina Karakassos Varsano ensaiava nele todas as tardes naquela última semana de abril e levava sempre consigo a triste Michaela.

Nem ela nem David conseguiam entender a tristeza nos olhos daquela moça tão linda, sua melancolia, seu olhar sempre embaçado de emoção e sua voz saindo num fio. Quase não falava à mesa, e, às vezes, todos sentiam que ela estava longe, com os pensamentos presos em outro local ou história.

Numa noite, à mesa, quando o assunto era de casamento e dotes e os costumes locais, ela reagiu e ficou tensa quando Katherina lhe contou como fora o casamento religioso de sua melhor amiga, Revvéca Lagaridis.

Katherina contou toda a história:

— Revvéca Lagaridis teve um casamento arranjado por seu pai, sua madrasta e a família do noivo. Ela não é bonita, mas é elegante, sempre foi inteligente e muito instruída. Lia livros e livros. Estudávamos juntas em Constantinopla, depois o pai veio para Salonica, enviuvou e casou-se novamente. A madrasta, vendo a moça solteirona com 22 anos, apresentou o senhor Lagaridis à família de seu primo Baruch Alcalá para os entendimentos preliminares. Isaac Confino e sua esposa Diamantá, que têm os barcos de pesca no píer, receberam os casais para as apresentações. Ele, o pretendente a noivo, vinha de uma família muito religiosa, cujos homens eram conhecidos como tradutores e escritores de temas hebraicos.

“O rapaz havia estudado muito e era considerado, no meio rabínico, um escritor promissor. Ela, a noiva, Revvéca, como era chamada na escola, era filha única de um viúvo, rico negociante de tabaco. A moça conhecia muitos lugares e até vivera em Paris numa certa época. O tio, irmão da finada mãe, lhe escrevia da América, mandava postais, livros e convites para que ela fosse morar lá com ele e sua esposa sem filhos. O pai da noiva conversou com o pretendente e seu pai. O rapaz nunca havia visto a moça, nem ela sonhava que teria um casamento arranjado. A notícia — falou Katherina, muito empolgada em contar a história — pegou a moça de surpresa. Primeiro, porque ela sonhava com um professor da Escola Normal, onde ela lecionava francês, e ele, história geral. Depois, porque ele não tinha olhos para ela, pois estava apaixonado por uma moça grega, Stella, filha do dono da escola Dimitrios Papazoglou. E isso a fazia sofrer.

"Quando eu me casei com David, Revvéca foi uma das testemunhas desse casamento secreto, junto com Salem, e guardou segredo de tudo. E confidenciava seus sentimentos a mim.

"Repentinamente, Revvéca deixou de me visitar, e eu, ainda com Sophie pequena, não tive notícias dela. Quando comecei a sair de casa, deixei a pequena com a tia Marika e dirigi-me à casa dos Lagaridis.

"Foi a madrasta quem a recebeu friamente.

"— Revvéca não mora mais aqui... — disse-me, medindo-me da cabeça aos pés. — Ela se casou.

Surpresa, eu repeti:

"— Casou-se? Casou-se com quem? — Num segundo, pensei no professor, e seu nome já ia saindo de meus lábios, não fosse a senhora Lagaridis se antecipar:

"— Você não sabia? Toda Salonica sabe que a minha Revvéca casou-se com o homem mais inteligente da cidade. O talmúdico, o escritor Baruch Alcalá, meu primo em segundo grau! Já faz uma semana — disse-me a madrasta com porte de pomba, com seu rosto afogueado, abanando-se com um leque de seda. — E hoje estamos nos preparando para a consumação do casamento!

"Num fim de tarde, dias depois, eu estava fazendo Sophia dormir, e Marika veio ao quarto, meio assustada, dizer que Revvéca Lagaridis estava na cozinha à minha espera.

"Ela chorava copiosamente.

"E foi então que eu me inteirei de toda a história e dos costumes.

"E Revvéca contou-me que, quando soube, já havia um casamento marcado.

"Os pais assinaram um contrato chamado *Ketubah.* Nele, como costume, havia um acordo dos pais e o pedido de casamento do noivo. Depois descreviam item por item os bens do dote da noiva, todas as peças que ela levaria para a nova casa doada por seu pai, e a lista de tudo, como móveis, roupas e enxoval, e até as roupas de baixo. E por último o presente do pai da noiva ao noivo. Uma bela fortuna em liras turcas.

"Ela nunca havia visto o noivo. Contou que chorara, pedira, implorara ao seu pai que não fizessem isso com ela. Não poderia se unir a alguém que jamais havia visto. Que esse pesadelo não poderia estar acontecendo com ela. Não houve meio. E quando seu pai estava quase cedendo aos pedidos da filha, e já certo de que iria perder uma quantia vultosa quando desmanchasse aquele contrato, a madrasta entrou em ação com seus sermões, falando das regras judaicas, que uma mulher e seu marido não precisavam se conhecer antes e que amor e o respeito vinham sempre depois do casamento. E ela nunca mais arranjaria um pretendente.

"Ficaria marcada e traria má sorte para suas próprias filhas que também estavam na idade de casar.

"— Imaginem! As filhas da viúva Medina, esposa do conhecido Lagaridis, com tantas chances de bom casamento, seriam difamadas por causa de Revvéca! — gritava ela pela casa o dia inteiro. — Se ela recusar este *Kidushim*, esse contrato de casamento, eu vou pedir a nossa separação, ouviu bem, Lagaridis? — dizia em prantos para o marido.

"Nem Lagaridis nem sua filha tinham mais saída!

"E ela concordou então em assinar sua cláusula de morte, como se referiu ao compromisso.

"— Vou casar, mas vou morrer também, para você e para todos.

"O casamento de Revvéca foi comandado pela família do noivo e consagrado segundo o ritual mais exigente de tudo quanto a noiva já havia ouvido falar.

"— Quando o pai do noivo escolhe uma noiva para seu filho — contou-me Revvéca —, ele dá prioridade à virgindade. Depois se interessa pelos seus dotes de boa dona de casa e sua posição social na comunidade.

"E um pretendente promissor e com tantos estudos merecia também um bom presente da família da noiva devidamente assegurado no contrato.

"— O casamento só é consumado depois de uma série de ritos — explicou-me ela.

"Na quinta-feira anterior à data marcada, mulheres da família da noiva e do noivo acompanham a noiva aos banhos chamados *Mikva*, os banhos de purificação. Depois dos rituais, e da noiva vestida, todas olham para a porta. Se na rua estiver um menino, elas clamam a boa sorte da noiva, que será fértil e poderá gerar filhos homens, mas, se lá estiver um cachorro ou outro animal, os rituais do banho são repetidos.

"Revvéca não sabia desses costumes e se sentiu ultrajada quando suas futuras cunhadas disseram que ela deveria se despir novamente para um novo banho. Na sexta-feira pela manhã, vestiram-na com um chapéu e um lenço de contas douradas, um vestido azul e sapatos novos.

"Ela foi levada pela família do noivo ao jardim da Sinagoga dos Castelões. Na entrada havia meninos que cantavam versos e violinistas contratados por sua futura sogra. Depois apareceu um grupo de rapazes que faziam uma roda, e dentro dela Revvéca avistou o seu noivo. Pela roupa e o chapéu, ela identificou o pretendente.

"Seu coração disparou, e uma mistura de medo e asco tomou conta dela. Na noite seguinte ela teria que se entregar a ele depois de jurar fidelidade e respeito. Revvéca tremia e transpirava.

"Lembrou-se do professor de história, do seu amado Elyia, de cabelos lisos, de bigodes tratados e um sorriso encantador. E olhou de lado e viu o seu futuro marido. Um homem pequeno, de barba espessa e crespa e nariz adunco. Olhos pequenos, sem expressão, e cansado, bem mais velho que ela. Ele era um desconhecido, que, em algumas horas mais, iria tocá-la, desvirginá-la e aprisionar sua vida e seu coração para sempre.

"Quando a noiva escutou os meninos cantando '*Yale, yale, yale Hatan Larosh*', Venha, noivo, venha para a frente!, e o seu Baruch Alcalá lhe sorriu, com seus dentes amarelos e podres, Revvéca procurou o olhar do pai para ainda pedir-lhe em socorro que fizesse um milagre.

"O pai, com os olhos cerrados e os lábios em contrição, sinalizou que nada mais poderia ser feito. A madrasta, como uma pomba, estava à sua frente, sorrindo e se abanando com satisfação, dizendo:

"— Vejam que linda é a noiva!

"Depois da cerimônia, cada um dos noivos voltou para sua casa, mas foi proibido à noiva dormir em seu quarto. Ela deveria dormir com sua madrasta. Em vão ela tentou traçar um plano para fugir dali. Pediu que lhe permitissem falar com seu pai, mas não foi atendida.

"Depois veio a manhã do Shabat. O noivo foi à sinagoga escoltado por nove homens para ler a Torá, e a família da noiva foi escoltando Revvéca até o local onde a noiva fica na sinagoga.

"O noivo, sentado junto à Arca Santa, e a noiva atrás de um biombo, assistia às orações. Revvéca chorava, seus olhos estavam inchados de infelicidade e medo.

"As horas passavam rápido, e ela precisava pensar num meio de se livrar daquele pesadelo. Em algumas horas, deveria mostrar à sua sogra o sinal de sua virgindade.

"O lençol ou suas roupas de baixo, manchadas com o sangue de seu hímen, seriam mostrados à sogra e depois aos outros presentes, como testemunhas. Era esse o ritual da consumação. E, deste modo, o contrato seria definitivamente assinado.

"A pobre Revvéca contava e chorava.

"Na noite da festa, ela ainda não havia conseguido escutar o som da voz do noivo. Ele estava rodeado por homens, e ela, por mulheres.

"De repente sua madrasta veio tirá-la de dentro da roda; com um olhar malicioso.

"— Venha, querida, chegou a sua hora; seu noivo está à sua espera.

"Quando, no caminho do quarto, ela tentou se desvencilhar do braço da madrasta, encostou num armário fingindo-se de amedrontada e roubou uma garrafa de bebida. Escondeu a garrafa de *ouzo* debaixo de seu xale.

"Sorriu para a madrasta e pediu-lhe copos e uma jarra de água.

"Uma das cunhadas levou o pedido até a porta do quarto.

"Revvéca agradeceu e, tomada de coragem, entrou no quarto e arrumou tudo sobre a penteadeira. Tirou o *kófia* de sua cabeça e foi soltando seus cabelos molhados de suor como se estivesse só naquele recinto.

"O homem chegou mais perto devagar, para não assustá-la. Sorriu e falou:

"— Eu sou Baruch, seu marido. Não tenha medo de mim.

"Revvéca não virou o rosto para ele. Colocou uma boa dose de *ouzo* no copo, completando-o com água fresca, e o estendeu a ele.

"— Beba, meu marido — disse-lhe ela. — Vai lhe fazer bem, e tirará o seu cansaço.

"Ele recebeu o copo e bebeu, matando a sede e o calor num só gole, estalando a língua. Depois ela lhe pediu que tirasse a casaca e o chapéu. Ele sentou-se à beira da cama. Ela tirou-lhe os sapatos. Ofereceu-lhe mais um copo da bebida, desta vez mais forte.

"— Beba, vai matar sua sede e refrescá-lo. — Depois, pediu-lhe que tirasse a camisa, arrumou as cobertas e voltou até a penteadeira, controlando o homem através do espelho. Preparou-lhe um novo copo e brindou novamente à felicidade dele.

"Ele bebeu. Ela tirou seu vestido atrás de um biombo e vestiu sua roupa de núpcias. E se aproximou da cama vagarosamente enquanto ele não tinha coragem de encará-la. Trouxe com ela mais um copo com o restante da bebida e uma gota de água e, no seu próprio copo, apenas água perfumada com uma gota de anis.

"— Na minha família, brindamos sempre nos momentos e ocasiões mais importantes da vida. Era o costume da família de minha falecida mãe — disse-lhe Revvéca sem encará-lo. — Dizem que assim podemos gerar filhos saudáveis. — E entrou na cama e puxou as cobertas sobre si.

"O homem suava e bebia, e seu hálito recendia a anis.

"Revvéca sentiu que os olhos dele estavam meio nublados, e ele não mais conseguia manter-se sentado sem se segurar com as mãos. Sorria e mantinha os olhos fechados, a cabeça pendida como um peso.

"Ela então olhou para o resto da garrafa e pensou: agora ou nunca!

"Deitou-o recostado naquela montanha de travesseiros e ofereceu-lhe o último brinde, secando completamente a garrafa.

"— E este será para o nosso futuro filho que faremos agora, meu marido.

"Ele riu, gargalhou e falou, com a língua já enrolada.

"— *Ee vaamos fazeer agooraa...* — E logo fechou os olhos e cochilou. Depois dormiu profundamente e roncou como um animal.

"A festa continuava lá fora, e muita gente ainda esperava a consumação.

"Dentro do quarto, ela se olhou no espelho e se descabelou, passou água nos cabelos, molhou seu vestido de núpcias, suas roupas interiores, e jogou água num pedaço do lençol sobre a cama. Desarrumou toda a cama, jogou travesseiros no chão. Atirou a garrafa vazia pela janela, que rolou debaixo de um choupo.

"E Baruch roncava.

"Quando a noite se fazia tarde, ela balançou o seu braço e acordou-o do estado de torpor. Ele sentou-se na cama aparvalhado, sem saber bem o que havia acontecido. Ela esticou-lhe, envergonhada, uma trouxa com um lençol molhado. Ele olhou-a interrogando, e ela assentiu com a cabeça afirmativamente. Ficou olhando-o com cara de dor e disse:

"— Doeu muito, meu marido, mas agora passou. Isto é para minha sogra, deve levar para sua mãe agora.

"Ele saiu da cama, ainda tonto, procurando seus sapatos. Colocou a camisa, sem conseguir abotoá-la, e, arrastando seus sapatos, abriu a porta do quarto. Revvéca continuou na cama até que sua sogra veio buscá-la.

"Esse era o costume. A noiva vestiu-se demoradamente enquanto as mulheres procuravam a nódoa no lençol e nas roupas de baixo. Havia manchas molhadas, mas nada que maculasse o branco. A sogra entrou novamente no quarto e, com suas filhas e a madrasta com seu leque, procuraram algum indício róseo ou mesmo vermelho. E nada aparecia.

"Elas olharam a noiva, que saía desgrenhada e suada de trás do biombo.

"Nenhuma delas queria tocá-la e ajudá-la a amarrar os espartilhos.

"A impura deveria ser levada novamente para dormir com a madrasta, mas antes queriam achar a confirmação.

"E o escândalo instalou-se na casa dos Alcalá. Baruch jurou que já havia consumado, e a moça, muda e com cara de traumatizada, não levantava a cabeça.

"O sogro veio e perguntou-lhe onde estava a prova de sua pureza. Ela não respondeu. E começou a chorar. Chorava copiosamente, e explodia de alegria ao ver todas aquelas mulheres desesperadas para encontrar uma prova. O velho Alcalá, sem saber o que falar e como agir, foi correndo se aconselhar com o *rabbi*, seu vizinho.

"O ancião, considerado um sábio, pediu licença e entrou no quarto.

"Olhou a cama, coçou a barba e pediu que abrissem as roupas de baixo.

"Olhou a moça desgrenhada que chorava e voltou novamente para tentar descobrir qualquer indício errado.

"Reuniu os homens e abriu um livro. Tomou a palavra sentado na mesa de jantar, onde jaziam restos de doces e frutas e velas nos candelabros que se derretiam sobre toda a prataria. Mesmo com roupas de dormir debaixo do seu casaco preto, o velho não perdia a sua autoridade.

"Leu um trecho do livro e relatou:

"— Antes de desconfiarmos ou acusarmos a noiva, devemos saber que existiram casos de jurisprudência aqui escritos nos quais a mulher virgem não deixou nódoas ou vestígios, pois seu hímen tinha uma constituição diferente, de nascença.

"— Como diferente? — perguntou a mãe do noivo, afoita. — Todas nós aqui presentes, casadas, tivemos a nossa marca nos lençóis. Éramos puras, virgens e dignas. Por que ela será diferente, se é mulher?

"E todas as outras riram, em deboche, acompanhadas dos homens presentes. Houve um burburinho na sala.

"O ancião pediu silêncio.

"Revvéca Lagaridis pegou suas roupas, o lençol, e saiu andando para a rua. Seu pai foi atrás dela.

"— Revvéca, volte, você não pode deixar a casa de seus sogros assim... você tem que se defender, vou ajudá-la.

"A noiva, chorando, olhou para o pai, suplicando:

"— Pai, acredite em mim, nunca antes alguém me tocou, eu nunca menti para o senhor, e o senhor sempre confiou em mim. Eu nunca tinha visto isso antes. Isso, aquilo, sabe, de um homem! Não sei se o que ele tem é normal. Eu tenho vergonha de lhe falar, mas não tenho mãe para contar, só que ele não foi, entende? Acho que ele nem tem aquilo, entende? Ou, se tem... Sei lá... Mas pode não ser igual ao dos outros homens. Por que não pergunta aos homens lá dentro se todos eles conseguem desvirginar uma mulher? Se não existem homens com problemas também, que são menos viris ou, como dizem, potentes?

"E a vergonha se instalou na casa do primo Alcalá.

"As mulheres foram retiradas da sala, e o assunto foi comentado em diversos lugares e rodas da cidade.

"Houve encontros de *rabbis*. Houve um Conselho, e finalmente o *Ketubah* foi desfeito. Nem a moça ficou tachada de impura, nem o rapaz, de defeituoso ou incompetente. Mas, com certeza, nenhum dos dois teria futuro naquela cidade. A moça, e esta seria sempre a dúvida, seria ainda uma virgem para se casar novamente?

"E Revvéca Lagaridis foi enviada para seus tios na América.

"Eu havia recebido um cartão-postal pela primeira vez. E Revvéca estava lá, muito feliz.

Michaela sorriu sarcasticamente à mesa quando Katherina terminou de contar a história dos costumes e tradições dos judeus religiosos e o caso de Revvéca Lagaridis.

Anna Varsano sentiu que ela poderia perguntar e puxou sua saia debaixo da mesa, evitando o perigo.

— *Acqua in bocca, figlia*, não é nosso assunto — disse-lhe ela entre dentes.

Mas Michaela ergueu uma sobrancelha e, desafiando a mãe, perguntou a todos.

— E se ela fosse mesmo uma desvirginada, uma mulher que tivesse até tido um filho com outro homem, que importância isso teria se ela viesse a ser no futuro uma boa ou má esposa? Por que julgar uma mulher por um pedaço de membrana? Deve-se julgar uma pessoa por seus atos, por seus bons ou maus pensamentos, atitudes, e não ficar vasculhando o seu passado.

David, tentando contemporizar, disse:

— Micha tem razão, as pessoas não são cavalos, que são vendidos em função de seus dentes. Isso é muito deprimente e antigo. Mas felizmente, Michaela, nem todos os homens pensam como eles, e hoje existem pessoas mais liberais, que não procuram provas. Não é o seu caso, você pode escolher qualquer um, pois é livre e uma donzela. Pode ter um casamento de primeira, sem susto ou medo.

Michaela corou, e sua garganta ficou seca.

Anna veio salvá-la.

— Minha filha, depois de tanto tempo vivendo fora e convivendo com tantos intelectuais e aristocratas, chamados modernos, passou a discutir como um deles. Eu mesma, no Hotel Timeo, lá em Taormina, escutava muitas conversas assim. Bom, a conversa foi ótima — disse Anna, levantando-se —, mas amanhã eu acordo cedo para costurar o vestido lilás de nossa pianista. Vamos, minha filha, você precisa descansar, pois em alguns dias terá uma noitada na qual seu carnê de baile estará repleto. Eu espero que o nosso David lhe apresente um cavalheiro, desses como ele descreveu, mais liberal, não é assim que se fala agora?

Nos ensaios de Katherina, Michaela ficava sentada numa das últimas fileiras, com o pensamento distante, observando, aqui e ali, detalhes naquele salão que lhe traziam à memória outros saraus.

Como àquele a que havia assistido com Lucien ao seu lado, no Trianon, na casa de Ferdinand Bischoffsheim, quando seu amado segurara toda a noite suas mãos, ora alisando suas costas debaixo da estola, ora subindo e descendo pelos seus seios quase à mostra naquele vestido com *corsage*.

E finalizava roçando suas pernas nas dela, num frenesi, num calor tão grande como o fogo que lhe subia pelas entranhas, que somente seria apagado na volta para casa, quando os dois, depois de se beijarem durante todo o caminho na charrete alugada, subiram para o quarto dela.

A música era como um condutor para aquelas imagens e sensações que lhe vinham à mente.

Ela poderia ficar assim eternamente, escutando o som do piano, valsas e noturnos, olhando para o brilho do cristal dos lustres que refletiam o azul e o sol vindo do jardim. Poderia ficar assim, alisando com suas mãos aquela cadeira de veludo, e ser transportada, naquela sua nuvem, para junto de Lucien.

Sentia seu perfume de vetiver, sentia Lucien às suas costas a observá-la e acariciá-la, e sua cabeça balançava e voava para a alcova. Sentia suas roupas de baixo, úmidas de excitação e prazer. Cerrou os olhos e deixou-se levar para mais um momento daqueles sonhos, que ali na casa da *signora* Fakima, naquele cenário familiar, a transportava para a Paris tão distante.

O piano de Katherina havia se calado, e Michaela continuava ali, imóvel, sentada, esperando por mais uma música. Foi surpreendida por um barulho de palmas.

— Bravo, Katherina! Bravo!

Ela virou-se para ver de onde vinha a aclamação. Às suas costas estava David, acompanhado por um homem alto e moreno que sorria e exclamava:

— Brilhante a nossa pianista. Bravo!

A *siniora* Fakima Modiano, acompanhada de seu séquito de empregados, entrou no salão e apontava aqui e ali, mostrando cadeiras e manchas no mármore branco do piso. Michaela levantou-se para cumprimentá-la, pegando seu xale, que enroscou na cadeira. O homem que acompanhava David veio imediatamente ajudá-la. Tirou o xale preso na perna da cadeira e colocou-o nas costas de Michaela.

— *Voilà, mademoiselle* — disse-lhe sorrindo.

E nesse instante Michaela sentiu o perfume de vetiver. Era dele então aquele perfume que penetrava em suas narinas durante toda a tarde! Ele deveria estar desde muito tempo sentado às suas costas. Era dele então que vinha sua sensação de que estava sendo observada como um raio de calor que aquecia sua nuca. Não era um sonho, havia mesmo uma pessoa de carne e osso.

David adiantou-se e veio para junto de Michaela.

— Esta é minha sobrinha Michaela, e este é meu grande amigo e colaborador Jacobo Montefiore.

Ele fez uma reverência, beijando-lhe a mão.

— Muito prazer, senhorita, já ouvi muito a seu respeito, pois seu tio tem por você uma admiração e amizade especiais. Conheço a senhorita desde o estranho encontro que vocês dois tiveram na casa dos Hirsch em Planegg. Ele me contou também do seu susto e reação.

David riu, e Michaela, lembrando-se de fato, abriu seu maravilhoso sorriso.

— Já faz algum tempo, não é, tio? E não deixa de ser uma boa história. Que ridículo, nós dois ajoelhados no tapete secando o chá quente...

XXIV

O VIDRO DO PERFUME

Salonica, 1888.

Alberto Varsano era um homem feliz.

Naqueles dias ele havia realizado um sonho, mais que isso, um milagre. O primeiro Rose du Soir, sua essência de jasmim, rosas de *kazanlik* e uma pitada do amadeirado do sândalo, estava pronto, como também os vidros negros, enfileirados sobre o mármore branco de seu novo laboratório.

Aquele havia sido um ano maravilhoso: 1888, o ano em que tudo em sua vida dera certo. Anna Varsano e Michaela tinham vindo definitivamente para Salonica. Eles compraram uma casa de dois andares com um jardim na lateral para a Torre Branca.

Não poderia ser melhor, pensava Anna. No fundo havia um quarto para Daud, uma pérgula e um terraço, e, numa torre, um quarto para ela costurar sem ser interrompida pelos novos empregados de Alberto.

Ele havia tomado conta da sala e da cozinha, que era imensa, e lá terminou montando o seu laboratório. Tinha tantos planos em mente que não tinha tempo para dormir. Ficava até tarde da noite vasculhando seus livros, anotando receitas e pesando essências. E havia voltado a ser o Alberto de antigamente.

Foi Alexandros Karakassos, o irmão da senhora Marika, quem, numa visita, vindo de Constantinopla, tirou dele aquela obsessão e teimosia em querer plantar e fazer o tal *attar* de rosas ele mesmo.

Trouxe-lhe um vidro com a essência das famosas rosas *Kanzanlik*.

— Isso não existe mais, senhor Varsano, querer plantar e colher. Hoje em dia, tudo pode ser comprado! Estive em Isparta e em Bürdur, no caminho para Antalya. Lá, fiquei chocado ao ver quilômetros de roseiral florido. É um mar cor-de-rosa. Centenas de mulheres trabalham naqueles roseirais, vindas de todos os vilarejos ao redor. Tudo, colhido antes mesmo de o sol nascer completamente, vai em sacos para o sopé das montanhas, o lugar mais fresco para serem conservadas e aeradas. É um trabalho e tanto, um trabalho duro — disse ele. — Continuamente, os velhos, com cuidado, usando suas pás, levantam as pétalas, que voam como nuvens para que não grudem umas nas outras; depois, outro grupo cuida de colocá-las no *imbik*, para dali ser destilado o óleo, o *itir*, como dizem os turcos. Foi isso que eu lhe trouxe. O *attar* ou o *itir*, como chamam na minha terra. Pronto para usar em suas misturas e fazer o perfume com que há tanto sonha.

O vidro oval era coberto com um fino algodão de cretone, com a tampa selada por um lacre vermelho gravado *Gül Yagi*.

— Eles estão usando até uma forma de selar a essência, pois já mandam vidros para Grasse, na França — disse-lhe Helena Karakassos. — Escutei pessoas em Bürdur falando com compradores de essências. Diziam que os melhores perfumeiros estão apaixonados pelas rosas, mas pensei comigo: Ninguém ainda conseguiu reproduzir a mistura perfeita do perfume do nosso jardim!

O jardim de Daud fora finalmente embalado.

Chamava-se agora "Rose du Soir".

David, numa conversa, lembrando-se da vidraria de Murano e dos tempos em que trabalhara quando estudante, deu sua ideia: um vidro negro de Murano seria mais misterioso do que um de Lalique.

Os desenhos foram feitos, e as primeiras amostras vieram pelo Orient Express, de Veneza. O vidro chegou no início de dezembro, um elegante vidro de Murano negro para o Rose du Soir.

Naquela noite o jantar comemorava dois acontecimentos: a abertura da Perfumerie Varsano, na rua Sabri Pacha, ao lado da Galeria

Lombardo, e o futuro casamento de Michaela Varsano e Jacobo Montefiore.

Era o início do inverno.

21 de dezembro de 1888.

Michaela havia fugido de Yako em todas as oportunidades que ele tentara aproximar-se dela.

Ela se isolava no jardim e, quando sentia aquele homem e seu perfume de vetiver se aproximando, saía do salão para retocar a maquiagem no *boudoir* mais próximo.

E lá ficava, o maior tempo possível, espreitando pela porta até que ele desistisse e fosse conversar com outras pessoas. E durante os últimos três meses da estada de Yako na cidade, e em todas as festas em que era obrigada a comparecer, ela sentia que aquela seria a oportunidade em que ele iria finalmente se declarar e pedi-la em casamento. E suas pernas tremiam.

Não que Yako não a atraísse. Tinha uma bela estampa, como dizia Anna.

Um homem bem-educado, charmoso, um belo sorriso, e seu olhar devorava a moça. Tinha qualquer coisa que atraía mulheres ao seu redor, e ela gostava de vê-lo assim, de perfil, com seus ombros largos, vestido naquela casaca, com os cabelos escuros sempre em desalinho, como um cavaleiro que cavalgara ao vento. Era Lucien com outras cores, pensava ela, mas com um olhar diferente.

Lucien tinha o olhar de Clara. Um olhar que magnetizava pela bondade e transparência. Como duas águas-marinhas reluzentes e raras.

David começou a ficar impaciente com as reações de Michaela em relação ao seu amigo Jacobo Montefiore. Ele havia segurado o rapaz em Salonica, protelando sempre sua volta a Londres, pois tinha certeza de que ambos se atrairiam. Jurava que era o par certo para ela. Os dois eram cosmopolitas, coisa difícil de se encontrar naqueles lados do Império Otomano, dizia ele a Anna.

— Não sei o que essa menina espera encontrar na vida, mas aqui em Salonica será difícil ela conhecer alguém com cabeça mais aberta do que

Yako. Ele é o melhor partido que apareceu na cidade. Se ela titubear, existem dezenas de moças casadouras e até com dotes fantásticos para escolher. Ele é um cavalheiro.

Anna sorria e nada respondia. Sabia onde estava a cabeça de sua filha e o esforço que ela havia feito nestes últimos meses para escapar de Yako e de qualquer outro. Ela queria sair de lá.

Ela nunca se casaria. Sua cabeça estava em Nápoles, na sua filha. E quando David lhe falou sobre os vidros de Murano, no início do verão, ela não esperou um segundo sequer para prontamente se oferecer a ir até Veneza. Foi ela quem idealizou o vidro negro em Murano. Desenhou-o e imaginou como seria.

Todos perguntaram se seria bom ela ir sozinha a Veneza, tratar de um assunto que seria mais para um homem. Acompanhar as primeiras peças naquela vidraria, as pastas de vidro e os sopros.

Ela sorriu, e seus olhos brilharam como estrelas.

— Vocês se esquecem de que já trabalhei numa cerâmica? De que já cuidei de contas e participei de instituições em nome dos Hirsch e viajei para tantos lugares sem ninguém ao meu lado, e cheguei inteira...

E preparou as malas. Esta seria sua oportunidade. De trazer com ela sua pequena Lucienne. Iria até o fim do mundo para buscá-la. E se Yako tivesse mesmo tanto amor por ela, como havia declarado, a esperaria, aceitaria sua filha; afinal, não era ele o tal moço moderno e liberal?

Quando Anna soube dos planos de sua filha, decidiu que a melhor desculpa para acompanhá-la e ajudá-la seria contar que havia recebido uma carta de Taormina, que havia um comprador para Mongibello.

Iria resolver o assunto da casa fechada, e visitariam Giovanna e sua *bambina* enquanto Michaela ficasse em Veneza esperando os moldes dos vidros.

Alberto escutou Anna ao jantar sem prestar muita atenção aos detalhes. Estava pensando no seu perfume e nos vidros.

David preocupou-se com Anna, que iria só até a Sicília. Ela sorriu, aquele sorriso malicioso, e levantou as sobrancelhas, com indignação:

— Ah, *mio* caro cunhado, não tem por que se preocupar... Na Itália, falamos italiano. Ainda que meu sotaque seja siciliano, não vou me perder nos trens... Fiquem tranquilos: vou e volto logo. Mas resolverei o assunto.

Depois disso, ninguém mais conseguiu impedir a ida das duas.

Era início de setembro, e estavam de malas prontas. Havia um olhar entre elas que parecia um código. Michaela havia escrito, em nome de sua mãe, duas cartas, procurando por Francesco Angelo e Giovanna Catanzaro. Uma, endereçada à Igreja de Santa Lucia, em Nápoles, e outra para o padre Battistini, em Taormina. Nelas, pedia notícias de Giovanna, de Angelo e da *bambina* chamada Lukia.

Foi o padre Battistini quem respondeu meses depois, com aquelas letras desenhadas, em tinta sépia, numa longa carta para Anna. E a carta chegou às vésperas da partida das duas para a Itália.

Taormina, 5 de agosto de 1888.

Egrégia senhora Anna Varsano.

Perdoe-me pela demora desta, mas, com tantos eventos desde a Páscoa e as festividades de San Giovanni, estive quase todos os dias recolhendo ajuda para a nossa igreja, sem tempo para colocar minha correspondência em dia.

Agora os turistas já retornam para seus lares e a cidade volta ao normal.

Estive aqui relendo sua carta, senhora Anna, e senti sua aflição em saber notícias de Giovanna e Francesco e a pobre bambina.

Procurei por padre Agostino, aquele moço novo da nossa paróquia, que foi transferido para Nápoles. E foi ele quem me enviou estas notícias:

Angelo não trabalha mais lá na Igreja de Santa Lúcia.

Falaram os padres que desde o começo do ano, quando Giovanna chegou de Taormina com a menina, os dois se desentenderam, e ele começou a beber muito. Andava até com uma garrafa de Chianti debaixo do braço e ficava se equilibrando nos andaimes da igreja, gritando palavrões.

Um dia, um dos padres teve de subir naquelas alturas para tirá-lo de lá. E tentaram ajudá-lo.

Mas não houve jeito, ele desapareceu.

De Giovanna, sabemos que ela hoje trabalha numa dessas ville, *perto do Belvedere, mas ninguém sabe o endereço certo.*

Da pobre menina, e este é que é um mistério, ninguém sabe ao certo como foi seu pobre fim. Algumas beatas da igreja contaram que Francesco, num acesso de raiva, jogou o bebê no chão, acabando com a vida da poverina, *e colocou fogo na casa. Outras dizem que a menina morreu no incêndio, dormindo.*

O certo é que a casa de Giovanna pegou fogo quando ela estava fora, trabalhando. E dentro dela estavam Angelo, completamente bêbado, e a menina. Quando Giovanna chegou e viu a desgraça, desandou a gritar e foi acudida pelos vizinhos da rua. Ela gritava e chamava pela menina, mas o corpo carbonizado da santinha misturou-se aos escombros e não foi encontrado. Apenas o de Francesco foi enterrado. E desde então ninguém mais viu Giovanna.

Sabendo como vocês eram boas amigas, de tantos anos, e o quanto ajudaram a poverina *e sua pequena filha, sinto muito pesar em lhe dar essa triste notícia.*

Tenho visto Antonio, o carteiro, que sente muita falta de vocês.

Altanario já é avô de um menino, e agora pensa em sair para a pesca menos dias na semana.

A loja que era de seu pai hoje pertence ao filho da senhora Paternó, que fez do ponto uma loja de doces de torrone e laranja.

Nunca mais subi a Mongibello. Mas, quando encontro Anjú, ele sempre fala de vocês e fica emocionado. Ele diz que passeia por aqueles lados aos domingos, e que sua casa, que sempre foi tão bem-cuidada, agora dá pena de ver, dado o seu abandono.

A senhora faz muita falta em Taormina, mia *cara senhora Anna.*

Sempre vamos nos lembrar da senhora, do dottore *Alberto, de sua* figlia *Michaela, e de seu muito honrado pai, o senhor Cohen, e da ajuda que nos dava com nossas crianças pobres.*

Que Deus abençoe a todos, e que a senhora e sua família tenham sempre amor e paz.

Ass.

Padre Andrea Battistini

Depois daquela tarde, em que Michaela entrara tremendo com a carta do padre em suas mãos, as duas, mãe e filha, mal se falavam...

Daud estranhou a tristeza nos olhos delas, as conversas em tom baixo, a falta de apetite de Anna e o abandono do seu ateliê. Michaela vivia com seu vestido de casa, os cabelos mal trançados, arrastando seus chinelos de lá para cá, e nada a fazia sorrir. Mãe e filha nunca mais tocariam naquele assunto.

Não viajaram mais.

Anna desculpou-se por um mal súbito, e Michaela, fechando-se em seu quarto, nem descia para o almoço. Apenas o *dottore*, que vivia com a cabeça em seu trabalho, vinha almoçar, perguntava por elas e voltava para a Rue Sabri Pacha a fim de finalizar as obras de sua perfumaria. Foram dois meses de mal-estar.

David, acompanhado de Yako, havia ido para Istambul, e lá estavam desde o fim de julho. Foram chamados para ajudar o barão Hirsch, que tentava um novo acordo para as concessões das novas linhas férreas. O barão, pressionado havia muitos anos, via seus fundos empregados num trabalho de vinte anos se perderem por simples prepotência do sultão e seus colaboradores.

O que havia sido acertado e assinado nada mais valia, e o que valia era uma fortuna incalculável que a Sublime Porta exigia de Maurice de Hirsch.

Jacobo Montefiore fazia parte da equipe de negociação. Era quase um diplomata. Maneiras e habilidades, e uma cabeça treinada para números. Nos bastidores, era um conselheiro nos embates, o ponto no ouvido de Oscar S. Strauss, o embaixador americano encarregado de mediar o caso.

Jacobo havia escrito diversas cartas para Michaela. Numa delas, contou-lhe que ela teria sido o centro da conversa na mesa de um jantar, na residência do embaixador Strauss e sua esposa Sarah, em Constantinopla. Um encontro íntimo para o grupo de advogados e financistas que assistiam o caso Hirsch.

E na mesa estava Clara de Hirsch, vestida em luto fechado, ao lado de David.

Clara perguntara por Michaela, por Anna e pelo *dottore*. Dissera a David que sentia muita falta dela e que ainda esperava uma resposta para a carta que lhe escrevera de Paris, dias após a morte de seu querido filho Lucien.

Uma carta que ela havia escrito e enviado a Salonica aos cuidados de David. Ao se dar conta do que a baronesa falava, ele empalidecera, dizia Yako. Ao lembrar-se do que havia acontecido com a carta, desculpara-se.

— Eu recebi aquela carta. Até escrevi a Anna sobre isso, mas, com medo de perdê-la, guardei-a no cofre do escritório, junto com documentos importantes, esperando entregá-la a Micha assim que elas chegassem a Salonica. Mas, com viagens pra cá e pra lá, nunca mais me lembrei dela.

A baronesa sorriu aliviada. Ela queria saber mais sobre Michaela e como estava vivendo naquela cidade. Se existia alguém na vida dela, se conseguira se apaixonar por alguém; afinal, ela era uma moça excelente e merecia ser feliz.

David olhou para Yako e sorriu.

E, quase ao ouvido da baronesa, teceu um comentário:

— Tenho certeza da sua discrição, baronesa. Temos aqui ao nosso lado um sério pretendente para Michaela. Esse moço à sua frente, Jacobo Montefiore, tem sérias intenções, mas a senhora conhece bem o gênio de minha sobrinha, melhor do que eu mesmo. Ela parece sempre triste, há algum mistério em sua vida; nunca conseguimos saber, nem eu nem minha mulher, se realmente Michaela tem alguma atração por ele. Ela tem sempre respostas evasivas às nossas perguntas e vive fugindo de todos. Tenho até a impressão de que ela gosta ou gostou muito de alguém durante todos esses anos em que morou com vocês e que, por algum motivo, não foi correspondida. Talvez a senhora, conhecendo-a melhor do que eu, possa ajudar e me dar argumentos para convencê-la a dar uma chance ao meu amigo Montefiore. Ele há meses aguarda uma resposta dela.

No fim do jantar, Clara de Hirsch sussurrou algumas palavras no ouvido do barão. Ele olhou para a baronesa e assentiu com a cabeça. Depois, na hora do licor, aproximou-se de Jacobo Montefiore e, juntos à porta do jardim, conversaram durante horas.

Clara, usando os papéis de carta do embaixador Strauss, trancou-se na biblioteca e escreveu uma longa carta para Michaela. No fim da noite, entregou o envelope a David.

— Por favor, senhor Varsano, entregue esta carta a Michaela, no lugar daquela que tem guardada no cofre. Quanto à primeira, perdeu sua validade, já é um assunto que passou. Por favor, se puder queimá-la para mim, vou sentir-me aliviada. Faça isso, por favor...

E, segurando as mãos de David Varsano, despediu-se.

Ele acompanhou com os olhos a baronesa atravessar o jardim do *sarai* dos Strauss em Constantinopla e entrar numa carruagem. O vulto da baronesa, ela sempre forte e altiva, agora vestida toda de negro e com as costas curvadas com o peso do sofrimento, foi seguido por ele e por Sara Strauss, que suspirou e voltou para seu salão. David acendeu um cigarro e lembrou-se da baronesa hospedando-o em Planegg, no quarto azul de seu filho Lucien. Lembrou-se da aquarela do inglês Turner e das coincidências e peças que a vida nos prega.

Pobre Clara de Hirsch. Perdeu seu único filho, seu único interesse na vida.

Pobre baronesa... Tão rica e tão infeliz, pensou.

Foi uma cerimônia simples e bonita. Anna costurou o vestido da noiva à moda das taorminesas ricas, com rendas tingidas no chá e aplicações de pequenas flores. Ela não levaria buquê, como as noivas sicilianas, pois as sinagogas não permitiam flores. Mas seu rosto deveria estar coberto com um véu durante quase toda a cerimônia.

Michaela adentrou magnífica o pátio da Grande Sinagoga, levada por seu pai, que estava empertigado em sua nova casaca. Havia amigos dos Varsano, mestre Grassi, Emmanuel Salem, e toda a equipe do escritório. Os Karakassos de Istambul, os Levy, os Herrera, os Covo, os Debutton, os Matarasso, os Allatini e a família da *siniora* Modiano.

Dos turcos, uma dezena representava as autoridades, e efêndi Ali, amigo de Daud e proprietário dos banhos, não deixou de comparecer. E ao redor da tenda nupcial, enfeitada com folhas de tamareiras e velas, os convidados assistiam à cerimônia. Admiravam a beleza de Michaela e aplaudiram Jacobo ao pisar, esmagando, um copo de vidro.

Aquela noite, com uma temperatura amena, tudo ajudou para que os projetos de Anna dessem certo. A casa dos Varsano e a tenda no jardim, enfeitada com camélias colhidas por Daud e castiçais com velas brancas, receberam todos os convidados para um jantar. No quarto da noiva estavam os presentes. De Londres, vieram faqueiros e louças dos Montefiore, e uma caixa de prata enviada por Hannah e lorde Rosebery; dentro, um colar de pérolas com um medalhão para retratos, com relevos de safiras azuis e uma carta carinhosa de Hannah; em outro envelope, um anel. Era o anel de noivado de Lucien e uma carta de Sebastian Clair.

Ele devolvia a Michaela o anel que ela havia deixado no quarto de Lucien Hirsch, dentro daquela gaveta em Berkeley Square. E os fantasmas, como dizia na carta, iriam desaparecer, dando lugar a uma felicidade perene.

"Use-o, pois ele é seu, e você é digna de toda a felicidade deste mundo."

Clara de Hirsch foi a primeira a enviar o presente para as bodas. De Paris, chegou uma tela imensa, quase da altura de Michaela.

Nela havia uma moça pintada nos jardins da Rue de l'Élysée. Em pé, rodeada por rosas cor de champanhe, a moça trajava vestido verde de tafetá e um colar de citrinos.

Era o retrato de Michaela. Era ela, no lusco-fusco do fim de tarde de dezembro de 1885, com os cabelos trançados ao alto, pronta para o jantar dos Bischoffsheim. Era uma tela assinada por um artista chamado Singer Sargent, baseada nos desenhos feitos por Lucien de Hirsch. E ela estava ali, retratada para sempre. Sua felicidade fora captada, e estava aprisionada naquela tela.

E, junto, um cartão de Clara: "Seja feliz, minha menina..."

Nos pertences e presentes de Michaela, embalados por Anna Varsano e enviados para o novo endereço dos noivos em Londres, havia também alguns frascos do Rose du Soir.

E Michaela entrou no trem da Orient Express, na estação de Vardar, acompanhada de seu marido, Jacobo Montefiore, a caminho de uma nova vida.

XXV

PICCADILLY

Londres, 1889-1896.

Anna Varsano, em seu ateliê de costura em Salonica, recebeu a primeira carta da nova senhora Montefiore, ou, melhor, de sua filha Michaela Varsano Montefiore: 106, Piccadilly, Londres. A carta contava sobre sua chegada à casa da família de seu marido, e como todos ali esperavam por ela. Nessa carta, datada de 8 de janeiro de 1889, Michaela descrevia sua nova casa, sua nova vida e a família a que agora pertencia.

A casa dos Montefiore era o que eles chamavam de *mansion*. Uma casa antiga de esquina, com uma das fachadas voltada para um *mews*, que é uma rua quase particular, e a outra para Piccadilly.

O senhor Abramo Montefiore, pai de seu marido Yako, era um velho fiorentino alto, esguio e elegante, de mãos finas e braços longos, maneiras delicadas, e tinha um sotaque forte quando falava parte em inglês e parte em seu dialeto natal. Contava os números em italiano sempre que fazia suas contas, e tinha naquela casa um escritório onde recebia seus clientes para empréstimo de dinheiro.

A mãe, conhecida como *misses* Tilda, nunca andava por aquele lado da casa. Usava o portão do *mews* quando vinha das compras e conhecia todos e tudo o que acontecia na vizinhança.

Uma ala da casa fora separada especialmente para seu filho primogênito e a mulher.

O *hall* de entrada em mármore preto e branco, com uma estátua de Vênus, delimitava a entrada comercial da casa Montefiore de empréstimos.

E uma porta lateral havia sido aberta junto à *rotonda*, que dava acesso ao salão, à sala de refeições e à escadaria do primeiro andar, onde havia muitos quartos. Dois deles foram transformados em salão de estar e biblioteca do jovem casal, uma sala de banho e quarto de dormir. Mas a cozinha no térreo continuava lá; assim, Michaela não tinha espaço para sua própria. Se quisesse cozinhar, seria para todos da casa. Mas, desde que chegara a Londres, nunca havia se aventurado a esquentar um caldeirão de água.

A senhora Montefiore, mãe de Yako, era rainha absoluta naquelas áreas. Era democrática e muito determinada em agradar a nova nora.

Havia tido uma triste experiência com sua filha, que, ao se casar com um banqueiro francês, tivera também que agregar a sogra. E que sogra! Uma francesa ciumenta e de caráter tão forte que acabara em alguns anos sendo a causa da doença de sua filha.

A irmã de Yako, Lina, vivia internada numa clínica de doentes mentais, e seu filho Edgard, de 13 anos, estudava no curso preparatório da escola Eton.

Como dizia o velho Montefiore:

— Nosso neto tem nosso sangue, apesar de ter o nome do pai dele. Vai seguir a carreira e os estudos que Yako teve na juventude. Vai para Eton, aprender a ser um cavalheiro esperto e maneiroso.

Sinceramente, Michaela esperava morar numa casa só dela e do marido, mas isso ainda era uma utopia, pois os dois velhos sós, com um menino de 13 anos para educar, necessitavam de Yako por perto.

Tilda, o diminutivo da sogra Matilda Montefiore, era também nascida em Firenze e conhecia seu marido desde os 12 anos de idade.

Muita coisa Michaela reconhecia como seu costume naquela casa. Algumas comidas, a mesa da sala de refeições sempre posta, e muito movimento de gente de negócios, seus convidados.

Yako saía depois do café da manhã, dava um grande beijo em Michaela, olhava-a nos olhos e prometia voltar para o jantar.

Trabalhava com bancos, como conselheiro de finanças.

Misses Tilda brincava, dizendo que naquela casa se plantava dinheiro! E nascia também.

Havia noites em que Michaela esperava por Yako sem jantar e adormecia numa das poltronas do salão de sua sogra.

E a velha senhora Montefiore tomava o café da manhã reprimindo o filho em italiano, esquecendo-se de que era o idioma de sua nora.

Yako abraçava sua mãe e beijava a siciliana.

— Ainda bem que ela gosta de você, Michaela. Minha mãe vem defendê-la todas as manhãs, quando chego tarde daquelas reuniões intermináveis do banco.

Yako era bem-humorado, carinhoso e de bom relacionamento com todos.

Com Michaela, ele parecia um amante insaciável.

Ele lhe fazia a corte. Quando estavam à mesa, só tinha olhares para ela. Elogiava seu vestido, seu decote, o brilho de sua pele. Chegava às vezes no meio da tarde, fingindo buscar um documento qualquer, e ela sabia o que aconteceria...

E, quando Michaela escutava seus passos subindo os degraus de dois em dois, sabia que ele viria diretamente abraçá-la. Ele dizia que aquelas visitas fora de horário e sempre inesperadas eram para que ela retribuísse com juros a vontade que ele retivera, durante meses, esperando a decisão dela. Ele tinha uma maneira diferente de amá-la. Era mais selvagem, nem pareciam marido e mulher, mas dois amantes se encontrando no meio da tarde. Às vezes ele nem voltava para o banco, ficava tão exausto que adormecia, com seu corpo perfeito descoberto até o horário do jantar. Muitas vezes, fazia com que ela saísse da cama e, depois de um banho, se vestisse de maneira elegante, prometendo-lhe uma grande noite por Londres. Chamava uma carruagem, passeavam por Hyde Park, e ele, com os braços a enlaçá-la, beijava seu colo, seu pescoço, seus lábios, até voltarem novamente para Piccadilly. E tudo acontecia novamente.

Os dias passavam e semanalmente Michaela escrevia para Salonica.

Depois de ter colocado tudo nos devidos lugares, Michaela, sem mais o que fazer durante todo o dia, resolveu que havia chegado a hora de andar até Berkeley Square. Arrumou coragem para voltar ao seu passado.

Desde que saíra daquela casa, de número 12, casa de Clara Hirsch, com uma criança em seu ventre, quase dois anos se haviam passado.

Parecia que o tempo havia parado. Nada mudara. As árvores, as casas e até o carteiro atravessando a rua, tudo lhe era familiar.

Quando ela cruzou a praça em direção à calçada de Hannah, já podia escutar seu coração disparado.

Tocou a sineta da casa dos Rosebery.

Uma criada veio atendê-la.

Depois escutou o barulho das crianças correndo para a porta principal e avistou um dos gêmeos. Depois vieram Sybill e Peggy. Estavam altas e pareciam duas senhoritas. Ela os abraçou emocionada.

O pequeno Neyl, magro e comprido, não se lembrava mais dela.

Michaela entrou pé ante pé, guiada pelas mãos das meninas para a sala de estar.

Hannah estava lá, recostada numa grande espreguiçadeira de veludo, e olhava distraída o jardim dos fundos. Tinha parte do corpo coberto com uma manta. Ao escutar barulho de passos, voltou seu rosto para a porta de entrada. Seus olhos cruzaram com a visitante.

Ela nem parecia mais a mesma, estava envelhecida e deformada. Com esforço, sentou-se e levantou os braços emocionada para abraçar Michaela.

Foi um esforço tremendo.

As mãos de Hannah tremiam, e seu corpo parecia uma bola inflada; sua tez, que sempre fora de um róseo maravilhoso, tinha o tom de um amarelo esverdeado, deixando seus olhos e cabelos da mesma cor.

Michaela, assustada com o que via, não sabia o que fazer para esconder sua emoção.

Hannah desculpou-se por sua aparência.

Havia meses seus rins estavam fracos. Não havia dieta que a ajudasse. Nem médico que não tivesse ouvido, contou ela, sussurrando.

Disse que esperava agora um professor da Áustria especialista em rins.

— Ele é a minha última esperança! — disse, Hannah.

O diagnóstico era de doença de Bright. Os rins envenenavam o seu corpo, e dia a dia suas forças se esvaíam.

Três tardes por semana, Michaela voltava a Berkeley Square e fazia companhia à sua amiga querida. Dava-lhe de beber muito líquido, os remédios, lia páginas de romance, conversavam, e ela contava de sua vida. Mas nada sobre o seu passado, nada sobre o que havia ocorrido com ela depois que deixara Berkeley Square com aquele bebê em seu ventre e sua volta para a Sicília. Nada o que acontecera em Taormina foi sequer mencionado durante todos aqueles meses.

Hannah algumas vezes tentou perguntar-lhe, mas ela fingia não entender.

Numa tarde, Michaela não conseguiu esconder sua emoção e chorou muito.

Contou que estava grávida de Yako, seu marido. E todo o seu medo e vergonha vieram à tona. Tinha receio de que ele descobrisse que um dia ela dera à luz outra criança, de que aquela história fosse descoberta, e contou o fim trágico de sua pequenina nas mãos de um desequilibrado, do marido de Giovanna, um homem chamado Angelo Catanzaro, que, de tanto beber, ateara fogo à própria casa, matando-se e matando sua filhinha também.

Hannah não tinha forças para escutar, argumentar e discutir com Michaela, pois sua fraqueza não a deixava nem raciocinar.

Somente suas lágrimas corriam das faces sem cor. A cada dia que passava, mais seu organismo estava envenenado com as toxinas dos rins. E não havia paliativo.

Sebastian Clair estava com ela todos os dias, como uma sombra amiga e protetora. Era ele quem fazia o papel de enfermeira, amiga e mãe. Era o seu velho Sebastian quem lhe dava esperança e fé todos os dias. E, para lhe dar forças, invertia os papéis.

— Não vamos deixar a nossa Michaela só, não é, Hannah? Agora que ela vai ter seu bebê, vai também precisar de nós; portanto, quer que você fique logo boa, para poder ajudá-la! — Falava e piscava um olho para Michaela.

Hannah sorria e fechava seus olhinhos inchados, assentindo com a cabeça. E assim, parecia que dia a dia, como por milagre, a crise de Hannah amainava, e havia dias em que as duas, como cúmplices, postavam-se diante de um espelho, e Michaela fazia suas transformações. Penteava os cabelos de Hannah, prendendo-os com presilhas de flores de seda. Em seu rosto, passava uma fina camada de pó de arroz e dava-lhe cor com ruge de carmim.

Fazia Hannah usar seus xales mais bordados e perfumava suas mãos com uma gota de seu perfume Rose du Soir.

Quando lorde Archibald chegava do Parlamento, Michaela via aquele homem que sempre lhe parecera altivo, e muitas vezes extremamente antipático, ajoelhar-se diante da cadeira onde repousava sua amada esposa e beijar-lhe as mãos. Elogiar seu aspecto, sua tez, seus olhos, e fazer promessas e juras de amor.

Para quem havia escutado que lorde Archibald Primrose Rosebery era um homem decidido e ambicioso e só pensava em conseguir três coisas na vida, como corria nas altas-rodas londrinas — casar com a mulher mais rica da Inglaterra, ganhar o Epson Derby e tornar-se o primeiro-ministro —, logo a primeira havia conseguido, ter Hannah como esposa, já demonstrava que não era ambição e sim um coração apaixonado que fazia daquela relação um casamento de amor e respeito. Afinal, Hannah era feliz.

Foi Sebastian Clair quem mostrou a Michaela a carta vinda da França.

Logo após a morte de Lucien de Hirsch, em abril de 1887, em Paris, a casa em Berkeley Square, fora fechada por ordem do barão Maurice de Hirsch.

Amélia, a cozinheira, sem emprego, ficara trabalhando com os vizinhos Rosebery por alguns meses, e depois, inesperadamente, despedira-se de todos e dissera que talvez voltasse para Portugal.

Sebastian ficara para fechar a casa, receber a correspondência e responder pelo pagamento dos empregados, contou. A casa dos Hirsch nunca mais fora aberta, ninguém mais pisara naquele lugar.

E foi Sebastian Clair quem lhe entregou sua correspondência. Entrou na sala de Hannah com um pacote pardo amarrado com barbante.

Explicou a ela que essa correspondência ficara guardada durante todos aqueles anos, esperando por ela. As cartas que chegaram depois de sua partida estavam ali, lacradas, da maneira como tinham sido enviadas, e, por precaução, foram guardadas no cofre de Hannah.

Michaela colocou o pacote em seu colo. Suas mãos tremiam ao desembrulhá-lo. Viu a data. A carta escrita pela baronesa Clara de Hirsch, logo após a morte de Lucien, era endereçada a Michaela Varsano. Abriu o primeiro envelope, onde tarjas negras rodeavam o papel.

A inconfundível letra de Clara, o papel com o brasão dos Hirsch, e o cheiro de couro da biblioteca da Rue de l'Élysée, guardados naquele envelope, pareciam trazer também a voz da baronesa.

Suavemente as letras sussurravam...

Paris, 8 de abril de 1887.

Minha querida Michaela,

Perdemos ontem o homem que mais amamos.

Perdemos nosso Lucien.

Sua vida apagou-se como uma vela e, bastando um sopro apenas, meu filho já não respirava mais. Fiquei ao lado dele, sem nada poder fazer, sem poder ajudá-lo no seu desespero sufocado pela hemorragia e na sua luta para respirar e sobreviver. Foi o maldito bacilo que o levou. Que o sufocou até a morte.

Tudo foi feito para sua cura, chamamos os melhores especialistas, e ele, nestes dias, pobre filho, só teve pensamentos e preocupações com você.

Todos os minutos que lhe restaram ele pedia sussurrando que eu a chamasse... Nos seus delírios, em meio à sua febre, ele só chamava por você, Michaela.

Ele a amava muito.

Hoje, o que sinto neste vazio, voltando do cemitério de Montmartre, é que perdemos o tempo, e você não estava lá, nem cogitamos em chamá-la.

Perdoe-me se não o fiz. Eu, como mãe, nunca quis acreditar que iria perder meu filho para a morte.

Sentia e tinha certeza de que tudo não passaria de um mal-estar, de uma forte influenza, de um susto, que era apenas um pesadelo, e que nada mais grave aconteceria ao meu filho. Lucien certamente ficaria bem novamente, vocês se reencontrariam e se uniriam para sempre.

Como fui ingênua, meu Deus!

Antes da partida de Lucien para a Sicília em fevereiro, ele deixou em minhas mãos os preparativos para o seu casamento. Eu, por estar preocupada com os acontecimentos, e todos aqueles pedidos e causas para analisar e resolver, continuei envolvida no meu dia a dia. Maurice tinha de definir a vida de centenas de milhares de pessoas que escapavam, por milagre, com vida das mãos do czar!

E eu me sentia obrigada a resolver primeiro o problema deles.

Não percebi o problema dentro de minha própria casa, quando meu filho chegou gemendo com febre, de volta da Sicília, no dia 16 de março.

Naquela madrugada, quando voltamos da soirée *na casa de Alphonse de Rothschild, encontramos Lucien na biblioteca, molhado de suor e com uma tosse impossível de acalmar. Na manhã seguinte, chamamos dois especialistas.*

Naquele dia, uma Grand Soirée e um recital deveriam acontecer em nossa casa na Rue de l'Élysée. E, com a casa lotada de pessoas, e aplausos, deixei meu filho aos cuidados de madame Lory no andar superior, para que sua tosse não atrapalhasse a música. Como fui mesquinha e irresponsável.

Nada grave que não se resolvesse com repouso.

Vocês tinham todo o tempo do mundo para serem felizes, e eu não quis deixá-la preocupada. Eram jovens e sadios, teriam o futuro juntos. Eu deveria cuidar dos menos afortunados e dos infelizes.

Mas, em poucos dias, a seriedade da situação foi descoberta.

Era muito tarde, disseram os médicos. Nada a fazer...

Vieram então os médicos da escola de medicina da Alemanha. Sua influenza tornou-se pneumonia, com um agravante que poderia ter origem na tuberculose. Auscultaram seu peito e descobriram uma escavação pulmonar se comunicando com os brônquios.

Seu peito, corroído de dor, e sua dispneia foram se agravando, dia a dia, apesar dos esforços dos médicos, que não deixaram seu leito.

Meu pobre filho, na noite de 5 para 6 de abril, teve alguns minutos de paz, conseguindo sussurrar seu último pedido.

Era com você que estavam seus pensamentos... e às oito horas da manhã, logo quando os primeiros raios de sol bateram em sua janela, clareando seu quarto, sua alma se foi. Escapando da Rue de l'Élysée para sempre.

Não sei por que lhe conto todos esses detalhes terríveis. Mas vivi nesses dias o pior pesadelo de minha vida, e penso que vou acordar a qualquer momento e ainda encontrar nosso Lucien sorrindo em sua biblioteca, com seus olhos claros e brilhando de amor, suas mãos separando suas moedas, seu grande cofre aberto com seus tesouros, seus livros sobre a mesa, sentir seu perfume e escutar sua voz. "Bonjour, maman...!"

Pouco a pouco nesta tarde eu fui descobrir, depois de sua morte, estas cartas. As cartas escritas para Maurice, as cartas dele endereçadas a você, e diversos presentes e escritos guardados em sua gaveta de cabeceira. Seus desenhos feitos em Beauregard e na Rue de l'Élysée, lembra-se? Retratando você, enquanto lia no jardim. Tudo que ele havia guardado para o seu casamento, e seus planos de viverem juntos em Berkeley Square.

Minha querida, quero lhe dizer de coração que tudo que pertencia a Lucien, quero que seja seu.

Tudo... Suas propriedades, suas coleções, suas memórias e seu amor. Tudo lhe pertence.

E sei que era isso que ele gostaria que acontecesse.

Para mim, vocês já eram marido e mulher, nunca precisei de um documento ou testemunho, e você fez dele uma pessoa feliz, em paz.

Ele se foi, amando você e se sentindo amado, para a sua última morada. Eu prometi a ele no seu leito de morte que cuidaria de você, e estou aqui, à sua espera.

Sei que não posso atrelar sua vida à minha para sempre, pois sei que você poderá ter ressentimentos com relação a nós, mas, creia-me, Michaela, gosto de você como minha filha e quero lhe dizer e lhe pedir que não tenha mais ressentimentos com Maurice por não ter entendido e aceitado o amor de vocês.

Ele envelheceu nestes dias o que nunca envelheceria em anos, e já sofreu o bastante.

Não quero e não posso perdê-la, Michaela.

Se puder, continue conosco; se puder, me perdoe, por favor.

E, se me perdoar, responda a esta carta, dizendo se o fez.

Esperarei o tempo que for necessário, pense nisso, minha querida...

Com todo o meu amor,

Clara

Junto à carta, Michaela recebeu também um envelope pardo das mãos de Sebastian Clair, subscrito com a letra da baronesa. E dentro dele havia dezenas de cartas embrulhadas em papel de seda.

Michaela abriu o envelope. Eram suas cartas, seus segredos enviados a Lucien. Estavam fechadas, nunca tinham sido lidas...

Encostou o pacote de cartas em seu rosto molhado de lágrimas, acariciou-as e, sem abri-las, colocou tudo de volta no envelope.

Trêmula, olhou para Hannah.

— Não posso... não devo... Já passou, Hannah... — Devolveu a Sebastian todo o pacote.

Hannah fez um sinal com a cabeça, e Sebastian saiu da sala com o pacote de cartas. Michaela não queria ler. Tinha agora uma nova vida e nunca levaria essas cartas para a casa dos Montefiore. Tinha um bom marido e não poderia magoá-lo. Ele não merecia.

— Não posso lê-las agora, talvez um dia, mais tarde, quando estiver curada desse sofrimento...

Nada traria Lucien e sua filhinha de volta; haviam se passado quase dois anos. Ela não tinha o que perdoar ou receber de Clara.

E não responderia.

— Nada devolveria Lucien — disse ela a Hannah, com os olhos marejados. E ela agora esperava um filho de Yako Montefiore, seu marido.

Tinha medo de que ele um dia descobrisse tudo e a odiasse por ter omitido a verdade. Yako não merecia sofrer.

Lorde Rosebery estava entusiasmado naqueles últimos meses. Queria fazer qualquer coisa para deixar sua esposa feliz. Negociava a compra da nova casa em Piccadilly, e num certo momento, logo que o barão Hirsch mandou fechar a casa de Berkeley, pensou seriamente em desistir da compra de Piccadilly, oferecer uma boa quantia de libras à baronesa Hirsch e ficar com o número 12 de Berkeley Square, unindo as duas casas, tornando-as uma *mansion*.

— Mas seria tapar o sol com um lenço — comentou com Michaela. — Muito trabalho e um inconveniente: para onde levar Hannah, as crianças e todos os objetos e móveis, sem fazer um campo de guerra? E deixar Hannah mais doente ainda? Muito melhor é fechar logo o negócio de Piccadilly. — E foi o que fez.

Archibald Primrose Rosebery, contando com a ajuda de Michaela e Sebastian, colocou em poucos meses tudo na mais perfeita ordem.

E todas as tardes, mesmo com a gravidez avançada, a siciliana, como já o tinha feito em Berkeley Square, número 12, trouxe um pouco de Taormina e seu sol para a nova casa de Hannah de Rothschild.

E com isso, longe dos olhos de sua esposa, lorde Rosebery, um marido apaixonado, faria a Hannah uma surpresa. Faria de tudo para vê-la feliz e saudável.

Piccadilly era um sonho. Um dos múltiplos sonhos daquela mulher delicada, a rica herdeira humilde de uma fortuna incalculável, uma companheira inteligente e amante adorável. Hannah, finalmente, teria sua vista para o parque, uma casa com grandes janelas, onde o sol banharia seus cabelos dourados e clarearia seus olhos congestionados pela doença que dia após dia ia consumindo suas forças.

No número 40 de Piccadilly, Hannah Rosebery renasceria, com novas forças, veria seus novos salões claros, seu jardim, sua imensa sala de inverno recoberta com vidros de Lalique, onde a luz difusa das tardes de inverno traria para sua alma a lembrança de sua infância em Mentmore.

Numa tarde de fim de verão, quando as pessoas em Piccadilly passeavam protegidas do sol por sombrinhas coloridas de seda, Michaela chegava à porta da nova residência dos Rosebery e repentinamente seus olhos cruzaram com o olhar do barão de Hirsch.

Sentiu seu coração disparar e suas mãos tremerem.

Ele veio sorrindo em sua direção, puxando dois meninos que discutiam entre si.

— Você continua linda, minha pequena Micha — disse-lhe o barão, sorrindo ao beijar-lhes as mãos. — Quanto tempo sem vê-la, e como Clara e eu sentimos sua ausência!

Ele estava acompanhado dos dois meninos: o mais alto, com mais ou menos 10 anos, chamava-se Maurice Arnold, e o outro, pequeno e irrequieto, Raymond.

— São meus dois meninos — disse-lhe ele, apresentando-os. — Maurice Arnold e Raymond Deforest Bischoffsheim. Clara os adotou, você sabe — disse, baixinho. — Depois que perdemos nosso Lucien, tudo mudou na nossa vida — disse, ele, sem olhar diretamente para Michaela.

Ela balançou a cabeça, sem mencionar uma palavra.

— Como queria reencontrá-la... Pensamos sempre em você... Eu e Clara. Não sei o que você sabe — continuou o barão —, mas nossa vida ficou quase sem sentido. Nosso Lucien se foi, mas ganhamos três crianças.

— Três...? — exclamou ela num fio de voz.

— Sim, o que foi uma surpresa... Ganhamos uma pequena neta, uma pequena chamada Lucienne... É isso... Uma linda menina que nos foi apresentada logo depois que Lucien nos deixou. Foi tudo o que restou de nosso filho.

Estava tão trêmula e nauseada, quase se sentiu desfalecer. O sangue fugiu de suas faces.

Uma neta?, pensou. Como ele havia descoberto sobre sua pequena Lucienne?

— Você está bem, Michaela? — perguntou o barão, assustado com a palidez da moça. — Venha — disse o barão, oferecendo seu braço. — Estávamos indo aí em frente, ao parque, vamos colocar nossa conversa em dia, e você descansará enquanto os meninos brincam um pouco.

E adentraram o Green Park à procura de um banco para descansar.

Michaela estava com a boca seca, e seus lábios, colados, pareciam não conseguir emitir um som. Seu coração palpitava tão forte que ela temia que Maurice de Hirsch escutasse as batidas descompassadas.

— Sim, minha *querrida*... De que estávamos falando mesmo? — disse ele, ajeitando sua casaca ao sentar-se. — Ah... Sim! Lembrei-me... Da pequena Lucienne! Da pequena Lily! Você soube que temos uma neta? Linda menina...

Michaela tremia. Temos? pensou ela. Como temos? Minha Lucienne se foi... Morreu, sem ao menos eu estar lá para protegê-la...

Acenou negativamente com a cabeça sem responder, com os olhos marejados... E um arrepio de terror tomou conta de seu corpo. Ele sabia de tudo. Sim. Um turbilhão de recordações tomou conta de sua cabeça. Ele era o homem que tudo sabia, era informado de tudo.

— Eu sei — disse o barão — que deveríamos ter lhe contado isso antes, mas Clara escreveu para Salonica também, logo após a morte de nosso filho. Eu nem sei como lhe contar agora sem ferir seus sentimentos e suas lembranças ou a memória de meu filho — suspirou o barão, visivelmente embaraçado e abatido.

Ela gemeu num soluço, olhando para o chão. Suas mãos inconscientemente abraçavam seu ventre. Estava branca como um lençol e não proferira ainda uma palavra sequer...

— Eu não queria magoá-la, minha cara Micha — falou o barão, olhando fixamente para ela. — Eu mesmo não queria acreditar no que estava acontecendo; afinal, vocês dois pareciam tão apaixonados, e meu filho queria tanto se casar com você, discutiu tanto sobre isso... Logo após seu enterro, vim a descobrir que ele tivera uma amante, que lhe dera uma filha. Uma atriz, uma mulher de vida duvidosa. E eu juro, Micha, de início não quis acreditar naquela mulher! Ela apareceu na Rue de l'Élysée no dia seguinte ao enterro, com uma criança no colo, e eu e Clara não quisemos nem vê-la.

"Depois de uma semana, ela voltou com uma certidão de nascimento, onde dizia: Lucienne, nascida em 16 de outubro de 1885, de '*père et mère non declarés*'... imagine... de pai e mãe não declarados, afirmando que a menina era filha de meu filho!

"Juro que tentei não acreditar. Procurei então por testemunhas por todos os cantos, e pessoas que pudessem me dizer se os dois tiveram mesmo algum caso ou vida em comum. Coloquei Emile Vanières encarregado de procurar a verdade e descobrir tudo sobre aquela mulher. Tudo era como um grande segredo, ninguém havia visto os dois jamais juntos. Ela disse ter conhecido Lucien numa de suas viagens a Viena, que viera de lá com ele, que ele pagava suas contas, que, enfim, escondia seu *affair*, pois nunca aceitaríamos aquele romance...

"Meses depois, veio uma resposta de Londres.

"Foi daquela mulher que trabalhou com vocês, aquela portuguesa de Berkeley, que veio o testemunho: Lucien seria o pai de uma criança. Ela não saberia dizer qual era o sexo, mas conhecia a mãe da criança, uma mulher que estava grávida dele, e havia jurado à tal mulher não dizer nada a ninguém e nada sobre aquela gravidez.

"Ela contou a *madame* Lory o que podia, disse-lhe que conhecia a moça grávida e que essa moça via Lucien esporadicamente em Londres e em Paris, e que escondiam essa paixão por causa justamente do barão de Hirsch. Pois ele nunca aprovaria esse relacionamento."

— *Madame* Lory... — sussurrou Michaela, levantando as sobrancelhas.

— Sim, *madame* Clemence Lory. — Michaela havia esquecido... a *dame de charge* de Lucien, a mando do barão.

Quantas vezes tiveram que escapar de Clemence Lory, de seus olhares, nunca deixando transparecer qualquer tipo de envolvimento diante dela.

Amélia!, pensou. Pobre simplória, fora usada nesse testemunho.

A cabeça de Michaela parecia estourar. Então Amélia, pobre infeliz, contara a *madame* Lory, e esta então entendera... Ah, meu Deus!

Quem é essa menina, essa Lucienne?, perguntava-se.

— Diga-me, Michaela — perguntou-lhe o barão. — Agora que tudo já passou, minha querida, que perdemos Lucien para sempre, alguma vez soube de algum romance de meu filho antes de vocês se apaixonarem, alguma vez escutou esse nome: Irene Premelic?

Esse nome... Irene Premelic, ecoou em seus ouvidos... Irene... Quem seria essa mulher?

— Não, senhor — respondeu Michaela, apertando os lábios e balançando a cabeça.

— Eu, minha querida, ainda não me convenci... penso nisso todos os dias... se na certidão da menina havia a data de nascimento de 6 de outubro de 1885 e registrava que ela nascera à meia-noite na Rue d'Anjou, número 24. Penso comigo, ainda hoje, penso mesmo muitas horas à noite, e me pergunto. Quando meu filho teria saído de casa para visitar essa mulher a duas quadras da nossa casa sem que tivesse sido visto por algum vizinho? Afinal, aquela Rue d'Anjou é pequena, e todos nos conhecem na redondeza. Do padeiro ao açougueiro, todos estão estabelecidos lá há anos... Eu me pergunto ainda quando você e Lucien se apaixonaram? Nunca tive certeza quando foi, e queria também saber se algum dia você esteve em alguma casa na Rue d'Anjou... — disse o barão, colocando uma de suas mãos carinhosamente na cabeça da moça.

Michaela estremeceu... abaixou os olhos e não conseguiu responder... Levantou-se, dando alguns passos, fixando seus olhos nas crianças ao longe que atiravam pedras numa fonte... Seus olhos estavam tão marejados que o barão, ao seu lado, parecia um vulto atrás de um vidro embaçado.

— Rue d'Anjou... — disse ela, suspirando. — Se o senhor recordar, era a rua aonde eu costumava levar os vestidos da baronesa para costurar. No mesmo prédio de *madame* Bertrand! São apenas duas quadras da Rue de l'Élysée!

— Sim, agora me recordo, na esquina, não era? E tinha mais alguém morando com *madame*? — perguntou ele, aflito, tirando suas luvas.

— Eu conheci apenas *madame* Bertrand — respondeu. — Era a modista que arrumava os vestidos da baronesa e costurava os meus vestidos quando eu estava em Paris. Sempre contei com os serviços dela, e foi *madame* Lory quem me indicou. Talvez ela conheça também uma sobrinha de *madame* Bertrand de quem tanto falava.

— E escutou falar de alguém mais? — perguntou o barão, curioso.

— O número 24 tinha muitos moradores, que eu me lembre — disse ela, mas nunca ouvi nada sobre essa tal Irene Premelic.

Ela não respondeu mais nada, suas pernas estavam pesadas, e ela sentia falta de ar. Queria sair daquele lugar, do Green Park, o mais depressa possível.

Despediu-se de Maurice de Hirsch, que chamou seus dois meninos para fazerem reverência à senhora Varsano Montefiore.

Pobres meninos, pensou ela. Vão virar soldadinhos Hirsch, como Lucien... Passou a mão na cabeça dos dois pequenos, deu um sorriso polido e enviou recomendações a Clara.

Saiu andando por Piccadilly, quase sem rumo, com a cabeça latejando. Lucienne Premelic de Hirsch, Irene Premelic, quem seriam essas que lhe tiraram Lucien?

E, quando Michaela relatou esse encontro inesperado com o barão na carta que escreveu para Anna Varsano em Salonica, chorou tanto, num misto de ódio e comiseração, que sua letra tremida e suas lágrimas deixavam lacunas, tornando a carta quase ilegível.

Mas Anna Varsano, com o coração apertado, respondeu a ela num telegrama.

> *Feliz de você, que hoje é feliz.*
> *Esqueça a Rue d'Anjou e tudo para sempre.*
> *Pense no seu lindo filho Victor, que acabou de vir ao mundo.*
> *Com amor, sua mãe,*
> *Anna Varsano*

Essa foi a última vez que Michaela se encontrou com Maurice de Hirsch.

Apesar de o nome do barão estar sempre nos jornais e ter notícias dele através de Yako, que trabalhava no banco com diversas empresas relacionadas ou pertencentes à Companhia Orient Express. Maurice de Hirsch ocupava sempre um bom espaço no *The Times*, no *Westminster Gazette*, no *Le Gaulois* de Paris ou *Neue Wiener Tagblatt*, como em diversos outros jornais que semanalmente noticiavam seus passos. Notícias que descreviam sua amizade íntima com o futuro rei Edward VII, o príncipe de Gales, ou sobre os fundos do barão em Nova York para a integração dos imigrantes na América, das colônias da Associação Judaica que ele fundava na América do Sul, de suas caçadas com o rei Ferdinando da Bulgária ou Rodolpho da Áustria, dos almoços com Randolph Churchill, do prêmio para seu cavalo *La Fleche* no Derby; enfim, falava-se de Maurice de Hirsch mais do que da própria rainha da Inglaterra.

Mesmo sendo detestado pela rainha Vitória, que tinha mil motivos para considerar o barão, o banqueiro judeu, uma péssima influência para seu filho, o herdeiro do trono, pagando suas dívidas de jogo, comprando cavalos para o Derby e cocheiras em Newmarket, e até mesmo "emprestando" chalés de caça para seus encontros amorosos, como no conhecido caso de Grafton House.

No entanto, entre esses, o mal maior para o Império Britânico foi o jogo de braço de ferro entre Maurice de Hirsch e o czar da Rússia, combatendo os problemas das perseguições e morte de judeus, ter respingado sobre a corte inglesa.

E assim a rainha Vitória, escutando as críticas de seus familiares próximos, Guilherme II, o jovem imperador da Alemanha, e de Nicolau II, o futuro czar da Rússia, declarou em alto e bom som o barão como *persona non grata*!

Mas o barão tinha a seu favor um sem-número de boas ações.

Os boatos que corriam sobre aquelas duas crianças adotadas, os meninos Deforest, tinham dentro da nobreza inglesa diversas versões.

Uma delas era que, sem dúvida, eram filhos do futuro rei e uma amante casada. E isso seria comum. O príncipe de Gales fazer com que seus amigos íntimos adotassem seus filhos naturais.

Na outra versão, contada nos meios sociais, era que alguns cunhados e irmãs da família de Clara de Hirsch, os Bischoffsheim, que seriam naturalmente os futuros herdeiros, um dia depois de sua morte, enciumados e se sentindo prejudicados com essa dupla adoção, anunciaram a ela uma outra versão. Um segredo, a traição de Maurice.

Logo após a adoção, contaram a Clara que aqueles meninos a quem ela por caridade dera seu nome seriam filhos naturais de seu próprio marido, o barão, com sua amante, *madame* Deforest.

Michaela lia constantemente as notícias e principalmente acompanhava pelos jornais os avanços dos esforços feitos por Maurice de Hirsch em planejar e implementar uma nova forma de tirar os judeus perseguidos da Rússia e levá-los para um lugar seguro.

As colônias da Argentina, que ele tentava construir, eram debatidas por alguns grupos que se opunham a esse tipo de colonização. Queriam que os recursos mobilizados por banqueiros filantrópicos, como Hirsch, Rothschild, Camondo, Pereire, fossem canalizados para a causa palestina.

A Terra Santa era o lugar para onde eles deveriam ir, ou voltar, como defendiam os rabinos.

A Terra Prometida, para o barão, seria a América, de norte a sul, e nunca um pedaço de deserto cuja posse era do Império Otomano.

No centro dessa polêmica e discussões, o barão ainda tinha tempo para investir em seus cavalos no Derby, receber para suas caçadas hóspedes ilustres, gerir sua fortuna, fazendo-a crescer, manter entidades nos quatro cantos do mundo e ter tempo para Clara de Hirsch.

Maurice de Hirsch era único, pensava ela.

Na manhã de 22 de abril de 1896, os jornais de Paris, Londres e Munique anunciaram com pesar a morte do barão Maurice de Hirsch. O *The Times* de Londres e o jornal francês *Le Gaulois* dedicaram necrológio a esse homem especial.

"Amigo e mecenas das artes, fundador de escolas, benemérito e filantropo, esse banqueiro, empreendedor e esportista, faleceu na manhã de 21 de abril de 1896, em sua propriedade de caça em O'Gyalla, no Império Austro-Húngaro, devendo seu corpo ser transladado no dia 25 para sua residência em Paris, à Rue de l'Élysée.

O rabinato de Paris e sua cúpula, com o rabbi *Zadok Khan, farão as exéquias de corpo presente e prestarão suas últimas homenagens à presença do Gran antes de o cortejo seguir para o cemitério de Montmartre."*

Personalidades da alta diplomacia europeia, banqueiros, governantes, amigos e políticos prestarão sua última homenagem ao barão Maurice de Hirsch auf Gereut.

Michaela suspirou fundo e fechou o jornal.

Pensou em Clara, imaginou a Rue de l'Élysée.

O esquife de Maurice diante da escadaria monumental, os espelhos cobertos por panos, e Clara em luto profundo, arqueada pela dor, novamente inconsolável por mais uma perda, recebendo todas aquelas autoridades e condolências.

Ela, apesar de tudo, nunca deixara de admirar e amar aquele homem. Clara, que sempre fora o *alter ego* de um grande homem, sua melhor conselheira, sua secretária, melhor amiga, estaria ali, reunindo todas as suas forças e providenciando para que tudo fosse digno de seu esposo.

Michaela olhou ao seu redor.

Ali estava seu mundo. Beijou seus filhos, acariciou primeiro os cabelos pretos do *Mêgas Victor.*

"O grande Victor", como o seu pai, o *dottore* Alberto, o chamava. Olhou sua filha, que vinha arrastando sua camisola para abraçá-la... A pequena e doce Adele. Serviu-lhes uma caneca de leite e fechou a porta do jardim, para cortar o vento inclemente daquela manhã.

Olhou Piccadilly lá fora. A primavera chegaria logo. O dia estava nublado e triste, mas logo mais voltaria a ficar colorido com as damas de guarda-sóis de seda passeando nas calçadas.

XXVI

NAPOLI POSILLIPO

Posillipo vuol dire "fine del dolore".

Carta de Michaela para Anna Varsano, 21 de agosto de 1898.

Em 1898, lorde Rosebery realizou a última vontade de sua amada Hannah de Rothschild. Havia finalmente comprado uma casa na baía de Nápoles, mas Hannah não existia mais. Oito anos antes, deixara a nova casa de Piccadilly no esquife negro, levada por uma carruagem e acompanhada por centenas de pessoas. Flores, dezenas de coroas, mulheres vestidas de preto e homens de casaca e cartola formaram um cortejo de Piccadilly até Regent Street.

Mas poucos que acompanhavam aquela procissão vagarosa haviam realmente conhecido a verdadeira Hannah. Desde a sua morte, naquele dia chuvoso de 19 de novembro de 1890, enterrada no túmulo de seus pais, no cemitério judaico de Willesden, desde aquele dia Archibald de Rosebery não conseguiu mais dormir. Sofria de insônia, escrevia, lia, fazia poemas e discursos políticos durante a noite, e naqueles anos todos, apesar dos esforços dos amigos, ele nunca mais demonstrou interesse em se casar.

As crianças haviam crescido. Harry e Neil, os gêmeos, já estavam com 15 anos, também estudavam na escola preparatória em Eton, assim como a maioria dos jovens que um dia herdariam títulos de nobreza ou posições políticas no Parlamento. Também estudava naquela escola o sobrinho de Yako Montefiore, onde estudara igualmente, por algum tempo, Arnold Deforest Bischoffsheim, o filho adotado por Clara.

Todos os jovens, naquela Piccadilly, tinham um caminho predestinado. Na casa de Yako e Michaela Montefiore não era diferente, pois os esforços eram para que seu filho Victor conseguisse entrar para a escola preparatória de *mister* Carter em Farmborough Hempshire e seguir esse mesmo caminho.

Michaela, na realidade, não queria se separar dele. Dizia que não tinha o sangue dos ingleses, nem a prepotência de querer ter um filho político no Parlamento nem dono de um banco.

— Eton College para quê? — argumentava ela com Yako. — Victor gosta de brincar, tocar piano para Adele, contar histórias, e desenha muito bem. Vai ser artista, tem sensibilidade, mas nunca será um homem de leis ou números.

E esse era o único motivo pelo qual Yako discordava de Michaela.

Seu filho deveria ser melhor que ele, ter grandes oportunidades na vida, falar idiomas e conviver com colegas que, pertencendo a uma casta mais nobre, lhe abrissem as portas no futuro.

Michaela levantava as sobrancelhas e fazia caretas de desespero.

Naquela primavera de 1898, lorde Rosebery enviou um convite a Michaela.

A casa na baía de Nápoles estava pronta para recebê-la.

Posillipo significa o fim de uma dor...

Nápoles... Posillipo. Aquele nome poético dado pelos gregos que ali habitaram antes de todos os romanos, e que fundaram a cidade nova chamada por eles de Neápolis, que gravaram em lápides de pedras suas letras, era a prova e o testemunho de seus mitos e costumes, e a realização de um povo, de sua filosofia, que perdurava durante todos aqueles séculos diante da sombra do Vesúvio.

A poesia daquele lugar, rodeado de estradas em serpentina, abismos cobertos de plátanos e ciprestes, sombras longas e réstias de azul profundo do mar, era inebriante.

Para Michaela, ir para aquele lugar seria sua volta ao paraíso. Como chegar ao Jardim das Hespérides, ao esconderijo de Perséfone, um lugar onde a alma faz a catarse e se renova, e onde as dores finalmente acabam.

E foi com essa ideia que Michaela chegou a Nápoles.

Ela e seus filhos desceram do vapor, rodeados de turistas, e no cais esperaram pelas duas carroças vindas da *Villa* Rosebery. Havia muita gente no porto, e o caminho, atravancado por malas e pertences daquela gente, quase fez com que ela desistisse de esperar encontrar alguém que tivesse vindo buscá-los.

Eis que, à sua frente, numa pequena roda, escutou o seu nome.

Lorde Rosebery estava ali, acompanhado de uns amigos. Reconheceu entre eles o advogado Vanières, figura que sempre assistira o barão em Paris e que naquele momento se despedia de duas senhoras às suas costas.

Uma delas aproximava-se de Michaela, contra o sol, e ela por instantes não conseguia distinguir a figura daquela senhora vestida de negro, com um chapéu de abas caídas, que andava vagarosamente ao seu encontro.

Michaela sentiu seu coração acelerar quando reconheceu Clara de Hirsch. Ela também chegava a Nápoles naquela manhã e vinha acompanhada da secretária, *madame* Clemence Lory. Abatida e muito magra, vestida em seu luto profundo, parecia mais arqueada, e sua estatura já não era a mesma. Abraçou Michaela emocionada, seu corpo parecia frágil, pequeno e trêmulo, como se fosse se partir. Olhou para as crianças, que se encostavam sonolentas na saia da mãe, e sorriu para eles.

— São lindas crianças, Micha, que alegria poder revê-la e conhecer seus pequenos.

Nesse instante, lorde Archibald Rosebery despediu-se do advogado Emile Vanières, e veio, gesticulando, abraçar Michaela.

— Que bom que estamos todos juntos... — disse ele alegremente. — Estava pensando em não deixar a baronesa nos escapar e não deixá-la seguir para o hotel. Afinal, depois de tanto tempo, estou tendo uma grande ideia. Que tal reunirmos, aqui em Nápoles, nossas casas vizinhas, os números 12 e 14 de Berkeley Square, e passarmos aqui na *villa* um verão delicioso?

A baronesa engasgou, tentando recusar o convite, pois tinha vindo "a negócios" e, como alegou, tinha obrigações a cumprir na cidade. Mas lorde Rosebery não lhe deu sequer uma chance e colocou um cocheiro à sua disposição para que ela descesse até Nápoles quantas vezes necessitasse. Não houve chance para Clara de Hirsch recusar, e as carroças subiram cheias de malas.

— Afinal, disse lorde Rosebery, parecendo mais aliviado, — foi para pagar uma promessa que fiz à minha Hannah que comprei esta *villa*. E, se estivesse aqui neste momento, ela faria o mesmo, ficaria feliz em recebê-las e mostrar Posillipo, que significa *fine del dolore*. É isso, senhoras... O fim de nossas dores e tristezas...

Clara de Hirsch, lorde Rosebery e Michaela seguiram numa carroça, e as crianças, as *nanies* e *madame* Lory, em outra.

Enquanto a carroça seguia à beira-mar para entrar numa península, Michaela observava a visão de Nápoles e o Vesúvio ao fundo.

Sentia os olhos de Clara fixos nela. O silêncio tomou conta dos três passageiros. Cada um parecia tomado por seus próprios pensamentos.

O Vesúvio estava à frente de Michaela, e haviam se passado exatamente quinze anos desde a última vez em que ela havia estado lá com a baronesa. E fora naquele lugar que ela havia um dia abandonado sua pequena Lucienne, e fora naquela cidade que seu bebê, sua pobre filha, morrera queimada, vítima da loucura de Angelo Catanzaro.

— Quantas coisas aconteceram durante estes anos, minha querida Micha... — Clara murmurou quebrando o silêncio. — E tudo neste lugar continua igual... A cidade lá embaixo continua viva, com as mesmas pedras, a mesma história. Apenas as pedras e a história sobrevivem ao tempo... O que nos sobra da vida? — Suspirou profundamente. — Quando envelhecemos, o que guardamos são as boas lembranças do que já vivemos...

"São elas que nos fazem sorrir, mesmo quando a tristeza e o desespero de ficarmos totalmente sós nos abatem. Um dia, as boas recordações e os bons momentos chegam de mansinho, acalmando nossa *anima*, como uma calda doce, que desce garganta abaixo quando temos tosse. Ela nos aquece, nos acalma, nos alimenta...

“Eu agora, Michaela, vivo dessas recordações. E Nápoles faz parte desse pote de calda que me alimenta.”

Michaela olhou para Clara e segurou suas mãos trêmulas carinhosamente. Elas se entreolharam como antigamente e se abraçaram, e assim seguiram parte da viagem.

Lorde Rosebery estava sentado à frente das senhoras e continuava distraído, com sua atenção voltada para a magnífica visão do Belvedere.

Ele continuava um homem interessante. Com o mesmo olhar muito claro e sonhador, com seus belos cabelos, agora bem grisalhos. Suas famosas insônias eram seu maior problema... E a solidão sem Hannah.

A estrada para Napoli Posillipo era de uma beleza extasiante. As árvores imensas que sombreavam aquele caminho íngreme e perigoso, ladeado de abismos profundos, com tamareiras, ciprestes e pinheiros centenários, formavam uma floresta densa, onde apenas o som dos cascos dos cavalos e das quedas-d’água quebrava o silêncio.

Ele, como voltando de seus pensamentos, começou a contar a origem e a história da *Villa* Rosebery. Contou que antes a *villa* era chamada de “A Brasiliana”. A carroça subia lentamente a estrada que serpenteava as *villas*.

As crianças desceram deslumbradas.

Os quatro filhos de lorde Rosebery, perfeitos anfitriões, estavam perfilados na entrada da Palatina, bem-vestidos e penteados para receberem os hóspedes. Com eles estavam também alguns criados à espera da bagagem, e uma criança, uma menina de seus 10 anos, uma pequena que se escondia atrás de uma coluna.

— É a filha de uma das empregadas — explicou lorde Rosebery. — Mora na *villa*, desde que nasceu. Eu comprei a propriedade e herdei dos outros proprietários a menina com a mãe dela. A pequena então foi apresentada a Adele. Chama-se Lukia.

Os dias ensolarados e quentes passavam lentamente naquele jardim deslumbrante. Tudo ali era perfeito: o perfume das flores, o canto das cigarras e o pôr do sol que dourava o mar ao fundo.

Victor e Adele corriam pelos jardins, escondiam-se das babás e logo envolveram a pequena napolitana em suas brincadeiras. Mas apenas o idioma os separava. Victor e Adele falando inglês, e a pequena, irritada, a gritar:

— Não entendo nada... *niente*... *no*. — Que não entendia nada! Pobre menina!

Adele montou sua casinha de bonecas no jardim de inverno, onde a baronesa e Michaela passaram as primeiras tardes daquele verão conversando. Tinham tanto para falar que ela possivelmente havia esquecido a importância de sua viagem a negócios.

Madame Lory havia descido a Nápoles, onde ficou uns dois ou três dias, e voltou com um monte de papéis e um ar reservado. Michaela viu quando Clara sentou-se junto da sua governanta e passou a examinar aqueles papéis, balançando a cabeça com indignação. Finalmente, suspirou e disse a Clemence Lory:

— Avise-a de que esta é a última vez que pago suas contas. Não voltarei para Nápoles, e nosso acordo já terminou com a morte de meu marido.

— Ela continua a mesma mulher sem escrúpulos. Marquesa Siciliano di Rende... uma vigarista, isto sim... — murmurou *madame* Lory.

As crianças se reuniram em volta da casinha de Adele. Tudo era novidade para elas. Havia uma sala de estar, uma cozinha e o quarto da boneca. Victor trazia plantas e flores de fora, para plantar um jardim, e Adele era a mãe da boneca. A italianinha, com seu sotaque pesado, chorava num canto, desconsolada. Não havia entrado na brincadeira. Não conseguia se fazer entender, e Michaela correu em seu auxílio.

— O que foi, linda menina? — disse-lhe em seu dialeto. — Não chore, eu vou ajudar você, e você também vai brincar na casinha de Adele.

Enxugando as lágrimas, sentou-se junto de Michaela, fungando o nariz, com as pernas balançando naquela poltrona alta.

— Onde está sua mãe? — perguntou-lhe. — Você já tomou seu leite também?

Ela assentiu com a cabeça, e seus olhos brilhavam felizes enquanto Michaela alisava seus cabelos.

A governanta dos Rosebery informou que a mãe dela estava adoentada, e era a cozinheira quem estava tomando conta dela.

— Mas se ela estiver incomodando a senhora, *misses* Montefiore, é só dizer, que a menina volta para a cozinha! — Completou com uma reverência solene.

Michaela sorriu e abraçou a menina.

— Deixe, Liza, que eu mesmo cuido dela, e, afinal, nós duas falamos o mesmo idioma, não é, *picolina*?

Lukia acompanhava Michaela em todos os minutos do dia e parecia uma sombra. Desde cedo, ela já estava à sua espera; ficava no corredor que levava aos quartos, sentada ao pé da escada, e lhe sorria, e depois, segurando em sua mão, passava o dia ao seu lado.

Clara admirava a paciência de Michaela em contornar tantas situações com as crianças.

E pela primeira vez a baronesa De Hirsch falou sobre sua neta Lucienne. Contou-lhe sobre a menina que aparecera no portão da Rue de l'Élysée logo na manhã seguinte ao enterro de Lucien, nos braços de uma mulher desconhecida. Era sua neta. Chamava-se Lucienne, dissera-lhe a mulher, tinha 2 anos e era a filha de seu filho.

Clara contou que sentira primeiramente um choque. Sentira-se traída por seu filho. Maurice, mais frio, não ousara acreditar e exigira um documento ou uma prova da mulher.

A menina tinha uma certidão de nascimento, onde apenas constava seu nome, Lucienne Marie, nascida de pai e mãe não declarados, à meia-noite do dia 6 de outubro de 1887, na Rue d'Anjou, número 24. E, depois de algumas semanas, ela e Maurice, sem nunca realmente terem uma prova concreta, aceitaram e adotaram a menina como herdeira e neta pelas leis austríacas.

Ela era chamada de Lily.

Na realidade, a baronesa nunca tivera sua neta com ela, nunca cuidara dela nem por uma semana. Assim que a menina chegou à Rue de l'Élysée, Clara e o barão tiveram de viajar e passaram um longo tempo em Constantinopla, resolvendo aquelas sérias pendências da estrada de ferro com o governo do Império Otomano.

Pensou em deixar a menina primeiramente com sua família, os Bischoffsheim, na casa de sua mãe em Bruxelas. Mas ela recusou essa responsabilidade, e, então, Hortense, sua irmã, que nunca tivera nem poderia ter filhos, pediu-lhe que a deixasse ficar cuidando da menina.

— Você já escutou muito a respeito de Hortense — disse a Michaela. — Sabe de seu gênio, de seus problemas em não poder andar, e de viver presa a uma cadeira de rodas, e agora, com o passar do tempo, seus problemas aumentaram. Ela nunca mais me devolveu a menina. Sabe que tentamos até reavê-la por meios legais, mas meu cunhado, pobre Georges, sempre me escrevendo e tentando amenizar e ajudar minha irmã...

"Ele pediu a Maurice mais paciência, pois Hortense, com sua incapacidade de andar e suas depressões, não aguentaria perdê-la. Estava muito afeiçoada e não poderia perder a menina.

"Eu tentei em vão que ela viesse ao menos de férias para Paris ou Beauregard, para podermos conviver uns tempos, mas minha irmã nunca permitiu que ela saísse de Rond-Chêne, nem em sonho. Quando eu escrevia, querendo visitá-la, ela respondia evasivamente sobre o mau tempo, ou que a menina tinha uma apresentação de piano e não podia deixar de estudar, e que talvez eu fosse atrapalhar.

"E assim o tempo foi passando.

"Depois que Maurice soube que Lucienne estudava catecismo e iria fazer a primeira comunhão, e vivia influenciada pelo bispo da igreja da cidade, indignado, escreveu dizendo que definitivamente ela deveria ser devolvida. Pois, a seu ver, não era essa a educação que ele queria que ela tivesse. E nem seu filho também, se estivesse vivo, a aprovaria para a filha dele.

"Mas ninguém poderia demover Hortense de seguir acreditando na sua nova fé. Ela sempre foi movida por superstições e, motivada por sua fraqueza mental, foi explorada por falsos curandeiros, e agora são eles que dirigem sua vida. Pobre Hortense! Vive rodeada de histórias de milagres e misticismo, acredita que é paraplégica por ter pecado muito em outra vida, que não merece a felicidade ou o dinheiro que tem. É o bispo de Esneux, que vem a Rond-Chêne, quem comanda seu dia a dia. Ela não faz nada sem a permissão dele, contou-me meu cunhado Georges. Tudo é pecado, e ele cobra dela o que quer para receber indulgências.

"Pobre Hortense... E tudo à custa do pobre Georges! — falou, num longo suspiro com os olhos semicerrados. — Você sabia que Georges tem o mesmo sobrenome que seu marido, Michaela? Ele também é Montefiore, Montefiore Levy.

Michaela sorriu.

— Georges é um homem excelente! — disse-lhe. — E muito carinhoso com Lucienne, aliás ele a chama de Lily.

Clara abriu sua bolsa e mostrou-lhe uma foto numa caixinha de prata. A pequena Lily e Georges, abraçados. Ela beijando-lhe o rosto.

Michaela pegou a foto nas mãos e foi, com o coração aos saltos, olhar num lugar mais claro. A menina não tinha traço algum que lembrasse Lucien, nada que recordasse o pai.

Michaela suspirou fundo e devolveu o retrato a Clara, que estava à espera de uma observação.

— O que achou? — perguntou, com um olhar desconfiado.

— Linda menina — respondeu Michaela. — Talvez seja parecida com a mãe dela.

— Sim, talvez com a mãe, uma mulher exuberante, mas, infelizmente, vulgar. Só que a menina não tem nem um leve traço de meu filho. Nada... que prove... nada que lembre... por isso não consigo acreditar, Micha! Agora eu e *madame* Lory estamos aqui e corremos atrás da mãe dessa menina, Irene Premelic, que é uma mulher desmiolada. Vim até Nápoles para pagar as contas que ela deve. Uma fortuna! Em todos os lugares onde compra, dá como garantia o nome dos Hirsch. É uma longa história que nunca termina — disse ela, em voz muito baixa.

"Maurice pagou uma fortuna para ter aquela mulher longe da menina, e até apresentou-lhe um pretendente, financiando seu casamento com um marquês chamado Rafaelle Siciliano di Rende, de família napolitana totalmente arruinada. Pagou também por sua nova casa, com decoração luxuosa, e depositou para o marquês di Rende e sua velha mãe um dote bem expressivo. Mas Irene nunca viveu dentro de seus limites, e continua com sua extorsão. E nunca vai mudar... e eu tenho medo de que ela chegue até Lily para explorar minha irmã Hortense e faça mal à menina.

Michaela suspirou e olhou para a pequena italianinha, que, ajoelhada na cadeira, escutava sem entender, entretida com a foto de Lily:

— Quem é?

Michaela respondeu docemente, explicando:

— É Lily, a neta da senhora. A baronesa é a *nonna* da *bambina* na foto...

Lukia abraçou Clara, olhando-a com aqueles olhos azuis de águas-marinhas, e disse:

— Eu não tenho *nonna,* você é minha *nonna* também?

Michaela sorriu, e Clara teceu um comentário baixinho.

— Ela se parece mais com Lucien que Lily. Se Lily fosse assim, eu nem teria dúvidas... Notou como ela tem a cor dos olhos do meu filho? Como seu olhar e seus cabelos são iguais aos dele quando era pequeno. Bem, até que poderia ser minha neta!

Michaela estremeceu e sentiu seu rosto corar, lembrando-se de sua pequena filha morta naquele incêndio. Mas Clara nunca soubera de sua Lucienne, e agora seria tarde demais para contar-lhe...

Na manhã seguinte, o dia se apresentava nublado, e uma chuva fina caía no jardim da *Villa* Rosebery. As duas senhoras tomavam o café da manhã sem a presença de lorde Rosebery, que esperava a chuva passar, preparando a carroça para descer até Nápoles, quando a pequena Lukia entrou no salão.

As senhoras cumprimentaram carinhosamente a menina, que andava de um lado ao outro, mostrando seu vestido, quando escutaram uma voz rouca vinda da copa, que chamava pela menina.

— *Lukia, vieni qui!* Venha, Lukia. Não atrapalhe as senhoras!

A menina respondeu à mãe, que estava atrás da porta da sala de refeições.

— Vem, *mamma*, vem ver minha *nonna*. Ela disse que pode ser minha *nonna* também. Vem ver a minha *nonna, mamma*! — insistiu Lukia.

Michaela estava de costas para a porta, quando a menina, puxando o avental da mãe, apresentou-a a Clara. E, quando seus olhos se voltaram para Michaela, ela parecia ter visto o diabo. Afastou-se, puxando a criança bruscamente, e saíram correndo em direção ao jardim. Michaela saiu atrás delas, e Clara viu, através dos vidros do salão, Micha gritando:

— Gió! Giovanna, espere, pelo amor de Deus!

Clara caminhou até o jardim o mais rápido que seus passos permitiram e conseguiu apenas ver Michaela correndo atrás de uma charrete que descia a rampa da cocheira em velocidade. E foi nesse momento que Clara entendeu e, com o coração disparado, pela primeira vez em sua vida pediu a Deus um favor. Foram minutos intermináveis de angústia e medo. Uma multidão já se aglomerava na primeira curva do jardim. Gritaram para lorde Rosebery, para o jardineiro, para o cocheiro. As mulheres do serviço da casa voltavam de lá soluçando, com o rosto tampado com as mãos, depois de ter visto uma cena terrível.

Gritavam e choravam:

— *Ela é morta... poverina é morta... Dio Mio!*

Os minutos pareciam horas, quando Michaela, ajudando a carregar a menina ensanguentada, chegou à sombra do palacete. Deitaram a menina num dos bancos de mármore, e seu sangue se esvaindo tingiu de vermelho tudo ao seu redor. Michaela rasgou seu vestido, fazendo uma tala, e, desesperada, amarrou os trapos em volta da cabeça ferida.

Clara, tremendo, aproximou-se de Lukia, que estava inconsciente. Passou a mão em seu rostinho pálido e, ao aproximar-se para limpar sua testa ensanguentada, viu a marca da pequena flor-de-lis sobre o seu olho esquerdo.

Uma charrete pronta esperava o translado e seguiu com a menina rapidamente para o Asilo da Misericórdia. Ela ainda respirava.

Lorde Rosebery, sem entender o que realmente havia acontecido, seguiu a charrete de Michaela, com *madame* Lory.

E Clara de Hirsch, pela primeira vez em sua vida, sem saber o que fazer, entrou na capela da propriedade e, em coro com as empregadas da *Villa* Rosebery, rezou com elas uma ave-maria e pediu pela vida de sua neta.

XXVII

ADEUS, MADAME

Paris, 1º de abril de 1899.

A casa dos Montefiore em Piccadilly já estava iluminada logo cedo, naquela manhã no dia 30 de março de 1899.

Michaela preparava as malas. Ia a Paris. Mesmo que quisesse viajar só, agora não teria mais muita escolha, pois levaria com ela Victor e Adele. Ambos estavam em férias escolares para a comemoração da Páscoa e havia tempos sonhavam com essa viagem. Nada que ela havia contado e explicado às crianças conseguira convencê-las a ficarem em Londres com a avó Tilda e a *nanny*.

Contara a eles sobre a gravidade do momento, a doença da baronesa e os problemas que ela teria que enfrentar em Paris para ajudar Clara e tentar encontrar um lar para a pequena Lily, a Lukia, a menininha do acidente, a órfã de Napoli Posillipo. Que a menina ficaria só, sem sua *nonna*, assim que a morte chegasse para buscar a baronesa.

E, durante todos estes últimos dias, ela calmamente explicava o motivo daquela viagem.

Adele, com seus olhinhos brilhando, perguntou a Michaela:

— Mas por que, *mamma*, a minha amiga não poderá morar aqui no meu quarto? Ela gostou tanto quando dei a minha casinha de bonecas para ela! Ela poderia morar aqui na nossa casa... Tenho tantos brinquedos, que posso dividir com ela. Pobrezinha, ela não tem mãe, não tem pai, e agora... a *nonna* dela está doente...

Victor, ainda deitado em sua cama, sentou-se sobressaltado e, com uma expressão de ódio, retrucou para a irmã, aos gritos:

— Para quê? Eu não quero mais uma menina chata aqui em casa. Já basta Adele, que mexe nas minhas coisas e desafina meu piano... Não quero, *mamma*... E se ela vier eu vou embora!

— Calma, Victor, sua irmã tem razão! Ela é uma menina de bom coração, e é assim que devemos agir! Imagine, meu querido, se um dia eu morrer e o papai também! Quem iria se oferecer para cuidar e educar um menino órfão?

— Meu avô Abramo, lógico! Ele é o pai do meu pai. E minha avó Tilda... Que pergunta, *mammy*! — respondeu Victor prontamente com ar de superioridade.

Michaela balançou a cabeça, já demonstrando cansaço, e olhou para Adele, que roía as unhas. Mas não desistiu e continuou explicando...

— Mas vamos supor que eles não possam... Você sabe, vovô Abramo e vovó Tilda já estão velhinhos, e além do mais têm seu primo Edgard, o filho da tia Lina, que já dá um trabalhão para eles. É muita despesa em Eton, para seus avós.

O menino, não convencido ainda, continuou desafiando Michaela.

— Bem... então... teríamos que chamar vovó Anna e vovô Alberto de Salonica, para morar aqui na nossa casa?

— Ora, meu querido, não é tão simples assim. Seus avós moram em Salonica, que, você sabe, fica muito longe daqui. Eles têm a casa deles, o vovô tem a fábrica de perfumes, aqueles de rosas de que você gosta tanto, e a vovó costura roupas para suas freguesas, e portanto não poderiam se mudar para cá... E também tem Daud, que mora com eles... Ficaria muito complicado! — respondeu Michaela calmamente, alisando os cabelos negros de Victor.

— Então — disse o menino, prendendo a respiração, com um olhar assustado —, se vocês morressem... Nós teríamos que morar em Salonica?

Michaela assentiu afirmativamente com a cabeça, mordendo os lábios.

— Sim, meu querido, creio que essa seria a única solução. Vocês iriam morar com eles.

— E lá tem piano, na casa da vovó Anna, tem? — perguntou Adele.

— Bem, na casa da vovó Anna... creio que não tem piano, pois ninguém toca, mas você tem uma tia chamada Katherina, que é uma professora de piano formada em Paris. Com certeza, ela e vovó Anna vão providenciar um piano para Victor. Depois ele poderá tocar nos salões da *signora* Fakima Modiano. Ela é muito rica e tem um grande piano Steinway — respondeu Michaela, sorrindo.

— Oba! — respondeu Victor. — Então eu quero ir para Salonica!

Para Michaela, essa viagem a Paris seria a mais importante de sua vida. Queria estar a sós com Clara, queria rever sua filha, sua Lily, sonhava em abraçá-la. E quanta coisa deveria ser conversada e resolvida! Somente ela e a baronesa, de portas trancadas... Conversas e memórias, como antigamente. Queria afagar suas mãos, dar-lhe carinho, dizer-lhe o quanto ela era importante em sua vida.

Era acometida por um terrível pressentimento, tinha urgência, estava angustiada para partir. Já havia esperado por quinze dias a volta de Yako daquela importante viagem de negócios por Viena e Budapeste, e desde que ele chegara, no dia anterior, havia deixado o telegrama de *madame* Lory sobre a mesa de jantar. Ficara esperando apenas que, ao ler o telegrama, ele acreditasse na sua urgência e respeitasse sua angústia de partir imediatamente. Mas seu marido era uma pessoa sempre muito otimista, tranquila, e parecia que tudo ao seu redor poderia esperar, menos seu trabalho...

Para Michaela, ele evitava contar problemas e más notícias, como se ela vivesse numa vitrine de cristal, e sabia que sua siciliana era ávida por uma discussão calorosa. E ele, com muita classe, dava-lhe um beijo na testa e, desculpando-se por estar atrasado para algum compromisso, pedia para terminar a conversa depois...

Depois ela esquecia, e assim ele levava os ventos quentes e os ímpetos daquela criatura que achava a mais selvagem, porém também a mais atraente, linda e sensual mulher de Londres.

Jacobo Montefiore estava ali na porta do quarto das crianças assistindo a toda aquela conversa. Michaela olhou para ele, os olhos verdes faiscando.

— Não dá para esperar mais, Yako, nem mais um dia! Por essas notícias que recebi no telegrama, creio que a baronesa está com os dias contados... Não posso deixar de abraçá-la! Veja o jornal de hoje, Yako! A situação é crítica...

Yako suspirou, não respondeu, deu meia-volta e saiu do quarto.

Michaela terminava de trançar os cabelos de Adele e pensava em Clara e em Lily, sua amada filha, só e desprotegida em Paris, na hora que perdesse sua *nonna*...

A baronesa havia escrito sua última carta vinte dias atrás. Era sua carta de despedida, cheia de entrelinhas, sabia que não duraria muito mais, pedia a Michaela que viesse o mais rápido possível para a Rue de l'Élysée, pois muitas providências deveriam ser tomadas antes de sua morte.

Ela falava na sua morte agora de uma maneira fria, quase irônica, como se saísse para um passeio. Não tinha mais esperanças, seu câncer a corroía por dentro, e as dores não lhe davam mais um minuto de alívio. Na carta, Clara de Hirsch escrevia que aquele era o momento de deixar tudo pronto, não se esquecer de nenhum detalhe em vida, enquanto suas mãos pudessem assinar qualquer mudança em seu testamento.

Havia meses, pseudomilagreiros entravam e saíam pela porta da frente, alguns chamados por Clemence Lory, a fiel governanta, um enviado pelo padeiro da esquina que escutara histórias de curas, outro chamado pelo tabelião Dietz, um homem carinhoso e desprendido que estava sempre ao seu lado caso necessitasse de mais um codicilo, de uma mudança de suas últimas vontades. Clara de Hirsch tomou chás de ervas exóticas, fez dietas alimentares e seguia tudo que lhe era prescrito. Até que, numa manhã do mês anterior, viu que nada disso resolveria. Como não havia resolvido também naqueles dias terríveis que haviam revelado a doença de seu amado filho.

Doze anos já se haviam passado sem seu Lucien.

Magra e abatida, ela não tinha mais forças para subir ou descer aquela escadaria monumental que Maurice havia mandado construir para ser o orgulho de seu palácio.

Quanta discussão lhe relembrava aquela escada! Quanta preocupação por estilo, por tapetes! Quanto tempo gasto para procurar espelhos, brasões, querubins e faunos, aquelas figuras e esculturas monumentais em mármore, enormes, ao gosto de Maurice!

Ela odiava aquilo, sempre odiara, era pretensioso demais, e conviver com aquilo tudo havia se tornado sua via-sacra dolorosa.

Não queria ficar trancafiada em seu quarto, na parte superior daquele palácio imenso, deitada e olhando a tela de Bellini, a virgem com a criança e as cerejas... Não queria mais sair pelos corredores se arrastando e olhar as telas de Breuguel, as cenas das alegorias à abundância... Alegorias às artes, à ciência... tudo aquilo agora não lhe dizia mais nada, ela queria estar bem, ganhar um tempo, uns dias, umas semanas... Apenas um tempo, nada mais.

E os dias iam passando, e ela sem poder mais ter plena consciência do que acontecia, com a vista turva, sendo forçada a ver sua magreza nos espelhos, de ainda ter ímpetos de marcar no seu caderno as despesas diárias e controlar quem entrava e saía de sua casa na Rue de l'Élysée.

Ficou, então, alojada logo na galeria da entrada, na sala que outrora havia sido o esconderijo de seu filho. Naquele lugar onde ela respirava sua presença, onde sentia ainda seu perfume de vetiver, lia seus cadernos e anotações, e acariciava suas coleções. Ali seria seu mundo até que a morte a levasse!

A biblioteca de Lucien, com suas estantes forradas de livros raros, de peças tiradas de tumbas de faraós, de pequenas esculturas gregas, delicados perfis de mulheres que um dia haviam habitado as terras de deuses e pitonisas. A sala dos sonhos de Lucien... Do grande cofre branco, de gavetas de marfim, que guardavam meticulosamente todas as suas moedas, suas lembranças, suas mágoas e seus segredos.

Ela olhava para o cofre de moedas... Ali estava ele, como seu filho havia deixado.

Pensou muitas vezes em abri-lo e tocar naquele tesouro.

A caixa-forte escondida naquela sala tinha portas pesadas com o brasão dos Hirsch.

Agora não mais teria tempo. Ela gostaria de que Michaela abrisse aquelas gavetas e escolhesse uma daquelas moedas junto com Lily. Queria que a pequena usasse alguma coisa de seu pai num cordão de ouro. Uma lembrança... uma relíquia de seu pai. Talvez aquela moeda maravilhosa em ouro de Cleópatra, ou talvez a primeira de toda a coleção, a de Alexandre, o Grande, ou a última que ele havia conseguido. A tetradracma de Taranto, que fora encontrada em um de seus bolsos molhados com o suor de suas febres mortais.

Mas Michaela tardava, e logo não haveria mais tempo.

Clara olhava ao redor e sabia que deveria se despedir daquilo, dar um fim a tudo. Haveria de doar aquela sala para um museu. Para o reino da Bélgica, para a Bibliothèque Royale...

— Sim, isso seria o mais acertado, o mais justo — comentara uma tarde com Gustav Held e Paul Barillet. Afinal, Lucien era belga como ela, e fora em Bruxelas que ele aprendeu as letras, e aquela biblioteca em especial propiciara a seu filho o início do conhecimento. A doação foi escrita por eles, com uma ressalva. Que aquela coleção de Lucien de Hirsch fosse trancada numa sala especial, num cofre, separada de outras coleções. E que ele fosse aberto apenas para quem realmente tivesse admiração, conhecimento e interesse por moedas raras. Seria a continuação do pensamento de seu filho.

Lucien, de agora em diante, não seria mais lembrado apenas como filho de Maurice de Hirsch, o herdeiro único que morrera prematuramente; agora, sua memória teria uma história para contar. Um legado com seu nome, uma coleção importante, à qual ele, com muito estudo e conhecimento de história e arqueologia, conseguira dedicar a maior parte de sua vida. Procurar e encontrar todo aquele material, e, com esforço e talento, reunir a história e catalogá-la. Trabalho e dedicação, sempre, aos olhos de Maurice, uma perda de tempo e motivo para discussões.

Seu filho, por este trabalho, fora sempre humilhado, tido como um parasita dentro daquela casa. Agora seria a hora de Clara de Hirsch mudar a história.

Lucien não era o filho que Maurice planejara. Era o seu oposto.

Não tinha o carisma para grandes negócios, para amizades importantes e ideais fantásticos como seu pai.

Mas esforçara-se muito para contentá-lo. Mesmo depois de ter se formado advogado *cum laude* em Berlim, o filho não conseguia contentar o pai. Nada era suficiente para demonstrar ao barão que seu filho trabalhava. Era uma discussão sem fim...

Ultimamente, antes de Lucien morrer, estavam tão estremecidos que se falavam apenas por meio de cartas. Ele queria fugir novamente das garras críticas e do olhar severo de reprovação de Maurice.

Queria sair de Paris, viver em Londres, abrir um negócio de antiquário e viver a sua própria vida. Queria casar com a mulher que amava; afinal, tinha 30 anos e dizia para Clara:

— Não quero confrontos com meu pai; eu o amo, eu o admiro, mas não quero confrontá-lo... Nunca mais!

Daquele salão, com as janelas abertas para o jardim da Avenue Gabriel, as camélias ainda ressecadas pelo inverno, ela olhava os dias passarem, esperando a primavera chegar...

Passava momentos contorcendo-se de dores às escondidas, outros com os olhos encharcados, ou sorrindo só com suas lembranças. Mas, todos os dias, esperava a morte.

Com um gesto ríspido, Clara de Hirsch saiu de seus pensamentos e afastou a xícara com uma infusão que *madame* Clemence Lory lhe trazia.

— Chega, Clemence, não quero mais isso, por favor...

Ela havia perdido a paciência naquela manhã de março. Estava perdendo a calma, não tinha mais energia para debater qualquer coisa. Não queria mais a presença daquele diretor da Alliance que ultimamente ficava horas falando, pedindo-lhe mais verbas para o bem das crianças, nem a visita de outros *shnorres* que vinham tentar beliscar alguma coisa de sua fortuna para uma fundação cultural em benefício próprio. Ou os curandeiros. E estes estavam infestando a sua casa.

— Ninguém mais entra aqui! — falou a baronesa num suspiro. — Por favor, Clemence... Entenda... não temos mais tempo... Feche as portas desta casa. Quero apenas que chame Michaela! Já lhe enviei uma carta no início do mês, mas creio que seu marido colocou empecilhos para sua vinda. Envie um telegrama urgente... Traga-a de Londres, por favor... Diga que, se tiver problemas, traga as crianças com ela, que venha com Victor e Adele, para que eu os veja. Chame-a... Para juntas resolvermos o futuro de nossa Lily... Quero Paul Barille e Gustav Held aqui todos os dias, para adiantarmos os detalhes e toda a documentação, que deverá ser providenciada o mais rápido possível. Não quero mais remédios, Clemence. Não quero mais médicos, poções; quero paz... e que tudo fique em ordem quando eu me for...

Dias e noites, Clara ficava sentada no salão e olhava o jardim, ainda seco e triste, e esperava a primavera chegar.

Sabia que a primavera seria sua libertação, que não sofreria mais, e iria descansar junto de seu amado filho Lucien, de seu Maurice, naquela tumba que ela mesma havia mandado construir no cemitério de Montmartre.

A tumba... Era lá que iria descansar... naquele lugar no meio de ciprestes e alamedas silenciosas, naquele lugar pequenino, onde dois vitrais captavam o nascer e o pôr do sol naquele confessionário de portas de bronze e paredes de mármore, onde ela havia chorado centenas de tardes.

Aquele lugar seria sua última morada.

Dali, da Rue de l'Élysée, número 2, rodeada de obras de arte e porcelanas de Sèvres, de pratas e cristais de Baccarat, de livros, candelabros, sedas e tapeçarias. Dali, de seus salões, outrora tão concorridos, onde flautas, violinos e seu grande piano entretinham todas as quartas-feiras centenas de pessoas com músicas maravilhosas... Dali, daquele *hall* imenso, da escadaria, com espelhos venezianos cobertos por panos negros... ela seria levada silenciosamente. Seria acompanhada de carruagens, sem flores, enterrada sem discursos, no alto de Paris. Não queria nada, nenhum discurso, nenhuma homenagem, e esse pedido já estava escrito também.

Agora, sua única preocupação era que seu testamento, com suas últimas determinações, modificadas desde que voltara de Napoli Posillipo no último setembro, fosse finalmente obedecido.

Foram seis meses de dúvidas e questionamentos.

E era assim que Clara Bischoffsheim de Hirsch vivia nesses últimos dias. Passando a limpo tudo que queria providenciar e o que queria apagar, sem deixar traço algum de suas memórias particulares.

Ordenava a Gustav Held, o fiel secretário, que tudo mais deveria ser queimado, sua correspondência, coisas íntimas, suas cartas e as de Maurice, tudo deveria desaparecer.

— Tudo deverá ser queimado... Providencie para que nenhum papel caia em mãos de estranhos. Apenas o testamento e o conteúdo destas duas caixas deverão ser distribuídos.

Ela passou a sua vida a limpo nesses últimos seis meses.

Em setembro de 1898, no dia 23, o último dia do verão, assim que voltara de Nápoles, a baronesa Clara de Hirsch chamara seus testamenteiros e criara alguns codicilos em seu testamento.

Havia também algumas pessoas que deveriam ser ajudadas ainda. Tinha de pensar numa maneira de beneficiá-las, mas sem mudar o teor principal do seu testamento. Isso já estava escrito e determinado no testamento de Maurice, e ela não poderia mais modificá-lo.

Não poderia ainda destruir o casamento de Michaela com Yako Montefiore ao contar ao mundo o que havia acontecido em Napoli Posillipo.

Que Lucienne, a filha de Michaela, sua verdadeira neta, existia!

Que o sangue de seu filho corria nas veias de uma menina linda, de olhos cor do céu, nascida em Taormina, no dia 6 de outubro de 1887, seis meses após a morte de Lucien.

Não podia mais permitir que acreditassem que Michaela Varsano, aquela siciliana que fora sua protegida, aquela moça de porte de princesa, de gênio selvagem, havia escondido por tanto tempo a verdade.

Mas ninguém mais acreditaria em Clara Bischoffsheim de Hirsch.

Não dessa vez!

Afinal... Ela já havia, anos antes, errado, concordando em adotar uma neta, quando uma desconhecida lhe trouxera aquela menina em sua porta. Ela nunca acreditara nas testemunhas daquela mulher, na investigação dos advogados de Maurice, que tudo fizeram, com a melhor das intenções, para promover publicamente um novo conto de fadas de pobres donzelas com as lágrimas e a história contada por Irene Premelic.

Pois Clara, como mãe, conhecia seu filho como ninguém, e tinha certeza de que Lucien, mesmo que tivesse sido fraco, apenas conviveria com alguma mulher se tivesse paixão, admiração, não aquela mulher, que era tão diferente dele!

Conhecia seu filho profundamente, sabia que ele nunca lhe esconderia um *affair* ou uma paixão. Seus olhos o delatariam, seu sorriso também. E, mesmo longe dela, ele lhe escrevia tudo e nunca escondera nada...

Ela sabia que Lucien amava Michaela em segredo desde o primeiro encontro. Sabia de seus receios, das críticas e das ironias de Maurice. E também era testemunha dos planos para seu casamento e sua mudança para Berkeley Square.

Clara sabia de tudo isso, mas concordara, sem forças para enfrentar seu marido. Deveria ter contado tudo a Maurice logo... Naquele mesmo dia. Deveria ter gritado a verdade para o barão na manhã em que aquela mulher exuberante e vulgar viera bater à porta da Rue de l'Élysée, com seu sorriso triunfal, trazendo no seu colo aquela criança, uma pequenina de 2 anos, uma inocente, usada apenas para ser vendida por alguns milhares de francos em troca de uma boa vida e um casamento nobre.

E quando Maurice, mesmo desconfiado e não acreditando naquela história contada por uma cantora, uma aspirante a atriz, cedera aos prantos dela, num misto de comiseração e amor-próprio, pedira uma fiel investigação para saber a verdade do relacionamento secreto entre Irene Premelic e seu único filho morto.

Errara novamente.

Deveria ter-lhe dito que Lucien jamais os enganara, que ele nunca poderia tê-los enganado daquela forma... mas suportara o olhar de acusação do barão, que se sentia traído, não só pelo filho, mas por ela, pois Clara sempre fora sua confidente e amiga mais próxima.

Mais uma vez o barão de Hirsch vencia, com seu veredicto: Lucien era um fraco! E Maurice, depois disso, passou dias e noites sentado naquela biblioteca, repetindo para Clara:

— Meu filho... Meu querido filho! Nunca confiou em mim o suficiente para que eu fizesse dele um homem com uma grande história...

Culpa de Clara, que o protegia!

Foi para Hortense, sua irmã mais nova, que ela desabafou todo o acontecido. Escreveu-lhe uma carta contando o ocorrido.

Quando ela lhe respondeu, escrevendo que havia tempos sabia da existência dessa menina, filha de seu filho, e que Lucien, numa visita a Esneux, havia lhe confessado também que essa criança, se um dia ele faltasse, deveria ser batizada na igreja de Esneux, pois era este seu desejo... O mundo desabou para Clara!

Não poderia ser verdade, e evidentemente ela tinha certeza disso; isso seria mais uma invenção de sua pobre irmã. Entendeu claramente as intenções de Hortense Bischoffsheim Montefiore Levy naquela carta escrita semanas depois da adoção da menina. Pobre Hortense... Era sempre assim, quando queria algo... E Clara conhecia bem seus truques desde criança, mas o que fazer? Era sua irmã querida...

Georges Montefiore Levy, seu cunhado, o paciente e doce Georges, nunca aceitou adotar uma criança qualquer. Mas uma criança de Lucien? De seu sobrinho predileto, dedicado, sensível e inteligente? Por que não ter com eles essa criança, que, além de tudo, vinha com uma estrela, uma grande fortuna e um título de nobreza?

Era um sinal... Sim. Ela entendeu as intenções de sua irmã.

Pobre Hortense... Até com o batismo já havia sonhado... Pobre irmã... que deixou de ser judia e se transformou num joguete, uma presa fácil com sua pobre cabecinha, dominada pelo bispo de Esneux, com seus medos e misticismos, com sua nova crença em milagres, com milhares de francos que saíam do banco, de sua herança, para pagar indulgências para a Igreja...

Hortense nunca tivera filhos.

Clara era a culpada disso também. Fora ela o motivo da infelicidade de sua irmã, da sua paralisia, da sua vida presa numa cadeira de rodas, do tombo que levara no quarto das crianças naquele casarão escuro e frio de Bruxelas. Culpada de ter se escondido atrás do berço da pequena Hortense enquanto a menina, já roxa, se debatia no chão. Elas nunca falaram sobre isso. Nunca... Mas esse era seu peso, sua culpa. E Hortense agora, mais que nunca, queria uma filha, queria criar aquela menina, e essa seria sua única chance.

E Clara, resgatando parte de sua culpa, entregou a menina à sua irmã algumas semanas após ela ter sido adotada. Esse era o último trunfo de Hortense. Entregou-lhe a menina quase aliviada, alegando que seria por pouco tempo, apenas por alguns meses de ausência, com a desculpa de uma grande viagem para Constantinopla. E tudo havia acontecido em poucos meses após a morte de Lucien. Nem esperaram a ferida fechar. E o barão e a baronesa partiram para o Império Otomano e, sinceramente, pouco se lembraram da neta adotada.

Depois ela errou novamente, apesar de ter sido avisada. Apesar das calúnias levantadas contra seu marido, o barão. Histórias horríveis foram contadas naquela tarde no Trianon, na casa de número 11 da Place des États-Unis.

Rodeada por seus cunhados, seu irmão Ferdinand e sua irmã Regine, ela errou quando, em nome de Maurice, foi anunciar a futura adoção de dois meninos órfãos, Arnold e Raymond Deforest. Foi horrível, lembrou-se, com um arrepio na espinha. Muita coisa foi dita por eles naquele encontro de família.

Tentaram convencê-la de que aquelas crianças não poderiam ser adotadas por ela, e por que levariam o nome Bischoffsheim? Clara seria apenas usada para dar seu nome de família. Aquelas crianças eram filhos de um *affair* de seu marido — e disso eles tinham certeza e até poderiam provar — ou seria um caso muito secreto que implicava o filho da rainha Vitória, sempre acobertado pelo barão?

O certo foi que Clara ficou ferida para sempre com aquela adoção. Segredos de infidelidade de seu marido vieram à tona por todos os lugares. Seus parentes contavam histórias, e os jornais bisbilhotavam a vida do futuro rei da casa da Inglaterra. Um caso a mais de amores secretos e filhos bastardos do herdeiro da nossa coroa, diziam os colunistas.

Afinal, o herdeiro ao trono da rainha Vitória tinha muitos romances fora do palácio, e muitos filhos ilegítimos criados por amigos íntimos. E, afinal, também Maurice de Hirsch era um deles.

Um amigo leal que pagava suas contas e apostas. Disso todos sabiam! E também por ser tão odiado pela rainha.

Mas o certo foi que Clara, indignada com seus irmãos, finalmente, mais uma vez, havia concordado com Maurice, mostrando sua fidelidade e compreensão de esposa. Tinha em sua consciência o peso de Hortense e da menina Premelic, que veio servir apenas de alento.

Depois de meses, ao dar seu próprio nome a dois meninos desconhecidos, que se tornaram também seus filhos, seus herdeiros, ela tentou compensar Maurice das calúnias. Para ela, isso era apenas questão de filantropia, de ajudar o próximo, de fazer um *mitzvah*, e nunca mais, até aquele momento de sua vida, conseguiu desvendar a verdade e o motivo real dessa adoção.

Nem tivera coragem de perguntar a verdade quando Maurice vivia, e agora era muito tarde.

Só sentia que aqueles meninos, apesar de tudo que ela havia feito, e de todo o amor que lhes dera, não correspondiam ao seu afeto. Raymond era um pobre rapaz, bom, carinhoso, mas muito doente. Mentalmente desequilibrado, e Arnold, o mais velho, já um homem de 20 anos, apenas olhava para si e para coisas materiais. Exigia tudo, e apenas trocava...

Às vezes Clara se perguntava de onde eles vinham... o que lhes prometeram ou contaram para que agissem assim...

Agora que tinha consigo sua verdadeira neta, o sangue de Lucien a obrigava a escondê-la do mundo! E isso a estava matando rapidamente.

— É tarde demais... — dizia ela a Gustav Held.

Eles, todos de sua própria família, os Bischoffsheim, os Goldschmidt, os Montefiore Levy, os Avigdor, os cunhados Hirsch, seus sobrinhos, todos poderiam ainda alegar sua insanidade, aconselhavam os testamenteiros. Um fato que havia se tornado agora muito fácil de comprovar...

— Basta uma denúncia e um médico, e pronto! Tudo que ela jurou conservar e beneficiar, todo o seu trabalho de filantropia, suas entidades, as escolas e colônias, tudo irá para os herdeiros colaterais — explicava o tabelião Dietz.

Agora era muito tarde para o mundo saber da verdade, conhecer a menina Lucienne Varsano de Hirsch.

De ver que realmente ela era o retrato fiel de seu pai.

Doce, amorosa, sorridente... De conhecer aquela menina magrinha que dormia naqueles dias ao seu lado, encolhida, fazendo-lhe companhia como um cachorrinho fiel, deitada nos tapetes da biblioteca, abrindo livros de desenhos e tentando escrever o que *mademoiselle* Romana, sua preceptora, havia ensinado durante a semana. A pequena siciliana chamada de Lukia, de Lily, ou Lucienne, ou ainda simplesmente por *mademoiselle* pela criadagem, era naqueles dias o alento na vida de Clara de Hirsch. Ela a abraçava carinhosamente e perguntava:

— Está melhor, *nonna*? Está com dor, *nonna*?

Mas, além de seu fiel secretário Gustav Held, o tabelião Dietz e *madame* Lory, ninguém mais conhecia a verdade.

Conhecer a verdade, dizer a verdade às pessoas que circulavam ou visitavam aquela casa seria muito perigoso, tanto para ela como para o casamento de Michaela. Se Micha havia ocultado a verdade ao se casar com Jacobo Montefiore, e passara anos enganada pela farsa do incêndio e da morte da pequena, nada poderia ser feito, além de esperar que, um dia, Yako aceitasse adotar uma órfã. E sabia que isso seria difícil.

Não podia ainda fazer com que Regina e Hortense, suas irmãs, ou Ferdinand, seu dileto irmão, ou ainda seus cunhados, Leopold Goldschmidt e Georges Montefiore Levy, acreditassem naquela história de neta verdadeira e ajudassem a criar a menina, mesmo reconhecendo na pequena todas as marcas de Lucien.

Clara tivera desgostos demais com seus dois meninos adotivos, com os ciúmes de Arnold, com a doença horrível de Raymond, preso em Beauregard num quarto acolchoado, com dois enfermeiros para socorrê-lo em suas crises.

Já dera seu nome e seu amor àqueles dois meninos que não tinham seu sangue, e eram eles e a menina de cabelos dourados que viera da Rue d'Anjou, número 24, que continuariam sua estirpe. Era Lucienne de Premelic, filha de Irene, quem levava seu nome, seu título e sua herança. Era tarde demais, escreveu Clara, desabafando seus sentimentos:

Estou aqui, minha cara Anna, nestas minhas últimas noites, sentada na biblioteca da Rue de l'Élysée, olhando a nossa neta dormir. Ela sonha com sua boneca e sorri. Faz-me carinho e penteia meus cabelos pela manhã. Brinca todos os dias com a casinha de bonecas que Adele lhe deu. Pergunta por ela e por Victor. Já está aprendendo a escrever algumas palavras em francês. É uma boa e linda menina, tem os traços e as cores de Lucien, tem até o mesmo sinal, uma pequena flor-de-lis sobre seu olho esquerdo... Mas o brilho e a alegria que ela tem é de sua filha, Michaela.

Quero que um dia você também seja chamada de nonna *e receba os carinhos dela.*

Mas Michaela tem de decidir o que fazer! Um dia, minha cara Anna, você escreveu de Mongibello e contou seus receios, seus problemas e aflições. Hoje, sou eu quem pede sua ajuda, minha cara Anna.

Ajude Michaela a encontrar um caminho para poder criar Lily. Talvez o tempo que me resta não seja suficiente para esperar sua resposta. Estou cansada demais para continuar a escrever...

Com carinho e eterna gratidão,

Clara

Paris, 21 de março de 1899

E fechou o envelope endereçado a Anna Varsano, aos cuidados de David Varsano, escritório do exmo. advogado mestre Grassi de Salonica.

Assim, Clara de Hirsch passava os seus últimos dias. Separava delicadamente as cartas e os desenhos de seu filho. A vida de Lucien era contada em desenhos; ele sonhava desde menino com suas moedas, com suas viagens, com personagens, e em cada canto de seus cadernos havia trechos de sua vida. Ali estavam os trechos de suas memórias: a casa de Beauregard, o terraço com os hóspedes jogando *bésique japonais*, os bailes, os canhões, os uniformes militares, as colunas gregas e os perfis das mulheres por quem se apaixonava. Ele desenhara a vida em Constantinopla, seus passeios, o acidente com seu olho direito, tudo estava ali. Lucien guardava tudo, até a folha de um plátano da Acrópole de Atenas fora por ele finamente embalada em papel de seda e alfinetes.

E essa era uma das memórias dele que estavam ali naquela caixa que deveria ser preservada.

E era com essas memórias que a pequena Lily, sentada sobre os tapetes da biblioteca, brincava.

— Quem desenhou isto, *nonna*? — repetia a menina assim que achava um desenho bonito.

— Foi seu pai, minha querida, seu pai, Lucien de Hirsch, esse moço que está aqui nesta foto, que tinha seus olhos e seu sorriso, foi seu pai quem desenhou.

— E onde ele está, *nonna*, por que ele não vem me ver?

— Por quê? Bem, ele foi para o céu... E de lá ninguém volta mais, minha querida...

Alguns daqueles documentos iriam ser entregues também para Georges e Hortense.

— Pobre Georges — pensava alto —, que tinha verdadeira paixão pela menina Lucienne Premelic. Ele não conseguia tirar a menina de perto de Hortense; era como se ela também fosse parte das engrenagens de sua cadeira de rodas. E era Hortense, e sua loucura, quem a doutrinava e educava. E pensar que ela seria sua sucessora, sua herdeira... Clara separava as memórias em envelopes...

Para Lucienne de Premelic de Hirsch, iria deixar algumas recordações de um homem que supostamente seria seu pai. Mas queria também poder sempre recordá-la de que tudo que ela viria a ter um dia, tudo que herdaria, desde seu nome, seu título e todas as propriedades, fora feito por uma família judia. Tudo havia sido feito em dezenas de anos, com muito trabalho, persistência e solidariedade para com os mais necessitados. E que isso, dentro da religião judaica, chamava-se *mitzvah*.

Queria também que ela nunca esquecesse que os Hirsch continuavam a ser judeus. Que isso servisse de exemplo para sua vida. Pois naquela casa em Esneux, com Hortense rodeada de doutrinas e mistérios, e levada ainda ao batismo, ela, a menina da Rue d'Anjou, a futura baronesa Lucienne Premelic de Hirsch, vinha sendo induzida à cegueira. Nunca teria o conhecimento e a grandeza de espírito para enxergar por si mesma o mundo e a miséria humana.

Ela deveria saber no futuro que parte do que se recebe deve ser destinado aos pobres, aos doentes, aos que são oprimidos e perseguidos. Isto é, viver com dignidade e amor. E esse era o lema de sua família.

Então, Clara de Hirsch escreveu sua última carta destinada à futura herdeira de seu título: a jovem baronesa De Hirsch, aos cuidados de seu cunhado, Georges Montefiore Levy.

Ali, na biblioteca, estava a outra Lily. Brincava e cantarolava feliz.

A pequena ainda sem nome era a sua neta de Taormina, encontrada em Napoli Posillipo.

Aquela menina que tinha os olhos de seu filho era sua pequena e verdadeira Lily, e deveria ser adotada por alguém de sua confiança e de Michaela.

Alguém... pensava. Alguém a quem deixaria uma pequena fortuna para educá-la e mantê-la. A pequena deveria ter um nome, deveria ser a verdadeira baronesa, uma Bischoffsheim de Hirsch auf Gereut, dizia para seu confidente Gustave Held. Mas quem faria isso sem perturbar o segredo de Michaela? Quem daria um nome àquela criança? Lorde Rosebery aventara a possibilidade de criar a menina junto dos seus filhos logo depois do acidente. Sempre fora um pai extremoso e, pela memória de Hannah, faria qualquer coisa.

Mas o escândalo na corte e no Parlamento, qualquer passo fora do natural, seria um bom motivo para que um processo de investigação fosse instaurado em busca da verdade sobre a menina.

Os jornais ingleses não poupavam um político nos assuntos pessoais.

Ela pensou em *madame* Löewenthal, mas a coitada já tinha problemas demais. Depois, em Sara Strauss, mas ela vivia agora na América. Imaginou falar com Gabrielle Avigdor em Londres, enfim... Suas boas e fiéis amigas também envelheceram e adoeceram.

Voltou a pensar em lorde Rosebery. Seria bom... Morando a poucas quadras de Michaela. Talvez um dia, aos poucos, Yako se afeiçoasse à menina. E ela poderia ser adotada. Mas apenas Micha poderia resolver tudo isso... e ela chegaria a qualquer hora!

Quando Michaela, em setembro, voltou de Nápoles, contou ao seu marido a história do acidente de uma empregada de lorde Rosebery e sua afeição pela pequenina napolitana chamada de Lukia. Yako riu, acariciou sua esposa, mas, laconicamente, descartou a ideia de ter uma menina órfã para ser criada naquela casa.

E não se falou mais nisso. Ele nem permitia que ela iniciasse o assunto. As *nannies*, quando voltaram da *Villa* Rosebery para Piccadilly, comentaram o amor de sua patroa e a dedicação no restabelecimento da menina na Santa Casa, depois que esta perdeu a mãe no acidente e ficou hospitalizada por mais de um mês. Nenhuma delas entendia italiano o suficiente para poder contar a verdadeira história. Apenas Yako achava que Michaela era exagerada, e quando flagrava sua esposa com olhos marejados, sempre escondida em algum canto, brincava com ela:

— Ainda pensando na sua *poverina*? — perguntava ele, com um sorriso quase zombeteiro, tentando amenizar todo aquele sofrimento incompreensível de sua mulher.

Michaela havia mudado, estava cabisbaixa, triste pelos cantos, evitava sentar-se à mesa para jantar e se retirava muito cedo. Agora, dizia-se preocupada com a doença de Clara de Hirsch, e nada fazia mudá-la de ideia. Tinha que ir a Paris, o mais urgente possível, e levaria com ela Victor e Adele.

Naquela manhã, enquanto se preparava para a viagem, Yako entrou novamente no quarto de vestir, fechou a porta atrás de si e encarou sua esposa.

— Até entendo a sua premência, minha querida, pois você deve muito a Clara de Hirsch, mas levar as crianças também, numa viagem de despedida, num momento tão triste, acho um desatino de sua parte — falou, preocupado. — Deixe as crianças com minha mãe e as *nannies*, elas vão ficar bem sem você, e poderá ir tranquila.

Michaela suspirou fundo, aliviada, mas não respondeu e continuou fechando as malas.

Minutos mais tarde, Yako voltou com uma pequena maleta, vestido com seu novo casaco de casimira preto, e, sorrindo, abriu os braços para Michaela.

— Acabei de ter uma grande ideia! Posso aproveitar meus feriados de Páscoa com você, minha querida? Que tal? Vamos passar o dia amanhã em Guernsey, e depois conseguiremos um outro barco para Le Havre e pegaremos o trem para Paris. Fico passeando com as crianças enquanto você visita a baronesa. Mas à noite estaremos sempre juntos... As crianças vão adorar!

Michaela sorriu pela primeira vez em muito tempo. Ele pegou a mala de sua mulher e saiu do quarto.

— Se corrermos agora, conseguiremos um bom *ferry* até o meio-dia!

Victor e Adele vestiram seus casacos e continuaram a correr um atrás do outro, numa algazarra de felicidade, cantando.

— Vamos a Paris! E papai vai também!

Pediram uma carruagem para a estação de Waterloo. Havia dois vagões especiais para o *boat transfer*. Tudo quase lotado.

No entanto, tiveram sorte, para aquela época do ano. As duas companhias que faziam o transporte para o outro lado do canal haviam aberto uma concorrência para as festas da Páscoa. Ir diretamente para Le Havre já era missão impossível, então eles optaram por tomar ali mesmo, em Southampton, a linha da London & South Western Railway, que operava também a travessia do canal. Os dois barcos em concorrência sairiam ao mesmo tempo e chegariam no mesmo horário. O navio escolhido por Yako Montefiore foi o elegante e novo *SS Stella*, que por sorte ainda tinha alguns lugares vagos. Seria uma travessia interessante, comentou Yako, pois aquela era a última Páscoa do século XIX e a primeira travessia do ano à luz do dia.

A fila de mais de cem pessoas que desceu do trem foi engrossada por mais passageiros que esperavam na doca número 4. Muita gente para subir e logo reservar lugares nos salões.

O vapor saiu atrasado uns dez minutos, mas o capitão Reeks, que recebia seus passageiros, anunciou que estariam ancorando em Guernsey impreterivelmente às cinco e meia da tarde.

Yako traçava os planos: um hotel e um jantar com peixe fresco, e na manhã seguinte eles atravessariam numa balsa e pegariam o trem para Paris! Adele e Victor, saltitando de alegria, sumiram do salão e passearam pelo tombadilho. Depois de duas horas, o sol que iluminava aquele dia frio, mas glorioso, se escondeu, dando lugar a uma neblina cerrada.

Michaela ordenou às crianças que não saíssem de sua vista e comessem o lanche, mas elas saíam do salão e iam até o convés para espiar o denso nevoeiro e voltavam fazendo caretas de medo.

O navio ia a *full speed*, o que era muito perigoso, comentou um passageiro sentado ao lado dos Montefiore. Comentaram que o *SS Stella* navegava a uma velocidade de mais de dezoito nós, contraindicada num nevoeiro. Outro passageiro reclamou.

Repentinamente, o barco diminuiu a marcha e lentamente penetrou naquela nuvem escura. Isso durou mais de uma hora, e a claridade voltou ao normal e logo a velocidade também.

Depois de algum tempo, novamente enfrentaram outro nevoeiro, mas dessa vez as crianças haviam perdido o medo e se arriscaram em novas aventuras, tentando descobrir mais lugares secretos no grande *SS Stella*.

Yako, no salão, estava concentrado em sua leitura, e Michaela tricotava, mas com o canto dos olhos acompanhava o movimento das crianças. Adele voltou ao salão e cochichou no ouvido da mãe. Pediu para ir ao *powder room*. Michaela a acompanhou. Instantes depois, o navio fluía, com todos os seus motores.

Michaela, do corredor, à espera da filha, olhou pela escotilha o tempo lá fora. Parecia noite fechada, com uma neblina negra. Não via uma réstia de luz no céu, nem o reflexo da água. E deveriam estar chegando, pois passava das cinco da tarde.

Repentinamente, ela perdeu o equilíbrio. Um balanço horrível e um grande barulho surdo. O balanço refluiu novamente, com um turbilhão de barulhos e balanços intermitentes. E o navio adernou de um lado, fazendo com que gritos de terror fossem ouvidos. Tentando se equilibrar de um lado e de outro, Michaela não conseguia abrir a porta do banheiro onde estava a pequena Adele.

A menina chorava no escuro, assustada e com medo.

— Fique sentada onde está, filha, vou chamar o papai, segure em alguma coisa... Acho que há barras do seu lado... não levante — gritou a mãe, desesperada.

Michaela tentou correr para o salão a fim de pedir a ajuda de Yako, mas não conseguia entrar. Uma horda de pessoas assustadas empurrava a porta em sentido contrário, e o capitão Reeks, descendo de sua torre com seu megafone, dava ordens aos marinheiros. Gritava:

— Aos barcos, mulheres e crianças, aos barcos salva-vidas. Rápido!

Um marinheiro na entrada da ponte entregou-lhe um colete salva-vidas. Com o colete nas mãos, ela deu meia-volta e correu ao banheiro, tentando se equilibrar nas barras enquanto seus pés não pisavam mais o chão, o navio já estava adernando...

Ela entendeu a gravidade da situação.

Com o coração acelerado, chutou a porta emperrada do toalete com toda a sua força, pedindo a Deus que desse certo. Nisso, a porta se abriu, Michaela perdeu o equilíbrio, bateu a testa no batente e torceu o pé esquerdo.

A menina saiu do toalete aos prantos...

— *Mamma... mamy...* — gritava Adele, tentando ajudar a mãe caída no chão.

— Vista isto, Adele — gritou, desesperada. — Corra para fora, seu pai deve estar à sua espera com Victor. Entre num barco, avise que eu não posso andar, peça a alguém que venha me ajudar aqui no banheiro... vá, filha, rápido, pelo amor de Deus!

A menina saiu com o salva-vidas, correndo apoiada nas barras do corredor.

Em poucos minutos, aquele vapor, tão famoso e seguro, o *SS Stella*, orgulho da Channel Island Services, adernou completamente e começou a deslizar para o fundo do mar.

Nunca um naufrágio foi tão rápido e tão noticiado.

O *The Times*, de Londres, contou na manhã seguinte, 31 de março de 1899, a grande tragédia com o *SS Stella.*

Não havia lista de passageiros, e, pelo que diziam os agentes de St. Peters Port, com a neblina profunda, o vapor havia batido num granito submerso na Barreira de Casquets.

Havia poucos barcos salva-vidas para todos. Pior ainda, muitos deles ficaram sem colete. Uma estimativa dizia que mais de noventa passageiros e vinte tripulantes deveriam estar mortos, presos ainda no navio, que afundou em menos de oito minutos. Alguns sobreviventes foram achados congelando nas águas frias a vinte milhas de St. Peters Port.

Mas a London & Western Railway não tinha ainda todos os nomes em lista, e muitos estavam desaparecidos, sendo procurados por parentes e amigos.

No dia primeiro de abril de 1899, outra notícia no *The Times* dava conta de que dois irmãos, duas crianças, foram encontrados por milagre muito distante do ponto do acidente.

Estavam deitados sobre um barco salva-vidas virado pelas fortes ondas e quase mortos de frio por causa da hipotermia.

Foram salvos pelo *SS Vera*, um vapor que seguia para Jersey.

As crianças que sobreviveram por milagre, segundo o jornal, chamavam-se Victor V. Montefiore e Adele V. Montefiore, de Piccadilly, Londres.

Ninguém tinha ainda notícias de seus pais.

No dia 2 de abril, o *The Times* noticiou a morte de uma mulher excepcional.

O jornal anunciava a perda de uma grande dama.

Falava da baronesa Clara de Hirsch, que havia falecido no dia 1º de abril, em sua residência em Paris, na Rue de l'Élysée. Um exemplo de filantropia.

Deixava todos os seus bens para obras assistenciais e fundações, num total de muitos milhões de libras esterlinas, escrevia o *The Times* na primeira página.

A maior filantropa do século deixava a maior parte de sua imensa fortuna distribuída entre todas as suas obras sociais espalhadas pela Europa e Império Otomano. A Sociedade de Colonização Agrícola fundada por seu marido manterá na América, Canadá, Argentina e Brasil, com parte do legado, os colonos russos que para lá imigraram e o estudo de seus descendentes. Ainda reza o testamento que um grande legado deverá auxiliar por mais de cem anos novas fundações mantenedoras de escolas, creches e hospitais criadas por Clara de Hirsch.

Como herdeiros, além de seus irmãos, os maiores privilegiados seriam três jovens ainda menores de idade. Uma neta, adotada depois da morte prematura de seu único filho Lucien de Hirsch, a jovem *miss* Lucienne Premelic de Hirsch, que vivia na Bélgica, e dois meninos adotados por ela, Arnold e Raymond Deforest Bischoffsheim.

Os três jovens repartirão todos os bens móveis e imóveis e uma grande fortuna proveniente também do testamento do barão Maurice de Hirsch, falecido em 1896. Um grande *financier*, que, entre muitas atividades, fora sócio majoritário da Banque de Paris et Pays-Bas e construtor das linhas férreas da Orient Express.

O corpo de Clara de Hirsch foi acompanhado ontem, dia 1° de abril de 1899, por centenas de carruagens levando ministros, políticos. Parte da nobreza europeia estava presente. O féretro foi acompanhado desde a Rue de l'Élysée até o cemitério de Montmartre, onde ela foi enterrada na tumba da família. Como regia o testamento de suas últimas vontades, o enterro deveria ser simples, sem flores.

Não houve discursos nem homenagens para a *grand dame* da filantropia.

XXVIII

VICTOR E ADELE

Salonica, 5 de outubro de 1899.

Anna Varsano não vestiu luto. Recusou qualquer cerimônia nas sinagogas de Salonica, não recebeu seus vizinhos e amigos, não cobriu seus espelhos em sinal de desgraça e tristeza.

Ela, Anna de Taormina, não poderia ficar mais enfraquecida e demonstrar o que sentia. Era uma dor maior, que vinha de dentro de sua própria alma alquebrada. Sentia que a vida não tinha mais valia, não tinha mais rumo, foi o que escreveu em seu diário. Agora a realidade batia em sua porta, e não adiantaria chorar mais. Deveria vestir as máscaras, as *baútas* do Teatro Regina Margherita, e conviver com elas. Somente Anna Varsano e Deus sabiam o quão terrível era ter perdido Michaela naquele trágico acidente.

Pensou nos seus netos, que tinham sobrevivido como por milagre, seus dois pequeninos, perdidos num mar gelado e escuro. Fora um pesadelo que havia transtornado seus dias, mas agora havia passado ou tinha que passar.

Mandou caiar a casa de branco, costurou novas tendas para o terraço e tornou a vida do pobre Daud insuportável. Queria que tudo florescesse rápido, para receber seus netos.

Desde fins de abril, depois que as notícias correram, e ela recebera David lívido como uma folha branca de papel, com recortes de jornais ingleses nas mãos trêmulas, ela pensou nas crianças, pobres crianças, que já haviam sofrido o suficiente para o resto de suas vidas e que deveriam ter, em Salonica, uma nova vida, plena de alegrias e carinho. Pensou em tudo, e noites e dias, trancada em seu quarto, fizeram a catarse daquilo que corroía sua alma. Seu arrependimento.

Tarde demais..., escreveu ela em seu diário.

Anna banhou-se sem pressa naquela manhã quente de fins de setembro. Olhou-se demoradamente no espelho e, distraída com seus pensamentos, viu repentinamente o vulto de uma mulher vestida com roupas brancas. Virou-se assustada, e o vulto havia desaparecido, mas todo o seu quarto foi invadido por um perfume forte que lhe era familiar. A essência de limão que Michaela usava desde menina. Sorriu para o espelho e pela primeira vez depois de muito tempo acendeu naquela tarde as velas do Shabat.

Procurou por David no escritório do Quartier Consulaire nos dias que antecederam o Yom Kippur.

Ela havia descido a Rue Sabri Pacha vacilante. Deu meia-volta em diversas vitrines, pensou em retornar, e em breves momentos tentou olhar sua imagem refletida através das portas de vidro. Era a de uma anciã, curvada pelo peso de uma mentira e de muito arrependimento. Sua cabeça zumbia com tantos pensamentos, e ela se perguntava se, ao bater à porta do escritório do mestre Grassi e perguntar por David Varsano, teria coragem de falar, contar tudo, abrir sua bolsa e tirar aqueles envelopes que a atormentavam.

Seu coração disparou. David veio atender.

Recebeu-a surpreso e sentiu-se lisonjeado com a visita de sua cunhada pela primeira vez em sua sala de trabalho. Trouxe-lhe uma cadeira confortável, mandou buscar o menino com a bandeja do café turco para servi-la e esperou pacientemente a senhora Varsano começar a falar. Não entendia qual era o motivo daquela visita inesperada. Ela olhava para a borra do café no fundo da xícara já vazia, como se estivesse pronta para ler os segredos de uma vida, e suspirava.

— Então, Anna? — perguntou David cerimoniosamente. — A que devo essa sua visita?

Anna abriu sua bolsa e estendeu-lhe um envelope.

— Antes de ler isto, David, gostaria que fizesse um juramento pela memória de minha filha, sua sobrinha Michaela.

Ele pegou o envelope, acenou com a cabeça afirmativamente e olhou atentamente para os seus olhos, depois virou o envelope para ler o nome do remetente.

Era um envelope conhecido, com o monograma dos Hirsch da Rue de l'Élysée. Era de Gustave Held, endereçado a *madame* Anna Varsano.

— A carta está escrita em francês, mas de uma maneira muito difícil, e eu não entendi bem... — falou Anna. — Mas, antes, quero lhe mostrar o motivo pelo qual estou aqui sozinha, sem seu irmão.

Abriu a bolsa novamente, com as mãos trêmulas, e tirou outro envelope.

— Leia isto primeiro, por favor, e irá entender melhor — disse ela, abrindo uma carta tirada de um segundo envelope.

Sem compreender, David deixou o primeiro envelope sobre a mesa e colocou seus óculos.

— Essa é a última carta de Clara de Hirsch, que você me entregou logo depois que soubemos de todas as desgraças, lembra-se?

David não respondeu e desdobrou a carta.

Anna acompanhava atentamente a expressão de seu cunhado enquanto ele lia. Sentia e escutava seu coração bater forte, e uma onda de calor tomou conta de seu rosto.

David engoliu em seco, e seus olhos não piscavam. Foram minutos intermináveis. Ele leu e releu as duas páginas e depois esticou as duas folhas sobre a mesa, olhou atentamente para a assinatura de Clara e seus olhos se encheram de água.

Tirou os óculos, limpou as lentes com um lenço e suspirou, balançando a cabeça, como se não quisesse acreditar naquilo que havia lido.

— Nunca contei isso, nunca contei esse segredo para ninguém, tudo para não matar Alberto de vergonha — disse ela num fio de voz. — Mas como me arrependo, meu Deus! Como fui leviana...

David ficou mudo. Segurava a testa com as duas mãos, escondendo parte do seu rosto, enquanto Anna, com a voz embargada, contava-lhe sobre a gravidez de Michaela, sua volta a Taormina, da vergonha que ela sentira ao saber daquilo, da mentira que inventara, envolvendo a costureira Giovanna, e depois, já não podendo conter as lágrimas, falou da carta que David havia enviado de Salonica, anunciando a morte de Lucien...

— Você enviou a carta com a notícia da morte de Lucien... Lembra-se, David? Mas já era tarde demais. Muito tarde para Michaela revelar que a menina existia... para meus vizinhos, para vocês, para o barão e a baronesa, que nunca iriam acreditar e poderiam julgar Michaela uma mulher qualquer, uma aproveitadora! Ela teve que esconder, eu tive que mentir, por Alberto, por vocês, que a apresentaram a Yako, pelo casamento dela, e depois descobrimos que a menina estava viva. Oh, meu Deus! Michaela se foi, Clara se foi, e eu não sei o que fazer!

David suspirou, levantou-se e pegou a segunda carta, a que havia sido enviada meses depois da morte de Clara, escrita por Gustav Held, o secretário e testamenteiro da baronesa Hirsch.

Ele se aproximou da janela, de costas para Anna, e assim ficou com a carta em suas mãos. Minutos, segundos ou horas... Não houve relógio ou ampulheta que medisse o tempo, a agonia e a angústia daquele encontro. Ele dobrou a carta, colocando-a de volta no seu envelope, e encarou Anna, respirando profundamente.

— Como vamos explicar para Alberto? E, também, como iremos trazer essa menina? — perguntou, aflita.

David suspirou novamente e limpou a garganta.

— Eu cuido de tudo, Anna, não se preocupe mais, por favor. Você já teve o bastante. Agora devemos cuidar da chegada de Victor e Adele, das emoções de Alberto, e logo a seguir vou a Paris, em busca da pequena. Também ela, que até hoje não teve nem mãe nem pai, merece ter um futuro, uma família, carinho, mesmo que tenha que viver comigo e Katherina e fazer companhia à nossa Sofia. Volte para casa tranquila, Anna — continuou, mais calmo. — Eu sei o que poderemos fazer, mas, antes, terei que responder ao testamenteiro o que ele quer saber de você. Onde está a menina? Com quem ela ficou em Paris depois do enterro da baronesa?

— Como... onde está a menina? — retrucou Anna, assustada. — Que pergunta! Sou eu que lhe pergunto! — exclamou, já desesperada, alterando a voz. — Onde está Lucienne? Até receber a carta de Clara, ela estava em Paris, naquela casa, naquele palácio onde ela devia morar com a *nonna*! De onde a baronesa escreveu, contando que a menina estava com ela desde o acidente de Napoli Posillipo! Ai, meu Deus! Foi isto que entendi! Leia novamente, David, isso foi escrito alguns dias antes de a baronesa morrer, a menina estava com ela!

David releu novamente a carta de Clara... e mordeu os lábios. Ficou pensativo e, de repente, levantou-se para acompanhar Anna até a porta.

— Deixe estes documentos comigo, vou guardar tudo no cofre. Não se preocupe, creio que foi um mal-entendido de nossa parte e do testamenteiro da baronesa. Esse senhor chamado Gustav Held... talvez a menina, no dia do enterro, tenha ficado na casa de alguém, algum amigo dos Hirsch, sei lá, vamos descobrir... Tudo pode ser um mal-entendido! — E, pegando o xale e o chapéu de Anna, levou-a até a porta. — Não se preocupe, Anna, vou acompanhá-la até a Torre Branca e volto para escrever ao testamenteiro. Acho que ele quis perguntar outra coisa, e ambos entendemos de outra forma. Não se preocupe mais — disse ele, apressando a saída de Anna e colocando o xale sobre suas costas.

David pegou seu fez vermelho e vestiu a casaca. Abriu a grande porta de ferro da casa. Uma placa anunciava o endereço: Escritório de Advocacia Mestre Grassi.

Os dois seguiram rua abaixo, andando lado a lado, calados e pensativos. E uma nuvem escura anunciava um grande temporal.

O tempo das chuvas de outono iria começar em Salonica... E logo começaria o tempo das castanhas, a cidade mudaria de cores, e os pregões seriam diferentes, assim como os perfumes da cidade. Tudo era igual todos os anos, e Anna já se acostumara com a cidade, sua gente, sua história e seus costumes. Ela já amava aquele lugar e sabia que daquele dia em diante teria que fazer com que seus netos também entendessem o que representava Salonica, e pouco a pouco esquecessem tudo que lhes havia acontecido, e também deveriam esquecer aquele lugar chamado

Piccadilly. Sabia que seria uma batalha árdua, mas ela estava preparada para lutar por isso e pela felicidade daquelas crianças.

O trem da Orient Express chegou à estação de Vardar às nove horas da manhã do dia 5 de outubro de 1899, trazendo para Anna seus dois mais preciosos tesouros, Victor e Adele. As crianças desceram do carro número 3 com um ar abatido e cansado, acompanhadas de um homem de mais idade, mas de físico forte e porte impecável. Um escocês chamado Sebastian Clair.

E acompanhava-o uma senhora muito baixa e gorda, chamada Amélia, e uma *nanny* que se apresentou como *miss* Gordon.

O senhor Clair cuidou das bagagens, que não eram poucas: quatro baús pesados e muitas sacolas. A senhora Amélia segurava Adele e as bonecas, Victor desceu com uma sacola pesada de bolinhas de vidro e *miss* Gordon tinha as mãos ocupadas com a cesta de mantimentos e remédios.

Anna abraçou as crianças demoradamente, o *dottore* Alberto pegou Adele no colo e David saiu para ajudar aquele senhor tão solícito que organizava tudo rapidamente.

Havia duas carruagens esperando na porta da estação de Vardar, muito movimentada para aquele horário do dia, e logo os dois pequenos, ainda zonzos com o barulho e os apitos das locomotivas que faziam manobras, começaram a sorrir. Acharam um ponto de atração... os carregadores da estação, os *hamalitos*, que eram os velhinhos que pareciam duendes e carregavam cargas imensas. Era sempre um espetáculo imperdível para todos que chegavam à cidade.

A casa dos Varsano, que sempre parecia tão grande para os dois, naquela manhã ficou pequena. Daud esperava pelas crianças no portão, e, assim que as carroças apontaram na esquina da Torre Branca, veio com seu turbante branco, vestido com seu *entari*, arrastando os chinelos ao encontro delas.

— *Habibi!... Habibi* — gritava e acenava ele, comemorando a chegada das crianças com seu sorriso largo, e os pequenos, para surpresa geral, lembravam-se do velho Daud!

O jardineiro, para elas, era um troféu, uma pessoa diferente, na cor e nos trajes, e era sempre lembrado pelas músicas engraçadas e exóticas que lhes ensinara nas férias de verão que eles haviam passado em Salonica.

Férias maravilhosas... Michaela se refestelava na varanda, tomando refresco de *víssino*, as cerejas-azedas que o próprio Daud colhia em maio e colocava em calda de açúcar para guardá-las como um tesouro. Ela passava horas lendo os últimos almanaques que vinham da Livraria Hachette, proseava com Anna ou alguma dama que vinha fazer provas de roupa no ateliê de sua mãe.

Enquanto isso, os pequenos, dirigidos por Daud, faziam peregrinações pelos mercados, nas antigas muralhas da cidade, ou iam até a Promenade para visitar a senhora Karakassos e ajudar a tirar do forno suas famosas *tiropitas*, deliciosos folhados de queijo.

Os dias, naquelas férias de verão, passavam lentamente, e depois vinha Yako, chegando de viagem, sempre cansado de tantos números e contratos que havia feito em Londres. Alberto fechava a loja de perfumes por uns dias, e saíam genro e sogro para uma peregrinação até as praias do norte da cidade. Muitas vezes, alugavam o caíque de Nico, e toda a família viajava até a fronteira com Hagios Oros. Aqueles tempos passados todos juntos, sorrindo, tomando o café da manhã sob as tendas brancas do jardim de rosas de Daud, rindo, com as crianças correndo ao redor, e Michaela ainda sonolenta deitada com sua longa camisola no divã, pareciam ter voltado àquela casa na manhã.

As crianças entraram excitadas com as brincadeiras de Daud.

Mister Clair, que se comunicava com Anna num misto de mímica e poucas palavras, levou a bagagem para dentro. *Miss* Gordon pediu a David permissão de arrumar tudo nos aposentos das crianças, e Amélia, cansada, sentou-se num canto do jardim, com uma expressão triste, olhando a vista do horizonte.

Anna estava tão emocionada e confusa que não sabia como e para quem dar atenção. David deveria ficar como tradutor, pois nem ela nem Alberto entendiam bem inglês. Anna não tinha noção de quem eram aquelas pessoas que acompanhavam as crianças e a *nanny*. "Quem eram o senhor Clair e aquela senhora chamada de Amélia?", perguntava ela a David.

As coisas todas foram para o seu lugar, e Alberto voltou com David e o escocês para a varanda.

Anna arrumou o quarto ao lado do ateliê para a senhora...? Nem havia entendido bem o nome dela! E no pequeno quarto da torre, junto do ateliê, ficaria o *mister* Clair.

As crianças foram com a *nanny* para o quarto que era de Michaela, e perto da hora do almoço tudo estava organizado.

Anna pegou parte da conversa na varanda quando ela já estava muito adiantada, mas, por sorte, David, que intermediava e traduzia ao *dottore*, omitia parte das informações.

— Sim — explicava David —, *mister* Clair veio acompanhando as crianças, pois sempre foi muito amigo de Michaela... desde que ela morava com os Hirsch na casa de Londres. Não permitiria que uma viagem tão longa e perigosa fosse feita apenas sob a proteção de uma *nanny*. E infelizmente — explicava ele — o avô, o senhor Montefiore, depois de tudo o que acontecera, não tinha nem saúde nem condições de acompanhar as crianças até Salonica. Sua esposa, Tilda, teve um derrame com a notícia do naufrágio e continua na cama, imóvel.

— Então... — continuava *mister* Clair, explicando para David traduzir — ... lorde Rosebery, que foi marido de minha falecida patroa, e que gostava muito de Michaela, sofreu muito com o desastre. Foi ele quem organizou tudo, comprou as passagens e mandou também Amélia conosco, pois ela ultimamente cozinhava para os Montefiore. Ao menos duas ou três vezes por mês, quando tinham visitas importantes. Assim as crianças não sentiriam que estranhos estariam com elas e que não estavam abandonadas!

Os Varsano mudaram seus hábitos a partir daquele dia. O *dottore* quase não tinha mais tempo para a pesquisa de seu laboratório, pois todas as lições das crianças eram complicadas no Lycée. Tinham noções de francês, mas o sotaque era terrível; além do mais, naquela cidade poliglota, todos falavam tudo, e as crianças da escola brigavam em ladino, grego, turco, francês ou italiano. Tudo dependia do bairro, do mercado ou rua em que viviam ou passavam. Daud também era um dos que usavam termos e expressões em árabe. Vivia falando *Mabruk... Mabruk...! Habibi, Habibi...* E tudo começava a ficar confuso nas cabecinhas delas!

As comidas, então, tinham os nomes mais estranhos, e Adele, quando queria alguma coisa, puxava a saia de Anna, chorava com *miss* Gordon, que tentava explicar e impor uma dieta inglesa para as crianças em pleno clima mediterrâneo. Era ela quem não gostava das comidas fortes e temperadas da casa dos Varsano e dizia que Adele nunca comeria isto ou aquilo. O que era aquilo? *Bamies*...? Quiabo? Que coisa horrível e gosmenta. Ou aquela montanha de verduras e legumes quase desconhecidos que eles comiam naquela casa, e grão-de-bico, feijão-branco e uma flor chamada alcachofra?

— *Ridiculous!* — exclamava a inglesa.

Amélia, aos poucos, saiu do mutismo e se atreveu a conversar. Primeiro, entendeu que, em inglês, a dona da casa nem ousava responder.

— *Parla italiano* — dizia Anna. — *Parla portuguese, Amélie... Parla tedesco, ma inglese... niente, no!*

Ela descobriu então que os vizinhos falavam uma língua que lhe era até familiar, uma mistura de espanhol, de português, de muita coisa, um idioma que era o antigo judeo-espanhol, chamado de ladino, com palavras arcaicas que lembravam sua avó em Portugal, na casinha da praia de Nazaré, usando expressões parecidas e resmungando quando a pesca era pouca, ou acendendo velas e fazendo uma prece pedindo a proteção de seu avô, que deveria estar ao largo no mar, metido num temporal, em seu barco. Uma linguagem que, apesar do sotaque, podia entender bem se prestasse atenção e anulasse de sua mente aquele jeito interrogativo e cantado das mulheres de Salonica.

E, sem mais nem menos, viu-se envolvida numa roda de senhoras conversadeiras que bordavam sentadas em suas cadeiras nas calçadas, ao longo do lugar que chamavam de *paralía*, debaixo de grandes plátanos, ou perto dos assadores de castanhas, esquentando as costas nos fogareiros de outono.

A cozinheira então mostrou seus dotes nos meses que passou com os Varsano. Aquilo era um pouco de sua terra! Até melhor, se estivesse com sua família, sua filha querida. E pensava no seu Jeremy e sua carruagem, coitado, naquele frio em Londres.

Mister Clair, quando saía com o *dottore*, vestindo sua casaca de casimira e sua cartola, poderia passar no Quartier Consulaire como um banqueiro ou alto representante de um país rico. Era cumprimentado com honras pelos comerciantes nos mercados e, quando acompanhado de Daud, era apresentado como um grande emissário do governo da rainha Vitória. Frutas, amêndoas confeitadas e café eram oferecidos por cortesia pelos comerciantes. Os dois formaram um código, e o negro de turbante branco novamente aplicou o golpe do *hamman*. Quem diria que o sisudo e empertigado Sebastian Clair iria cair numa armadilha dessas. Também ficou sendo *habitué* da casa de Marika Karakassos, onde esperava pela volta de David ao escritório para saber as notícias dos jornais que chegavam de Londres. À tardinha, quando os lampiões iluminavam o Quai, eles se dirigiam até o Pallás, um antro de intelectuais reservado aos homens, para um café ou um anis, com pistaches quentes e uma boa conversa sobre os turcos e a política do sultão. Uma conversa tão exótica para um inglês criado em estrebarias de Mentmore que ele acompanhava as histórias de David com a máxima atenção, como se quisesse gravá-las na memória, para depois, em Piccadilly, repetir seus novos conhecimentos e experiências, e mostrar para lorde Archibald Rosebery, o homem que tudo sabia, sua erudição política e histórica sobre o Império Otomano. Isso, sem dúvida, lhe daria mais crédito e importância, e, quem sabe... quando Sibyl se casasse, ele seria aceito na família como Daud, e não morreria só, numa casinha de Rives Mews. Seria triste voltar para lá e não ter o que fazer.

Teria que contar também do jardim de rosas do jardineiro muçulmano, das essências, dos perfumes, do *dottore* e da maravilhosa Anna.

Ela era uma mulher fora do comum, um sorriso alvo, seus olhos brilhantes, andar elegante, uma majestade enrolada em seu xale, com sua mecha branca na cabeleira negra contrastando com sua pele azeitonada. Sua expressão e gestos prendiam a atenção de todos. Havia alguma coisa nela que magnetizava as conversas. Ela ficava horas depois do jantar, quando discutia com o *dottore* Alberto as notícias dos jornais, comentando isto ou aquilo, conversando e costurando, sob a luz fraca de um lampião a óleo, o modelo de um vestido de mais uma freguesa. Muitas vezes colocava Adele em seu colo e ficava decorando com Victor uma parábola em francês com seu forte sotaque siciliano.

Alberto trazia para casa alguns vidros de essências, que perfilava na mesa, depois do jantar, para serem analisadas. Daud colocava ali uma folha seca e, ao tirá-la do frasco, fazia um movimento no ar, para em seguida apreciar o perfume disperso, abrindo as narinas e respirando profundamente com os olhos semicerrados.

— *Très fort!* — dava a nota sorrindo, com olhar malicioso.

Ou tentava reconhecer a mistura.

— Canela, almíscar, hum... lavanda e vetiver! — gritava, com a voz rouca.

O *dottore*, com olhar indignado, abria outra mistura, e assim passavam horas discutindo: rosas, limão, lavanda, cedro... E *mister* Clair, aprendendo.

Era como se nada tivesse acontecido, e como se a vida ali naquela casa junto à Torre Branca fosse mágica, e toda a tristeza dali fosse varrida para nunca perturbar a harmonia e o sono de seus anfitriões.

Mas Sebastian sabia que, ao se retirar para o quarto, Anna tirava a máscara de sua harmonia e paz e entrava no seu inferno. De seu quartinho na torre, onde estava hospedado, via Anna todas as noites aconchegada em sua mesinha junto à janela, escrevendo e chorando. Iluminada por uma chama trêmula, ela não era mais a mesma mulher. Alquebrada e envelhecida, ela ficava assim horas e horas, e muitas vezes até o apagar da chama, com as mãos na cabeça, num gesto de desespero, com os cabelos desgrenhados, tentando achar palavras para colocar naquelas páginas nas quais escrevia.

Sebastian lembrava-se do desespero de Michaela quando se sentira rejeitada por Lucien, do carinho que havia tido com Hannah na sua terrível doença, das cartas secretas, as últimas de Lucien, que ele havia guardado durante tantos anos. E queria e desejava muito, naqueles momentos em que a observava só, poder entrar ali naquele quarto e passar a mão na cabeça daquela mulher desesperada e falar-lhe, e contar-lhe parte da vida de sua filha que ela deveria desconhecer... Os envelopes pardos e uma caixinha de joias que ficaram guardados por todos aqueles anos no cofre de Hannah e lorde Rosebery, e que ele havia trazido consigo, estavam no fundo de sua mala.

Não tinha tido coragem para entregá-los à senhora Varsano, mas teria que encontrar um momento propício, pois os meses de sua estada já estavam terminando.

E na sua penúltima noite em Salonica, nas vésperas do Pessach, quando tinha certeza de que todos dormiam, ele, entre as cortinas da janela, conseguiu vê-la ali no quarto, sentada, novamente escrevendo.

Tomou coragem. Desceu da torre e entrou na casa.

Bateu delicadamente na porta do quarto da senhora e escutou o assoar das narinas no lenço antes que ela abrisse o ferrolho. Anna assustou-se ao ver *mister* Clair à porta, sussurrando:

— *Madam... It is for you, madam... It was from Michaela... Keep it please!* — E ele passou-lhe, pelo vão da porta, um grosso pacote pardo.

Ela recebeu o pacote e, sem emitir um som, fechou a porta silenciosamente, passando o ferrolho.

Sua missão estava cumprida.

Ali estava uma parte da sua história, da vida de sua filha, da morte de Lucien, de suas promessas de amor, de sua doença e da agonia de Clara de Hirsch diante da perda de seu filho, daquilo que Michaela nunca chegara a tomar conhecimento. E que ele havia guardado durante todos aqueles anos.

Sebastian Clair voltou para seu quarto e, da janela da torre, viu Anna Varsano abrindo aqueles envelopes. Cerrou a cortina lentamente e se despediu de Salonica.

Amanhecia. De sua torre, avistava o mar e a Promenade ainda iluminada com lampiões.

O *muezzin* chamava para a reza, do alto da mesquita.

Os vendedores começaram a gritar os pregões:

— *Lavanta... lavanta*, lavanda, lavanda perfumada, *madam*!

Mister Clair escreveu um postal endereçado a
Lord Archibald Rosebery
40, Piccadilly
London

Salonica,

Que cidade triste, pobre e fascinante...!

Onde todos seus habitantes falam idiomas diferentes, como na Torre de Babel, rezam para um só Deus, mas não aceitam o Deus do seu vizinho.

Uma cidade de perfumes, de flores e temperos.

De odores de suor, do trabalho e esforço...

De memórias e história gravadas nas pedras com sangue do coração de cada um de seus habitantes.

Um lugar mágico, para nunca esquecer...

Naquela manhã, Sebastian Clair voltaria para Londres, e o postal acabou esquecido em uma gaveta naquele quarto.

Epílogo

São Paulo, 1974.

Numa manhã fria e de muita garoa, típica do mês de junho na cidade de São Paulo, entrei na casa de meus avós com minha filha Patrícia nos braços. Meus avós moravam a poucas quadras do meu apartamento, no bairro de maior concentração judaica da cidade, Bom Retiro. A casinha dos Winick era geminada, um sobrado comprado nos anos 1920, quando chegaram da Polônia, e que eu, desde pequena, costumava visitar. Subia os degraus sempre carregando algumas compras ao menos duas vezes por semana, e era recebida com beijos e festa.

A casa, pequena e aconchegante, exalava as comidas de minha avó, sopas de cevada, ou caldos de frango com endro. Era ali meu oásis, e, a qualquer hora do dia ou da noite, os dois, já idosos mas muito alegres e falantes, tinham sempre algo gostoso para servir e engraçado para contar.

Falavam um português com sotaque bem carregado, misturado ao iídiche, e eu adorava ouvi-los comentar as notícias do jornal e ria muito com as expressões que usavam.

— *Nuh...? Bis shoin du?* Você já chegou?

Naquela manhã, minha avó estava sentada com seus óculos e o jornal judaico que meu avô recebia semanalmente e, assim, entretida, continuou com os olhos nas notícias, tendo nas mãos trêmulas uma xícara de chá.

— Ah, minhas lindas *sheine meidalles*, vocês chegaram neste frio, querem um chá? — ofereceu meu avô.

Minha avó atrás do jornal começou a rir, chamando a atenção do meu avô.

— Escuta esta notícia, Shloime: na Argentina tem um pianista chamado Victor Montefiore que ainda toca tangos no teatro e sabe quantos anos ele tem...? Oitenta e cinco! *Oi vei*... puxa vida, tocar piano até oitenta e cinco anos será possível? — repetiu ela, piscando para mim.

Meu avô achou que a menção à idade era para criticar a sua tremedeira e respondeu:

— Piano... *groisse mainze*... grande coisa, Maria! Eu queria ver esse tal Victor não sei do quê dançar samba! Piano, todo mundo toca! — E saiu resmungando da sala, rumo à cozinha, para buscar outra xícara de chá.

Eu fiquei intrigada com o nome do pianista. Peguei o jornal, mas a notícia era toda escrita em iídiche.

— *Babe*... — pedi. — Leia de novo para eu entender. E ela leu a notícia inteira, devagar, engasgando com palavras complicadas e desconhecidas.

— O grande pianista Victor Varsano Montefiore se apresentará no Teatro Soleil, na Avenida Corrientes, entre as Ruas Jean Jaures e Ecuador, na noite de 1º de julho de 1974, às dezenove horas. O concerto será em benefício das obras da AMIA (Asociación Mutual Israelita Argentina). O artista tem uma biografia rica. Nascido em Londres em 1889, filho de pai sefardita de origem italiana e mãe nascida na Taormina, ficou órfão com 11 anos e foi criado em Salonica, na Grécia, com seus avós maternos, os Varsano. Estudou piano em Paris e na Bélgica, sendo considerado um virtuose com 16 anos. Muito jovem ainda, em Londres, em 1916, compôs músicas para diversos filmes do cinema mudo, como *A Bunch of Violets*, estrelado por Chissie White. Compôs também *A Grain of Sand* e *Drake's Love Story*.

"Sempre foi um apaixonado por música e também por mulheres. Contou ao nosso repórter, num encontro no café do Hotel Claridge, que viera para Buenos Aires em 1919, depois de uma desilusão amorosa. Decidira partir para o Novo Mundo depois da Primeira Guerra Mundial, onde lutara como tenente na divisão inglesa nos Bálcãs, e chegara a Buenos Aires à procura de aventuras e novos ritmos. Victor Varsano Montefiore vive na Argentina durante todos estes anos e trabalhou em diversas casas de tango dando espetáculos. Os convites estarão à venda na sede da AMIA, na Rua Pasteur, 633. Notícia do *Diário Iídiche Zeitung* de Buenos Aires. Datafac-símile — junho de 1974.

Minha avó teve que ler e reler duas vezes. Intrigada, queria saber qual era a importância dessa notícia. Eu quase pulei de alegria.

— Creio que o achei, *Babe*... acho que é ele, tem que ser ele, com esse nome!

— Mas ele quem? — perguntaram, sem entender.

Os dois velhinhos, sentados, escutaram atentos.

— O irmão daquela mulher do hospício de Salonica. Lembra, *Babe*? Lembra quando eu lhe contei das cartas e daquela mulher?

Minha avó arregalou seus olhos azuis, tentando compreender. Pensou um pouco e um instante depois exclamou:

— Ah, a história da caixa no seu armário! Sim, agora eu entendo. E você prometeu que iria procurar aquele irmão. O irmão daquela mulher, que ela nunca mais vira... — disse minha avó. — Você está achando que esse pianista é ele? Se for ele mesmo, vai entregar-lhe tudo que tem dentro daquela caixa, não é, Dvoirelle! *Oi vei* — dizia ela, balançando a cabeça. — *Oi vei Naches*. Sorte... queria que alguém achasse minha irmã Frimale... — e continuou falando sozinha sobre sorte.

O voo da Varig partiu com destino a Buenos Aires às nove horas da manhã do dia 1º de julho de 1974. Na chegada a Ezeiza, senti um movimento estranho, algo de grave havia acontecido. As pessoas se reuniam diante dos radiotransistores e escutavam notícias, algumas mulheres choravam. Peguei um táxi. Quando subíamos a Avenida Corrientes, grupos imensos de pessoas vinham caminhando vagarosamente no sentido do Obelisco. Os comerciantes cerravam as portas, e eu, sem saber o que havia realmente acontecido, perguntei ao motorista do táxi.

— Senhora — disse ele, suspirando —, uma tristeza.... perdemos nosso presidente, Juan Domingo Perón. Ele se foi. Um infarto fulminante!

Pensei: que péssima hora escolhi para chegar a Buenos Aires, e ainda mais para assistir a um concerto de piano.

No hotel, tentei entender as notícias na televisão, mas eram só histeria e choros. O povo gritando nas ruas: "Perón... Perón...!"

Tomei um táxi na porta do hotel e rumei para a Rua Pasteur a fim de comprar o ingresso para o concerto. Na AMIA, fui informada de que o teatro estaria fechado por luto, e o concerto adiado, sem data prevista para sua realização.

Insisti no meu portunhol, precisava entrar em contato com o pianista, e expliquei que havia chegado do Brasil apenas para fazer uma reportagem com Victor Montefiore, e que isso era muito importante. Pedi à moça do balcão que me atendia que, se fosse possível, ela, em nome da AMIA, telefonasse para marcar um horário com o concertista, um horário em que ele pudesse me receber, pois eu dispunha apenas de dois dias na cidade. Somente depois de muitos argumentos, a secretária, de muita má vontade, abriu um fichário, telefonou para o pianista, assentiu com a cabeça e escreveu num pedaço de papel o endereço.

Lavalle — 2093 — 2º piso — esquina Junin... *mañana* 11 horas

— *¡Buena sorte, señora!*

Na manhã seguinte, a ansiedade me dominava. Fumei dois cigarros, engoli meu café com *medialuna*, peguei a caixa de Anna Varsano e rumei para El Once.

No táxi, meu coração disparava. Não sabia como iniciar a conversa. Fiz dezenas de suposições no caminho.

Sou uma jornalista, senhor Montefiore... ou... *mister* Montefiore. Vou falar inglês: *I am writting a new book*... não... Assim não! Sou uma escritora... escrevendo um novo livro... mas sobre qual assunto?

Pensei também: adoro sua música, adoro tango... e falar sobre música? Muito perigoso, eu não entendia nada.

Mister Varsano... Conheci sua irmã Adele em Salonica, ela sobreviveu ao Holocausto... mas, infelizmente, faleceu este ano e tenho aqui comigo toda a história de sua família... Não, assim mataria o homem de infarto... Não daria certo!

Oh!, meu Deus, eu me perguntava: como chegar a ele? O que estava fazendo ali?

Victor, como seria ele hoje? Aquele pequeno Victor, tão amado por sua avó Anna.

Páginas e páginas em seu diário eram dedicadas a ele. No fim, com amargura, ela chorava sua ausência, culpava-se por ter sido a causa de sua infelicidade, de ter implorado a ele que, voltando a Paris, nunca mais procurasse aquela moça da foto, de tê-lo feito jurar que nunca se casaria com ela.

— Mas por quê? — perguntava ele. — Por quê, *nonna*?

— Um dia, vou ter a coragem de lhe contar — escrevia Anna. — A agora não posso, meu pequeno Victor. Jurei que nunca contaria, e não posso quebrar uma promessa, ainda mais feita a uma pessoa que já se foi, que não está mais entre nós.

Ele teria que ler, pensei. Deveria ler tudo que eu havia lido para poder entender. Deveria ter a oportunidade de ler o diário de sua avó e todas aquelas cartas.

O táxi parou no número 2.093 da Lavalle. Na esquina tinha uma farmácia.

Paguei ao motorista, peguei a caixa com cuidado e me vi diante de uma porta de gradil de ferro. Olhei através do vidro. Um pequeno vestíbulo era iluminado por um abajur de franjas puídas. Respirei fundo e procurei uma campainha.

Uma senhora se aproximou, curiosa, apoiada em sua bengala.

— Quem a senhora está procurando? — perguntou-me em castelhano, puxando nos erres, como uma francesa.

A velha senhora parecia uma caricatura. Vestia um casaco verde-escuro com peles puídas ao redor do pescoço, tinha olhos muito azuis, mas muito pintados com sombras azuladas e lilás. Os lábios contornados de carmim davam a ela uma expressão triste. O pó de arroz e o ruge mal aplicados não cobriam as marcas do tempo naquela pele muito branca. Devia ter sido uma bela mulher, pensei.

Tentei explicar-lhe que procurava por Victor Varsano Montefiore, no segundo piso. Ela pegou o molho de chaves e abriu a porta do pequeno *hall* sem dizer palavra alguma; olhou-me da cabeça aos pés, esperando até que eu entrasse no prédio. Entrou em seguida, fechando a porta com um golpe de sua bengala.

— *Señorita* — disse ela —, não adianta tocar, suba e entre lá sem bater, ele nunca atende a porta, que está sempre destrancada.

Por educação, toquei a campainha. O som do piano inundava todo o corredor. Um tango. Esperei a música acabar e girei a maçaneta.

Já tremia e escutava as batidas do meu coração.

Ali estava o pequeno Victor, ou o *Mégas*, como era chamado pelo seu avô, o *dottore* Alberto, em Salonica.

Era como se eu o conhecesse a vida toda sem jamais tê-lo visto. Um homem velho, atrás do piano no fundo da sala, não fez um movimento de olhos, continuando com sua música.

A sala estava quase às escuras àquela hora da manhã, as cortinas velhas e rasgadas estavam cerradas, e apenas dois abajures acesos iluminavam o ambiente de pé-direito alto. Num primeiro plano, um sofá com muitas mantas desarrumadas, um guarda-louça, uma mesa e duas cadeiras. Ao fundo, um grande piano ocupava quase o restante da sala.

Fui entrando devagar, abraçada à caixa, com medo de interromper ou assustar o pianista. Ainda não conseguia ver sua fisionomia, apenas seu perfil. Fui chegando devagar, tentando pisar com meus sapatos de salto alto no assoalho da maneira mais suave que conseguia, até que esbarrei numa banqueta baixa, e ela, num estrondo, saiu derrapando até bater numa radiovitrola ao canto.

Levei um susto, e a música parou instantaneamente. Victor virou-se para ver o que havia acontecido.

Num instante nossos olhos se encontraram, e eu o vi, um homem de ombros largos, paletó escuro e um *foulard* de seda no pescoço, cabelos esbranquiçados e ralos presos na nuca, como de um artista, que elegantemente se levantou para me cumprimentar.

— Então — disse ele, com voz firme e rouca num castelhano com suave acento italiano —, a senhorita é a tal repórter do *Brasile*? Em que posso servi-la?

— Por favor, não se levante, maestro — disse-lhe. — Continue tocando, *mister* Montefiore — disse em inglês. — A sua música é maravilhosa. Eu estava escutando no *hall* ainda há pouco.

Deixei a caixa sobre o sofá e fui até perto do piano.

A luz do abajur incidia sobre ele. Um porte de cavalheiro, feições fortes e barba prateada, ainda por fazer. Seus olhos eram muito verdes e a pele era azeitonada. Tinha traços dos homens mediterrâneos, suas mãos longas pousavam sobre as teclas amareladas de marfim. Ele olhou para mim e balançou a cabeça como se tivesse visto uma criança querendo fazer uma coisa errada.

Tossiu e engasgou. Depois, calmamente, tomou um gole de vinho de uma taça ao seu lado. Acendeu um cigarro vagarosamente com um fósforo, olhou-me e sorriu, soltando uma baforada com expressão de desafio.

Oitenta e cinco anos, pensei, deve fumar e beber sem limite, mas tem a pose e vitalidade de um artista jovem, aquele tipo de galã que só conhecemos no cinema.

Precisava ganhar tempo, pois nem sabia como começar a conversa.

— Você conhece esta música? — perguntou-me, dedilhando firmemente, com o cigarro preso entre os lábios, olhos semicerrados.

Adiós Nonino, pensei... Reconheci o sucesso de Astor Piazzolla, que tocava nos programas ao cair da tarde na Rádio Eldorado. Mas ele tocava a música com uma nova introdução, como se estivesse recompondo a melodia, seus dedos voando sobre as teclas.

Lindo, falei comigo mesma, meus braços estavam arrepiados, e eu sentia frio. Ele deixou o cigarro aceso no cinzeiro e continuou. Eu fiquei mais relaxada e, devagar, aproximando mais, debrucei-me sobre a lateral do piano e, sobre a cauda fechada e uma toalha de veludo, vi aquelas fotos!

Tremi.

Ali estava Lily, a mesma da foto da caixa de Anna Varsano. Era a foto daquela moça, com seu colar e vestido de renda, olhando para nós dois!

Noutro porta-retratos, uma composição de colagens com fotos de Salonica, cartões-postais, pintados a mão, colocados uns sobre os outros, uma foto em sépia da Torre Eiffel e um grande retrato de Victor com

Carlos Gardel, usando gravata-borboleta, fraque e *foulard* de seda sobre os ombros. Ele estava sorrindo, seus dentes claros e olhos brilhantes emoldurados por longos cílios, e os cabelos engomados, penteados para trás.

— Esse sou eu — disse, quando me flagrou olhando as fotos. — Foi há muito tempo! Muitos anos atrás... com Gardel. Essa foto é de quando me apresentei no Teatro Colón... e essas são lembranças da cidade onde cresci, chamada Salonica.

— E essa mulher? — perguntei-lhe. — Quem é?

— Minha primeira namorada — respondeu, sem dar importância.

— Acho que você nunca ouviu falar de Salonica, menina... Nenhuma pessoa do Brasil deve ter escutado ou estudado a história da Grécia ou do Império Otomano. Vocês lá nem devem ter muitos livros... — falou, em tom de provocação.

Eu sorri e respondi que conhecia a Grécia, e por coincidência já havia estado em Thessaloniki por duas vezes.

Ele parou de tocar, fechou o piano, pegou seu cigarro quase no fim e soltou outra baforada, com os olhos fixos em mim, como se quisesse me testar.

— Não só fui a Salonica por duas vezes, senhor Montefiore, como trago de lá algumas coisas que suponho pertencerem ao senhor — disse rapidamente, com o coração aos saltos, como se quisesse me livrar logo daquele encargo. Pensei comigo mesma: agora já falei, agora é tarde!

Ele saiu de trás do piano, em minha direção.

— Que brincadeira é essa? — perguntou, quase nervoso. — O que de lá pode me pertencer, um pedaço de *pitta*? Uma fatia de *fetta* talvez? Sabe há quantos anos deixei Salonica, menina?

— Senhor — disse eu, amedrontada, não sabendo como conduzir a conversa —, isso que aconteceu comigo foi uma coincidência, coisas do destino, sabe... — continuei — e nem sei como lhe explicar, pois é uma longa história. Trouxe comigo esta caixa, e, assim que o senhor puder abri-la, vai entender o que estou tentando dizer.

Apontei para a caixa no sofá. Ele sentou-se, e eu puxei a banqueta atirada contra a radiovitrola.

Ele abriu a caixa. Tirou primeiramente os recortes frágeis e amarelados de jornais que eu havia deixado por cima para não amassá-los demais.

Victor Montefiore olhou as primeiras páginas como se tivesse visto um fantasma. Suas mãos tremiam.

Leu o cabeçalho do jornal de 1917, sobre o grande incêndio de Salonica, pegou os pacotes de cartas, abriu alguns envelopes, olhava os nomes dos remetentes.

O silêncio era tal que eu escutava apenas o barulho do motor da caixa-d'água no teto do prédio.

— Cartas de minha mãe para minha avó. Meu Deus! De onde tirou isto, menina?

Não consegui responder imediatamente. Minha boca estava seca, e os lábios, colados.

Ele continuou olhando o restante da caixa até chegar aos três volumes do diário de sua avó; folheou um deles e abriu o outro.

Esqueceu-se de que eu estava ali à sua frente. Leu trechos, falou para si, e seu corpo foi se arqueando; e, com esforço, ele se dirigiu mais para perto da luz do abajur para poder enxergar melhor. Sua expressão já era de dor, e de seus olhos brotaram lágrimas. Repentinamente, como em fúria, ele começou a jogar tudo de volta para dentro da caixa, falando para si mesmo:

— Agora é tarde, não quero saber... Não quero, *nonna* — e fechou a caixa! — Adele, você conhece Adele, menina? Ela, sim... foi ela quem deu isto a você, não foi? Menina... pelo amor de Deus, onde arrumou tudo isto?

Eu passei algumas horas contando a ele. Ele não olhava para mim.

Minha garganta seca doía. Pedi um pouco de água, ele mostrou a porta da cozinha, acenando com a cabeça. Encontrei um copo no meio de uma dezena de copos e pratos sujos sobre a pia. Abri a torneira e enchi o copo e, sedenta como estava, tomei tudo em alguns goles. Olhei ao meu redor.

Havia camisas e pijamas encardidos, secos e pendurados num varal, panelas sobre o fogão, um aquecedor desligado, uma velha geladeira Frigidaire toda descascada, tudo muito velho, sujo e abandonado.

Pobre Victor, pensei, aqui sozinho, sem ninguém para cuidar dele.

Quando voltei para a sala, ele estava arqueado, com a cabeça apoiada nas mãos sobre seus joelhos. Soluçava... Tive vontade de acariciar sua cabeça, seus ralos cabelos brancos, confortá-lo e, depois de ameaçar fazê-lo, tomei coragem.

Ele explodiu num choro convulsivo, e assim ficou por algum tempo. Segurou minhas mãos e, com os olhos já muito vermelhos, disse-me:

— Obrigada, menina, mas não posso ler tudo isso. Esperei por uma resposta durante muitos anos da minha vida, queria que alguém me contasse o porquê de certas coisas, mas a resposta nunca chegou. Agora, acho tarde demais, e há coisas que não quero saber e nem posso mais saber. Agora, menina, é muito tarde, nem posso ler tudo isso que está aqui...

A porta da sala se abriu, e a velha que havia aberto o portão do prédio entrou, com uma panelinha coberta com um guardanapo.

— Está na hora de comer, Victor — falou a senhora, em francês.

Chegou bem perto dele, olhando-o, e estranhou-o, arqueado, segurando a cabeça com as mãos, escondendo o rosto.

— O que ele tem? — perguntou-me. — O que você fez com ele? Victor, ela é de Burzaco? — perguntou bem junto de seu rosto. — Veio de Burzaco para levar a gente daqui?

Ele balançava a cabeça negativamente, com o rosto escondido.

— Desça para o seu apartamento, Lily — disse ele quase rouco —, depois eu tomo a sopa. E você, menina — disse ele, dirigindo-se a mim. — Leve estas coisas daqui e volte para o lugar de onde veio. Não volte aqui nunca mais... por favor!

Eu saí devagar, amedrontada com a reação dele, mas segurando apenas minha bolsa. Fiquei ainda indecisa em voltar para pegar a caixa. Esperei no *hall* para ver se alguma coisa acontecia. Desci as escadas, e a luz que entrava pela vidraça ofuscava minha vista. Era como se eu tivesse ficado horas fechada num cinema, sem ar para respirar.

No passeio, acendi um cigarro.

Meu peito doía. Eu queria voltar lá, mas não tive mais coragem.

Ensaiava... queria pedir perdão por lhe ter causado tanta dor, por ter aberto uma grande ferida. Queria pegar aquela caixa que o incomodava e levar aquelas lembranças dali antes que ele realmente lesse aquele diário.

Andei até a esquina, fumando e tremendo com o frio que fazia.

Já passava das três horas da tarde. Havia uma névoa que esbranquiçava tudo ao meu redor.

Meu estômago doía. Avistei um armazém, um misto de café e mercearia. Entrei quase sem olhar em volta, procurando uma mesinha num cantinho de um corredor. Sentei-me. Quase todas as mesinhas estavam tomadas por senhoras ou senhores que conversavam, e o burburinho era em iídiche. Uma senhora muito gorda, com um avental, veio me atender.

— A esta hora da tarde, *senõrita* — recitando o cardápio com forte sotaque —, temos somente... *sandwich de wurst, pastrame con pepinos en salmuera o chucrut... Con pletzalaj u pan negro... non ay más, varenikes, ni strudel.*

— Obrigada — respondi. — Queria apenas um café com *pletzalaj* e uma garrafa de água mineral sem gelo.

Ela saiu arrastando seus chinelos, demonstrando cansaço.

Olhei ao redor. O lugar era dividido como um antigo armazém. Barris de conservas, arengas, peixes secos, tonéis de pepinos, tomates verdes na salmoura e salames com alho pendurados.

Pães de centeio recém-saídos do forno eram empilhados; havia latas e vidros de compotas de cerejas numas prateleiras velhas. Por todos os lados, barris e cestos de frutas secas, balanças e sacarias tomavam conta do pequeno espaço.

Tudo igual, pensei, era idêntico à venda da dona Bela e do Jaime na Rua Newton Prado, no meu bairro em São Paulo. Até o cheiro do lugar era igual.

Na lateral, onde antes deveria ser uma entrada de jardim da casa, havia um corredor pleno de mesinhas.

Olhei ao redor e observei as pessoas que me rodeavam.

Na mesa da frente, bem perto da porta, avistei a velha senhora que Victor chamara de Lily. Ela tomava um chá com algum tipo de doce, olhava ao redor, e às vezes levava as mãos à cabeça como uma jovem diante do espelho, ajeitando seus cabelos brancos num coque.

Na mesa ao lado da minha, três senhoras conversavam em iídiche. Uma delas, a que parecia mais nova, perguntou quem era aquela mulher sentada à primeira mesa.

A outra respondeu, surpresa:

— Você não conhece a *madama*? Ela é uma velha e autêntica *madama* de bordel. É chamada de baronesa. A famosa baronesa Lily ou baronesa Hirsch. *Eine alte mainse!* — comentou em tom zombeteiro. — Uma velha história! Ela veio com a Migdal, acho que nos anos vinte. Você sabe, aqueles homens que aliciavam mulheres judias na Europa. — Depois se tornou a mais famosa cafetina de Buenos Aires. Se dizia neta verdadeira do barão De Hirsch, imagine só, aquele que, Deus o tenha, fundou as nossas colônias!

— Imagine só... — disse a terceira mulher, rindo. — Uma *curve* dessas, uma mulher de bordel, querendo se passar por neta de um barão, um santo homem como Maurice de Hirsch! Já deveria estar no Burzaco há muito tempo, em vez de andar assim pelas ruas, pintada como uma palhaça! — completou, mastigando seu sanduíche.

— Mas ela é protegida do pianista — disse a amiga mais velha. — Dizem até que foram amantes por muito tempo. Acho que a maioria dos nossos velhos que estão aqui jogando dominó, e hoje nem funcionam mais, foi freguês dela. E hoje eles mal a cumprimentam, fingem que nem a conhecem...

Eu queria escutar mais a conversa das três mulheres, mas a dona do café veio trazer minha encomenda e, cansada, sentou-se à minha mesa, puxando conversa.

— Você... de onde vem? É judia?

— Sim — respondi —, de São Paulo, do Brasil.

— Ah, veio comprar roupas baratas aqui no El Once? Somos muito famosos! Muita gente de fora vem aqui procurar nossas roupas de couro e lã.

Perguntei a ela o que queria dizer Burzaco.

— Para que quer saber, menina?... Ninguém gosta de ser mandado para lá! É uma condenação à morte! — respondeu ela, alterando a voz. — Na sua terra não tem velhos? O que fazem com eles quando começam a incomodar os jovens? Burzaco é um asilo de velhos, para onde nos mandam para morrer... *senõrita*.

Pedi a conta e olhei o relógio. Passava das três e meia. Meu voo de volta ao Brasil saía às oito da noite, e eu deveria pegar minha maleta na portaria do hotel.

Paguei e deixei uns pesos para a senhora. Saí andando pelo corredor lateral.

Quando passei pela mesa de Lily, ela se virou para me olhar.

Senti seus olhos fixos em mim. Era como se gritasse: "Fale comigo, por favor!"

Seus olhinhos azuis, borrados de sombras lilás, sua boca, onde o carmim havia desaparecido entre as rugas profundas de seus lábios finos e pequenos, suas sobrancelhas pintadas de marrom não escondiam o sinal de uma pequena flor-de-lis.

Tive vontade de abraçá-la fortemente, de dar-lhe um beijo de despedida.

O rádio tocava um tango... *Mi Buenos Aires querido...*

Passei por ela com o coração aos saltos.

Escutei sua voz.

— *Mademoiselle... s'il vous plaît*?

Voltei-me e sem querer respondi:

— *Oui, madame baronne...*

— Você se lembra da casinha de boneca que me deu? — disse ela num fio de voz.

Nesse momento eu tremi, e meu coração disparou. Fingi que me lembrava.

— *Oui* — respondi.

Ela fez um sinal, para contar um segredo no meu ouvido.

Abaixei-me, ficando de cócoras ao lado de sua cadeira.

Ela segurou meus ombros com suas unhas compridas e encardidas.

— Escute, *mademoiselle.* Eu guardei a casinha comigo, trouxe de Nápoles... Lembra de Nápoles? Minha mãe e minha *nonna* estão lá... só *madame* Lory... ficou em Paris. Minha mãezinha de verdade se chama Michaela, mas nunca vou contar para ninguém, é segredo, sabe? Minha *nonna* Clara me pediu que eu nunca contasse. "Nunca pode contar... nunca!", repetia. Meu pai se chama Lucien de Hirsch, ele morreu antes de Lily nascer. Era um *barón*... É dele esta moeda no meu pescoço. Minha *nonna* me deu, e eu nunca mais a tirei do meu corpo — mostrando-me uma moeda antiga presa numa corrente. — Não fale para Victor sobre isso — continuou ela, baixinho, quase em segredo. — Não conte nunca, para ninguém! Eu sei que você vai guardar segredo, porque você é igual à minha amiga, a que me deu a casinha de boneca... Ela se chamava Adele... Você não vai me levar para Burzaco, vai? Não conte isso para Victor... ele não gosta mais de Lily... ele só gosta da outra Lily... Daquela Lily da fotografia e do piano... E eu gosto tanto dele!

Faltou-me o ar e fiquei por alguns segundos sem saber o que fazer. Dei-lhe um grande abraço e beijei seu rosto.

— Jura...?

— *Oui, madame baronne Hirsch* — disse eu. — Juro que guardarei seu segredo.

— Voce é uma boa moça...

A senhora do café veio interceder, abanando um guardanapo e gritando em iídiche:

— Deixa minha freguesa em paz, Lily, ela não precisa escutar seus *mainses*, suas histórias!

— *Adieu, madame* — disse eu, levantando-me.

— *A tout à l'heure, mademoiselle* — respondeu a velha, olhando-me com um sorriso desdentado. — Nunca se esqueça do que lhe falei...

Tomei o táxi duas esquinas depois. Já estava atrasada.

O táxi contornou o quarteirão e voltou pela Lavalle.

Parou para esperar o trânsito dar uma trégua.

Nisso, vejo Victor saindo do prédio com a caixa de Anna Varsano nas mãos.

Lentamente, depositou a caixa sobre pilhas de lixo e trapos das alfaiatarias do lado. Acompanhei os movimentos de Victor através do vidro traseiro do carro.

Ele limpou as mãos, batendo uma na outra como se estivesse se livrando de uma carga empoeirada, olhou para o lixo e, calmamente, entrou no prédio, fechando a porta.

Posfácio
Por linhas tortas

Depois desse encontro em Buenos Aires, em 1974, desisti da promessa que havia feito a Adele no sanatório em Salonica.

Não havia lido todo o conteúdo daquela caixa de memórias, os segredos, nem entendido o que representava aquela obrigação. Tudo chega no tempo certo, eu era jovem demais para entender.

Graças a Deus, meu instinto de preservar e colecionar papéis velhos, muitas vezes resgatando-os do lixo, levou-me de volta a Lavalle, esquina de Junin, depois de pedir ao motorista que desse meia-volta cinco quadras adiante.

Recuperei a caixa e voltei muda para São Paulo, guardando tudo num armário. Às vezes, sozinha, eu mexia naquelas coisas, abria a caixa e tentava ler algumas páginas. Aquilo me acompanhou todos aqueles anos.

Seria um trabalho enorme traduzir tudo e entender os diários e as cartas; meus filhos eram pequenos, eu trabalhava fora; enfim, era o começo da minha vida.

Aos poucos, minha curiosidade começou a se aguçar.

E assim começou minha peregrinação à procura da história e dos lugares.

Foram três décadas em que procurei por túmulos, endereços e arquivos. Em cada viagem que fazia, sempre encontrava mais um trecho, e um novo caminho, e novos amigos dispostos a me ajudar.

Mas um acontecimento estranho, em 2000, foi o que me fez realmente levar aquilo a sério e posteriormente achar uma resposta às minhas perguntas e dúvidas. Nunca fui religiosa, e muito menos mística. Acho que sempre fui um pouco cética.

Mas naquele outubro, na data de Yom Kippur, o Dia do Perdão, quando os judeus jejuam e rezam, eu estava em Paris. Era domingo, e estava lá pelas feiras de moda. Acompanhada de uma amiga, Aissa Basile, não me sentia muito confortável longe de minha família, e por ter deixado de ir a uma sinagoga, ao menos escutar a hora do *shoffar*, a única tradição que guardava de meus avós e de meus pais. Escutar a bênção final e o som do corno soprado por um *rabbi* me confortariam para um ano-novo que deveria começar com saúde e paz. Em terra estranha, porém, não me aventurei a procurar uma sinagoga. Então resolvi jejuar.

Passamos o dia andando a pé, saindo de Saint Germain até a Avenue Foch, conversando coisas da vida, olhando vitrines, sentadas em bancos de jardim...

No fim da tarde, estávamos no Faubourg Saint Honoré. Naqueles tempos, passar naquele trecho, junto ao Palácio dos Champs-Élysées, era tranquilo, havia apenas um guarda na guarita, e nós apreciávamos a moda nas vitrines, e minha amiga fotografava alguns modelos para seu trabalho de consultora.

Meu estômago vazio roncou. Aissa perguntou-me quando eu terminaria o jejum. Olhei para o céu, que se tornava azul-escuro, e disse a ela que terminaria quando a primeira estrela aparecesse no céu. Procurei a tal estrela, mas acho que não consegui localizá-la.

Estranhamente, a rua se tornou silenciosa e escura, nenhum carro, nenhum barulho, ninguém andava por ali. Escutávamos o eco de nossos passos na calçada.

Nisso, da esquina surgiu um homem de barba, vestido de sobretudo e chapéu preto, e veio em minha direção. Perguntou-me onde era a Gare du Nord. Fiquei confusa e tentei me orientar; quando consegui responder, expliquei-lhe que era estrangeira, e seria melhor que ele se informasse na guarita diante da calçada.

Naquele segundo, vendo que aquele homem era um judeu religioso, pensei: acabou o jejum, terminou o Yom Kippur, e já podemos jantar! E quando ele estava se afastando, voltando para a esquina pelo mesmo caminho que fizera, apareceu uma ruazinha estreita chamada Rue d'Anjou, e eu, com pena do velhinho perdido, falei:

— Shaná Tová!

Ele se voltou para mim e me perguntou:

— A senhora escutou o *shoffar*?

Eu respondi, envergonhada, que não, pois, sendo de outro lugar, nem sabia onde ficava uma sinagoga. Uma desculpa tão infantil!

Ele me olhou nos olhos e me perguntou se eu gostaria de escutar o *shoffar*. Naquele instante, pensei: coitadinho, é louco; onde vamos achar um *shoffar* aqui na rua? Ao lado da vitrine que Aissa admirava, havia a entrada de um prédio. O homem fez sinal para que eu o acompanhasse. Havia uma luz fraca iluminando aquela minúscula passagem.

Como mágica, ele tirou um *talit*, um xale de pano usado para rezar, e, com ele, o corno, o *shoffar*, veio junto. Cobriu sua cabeça e enrolou-se no xale, começando a assoprar.

Olhei para o velho, iluminado naquela única luz do *hall*, e pensei como era estranha sua figura. Ele não era velho, tinha uma tez muito branca, quase transparente, a barba no foco de luz tornara-se cor de fogo e os olhos eram tão azuis que pareciam bolas de vidro. Tinha no olhar bondade, carinho, nem sei explicar. O *shoffar* soou...

Quando terminou, agradeci, muito emocionada. Tinha vontade de chorar. Ele colocou o dedo indicador nos lábios, indicando que não deveria falar mais, e, num instante, não consegui ver onde ele guardou tudo aquilo. Num segundo, saiu, voltando para a ruazinha estreita e escura de onde viera.

Minha amiga, com a máquina fotográfica na mão, correu atrás dele, falando:

— Ninguém vai acreditar... vou fotografar o *hominho*!

Viramos a esquina, e, para nossa surpresa, ele havia desaparecido. Nenhum carro estava estacionado, nenhuma vitrine ou porta aberta, as casas pareciam encaixotadas, ninguém na rua, nem ali nem em outro lugar. Andamos até o fim do primeiro quarteirão a passos largos e ofegantes. Olhamos para a direita e esquerda. Nada. Alguma coisa havia engolido aquela figura, que sumira como fumaça. Parecia que o mundo havia parado no Faubourg Saint Honoré por todos aqueles estranhos e mágicos minutos.

Voltamos para o hotel, e eu liguei para o Brasil, contei para o meu pai o acontecido, e ele, também sem entender nada, disse:

— Ou é um louco, ou você andou tendo alucinações, minha filha!

Aqueles momentos ficaram na minha cabeça, e eu pensava sempre: Ainda bem que eu não estava só, ninguém iria acreditar nessa história, e eu iria parecer uma louca ou mentirosa contando o acontecido.

Depois de alguns meses, numa oportunidade, contei o fato a um antigo colega de faculdade que havia se tornado um religioso e erudito nos estudos da religião judaica. Ele me pôs em contato com um *rabbi* dos Estados Unidos estudioso em aparições. Por telefone internacional, e através do que chamam de conferência, eu conversei com o tal *rabbi.* Meu amigo, na linha de seu escritório, ficou traduzindo certas palavras e referências do hebraico, e eu respondia às perguntas, mas achando, intimamente, que não estava levando muito a sério as respostas que iria receber, pois considerava aquilo surreal.

Semanas depois, recebi um fax em inglês. O estudioso de Filadélfia explicava que, por todos os escritos encontrados, a aparição que me surgira fora de um profeta. Pelas características descritas em outras aparições, que são raras, o profeta Elijah trouxera, naquela data e hora, bênçãos e uma missão.

Um dos pedidos seria de *non confrontation.* Não confrontação. Nunca confronte? Pensei muito no sentido daquela frase, e tentava me situar e entender.

Outro pedido dessa aparição: libertar e resgatar a memória de alguém que nunca foi reconhecido. Libertar... Resgatar...

Em Paris? Em São Paulo, onde e de quem? Que memória?

Pensei em tudo, e nada fazia sentido. E deixei essa história de lado.

Em 2002, voltando de Istambul com minha filha e meu neto Felipe, tivemos uma conexão e muitas horas para esperar nosso voo em Paris. Resolvemos sair do aeroporto e passear na cidade, o tempo passaria mais rápido. Andando no Faubourg Saint Honoré, passamos na esquina e na porta onde se dera a aparição do *rabbi*. Mostrei a minha filha o local.

Em abril de 2003, estava em Paris novamente para as feiras de moda e, aproveitando para continuar minha pesquisa sobre as referências das cartas de Anna Varsano, encontrei na Livraria Gasset, na Rue de Saint Pères, um livro de Laurence Benaiin sobre a biografia da condessa de Noïlles. Pela árvore genealógica, ela era bisneta de Ferdinand Bischoffsheim, irmão da baronesa Clara de Hirsch.

Precisava de mais dados daquela família. Encontrei-me com minhas assistentes e minha filha Patrícia no Café de Flore, para o almoço, e lá, muito curiosa, folheando o livro, achei o endereço da casa de Lucien de Hirsch em Paris.

Emocionada, gritei:

— Eureca!

Eu já havia descrito, à minha moda, na minha imaginação, a casa dos Hirsch, mas nunca a vira, e nem sabia que ela ainda existia e onde ficava. Minha filha me apressou.

— Vamos juntas já, mamãe, pois voltamos amanhã para o Brasil, e você vai ficar novamente roendo suas unhas por mais um ano!

Dei o endereço para o motorista do táxi, Patrícia acompanhou-me. O táxi desceu a Rue Bonaparte, atravessou o rio e pegou a Saint Honoré. Andou uns quarteirões e parou.

— Pronto, *madame* — disse-me o motorista. — Chegamos: Rue de l'Élysée.

Confusa, abri a bolsa para pagar e vi que estava ainda no Faubourg Saint Honoré.

Falei ao motorista que queria aquela tal rua. Ele me respondeu grosseiramente. Que não podia entrar e que a tal rua era ali mesmo, e era fechada. Era particular, do governo, e apontou um portão preto, cheio de guardas e barricadas do seu lado esquerdo. Minha filha olhou para a calçada em que iríamos descer, no seu lado direito, e me cutucou.

— Olhe onde o táxi parou, mãe! Na porta do *rabbi* do *shoffar*!

Saí do carro com a biografia de Benaiin nas mãos, pedindo a um guarda permissão para entrar. Finalmente, entramos na rua e seguimos procurando o número 2.

A casa hoje é o Ministério das Relações Diplomáticas. O palácio, ou *hôtel*, como chamam os franceses, era o mesmo que havia descrito: o jardim, as janelas, a porta de entrada e a galeria. Enfim, parecia que já tinha estado lá. Eu mesma fiquei meio atordoada. Queria conhecer seu interior. Tinha a planta na cabeça. Não podia entrar nem na recepção. Tentei fotografar da esquina da Avenue Gabriel, mas um punhado de guardas nos cercou, tomaram a máquina e deletaram as fotos!

— *Gendarmerie!* — Não teve nem conversa. Acho que tenho cara de terrorista.

No fim de 2004, encontrei em Bruxelas um arquivo, ou melhor, um anjo que fez um inventário nos Archives Générales du Royaume, da Bélgica.

Era tudo com que eu sonhava para entender toda a história. Um tesouro, que desde 1914 estava lá abandonado e encaixotado.

O inventariante, Thijs Lambrecht, abriu todos os arquivos, e depois disso passamos semanas analisando os documentos pessoalmente e depois por internet.

Ali estavam todos os documentos que Clara de Hirsch havia separado antes de sua morte, os de Lucienne Premelic de Hirsch, a menina adotada, e também os que seriam guardados para sua verdadeira neta, Lily, a Lukia, filha de Michaela Varsano.

Alguém se apoderara daquilo, alguém sequestrara e escondera a pequena Lily.

Levamos meses procurando pasta por pasta, folha por folha.

Ali estava o arquivo de número 305, que inventariava todos os bens e documentos encontrados na casa de Edouard Balser, casado com Lucienne Premelic de Hirsch, e filho de Charles Balser, um banqueiro e industrial de material bélico, que na Primeira Guerra Mundial fora considerado inimigo da Bélgica.

Por ter fornecido ao inimigo, ao exército alemão, suprimentos de aço, armamentos e matéria-prima das suas fábricas, seus bens em toda a Bélgica foram arrestados logo no início de 1914, como também os de sua nora Lucienne Premelic de Hirsch, que mantinha com o sogro e o marido uma sociedade.

Todos eles fugiram para a Alemanha, deixando para trás os imóveis, os móveis e as memórias encontradas também na casa de Hortense e Georges Montefiore.

E, depois de muito procurar respostas, um milagre aconteceu. Dentro de umas das centenas de pastas do arquivo, dentro de um livreto de orações editado pela Église Evangélique Du Musée, havia uma pequena folha de papel com o timbre de um orfanato, o Union Chrétienne de Jeunes Gens. Nele, havia o registro de uma órfã de pai e mãe desconhecidos, nascida em 6 de outubro de 1887 em Taormina.

O nome registrado era o de Lily Napolitano. A assinatura abaixo era do diácono em exercício, e depois o nome do benemérito Charles Balser e seu filho Edouard Balser, que, mediante a contribuição anual de Fr. 150.00, manteria a menina internada naquele instituto.

A data era 9 de junho de 1899.

O recibo amarelado, dobrado dentro de um livro que eu folheava, caiu no chão, voando para debaixo de outra mesa dos arquivos. E foi por isso que aquela folha me chamou a atenção.

Dentro do livreto também havia rabiscos e desenhos, com corações, e os nomes *baronne* Lucienne de Hirsch e Edouard Balser etc.

Abrindo o dossiê de número 393, contido nos Fundos de Sequestro 305 dos Arquivos Reais da Bélgica, veio a resposta final da minha missão.

Naquela caixa estava a certidão de nascimento encaminhada por Irene Premelic dias após a morte de Lucien, e de ela ter montado a farsa de apresentar uma menina de 2 anos chamada Lucienne como a legítima herdeira dos Hirsch. A certidão dizia que a menina Lucienne, de pai e mãe não declarados, havia nascido à meia-noite do dia 6 de outubro de 1887, na Rue d'Anjou, número 24.

E fora essa certidão que dera origem à sua adoção legítima.

Anos depois, finalmente estava fechando o círculo das coincidências.

Com a cópia da falsa certidão de nascimento de Lucienne Premelic, tirada nos Arquivos da Bélgica, e os endereços que procurava em mãos, acordei para o fato de que havia percorrido milhares de quilômetros à procura de uma luz que me fizesse entender toda a história e perceber tempos depois que tudo que procurava estava numa distância de poucos quarteirões, e o que me deu a entender também foi que aquela aparição no dia de Yom Kippur, mesmo não querendo acreditar, era parte dela.

Um mapa de Paris me fez ver como tudo havia acontecido dentro de um triângulo que unia a casa dos Hirsch na Rue de l'Élysée à casa de Irene Premelic, a suposta mãe da herdeira Hirsch, na Rue d'Anjou, e finalmente, fechando o triângulo, encontrava a porta da aparição do rabino misterioso no Faubourg Saint Honoré.

No mesmo arquivo, em Bruxelas, também encontramos a última carta escrita por Lucien de Hirsch ao seu pai, o barão. Nela o filho dizia que o amava, respeitava e o admirava muito, mas que nunca mais em vida queria confrontá-lo. Lucien escrevia que queria seguir sua vida livre, chegava aos 30 anos e estava pronto para casar-se com a mulher que amava, e viver longe de Paris.

E terminava aquela carta escrita pouco antes de morrer. "*Non confrontation...*", escrevia Lucien. "*Nunca mais quero confrontá-lo pois te amo muito, meu pai.*"

Comparando o conteúdo da carta ao fax recebido de Filadélfia, escrito pelos rabinos estudiosos em aparições, é que descobri a semelhança das frases. O fax dizia que: a vinda daquela aparição tinha uma missão, uma delas continha apenas uma frase: "*no confrontation*", e a outra seria resgatar a memória de alguém que não fora reconhecido.

E eu, que havia duvidado do que havia assistido, achava que nunca mais teria a resposta para minhas perguntas. E, com o tempo passando, havia quase desistido da promessa que fizera em Salonica. Mas naquela noite, quando tracei o triângulo no mapa, tudo ficou claro.

Hoje, Paris, para mim, tem apenas um lugar que faço questão de visitar. Uma porta apenas, na qual, quando por lá passo, fico a recordar e a me perguntar se tudo foi um sonho ou realidade. A casa da Rue de l'Élysée de números 2 e 4, que hoje é o Ministério das Relações Exteriores da França e sei que nunca poderei entrar para visitar aquele lugar.

Se passei todos estes anos de minha vida no meio de uma história que não era minha, e se o que prometi a Adele no Sanatório de Salonica tinha que realmente ser cumprido, eu consegui.

Hoje, quando termino de escrever, fico feliz por ter conseguido contar o que descobri partindo de uma caixa de correspondências e dos diários de Anna Varsano escondidos num sótão, junto às estrelas amarelas das braçadeiras usadas por famílias judias condenadas à morte na Segunda Guerra.

Mesmo sendo tarde, alguém queria fazer justiça.

Agradeço ao destino, que me fez encontrar as cartas, agradeço também a esta série de coincidências, e por tê-los tido a todos eles, os Varsano, os Hirsch, os Karakassos e Daud, como companheiros dentro de uma caixa dentro do meu armário durante tanto tempo.

E agradeço a quem quer que seja, daqui ou de lá de cima, que tenha me enviado esta incumbência, e a tudo de bom que me aconteceu nestes anos, nesta aventura que é escrever.

Post-Scriptum:

Ainda em tempo,

Sobre Lucienne Premelic de Hirsch, a *baronne* que herdou maior parte da fortuna calculada em milhões de libras esterlinas e foi descrita em 1889 no *The New York Times*, à época da abertura do testamento de Clara e Maurice de Hirsch, como a maior herdeira do século, casou-se em 1904 com Edouard Balser. E gerou quatro filhos homens.

Tudo que foi encontrado em suas residências em 1914 foi sequestrado pelo governo do Reino da Bélgica.

A fortuna de uma família judia, que se destacou como os maiores filantropos do século XIX, teve um caminho totalmente diverso daquele que Maurice e Clara tanto almejaram. Tudo que Lucienne Premelic recebeu dos Hirsch foi enviado para a Alemanha, e, com essa fortuna em mãos, ela e os Balser tornaram-se sócios majoritários do Deutsche Bank. O que décadas mais tarde serviu como um grande fundo para o crescimento do nazismo.

Quanto aos filhos adotivos de Clara, Arnold Deforest Bischoffsheim, com a herança em mãos, tornou-se o conde de Bendern. Trocou uma tela de Rubens, *Loth e suas filhas*, da Rue de l'Élysée, por um título de nobreza em Luxemburgo. Sempre escondeu a origem de sua riqueza e o nome de seus pais adotivos. Foi acusado de colaboracionista dos alemães na Segunda Guerra. Para não ser processado, e tirar seu nome de um dossiê, ofereceu a propriedade de Beauregard para a municipalidade local.

Raymond, o irmão mais novo adotado, faleceu jovem aos 31 anos e foi enterrado na tumba dos Hirsch. Seus bens foram herdados por seu irmão Arnold, que graças a essa imensa fortuna vinda de seus pais adotivos permitiu que seus descendentes, até os dias de hoje, vivessem sem trabalhar.

O trabalho filantrópico de Maurice e Clara de Hirsch, ao encaminhar uma enorme massa humana condenada à morte ou ao sofrimento, deixando-os a salvo de perseguições e horrores, fez renascer nas Américas, livre de preconceitos e guerras, novas gerações de judeus que se tornaram cidadãos, gratos à terra que os acolheu.

As instituições fundadas e mantidas por Maurice de Hirsch formaram crianças, órfãos, jovens, braços trabalhadores, estudiosos, profissionais liberais por muitos lugares do mundo. Uma grande parte do testamento de Maurice e Clara foi destinada a essas fundações por toda a Europa, América e Oriente Médio.

Mas de tudo isso, hoje, apenas as colônias fundadas no Rio Grande do Sul e na Argentina mantêm, a duras penas, a memória e o nome de seus fundadores.

Todo o mais desapareceu. Não existe resquício do feito dos Hirsch, nem uma placa de agradecimento sequer, uma praça ou um monumento, muito menos um jarro de flores em seu túmulo.

Visitei no último mês de setembro o túmulo da família Hirsch, ao cemitério de Montmartre, levada pela minha grande amiga e conselheira Dominique Frischer, autora da biografia de Maurice de Hirsch, *Le Moïse des Amériques*, da Editora Grasset.

Curiosa e emocionada, empurrei a porta do jazigo, emperrada por um século, e encontrei a cadeirinha de veludo de Clara. Lá estava ela em seu confessionário, puída, quebrada, o chão coberto de folhas secas e a porta de bronze escura e descascada pelo tempo. Tudo estava abandonado.

Lá estavam eles, todos juntos, esquecidos pelo tempo e por todos.

Saí daquele lugar para respirar o ar lá fora, e repentinamente uma sensação de liberdade tomou conta de mim. Ameaçava chover forte e anoitecia, apressamos o passo e saímos em silêncio. Do portão do cemitério, vi a placa iluminada do *Moulin Rouge* do outro lado da praça. Sem saber o porquê, lembrei-me de Victor ao piano com seu *foulard* de seda, sua pose de grande músico; lembrei-me de Lily, com as sombras lilás e o batom carmim nos lábios carcomidos pelas rugas do tempo, ela ao seu lado, cuidando de Victor...

Pobre Lily, pensei naquele momento. Que sempre guardou segredo de seus segredos.

A Lily que encontrei nas *Cartas lacratas*, tenho ainda comigo, seu olhar suplicante, suas palavras segredadas, que à época eram incompreensíveis para mim.

Dela, recolhi apenas trechos de sua vida misteriosa, depois de seu desaparecimento no dia do enterro de Clara de Hirsch.

Mas, se ainda tiver um tempo de vida e saúde, gostaria de ir atrás de sua história, escrever e contar a vida daquela mulher, da verdadeira herdeira Hirsch, que, por enganos e infortúnios que a vida muitas vezes nos traz, carregou em seu baú a mentira de sobreviver.

Um dia, ainda, quero contar a vida da menina Lukia, que encontrei em Napoli Posillipo em 1898, da Lucienne de Michaela nascida em Taormina, da Lily neta verdadeira da baronesa Clara de Hirsch, da Lily Napolitano dos papéis do orfanato belga e, por fim, da "Baronesa dos Bordéis".

Até o dia em que a encontrei naquele armazém em Buenos Aires.

Aquele dia, que jamais esquecerei!

E eu nesse tempo, uma jovem sonhadora e inexperiente, nem bem compreendi o seu segredo. Era ainda muito jovem para entender a vida...

Salonica, agosto de 1970
São Paulo, dezembro de 2005

Agradecimentos

Depois de todos estes anos, gostaria de agradecer a todos que contribuíram com entusiasmo e generosamente deram seu tempo e apoio para as pesquisas e o envio de materiais para este trabalho.

Aos meus queridos pais, Abram Openheim, *in memoriam*, e a minha mãe Berta, meu amor e reconhecimento por tudo que me ensinaram.

Ao Stefanos, por todo o seu carinho e apoio durante esta longa jornada.

Aos meus amados filhos Patrícia e Eudoxios, pelo incentivo, interesse e entusiasmo, com que sempre trataram este trabalho, em todas as etapas das pesquisas.

Aos amigos Enrico Rastelli, por todos os conselhos, Theofanis Konstadinidis, pelas memórias de sua família e dos gregos judeus de Salonica, à Marie Anastassiadis, minha sogra, pelos relatos e receitas da cozinha de Salonica e Constantinopla no século XIX.

Quero agradecer também à Sol Masijah, Padre Nectarios, Ürgun Ouzman por terem oferecido materiais com trechos musicais e poesias em ladino e turco. Ao time das minhas amigas críticas, Leni Ledermam, Carina Biaggi e Leila Navarro Lins, que muito insistiram para que eu tirasse o original da gaveta.

As entidades que mui gentilmente se dispuseram a colaborar no trabalho de procura e pesquisa: ao Eton College de Londres, na pessoa de Penny Hartfield, Jean Derens, conservador-chefe da Biblioteca Histórica da cidade de Paris; à simpática e gentil pessoa de François de Callatay, professor de estudos econômicos e moedas da antiga Grécia da Universidade de Sorbonne, curador da coleção de moedas do Cabinet Lucien de Hirsch, na Biblioteca Real de Bruxelas, por ter aberto toda a coleção para a pesquisa.

Aos Archives de Paris, arquivistas e pesquisadores Fabian Camargue e Marie Tsakian.

Eva Brunn, do Arquivo Histórico Judaico de Paris, por toda ajuda.

Meu agradecimento especial à escritora Dominique Frischer, pelos debates sobre este trabalho, e ao historiador Thijs Lambrecht, autor do Inventário 305 dentro dos Arquivos Gerais do Reino da Bélgica, por seu tempo e dedicação ao analisarmos centenas de documentos daquele fundo de sequestro.

Agradeço ainda a gentileza da família Molho, proprietária da antiga Livraria Molho de Salonica, por seus inúmeros esclarecimentos e envio de material sobre a cidade, seus usos e costumes de 1850 a 1917, como também à editora da Cornucópia de Istambul, pelo envio de preciosidades sobre a história do Império Otomano e a construção da Ferrovia Expresso do Oriente.

À Gilla Evans, historiadora e tradutora da Sociedade dos Autores de Londres, por todos os *e-mails* e pela boa vontade em ajudar a encontrar os arquivos dos jornais ingleses.

Aos Arquivos do Reino da Bélgica, pela permissão de trabalhar pesquisando os documentos do Inventário 305 e pela autorização do uso das imagens extraídas daquele arquivo.

Meus agradecimentos e carinho especial ao escritor Flávio Braga, crítico experiente e conselheiro, que fez intervenções preciosas nos meus originais. Aos meus editores do Grupo Record: Sergio Machado, Luciana Villas-Boas, Guiomar de Grammont, Magda Tebet, Livia Vianna, Ana Paula Costa, Renata Rodriguez e toda a equipe de editorial, pois sem eles, com simpatia, atenção e competência, este livro nunca teria se tornado realidade.

Aos meus mui adorados netos Felipe e Stefanos, que nasceram e cresceram envolvidos nesta história, por toda a boa vontade em me ajudar, pelos copos d'água e os lápis apontados que me ofereceram, nos maravilhosos fins de semana que passamos juntos, trabalhando na revisão deste texto.

A todos, meus sinceros agradecimentos.

Glossário

Ambélia (turco): local onde se prepara e conserva o vinho; adega.

Bakchiche (turco): propina; gorjeta.

Bar Mitzvah: maioridade dos meninos judeus aos 13 anos, votos.

Basturmá (turco, armênio): carne-seca em conserva de especiarias e condimentos de páprica e cominho, apreciada pelos viajantes no Império Otomano.

Beÿler missafir (turco): hóspede de honra.

Bürnuz (turco): panos de gaze branca, usados nos banhos a vapor; banhos turcos.

Cabalista: quem estuda e pratica a Cabala. Significa, em hebraico, tradição. Forma antiga de filosofia mística e espiritual, designa uma corrente milenar de estudos religiosos que se interessa pela relação mística direta com a divindade.

Cabuchon (francês): encaixe de duas partes idênticas presas com gancho formando um fecho, ex.: *cabuchon* de cinto; *cabuchon* de colar.

Caíque: pequena embarcação turca, de fundo chato e proa elevada, usada para navegação de cabotagem.

Capolavoro (italiano): um trabalho muito bem-feito.

Carrozza (italiano): carroça.

Catilinárias (latim — *in Catilinam*): uma série de quatro discursos célebres de Cícero, o cônsul romano Marcus Tulius Cícero, pronunciados no Senado de Roma em 63 antes da era cristã, em latim, estudados nas escolas preparatórias de Direito.

Chanukah: festividade judaica; festa das luzes.

Dervixe: membro de uma ordem mística muçulmana formada por grupos de crianças cristãs raptadas na infância, para se tornarem dervixes, fiéis à seita quando adultas.

Dolmás: convertido ao islamismo.

Efêndi (turco): título de honra; senhor.

Entari (turco): vestimenta usada pelos muçulmanos e judeus em Salonica; camisa comprida sobrepondo as calças.

Fez (palavra turco-otomana): denomina o mesmo barrete; *ver* tarbouch.

Fillas: massa folhada fina como papel de seda, feita de água e farinha, aberta com bastões de lenha para uso de tortas; *pittes*; ou pastéis.

Hagios (grego): santo.

Halakah (hebraico): parte do Talmude que se relaciona diretamente com questões práticas das leis judaicas.

Hamals (no grego — no turco: hamalis): hamalitos, diminutivo usado em ladino para os carregadores de carga e bagagem nos portos.

Hamam: banho de vapor, chamado banho turco; local público para esses banhos.

Iídiche: língua da família indo-europeia usada pelos judeus provenientes da Europa Central e Oriental, judeus asquenazis, cuja escrita é feita com caracteres hebraicos.

Imbick (turco): fogareiro para destilar essências.

Judeo-espanhol: língua advinda do espanhol arcaico, usada pelos judeus desde antes da Inquisição espanhola, usada por séculos pelos descendentes sefarditas. Língua conhecida também por ladino.

Judesmo: *ver* judeo-espanhol ou ladino.

Kaddish (hebraico): oração judaica glorificando a Deus, sempre feita na cerimônia aos mortos.

Kazani (grego): caldeirão para esquentar a água do banho.

Kiriê (grego): senhor.

Kislã (turco): barraco ou barracão; lugar para guardar rebanho ou ferramentas.

Konak (turco): mansão construída com função de servir de centro administrativo do governo otomano em cada cidade do império.

Kotetsi (grego): lugar pequeno; expressão; referência; lugar pequeno como uma caixa de fósforos.

Kyria (grego): senhora.

Ladino: judeo-espanhol.

Mégas (grego): O Grande, como Alexandre, o Grande.

Missafir (turco): hóspede.

Mordidita (ladino): propina.

Muezzin: religioso muçulmano que proclama o nome de Alá: da torre da mesquita, chamando os fiéis nos horários das orações.

Opra di Pupi: expressão siciliana usada no século XVIII para os teatros de bonecos ou marionetes.

Oropes: nome dado aos joalheiros judeus na Espanha na época da Inquisição.
Parakaló (grego): por favor.
Paralía (grego): beira-mar.
Paxá: governador de alta patente do Império Otomano.
Pessach: festividade bíblica judaica que comemora o fim da escravidão dos filhos de Israel no Egito.
Pitta (grego): plural *pittes*; torta ou pastel de massa folhada.
Pogroms: movimento antissemita na Rússia no governo do czar Alexandre II.
Purim: festividade bíblica judaica celebrada em memória do triunfo da rainha Esther. Casada com Assuero, rei da Pérsia, de quem obteve o perdão para os judeus.
Saray: palácio.
Sefarditas: judeus provenientes de Sefarad; de Espanha e de Portugal fugidos da Inquisição espanhola; hoje também são chamados sefarditas os judeus do Oriente Médio e Turquia.
Shabat: o dia do descanso judaico, de sexta ao cair da tarde ao sábado ao anoitecer.
Siniora (ladino): senhora.
Skaffi (grego): tanque de água quente para ferver a roupa.
Skiatro (grego): espantalho.
Sobah (grego): aquecedor de ambiente feito de bronze, que levava carvão, e era usado também como aquecedor de água para chá ou sopa.
Spagniola (italiano): mulher espanhola.
Sublime Porta: designação do governo otomano.
Talmude (hebraico): livro sagrado dos judeus, um registro das discussões rabínicas que pertencem à lei, à ética, aos costumes e à história.
Tapsí (turco): tigela de cobre usada nos banhos turcos.
Tarbouch (árabe): palavra que denomina chapéu cônico ou barrete, sempre vermelho ou carmim, usado pelos cidadãos do Império Otomano.
Teatro greco-romano: sítio arqueológico em Taormina — anfiteatro.
Tirópitas: torta de queijo feito com *filla*, massa folhada.
Víssino (grego): doce feito de cerejas-azedas.
Yali (turco): casa ou mansão construída junto ao estreito de Bósforo, com arquitetura especial e sempre feita quase sobre as águas. Usada como casa de praia, somente no verão, pela elite de Constantinopla.
Yashmak (turco): véu usado segundo as regras do Corão para salvaguardar as mulheres.

Referências bibliográficas

ALFREY, Antony. Eduard VII and his Jewish Court-Weinfeld Nicholson — 1991

ANASTASSIADOU, Meropi. Salonique — 1830-1912 — Une Ville Ottomance a l'Âge des Reformes — Brill Academic Pub — 1998

ANASTASSIADOU, Meropi. The Ottoman Empire and Its Heritage: Politics, Society and Economy — Brill Academic Pub — 1997

ASQUITH, Margot. My autobiography: Penguin Books, 1936 — Londres

BAHATIÍN ÖZTUNCAY, Vassilaki Kargoupoulos. Photographer of his Magesty the Sultan — Istambul — Bös — 1945

BONNER, Eugene. Sicilian Rounda about — S. F. Flacco vio, Pub. Palermo 1961

Catálogo. Tableaux Anciens — Galerie Georges Petit — Feu de Madame la Barrone — Paris, 17 de junho de 1904.

GRUNDWALD, Max, Samuel Oppenhein. Und sein kreiss — Ed. Librat — 1948

GRUNWALD, Kurt. Türkenhirsch — A study of Baron Maurice de Hirsch — 1956

HILLAIRET, Jacques. Connaissance du Vieux Paris — Ed. Payot & Rivages — 1993

JOHNSON, Paul. História dos judeus — Ed. Imago, 1995

Jornais da época. Arquivos Le Gaulois — London Times — NY Times

LEVY S. Salonique à la fin du XIXe siècle — Istambul — 2000

MOLHO, Rena. Oi evraikoi tis Thessalonikis — 1856-1919 — Athens 2001

PRYS, Joseph. Die familien von Hirsch auf Gereuth — Munique — 1931

SAPORTA, L. My life in retrospect — Salonica — 1982

STAVROULAKIS, Nicolas. Cookbook of Jews of Greece — Athens — 1990

STRAUSS, Oscar. Baron Maurice de Hirsch — Jewish Encyclopedia — N.Y. 1913

STRAUSS, Sara. Clara von Hirsch — Jewish Encyclopedia — N.Y. 1913

Thijs Lambrecht of Kristof Carrein — Inventário 305. Fonds des Archives des Séquestres — Algeheen Rijksarchief — Brussel — 2001

TOMANAS K. Croniko tis Thessalonikis — 1875-1920 — Salonika — 1995

VELAY. A du — Les finances de la Turquie — Paris 1903

VERGA, Giovanni. Cenas da Vida Siciliana — Berlendis & Vertechia Ed. — 2001

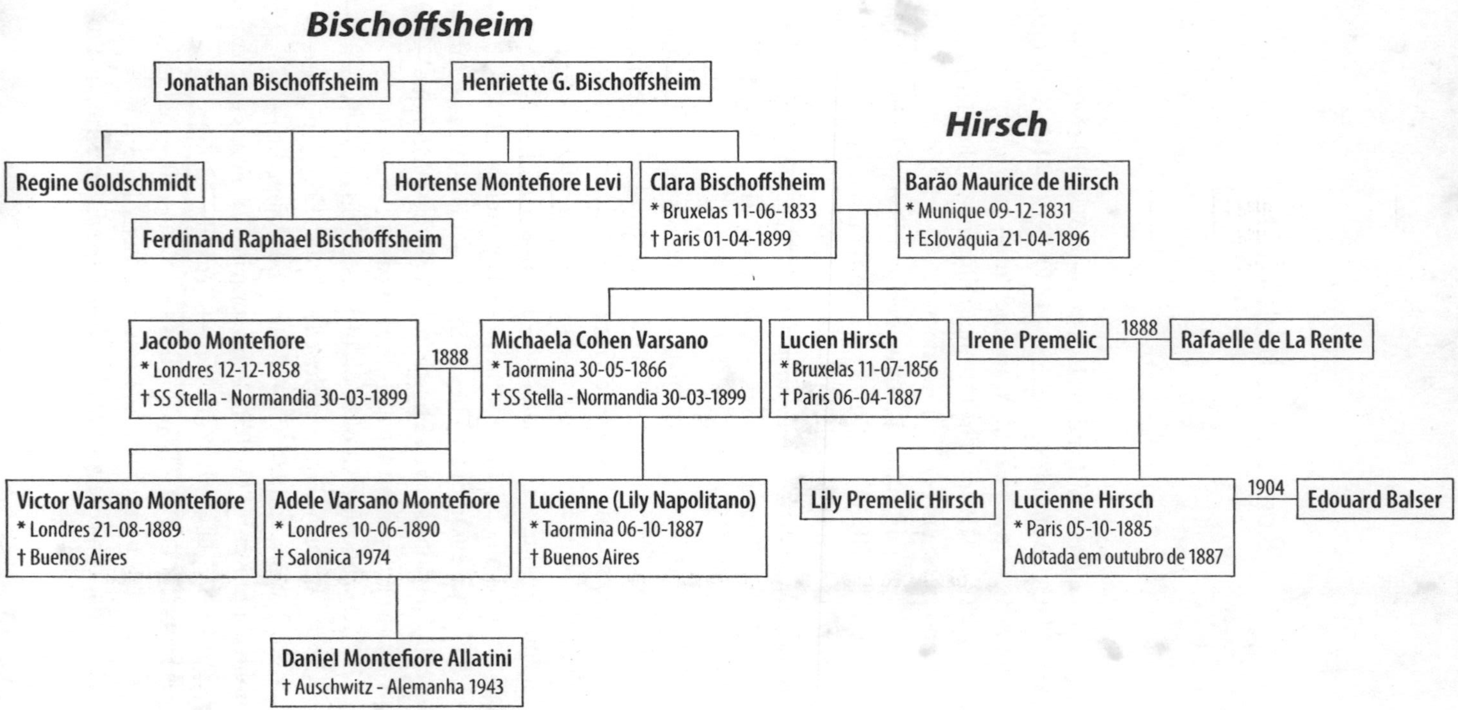

Bischoffsheim
Jonathan Bischoffsheim
Henriette G. Bischoffsheim
Regine Goldschmidt
Ferdinand Raphael Bischoffsheim
Hortense Montefiore Levi
Clara Bischoffsheim
* Bruxelas 11-06-1833
† Paris 01-04-1899
Hirsch
Barão Maurice de Hirsch
* Munique 09-12-1831
† Eslováquia 21-04-1896
Jacobo Montefiore
* Londres 12-12-1858
† SS Stella - Normandia 30-03-1899
1888
Michaela Cohen Varsano
* Taormina 30-05-1866
† SS Stella - Normandia 30-03-1899
Lucien Hirsch
* Bruxelas 11-07-1856
† Paris 06-04-1887
Irene Premelic
1888
Rafaelle de La Rente
Victor Varsano Montefiore
* Londres 21-08-1889
† Buenos Aires
Adele Varsano Montefiore
* Londres 10-06-1890
† Salonica 1974
Lucienne (Lily Napolitano)
* Taormina 06-10-1887
† Buenos Aires
Lily Premelic Hirsch
Lucienne Hirsch
* Paris 05-10-1885
Adotada em outubro de 1887
1904
Edouard Balser
Daniel Montefiore Allatini
† Auschwitz - Alemanha 1943

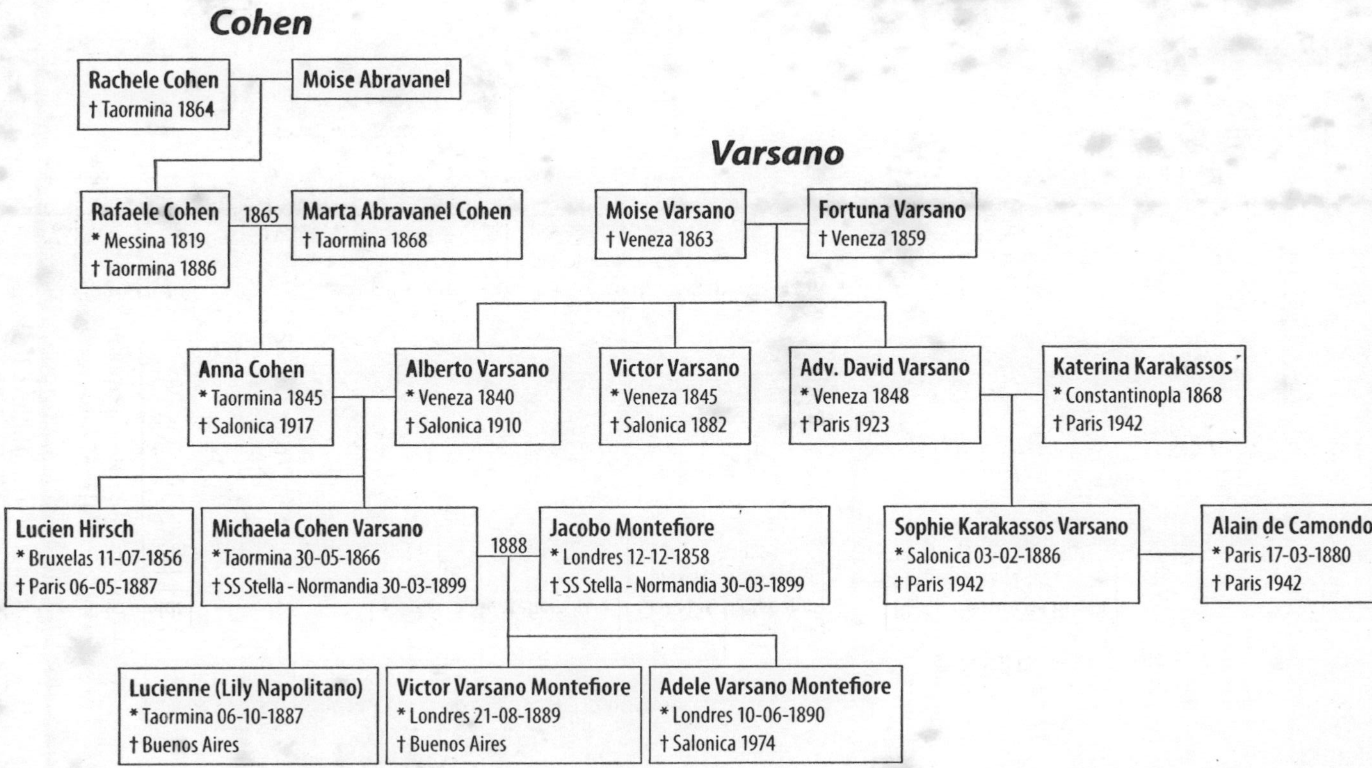

Cohen
Rachele Cohen
† Taormina 1864
Moise Abravanel
Rafaele Cohen
* Messina 1819
† Taormina 1886
1865
Marta Abravanel Cohen
† Taormina 1868
Varsano
Moise Varsano
† Veneza 1863
Fortuna Varsano
† Veneza 1859
Anna Cohen
* Taormina 1845
† Salonica 1917
Alberto Varsano
* Veneza 1840
† Salonica 1910
Victor Varsano
* Veneza 1845
† Salonica 1882
Adv. David Varsano
* Veneza 1848
† Paris 1923
Katerina Karakassos
* Constantinopla 1868
† Paris 1942
Lucien Hirsch
* Bruxelas 11-07-1856
† Paris 06-05-1887
Michaela Cohen Varsano
* Taormina 30-05-1866
† SS Stella - Normandia 30-03-1899
1888
Jacobo Montefiore
* Londres 12-12-1858
† SS Stella - Normandia 30-03-1899
Sophie Karakassos Varsano
* Salonica 03-02-1886
† Paris 1942
Alain de Camondo
* Paris 17-03-1880
† Paris 1942
Lucienne (Lily Napolitano)
* Taormina 06-10-1887
† Buenos Aires
Victor Varsano Montefiore
* Londres 21-08-1889
† Buenos Aires
Adele Varsano Montefiore
* Londres 10-06-1890
† Salonica 1974

Este livro foi composto na tipologia Sabon
Lt Std, em corpo 11/15, e impresso em papel
off-white no Sistema Cameron da Divisão
Gráfica da Distribuidora Record.